笹川博司
Hiroji SASAGAWA

古今和歌集百首校勘

——古筆の異文を考える——

はじめに

武蔵野書院から上原作和『みしやそれとも 考証——紫式部の生涯』が刊行され、私のところへも、著書の上原氏から謹呈本が届いた。裏表紙を見ると、中村珠涼氏による「紫のひともと故にむさしのゝ草はみながらあはれとぞおもふ」（傍点笹川）という揮毫があった。『古今和歌集』の一首である。「武蔵野書院（創業者 前田信）・紫乃故郷舎（創業者 前田吉夫）の社名はこの歌にちなむ」というコメントが目にとまった。

古典中の古典ともいうべき『古今和歌集』を読む者なら、あはれとぞ見るという結句が思い浮かぶはずで、「あはれとぞおもふ」という本文には、多少の違和感を覚える人も多いに違いない。

武蔵野書院や上原作和・中村珠涼両氏の名誉のために言っておくと、その違和感は誰かの誤りに由来するものではない。例えば、次に挙げた鈴鹿文庫本『古今和歌集』の影印を眺めてほしい。

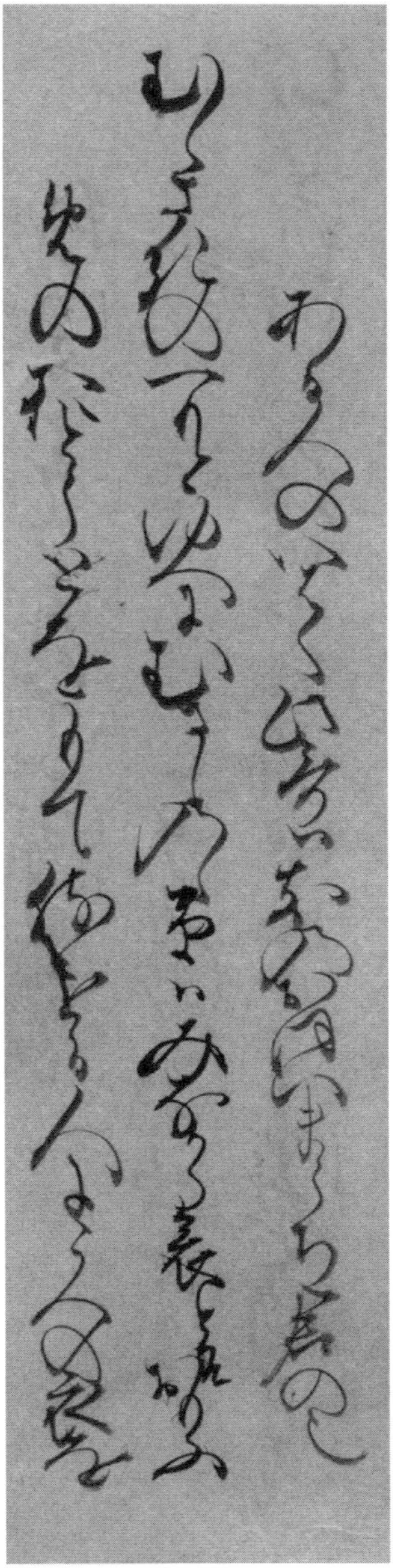

当該歌の前の歌の左注と後の歌の詞書の一行目を含めて掲げたが、当該歌は、

むらさきの一もとゆへにむさしのゝ草はみながら哀とぞおもふ

と書かれているのが確認できる。

鈴鹿文庫は、卜部神道家の鈴鹿三七（京都市左京区）の旧蔵書。昭和五十二年から五十三年にかけて愛媛大学が購入、一部は寄贈もされ、現在は愛媛大学図書館が貴重図書として所蔵している。神道関係が中心だが、国学関係や和歌、物語などにも及ぶ七千冊以上のコレクションである。久曾神昇『古今集古筆資料集』（一九九〇年・風間書房）によると、曼殊院本や志香須賀文庫本も「あはれとぞおもふ」の本文であるし、西下経一・滝沢貞夫『古今集校本』（新装ワイド版二〇〇七年・笠間書院）によると、雅俗山荘本もその仲間に加わる。静嘉堂文庫片仮名本には「ミル」の本文に「オモフ」と異本本文が傍記されている。このように「あはれとぞおもふ」は、由緒ある本文だったのである。

しかし、定家本が絶対視されて貞応二年定家本が流布本となっていく過程で、中世以降の日本人は知らず識らず定家本に依拠して『古今和歌集』を享受することになった。

おそらく、武蔵野書院の創業者も「あはれとぞ見る」の本文で『古今和歌集』を読んでいたかと私には思われるのであるが、「あはれとぞ思ふ」の本文で読んでいた可能性も排除できない。したがって、誤りとは言えないのである。

ただし、上原作和・中村珠涙両氏が何故「見る」ではなく「おもふ」の本文を採用されたのか、その理由は語られず不明である。

この一首の本文をもう少し詳しくみておこう。

『古今和歌六帖』第五「むらさき」には、

むらさきのひともとゆゑにむさしののくさはなべてもなつかしきかな（三五〇〇）

という本文で同歌が収録されていて、下の句の本文はやや不安定だった可能性がある。清輔本の『古今和歌集』諸本は「あはれとぞみる」だが、清輔の歌学書では、保延元1135年～天養元1144年成立（ただし異説あり）とされる『奥義抄』には「あはれとぞ思ふ」（二九〇）、仁安年間（1166～1169）以前成立とされる『和歌初学抄』では「あはれとぞみる」（一二三四）の本文が立てられていて、下の句の本文は必ずしも安定していたわけではない。

平安末期になると、『源氏物語』の表現が踏まえている古歌を指摘する注釈書が現れるが、藤原伊行『源氏釈』に引かれるのは、「むらさきのひともとゆゑにむさしののをむつましみあはれとぞおもふ」（椎本・三二四、『源氏釈諸本集成』所収の書陵部本による）の本文だが、鎌倉中期に成立する素寂『紫明抄』になると「紫のひともとゆゑにむさしののくさはみながらあはれとぞ見る」（東屋・九五九、角川書店刊『紫明抄・河海抄』165頁による）の本文となる。

貞応二年定家本『古今和歌集』が流布本として位置付けられるのに合わせて、本歌は「あはれとぞ見る」の本文で安定してゆくということなのであろう。

本論に入る前に、かかる一例を挙げて私が確認しておきたかったのは、定家登場以前の『古今和歌集』の本文は、現在流布している『古今和歌集』の本文と同じではないということである。そんなことは研究者にとって常識である。しかし、『古今和歌集』成立から定家が登場する以前の古典作品、例えば『源氏物語』を読む際にも、右のような常識をもっているはずの研究者が、安易に伊達家旧蔵定家自筆本を底本とする『新編国歌大観』CD-ROMで検索し、それ以上の吟味を加えずに済ませているケースがままあるのではないか、と私を含めて反省しなければならないと思うのである。

『古今和歌集』の本文研究史のなかで、私たちは久曾神昇『古今和歌集成立論』や西下経一『古今集の伝本の研究』などの大きな成果を手に入れた。しかし、その後『古今和歌集』の本文研究は停滞期にあると感じるのは私だけであろうか。若い研究者には、片桐洋一『平安文学の本文は動く　写本の書誌学序説』（二〇一五年・和泉書院）を勧めたい。とにかく具体的でわかりやすく面白い。

私は、久曾神昇『古今集古筆資料集』と西下経一・滝沢貞夫『古今集校本』（新装ワイド版）を座右に置き、特に後者には、対校に用いられていない古写本や古筆切に出会う度、丁寧に比較して書き込むこと、対校に用いられている七十の諸本についても再度比較し、欠脱を補うこと、それらは翻刻本文ではなく、影印に当たって確認することを自分に課してきた。

今回、その中から注目される本文異同をもつ百首を選び、それぞれ一枚ずつ古写本や古筆切の影印を掲げ、できるだけ具体的に流布本との異同を確認し、定家本『古今和歌集』の本文を相対化してみたいと考えた。

その動機となったのは、古筆切周辺について多くのご教示を賜った故田中登先生の学恩に何か報いる方法はないかと考えたことと、研究者の世代交代のなかで古典中の古典『古今和歌集』の研究進展に少しでも刺激が与えられたらという思いである。

いずれにせよ、本書は、武蔵野書院院主前田智彦氏をはじめ、多くの関係機関および関係者のご理解によって日の目を見ることができた。心から深謝申し上げる次第である。

笹川　博司

目次

目次

		新編国歌大観番号		
春上				
1	春霞「たゝる」か「たてる」か	三	元永本	1
2	光にあたる「花」か「我」か	八	元永本	4
3	「山風」か「谷風」か	一二	元永本	7
4	百千鳥「なくなる」か「さへづる」か	二八	元永本	10
5	梅が香を「とめたらば」か「とゞめては」か	四六	元永本	13
6	桜の「さかざらば」か「なかりせば」か	五三	元永本	16
7	「山桜」か「桜花」か	五五	内閣文庫本新撰和歌	20
8	咲きにけらし「な」か「も」か	五九	八代集抄	23
春下				
9	春の山辺に「まどひ」か「まじり」か「とまり」か	九五	元永本	27
10	道は「まがひぬ」か「まどひぬ」か	一一六	元永本	31
11	橘の小島の「くま」か「さき」か	一二一	元永本	34
12	「通ひ」か「今宵」か	一二三	元永本	38
13	そことも「知らぬ」か「言はぬ」か	一二六	元永本	41
14	「道のまに〳〵」か「水のまに〳〵」か	一二九	伏見宮旧蔵伝顕昭本	44
15	声「たえず」か「たゝず」か	一三一	元永本	47
夏				
16	まだしき「時」か「程」か	一三八	元永本	51
17	今朝来「鳴く」か「鳴き」か	一四一	元永本	55
18	我が宿「に」か「を」か	一五四	桂宮本古今和歌六帖	58
19	なきわたる「かな」か「らむ」か	一六四	伏見宮旧蔵伝顕昭本	61
20	月「かくる」か「やどる」か	一六六	継色紙	65

秋上

21 飛ぶ雁の「影」か「数」か　一九一　元永本　69
22 「わびし」か「かなし」か　一九七　伏見宮旧蔵伝顕昭本　72
23 萩の下葉も「色づき」か「移ろひ」か　二一一　元永本　75
24 秋萩に「つまごひ」か「うらわび」か　二一六　元永本　79
25 枝も「とをゝ」か「たわゝ」か　二二三　伏見宮旧蔵伝顕昭本　82
26 「顔をよみうち見」か「名にめでゝ折れる」か　二二六　伏見宮旧蔵伝顕昭本　85
27 名をや「立つべき」か「立ちなむ」か　二二九　元永本　89
28 「霧のまがきに」か「秋霧にのみ」か　二三五　元永本　93
29 きり〴〵す鳴く「夕ぐれ」か「夕かげ」か　二四四　元永本　97
30 濡れての「色」か「後」か　二四七　伏見宮旧蔵伝顕昭本　101

秋下

31 木の葉の「色づく」か「移ろふ」か　二五五　元永本　104
32 秋の「山辺」か「木の葉」か　二五七　伏見宮旧蔵伝顕昭本　107
33 「色こと〴〵」か「色々こと」か　二五九　元永本　110
34 葛も「色づき」か「移ろひ」か「もみぢし」か　二六二　元永本　113
35 「移し植ゑば」か「植ゑし植ゑば」か　二六八　後伏見天皇筆本　116
36 一本と思ひし「菊」か「花」か　二七五　伏見宮旧蔵伝顕昭本　121
37 「もろからし」か「よわからし」か　二九一　元永本　125
38 木々の「もみぢ」か「このは」か　二九五　元永本　129
39 流れも「やらぬ」か「あへぬ」か　三〇三　内閣文庫本新撰和歌　132
40 「もてでなむ」か「もていなむ」か　三〇九　元永本　135

冬

41　龍田「山」か「河」か　三一四　元永本　139
42　「わびしさ」か「さびしさ」か　三一五　元永本　142
43　「寒ければ」か「清ければ」か　三一六　伏見宮旧蔵伝顕昭本　145
44　吉野の「山」か「里」か　三三二　元永本　148
45　雪に「まがひて」か「まじりて」か　三三五　元永本　151
46　「うつりせば」か「まがひせば」か　三三六　元永本　154

賀

47　千代に「ましませ」か「八千代に」か　三四三　元永本　157
48　君が「やそぢ」か「やちよ」か　三四七　元永本　161
49　月日は「多かれど」か「思ほえで」か　三五一　元永本　164
50　色「かはり」ゆくか「まさり」ゆくか　三六一　伏見宮旧蔵伝顕昭本　168

離別

51　「深き」心か「通ふ」心か　三七八　元永本　173
52　「宵」か「旅」か　三七九　元永本　176

羈旅

53　河風「寒み」か「寒し」か　四〇八　元永本　179
54　「群れて来し」か「連れて来し」か　四一二　伏見宮旧蔵伝顕昭本　182

物名

55　花踏み「ちらす」か「しだく」か　四四二　元永本　185

恋一

56　「人を待つ」か「年を経る」か　四七三　伏見宮旧蔵伝顕昭本　188
57　「神」か「賀茂」か　四八七　元永本　191
58　恋ひぬ「日ぞなき」か「日はなし」か　四八九　伏見宮旧蔵伝顕昭本　194
59　海人の「栲縄」か「釣縄」か　五一〇　伏見宮旧蔵伝顕昭本　196
60　篝火にあらぬ「ものから」か「我が身の」か　五二九　元永本　198

哀傷				
81	「みだるゝ」か「なかるゝ」か	七五五	元永本	278
82	「人は」か「世をば」か	八〇七	伏見宮旧蔵伝顕昭本	281
83	「心」か「涙」か	八一三	元永本	284
84	「晴れず」か「絶えず」か	八四三	元永本	287
85	君「を」別れか君「に」別れか	八四九	伏見宮旧蔵伝顕昭本	291
86	「聞きしものなれど」か「かねて聞きしかど」か	八六一	元永本	296
雑上				
87	「思ひ知る」か「思ひ出づ」か	八七一	曼殊院本	300
88	千代もと「祈る」か「嘆く」か	九〇一	元永本	304
89	「かなし」か「あはれ」か	九〇四	元永本	308
90	海人は「言ふ」か「告ぐ」か	九一七	元永本	312
91	水の「おも」か「うへ」か	九二〇	元永本	315
雑下				
92	「家」か「宿」か	九五〇	伏見宮旧蔵伝顕昭本	320
93	忘れ「つつ」か「ては」か	九七〇	元永本	323
94	鶉と「なりて鳴きをらむ」か「なきて年は経む」か	九七二	元永本	328
95	わびつつぞ「経る」か「寝る」か	九八八	元永本	333
誹諧				
96	「ことゞ〴〵し」か「かしかまし」か	一〇一六	伏見宮旧蔵伝顕昭本	338
97	摘まで「過ぐ」か「見る」か	一〇一七	伏見宮旧蔵伝顕昭本	344
98	人を思はぬ「罪とてや」か「報いにや」か	一〇四一	伏見宮旧蔵伝顕昭本	351
99	染めし「衣」か「心」か	一〇四四	元永本	355
東歌				
100	賀茂の「祭」か「社」か	一一〇〇	元永本	360

凡例

一、本書は、古写本や古筆切を視野に入れることによって古今和歌集の流布本の本文を相対化し、当初の本文、あるべき本文、定家本の形成史などを考察しようとする試みである。

一、古今和歌集から、流布本と大きく異なる本文をもつ和歌を百首選び、それらについて本文を校合して考察を加える。

一、考察の出発点として古写本・古筆切から一枚の影印を掲げた。影印は、コルベース（ColBase）および国文学研究資料館「国書データベース」に公開されている画像を中心に選んでダウンロードし、それを加工して作成した。なお、出版物での確認が可能な場合は、その掲載頁等を示して出版物での確認がすぐにできるよう配慮した。貴重な資料の掲載を許可していただいた所蔵者・関係機関に感謝申し上げる。

一、本書の性格から、西下経一・滝沢貞夫『古今集校本』新装ワイド版（笠間書院・二〇〇七年）や、久曾神昇『古今和歌集成立論』資料編（風間書房・一九六〇年）『古今集古筆資料集』（同・一九九〇年）、および小松茂美『古筆学大成』（講談社・一九八九年）に多くの恩恵を被った。

一、本書に引用する和歌について特にことわらない場合は、『新編国歌大観』（角川書店）の本文に拠る。なお、『新編私家集大成』（エムワイ企画）『冷泉家時雨亭叢書』（朝日新聞社）などの翻刻や影印から引用する場合は、意味がとりやすいように濁点を付した。

一、古写本や古筆切などに関わる書誌的な用語については、＊を付し、『日本古典籍書誌学辞典』（岩波書店・一九九九年）などを参考に補注を加え、巻末に五十音順に並べて「書誌用語索引」とした。

1　春霞「たゝる」か「たてる」か

春霞た□るやいづこ　みよしのの吉野の山に雪は降りつつ　（春上・三）

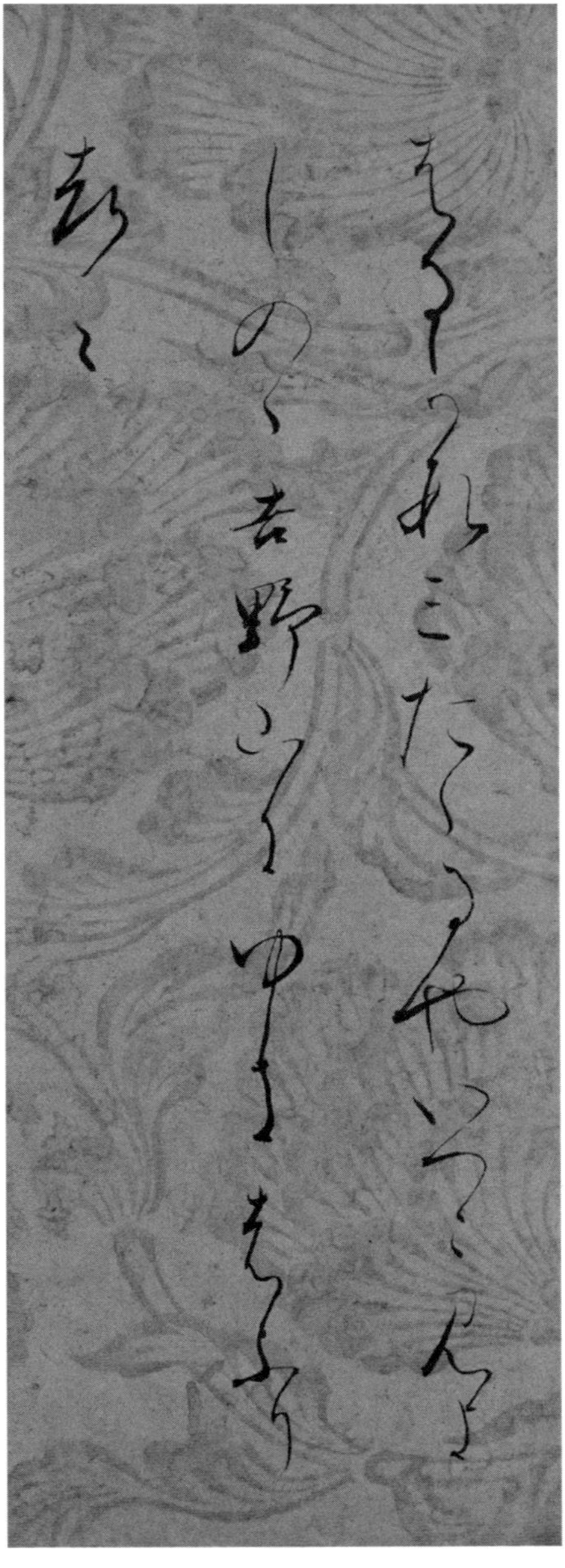

東京国立博物館蔵「元永本古今和歌集」（以下「*元永本」という。『元永本 古今和歌集 上』講談社・一九八〇年、77頁。ColBase 上37を加工・作成）を見ると、右の通り、

はるがすみたゝるやいづこみよしの、吉野山にゆきはふりつゝ

と、*具引《ぐびき》地の上に、*芥子《けし》唐草文を*雲母摺《きらずり》した日本で作られた*唐紙《からかみ》の*料紙《りょうし》に書かれている。

本文に注目すると、定家本『古今和歌集』の、

春霞たてるやいづこ　みよしの丶よしの丶山に
雪はふりつ丶　*（貞応二年本）

という和歌に親しんでいる者にとっては、第二句の「た丶るやいづこ」は、「たてるやいづこ」の誤写ではないかと思ってしまう。しかし、元永本以外に、*伝公任筆装飾本や*高野切なども「た丶る」という本文であり、『新編国歌大観』（角川書店）が底本とした*島原松平文庫本「新撰和歌」も「た丶る」である。

『俊頼髄脳』には「よき歌にこはき詞そへる歌」として「春がすみた丶るやいづこみよしの丶吉野の山に雪はふりつ丶」（『日本歌学大系』第壱巻・風間書房、142頁）が挙げられている。*俊頼は、「た丶る」を「こはき詞」と理解していたようで、橋本不美男校注「俊頼髄脳」（日本古典文学全集『歌論集』小学館、93頁）では「たたる」を「たてる」の東国方言と頭注し、「霞がつっ立った」と訳している。おそらく『万葉集』巻二十の「松の木《け》の並みたるみれば家人《いはびと》の我を見送ると多々理しもころ」（四三七五）の用例を踏まえての判断だろう。「立たり」は「立てり」の訛とする註（沢瀉久孝『萬葉集注釋』巻第廿・中央公論社、105頁）もある。雅さに欠けた「こはき詞」という評価なのであろう。

一方、*教長《のりなが》の『古今和歌集註』は、「タチイヅルヤイヅク」の本文で歌を掲げ、

ハナゾノ、本ニハ「、ルガスミタ、ルヤイヅクミヨシノ、」トハベル。コレヲ「ヨシ」トコソ讃岐院ヲホセラレシカ

と注す。教長が「ハナゾノ、本」というのは、*清輔*『袋草紙』に「古今の証本」の一つとして、「花園左府御本〈貫之妹自筆、仮名序あり〉閑院贈太政大臣本の伝来なりと云々。新院に進らしむるなり」と見える本であろう。藤原実季《さねすえ》（一〇三五〜九二）伝来の*源有仁《ありひと》所持本で、崇徳院（一一一九〜六四）に進上されたという。教長によると、崇徳院は「タ、ル」という本文が良いと評価していたらしい。

また、俊成自筆本*『古来風躰抄』下を見ると、

この哥は、たてるとかきたる本も侍れど、よき本にはみな、た丶るとかけるなり。うたのたけ・すがたなどいみじく侍を、いまのよには、た丶るのことばのふりにたるなるべし。たてるにては、又

あまりつよくて、しなのおくるゝなるべし。
（冷泉家時雨亭叢書1『古来風躰抄』219頁）

とあり、*俊成も、良い伝本は皆「たたる」とし、その方が歌の丈や姿などが素晴らしいという。これによると、元永本の「たゝる」という本文は、俊成のいう「よき本」の名残であることが知られるのである。

　蓮阿『西行上人談抄』（『日本歌学大系』第弐巻・風間書房、289頁）も、「和歌はうるはしく可詠なり」とし、例歌として「春霞たゝるやいづこ…」を挙げる。そして、「此歌たてるやいづこと云ふ人もあるを、上人はたゝるやいづこと侍りしなり」と注し、西行も「たたる」を評価していたという。

　「たてる」では余りに強くて、上品さに欠けるとして「たたる」を評価していた俊成も、今の世には古めかしい表現になってしまったとして、*永暦二年俊成本（国立歴史民俗博物館蔵貴重典籍叢書・文学篇・第一巻・勅撰集1』臨川書店、61頁）や*昭和切（『古筆学大成3』51頁）では「たてる」の「て」に傍記していた「た」を、*建久二年俊成本（日本古典文学影印叢刊2『古今和歌集』貴重本刊行会、54頁）では捨ててしまう。定家本はそれに従ったものらしい。

　ところで、そもそも「たたる」とはどういう意味か。やはり「たちたる」の約とみるのが妥当なところか。とすれば、存続の助動詞として「たる」「る」いずれを用いるかという違いなので、現代語訳してしまうと、「たたる」も「たてる」も意味は変わらない。ただし耳に優しいのは、「たてる」のe音より「たたる」のa音の方と評価されていたのであろう。しかし、やがて耳慣れない「たたる」は、「たてる」に駆逐されていく運命にあったらしい。

　なお、建仁元年（一二〇一）に詠進された『千五百番歌合』における慈円詠は、「たたる」という本文の同歌を踏まえて、

　　はるがすみたたるはみやこ
　　さてもなほ山のおくにはゆきやふるらむ　（六五）

と詠む。定家本一辺倒になるまでは、「春霞たたる」という本文も、暫くは生きていたのである。

2

光にあたる「花」か「我」か

春の日の光にあたる□なれど　かしらの雪となるぞわびしき　（春上・八、康秀）

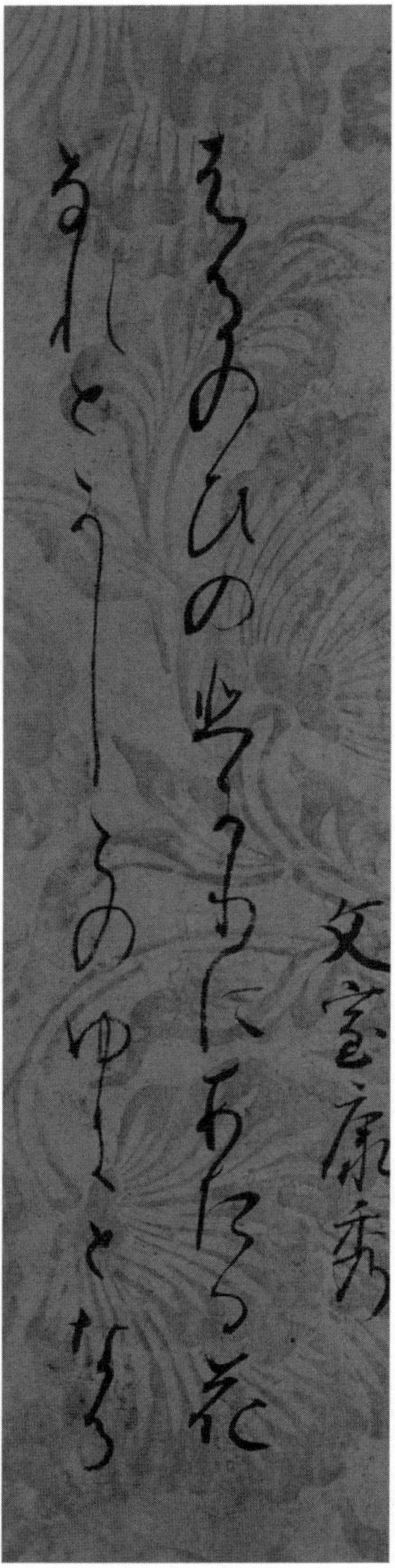

*元永本（『元永本 古今和歌集 上』講談社、81頁。ColBase 上39を加工・作成）には、右の通り、*具引地に*芥子《けし》唐草文を*空摺《からずり》した*料紙に、

文室康秀

はるのひのひかりにあたる花|

なれどかしらのゆきとなる…

とある。詞書は、掲出しなかったが、

二条の后の、東宮の御息所と申しける時に、正月三日、御前に召して、仰せ言ある間に、日は照りながら、雪の頭にかかりけるを、詠ませたまひける

とある。作者は、仮名序に六歌仙の一人として名前が挙がる「文室康秀」。二条の后（清和天皇の后であった藤原高子）が、まだ東宮（貞明親王、後の陽成天皇）の母御息所と申し上げていた時のことだから、貞観十一年（八六九）二月一日から貞観十八年（八七六）十一月二十

九日までの間のことである（『日本三代実録』）。そのうちの某年正月三日、二条の后は、文室康秀を御前に召した。召された康秀は、仰せごとを承ると共に、「日は照りながら、雪のかしらにかかりける」という歌題を与えられた。当日の天候による当座の景を詠むことが求められたのである。

　和歌の第三句には「花なれど」とあるが、定家本の本文では「我なれど」である。新春の日が照るなか、名残の雪が、御前に控えている康秀の頭にちらちらと降りかかっていたのであろうから、定家本のように康秀が「春の日の光にあたる我なれど頭の雪となるぞわびしき」と詠むのは、極めて自然でわかりやすい。それに慣れた者には、「花なれど」には違和感がある。

　しかし、*筋切・*建久二年俊成本・*雅俗山荘本も「花なれど」、*高野切・*伝公任筆装飾本・*雅経筆崇徳天皇御本・*永治二年清輔本も「はなゝれど」で、定家以前は「花」が普通の本文であった。

　そう思って『古今和歌集』の配列を見れば、

　　春立てば花とや見らむ
　　白雪のかゝれる枝に鶯の鳴く　（六）

　　心ざし深くそめてしをりければ
　　消えあへぬ雪の花と見ゆらむ　（七）

　　春の日の光にあたる□なれど
　　かしらの雪となるぞわびしき　（八）

　　霞たち木の芽もはるの雪ふれば
　　花なき里も花ぞ散りける　（九）

のように、春になって花が咲くのを待つ心で見ると雪が花に見える、という歌群であることが知られる。

　すると、右の□に入るのは「花」がふさわしく、空から春宮の庭に降ってくる「雪」を「春の日の光にあたる花」と見立てた歌と、『古今和歌集』の撰者たちは考え、この歌をこの位置に配列したのであろうと思われてくる。おそらく、元の本文は「花」だったのだろう。「我」では、雑歌になってしまうのである。

　*嘉禄二年定家自筆本を底本とする片桐洋一『古今和歌集全評釈』は、「我」で通釈しつつも「花なれど」の方が古い本文であろうという印象は免れ得ない」「わかりやすいということと本来の形であるということは、別のことである」とし、「春雪は豊年の予兆として縁起のよいものとされたというが、この新春の雪を

「春宮の庭の輝く花」と見立て、しかしそれが我が頭にふりかかると、「頭の雪」（白髪）という「雪」になってしまうのはつらいことですと老を嘆くポーズをとって春宮を寿いでいる」と、「花」が本文の場合の解釈にも触れている。今、日の照る空からこの春宮の庭にちらちらと舞い落ちてくるのは、と上の句の前提と、下の句へ至る文脈とを補って解釈しなければならないが、古今集の撰者たちの解釈も、右に引用した片桐氏の解釈に近いものだったのだろう。

それでは、定家は、何処から「我」という本文を手に入れたのであろうか。

これも、前節と同様、*永暦二年俊成本（『国立歴史民俗博物館蔵　貴重典籍叢書』）がヒントを与えてくれる。その*本奥書《ほんおくがき》には、

永暦二年辛巳七月十一日壬午、以家秘本／重書写畢。件本、紀氏正本也。／…／同十二日、移付勘物等畢。／是或依前金吾本、或以浅見所及所注付也。／…／付属之於少男

とあり、永暦二年に伝紀貫之自筆本の転写本である「家の秘本」書写し、「前金吾本」（藤原基俊本）や俊成自身の見識で「勘物」を付け、「少男」（定家）に譲与したという。定家の『古今和歌集』研究の出発点となった本と考えられるのである。同本の当該歌には、「われ」の本文に「ハナ」が併記されている（上・三〇ウ）。『古今和歌集』撰者たちが「花」と考えていたとすれば、「我」は基俊本由来の本文なのであろうか。

西下経一・滝沢貞夫『古今集校本』新装ワイド版（笠間書院・二〇〇七年）によると、ノートルダム清心女子大学蔵*黒川本の校異の*基俊本は「みなれども」とあるので、基俊が「春の日の光にあたる身なれども」という本文をまず想定し、「身」は我が身なので、さらに分かりやすい「我なれど」という本文を採用したのかもしれない。

俊成筆の*了佐切、*昭和切（『古筆学大成3』12頁、53頁）においても「われ」の本文に「ハナ」を併記するのは、変わらない。俊成は、「花」か「我」か迷い、*建久二年本で「花」を選択した。しかし、*定家は、*永暦二年俊成本の「ハナ」を捨てて「我」を選び取った。『古今和歌集』の配列よりも、下の句との調和や分かりやすさを優先したのだろう。

3

「山風」か「谷風」か

□風にとくる氷のひまごとに　うち出づる浪や春の初花　（春上・一二、当純）

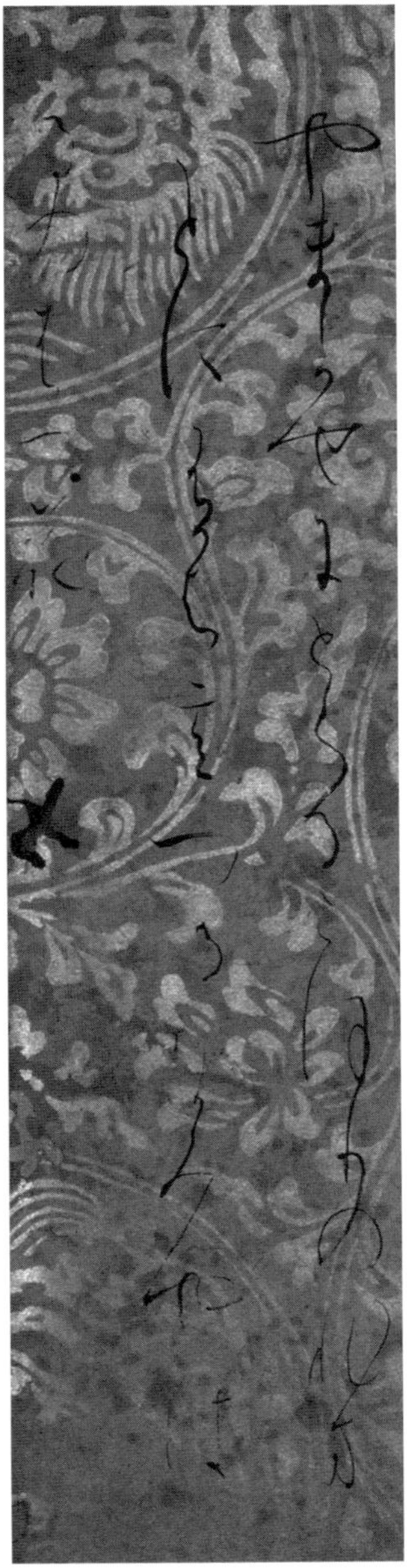

*元永本（『元永本 古今和歌集 上』講談社、84頁。ColBase上41を加工・作成）を見ると、右の通り、薄茶の顔料を加えて*具引《ぐびき》した地紙に、*獅子二重丸文《ししにじゅうまるもん》を*雲母摺《きらずり》した和製の*唐紙《からかみ》に、

やまかぜにとくるこほりのひま
ごとにうちいづるなみやは
るのはつ花

とある。元永本の詞書・作者表記は「寛平御時后宮の哥合哥／源まさずみ」である。

さて、本文に注目すると、初句「やまかぜに」が問題になる。定家本の本文では「たにかぜに」とあり、異同が見られるのである。

「山」を本文とするのは、西下経一・滝沢貞夫『古今集校本』新装ワイド版（笠間書院・二〇〇七年）によると、他に、*筋切・*高野切・*伝公任筆装飾本・*雅俗山荘本・*永治二年清輔本・*保元二年清輔本・*建久二年俊成本など。「たに」を本文として「ヤマ」と傍記するのは、*雅経筆崇徳天皇御本・*永暦二年俊成本・*昭和切など。弘安元年（一二七八）の奥書をもつ*寂恵本（古文学秘籍複製叢刊『寂恵本　古今和歌集』）は、「たにかぜ」の本文だが、

清ヤマカゼ
俊ヤマカゼ

と頭注し、行間に

童蒙云、タヾヨメルニアラズ。毛詩曰、習々谷風陰陽和則谷風云々、東風ノ心也。

と、藤原範兼（一一〇七～六五）の『和歌童蒙抄』の注釈を記す。清輔本や俊成本は「山風」であることを注記するとともに、「谷風」という本文は『詩経』に出典をもつ語であって、氷を解かす東風だと指摘するのである。

「山風」と「谷風」の本文の対立をどう考えるかという問題については、奥村恒哉〈「たにかぜ」「やまかぜ」に関する諸問題―古今集と資料―〉（『古今集の研究』臨川書店）と増田繁夫〈古今集の歌語―山風と谷風―〉（和歌文学会『論集 古今和歌集』笠間書院）が詳しく論じている。両者は共通して「山風」から「谷風」へ、本文が改訂されたとみる。しかし、その改訂を、前者は菅原道真の『菅家万葉集』編集時とし、後者は「古今集成立時までのある段階で山風とあった時期があった」ことを認めつつ「古今集が最終的に完成した時点においては「谷風」でなければならない」とする点で見解が異なる。

そもそも、当該歌の初見であったとおぼしい『寛平御時后宮歌合』においても、その本文を伝える*十巻本では「たにかぜ」、*廿巻本では「山風」とあり、当初から異同があったらしい。また、その右歌に七言絶句を付けた『新撰万葉集』下巻には、

谷風丹《タニカゼニ》　解凍之《トクルコホリノ》　毎隙丹《ヒマゴトニ》
打出留《ウチイツル》浪哉《ナミヤ》　春之《ハルノ》初花《ハツハナ》

渓風催春解凍半　白波洗岸為明鏡　（二三九）
初月含丹色欲開　咲殺蘇少家梅柳　（二四〇）

とある。「渓風」に相当するのは「谷風」の方であろうし、少しでも漢詩文の教養があれば「解凍」を導く

春風としては、「山風」ではなく「谷風」を選ぶにちがいない。まして、道真が「山風」の本文を採用するとは思えない。また、『古今和歌集』の撰者たちにしても、

春やとき花やおそきと聞きわかむ
鶯だにも鳴かずもあるかな　（一〇、藤原言直）

春来ぬと人は言へども鶯の
鳴かぬかぎりはあらじとぞ思ふ（一一、壬生忠岑）

□風に解くる氷のひまごとに
うち出づる浪や　春の初花　（一二、源当純）

花の香を風のたよりにたぐへてぞ
鶯誘ふしるべにはやる　（一三、紀友則）

と、早春の和歌を配列した際、「山風」の本文を採るとは考えにくい。この歌群では、鶯はまだ鳴いていない。鶯が鳴きはじめるように、東風で氷が解けた浪の花や、花の香を風にのせて誘い出そうという。冬の間凍っていた谷川の氷を解かすのは、やはり春風である「東風」に通じる「谷風」がふさわしいのである。

問題はむしろ、それにも関わらず、何故、『古今和歌集』の古写本にかくも多く「山風」の本文が見られるのか、ということであろう。『古今和歌六帖』（第一「春たつ日」五）にも「やま風」、『俊頼髄脳』（四九）・清輔『*袋草紙』下（六一四）・俊成自筆本『*古来風躰抄』下（六ウ）にも「山風」で引用されていることの理由こそ問われるべきだと思うのである。

賀茂真淵は、『古今和歌集打聴』に次のようにいう。

春来ては、谷風即春風なれば、岩瀬の氷吹とくまゝに、打出る浪をも春の初花とすべきといへり。こゝに、此谷風を、詩経の谷風は東風也といふにて、こゝをも注するは、谷と穀との音かよふといふ漢字の定《サダ》也。此国のことばにて多仁といふには義《コヽロ》通はず。漢字と和語の差別《ケジメ》をもしらぬ人のいへるなり。

（『賀茂真淵全集』第九巻・続群書類従完成会）

漢語なら谷と穀は音が通じ、「谷風」で穀風すなわち東風の意となるが、和語の「たにかぜ」では東風の意とはならない。「たにかぜ」に固執するのは「漢字と和語の差別《ケジメ》をもしらぬ人」だというのである。当該歌は結句に「春」とあるので「春の山風」（古今集・春下・九二）だから、「山風」の本文で何ら問題ないという見方も根強く存在したのであろう。

4

百千鳥「なくなる」か「さへづる」か

百千鳥□□□る春は物ごとにあらたまれども　我ぞふりゆく　（春上・二八）

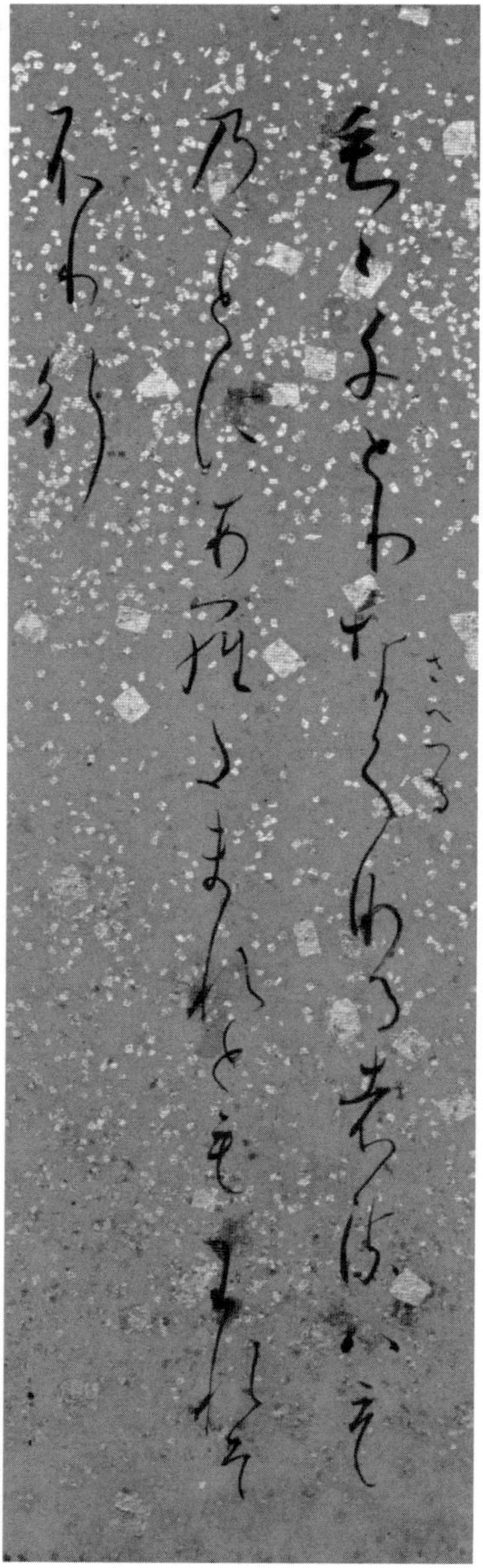

*元永本（『元永本 古今和歌集 上』講談社、94頁。ColBase上46を加工・作成）を見ると、右の通り、*具引地に金銀の*切箔《きりはく》や*砂子《すなご》を撒いて装飾が加えられた料紙に、

も、ちどりなくなる《さへづる》はるはも
のごとにあらたまれどもわれぞ
ふり行

と書写されている。『古今和歌集』巻第一・春歌上の二八番歌「不知題」「読人しらず」である。定家本の本文「ももちどりさへづる春は」で『古今和歌集』を読み馴れた者にとっては、この傍記「さへづる」は「な

くなる」という誤写を訂正したものかと思ってしまう。

しかし、「なくなる」という本文を有する『古今和歌集』は、*高野切・*筋切・*雅俗山荘本・*六条家本・*永治二年清輔本・*保元二年清輔本・*天理図書館蔵顕昭本など多くある。けっして誤写を訂正するものではなく、異本表記として「さへづる」が傍記されているのである。


「鳴くなる」と「囀る」いずれの本文が妥当なのか。その妥当性を検討する前に、まずは、「ももちどり」の語義について確認しておこう。元来「ももちどり」は、「ももち-どり」すなわち数多くの鳥の意であったと考えられる。『万葉集』に見える一首、

吾が門《かど》の榎《え》の実もり喫《は》む百千鳥千鳥は来れど
君ぞ来まさぬ　（巻十六・三八七二）

では、エノキの実をもぎ取りついばみにやって来る「百千-鳥」「千-鳥」と詠まれ、季節はエノキの実が熟す秋の鳥、すなわちムクドリやヒヨドリなどが想定されよう。また、『貫之集』には、延喜十五年九月廿二日右大将（藤原道明）御六十賀の屏風歌として詠まれた、

百千鳥こづたひちらす桜花
いづれの春かきつつみざらむ　（五七）

が見え、『古今和歌集』の「ももちどり」と同様、季節は春で、ウグイスが想定される。

なお、「ももちどり」には「ちどり」が含まれるので、冬鳥のチドリを連想して「もも-ちどり」と解され、『和泉式部集』の、

水のほとりに、千どりの
ただひとつたてるをみて
ともをなみかはせにのみぞたちゐける
ももちどりとはたれかいひけん　（六六五）

のように、チドリの異名として詠まれることもある。

では、「ももちどり」は「鳴く」のか、「囀る」のか。「ももちどり」詠に、「鳴く」あるいは「囀る」を詠み込む和歌を、古いものから順に拾ってみる。

『貫之集』に、

もも千鳥なく時はあれど君をのみ
こふる心はいつとさだめず　（六〇七）
太山には時もさだめぬ百千鳥
めづらしげなく鳴きわたるかな　（六五三）

とあるのが初めである。前者は『古今和歌六帖』にも

「ももちどりなく時あれどきみをのみこふるわがねはいつとわかれず」（第四「こひ」二〇一四）という本文で採られるが、「ももちどりなく」は変わらない。

『恵慶法師集』にも、

年かへりて、二月になるまで、
まつ人のおとづれねば、いひやる
ももちどりこゑのかぎりはなきふりぬ
まだおとづれぬ物はきみのみ　（五五）

と見え、新年になって正月の間ずっと新春を告げる「鳴き」声を聞いてきた、と詠む。

一方、「ももちどり」が「囀る」と詠まれるのは、『後拾遺和歌集』春下の題不知の藤原長能詠に、

こゑたえずさへづれのべのももちどり
のこりすくなきはるにやはあらぬ　（一六〇）

『永久百首』（永久四年（一一一六）十二月廿日成立）の「春日」題で詠まれた藤原仲実詠に、

ももちどりさへづる春は
うらうらとなれども我が身くもりつつのみ　（一六）

などとある。概ね「ももちどり」は「鳴く」から「囀る」鳥へと推移したと言ってよい。

『源氏物語』末摘花には、源氏十九歳の正月、末摘花を訪れ、「今年だに声すこし聞かせたまへかし。待たるるものは…」と声をかけたのに対して、末摘花が「さへづる春は」と答える場面がある。源氏が「あらたまのとしたちかへるあしたよりまたるるものはうぐひすのこゑ」（『拾遺抄』『和漢朗詠集』の素性詠）を引用したので、末摘花も「ももちどりさへづる春は物ごとにあらたまれども我ぞふりゆく」の一節を口にするのである。『源氏物語』に異文が見えないので、紫式部は、当該歌を「ももちどりさへづる春は」と理解していたことが知られるのである。

しかし、先に挙げた通り、*清輔や*顕昭は「なくなる」という本文を採用していたし、*永暦二年俊成本には「さへづる」の本文に「ナクナル」という傍注が見られるように、*俊成は迷っていた。*定家が「さへづる」を採用して以降、「なくなる」という本文は徐々に背景に退き、やがて忘れられてゆく。

5

梅が香を「とめたらば」か「とゞめては」か

梅が香を袖にうつしてと□□□□　春は過ぐともかたみならまし　（春上・四六）

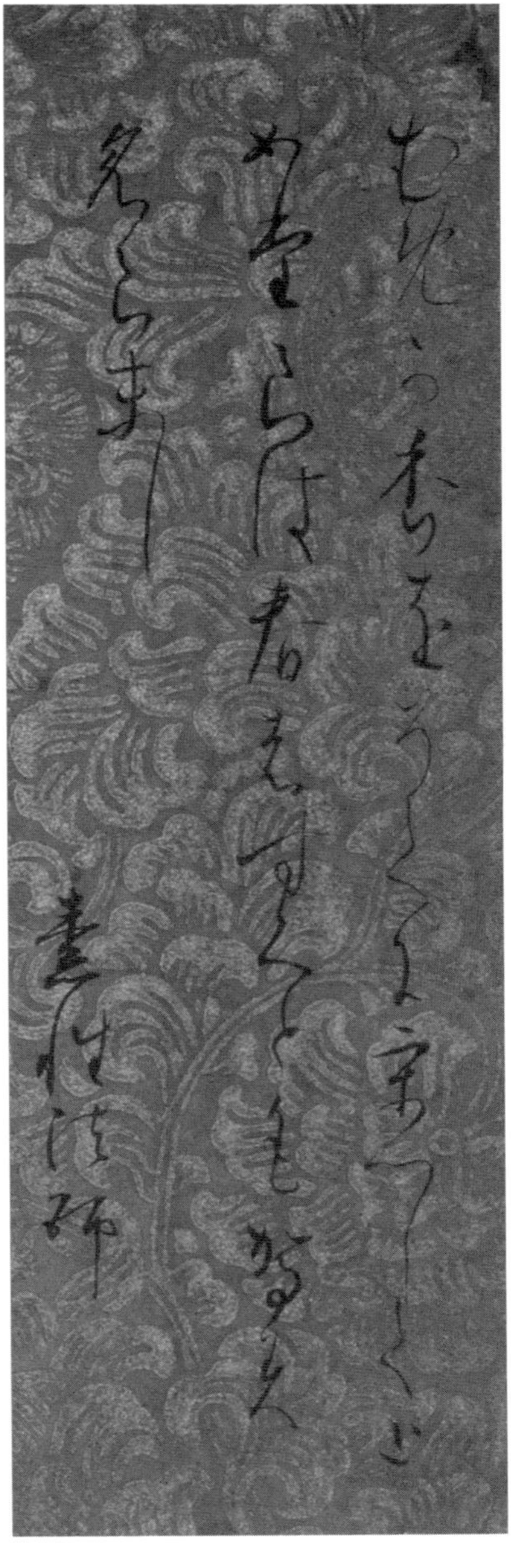

*元永本（『元永本 古今和歌集 上』講談社、104頁。ColBase上51を加工・作成）を見ると、右の通り、茶色の顔料を*具引した地紙に、*孔雀唐草文《くじゃくからくさもん》のを*雲母摺《きらずり》した和製の*唐紙《からかみ》に、

むめが香をそでにうつしてと｜めたらば春はすぐともか（た）み
ならまし

とある。「寛平御時后宮歌合の歌」の「よみ人しらず」詠である。

腰の句に「とめたらば」とあり、定家本「とどめては」で『古今和歌集』を読み馴れている現代人には、違和感があろう。

しかし、「とめたらば」という本文をもつ当該歌は元永本以外にもあって、元永本の単純な誤写ではなさそうである。

古今和歌六帖（第五「かたみ」三二四二）

むめがかを袖にこきいれてとめたらば
春はすぐともかたみならまし

*寸松庵色紙

むめのかをそでにうつしてとめたら（ば）
はるはすぐともかたみならまし

*伝公任筆装飾本

むめのかをそでにうつしてとめたらば
春はすぐともかたみならまし

*亀山切

むめの《カ交》かをそでにうつしてとめたらば《トヽメテハ交》
はるはすぐともかたみならまし

などの如くである。

一方、同時に、

寛平御時后宮歌合

むめのかをそでにうつしてとゞめては
ゝるすぎぬともかたみならまし（*十巻本）
むめのかをそでにうつしてとゞめては
はるすぎぬともかたみとやおもはむ（*廿巻本）

新撰万葉集

梅之香緒袖写手駐手者　春過鞆片身砥将思

などと、早くから「とどめては」という本文があったのも事実で、本文は安定していなかったらしい。

徳原茂実『古今和歌集の遠景』（和泉書院・二〇〇五年）は、「とめたらば」の方が口語的で、より平俗な本文とみて「平明平俗な本文が生み出され、受け入れられていく平安朝の『古今集』享受の実態がうかがえる好例」（234頁）と指摘する。

『和泉式部集』の、

ねしとこにたまなきからをとめたらば
なげのあはれと人もみよかし　（三一一）

などを見ると、和泉式部は「とめたらば」の本文で『古今和歌集』を読んでいたかと思われるし、一方、『狭衣物語』の、

散る花にさのみ心をとどめては

春より後はいかが頼まん　（一五七）

などを見ると、『狭衣物語』作者は「とどめては」の本文で『古今和歌集』を読んでいたかと思われるのである。当該歌の結句の「なら」が動詞か断定の助動詞かという問題はあるが、概ね、梅の香りを袖に移して留めておくことができたなら、たとえ春が過ぎ去ったとしても、春の形見となるだろうに、という歌意であろう。歌末の反実仮想の助動詞「まし」に呼応する表現として「未然形＋ば」が想定され、「形見」であるためには「香」が消えずに存続していなければならないので、存続の助動詞「たり」の未然形「たら」がふさわしいと考えられた結果、「とめたらば」の本文が採用されたのであろう。

しかしまた、一方では、「香」の存続など不可能なことなので、一瞬少しでもそんなことができたならば、というニュアンスで、完了の助動詞「つ」の未然形「て」がふさわしいとも考えられたらしい。それが「とどめてば」が採用された所以であろう。

現行『古今和歌集』注釈は、定家本の「とゝめては」に従って、後者を本文に採用するが、その場合、片桐全評釈を除くほとんどの注釈書が「とどめてば」と「は」を濁音とする。しかし、「とゝめては」は、『古今和歌集』（離別・三七二、在原滋春）の、

別れてはほどをへだつと思へばや
かつ見ながらにかねて恋しき

などと同じく、平安時代の文章に頻出する接続助詞「て」に係助詞「は」が付いた仮定を表す用法とみるべきであろう。

『源氏物語』薄雲の、

○手を放ちてうしろめたからむこと、つれづれも慰むかたなくては、いかが明かし暮らすべからむ。

○よろづのことかひなき身にたぐへきこえては、げに生ひさきもいとほしかるべくおぼえはべるを、たちまじりても、いかに人笑へにや。

などに見える「て」も、順接仮定条件を表す接続助詞で、係助詞「は」や「も」を付けて強調する。

こうした「ては」を読んでいると、*定家は、耳障りな濁音の接続助詞「ば」を避けるために、「とめたらば」ではなく、「とどめては」を採用したのではあるまいかと思われてくるのである。

6　桜の「さかざらば」か「なかりせば」か

世の中にたえて桜の□□□□ば　春の心はのどけからまし　（春上・五三、業平）

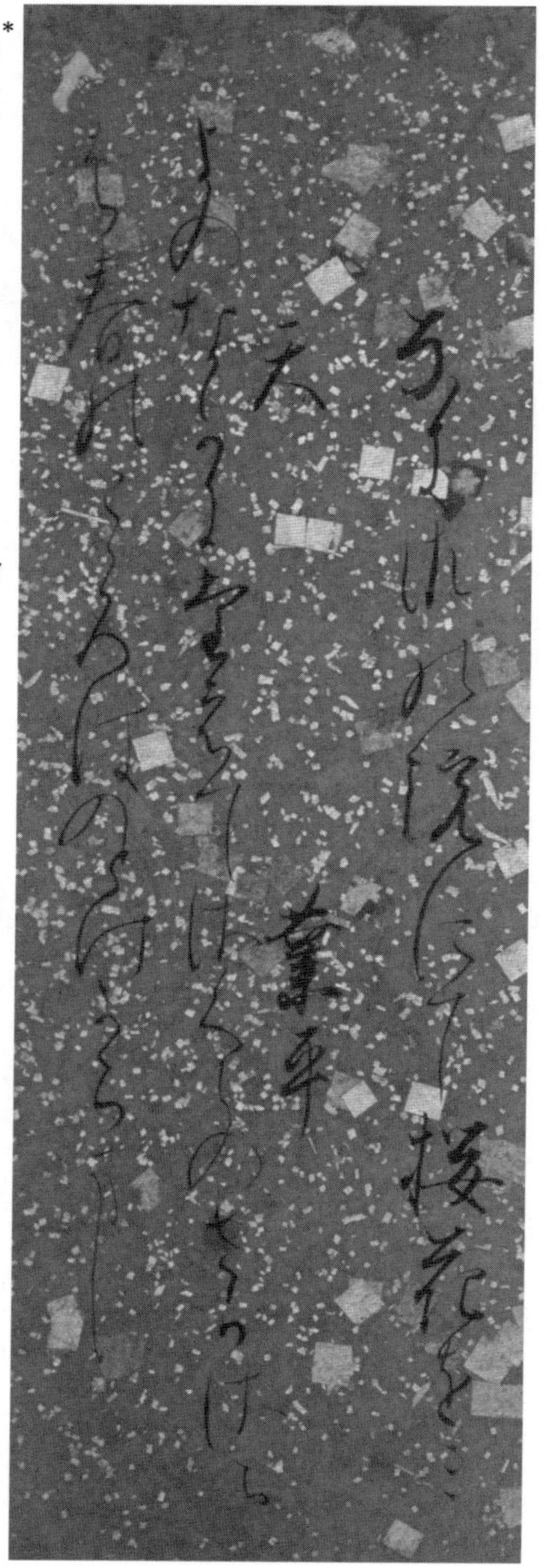

＊元永本（『元永本 古今和歌集 上』講談社、107頁。ColBase 上52を加工・作成）には、右の通り、

なぎさの院にて桜花をみ
て　　業平
よのなかにたえてさくらのさかざらば春のこゝろはのどけからまし

とある。「さかざらば」という腰の句は、『古今和歌集』や『伊勢物語』第八十二段の定家本の本文「なかりせば」に慣れている者にとっては違和感があろう。

しかし、古写本の本文を確認すると、

*伝公任筆装飾本

　世中にたえてさくらのさかざらば春の心はのどけからまし

*関戸本

　よのなかにたえてさくらのさかざらばゝるのこゝろはのどけからまし

*雅俗山荘本

　よのなかにつぇてさくらのさかざらばはるの心はのどけからまし

*伏見宮旧蔵伝顕昭本

　世中ニタエテサクラノサカザラバ春ノコヽロハノドケカラマシ

などと「さかざらば」の本文であるし、久曾神昇『古今集古筆資料集』（風間書房・一九九〇年）や西下経一・滝沢貞夫『古今集校本』新装ワイド版（笠間書院・二〇〇七年）によれば、*私稿本・*筋切・*雅経筆崇徳天皇御本・*保元二年清輔本・*天理図書館蔵顕昭本・*静嘉堂文庫蔵為家本なども「さかざらば」である。

　西下経一『古今和歌集新解』（明治書院・一九五七年）には、古本はすべて「さかざらば」であるという指摘と、「なかりせば」は、存在そのものが無かったらと仮定するので、主観的な歌に調和し、「さかざらば」は、現象をいうので、花を見てよんだ場合はこの方がよいという説明がある。この説明に従えば、「渚の院にて桜花を見て」という詞書からは、「さかざらば」がふさわしいということになる。

　『古今和歌集』以外に視野を広げ、共に十一世紀半ばの書写で国宝にも指定されている二つの公任の秀歌撰に目をやると、『*深窓秘抄』（藤田美術館蔵）も、

　よのなかにたえてさくらのさかざらばはるのこゝろはのどけからまし

*『三十人撰』（久保惣記念美術館蔵「歌仙歌合」）も、

　よのなかにたえてさくらのさかざらばゝるのこゝろはのどけからまし

と、やはり「さかざらば」である。

　このようにみてくると、「さかざらば」という本文が決して特殊なものではなく、当時広く流布していたことが知られるのである。

　とすれば、『*土左日記』に、

なぎさの院といふところをみつゝゆく。…故ありはらのなりひらの中将の、よのなかにたえてさくらのさかざらばゝるのこゝろはのどけからまし、
といふうたよめるところなりけり（青谿書屋本）

と「さかざらば」という腰の句で引用されることについて、萩谷朴『土佐日記全注釈』（角川書店）が「貫之が年少読者に容易に理解させるために、抽象的な「なかりせば」という本文を具体的な「さかざらば」という表現に改めたものであろうか」という推測や、新編日本古典文学全集（小学館）の「『古今集』歌の意図的な詠み替え」や新日本古典文学大系（岩波書店）の「当意即妙の改変」などという指摘は当たらないではあるまいか。

たしかに、『伊勢物語』の伝本では「なかりせば」という本文が圧倒的に優勢である。しかし、それは平安時代書写の『伊勢物語』が伝存しないことに由来する現象であろう。紀貫之がみていた『伊勢物語』というのは、現存する『伊勢物語』とは大きく異なったものであったと思われる。現存『伊勢物語』第八十二段のような一つの物語にはなってなくて、むしろ、*御所本三十六人集（函510・12）中の『業平集』の親本である冷泉家蔵の*素寂本『業平朝臣集』*（本奥書によって雅平本とも呼称される）の、

コレタカノミコ、ナギサノ院ト
イフトコロニ、サクラノ花ミニ
オハシタリシニ、

○ ヨノナカニタエテサクラノサカザラ《ナカリセ》バ
古 ハルノコ、ロハノドケカラマシ (46)

コノカヘサニ、御トモナル人、サケヲ
カメニイレテモタセテマイレリ、
トコロヲモトムルニ、アマノガハト
イフトコロニイタリテ、ソコノ
ナヲダイニテヨメトアリシカバ

○ カリクラシタナバタツメニヤドカラム
古 アマノカハラニワレハキニケリ (47)

マタソノ御トモナリシ人、カヘシ

○ ヒト、セニヒトタビキマスキミマテバ
古 ヤドカスヒトモアラジトゾオモフ (48)

カクテコノ宮《ミコ》カヘリタマテ、
サケナドノミテアソブホドニ、ミコ

エヒテイリ給ナムトスレバ

○　アカナクニマダキモツキノカクル、カ
古　ヤマノハニゲテイレズモアラナム　（49）

のような、まだ成長段階の『伊勢物語』だったのではなかったか。そして、惟喬親王の御供で渚の院を訪れ、桜を見て詠んだ業平の歌は「咲かざらば」という本文だったとみる方が、当時により近い古写本の本文状況から考えるなら自然だと思われるのである。

「此本者高二位本、朱雀院のぬりごめにをさまれりとぞ」という奥書をもち、高階家相伝の『伊勢物語』と考えられる*伝民部卿局筆本（本間美術館蔵）には、

昔これたかときこゆるみこおはしけり。やまざきのあなたに水成瀬といふ所に宮ありけり。年ごとの桜花ざかりに、かしこゑなむかよひたまひける。…なぎさのゐむのさくら、ことにおもしろくさけり。きのもとにをりゐて、ゑだををりて、かざしにさして皆人哥をよむに、うまのかみなりける人のよめり。

世中にたゑてさくらのさかざらば
はるのこゝろはのどけからまし

又人ちればこそいとゞさくらはあはれなれ
なにかうきよにひさしかるべき

と「さかざらば」という本文がみえ、「又人」の詠歌「散ればこそ」との対比でみると「咲かざらば」の方が適当といえるし、『源氏物語』若菜下の「なにかうきよにひさしかるべきとうち誦じてひとりごちて」という本文の共通性からすると、紫式部がみていた『伊勢物語』は伝民部卿局筆本のような伝本だったかもしれないのである（池田亀鑑『伊勢物語に就きての研究』研究篇・八三〇頁）。

*永暦二年俊成本『古今和歌集』は、*素寂本『業平朝臣集』と同様、本文「さかざら」に「ナカリセ」と傍注する。冷泉家蔵俊成自筆本『*古来風躰抄』は「なかりせば」で『古今和歌集』から採っているので、*俊成が八十四歳で『古来風躰抄』を著した建久八年（一一九七）頃には俊成は「なかりせば」が良いと考えていたらしいし、永暦二年本を父から譲られた*定家もまた、傍注の「なかりせば」を良しとしたのである。そうした定家本の流布によって「さかざらば」は「なかりせば」の陰に隠れてしまうのである。

7

「山桜」か「桜花」か

見てのみや人に語らむ　□□手ごとに折りて家づとにせむ　（春上・五五、素性）

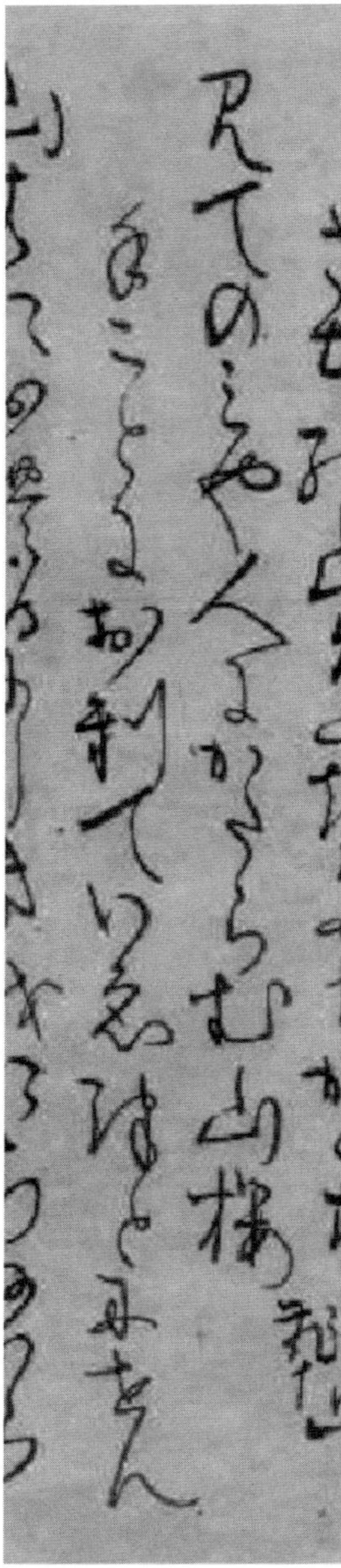

『古今和歌集』から紀貫之がさらに秀歌を精選したとされる『新撰和歌』という歌集がある。その内閣文庫本（国立公文書館蔵。「国書データベース」に公開）には、右の通り、書かれている。

　見てのみや人にかたらむ山桜
　　手ごとにおりていゑづとにせん

当該歌を読み馴れた*貞応二年定家本『古今和歌集』によって詞書とともに示すと、

　山のさくらをみてよめる　素性法師
見てのみや人にかたらむさくら花
　てごとにおりていへづとにせん

であり、腰の句が「山桜」と「桜花」で対立している。

　この異同はどう考えればよいのだろうか。

*雅俗山荘本古今和歌集（逸翁美術館蔵、国文学研究資料

館蔵マイクロフィルム）には、

　山のさくらをみてよめる
　　そせいほうし
みてのみや人にかたらむやまざくら
　てごとにおりていへづとにせむ

とあるが、『古今和歌集』の伝本では、*筋切が「やまざくら」、*元永本が「やまさくく」とあるくらいで「やまざくら」は稀少な本文といえる。大多数の諸本は「さくら花」なのである。

これは、詞書に「山のさくら」とあるので、「さくら花」でよいと考えた結果かと思われる。

それに対して、冒頭に示した『新撰和歌』のように詞書をもたないで当該歌が収められる場合、「折りて家づとにせん」というのだから、その「桜」は「山桜」が相応しい。「山桜」という歌語が選ばれる所以である。内閣文庫本の「山桜」は誤写ではなく、新編国歌大観が底本に採用した*島原松平文庫本でも「山ざくら」が採用されている。ただし、同本には「さくら」の右下に「花イ」という傍記がある。

公任の秀歌撰の場合も確認してみよう。いずれも十一世紀半ばの書写で国宝にも指定されている*『深窓秘抄』（藤田美術館蔵）*『三十人撰』（久保惣記念美術館現蔵「歌仙歌合」）も、それぞれ、

みてのみやひとにかたらむやまざくら
　てごとにをりていへづとにせむ　（一八）

見てのみやひとにかたらむ
やまざくらてごとにを
りていへづとにせん　（五一）

とあり、共に「やまざくら」である。ただし、『深窓秘抄』は作者を「いせ」とする。同じく公任撰の『三十六人撰』『和漢朗詠集』でも、それぞれ「山ざくら」（五四）「山桜」（花・一二五）である。

『素性集』の本文も確認してみよう。

*西本願寺本
　山ざくらを見はべし
見てのみや人にかたらむやまざくら
　てごとにをりていへづとにせん　（八）

*色紙本（冷泉家時雨亭叢書『平安私家集一』84頁）
　やまのさくらをみて
みてのみや人にかたらん山ざくらて

ごとにをりていへづとにせん　（八）

*唐紙本（冷泉家時雨亭叢書『平安私家集一』137・138頁）

　山ざくらを
みてのみや人にかたらんやま
ざくらてごとにをりて家
づとにせむ　（七）

*唐草装飾本（同叢書『平安私家集七』99頁）

　山寺の桜花見て
見てのみや人にかたらむ
　さくらばなてごと　をりて
いゑづとに　せむ　（二八）

と「やまざくら」の本文が優勢で、「山桜」がもともとの本文であった可能性がある。

　当該歌は、「手ごとに」とあるので一人旅ではない。旅で出会ったこの美しさは、土産話にするだけでは足りないというのである。旅で美しいものを発見した際、そのまま家への土産として持ち帰りたいと詠むのは『万葉集』以来の発想。「伊勢の海の　おきつ白浪花にもが　つつみて妹が　家づとにせむ」（巻三・三〇六、安貴王）などと見える。海のない平城京で日常生活をする者が伊勢行幸に扈従し、伊勢湾の青い海と沖の白浪を眺めたならば、きっとその風景に感動するに違いない。沖の白浪がもし花なら、平城京に残してきた恋人あるいは妻への土産にしたいものだと詠んだのだ。日常から隔絶した非日常の世界の風景であることが感動を、特に「家づとにせむ」という思いを引き出す誘因となるはずだから、素性詠でいえば、やはり「山」の桜であることが重要な要素であろう。

　唐草装飾本では、場面を「山」に加えて「寺」への参籠と想定している。それゆえ、和歌本文自体は「さくらばな」でよいと判断したのであろう。

　同様な判断で、詞書の伴わない秀歌撰などでは「山ざくら」とあるべきだという判断も並行してあったと思われる。

　ちなみに、*資経本『素性集』（冷泉家時雨亭叢書『資経本私家集二』所収）は、詞書「山のさくらを見て」を伴い、和歌本文は「さくら花」（五）。定家本『古今和歌集』に近い。

8　咲きにけらし「な」か「も」か

桜花咲きにけらし□　あしひきの山のかひより見ゆる白雲　（春上・五九、貫之）

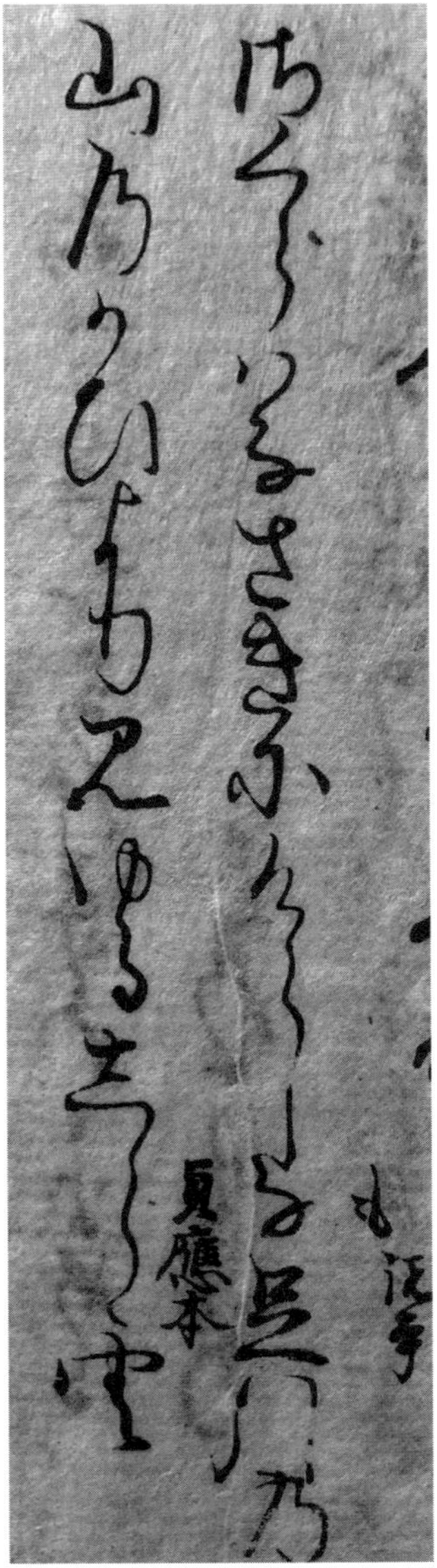

架蔵*八代集抄（北村季吟が肖柏校訂本に注釈を加えて天和二年に刊行した版本）には、右の通り、

さくらばなさきにけらしな足引の　も　諸本
山のかひより見ゆるしら雲　貞応本

とある。第二句末に異同があり、定家の貞応本は「咲きにけらしな」だが、諸本は「咲きにけらしも」というのである。

まず、古写本や古筆切の「諸本」を確認すると、

*元永本　さきにけらしな
*伝公任筆装飾本　さきにけらしな
*伏見宮旧蔵伝顕昭本　サキニケラシナ
*右衛門切　さきにけらしな
*雅俗山荘本　さきにけらしな

それに対して、

*高野切第一種　さきにけらしも
*関戸本　　さきにけらしも
*了佐切　　さきにけらしも

などである。

久曾神昇『古今集古筆資料集』（風間書房・一九九〇年）や西下経一・滝沢貞夫『古今集校本』新装ワイド版（笠間書院・二〇〇七年）によれば、「さきにけらしな」とするのは、

*私稿本・*筋切・*天理図書館蔵顕昭本・
*静嘉堂文庫蔵為家本・*同為相本

であり、それに対して「さきにけらしも」とするのは、

*基俊本・*御家切

である。

すなわち、俊成筆の御家切や了佐切は、咲き「にけらしも」の本文で、定家が譲られた*永暦二年（一一六一）俊成本も、

さくらばなさきにけらしもあしひきの
やまのかひよりみゆるしらくも

とある。さらに、俊成自筆本*『古来風躰抄』（冷泉家時雨亭叢書『古来風躰抄』226頁）も、

さくらばなさきにけらしもあしひきの
山のかひよりみゆるしらくも

という本文で挙げて、

けらしも、といへるも、このうたには、かぎりなくめでたくきこゆ。

と注記する。*俊成が「咲きにけらしも」を良しとしていたことは明らかである。

*定家も当初は父俊成に倣い、咲き「にけらしも」と読んでいたものと思われる。

しかし、「な」に「貞応本」と左注するように、*貞応元年本（一二二二）は「さきにけらしな」で、翌年書写の*貞応二年七月廿二日書写本の最善本（『冷泉家時雨亭叢書2』371頁）は、

櫻花さきにけらしもあしひきの
山のかひより見ゆる白雲

と、「な」と「も」の間で揺れている。

この貞応二年定家本が室町後期から江戸後期まで続いた古今伝授において、二条家の証本とし採用されたため、「さきにけらしも」の本文で流布する一方で、現存する定家自筆の古今集完本である*嘉禄二年四月九

日書写本と、書写時期が不明ながら嘉禄二年本よりも以前の書写とおぼしい*伊達本とが、二本とも、

　櫻花さきにけらしなあしひきの
　山のかひより見ゆる白雲

という本文である。

　このように、同じ定家本でも「咲きにけらしな」と「咲きにけらしも」という本文の対立が見られるのである。

なお、*嘉禄二年三月十五日定家書写奥書をもつ蓬左文庫蔵尾州徳川家本（『徳川黎明會叢書　古今和歌集』思文閣・一九八六年）には、

　さくら花さきにけらしもあしひきの
　山のかひよりみゆるしらくも

とある。*嘉禄二年四月九日定家自筆書写本（冷泉家蔵本）まで極めて短期間であり、その間に*伊達本の書写があったとは考えにくい。無年号の伊達本の書写は、貞応二年本と嘉禄二年本の間とみるのが無難であろうし、定家自筆の伊達本が「咲きにけらしな」という本文であったことを思うと、尾州徳川家本は「残念ながら定家筆本の姿を忠実に伝えているとは言い難い」（杉谷寿郎・解説）という評価もあり、尾州徳川家本の「咲きにけらしも」という本文は、むしろ後世に流布した貞応二年本から逆に影響を受けたものではないかとも想像される。

　定家は、貞応二年の書写から伊達本の書写までの間に、何らかの情報を得て、判断を改め、咲き「にけらしな」の本文を採用するに至ったということだろう。

　桜の花が咲く季節となったらしいよ。遠く山と山との間から見える白雲。（あれは、桜だ！）そんな感動を伝える歌だが、その感動を咲き「にけらしも」で表現するか、咲き「にけらしな」で表現するか。

　西下経一『古今和歌集新解』（明治書院・一九五七年）は、

　「も」の方が語法としては古いもので、しまるような感じがあり、「な」の方は花やかになる感じである。

と説明する。たしかに、『万葉集』には、「にけらしも」という表現は「こもりくの　はつ瀬の山は色づきぬ　しぐれの雨は零《ふり》尓《に》家《け》良《ら》思《し》母《も》」（巻八・一五九三）「白雪の常敷く冬は過《すぎ》去《に》家《け》良《ら》霜《しも》　春霞たなびく野辺の鶯鳴く

も」（巻十・一八八八）「このころの秋風寒し　はぎの花散らす白露置尓《おきに》来下《けらしも》」（同・二一七五）などを含む九例見られるが、「にけらしな」という表現は一例もない。

『古今和歌集』になると、本歌を除くと、各一例ずつ、詠み人知らずの、

　恋せじとみたらし河にせしみそぎ
　神はうけずぞなりにけらしも　（恋一・五〇一）

と、「ひえの山なるおとはのたきを見てよめる」という詞書をもつ忠岑詠、

　おちたぎつたきのみなかみとしつもり
　おいにけらしなくろきすぢなし　（雑上・九二八）

とが見え、「にけらしな」「にけらしも」いずれもあり得ることになる。

さらに一歩踏み込んで推測を加えるならば、貫之の『新撰和歌』三九が咲き「にけらしな」、『古今和歌六帖』第六「山ざくら」四二二一も咲き「にけらしな」の本文であること、古写本や古筆切もやや咲き「にけらしな」が優勢であることからすると、この貫之詠は、もともとの本文は咲き「にけらしな」であったかと思われる。しかし、平安後期になって『万葉集』の解読が進み、万葉歌が享受されていくのに合わせて、やや古風な、咲き「にけらしも」が好まれていく、というような享受史が思い描かれる。

[*]定家は晩年、父[*]俊成の咲き「にけらしも」から脱し、伊達本の書写に際し、咲き「にけらしな」と本文を改訂したが、後世、流布したのは先の貞応二年本の、咲き「にけらしも」だった。

賀茂真淵『古今和歌集打聴』は、「咲にけらしな」の本文を採用し、

　此「な」と添たるにて、ひとしほ、うるはしく聞ゆる也。

と評し、香川景樹『古今和歌集正義』は、

　六帖・顕本等、二句「さきにけらしな」と有ぞよろしき。…凡そ「な」の詞は向ふへ差あて、いひ、「も」は心にかへる詞にて、おのづから語勢たがへり。此歌はもとより「な」となくては打見やりたる打つけのけしきにかなふべからず。

と論じている。

9 春の山辺に「まどひ」か「まじり」か「とまり」か

いざ今日は春の山辺に□□□なむ　暮れなばなげの花のかげかは　（春下・九五、素性）

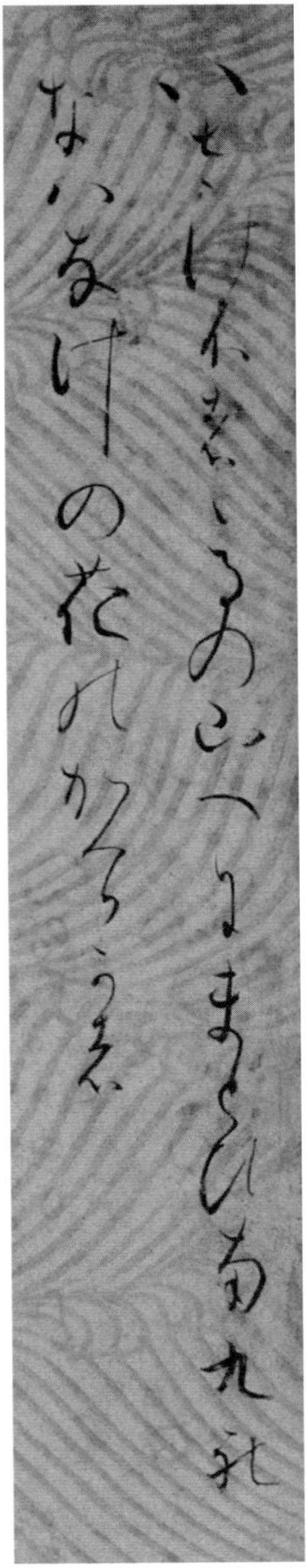

*元永本（『元永本 古今和歌集 上』講談社、129頁。ColBase 上63を加工・作成）には、右の通り、*具引地に*大波文《おおなみもん》*を空摺した*料紙に、

いざけふはゝるの山べにまどひ南くれ
なばなげの花のかげかは

と書かれている。

腰の句の「まどひなむ」は、流布本である*貞応二年定家本（『冷泉家時雨亭叢書2』382頁）では「まじりなむ」であり、流布本の本文に馴れている者には、一瞬、元永本の筆者の誤写かと思ってしまう。

しかし、諸本の本文を確認してみると、

*永治二年清輔本も、

いざけふは春の山辺にまどひなん
くれなばなげのはなのかげかは

*伏見宮旧蔵伝顕昭本も、

イザケフハハルノヤマベニマドヒナム
クレナバナゲノハナノカゲカハ

*建久二年俊成本も、

いざけふはゝるのやまべにまどひなん
くれなばなげのはなのかげ□□

*雅俗山荘本も、

　いざけふはゝるの山べにまどひなん
　くれなばなげのはなのかげかは

であり、その他、久曾神昇『古今集古筆資料集』（風間書房・一九九〇年）や西下経一・滝沢貞夫『古今集校本』新装ワイド版（笠間書院・二〇〇七年）によれば、*筋切・*保元二年清輔本・*天理図書館蔵顕昭本・*伝寂蓮筆本・*静嘉堂文庫蔵為家本・*私稿本なども「まどひ」で、古写本の多くは「まどひなむ」であったことが知られるのである。

　それどころか、『古筆学大成1』（講談社・一九八九年、199頁）に*伝藤原公任筆古今和歌集切（二）として収められた一葉の古筆切（図184）には、

　いざけふはゝるの山べにとまりなむ
　くれなばなげのはなのかげかは

とあり、「とまりなむ」という本文まで見える。しかも、久曾神昇『古今集古筆資料集』（風間書房一九九〇年）に挙げられた*基俊本にも、共通する本文があり、それが誤写による独自異文ではないことが分かる。

　一方、十一世紀末頃の書写と推定される*亀山切（『古筆学大成1』260頁）は、

　いざけふはゝるのやまべにまじりなむ
　くれなばなげのはなのかげかは

で、*飛鳥井雅経（一一七〇〜一二二一）の若年期の筆とされる崇徳天皇御本（『古筆学大成3』233頁）も、

　いざけふはゝるのやまべにまじりなん
　くれなばなげのはなのかげかは

と「まじりなむ」の本文で、定家本以前から「まじりなむ」という本文は、確かに存在した。

　定家は、「とまりなむ」「まどひなむ」という本文を採らず、「まじりなむ」を採用した。その選択の理由は何だったのか。

　そのために、まず、当該歌が詠まれた状況を確認しておきたい。為家自筆奥書をもつ*貞応二年定家本（『冷泉家時雨亭叢書2』382頁）の詞書には、

　　　　　　　　　　そせい
　うりむゐんのみこのもとに、花見にきた山のほとりにまかれりける時によめる

とある。素性が花見に北山の山辺に出かけた時に詠んだ歌であることは明白だが、詞書には分かりにくいと

ころもある。「雲林院の親王のもとに」が係る文節は、「まかれりける」なのか、「よめる」なのか。何らかの省略や誤写も想定されるのである。

ちなみに「雲林院の親王」とは、仁明天皇の皇子常康親王である。仁明天皇崩御後の良岑宗貞（後の遍昭）の出家譚は『大和物語』などによって有名だが、遍昭と同様、仁明天皇の皇子常康親王も、父が嘉祥三年（八五〇）三月廿一日清涼殿で崩御する（続日本後紀）と、その崩御を傷み、翌年二月廿三日親王は出家する。『日本文徳天皇実録』同日条は、常康親王について、先皇の第七子で、母は紀氏、若いのに物静かで鋭敏で、情趣を解する人であり、先皇の諸子の中で特に鍾愛され、親王も先皇を追慕し、悲しみが尽きず、仏教に帰依して救いを求めたのだという。常康親王は、淳和天皇の離宮を伝領し、そこを住居として雲林院と称した。雲林院は、遍昭とその子素性や、承均《そうく》法師・幽仙法師など遁世歌人の交わりの場となったらしい。

話を詞書に戻し、誤写説からみてゆくと、*雅俗山荘本では「雲林院のみこのともに」という本文であり、また*静嘉堂文庫蔵為相本も「とも」（西下経一・滝沢貞夫『古今集校本』新装ワイド版　笠間書院・二〇〇七年）である。この本文を受けて、香川景樹『古今和歌集正義』は、

古本かつ一本に「みこのともに」とあるぞ正しかりける。「もと」は「とも」を下上に書たがへる也。…みこの御供し奉りて程近き北山のあたりに花見にまかりたる也。

と論ずる。*建久二年俊成本にも、本文は「雲林院のみこのもとに」ながら、「とも」という傍記が見える。しかし、やはり「とも」という本文をもつ伝本が少ないこと、親王の「とも」なら「御供」と「御」が付くべきだろうということから、誤写説は採りづらい。

「雲林院の親王のもとに」が「まかれりける」に係るとみる説は、賀茂真淵『古今和歌集打聴』などに見える。「雲林院は北山の辺に在てそこへ花見にまかりける事をかやうに書」いているのであって、文章の一つの「書体《カキザマ》」なのだと説明する。たしかに、『源氏物語』若紫の冒頭にも「北山になむ、なにがし寺といふところに、尊き行ひ人侍る」などと、場所を示す格助詞「に」の付いた二つの文節が一つの「侍る」という文節に係

る例もあって、納得できそうではあるが、『源氏物語』の例は、広い範囲から狭い範囲へ場所を限定していく叙述であって意思伝達の自然なありかたに合致するのだが、『古今和歌集』の例は、既に限定された「雲林院の親王のもと」から「北山の辺」へ範囲を拡大する必然性が認められず、不審である。

片桐洋一『古今和歌集全評釈』（講談社）は「雲林院の親王を訪問し、親王に従って」と言葉を補って解釈し、「「雲林院」すなわち「北山のほとり」とするのが通説だが、これでは「春の山辺にまじりなん」が生きない」という。卓見であろう。

小学館の『日本古典文学全集』が新編となる際に削除されてしまったが、小沢正夫による頭注の「「よめる」にかかり、「花見に…ける時に」は挿入句とみる」説も、捨てがたい。

素性詠の下の句に反語の「かは」が用いられているのは、花見仲間から「もう日が暮れるから雲林院に戻ろう」と声がかかったことへの返事としての詠歌だったことを示す徴表で、日が暮れてしまったら、もう花見の趣きがなくなりそうな花の蔭だろうか、いや、そんなことはない。日が暮れてしまっても、今日の花の美しさは、花見を続ける価値のある素晴らしさだ、さあ、今日はこのまま春の山辺にとどまって、ここに泊まることにしよう、という表現ではなかったか。

腰の句の本文は基俊本の「とまりなむ」でも十分な妥当性がある。しかし、「とまる」だと宿泊という語からの連想で、「春の山辺」の「花のかげ」を「雲林院」とみて、雲林院に宿を求める歌と解されやすい。そうした解釈をさせないために、今日はこのまま春の山辺に「まどひ」彷徨していよう、あるいは、もっと積極的に「まじり」奥深く分け入っしまおう、という単語が選ばれていったのではあるまいか。

『竹取物語』の冒頭の「昔、竹取の翁といふ者ありけり。野山にまじりて竹を取りつつ、よろづの事に使ひけり」に見える「まじる」は翁の日常生活の境界性を示すものだが、自然と一体になって、世俗から背を向け、山に深く分け入ろうという歌僧素性の面目躍如たる表現として、「とまりなむ」よりは「まどひなむ」が、「まどひなむ」よりは「まじりなむ」が選ばれたということだろう。

10

道は「まがひぬ」か「まどひぬ」か

春の野に若菜摘まむと来しものを　散りかふ花に道はま□ひぬ　（春下・一一六、貫之）

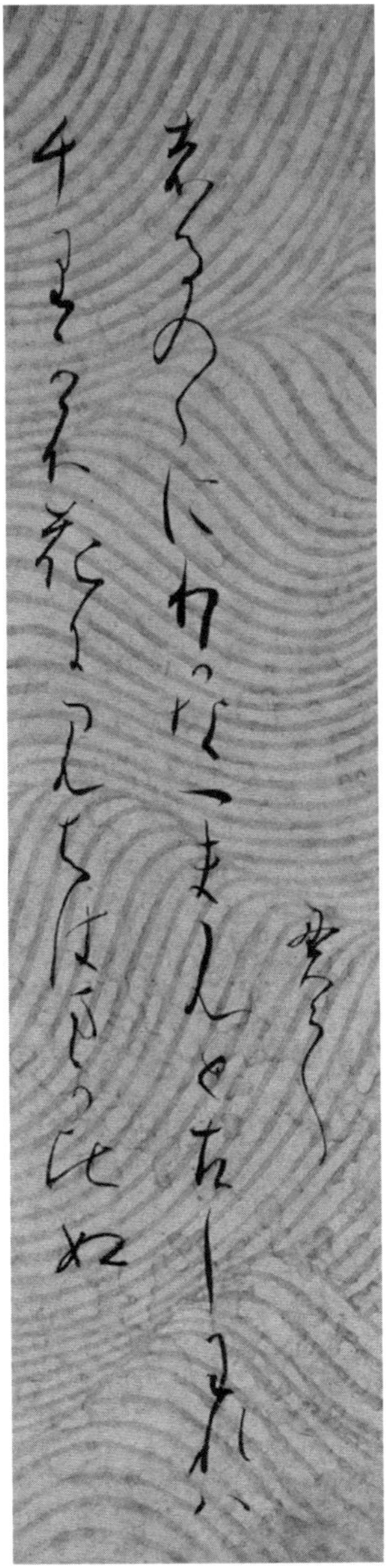

*元永本（『元永本　古今和歌集　上』講談社、136頁。ColBase上67を加工・作成）には、右の通り、*具引地に*大波文を空摺した*料紙に、

貫之

はるのゝにわかなつまんとこしわれは
ちりかふ花にみちはまがひぬ

とある。読み馴れた定家本では、腰の句は「こしものを」、結句は「みちはまどひぬ」である。元永本の誤写であろうか。

久曾神昇『古今集古筆資料集』（風間書房・一九九〇年）によれば、

*私稿本　こしものを…みちはまがひぬ
*筋切　こしわれは…みちはまがひぬ

とあり、「われは」「まがひぬ」という本文は、元永本だけの独自共異文というわけではないことが知られる。

当該歌は、『古今和歌集』の詞書によれば、寛平御時后宮歌合の貫之詠である。

まず、萩谷朴『平安朝歌合大成　一』によって寛平御時后宮歌合の本文を確認してみる。

*十巻本には、

はるのゝにわかなつまむとこしわれを
ちりかふはなにみちはまがひぬ

*廿巻本には、

春野にわかなつまむとこし我を
ちりかふはなにみちもまどひぬ

と、腰の句が「こし我を」で共通する。それにまた、当該歌が『万葉集』巻八・一四二四の山部赤人詠、

春の野にすみれ採みにと来し吾そ
野をなつかしみ一夜ねにける

を踏まえていることを考えると、「来し我」が当初の本文だったらしい。

ただし、「我を」だったのか、「我は」だったのかは、確定しづらい。もし「我は」だったのであれば、「我は…道は」という「は」の重複を、「我は…道に」という形に訂正するのが自然であろう。『古今和歌集』においては「道は」で本文異同がないことからすれば、「我を」が古い形と考えられる。早春の野に若菜を摘もうと、かつて来たことのあった私なのに、という意味で、格助詞から転じて逆接の意味へ接続助詞化した「を」である。しかし、やはり不安定だった「我を」から、「まどひぬ」「まがひぬ」の主体であることは明確にしようとした者は「我は」へ訂正し、一方、逆接の意味を明確にしようとした者は「ものを」という接続助詞へと本文を変更した。そんな経緯があったのではないかと考えられる。

さて、結句の本文異同はどうであろう。

「道はまどひぬ」だったのか、それとも「道はまがひぬ」だったのか。「まどふ」「まがふ」いずれが本来の本文だったのであろうか。

前掲の通り、寛平御時后宮歌合の本文では、十巻本が「まがふ」、廿巻本が「まどふ」と対立し、『古今和歌集』では私稿本・筋切・元永本が「まがふ」を採る。さらに、『古今和歌六帖』所収歌も、

春ののにわかなつまんとしめし野に
ちりかふ花にみちもまがひぬ
（第二「春のの」一一三九）

と「まがふ」である。

しかし、本来「まがふ」は、

いもがへにゆきかもふるとみるまでに
ここだも麻我不うめのはなかも
（万葉集・巻五・八四四）

などと「雪」が降っているかと見紛うほど「梅の花」が盛んに散っているというように、AとBという別の二つの事柄があって、それを分けることができないほどに入りまじる、交じり合って区別がしにくいことを表す語である。本歌が「道はまがひぬ」という表現を採る場合、AとBは「道」と「道ではない場所」ということになろう。別の二つの事柄として対比する面白さがあるとも思われないので、いっそのこと、

秋山の黄葉を茂み迷《まと》ひぬる妹を求めむ
山道知らずも　（万葉集・巻二・二〇八、人麻呂）

のように、「道に迷ってしまった（まどひぬ）」と表現する方が分かりやすい。

「道はまどひぬ」という本文が当初の姿だったのであろう。「散りかふ花に」という表現に引かれて、一部「道はまがひぬ」とした書写者が出たということではなかったか。

というのは、「まがふ」の語源は、「ま（目）」＋「かふ（交）」で、「目がちらちらするほどに散り乱れる」が原義かと考えられ、「散りかふ花」と「まがふ」の親和性は高いのである。

「散りのまがひ」という歌語も、『万葉集』以来、

あしひきの山下ひかるもみぢばの知里能麻河比は
けふにもあるかも　（万葉集・巻十五・三七〇〇）

世間はかずなきものか　春花の知里能麻我比に
しぬべきおもへば　（万葉集・巻十七・三九六三）

このさとにたびねしぬべし
さくら花ちりのまがひにいへぢわすれて
（古今和歌集・春下・七二）

などと見られ、「散りかふ花に」とあれば「道はまがひぬ」と続けたくなるのであろう。

しかし、『万葉集』における「まがひ」「まがふ」「まがへ」の表意文字は、

黄葉《もみちば》の散りの乱《まがひ》に妹が袖清《さや》にも見えず
（万葉集・巻二・一三五、人麻呂）

をはじめ、すべて「乱」が用いられていて、「散りのまがひに」は「散り乱れて」ほどの意味である。

11

橘の小島の「くま」か「さき」か

今もかも　咲きにほふらむ　橘の小島の□□の山吹の花　（春下・一二一、よみ人しらず）

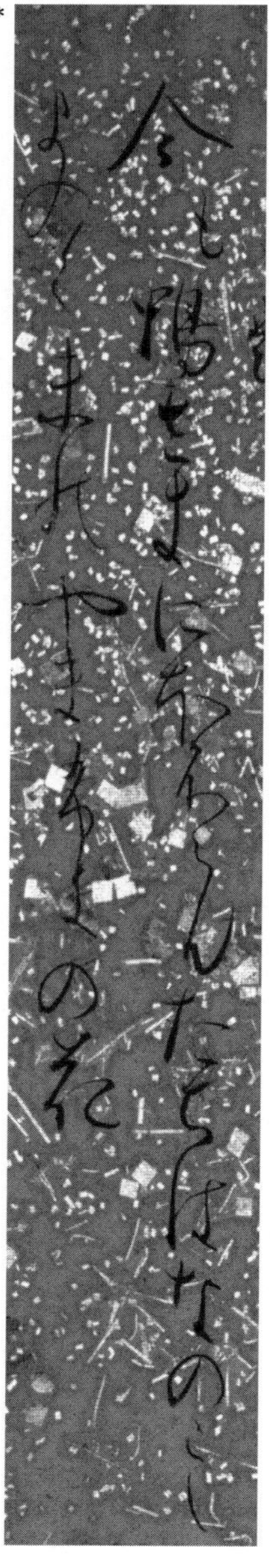

*元永本（『元永本 古今和歌集 上』講談社、138頁。ColBase上68を加工・作成）には、右の通り、*具引地に、*金銀の切箔・*砂子・*禾《のぎ》などで装飾された華麗な*料紙に、

今も鴨さきにほふらんたちばなのこじまのくまのやまぶきの花

とある。定家本では、

たちばなのこじまのさき　（*貞応二年本）

橘のこじまのさき（*伊達本・*嘉禄二年定家自筆本）

とされる「橘の小島のくま」の箇所は、元永本の誤写であろうか。

久曾神昇『古今集古筆資料集』（風間書房・一九九〇年）や西下経一・滝沢貞夫『古今集校本』新装ワイド版（笠間書院・二〇〇七年）によれば、

*筋切・*雅経筆崇徳天皇御本・

*永治二年清輔本・*保元二年清輔本・

*天理図書館蔵顕昭本・*伏見宮旧蔵伝顕昭本・

*私稿本

なども「橘の小島のくま」の本文を採用していて、「くま」は、*元永本特有の本文ではないことが知られる。

とすれば「橘の小島のくま」とは、いったい何であろうか。

そもそも「くま」は、他と境界を接する地点をいう語であるらしい。

川区芥《くま》に立ち栄ゆる　百《もも》足らず八十葉《やそば》の木は

（日本書紀・仁徳三十年九月）

山の際《ま》に　い隠るまで　道の隈《くま》　い積もるまでに

（万葉集・巻一・一七、額田王）

などのように、川の折れ曲がっている所、道の曲がり角であったり、

山の阿《くま》に伏せ隠し、賊を滅ぼさむ器を造り備へて

（常陸風土記・行方）

のように、山の奥まった場所、物陰であったりする。

つまり「橘の小島のくま」は、「橘の小島」が海や川と接する地点、島の入江をいうのであろう。

「橘の小島のくま」の本文を採用する清輔（一一〇八～一一七七）は、『奥義抄』に、

橘の小島のくまは所の名也。萬葉には橘島又小島又島のくまわなどよめり。所は皇子尊の在所也。歌枕には河内國とあり。

（日本歌学大系第一巻・三一九頁）

と注釈する。

たしかに、『万葉集』には「皇子尊《みこのみこと》（草壁皇子）の宮の舎人等の慟傷して作りし歌廿三首」中の一首、

橘の嶋の宮には飽かねかも　佐田の岡辺に侍宿《とのゐ》しに往《ゆ》く

（巻二・一七九）

があり、この「橘」は、橘寺のある飛鳥川西岸一帯から東岸の島庄まで含む広い地域を指すと思われる。

橘の嶋にし居れば河遠み　曝さず縫ひし吾《あ》が下衣

（巻七・一三一五）

という歌も見え、こちらの一首は、

河内女《かふちめ》の手染めの糸を繰り返し　片糸にあれど絶えむと念へや

（巻七・一三一六）

と並んでいることに因るのか、藤原範兼編『五代集歌枕』巻下・廿六（日本歌学大系別巻一・四二四頁）には「嶋」の項目を立て、『万葉集』巻七の一首を挙げて「たちばなの嶋」を「河内」の歌枕とする。

なお、『五代集歌枕』巻上・四（同・三五〇頁）には「隈」の項目も立て「こじまのくま　陸奥」として古

今集歌を、
　今もかも咲にほふらん立花の
　　こじまのくまの山吹のはな
の本文で挙げる。「陸奥」の歌枕としたのは、「陸奥」には、
　うきしま・かみやどの嶋・まがきの嶋・まつしま
　・水のこじま・宮こじま
　（『能因歌枕』日本歌学大系第一巻・九六頁）
などと「松島」を中心に多くの島が名所として知られていたことに由来するのであろうか。
　『万葉集』から『後拾遺和歌集』までに詠まれた歌枕を整理した範兼（一一〇七～一一六五）は、『源氏物語』の宇治十帖を読んでいなかったらしい。宇治川に漕ぎ出した小舟に乗る匂宮と浮舟は、船頭の「これなむ橘のこじま」という言葉を契機に、大きな岩に繋る「常盤木」の「緑の深さ」に目をやり、
匂　年経ともかはらむものか
　　橘の小島のさきに契る心は
浮　橘の小島の色はかはらじを
　　この浮舟ぞ行方知られぬ
と歌を詠み交わす。この「浮舟」の一場面を読んでいれば、「橘の小島」は「山城国」の宇治川にあった歌枕だと判断したはずである。そしてまた、匂宮が歌を「橘の小島のさき」と詠んでいることから、作者の紫式部は「橘の小島のくま」ではなく、「橘の小島のさき」の本文で『古今和歌集』を読んでいたのではないか、と反省してみることもあったかもしれないのである。
　『顕注密勘抄』（一二二一年成立、日本歌学大系別巻五・一五八頁）を繙くと、顕昭*は「たち花のこじまのくま」の本文で古今集歌を引き、『奥義抄』の説を紹介する。ただし「橘小嶋（山城）」とし、「然者、河内、山城相違歟。又同名所歟」と疑義を表す。定家*は本文について、
　思ふゆゑ侍て、こじまがさきと書たるを用侍也。
と密勘を加えている。
　「源氏見ざる歌よみは遺恨ノ事也」（六百番歌合判詞）と提言した俊成*の了佐切*は、
　いまもかもさきにほふらんたちばなの
　こじまのさきの山ぶきのはな

という本文だが、*定家は、『定家八代抄』（一二一五年頃成立）では、一歩進めて

今もかも咲匂ふらん橘の
こじまが崎の山ぶきのはな　（春下・一八三）

という本文を採用した。

定家は「思ふゆゑ侍て」としか言わないが、家隆が『御室五十首』（一一九八年詠進）に、

たち花の小島がさきの旅衣
ぬれてぞかをる山ぶきの花　（五五九）

と詠み、後鳥羽院が『正治初度百首』（一二〇〇年詠進）に、

たち花のこじまがさきの月影を
ながめやわたす宇治の橋守　（四六）

と詠んだことなども影響があるのかもしれない。いずれにせよ、格助詞に「の」ではなく「が」を用いたことによって、橘の小島の「くま」「さき」で揺れていた本文が「橘の小島がさき」で安定していくように感じられる。ちなみに、青表紙本『源氏物語』でも横山本や平瀬本は「こじまがさき」の本文である。

しかし、定家も確信をもっていたわけではなく、前掲の通り貞応二年本、伊達本、嘉禄二年本などの『古今和歌集』本文では「こじまのさき」に回帰している。その結果、本文の不安定な状態は続くことになった。

『洞院摂政家百首』（一二三二年成立）に、

郭公やどりやすらん橘の
小島がさきの明ぼののこゑ　（三〇五、道家）

『宝治百首』（一二四八年詠進）に、

たちばなのこじまのさきの山吹を
いかで籬にうつしそめけん　（六八二、道助）

がある一方で、まだ「橘の小島のくま」という本文も根強く、貞永元年（一二三二）『名所月歌合』には、

たちばなのこじまのくまの川かぜに
むかしもきかずすめる月かげ　（三七、親季朝臣）

という歌が詠まれているし、鎌倉時代の歌学書『色葉和難集』（日本歌学大系別巻二・五二一頁）には、

いまもかもさきにほふらんたちばなの
こじまのくまの山ぶきのはな　（六七二）

という本文で『古今和歌集』歌が掲げられ、「こじまのくま」が解説されている。

12

「通ひ」か「今宵」か

山吹はあやなな咲きそ　花見むと植ゑけむ君が□よひ来なくに　（春下・一二三、よみ人しらず）

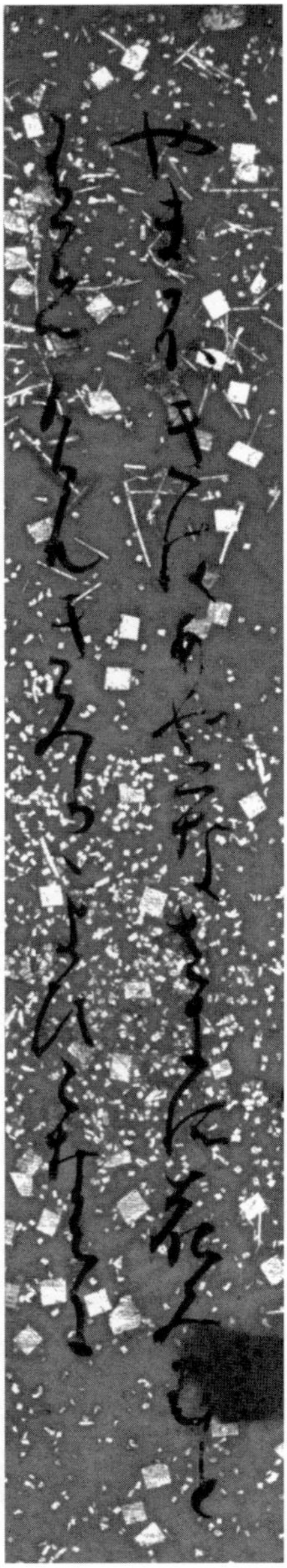

*元永本（『元永本 古今和歌集 上』講談社、139頁。ColBase 上68を加工・作成）には、右の通り、*具引地に、金銀の切箔・*砂子・*禾《のぎ》などで装飾された華麗な料紙に、

やまぶきはあやになさきそ花みむと
うゑけんきみがゝよひこなくに

と書かれている。定家本と比べると、第二句には「あやな」と「あやに」、結句には「こよひ」と「かよひ」という本文異同がある。

まず第二句の異同について確認する。

「あやな」であれば、形容詞「あやなし」の語幹の詠嘆用法。理由もなく、意味なく、などの意。「あやに」であれば、「あやし」「あやしぶ」などの「あや」と同源の感動詞に助詞「に」がついてできた副詞。わけもわからず、むやみに、などの意。

「あやに」は『万葉集』に三十例ほど用いられているのに対して、形容詞「あやなし」は、上代には用例が見出せず、『古今和歌集』になって、

春の夜のやみはあやなし梅花
色こそ見えねかやはかくるる

（春上・四一、みつね）

をみなへしおほかるのべにやどりせば
あやなくあだの名をやたちなむ
（秋上・二二九、をののよし木）

などと用いられるようになる、漢語由来の可能性がある語である。『古今和歌集』には、

人めもる我かはあやな花すすき
などかほにいでてこひずしもあらむ
（恋一・五四九）

あやなくてまだきなきなのたつた河
わたらでやまむ物ならなくに
（恋三・六二九、みはるのありすけ）

などのように、語幹の用法や「…なくに」との併用も見られるので、春下の一二三番歌も本来「あやな」だったとみて、「あやに」は『万葉集』が再評価される平安後期の産物と考えておこう。

問題は、結句が「今宵」か「通ひ」か。

「通ひ」の本文を採用するのは、久曾神昇『古今集古筆資料集』（風間書房・一九九〇年）や西下経一・滝沢貞夫『古今集校本』新装ワイド版（笠間書院・二〇〇七年）によれば、元永本以外に、*筋切・*寂恵使用俊成本・*私稿本。異本表記として「こ」に「か」を傍記するのが*保元二年清輔本・*永暦二年俊成本である。また、『古今和歌六帖』第六「山ぶき」には、

やまぶきはあやなくさきそ花みんと
うゑてし君がかよひこなくに
（三五九七）

と、結句が「通ひ」で収められている。なお、第二句は「あやなゝさきそ」の「ゝ」を「く」と誤写。真淵『古今和歌集打聴』（『賀茂真淵全集』続群書類従完成会、第九巻・八九頁）に「なゝをなくとみあやまりしものぞ」とある通りである。第四句の「てし」は独自異文。

花を見ようと植えたという君が通って来ないのに、山吹は意味なく咲いてくれるな――「通ひ来なくに」の本文は単純な誤写ではない。「今宵来なくに」との関係をどう考えればよいのであろうか。

*契沖『古今余材抄』（『契沖全集』岩波書店、第八巻・145頁）は参考歌として、

かくしあらば何か植ゑけむ山ぶきの
止む時もなく恋ふらく念へば
（万葉集・巻十・一九〇七）

を挙げ、片桐洋一『古今和歌集全評釈』（講談社、上・

六四七頁）は鑑賞の材料として、

　山吹をやどに植ゑては見るごとに
　念ひは止まず恋こそまされ
（万葉集・巻十九・四一八六）

を示す。山吹は、恋の思いの「止まむ時」なくと音も通じ、見るたびに人恋しさの増さる花だったのである。

『古今余材抄』は、また『後撰和歌集』の、

　をとこのひさしうまでこざりければ
何に菊色そめかへしにほふらん
花もてはやす君もこなくに
（秋下・四〇〇）

も挙げる。「山吹」と「菊」の違いはあるが、花を賞賛する君もいないのに意味なく花が咲いている状況は同じである。『後撰和歌集』の場合は、「男の久しうまうで来ざりければ」と詞書にあり、「今宵」だけのことではない。

『古今和歌集』春下の本歌の場合は、「題しらず」であるが、もし同じ状況なら、「今宵来なくに」ではなく「通ひ来なくに」の本文がふさわしいということになる。

一方、*教長『古今和歌集註』は「今宵来なくに」を採用し、

　コヨヒトヨメルハ、コヒノ心ナルベシ。

と「今宵」という表現にこそ恋心が感じられるという。男が「久しう」通って来なくなった恋の苦しさを詠む歌なのか、それとも、男が「今宵」来ない人恋しさを詠む歌なのか。*清輔や*俊成の時代は、まだ両説あったらしい。俊成から定家が受け継いだ*永暦二年俊成本（国立歴史民俗博物館蔵史料編集会編『貴重典籍叢書　文学篇第一巻　勅撰集一』臨川書店）には、

　やまぶきはあやなゝさきそ花みむと
　うゑけむきみがこ《か》よひこなくに

と「こ」に「か」が傍記されていたが、*定家は「今宵」の方を選び採ったのだった。

『古今和歌集』の配列上、山吹は既に咲いている。そんな山吹に「あやな」と詠嘆し、「な咲きそ」と呼びかける女の心情としては、「今宵」の人恋しさが相応しいとの判断だったか。

13　そことも「知らぬ」か「言はぬ」か

おもふどち春の山辺にうちむれて　そことも□□ぬ旅寝してしか（春下・一二六、素性）

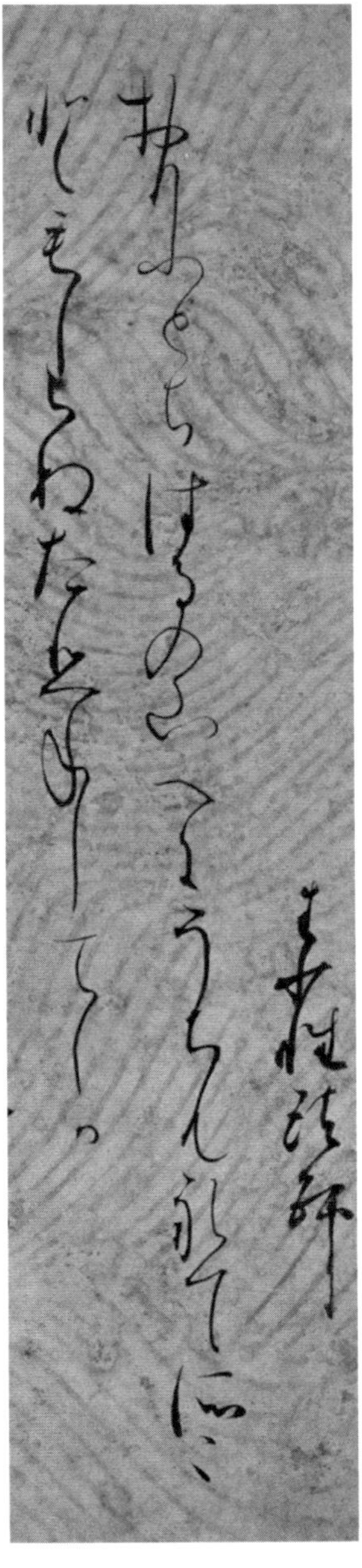

*元永本（『元永本 古今和歌集 上』講談社、140頁。ColBase 上69を加工・作成）には、右の通り、*具引地に*大波文を*空摺した料紙に、

素性法師

おもふどち春の山べにうちむれてそこ
ともしらぬたびねしてしか

とある。『古今和歌集』の流布本である*貞応二年（一二二三）本（為家自筆奥書本で示す）の、

おもふどち春の山邊に打むれて
そこともいはぬたびねしてしが

で読み馴れている者にとっては、「そこともしらぬ」には多少の抵抗感があろう。

しかし、「そこともしらぬ」が*元永本の独自異文かというと、そうではない。久曾神昇『古今集古筆資料集』（風間書房・一九九〇年）や西下経一・滝沢貞夫『古今集校本』新装ワイド版（笠間書院・二〇〇七年）によれば、*筋切・*亀山切・*基俊本・*私稿本が「そこともしらぬ」の本文を採る。また、*六条家本や*静嘉堂文庫蔵為相本も「しらぬ」とし、「しら」に「いはイ」という傍記をもつ。

『素性集』の本文を確認すると、

第一類

*西本願寺本（『西本願寺本三十六人集精成』215頁）

おもふどちはるのみやまをうちむれて
そこともしらぬたびねしてしか

第二類

*色紙本（冷泉家時雨亭叢書『平安私家集一』90頁）

おもふどちはるのやまべにうちむれ
てそこともしらぬたびねしてしか

*寛元三年本（同叢書『平安私家集九』60頁）

おもふどちはるのやまべにうちむれて
そこともしらぬたびねしてしか

第三類

*資経本（同叢書『資経本私家集二』185頁）

おもふどちはるのやまべにうちむれて
そこともしらぬたびねしてしか

*大炊本（同叢書『古筆切 拾遺二』99頁）

おもふどちはるのやまべにうちむれて
そこともしらぬたびねしてしか

*歌仙家集本（『合本三十六人集』31頁）

思ふどち春の山べにうちむれて
そこともしらぬ旅ねしてしか

第四類

*唐紙本（同叢書『平安私家集二』138頁）

おもふどちはるの山べにうちむれて
そこともしらぬたびねしてしか

第五類

*唐草装飾本（同叢書『平安私家集七』102頁）

おもふどち春の山辺にうちむれて
そこともいはぬたびねしてしか

と、第五類の唐草装飾本だけが「そこともいはぬ」とし、それ以外はすべて「そこともしらぬ」の本文である。

このように「そこともしらぬ」という本文は、「そこともいはぬ」に劣らない由緒ある本文であったことが知られる。

『古今和歌六帖』所収歌も、

　おもふどち春の山べにうちむれて
　そこともしらぬたびねしてしか　（第二・のべ・一二二四）

と「そこともしらぬ」なのである。

　それに対して、清輔・顕昭・俊成は、一貫して「そこともいはぬ」の本文を採用している。建久四年（一一九三）成立とされる『六百番歌合』に、家隆は、

　おもふどちそこともいはずゆきくれぬ
　花のやどかせ野べのうぐひす　（七二）

という一首を出詠し、俊成は判詞に「素性法師、おもふどち春の山べにうちむれてそこともいはぬたびねしてしか、といへる歌」の本歌取りとし、評価した。

　しかし、この家隆詠が、元久二年（一二〇五）奏覧される『新古今和歌集』に「摂政太政大臣家百首歌合に、野遊のこころを　藤原家隆朝臣」として入集した際、第二句が「そこともしらず」（春上・八二）と改変された。素性詠が「そこともしらぬ」という本文で深く享受されていた証拠であろう。建保三年（一二一五）頃の成立とされる『定家八代抄』春下には、

　おもふどち春の山辺に打ちむれて
　そこともしらぬ旅ねしてしか　（一一七、素性）
　思ふどちそこともしらず行暮れぬ
　花のかどかせ野べのうぐひす　（一一八、家隆）

と、「しらぬ」「しらず」の本文で並んでいる。定家は、この時期、「そこともしらぬ」の本文を採っていたのである。

　ところが、定家は、冒頭に挙げたように、後に流布本となる貞応二年（一二二三）本では「そこともいはぬ」の本文に回帰した。定家自筆本でも、

　おもふどち春の山邊にうちむれてそこともいはぬ
　たびねしてしか　（*伊達本）
　おもふどちはるの山べにうちむれてそこともいは
　ぬたびねしてしか　（*嘉禄二年（一二二六）本）

である。

　「そこともしらぬ」と「そこともいはぬ」と、語義の上では大きな相違はない。大きな相違がないゆえにこそ、定家は、「信じ得る本文を求めて最後まで苦闘していた」（片桐洋一『平安文学の本文は動く』和泉書院、122頁）のである。

14

「道のまに〳〵」か「水のまに〳〵」か

花散れるみ□のまにまにとめくれば　山には春もなくなりにけり　（春下・一二九、深養父）

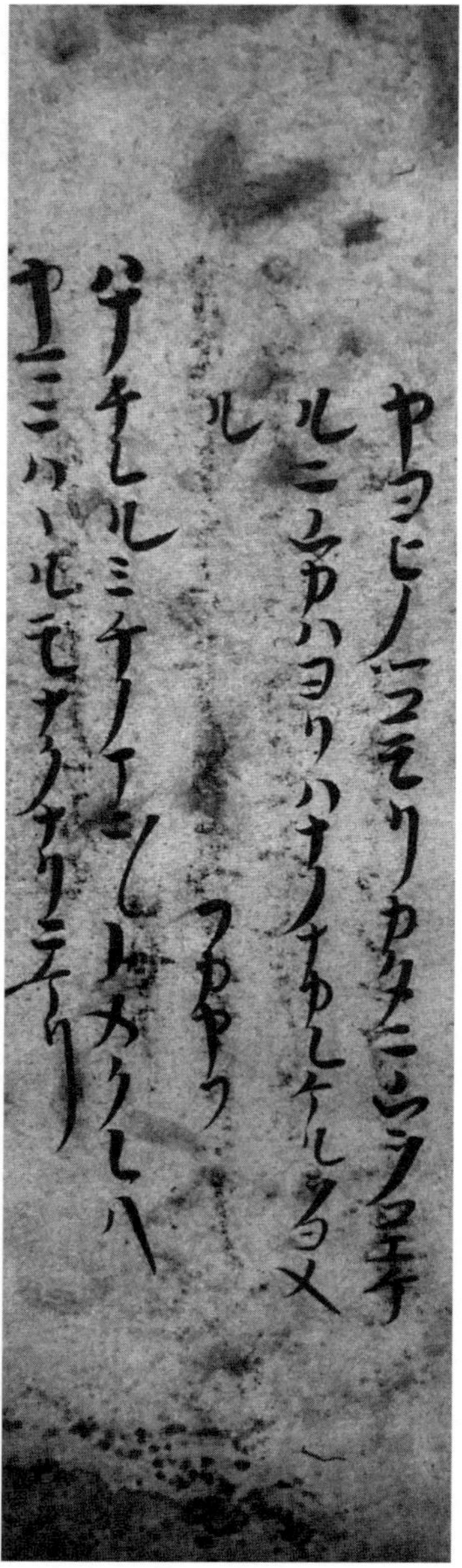

*伏見宮旧蔵伝顕昭本（宮内庁書陵部蔵、伏・二二三〇）

には、右の通り、

ヤヨヒノツゴモリガタニ、山ヲコエケ
ルニ、山ガハヨリハナノナガレケルヲヨメ
ル　　　フカヤブ

ハナチレルミチノマニ〳〵トメクレバ
ヤマニハヽルモナクナリニケリ

とある。

定家本の第二句は「みづのまに〳〵」である。

詞書に「山川より花の流れける」とあるのだから、

「ミチ」の「チ」は「ツ」の誤写かと思われる。
しかし、久曾神昇『古今集古筆資料集』(風間書房・一九九〇年)や西下経一・滝沢貞夫『古今集校本』新装ワイド版(笠間書院・二〇〇七年)によれば、

*永治二年清輔本・*保元二年清輔本・*天理図書館蔵顕昭本・*私稿本・*伝寂蓮筆本

が「みち」の本文で、*六条家本が「みち」の「ち」に「つイ」と異本表記が傍記されていて、清輔や顕昭という六条家周辺では「みちのまに〳〵」は通行していた本文であったことが知られるのである。
そもそも「まにまに」という語は、『万葉集』には三十七例見られ、

十月《かむなづき》しぐれにあへる黄葉《もみちば》の
吹かば落《ち》りなむ風の随《まにまに》　(巻八・一五九〇、大伴宿祢池主)

などのように「随」の訓としても使用されている。「まにまに」から派生したと思われる「まにま」という語も八例ある。『古今和歌集』には六例見える。本歌のほか、次の五例である。

おほえのちふるがこしへまかりける

14　「道のまに〳〵」か「水のまに〳〵」か

むまのはなむけによめる
君がゆくこしのしら山しらねども
雪のまにまにあとはたづねむ
(離別・三九一、藤原かねすけの朝臣)

山にのぼりてかへりまうできて、
人々わかれけるついでによめる
別をば山のさくらにまかせてむ
とめむとめじは花のまにまに
(離別・三九三、幽仙法師)

朱雀院のならにおはしましたりける時に
たむけ山にてよみける
このたびはぬさもとりあへずたむけ山
紅葉の錦神のまにまに
(羈旅・四二〇、すがはらの朝臣)

今はとてわが身時雨にふりぬれば
事のはさへにうつろひにけり
(をののこまち)

返し
人を思ふ心のこのはにあらばこそ
風のまにまにちりもみだれめ
(恋五・七八三、小野さだき)

葦引の山のまにまにかくれなむ
うき世中はあるかひもなし（雑下・九五三）

兼輔詠の「雪のまにまに」は「行《ゆ》きのまにまに」を掛け、あなたの足どりのままに、の意。

限なき思ひのままによるもこむ
ゆめぢをさへに人はとがめじ（恋三・六五七、小町）

などのように、「まにまに」はやがて「ままに」にとって代わられてゆく。青谿書屋本*『土佐日記』には、

漕ぎゆくまに〱、海のほとりにとまれる人も、遠くなりぬ。
漕ぎゆくまに〱、山も海もみな暮れ…
ふねを漕ぐまに〱、山もゆくと見ゆるをみて…

などと見えるが、最後の用例は定家筆本では「こぐまゝに」となっている。

「まにまに」は、その後の散文には用例がなく、和歌や和歌的表現に限って用いられるようになる。

『恵慶集』の詞書の和歌的表現を挙げると、

けふは、はつかひとひになりにけり。のこりの春もいくばくならず、…しらまゆみはるのやま辺にゆき、ちりぬべき花の色をもをしみ、…たまぼこの道のまにまに、あしひきの山のほとりをたづねゆくほどに…

とある。これを参考にすれば、「道のまにまに」の本文も簡単には切り捨てられないように思われる。

道に随って、花の流れてくる山川に沿って、尋ねてゆくと…

と解釈することも可能だからである。

当該歌は、『古今和歌六帖』にも、

花ちれるみちのまにまにとめくれば
山には春も残らざりけり（第一・はじめのなつ・七〇、ふかやぶ）

と「みち」の本文で収められ、承久元年（一二一九）七月廿七日に行われた『内裏百番歌合』において「深山花」という題で、信実が出詠した歌、

花にあかぬみちのまにまにたづぬれば
山は吉野のおくものこらず（三五）

は、それを踏まえるかと思われるのである。

15　声「たえず」か「たゝず」か

声た□ず鳴けや鶯　ひととせにふたたびとだに来べき春かは　（春下・一三一、興風）

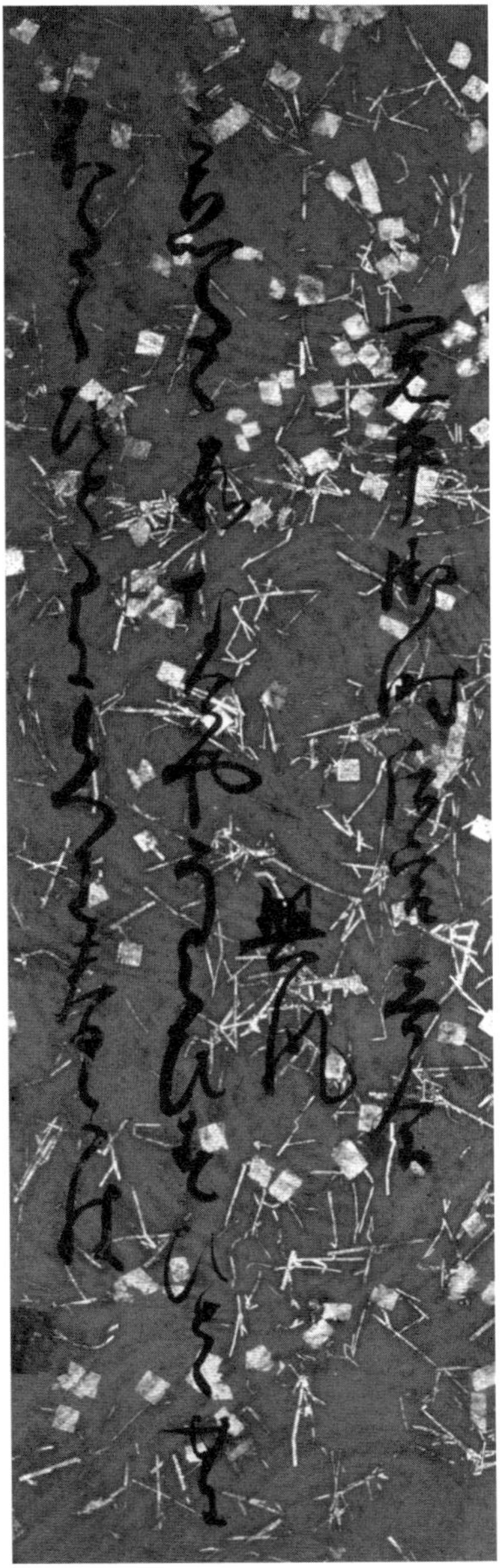

*元永本（『元永本　古今和歌集　上』講談社、142頁。ColBase上70を加工・作成）には、右の通り、*具引地に、*金銀の切箔・*砂子・*禾《のぎ》などで装飾された華麗な*料紙に、

　寛平御時后宮哥合

　　興風

こゑたゝずなけやうぐひすひとゝせに

ふたゝびとだにくべき春かは

と書かれている。

読み馴れている定家本の初句は「こゑたえず」。「こゑたゝず」とするのは、元永本の誤写であろうか。

久曾神昇『古今集古筆資料集』（風間書房・一九九〇年）や西下経一・滝沢貞夫『古今集校本』新装ワイド

版（笠間書院・二〇〇七年）によれば、

*筋切・*永治二年清輔本・*保元二年清輔本・
*天理図書館蔵顕昭本・*伏見宮旧蔵伝顕昭本・
*寂恵使用俊成本・*永暦二年俊成本・*昭和切・
*毘沙門堂註本

も「声たゝず」とあり、「声たゝず」という本文は、元永本だけの独自共異文というわけではないことが知られる。

このうち、*永暦二年俊成本は、俊成から定家へ伝えられた本で、定家の古今集本文研究はここから出発している。当該歌の本文について言えば、定家は、父俊成が採用していた「声たゝず」を捨てて「声たえず」を選び採ったことになる。その理由は何だったのであろうか。

「声たたず」と「声たえず」では、どう違うのであろうか。

タ行四段活用の他動詞「たつ」（絶・断）の未然形か、ヤ行下二段活用の自動詞「たゆ」（絶）の未然形かの違いということになる。他動詞なら「声を絶やさず」、自動詞なら「声が途切れないように」という意味となり、意味上は大きな相違がないと言えよう。

意味上は大きな相違はなくても「声たゝず」と「声たえず」では印象がずいぶん異なる。

当該歌は、『古今和歌集』の詞書によれば、寛平御時后宮歌合出詠歌だが、萩谷朴『平安朝歌合大成 一』によって寛平御時后宮歌合の本文を確認してみると、*十巻本には、

こゑたゝずなけやうぐひすひとゝせに
ふたゝびとだにくべきはるかは

*廿巻本には、

こゑたえずなけやうぐひすひとゝせに
ふたゝびとだにくべきはるかは

とあり、本歌は早くから「声たたず」と「声たえず」の両方の本文が併存していたらしい。

寛平御時后宮歌合の和歌を真名書《まながき》した『新撰万葉集』では、初句・第二句を「音不断鳴哉鶯」（巻下・二四一）と表記する。

紀貫之が醍醐天皇の命で土佐守在任中に『古今和歌集』から秀歌を抄出して若干それにない歌を加えて編集した『新撰和歌』には、

声たえでなけや鶯ひととせに
ふたたびとだにくべき春かは　（春秋・一一九）

とあり、「声たえずして」の意で「声たえで」の本文を採用する。これは「声たえず」の一つのバリエーションと言える。

また、『古今和歌六帖』第一「はるのはて」には、

声たててなけや鶯ひととせに
二たびとだにくべき春かは　（六三、藤原おきかぜ）

とある。「たつ」（絶・断）は四段活用動詞なので「たてて」を「絶（断）てで」とみることはできない。下二段活用動詞「立つ」の連用形に接続助詞の付いた「立てて」であろう。声を立てて鳴け、と理解しやすい。

『興風集』の本文を確認すると、*資経本（『冷泉家時雨亭叢書　資経本私家集二』214頁）には、初句は「こゑたてゝ」の本文で収められ、「てゝ」に「えず云々」と傍記がある。この資経本を基にして正保四年（一六四七）に上梓された*歌仙家集（『合本　三十六人集』三弥井書店・二〇〇三年、七六頁）の本文も「声たてゝ」で、「てゝ」に「えず」と傍記。さらに、資経本を江戸前期に書写した*「御所本三十六人集」の『興風集』（『御所本三十六人集』新典社、十三巻2頁）の本文も「聲たてゝ」で傍記はない。

このように「声立てゝ」という本文が想定されたのは、*清輔・*顕昭・*俊成が採用した「声たゝず」の「たゝ」を、「断つ・絶つ」ではなく「立つ」と読み違えたため、「声たゝず」への不審から「声たてゝ」と訂正した結果であろう。

*定家が父俊成が採用していた「声たゝず」という本文を捨てたのは、こうした誤解が生じない本文をめざしたからではあるまいか。

「声たえず鳴けや」という本文であれば、『後撰和歌集』（定家自筆『冷泉家時雨亭叢書　後撰和歌　*天福二年本』74頁・195頁）に、

わがごとく物やかなしきゝりぐ〳〵す草のやどりにこゑたえずなく　（秋上・二五八）

人のもとにつかはしける　右大臣

かくれぬにすむをしどりのこゑたえずなけどかひなき物にぞ有ける　（恋三・七七五）

などと見え、誤解が生じにくい。

さらに、『古今和歌集』所収歌の表現を観察すると、

文屋のやすひでみかはのぞうになりて、あがた見には、えいでたたじや、といひやれりける返事によめる　小野小町

わびぬれば身をうき草のねをたえて
さそふ水あらばいなむとぞ思ふ　（雑下・九三八）

ともだちのひさしうまうでこざりけるもとによみてつかはしける　みつね

水のおもにおふるさ月のうき草の
うき事あれやねをたえてこぬ　（雑下・九七六）

などの「ねをたえて」の「絶ゆ」は、他動詞「絶つ」と同じように用いられていることに気がつく。特に後者は、「根」に「音」を掛けていて、「声たえず」に近い。『古今和歌集』の「声たえず」の解釈についても、「声が途切れないように」という自動詞の用法に加えて、「絶ゆ」に他動詞としての用法を認めてよいなら「声を絶やさず」という解釈も可能になり、「声絶えず鳴けや鶯」の本文は、いっそう受け入れやすくなるのである。

『後拾遺和歌集』の、

こゑたえずさへづれのべのももちどり
のこりすくなきはるにやはあらぬ
（春下・一六〇、藤原長能）

などは「鶯」「鳴く」が「百千鳥」「さへづる」にさし替えられただけで、『古今和歌集』の当該歌とまったく同じ心が詠まれている。公任よりも十歳ばかり年長であった長能も「声たえず」という本文で『古今和歌集』を読んでいたと推察される。

このように、当該歌の初句の本文は、俊成の頃までは「声たえず」以外に「声たゝず」「声たえで」などが見られ不安定だったが、定家本の普及によって「声たえず」で安定的に享受されてゆく。

ただし、一挙に「声たゝず」という本文が排除されてしまったわけではない。例えば、宗尊親王（一二四二～七四）晩年の家集『竹風和歌抄』に、

声たたずなけや枕のきりぎりす
さぞなことしの秋はかなしき

などと見えることによって、それは知られるのである。

16

まだしき「時」か「程」か

五月来ば鳴きもふりなむ郭公まだしき□の声を聞かばや　（夏・一三八、伊勢）

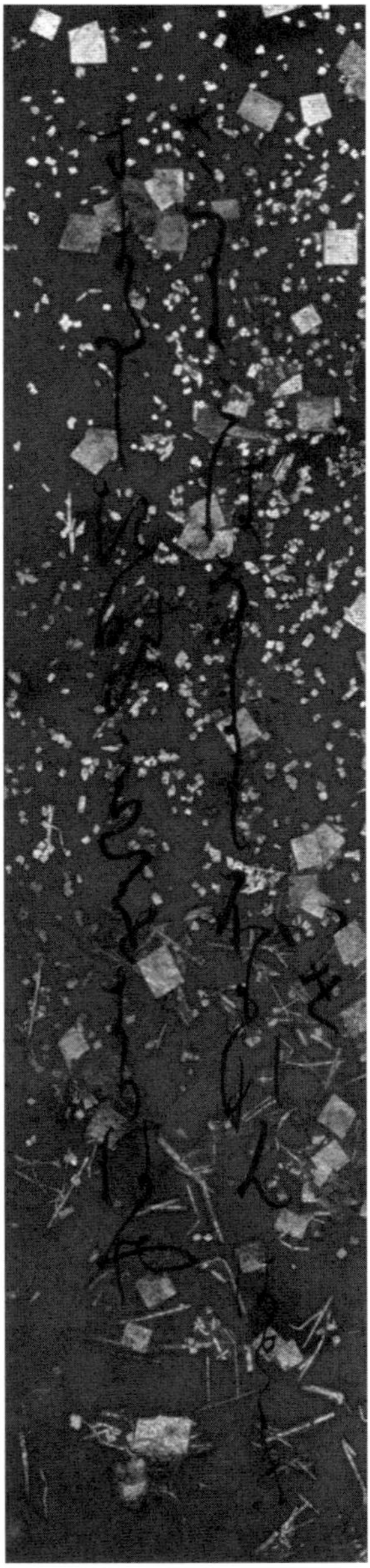

*元永本（『元永本 古今和歌集 上』講談社、147頁。ColBase 上72を加工・作成）には、右の通り、*具引地に金銀の*切箔・*砂子・*禾《のぎ》を散らした*料紙に、

いせ

さつきこばなきもふりなむほと、ぎ
すまだしき時のこゑをきかばや

と書かれている。

第四句「まだしき時の」は、流布本である*貞応二年定家本では「まだしきほどの」であり、流布本に馴れている者にとっては違和感がある。

しかし、これは元永本の独自異文ではなく、西下経一・滝沢貞夫『古今集校本』新装ワイド版（笠間書院・二〇〇七年）によると、

*筋切・*右衛門切・*雅経筆崇徳天皇御本・
*永治二年清輔本・*保元二年清輔本・
*天理図書館蔵顕昭本・*雅俗山荘本

などは「まだしきときの」という本文が確認できる。

一方、「まだしきほどの」とする古写本は、久曾神昇『古今集古筆資料集』（風間書房・一九九〇年）によれば、*私稿本・*基俊本と多くない。

*俊成は「まだしきときの」という本文を認めつつも「まだしきほどの」という異文を採るべきかとの思いも捨て切れないでいたらしい。

*昭和切（『古筆学大成　第三巻』講談社・一九八九年、77頁）には、

さつきこばなきもふりなんほとゝぎす
まだしきときの《ホドノ》こゑをきかばや

と、第四句の「とき」に「ホド」と傍記されている。傍記された異本表記も俊成の筆跡である。

*永暦二年（一一六一）俊成本（『国立歴史民俗博物館蔵貴重典籍叢書　文学篇　第一巻　勅撰集一』臨川書店・一九九九年）も「まだしきとき《ホド》の」、*建久二年（一一九一）俊成本（『日本古典文学影印叢刊2　古今和歌集』貴重本刊行会・一九七八年）も「まだしきとき《ホド》の」とある。

しかし、建久五年（一一九四）の端書をもつ『六百番歌合』においては、右方の慈円が詠んだ歌、

日にそへて秋のすずしさつたふなり
時雨はまだし夕ぐれのあめ　（三六四）

を左の方人が「未詞ききよからず」と非難したのに対して、俊成は、

まだしき程のこゑをきかばや、などこそは、古今には侍るめれ、右歌、下句殊にをかし、以右可為勝。

と加判し、「まだし」という言葉が良くないという非難に対して、俊成は古今集の証歌を示して反論している。勿論『六百番歌合』の伝本の吟味という課題が残るが、鎌倉末期頃の写で現存最古写本である日本大学総合図書館蔵本によれば、俊成は、建久五年の頃には、古今集の本歌を「まだしき程の」という本文で享受していたと考えられるのである。

また、この時の慈円詠に番えられたのは*定家の出詠歌であった。慈円に「勝」を譲ることになった父俊成の判詞は、定家の脳裡に残ったのではないか。

*永暦二年俊成本を譲られて、そこから出発した定家の『古今和歌集』の本文研究は、こうした経験も加わって、

*貞応二年本　（冷泉家時雨亭叢書2、393頁）

五月こばなきもふり南郭公
まだしき程のこゑをきかばや

*伊達本　（『藤原定家筆　古今和歌集』65頁）

五月こばなきもふり南郭公
まだしきほどのこゑをきかばや

*嘉禄二年定家自筆本　（冷泉家時雨亭叢書2、75頁）

五月こば鳴もふり南郭公
まだしきほどのこゑをきかばや

などと「まだしきほどの」の本文を最終的に選びとることになったと思われる。

「最終的に」と言ったのは、*天理図書館蔵定家等筆本『伊勢集』（天理図書館善本叢書『平安諸家集』八木書店・一九七二年、120頁）には、

さつきこばなきもふりなむほとゝぎす
まだしき時のこゑをきかばや

と見えるからである。定家監督本の同集において本歌は「まだしき時の」の本文で書写されているのである。

五月が来たら鳴き声も聞き慣れてきっと古びたものになってしまうだろう。ホトトギスよ、まだ五月にならない四月のうちのおまえの初々しい声を私は聞きたいことだ、と伊勢が詠む。

歌意からすれば、「まだしきときの」であろうと「まだしきほどの」であろうと、ほとんど大きな違いはない。『伊勢集』に収められた本歌も、

*西本願寺本　（『西本願寺本三十六人集精成』187頁）

さ月こばなきもふりなむほとゝぎす
まだしきほどのこゑをきかばや

*資経本　（『冷泉家時雨亭叢書　資経本私家集一』382頁）

五月こばなきもふりなんほとゝぎす
まだしきときのこゑをきかばや

と「ほど」「とき」両様ある。

*承空本（『冷泉家時雨亭叢書　承空本私家集上』208頁「トキ」）や*御所本（『御所本三十六人集』二十巻54頁「とき」）の親本が資経本である。

また、『伊勢集』の流布本である*歌仙家集（『合本　三十六人集』155頁）は、

五月にはなきもふりなむ郭公
まだしき時の声をきかばや

という本文であるに対して、*群書類従本系統島田良二

蔵本（『新編私家集大成』伊勢Ⅱ・五〇六）は、

さ月こは鳴もふりなん郭公
まだしき程の声をきかばや

とあり、やはり「時」「程」両様に存在するのである。

前述した『六百番歌合』の六年後、正治二年（一二〇〇）の『正治初度百首』に、後鳥羽院御製、

夜もすがら宿のこずゐに郭公
まだしきほどのこゑを待つかな　（二一三）

と見える。これによると、後鳥羽院は「まだしきほどの」の本文で『古今和歌集』歌を享受していたらしい。

また、貞応二年（一二二三）の『為家千首』に、

五月まちまだしきほどのほととぎす
ただひとこゑのしのびねもがな　（二一二）

貞永元年（一二三二）成立の『洞院摂政家百首』に、

五月には古郷すぎよ郭公
まだしきほどのとほ山の声　（三六四、信実）

などがあり、四月に鳴くホトトギスを「まだしきほどのほととぎす」、その声を「まだしきほどの声」と表現するようになってきていたかを思われる。

さらに、藤原家隆の家集『壬二集』（玉吟集）には、

鹿のねもまだしき程はときは山
おのれ秋しる峰の松かぜ　（住吉三十首・一九六八）

建長八年（一二五六）九月十三夜に前内大臣基家（後京極摂政良経の三男、後九条内大臣と呼ばれる）が催した歌合『百首歌合』に、

梅が枝のさかずはいかにさくら花
まだしきほどのさびしからまし　（二〇五、具氏）

北条時広（一二二一〜七五）の家集『時広集』に、

見そめつと人にかたらばやまざくら
まだしきほどといはむとすらむ　（八四）

などと「まだしきほど」が詠まれているのをみると、「まだしきほど」は、ホトトギスを離れて、歌語として独立していったようにも思われ、「まだしきとき」よりも熟れた表現として受容されていったのではあるまいか。

『新編国歌大観』で検索してみると、「まだしきとき」「まだしき時」は用例が出てきないのに対して、「まだしきほど」「まだしき程」は二十七例も検出されるのである。

17　今朝来「鳴く」か「鳴き」か

今朝来鳴□いまだ旅なる郭公　花橘に宿は借らなむ　（夏・一四一、よみ人しらず）

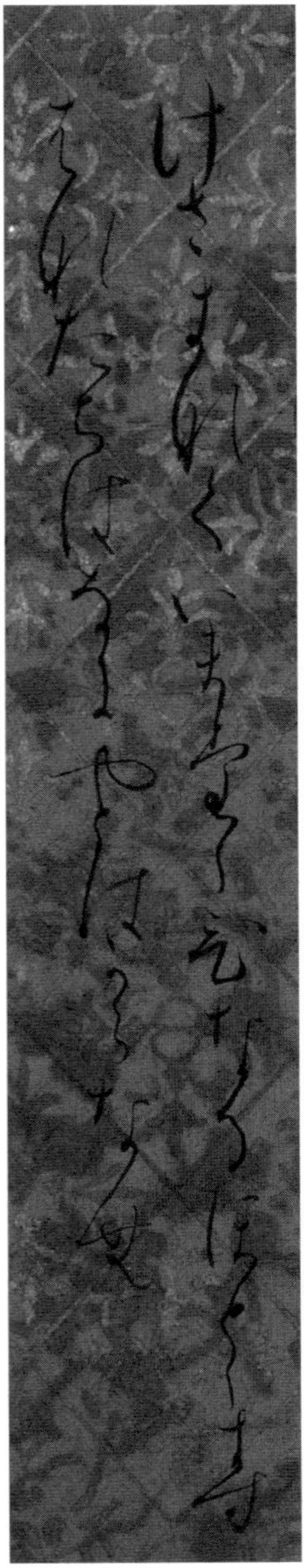

＊元永本（『元永本 古今和歌集 上』講談社、148頁。ColBase 上73を加工・作成）には、右の通り、具引地に、花襷文《はなたすきもん》を黄雲母で＊雲母摺した和製＊唐紙の＊料紙に、

けさきなくいまだゝびなるほとゝぎす
はなたちばなにやどはからなむ

と書かれている。定家本の初句は「けさきなき」である。

今朝、山から里へ飛来し「鳴く」、と連体形にして体言「ほととぎす」に係る動詞と解するか、それとも、今朝飛来し「鳴き」、と連用形にしてまだ自分の居場所を定めていない「いまだ旅なる」という用言相当の表現に係る動詞と解するか、という本文異同である。

「鳴く」という連体形の本文を有するのは、この元永本以外には、久曾神昇『古今集古筆資料集』（風間書房・一九九〇年）や西下経一・滝沢貞夫『古今集校本』新装ワイド版（笠間書院・二〇〇七年）によると、

＊筋切・＊雅経筆崇徳天皇御本・＊六条家本・
＊保元二年清輔本・＊天理図書館蔵顕昭本・
＊基俊本・＊右衛門切・＊静嘉堂文庫蔵為家本

などである。

「鳴く」か「鳴き」か、いずれが相応しいのだろう。

けさきなくさやまのみねのほととぎす
やどにもうすき衣かたしく　（範永集・五）

などのように、初句に続く第二句に用言がない場合は、初句に「今朝来鳴き」は採り得ず、「今朝来鳴く」に本文は定まることになる。しかし、当該歌のように連用形でも受け得る表現が第二句にある場合は、「今朝来鳴き」とするか、「今朝来鳴く」として腰の句の「ほととぎす」にかけるか、両方の表現が可能になり、いずれを採るべきか判断が難しい。

ホトトギスは、「五月待つ山郭公」（古今集・夏・一三七）と詠まれるように、五月になると鳴く鳥とされる。そうした観念に基づき、

いつのまにさ月きぬらむあしひきの
山郭公今ぞなくなる　（古今集・夏・一四〇）

などと詠まれる。『古今和歌集』の歌は時間的推移に従って配列されているので、この一四〇番歌の次に置かれる一四一番の本歌にいう「今朝来鳴く」の「けさ」とは、五月一日の朝と考えられる。ホトトギスの初音が聞きたくて待ちに待った五月になった。ホトトギスよ、おまえの声を暫く聞いていたいから我が家の花橘を宿として借りてほしい、というのである。

『古今和歌集』が享受されてゆくなかで、本歌に見える「今朝来鳴く」という表現は、夏の「ほととぎす」だけではなく、春の「鶯」、秋の「雁」にも応用され、

『千五百番歌合』
けさきなけ夏のかきねのうぐひすも
くれにしはるのわすれがたみに　（六三三、丹後）

『金槐和歌集』
けさきなくかりがねさむみから衣
たつたの山は紅葉しにけり　（三〇〇）

『雅有集』
けさきなくかりのなみだにならのはの
なにおふさとはもみぢしにけり　（四四）

けさきなくかりがねさむみ露ちりて
いろづく山に秋風ぞふく　（三一六）

などと詠まれてゆく。

丹後の鶯詠は、「暮れにし春の忘れ形見に」立夏の「今朝来鳴け」と、立夏になってもまだ消えない惜春の心情を歌う。しかし、源実朝や飛鳥井雅有の雁詠に

なると、紅葉と取り合わせられて、わざわざ「けさ」と限定する必然性が特に見出せない。その必然性の無さが歌の新しさかも知れないが、『古今和歌集』の歌語を単に用いたという評価もできる。

いずれにせよ、これら三首の雁詠のように、第二句に「かり」や「かりがね」が置かれた場合、初句は「今朝来鳴き」ではなく「今朝来鳴く」に固定されることになる。

それに対して、『古今和歌集』の当該歌の場合、初句で息継ぎし、「いまだ旅なるほととぎす」と一気に読み下すリズムがあって、初句が第二句に係るのか腰の句に係るのか判断は、やはり難しい。「今朝来鳴く」「今朝来鳴き」両様の本文が併存するのは、仕方のないことかも知れない。

ただ、あえて言えば、「今朝来鳴く」は一般論的で、「今ぞ鳴くなる」を受けた古今集の配列を意識すると、「今朝来鳴き」の方が確かに鳴いた感じが出るようだ。

当該歌は「よみ人しらず」だが、何故か、*西本願寺本系統以外の『伊勢集』に収められている。古今集の配列から解放された、それらの本文は、

*群書類従本系統島田良二蔵本　（『新編私家集大成』伊勢Ⅱ・五〇七）

けさきなくいまた旅なる郭公
花橘にやとやからなむ

*天理図書館蔵定家等筆本伊勢集（天理図書館善本叢書『平安諸家集』八木書店・一九七二年、120頁）

けさきなくいまだゝびなるほとゝぎす
はなたち花にやどはからなむ

*資経本　（冷泉家時雨亭叢書『資経本私家集一』383頁）

けさきなくいまだゝびなるほとゝぎす
花たちばなにやどはからなん

などと「なく」が優勢である。

資経本を書写した*承空本（冷泉家時雨亭叢書『承空本私家集上』209頁）や*御所本（『御所本三十六人集』二十巻55頁）も、当然「ナク」「なく」である。

なお、*歌仙家集本『伊勢集』一二〇番歌（『合本三十六人集』155頁）や『古今和歌六帖』所収歌（第六・たちばな・四二五七）は、「なき」の本文を採る。

18

我が宿「に」か「を」か

夜や暗き道やまどへる　ほととぎす我が宿□しも過ぎがてに鳴く　（夏・一五四、紀とものり）

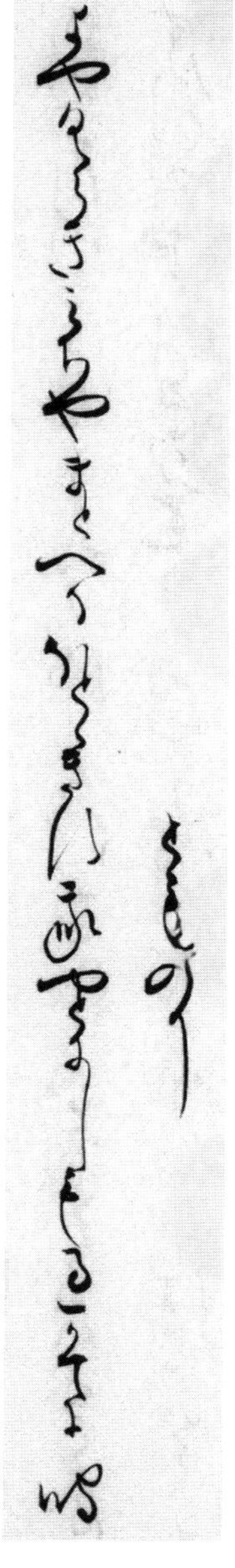

右に掲出したのは、桂宮旧蔵（智仁親王等筆）宮内庁書陵部蔵『古今和歌六帖』（函架番号510・34）第六帖「ほととぎす」所収の「とものり」詠である。

　よやくらきみちやまどへる
　ほとゝぎす我やどにしも過がてに鳴

と書かれている。

『古今和歌集』の流布本である貞応*二年（一二二三）本（冷泉家時雨亭叢書2、395頁）で、当該歌を一首前から挙げてみると、

　寛平御時きさいの宮の哥合のうた
　　紀とものり
　五月雨に物思をれば
　郭公夜ぶかくなきていづちゆくらむ
　夜やくらき道やまどへる
　ほとゝぎすわがやどをしもすぎがてになく

である。

当該歌の下の句の本文として相応しいのは「我が宿にしも過ぎがてに鳴く」「我が宿をしも過ぎがてに鳴く」いずれであろうか。

そもそも、『古今和歌集』で「わがやどにしも」という本文を採用する伝本があるのだろうか。

久曾神昇『古今集古筆資料集』（風間書房・一九九〇

年）や西下経一・滝沢貞夫『古今集校本』新装ワイド版（笠間書院・二〇〇七年）によれば、*雅経筆崇徳天皇御本・*基経本・*私稿本・*関戸本が「わがやどにしも」の本文を採る。*雅俗山荘本も本文は「わがやどにしも」で、「に」に「ヲ」を傍記する。「に」を採用する『古今和歌集』の伝本は多くないことが知られる。

『寛平御時后宮歌合』においては、どうであろうか。*十巻本では、当該歌は欠脱していて、*廿巻本の校訂本文には、

よやくらきみちやまどへるほとゝぎす
わがやどをしもすぎがてにする　（六五）

とある。校訂本文とわざわざ言ったのは、第四句の本文の原状は「わがやどにしも」で、その「に」をミセケチにして「を」と傍記するのである。

『寛平御時后宮歌合』の場合、結句が「すぎがてになく」ではなく「すぎがてにする」であるから、第四句は「わがやどにしも」ではあり得ず「わがやどをしも」しか採り得ないわけである。

『寛平御時后宮歌合』の歌二〇〇首を上下二巻に分けて万葉仮名体で収録したものが『新撰万葉集』だが、その流布本系の版本には、

夜哉暗杵道哉迷倍留郭公吾屋門緒霜難過丹鳴

とある。この段階では、下の句が「わがやどをしも過ぎがてに鳴く」と読まれていたことがわかる。

『友則集』の本文は、どうであろう。

*西本願寺本（『西本願寺本三十六人集精成』217頁）

夜やくらきみちやまどへるほとゝぎす
わがやどにしもをりはへてなく　（一一）

*群書類従本（『群書類従』第十四輯、594頁）

夜やくらき道やまどへる時鳥
我やどにしもおりはへてなく

*素寂本（『冷泉家時雨亭叢書　素寂本私家集』47頁）

ヨヤクラキミチヤマドヘルホト、ギス
ワガヤドニシモスギガテニ《ヲリハヘテイ》ナク

などのように、「わがやどにしも」という本文が多く見られる。それは、結句に「過ぎ」が用いられず、「あしひきの山郭公をりはへてたれかまさるとねをのみぞなく」（古今集・夏・一五〇）と同様、「をりはへて…鳴く」（長々と鳴く。続けて鳴く）という本文が優勢だからである。

これらに対して、結句を『古今和歌集』と同様「過ぎがてに鳴く」とする『友則集』所収歌もある。*共紙表紙本『友則集』（『冷泉家時雨亭叢書　平安私家集八』293頁）には、

夜やくらきみちやまどへるほとゝぎす
わがやどをしもすぎがてになく

とあり、「我が宿を…過ぎ」という文脈で「を」を採用している。

要するに、第四句が結句の「過ぎ」に係る場合は「我が宿をしも」と格助詞「を」となり、結句の「鳴く」に係る場合は「我が宿にしも」と格助詞「に」となるのである。

それゆえ、結句が「過ぎがてに鳴く」のように「過ぎ」と「鳴く」という二つの動詞を含む本文の場合、第四句を「我が宿をしも」とするか「我が宿にしも」とするか、和歌を享受する側のそれぞれの感性によって、二通りの本文が生じる可能性が内包されていることになる。

例えば、

はやくすみける所にて、ほととぎすのなきけるをききてよめる　　ただみね
むかしべや今もこひしき郭公
ふるさとにしもなきてきつらむ
（古今集・夏・一六三）

たがさとに夜がれをしてか郭公
ただここにしもねたるこゑする
（古今集・恋四・七一〇）

などが脳裡に浮かべば、ホトトギスが鳴く場所を強調した「…にしも」が相応しく感じられるであろうし、

天河紅葉をはしにわたせばや
たなばたつめの秋をしもまつ
（古今集・秋上・一七五）

人の家の竹おほく生ひたる
竹をしもおほく植ゑたるやどなれば
千とせをほかのものとやはみる（貫之集・二三九）

などが想起されれば、「秋を待つ」「竹を植える」「我が宿を通り過ぎる」などと対象を強調する「…をしも」も自然に受け入れられるであろう。単純に、いずれか一方を排し、いずれか一方を採る議論はできないのである。

19　なきわたる「かな」か「らむ」か

郭公我とはなしに卯の花の　憂き世の中になきわたる□□　（夏・一六四、みつね）

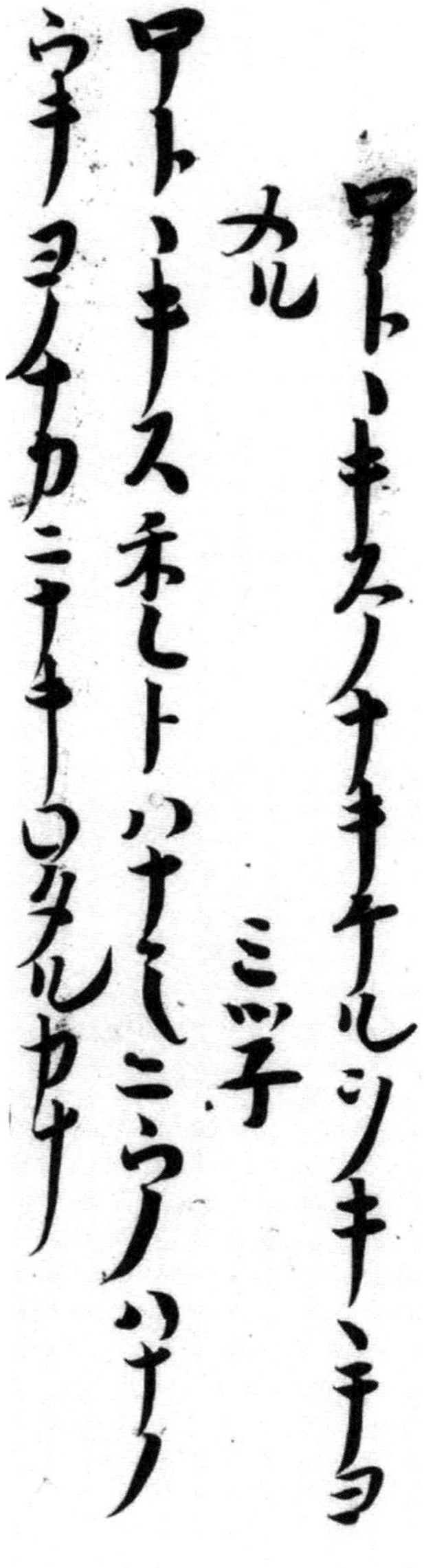
ホトヽキスノナキケルヲキヽテヨ
メル
ホトヽキスワレトハナシニウノハナノ
ミツネ
ウキヨノナカニナキワタルカナ

読み馴れた定家本の結句は「なきわたるらん」である。歌末は、詠嘆の終助詞「かな」ではなく、原因推量の助動詞「らむ」である。

ホトトギスは、憂き世の中で暮らす私とは違うのに、どうして私のように鳴き渡っているのだろう。こうした解釈に馴れている者にとっては、「なきわたるかな」は伏見宮旧蔵伝顕昭本の誤写かとも感じられる。

＊伏見宮旧蔵伝顕昭本（宮内庁書陵部蔵、伏・二三〇）には、右の通り、

ホト、ギスノナキケルヲキ、テヨ
メル
ミツネ
ホト、ギスワレトハナシニウノハナノ
ウキヨノナカニナキワタルカナ

と書かれている。

しかし、「なきわたるかな」という本文は、けっして伏見宮旧蔵伝顕昭本の独自異文ではない。久曾神昇『古今集古筆資料集』（風間書房・一九九〇年）や西下経一・滝沢貞夫『古今集校本』新装ワイド版（笠間書院・二〇〇七年）によれば、伏見宮旧蔵伝顕昭本以外にも、

*永治二年清輔本・*保元二年清輔本・
*天理図書館蔵顕昭本・*雅俗山荘本・
*六条家本・*右衛門切・*私稿本・*関戸本
*静嘉堂文庫蔵為相本

など多くの伝本が「なきわたるかな」の本文を採用しているのである。

「なきわたる」の「なく」は、ホトトギスが鳴く意と、人が泣く意を掛ける。また、「わたる」は、空間の広がりと時間の継続を表す補助動詞だが、空間的な意味では、ホトトギスが空を飛び渡る意と、人が世を渡る（生活する）意を掛け、時間的な意味では、ホトトギスや人がずっとなき（鳴・泣）続けているという意でも解することができる。

「なきわたるかな」と「なきわたるらむ」の違いは、ホトトギスがないて空を飛び渡っているよ、と詠嘆を表す終助詞「かな」を採用するか、ホトトギスがないて空を飛び渡っているのはどうしてなのだろう、と原因推量を表す助動詞「らむ」を採用するか、の相違である。

「かな」を採用する立場は、ホトトギスを擬人化し、第四句「憂き世の中に」を重視する。ホトトギスも「憂き世の中に」身を置いているのだから泣きたくなるのは当然。ホトトギスのなく原因は推量するまでもない。ホトトギスは、憂き世で泣き暮らす人間の私とは違うのに、ないて空を飛び渡っているよ、と詠嘆をこめて表現しているとみるのである。

『躬恒集』の本文を確認すると、

書陵部蔵本（函511・28）　（『新編私家集大成』躬恒Iの底本）

ほとゝきすのなくをきゝて

ほとゝきすわれとはなしにうのはなの
うきかまに・・ねをもなくかな　（二七四）

*承空本（冷泉家時雨亭叢書『承空本私家集下』）

ホト、キスノナクヲキ、テ

ホト、キスワレトハナシニウノハナノ

ウキカマニ・・ネヲモナクカナ　（二七一）

*蔵御所本（函510・12）（『新編国歌大観』第七巻の底本）

ほととぎすのなくをききて

ほととぎすわれとはなしにうの花の
うきがまにまに音をもなくかな　（二七二）

とあり、下の句は、憂きことのままに声を立てていないるよ、とホトトギスが「憂き」状況に随って声を立てて「なく」ということを詠嘆する本文になっている。

なお、内閣文庫本（函201・434）（『新編私家集大成』躬恒Ⅱの底本）には、

郭公のなきけるをきゝてよめる

時鳥我とはなしに卯花の
うき世の中に鳴渡るらん　（一四四）

とあるが、内閣文庫本は一四〇番歌で「躬恒集終」とし、その後に「乍入選集漏家集」として一四一〜三〇三を二十一代集から躬恒詠を増補しているので、一四四番歌は、内閣文庫本が書写された江戸初期における『古今和歌集』の本文ということになる。

『散木奇歌集』（冷泉家時雨亭叢書『散木奇歌集』92頁）には

かきねのほとゝぎす

かずならぬわれとはなしにほとゝぎす
よをうのはなのかきねにぞなく　（二一二）

という一首がある。『古今和歌集』の躬恒詠は「なきわたる」とホトトギスが鳴いて空を飛び渡る情景を詠み、「卯の花」は「憂き」を導くことが主な働きだったが、*源俊頼は、「墻根ノ郭公」という歌題に合わせ、空を「なきわたる」ホトトギスから「かきねに」「なく」ホトトギスへ情景を移し、『古今和歌集』を踏まえて「我とはなしに」「世を憂」んで「なく」ホトトギスを詠んだ。結句の「かきねにぞなく」という係り結びによる強調表現からすると、俊頼が見ていた古今集歌は「なきわたるらむ」よりも「なきわたるかな」だった蓋然性が高そうである。

*永暦二年俊成本『古今和歌集』（国立歴史民俗博物館蔵『貴重典籍叢書　文学篇　第一巻　勅撰集一』臨川書店・一九九九年、145頁）には、

ほとゝぎすわれとはなしにうの花の

うきよのなかになきわたるらん《カナ》

と、本文「らん」に傍記「カナ」がある。この伝本を*俊成から受け継いだ*定家は、傍記「かな」を捨てて「なきわたるらむ」を選択して採用した。

「らむ」が採用されたのは、第四句「憂き世の中に」よりも第二句「我とはなしに」（私とは同じでないのに）が重視された結果であろう。人間である私が「憂き世の中」で「泣く」のはわかるが、どうして鳥であるホトトギスが、憂き世で泣き暮らす人間の私とは違うのに、ないているのであろうか、というのである。

ただし、「我とはなしに」の解釈については、小沢正夫『古今和歌集 日本古典文学全集』（小学館・一九七一年）は「自己をも忘れたような茫然とした状態で」と口語訳し、久曾神昇『古今和歌集全訳注』（講談社学術文庫・一九七九年）も「わたしと同じ身の上でもないのにと解釈する説はとらない」「語法的には自分を忘れた状態と見るべきであろう」（一・211頁）とする。たしかに、『金槐和歌集』恋に見える、

君により我とはなしにすまのうらに
もしほたれつつ年のへぬらん　（四九一）

などは、まさにその用例であろう。結句に「なきわたるかな」という本文を採用する場合に、この小沢・久曾神説が生きてくるようにも思われる。

いずれにせよ、永暦二年俊成本『古今和歌集』の様態が示すように、俊成の頃までは、「なきわたるかな」と「なきわたるらむ」という二つの本文は、それぞれに通行していたと考えられる。「なきわたるらむ」を採用したものとしては、『古今和歌六帖』の、

ほととぎす我とはなしにうのはなの
うきよの中に鳴きわたるらん
（第六・ほととぎす・四四三六、みつね）

や『*如意宝集』の、

ほととぎすわれとはなしにうのはなの
うきよのなかになきわたるらむ　（五）

などが挙げられる。

定家が「なきわたるらむ」を採用し、その本文で『古今和歌集』が流布してゆくに随って、*清輔や*顕昭の周辺にあった「なきわたるかな」という本文は影を潜めてゆくのである。

20　月「かくる」か「やどる」か

夏の夜はまだ宵ながら明けぬるを
雲のいづこに月□□るらむ
（夏・一六六、深養父）

*継色紙（東京国立博物館蔵。日本名筆選13『継色紙　伝小野道風筆』二玄社・二〇〇五年増補、4頁）には、下の通り、薄藍の*染紙に余白を生かして、

なつのよは
まだよひな
がらあけに
けり
くものいづこ
に月かく
るらん

と、散らし書きされている。洗練された書風と*料紙、仮名の字母などから書写年代は十世紀半ば過ぎとされる。

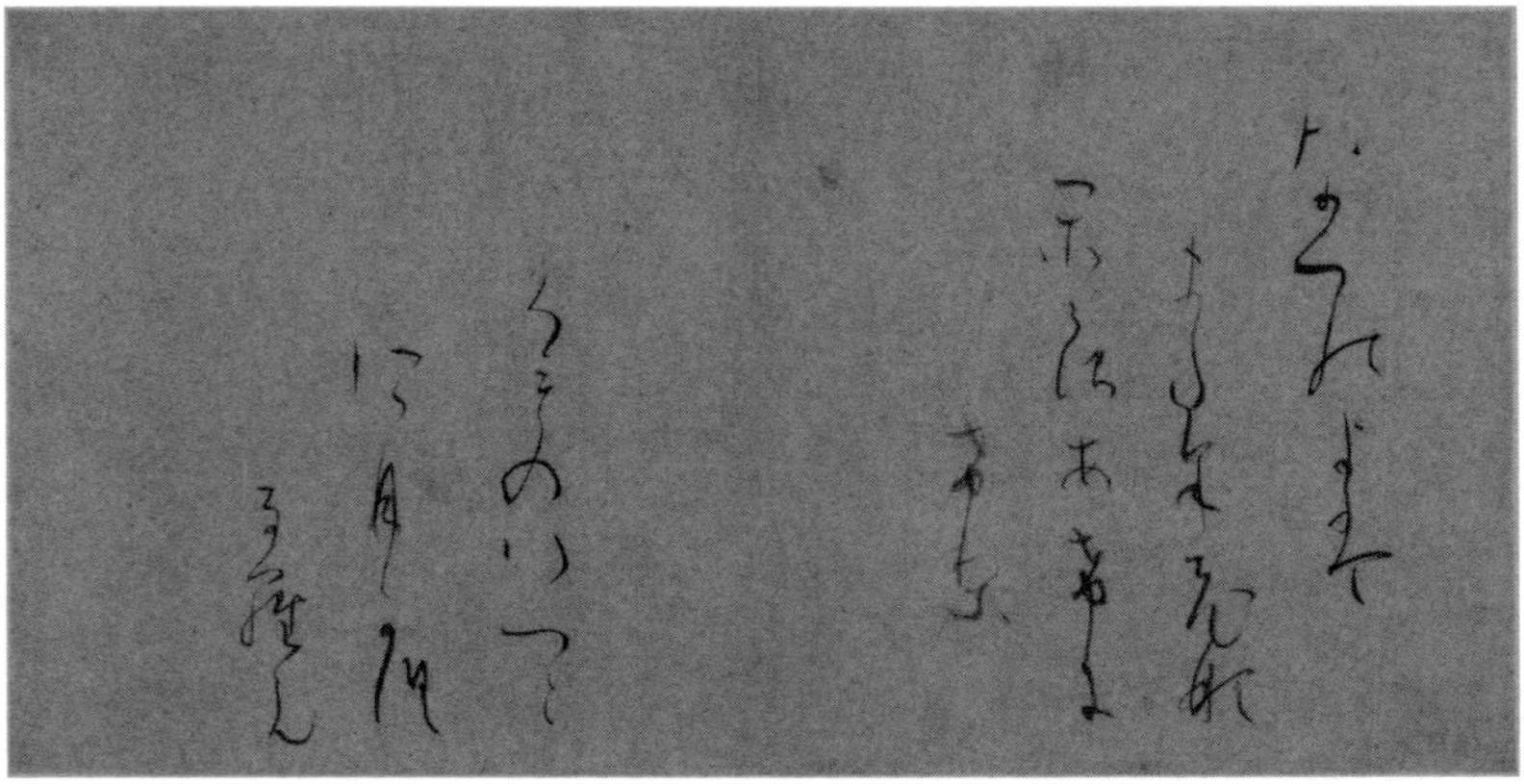

（出典：ColBaseをもとに加工して作成）

本文に注目すると、定家本では、腰の句が「あけぬるを」、結句が「月やどるらん」であり、継色紙の誤写かと疑ってしまうが、俊成自筆本*『古来風躰抄』（冷泉家時雨亭叢書『古来風躰抄』230頁）にも、

夏のよはまだよひながらあけにけりくも
のいづくに月かくるらん

とあり、継色紙の本文が独自異文ではないことが知られるのである。

久曾神昇『古今集古筆資料集』（風間書房・一九九〇年）や西下経一・滝沢貞夫『古今集校本』新装ワイド版（笠間書院・二〇〇七年）によれば、腰の句を「あけにけり」とするのは*私稿本・*基俊本・*筋切で、筋切は「ぬるを」と傍記する。また結句を「月かくるらむ」とするのは基俊本である。

*伝公任筆装飾本（『伝藤原公任筆　古今和歌集　上』旺文社、85頁）の本文も、

月のおもしろかりけるよ、あか
つきによめる
清原ふかやぶ
なつのよはまだよひながらあけぬるを
雲のいづこに月かくるらむ

である。

『深養父集』の本文を確認しても、

*升色紙（もと枡型列帖装本）十一世紀後半書写か

なつのよはまだよひながらあけぬるを
くものいづこにつきかくるらん
（『新編私家集大成』深養父Ⅱの底本・七）

書陵部蔵本（五〇一・三四）江戸初期書写

月のあかゝりける夜
夏の夜はまだよゐながら明ぬるを
雲のいづこに月やどるらん
（『新編私家集大成』深養父Ⅰの底本・一一）

と、月「かくる」「やどる」の両様ある。

「かくる」と「やどる」では、どう違うのであろう。

「かくる」は、物の陰に入ったり、覆われたりして、自然に見えなくなることで、月が雲に「隠れる」というのは自然現象についての普通の表現である。それに対して、「やどる」は、「屋取る」の意で、すみかとする、住む、あるいは、旅先で宿をとる、ということで、月が雲に「宿る」というのは、月を擬人化した表現に

なる。

久曾神昇『古今和歌集 全訳注』（講談社学術文庫、一・213頁）は、最初「隠る」だった本文を「宿る」と撰者が「技巧的に改めた」と説く。「隠る」から「宿る」へという流れは概ね認めてよいかと思われる。

清原深養父は、弾琴にも優れて『後撰和歌集』夏に、

　　夏夜、ふかやぶが琴ひくをききて
　　　　　　　　　　　　藤原兼輔朝臣
みじか夜のふけゆくままに高砂の
峰の松風ふくかとぞきく　（一六七）
　　おなじ心を
　　　　　　　　　　　　つらゆき
葦引の山した水はゆきかよひ
ことのねにさへながるべらなり　（一六八）

と見え、兼輔や貫之と交流があったことが知られる。

このように深養父と交流のあった貫之は、私撰集『新撰和歌』夏冬に、

夏の夜はまだよひながら明けぬるを
くものいづくに月かくるらん　（一五九）

と、深養父詠を「月かくるらむ」という本文で収録している。貫之が中心となって編纂した『古今和歌集』にもこの本文で入集していた可能性もある。「隠る」から「宿る」へ本文が徐々に集約されていったのは、『古今和歌集』が享受されてゆく過程における改訂の結果なのではあるまいか。

前述したように、俊成自筆本*『古来風躰抄』には「月かくるらん」という本文で採られていて、*俊成の頃までは「かくる」の本文も生きていたし、『古今和歌集』本文では「あけにけり」「月かくるらむ」を採用していた藤原基俊は、『新撰朗詠集』を撰集する際には、

なつの夜はまだ夜ゐながら曙ぬるを
雲のいづこに月残覧　（夏夜・二一六、深養父）
（古典文庫『新撰朗詠集』梅沢本複製、33頁）

と「あけぬるを」「月残るらむ」という本文で収め、*定家も*『近代秀歌』（自筆本）には、

夏の夜はまだよひながらあけぬるを
くものいづこに月のこるらん　（三五）

と「月のこるらん」の本文で採るのである。

「あけぬるを」「月やどるらむ」という本文で固まるのは、定家が『定家八代抄』に、

夏のよはまだよひながら明けぬるを

雲のいづこに月やどるらん（夏・二五二、深養父）

と採り、後鳥羽院が『時代不同歌合』に、

七十番　左　清原深養父

夏の夜はまだよひながらあけぬるを

雲のいづくに月やどるらん　（一三九）

と収め、さらに『百人一首』の、

夏の夜はまだよひながらあけぬるを

くものいづくに月やどるらむ（清原深養父・三六）

という本文や貞応二年定家本*が流布してゆく過程を経なければならなかったと考えられるのである。

深養父は、『古今和歌集』に十七首採られ、遍昭・小町・興風と同じくらいに認められた歌人で、梨壺の五人で三十六歌仙の一人元輔の祖父、清少納言の曾祖父である。清少納言が『枕草子』に「夏は夜。月のころはさらなり」と記したのは曾祖父の当該歌を意識していたと思われるが、同時代の公任は、当該歌をそれほど評価していなかったらしい。『三十人撰』では、

むばたまのゆめになにかはなぐさまん

うつつにだにもあかぬこころを　（八九）

いまははやこひしなましをあひみんと

たのめしことぞいのちなりける　（九〇）

の二首を挙げながら、結局『三十六人撰』では対象歌人からは外してしまったため、三十六歌仙に列することができなかった。そのため、当該歌も、俊成や定家の頃まで、それほど注目されることもなかった。

当該歌に様々な本文が見える所以である。

ちなみに、「いづこに」あるいは「いづくに」が助動詞「らむ」で受ける構文の場合、『万葉集』の、

何所《いづく》にか船泊《ふなはて》すらむ　安礼の埼

榜《こぎ》たみ行《ゆき》し棚無小《たななしを》舟《ぶね》（巻一・五八、高市連黒人）

をはじめ、『嘉言集』の詞書「春雪を見る」の、

山みればなべて白雪つみぬめり

いづこに春のかすみたつらん　（三）

『新勅撰和歌集』夏の、

郭公こよひいづこにやどるらん

はなたちばなをひとにをられて（一五六、源師賢）

などのように、「らむ」は現在推量。雲に隠れた月を想像する。『古今和歌集』の詞書によれば、「あかつき」に詠まれた歌。夏の夜は短くて、まもなく夜が明けるが、もう一度顔を出してほしいという心情だろう。

21 飛ぶ雁の「影」か「数」か

白雲に羽うちかはし飛ぶ雁の　か□さへ見ゆる秋の夜の月　（秋上・一九一、よみ人しらず）

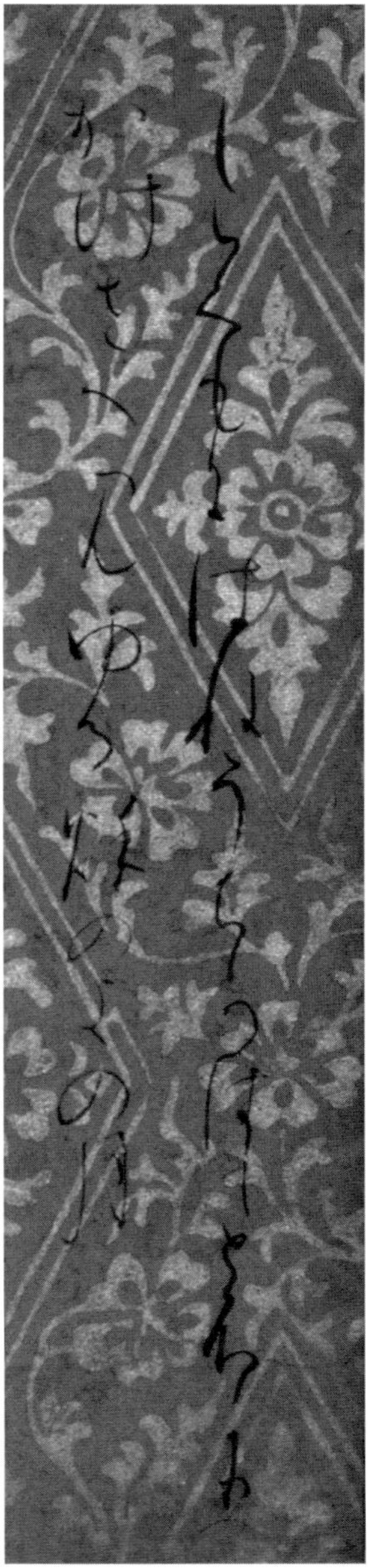

*元永本（『元永本 古今和歌集 上』講談社、168頁。ColBase 上83を加工・作成）には、右の通り、*具引地に*菱《ひし》唐草文《からくさもん》を*雲母摺して装飾された華麗な*料紙に、

しらくもにはねうちかはしとぶかり（の）
かげさへ見ゆる秋のよの月

とある。

*貞応二年（一二二三）定家本の第四句は「かずさへ見ゆる」であり、元永本の本文「かげ」に違和感があるかも知れないが、*伝公任筆装飾本（『伝藤原公任筆 古今和歌集 上』旺文社、95頁）にも、

白雲にはねうちかはしとぶかりの影さへみゆる
あきのよの月

と見え、けっして元永本の独自異文ではない。

久曾神昇『古今集古筆資料集』（風間書房・一九九〇年）や西下経一・滝沢貞夫『古今集校本』新装ワイド版（笠間書院・二〇〇七年）によれば、

*筋切・*雅経筆崇徳天皇御本・*基俊本
*永治二年清輔本・*保元二年清輔本・
*天理図書館蔵顕昭本・*伏見宮旧蔵伝顕昭本・
*伝定頼筆下絵切・*関戸本

など多くの伝本が「かげさへ見ゆる」の本文である。片桐洋一『平安文学の本文は動く 写本の書誌学序説』（和泉書院・二〇一五年、114頁）は、*建保五年（一二一七）定家本（関西大学図書館蔵）が「かげさへ見ゆる」の本文をもっていることを紹介し、「おそらくはごく初期の定家本にあった特徴を示しているのではないか」とする。

俊成から定家が受け継いだ*永暦二年俊成本（国立歴史民俗博物館蔵『貴重典籍叢書』臨川書店、159頁）は、「かずさへみゆる」の本文だが、「ず」の左側に「ゲ」と傍記がある。また、*建久二年俊成本（日本古典文学影印叢刊2『古今和歌集』貴重本刊行会、126頁）も、「かずさへみゆる」の本文だが、「ず」にミセケチ記号が付され、左側に「ゲ」と傍記がある。父*俊成の本文への判断の揺れを受け継ぐ形で、*定家の『古今和歌集』の本文研究はスタートしたということなのだろう。

「かげ」なのか「かず」なのかという議論は、実は早くからあった。『俊頼髄脳』には、

この歌を、おろ（生半可に）知りたりとおぼしき人は、「月、まことにくまなくとも、空をゆかむ鳥のかげ、にはに映るべからず。なほ、かずさへ、といふべきなり」といへど、つらつらこの義を思ふに、月まことにくまなけれど、空をゆく雁のかずさらに見えず。ともに見えぬにては、なほ、かげさへ、とこそ詠みけめ。かげ、といふは、いますこしあかく見ゆるなり、さればなほ、かげさへ、といふべしとぞ見ゆる。

とある。空を飛んでゆく雁を照らす明月でも、雁の影が庭（地上）に映るはずはないし、さらに雁の数が映って見えることはない。雁の影も数も見えないのであれば、やはり、雁の数が分からないだけではなく、影までも、と詠んだのだろう、という理屈で、源*俊頼は「かげさへ」説を採る。

『顕注密勘』（一二二一成立、日本歌学大系別巻五・166頁）の*顕昭の注も、

かげさへとは、雲井はるかにとび行かりのかげの、

庭にもうつりてみえむは、月のきはめてあかき心也。此心に付て、かずさへみゆると云説侍れど、証本皆影さへと侍めり。

と俊頼説を継承し、天理図書館蔵本や伏見宮旧蔵本のように「かげさへ」を本文として採用する。

それに対して、*定家の密勘は、

白雲に羽うちかはしとばむかげは、雲なかにへだゝりなば、月のあかき心にはたがふべし。…白雲に飛てかげみえん事おぼつかなければ、かずさへ見ゆるにつき侍る也。

と、雁は羽を白雲に重ねて飛んでいて「かげ」を見ることは困難だとし、「かずさへ」を採る。そして貞応二年定家本が「かずさへ」を採用したことによって、「かずさへ」が流布してゆくことになる。

『古今和歌集打聴』（『賀茂真淵全集　第九巻』続群書類従完成会、115頁）は、

影とはうつれる影にあらず。空に飛影の薄く見ゆるまでとよめる也。大かた、月夜には、声ばかりして見えぬ物なるを、是はいたりてすめる夜にて、影さへみゆる也。

とし、「かげさへ」説を採る。西下経一『古今和歌集新解』（明治書院・一九五七年、122頁）はこれを受け、

私は「かげさへ」の方がよく、「かずさへ」は既に「はねうちかはし」という風に、毫末を見すかす月明を言いつくしているのに、更に「かずさへ」とあっては、風情過多で、風格を損ねるのである。「かげさへ」と大まかに言った方が行雁遠景を叙し、縹渺とした美しさが現われるのである。「かずさへ」は恐らく平安後期の趣味による改変であろう。「さへ」は鳴き声がさやかである上に、影までの意。

と詳説する。久曾神昇『古今和歌集　全訳注』（講談社学術文庫・一九八二年、二・31頁）も、

空飛ぶ雁の数は、それほど明るくなくても見えるはずであり、明月の誇張にはならない。地上に映った影となると、いかなる明月でも無理であり、実際に見えるはずがない。涙川の例などから見て、誇張法を認め「かげさへ見ゆる」とすべきである。

と、古今集の誇張表現にふさわしい「かげ」説である。

22

「わびし」か「かなし」か

秋の夜の明くるも知らず鳴く虫は　わがごと物や□□しかるらむ　（秋上・一九七、敏行）

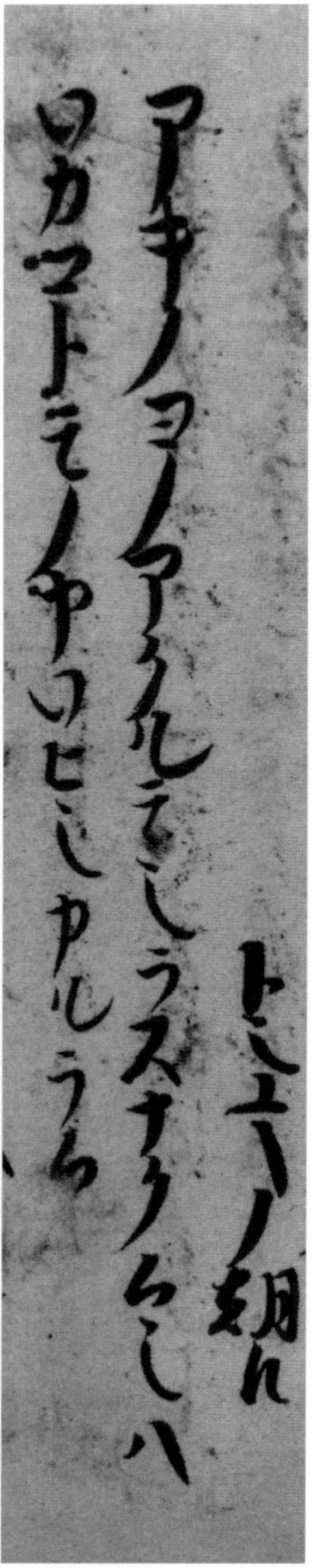

*伏見宮旧蔵伝顕昭本（宮内庁書陵部蔵、伏・二三〇）には、右の通り、

トシユキノ朝臣
アキノヨノアクルモシラズナクムシハ
ワガゴトモノヤワビシカルラム

とある。

読み馴れた定家本では、結句が「かなしかるらむ」であるが、久曾神昇『古今集古筆資料集』（風間書房・一九九〇年）や西下経一・滝沢貞夫『古今集校本』新装ワイド版（笠間書院・二〇〇七年）によれば、伏見宮旧蔵伝顕昭本以外にも、

*雅経筆崇徳天皇御本・*私稿本・*関戸本・
*永治二年清輔本・*保元二年清輔本・
*天理図書館蔵顕昭本

など、「わびしかるらむ」という本文を採用する伝本も多い。*伝公任筆装飾本

「わびし」と「かなし」の本文対立は、一例を挙げれば、『一条摂政御集』には、『万葉集』の、

湊《みなと》入りの葦別小《あしわけを》舟《ぶね》　障り多み
我が思ふ君に逢はぬ頃かも　（巻十一・二七四五）

を踏まえた歌が、

わがごとやわびしかるらん　さはりおほみ
あしまわけつるふねの心地は　（四三）

我がごとやかなしかるらん　さはりおほみ
あしまわけゆくふねのここちは　（一七四）

と「わびしかるらむ」「かなしかるらむ」二通りの本文で重載されているように、多く見られる現象である。『古今和歌集』の敏行詠においても、当該歌以外に、

わがごとく物やかなしき郭公
時ぞともなくよただなくらむ　（恋二・五七八）

は、*伝公任装飾筆本（『伝藤原公任筆　古今和歌集　上』旺文社、42頁）には、

我ごとくものやわびしきほとゝすとき
ぞともなくよたゞなくらむ

とあるのをはじめ、
*永治二年清輔本・*保元二年清輔本・
*天理図書館蔵顕昭本・*伏見宮旧蔵伝顕昭本・
*静嘉堂文庫蔵片仮名本・*伝後鳥羽天皇宸筆本・
*毘沙門堂註本・*真田本・*雅俗山荘本
が「わびしき」である。

片桐洋一『平安文学の本文は動く　写本の書誌学序説』（和泉書院・二〇一五年、115頁）は、*建保五年定家本（関西大学図書館蔵）が「物やわびしき」の本文をもっていることを紹介し、「定家本確立以前の形を伝えている」とする。

ホトトギスが夜通し鳴いているのを聞いたり、秋の虫が夜が明けても鳴いているのを聞いたりして、定家本以前は、私のように「物わびしい」のかと表現されていた本文を捨てて、定家は、私のように「物悲しい」のかという本文を選び採ったというのである。

*清輔や*顕昭が採用していた「我がごと物やわびしかるらむ」「我がごとく物やわびしき」を捨てて、俊成や定家は、何故「我がごと物やかなしかるらむ」「我がごとく物やかなしき」という本文を採用したのであろうか。

それぞれの語句の和歌における用例数の多寡にも、そもそも一因があるのかもしれない。

『新編国歌大観』で検索すると、「かなしかるらむ」

101例に対して「わびしかるらむ」18例、「物やかなしき」37例に対して「物やわびしき」は用例がまったく見えないというように、和歌の七音句としての熟れ方には大きな差がある。

「かなし」は、痛切な感情で、願いに背く事態に直面した際の嘆きや悲哀を表すのに対して、「わびし」は、落胆や当惑から来るやるせない気持ちで、つらく悲しい心情は「かなし」と重なる部分もあるが、「かなし」ほど痛切さはなく、心細さや頼りなさが全面に出る。

人生の無常や恋の不如意を歌に詠む心情として、やるせない「わびしさ」よりも、痛切な「かなしさ」がふさわしいと俊成や定家は考えたことになる。

また別な一因として、俊成や定家の古典享受のあり方ということも影響しているのかもしれない。

*俊成の「源氏見ざる歌詠みは遺恨ノ事也」（『六百番歌合』冬・十三番判詞）は有名だが、『源氏物語』のみならず、『伊勢物語』も俊成は古典として尊重し、その第百二十三段「深草の里の女」を踏まえて詠み、自身の「おもて歌」とした、

夕されば野べのあきかぜ身にしみて
うづら鳴くなりふか草のさと
（千載集・秋上・二五九）

や、第八十二段「交野」の場面を踏まえた秀歌、

またやみむかたののみのの桜がり
花の雪ちる春のあけぼの
（新古今集・春下・一一四）

などがある。そうした古典への眼差しからは「物わびし」といえば、『伊勢物語』第九段「東下り」の、

乗りて渡らむとするに、みな人、物わびしくて、京に思ふ人なきにしもあらず…

や、『源氏物語』明石の、

いとど物わびしきこと数知らず…

などが思い起こされ、「物わびし」は、都を遠く離れたうらさびしさ、郷愁と結びつく羈旅歌の用語と理解され、無常や恋心を表現する文脈には「物がなし」がふさわしいと感じられたのではなかったか。

秋の歌である当該歌の場合は、漢詩文に見える「悲秋」の影響も、勿論あるにちがいないが。

23　萩の下葉も「色づき」か「移ろひ」か

夜を寒み衣かりがね鳴くなへに　萩の下葉も□□□□にけり　（秋上・二一一、よみ人しらず）

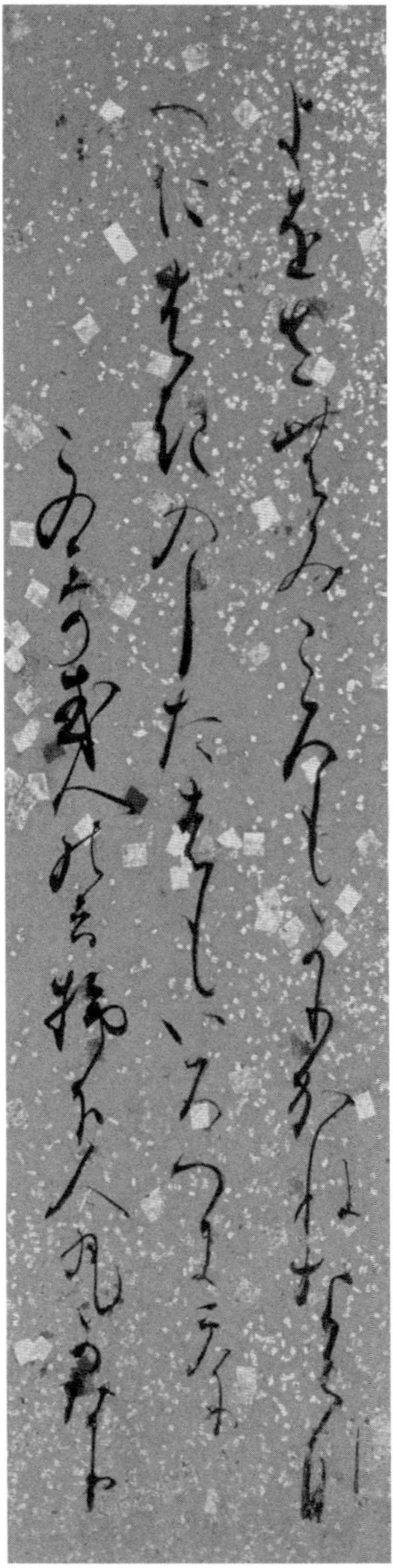

*元永本（『元永本 古今和歌集 上』講談社、174頁。ColBase上86を加工・作成）には、右の通り、*具引地に金銀の*切箔・*砂子を散らした*料紙に、

よをさむみころもかりがねなくな
へにはぎのしたばもいろづきにけり
この哥、或人の云、柿下人丸がなり

と書かれている。

定家本の結句は「うつろひにけり」だが、久曾神昇『古今集古筆資料集』（風間書房・一九九〇年）や西下経一・滝沢貞夫『古今集校本』新装ワイド版（笠間書院・二〇〇七年）によれば、元永本以外にも、*筋切・*関戸本・*基俊本・*私稿本・

*永治二年清輔本・*保元二年清輔本・
*天理図書館蔵顕昭本・*伏見宮旧蔵伝顕昭本

など「いろづきにけり」の本文を採る伝本も多い。

夜が寒いので、衣を借りて重ね着をしたい季節になったが、まだ借りかねている頃、雁の声が聞こえてくる。それとともに、萩の下葉も「色づきにけり」、あるいは「うつろひにけり」という。「色づく」と「うつろふ」では、いずれがふさわしい表現であろうか。

『新撰和歌』には、

夜をさむみころもかりがねなくなへに
はぎの下葉も色づきにけり　（春秋・二八）

とあり、貫之は「色づきにけり」という結句で当該歌を享受していたらしい。

また、当該歌は、古今集では「よみ人しらず」だが、『忠岑集』の第四類に分類される*枡型本（冷泉家時雨亭叢書『平安私家集九』204 260頁）に、次のように見える。

つゆさむみころもかりがねなくなへに
はぎのしたばもいろづきにけり　（三二）
よをさむみころもかりがねなくなへに
はぎのしたばゝいろづきにけり　（一七八）

この二首は、初句が「露」「夜を」、第四句が「下葉も」「下葉は」で、多少の本文異同があるが、同じ歌が重複して収められているとみてよいだろう。いまは、結句がいずれも「いろづきにけり」であることに注目しておきたい。

なお、『忠岑集』の第一類の*伝藤原為家筆本（冷泉家時雨亭叢書『平安私家集九』所収）・第二類の西本願寺本（『西本願寺本三十六人集精成』所収）・第三類の承空本（冷泉家時雨亭叢書『承空本私家集 上』所収）には、当該歌は見えない。

片桐洋一『古今和歌集全評釈』（講談社・一九九八年）が「『古今集』の撰者の一人である忠岑が自分の歌を「よみ人知らず」として『古今集』に採歌したとは思えず、何らかの理由で古歌が『忠岑集』に入り込んでしまったと見るほかはあるまい」（上・831頁）という通りであろう。

当該歌は、むしろ、『古今和歌六帖』に、

よをさむみころもかりがねなくなへに
はぎのしたばも色づきにけり　（第六「秋はぎ」三六三九、人丸）

と「人丸」という作者名を記すように、人麿詠と考えられていたらしい。書陵部蔵五〇一・四七「柿本集」（『新編私家集大成』人麿Ⅱ）にも、

よをさむみころもかりかねなくなへに
はきの下葉は色つきにけり　（八七）

と収められている。

当該歌は、『拾遺和歌集』雑秋に、

題しらず　人まろ
このごろのあか月つゆにわがやどの
萩のしたばは色づきにけり　（一一一八）
夜をさむみ衣かりがねなくなへに
はぎのしたばは色づきにけり　（一一一九）

などと、『万葉集』の、

比日之《このごろの》　暁《あかつき》　露丹《つゆに》　吾屋《わがや》前《ど》之《の》
芽《は》子《ぎ》乃《の》下葉《したば》者《は》　色付《いろづき》尓《に》家《け》里《り》　（巻十・二一八二）

とともに、「人まろ」詠として配列されている。『古今和歌集』の当該歌に、前掲の通り、左注「この歌は、ある人のいはく、柿本の人まろがなりと」（定家本による）が付されるようになったのも同じ頃らしい。『拾遺和歌集』時代に人麿の評価が高まった結果、『古今和歌集』の「よみ人しらず」が人麿詠と見なされたと言ってもよい。

いずれにせよ、『古今和歌集』の当該歌が再録された『拾遺和歌集』を、定家が天福元年（一二三三年）に書写した際、「色づきにけり」（『藤原定家筆　拾遺和歌集』汲古書院・一九九〇年、281頁）という本文で書いているのは紛れもない事実である。

『古今和歌集』には「萩の下葉」を詠んだ歌が二首あり、その一首も、

あきはぎのしたば色づく今よりや
ひとりある人のいねがてにする
（古今集・秋上・二二〇、よみ人しらず）

また、『人丸集』には、『万葉集』の、

秋風《あきかぜ》之《の》　日異吹者《ひにけにふけば》　露重《つゆおもみ》
芽《は》子《ぎ》之《の》下葉《したば》者《は》　色付来《いろづきにけり》　（巻十・二二〇四）

を訓読した、

あきかぜの日ごとに吹けば露おもみ
萩のしたばは色づきにけり　（人丸集・一二七）

もあって、「萩の下葉」はやはり「色づく」ものとするのが一般的だったと考えられる。

問題はむしろ、俊成*や定家*が何故「萩の下葉」に対して「うつろふ」という表現を用いたかということになるだろう。

その問題についても、片桐洋一『古今和歌集全評釈』に次のような指摘があり、ほぼ言い尽くされている。

多くの諸本の「いろづく」が文字通り、「萩の下葉」が黄色味を帯びてくることを「そのものずばり」で言うのに対して、定家本・俊成本の「うつろひにけり」の「うつろふ」は、桜の花が色あせて散ってゆく場合、白菊が寒さによって赤みを増して次第に枯れてくる場合、紅葉が色づき次第に散ってゆく場合など、花や木が盛りの状態から衰える状態に次第に移ることを広く言うだけではなく、人間の場合についても、愛が衰え、他の人に心が移ってゆく状態を言うなど、いわば文学的な表現であり、まさしく俊成本・定家本の特色と言ってよいものであるが、文学的に彫琢される前の形、つまり本来の形が「いろづきにけり」であったらしいことも、また否定できないのである。

（上・830頁）

若干の蛇足を加えると、『万葉集』には、

雲上尓《くものうへに》　鳴都流《なきつる》鴈乃《かりの》　寒苗《さむきなへ》
芽子《はぎ》乃《の》下葉《したば》者《は》　黄変可毛《かも》　（巻八・一五七五）

という一首がある。雲の上に鳴いた雁の声が寒々と聞こえてくる。それとともに、萩の下葉は緑から黄色へ変わったというのである。

寒さのなか雁が鳴く現象と、萩の下葉が「黄変」する現象を「なへ」という接続助詞で繋ぐのは、当該歌と同じ詠みぶりで、現代の万葉学者は結句「黄変可毛」を「もみちぬるかも」を訓読しているが、西本願寺本の仙覚の新点は「ウツロハムカモ」とする。梨壺の五人の古点や平安末期の次点は、確認をとることはできないが、あるいは「黄変」を「いろづく」と訓んでいた可能性もあろう。

俊成や定家は「うつろふ」を選びとったが、依然「いろづく」も根強く、鎌倉中期成立かとされる『色葉和難集』（日本歌学大系別巻二、479頁）などは、「なべに」の用例として結句を「いろづきにけり」（四九五）で引用する。

24 秋萩に「つまごひ」か「うらびれ」か

秋萩に□□□□をれば　あしひきの山したとよみ鹿の鳴くらむ　（秋上・二一六、よみ人しらず）

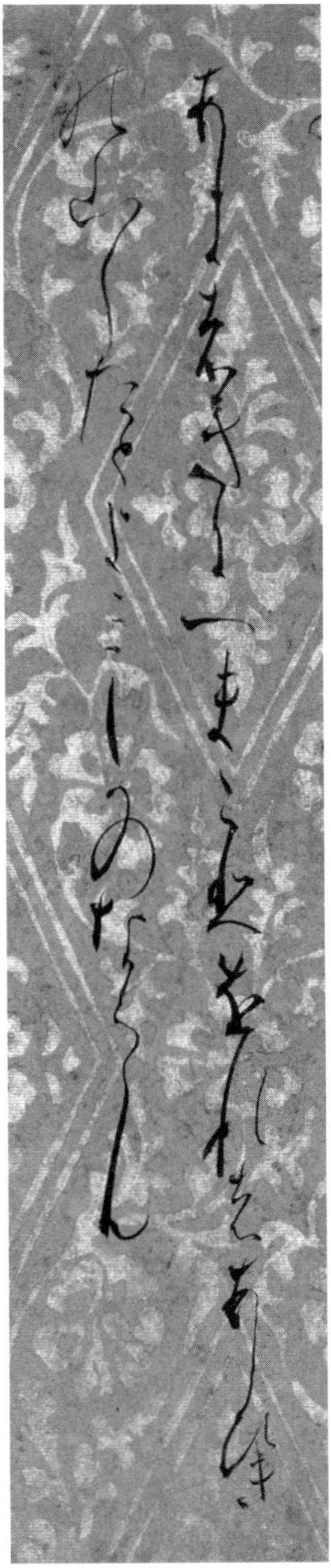

*元永本（『元永本 古今和歌集 上』講談社、176頁。ColBase 上87を加工・作成）には、右の通り、*具引地に*菱唐草文を*雲母摺した料紙に、

あきはぎにつまごひをればあしひきの山したとよみしかのなくらん

と書かれている。

定家本の第二句は「うらびれをれば」で、「つまごひ」「うらびれ」と本文に異同がある。

「つまごひ」は、配偶者または雌雄が互いに相手を恋い慕うことで、『万葉集』には、鹿が「妻恋」に鳴くという歌が、

秋さらば　今も見る如《ごと》　妻恋に鹿《か》鳴かむ山そ　高野原のうへ（巻一・八四）

山びこの相響《あひとよ》むまで妻恋に鹿鳴く山辺に　独りのみして（巻八・一六〇二、家持）

などと見える。この二首の「鹿」は「しか」の古称「か」

で詠まれ、家持詠の初句・第二句は、『古今和歌集』の当該歌の腰の句・第四句に鹿の鳴き声が「山」に「響む」という点で繋がっている。家持詠には「天平十五年（七四三）癸未八月十六日作」との左注があり、家持自身、妻大嬢を奈良の家に残して久迩京に「独りのみ」あった当時の作で、「妻恋」に鳴く鹿に、自身の思いを重ねていることが知られる。

さらに『万葉集』には、「秋萩（芽子）」が取り合わされた、

妻恋に鹿《か》鳴く山辺の
秋芽子《はぎ》は露霜寒み盛りすぎゆく　（巻八・一六〇〇）

秋芽子の散りゆく見れば鬱《おほほし》み
妻恋すらし　棹壮《さをし》鹿《か》鳴くも　（巻十・二一五〇）

などがある。特に後者は、当該歌を理解する参考になる。オスの鹿が鳴いているのを根拠に、秋萩が散ってゆくのを見ると悲しくて心が晴れないので妻を恋い慕っているらしいと推定する。「萩（芽子）」は、鹿の妻と見なされるものなのである。

「つまごひ」は、もちろん、

遠つ人松浦佐用姫都麻胡非《つまごひ》に領巾振りしより
負へる山の名　（巻五・八七一）

のように、人にも用いられるが、当該歌のように「秋萩に」という初句を受けると「鹿」の「妻恋」がすぐに連想される。

このように見てくると、「つまごひをれば」の本文を採用する場合、当該歌は、秋萩を見て、鹿は妻を恋しく思っているので、山の麓が響き渡る声で鳴いているのだろう、という解釈になろう。

一方、定家本は、「つまごひをれば」ではなく、「うらびれをれば」の本文を採用する。

「うらびれ」は、ラ行下二段活用動詞「うらびる」の連用形で、用例としては連用形しか確認できない語である。「うらびれ」は、「うらぶれ」から転じたものと考えられ、ウラは「心」、フルは「触る」で、心が事物に触れて、心のしおれるような状態。しょんぼりと力なく、漢語でいえば「悄然」たるさまに当たる。

ラ行変格活用動詞「をり」と結びついた「うらびれをり」は、『赤人集』に、

ひさかたのあまのかはらにぬるとりの
うらびれをりつ　くるしきまでに　（二一七〇）

わがせこにうらびれをればあまのがは
　ふねこぎいだすかぢこゑきこゆ　（二一八四）

などと見える。七夕伝説を踏まえて、恋人に逢えず、心がしおれている自分の状態をいう。

「うらびれ」の原形「うらぶれ」は、『万葉集』に「宇良夫礼《うらぶれ》をるに」（巻五・八七七）「した恋におもひ宇《う》良夫礼《らぶれ》」（巻十七・三九七八）「うち嘆き　しなえ宇良夫礼《うらぶれ》しのひつつ」（巻十九・四一六六）などのように見える。また、

君に恋ひ裏触居《うらぶれを》れば
しきの野の秋芽子しのぎ
さを壮鹿《しか》鳴くも　（巻十・二一四三）
君に恋ひ　しなえ浦触《うらふれ》　吾が居れば
秋風吹きて月かたぶきぬ　（巻十・二二九八）
君に恋ひ浦経《うらぶれ》居れば　悔しくも
我が裏紐《したびも》の結ふ手徒《いたづ》らに　（巻十一・二四〇九）

などのように、愛しているのに逢えない「君」に対する「恋」が募った結果、「うらぶれをれば」という状態になると詠まれている。つまり、「つまごひ」と「うらぶれ」の関係は、原因と結果ということなのである。

右に挙げたように「うらぶれをれば」の用例は多いが、「つまごひをれば」の用例は他に見られない。「うらぶれをれば」を採用する*雅経筆崇徳天皇御本・*永治二年清輔本・*保元二年清輔本（穂久邇文庫本）などがおそらく『古今和歌集』の元の本文に近いかと思われる。*定家が「うらびれをれば」を採用した所以でもあろう。

ただし、「うらびれをれば」の場合、『万葉集』巻十の二一四三番歌のように、「うらびれ」ているのは、歌の詠み手かと、まずは考えることになる。「あしひきの山したとよみ鹿の鳴くらむ」と読み進めて漸く、鹿が「秋萩に妻恋」した結果「うらびれ」ているのかと、「うらびれをれば」のもう一つの主体として鹿の姿が浮かび上がってくるという複雑さがある。また、初句「秋萩に」と第二句「うらびれをれば」の間には文脈の飛躍があって分かりづらい。

そうした複雑さや分かりづらさを解消しようとしたのが「つまごひ」という本文だった。「つまごひ」の本文を採用するのは、元永本以外に*通切・*唐紙巻子本。「つままち」（*私稿本）「うらこひ」（*関戸本）もある。

25　枝も「とをゝ」か「たわゝ」か

折りて見ば落ちぞしぬべき　秋萩の枝も□□□における白露　（秋上・二二三、よみ人しらず）

＊伏見宮旧蔵伝顕昭本（宮内庁書陵部蔵、伏・二三〇）には、右の通り、

　ヲリテミバオチヅシヌベキアキハギノ
　エダモトヲヽニオケルシラツユ

と書かれている。

読み馴れている定家本の第四句は「枝もたわゝに」である。現代人にとっては、「枝もとををに」よりも「枝もたわわに」という表現の方がずっと理解しやすいものであろう。「えだもとをゝに」とするのは、伏見宮旧蔵伝顕昭本の誤写であろうか。

久曾神昇『古今集古筆資料集』（風間書房・一九九〇年）や西下経一・滝沢貞夫『古今集校本』新装ワイド版（笠間書院・二〇〇七年）によれば、伏見宮旧蔵伝顕昭本以外にも、

＊関戸本・＊永治二年清輔本・＊保元二年清輔本・＊天理図書館顕昭本・＊寂恵使用俊成本・＊伝寂蓮筆本・＊静嘉堂文庫蔵為家本

などが「とをゝ」とあり、

＊六条家本・＊建久二年俊成本・＊真田本・静嘉堂文庫蔵為相本・＊雅俗山荘本

は「とを丶」の本文に異本傍記「たわ丶イ」があり、*昭和切・*永暦二年俊成本・*雅経筆崇徳天皇御本は、逆に、「たわ丶」の本文に異本傍記「とを丶イ」がある。

このように、「とををを」という本文は、伏見宮旧蔵伝顕昭本だけの独自共異文というわけではなく、むしろ多くの伝本が採用していた本文であったことが知られるのである。

当該歌は、『古今和歌六帖』にも、

をりて見ばおちぞしぬべき　秋萩の
枝もとををにおける白露　（第一・つゆ・五八〇）

と「とををを」の本文で収録されている。枝も「とををを」と「たわわ」の本文異同は、どう考えればよいのであろうか。

まず、「とををを」の用例を確認しよう。

夙に『古事記』上巻に、

打竹《うちたけ》の登遠々《とをを》登遠々に天の真魚咋《まなぐひ》を献る。

と用例が見える。「打竹の」は「とををとををに」に係る枕詞とされる。「とををを」はたわむさま。献上する魚の料理を載せる台がたわむほどに、饗応のための料理が多量であることをいう。

『万葉集』では、

秋芽子《はぎ》の枝も十尾《とをを》におく露の
消なば消ぬとも色に出でめやも　（巻八・一五九五）

秋芽子の枝も十尾に露霜置き
寒くも時は成りにけるかも　（巻十・二一七〇）

秋芽子の枝も十尾に置く露の
消かも死なまし　恋ひつつ有らずは　（巻十・二二五八）

足引の山道も知らず
白かしの枝も等乎乎《とをを》に雪のふれれば　（巻十・二三一五）

などと、当該歌に共通する「秋萩の枝もとををに置く露」という表現が見える。「枝もとををに」は、慣用句化し、枝もたわむほどの多くの露や大量の雪を表現するのに用いられている。

一方、「たわわ」は、『人丸集』に、

秋はぎのえだもたわわにおく露の
きえもしなまし　われ恋ひつつあらば　（一四七）

あしひきの山ぢもしらず　しらがしの

　えだもたわわに雪のふれれば　（一五九）

と見えるのが早い時期の用例である。共に『万葉集』巻十所収歌の異伝であり、「とをを」が古く「たわわ」が新しい本文であるとみて、ほぼ間違いないであろう。

　嘉承二年（一一〇七）から永久四年（一一一六）までの期間に藤原仲実によって作られたとされる『綺語抄』の頃になると、「えだもたわゝに」「えだもとをゝに」（下・植物部）両方の用語が使用されるようになり、それぞれの例歌を、

　秋萩のえだもたわわにおくつゆの
　きえもしぬべし　こひてあはずは　（七〇〇）
　いづれをかわきてをらまし梅の花
　えだもたわわにしらゆきのふる　（七〇一）

や、

　あしびきのやまぢもしらず　しらがしの
　えだもとををにゆきのふれれば　（七〇二）
　秋萩のえだもとををにおくつゆの
　けなばけぬともいろにいでめや　（七〇三）
　あきはぎのえだもとををにつゆじもの
　おきてさむけき時になりにけるかも　（七〇四）

など示している。このうち、『万葉集』に由来しない七〇一番歌は、定家によって『新勅撰和歌集』（春上・三四）に入集する躬恒詠である。

　なお『綺語抄』に見える『古今和歌集』の当該歌は、

　をりて見ばおちぞしぬべき秋はぎの
　えだもとををにおけるしらつゆ　（中・四五二）

と「とをを」の本文である。

　清輔本・顕昭本は「とをを」の本文だが、俊成本は「たわわ」「とをを」両方を併記する。実は、*貞応二年定家本や定家自筆の*伊達本・*嘉禄二年本も、

　おりて見ばおちぞしぬべき
　秋はぎの枝もたわゝ《とをゝ》にをける白露
　（『冷泉家時雨亭叢書2』409頁）
　おりて見ばおちぞしぬべき
　秋はぎの枝もたわゝ《とをゝ》にをけるしらつゆ
　（『藤原定家筆　古今和歌集』汲古書院、80頁）
　同
　（『冷泉家時雨亭叢書2』90頁）

のように、「たわゝ」の本文に「とをゝ」という傍記をもっているのであった。

26 「顔をよみうち見」か「名にめで、折れる」か

□□□□□□□□ばかりぞ女郎花　我おちにきと人にかたるな　（秋上・二二六、遍昭）

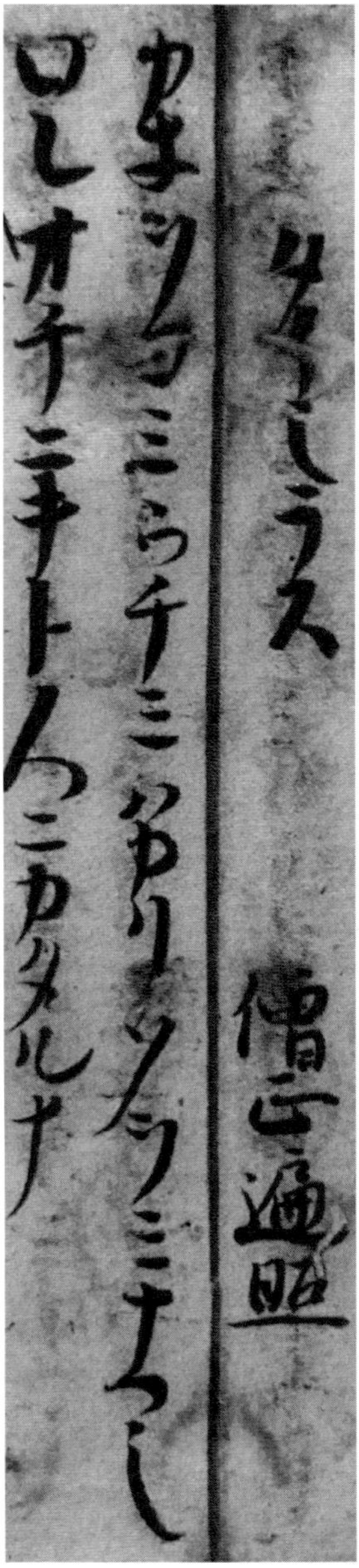

*伏見宮旧蔵伝顕昭本（宮内庁書陵部蔵、伏・二三〇）には、

　　ダイシラズ　僧正遍照
　カホヲヨミウチミバカリゾヲミナヘシ
　　ワレオチニキト人ニカタルナ

と書かれている。

　定家本の初句・第二句が「名にめで、折れるばかりぞ」だから、かなり大きな異同である。

　久曾神昇『古今和歌集成立論』資料編・中（風間書房・一九六〇年）西下経一・滝沢貞夫『古今集校本』新装ワイド版（笠間書院・二〇〇七年）によると、伏見宮旧蔵伝顕昭本以外に、*永治二年清輔本・*保元二年清輔本・*天理図書館蔵顕昭本・*関戸本が「かほをよみうちみ」の本文を採用する。*六条家本は「かほをよみうちみ」の本文に異本表記「なにめで

、おれるイ」が傍記され、*雅経筆崇徳天皇御本・*永暦二年俊成本・*昭和切・*御家切は「なにめでて」の本文に異本表記「かををよみうちみイ」が傍記されている。*了佐切（小松茂美『古筆学大成』講談社、第三巻・図37）でも「なにめで、をれる許ぞ」の本文に異本表記「カヲ、ヨミウチミバカリゾ」が傍記されている様態が確認できる。

「かほをよみうちみばかりぞ」は、顔がよいのでちょっと見ただけだ、の意である。

「かほをよみ」という句をもつ歌は、『新編国歌大観』（角川書店）に一首も見られない。

おそらく、遍昭特有の表現で、歌語としては定着しなかったのであろう。しかし、*清輔・*顕昭は「かほをよみうちみばかりぞ」という本文で『古今和歌集』の当該歌を享受していたし、*俊成周辺でもその本文は生きていたのである。

「かほ」や「よし」は、『万葉集』に、

多胡のねによせつなはへてよすれども
あにくやしづし　その可《か》抱《ほ》与《よ》吉《き》尓《に》
（巻十四・三四一一）

という一首があるが、「しづし」の語義が未詳で、難解である。容姿が美しいので、多胡の嶺に寄せ綱を引っ張るように。寄せようとするけれど、どうして寄って来ようか。あの子は自分に寄っては来ない、との意か。

「…をよみ」という「…が良いので」という形容詞の語幹の用法は、同じ『万葉集』に、

浦乎《を》吉《よ》美《み》うべも釣はす　浜乎《を》吉《よ》美《み》うべも塩焼く…
（巻六・九三八、赤人）

神代より芳野の宮に蟻通ひ高知らせるは
山河乎《を》吉《よ》三《み》
（巻六・一〇〇六、赤人）

吾が背子が屋戸の橘花乎《を》吉《よ》美《み》鳴く霍公鳥
見にそ吾が来し
（巻八・一四八三）

さを壮鹿の妻問ふ時に月乎《を》吉《よ》三《み》かりがね聞こゆ
今し来らしも
（巻十・二一三一）

などと挙げることができる。

また、「うちみばかりぞ」という句をもつ歌も、『新編国歌大観』に一首も見られない。

「ばかり」という副助詞は、体言に付く語なので、「うちみ」は、『万葉集』に、

吾が屋前《やど》の冬木の上に零《ふ》る雪を

梅の花かとうち見つるかも　（巻八・一六四五）

などと見える「ふと見る」などの意の「うち見る」という動詞の連用形からの転成名詞とみることになる。

一方、「名にめでて折れるばかりぞ」という句の場合はどうであろう。

「名にめでて」は、『新編国歌大観』に、

なにめでて思ひなたちそ吉野山いき返るべき
ここちやはせし　（明王院旧蔵本定頼集・五九）

老せずと聞きしわかなの名にめでて誰かはつまぬ
春の野ごとに　（堀河百首・七三、師時）

なにめでてやどごとにみしよひよりも
のどかにすめるいさよひの月　（為忠家後度百首・三二六、為経）

などという歌が見える。「女郎花」という名に心惹かれて、という遍昭詠を先例として踏まえ、「吉野山」「若菜」「いさよひの月」という名に心惹かれて、と表現するのである。

「をれるばかりぞ」も、『続後拾遺和歌集』に、

あかなくにをれるばかりぞ梅花
香を尋ねてや鶯のなく　（春上・四九、順徳院）

とあり、遍昭詠の「をれるばかりぞ」が享受され、詠歌に利用されていることが知られる。

「かほをよみうちみばかりぞ」と「名にめでてをれるばかりぞ」を比べると、視覚に基づく「顔を良み」という素朴な表現から「をみなへし」という花の名に拘った知巧的な表現へ推移していったことは明らかであろう。

＊関戸本には、

かほをよみうちみばかりぞを
みなへしわれはおちぬと
ひとにかたるな

とある。その第四句「われはおちぬと」は、関戸本の独自異文で、『古今和歌集』の他の伝本はすべて「我おちにきと」である。

『古今和歌集』の詞書は「題しらず」だが、「我おちにきと人にかたるな」という下の句から本歌が詠まれた状況が想像され、『遍昭集』では次のような詞書が加えられている。

＊唐草装飾本　（冷泉家時雨亭叢書『平安私家集七』65頁）

さうゞしく侍しかば、ものにまかり侍
し道に、をみなへしの侍しを、お
よびてをり侍しほどに、むまよりお
ち侍て、おちふしながら
なにめで丶おれる許ぞをみなへし
われおちにきと人にかたるな

*西本願寺本（『西本願寺本三十六人集精成』213頁）

さうゞしうはべしかば、むまにのりて
ものにまかりしみちに、をみなへしの見
えしを、およびてをりしほどにむまより
おちて、おちふしながら
いろをめでをれるばかりぞをみなへし
我おちにきと人にかたるな　（二一四）

*歌仙家集本（『合本三十六人集』184頁）

さうゞしう侍しかば、むまにのりて
物にまかりしみちに、をみなへしの見
えしを丶よびて折しほどに、むまより
おちて、ふしながら
名にめで丶おれるばかりぞ女郎花
われおちにきと人にかたるな　（二一四）

*飛雲料紙本「花山僧正集」
（『冷泉家時雨亭叢書　平安私家集二』47頁）

さうゞうはべりしかば、ものへま
かりはべりし道に、をみなへし
のはべりしを、およびてをりはべりし
ほどに、むまよりおちて、おちふし
ながら
名にめで丶
いろを見てをれる許ぞをみなへし
我おちにきと人にかたるな

「我おちにき」を、堕落の意のみならず落馬の意にも解釈してみせる。『遍昭集』の詞書に見える「ものに（へ）まかりし道」は、何処かの寺社仏閣へ出かけた道中、の意。『古今和歌集』仮名序の古注は「嵯峨野」とする。「およびて」は、腰をかがめ、馬上からオミナエシへ手を伸ばして、の意である。

歌そのものについても、見た目を重視する「かほをよみ」から「名をめでて」への過渡的な表現として、『遍昭集』では「名をめで」や「色を見て」などという初句が用いられていることに注目したい。

平安時代の本文は生きていたのである。

27

名をや「立つべき」か「立ちなむ」か

女郎花おほかる野辺にやどりせば　あやなくあだの名をや立□□□

（秋上・二二九、小野美材）

*元永本（『元永本 古今和歌集 上』講談社、181頁。ColBase 上89を加工・作成）には、右の通り、*具引地に*菱唐草文を*雲母摺した*和製唐紙の*料紙に、

小野美材

をみなへしおほかるのべにやどりせば

あやなくあだの名をやたつべき

と書かれている。定家本の結句は「なをやたちなん」である。「べき」も「なむ」も、浮気者だという評判を立てる確率が高いことを示す強い推量表現で、意味の上では、ほとんど違いがない。

オミナエシが多く咲いている野辺に宿ったならば、謂われのない浮気者という評判をとるだろうか、という一首である。

『紫式部日記』には、「しめやかなる夕暮に、宰相の君と二人、物語してゐたるに」と始まる章段がある。中宮彰子が出産のため土御門殿に里下がりし、中宮女房として付き従う紫式部と宰相の君（道綱女豊子）が控えの間で雑談している場面に、藤原道長の長男で、まだ十七歳だった頼通が「簾のつま引き上げゐたまふ」と登場する。

年の程よりはいと大人しく、心にくきさまして、「人はなほ、心ばへこそ、かたきものなめれ」など、世の物語しめじめとしておはする気配、「幼し」と人のあなづりきこゆるこそ悪しけれと、はづかしげに見ゆ。うちとけぬほどにて、

「おほかるのべに」

とうち誦じて、立ちたまひにしさまこそ、物語に褒めたる男の心地し侍りしか。

（和泉古典叢書『紫式部日記』3頁）

十七歳という年齢よりはずっと大人っぽい雰囲気で話をする頼通の姿を、紫式部は素晴らしいと評価する。特に、うちとける前に「多かる野辺に」と口ずさみ、女性が大勢いらっしゃる場所に長居は禁物と、席を立った態度を、物語で褒め讃えられている男性のふるまいのようだったと絶賛する。

頼通が口ずさんだ「おほかるのべに」は、もちろん古今集の当該歌の第二句だが、そのとき彼の意識にはあった結句は「名をやたちなん」だったのだろうか。あるいは「名をや立つべき」だったのだろうか。

紫式部の時代に享受されていた『古今和歌集』の本文がどのようなものだったのか、という問題設定をすると、たちまち問題解決が難しくなる。当時の『古今和歌集』の写本は残念ながら伝わっていない。最古の写本（完本）とされる*元永本でさえ、書写されたのは奥書によると元永三年（一一二〇）七月廿四日で、『紫式部日記』に記された寛弘五年（一〇〇八）秋の時点からは百年以上後のことで、*貞応二年（一二二三）定家本になると、さらに百年以上後の本文なのである。

それでも参考になる本文を挙げてみよう。

『紫式部日記』にも登場する藤原公任が撰んだ『和漢朗詠集』は、比較的多くの古写本が伝わっている。そこに当該歌は「女郎花」に部類され、二八〇番目の詩歌として次のような本文で収められている。

*粘葉《でっちょう》本（日本名跡叢刊69、93頁）

をみなへしおほかるのべにやどりせ
ばあやなくあだのなをやたつべき　野美材

葦*手下絵本（日本名跡叢刊47、75頁）
をみなへしおほかるの邊にやどりせば
あやなくあだのなをやたつべき　野美材

戊*辰切（日本名跡叢刊84、53頁）
をみなへしおほかるのべにやどりせば
あやなくあだのなをやたつべき　小野美材

これらはみな平安時代の書写で、すべて「なをやたつべき」の本文である。

また、同じく『紫式部日記』に登場する藤原実資の同母兄である高遠の家集『太宰大弐高遠卿集』（冷泉家時雨亭叢書『平安私家集十二』141頁）には、次のような一首がある。

をみなへしかをむつまじみあきののに
とまれば花の名をやたつべき（三五四）

オミナエシの香りが慕わしいので秋の野に宿を借りたが、女郎花の名に因んだ評判が立つにちがいない、という一首だが、「女郎花」「…をむつまじみ」「秋の野に」「名をやたつべき」などの表現は、『古今和歌集』秋上の、

秋ののにやどりはすべしをみなへし
名をむつまじみたびならなくに（二二八）

をみなへしおほかるのべにやどりせば
あやなくあだの名をやた□□□（二二九）

という連続する二首を意識して詠まれた一首であるように思われる。

このように見てくると、頼通が「おほかるのべに」という当該歌の第二句を口ずさんだ際、その脳裡にあった当該歌の結句は「名をやたつべき」だったかと思われてくるのである。

ただし、「名をやたつべき」は公任周辺で一時期享受された本文で、当初の『古今和歌集』の本文が「名をやたちなむ」だったことは、否定できないだろう。何故なら当該歌は、『古今和歌集』の詞書では「題しらず」だが、『寛平御時后宮歌合』*十巻本に、

をみなへしにほへるのべにやどりせば
あやなくあだのなをやたちなむ（八八）

と見え、『新撰万葉集』にも、

女倍《をみなへ》之《し》匂倍留《にほへる》野辺丹《に》宿《やどりせ》勢者《ば》

無綾《あやなく》浮之《あだの》名緒《を》哉《や》立南《たちなん》　（秋・四七）

とある。貫之撰の『新撰和歌』にも、

をみなへしおほかる野辺にやどりせば
あやなくあだの名をやたちなん　（春秋・七二）

とあり、『古今和歌六帖』にも、

をみなへしおほかる野べにやどりせば
あやなくあだの名をやたちなん　（第六「をみなへし」三六六三）

という本文で収録されている。さらに、西下経一・滝沢貞夫『古今集校本』新装ワイド版（笠間書院・二〇〇七年）によれば、「たつべき」という本文は、元永本以外に*筋切・*基俊本にあるだけで、ほとんど流布しなかったのである。

そもそも、「べし」という助動詞は、「どうみても、そうなるほかはないようだ」「道理としては…であると想定される」「そうであるのが当然のようだ」というのが根本の意味（大野晋『古典文法質問箱』角川ソフィア文庫・一九九八年、184頁）なので、「そうする理由がない」「そうなる根拠がない」「いわれがない」（精選版『日本国語大辞典』小学館）という意の形容詞「あやなし」との相性はよくないのである。漠然と未来を推量する「む」に、強意の助動詞「ぬ」の未然形「な」を冠した「なむ」を用いて「あやなくあだの名をやたちなむ」とした方が座りがよいのであろう。

「名をや立ちなむ」「名をや立つべき」の用例を検索してみても、「名をや立ちなむ」の方は、

こひによりみのうせしをばくゆれども
なほなつむしになをやたちなむ　（陽成院歌合（延喜十二年夏）・六）

とどむれどとまらぬ秋をしむとて
心にはかるなをやたちなん　（陽成院歌合（延喜十三年九月）・三八）

人もきぬをばながそでもまねかれば
いとどあだなるなをやたちなむ　（伊勢集・三〇）

わすれ侍りにける人の家に花をこふとて
年をへて花のたよりに事とはば
いとどあだなる名をや立ちなん　（後撰和歌集・春中・七八）

などと見えるのに対して、「名をや立つべき」の方はほとんど用例が見つけられないのである。

28 「霧のまがきに」か「秋霧にのみ」か

人の見る事やくるしき　女郎花□□□□□□□立ちかくるらむ　（秋上・二三五、忠岑）

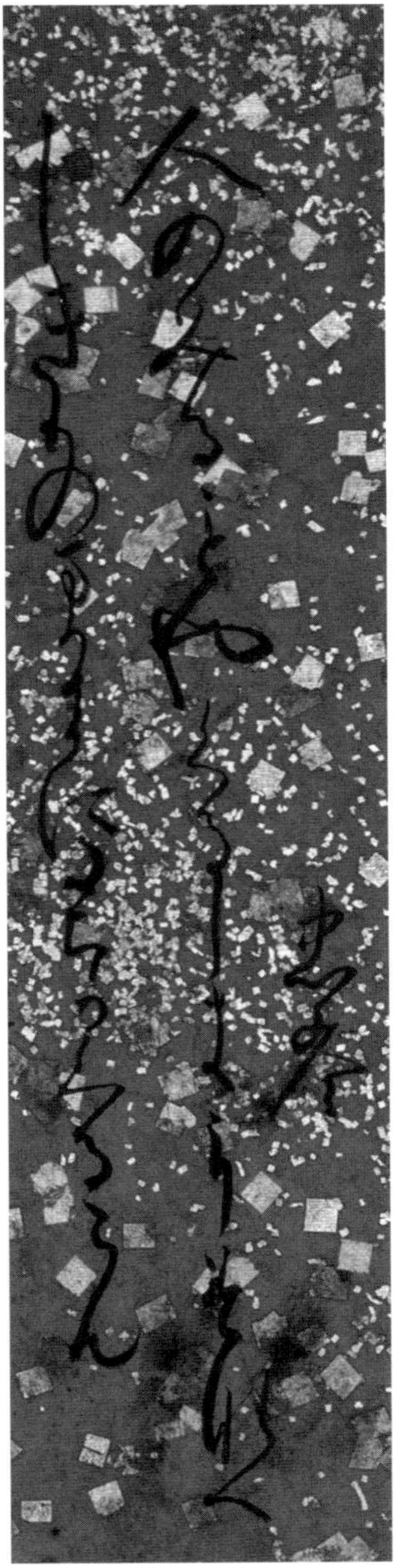

*元永本（『元永本 古今和歌集 上』講談社、183頁。ColBase 上90を加工・作成）には、右の通り、*具引地に金銀の*切箔や*砂子などを撒いた*料紙に、

忠岑

人のみることやくるしきをみなへ
しきりのまがきにたちかくるらん

と書かれている。

オミナエシが霧で見えない。そんな状況を踏まえて、オミナエシが女郎花と書かれることから擬人化し、女郎花が霧に隠れているのは、人の見ることが辛いからかと、その理由を想像する。歌末の「らむ」は、原因推量。

ところで、「霧のまがき」とは何か。「まがき」は、「籬」という漢字が当てられる、木や竹を粗く編んだ垣根だが、「霧の」という修飾語をどう解するか。霧の立ちこめている垣根か、それとも、霧が立ちこめて、垣根のように物を遮り隠している状態なのか。

そう考えて流布本の定家本の本文をみると、「霧のまがきに」ではなく、「秋霧にのみ」であった。*貞応二年定家本（『冷泉家時雨亭叢書2』410・411頁）によって、一連の歌群の本文を引用すると、次の通りである。

朱雀院のをみなへしあはせによみてたてまつりける
左のおほいまうちぎみ 本院贈太政大臣

女郎花秋の〻風にうちなびき
心ひとつをたれによすらむ
（秋上・二三〇）

藤原定方朝臣 三条右大臣

秋ならであふことかたきをみなへし
あまのかはらにおひぬものゆへ
（二三一）

（中略）みつね（中略）

をみなへし吹すぎてくる秋風は
めには見えねどかこそしるけれ
（二三四）

たゞみね

人の見ることやくるしきをみなへし
秋ぎりにのみたちかくるらむ
（二三五）

「朱雀院のをみなへしあはせ」というのは、『三条右大臣集』の巻頭に「寛平のみかどの、朱雀院にて女郎花あはせさせ給ひける時、よみたまへりける」という詞書で二三一番歌が収められているように、宇多上皇が朱雀院で催した女郎花歌合。十巻本歌合には「亭子の帝おりゐさせたまひて又の年、をみなへしあはせ〻させたまひけるを…」と仮名日記が冒頭に置かれ、二三〇・二三四・二三五番歌を収める。これによって、昌泰元年（八九八）の秋のことと確認できる。『新編国歌大観』は『亭子院女郎花合』と呼称する。

『亭子院女郎花合』における『古今和歌集』二三五番歌の本文は、

ひとのみることやくるしきをみなへし
あきぎりにのみたちかくるらむ
（一三、忠岑）

であり、定家本『古今和歌集』と同様、*十巻本も*廿巻本も、やはり「あきぎりにのみ」である。

「きりのまがきに」の本文を採用するのは、西下経一・滝沢貞夫『古今集校本』新装ワイド版（笠間書院・二〇〇七年）によれば、元永本以外には、*筋切・*基俊本・*唐紙巻子本のみである。

こうした事実によると、忠岑が『亭子院女郎花合』に出詠した歌も、『古今和歌集』撰者たちによって採用された歌も、本来「秋霧にのみ」であって、「霧の籬に」は一部の『古今和歌集』伝本だけが採用した本文に過ぎないかのような印象を受ける。

しかし、実際のところは、「霧の籬に」という本文も、かなり早い段階から広く深く浸透していたらしいのである。その証拠をいくつか挙げてみたい。

まず、『新撰万葉集』。寛平五年（八九三）秋いったん編纂を終えた『新撰万葉集』を、延喜十三年（九一三）補修した際、『亭子院女郎花合』の歌十五首が巻末に付加された。その際、当該歌も採用されたが、その本文は、

公《きみ》丹《に》見《み》江《え》牟《む》　事《こと》哉《や》湯《ゆ》湯《ゆ》敷《しき》　女《をみな》部《へ》芝《し》
霧《きり》之《の》籬《まがき》丹《に》　立《たち》隠《かくる》濫《らむ》　（五一二）

と、「人」「くるしき」「秋霧にのみ」ではなく、「きみ」「ゆゆしき」「霧の籬に」であった。「霧の籬に」という歌語は、やはり同じ『亭子院女郎花合』に、

さやかにもけさはみえずやをみなへし
きりのまがきにたちかくれつつ　（六）

と同じような文脈で見えるのである。

次に、『忠岑集』の本文をみると、次の通り。

*西本願寺本（『西本願寺本三十六人集精成』250頁）

あきのゝのをみなへしをみて
人のみることやくるしきをみなへし
きりのまがきにたちかくるらん　（一一二）

*承空本（冷泉家時雨亭叢書『承空本私家集上』136頁）

人ノミルコトヤクルシキヲミナヘシ
アキヾリニノミタチカクルラン　（三六）

*枡型本忠峯集（冷泉家時雨亭叢書『平安私家集九』205頁）

すざくゐんのをみなへしあはせに
人のみることやわびしきをみなへし
きりのまがきにたちかくるらん　（三五）

書陵部蔵（五一一・一二）*御所本の親本で鎌倉時代の僧侶である承空によって書写された承空本は「アキヾリニノミ」だが、院政期の古写本である西本願寺本や、書陵部蔵（五〇一・一二三）本の親本で鎌倉時代中期の書写とされる枡型本は「きりのまがきに」の本文である。

さらに、『古今和歌六帖』には、当該歌が、

人のみることやくるしきをみなへし
きりのまがきに立ちかくるらん　（第六「をみなへし」三六七八、ただみね）

と、「きりのまがきに」の本文で収録されている。

いま特に注目されるのは、『為仲集』に見える次の歌の贈答である。枡型本「橘為仲朝臣集」（冷泉家時雨亭叢書『平安私家集十』301～304頁）で示す。

東三条にて、殿ゝ、人のみることやくるしきをみなへし、といふうたのすゑはおぼゆや、とゝはせたまひしに、中宮のやまとのきみのいへはきたなれは、いかゞいふとゝひにやりたれは、これこそおぼえねといひて、しばしばかりありて、ものにかきて、きりのまがきにたち（「か」脱字か）くるらんとこそいひけれ、といひおこせたりけり。はじめおぼえぬをはぢしむとて

をみなへしわすれぐさとそ思ひつる
きりのまがきにおそくはるれば　（七四）

返、やまと

きりはれぬまがきのほかに
をみなへしゝらでたづぬる人やなになる　（七五）

東三条殿で、関白頼通が、「人の見ることや苦しき女郎花」という歌の下の句を覚えているかと問うので、皇后宮少進だった為仲は、後冷泉天皇中宮章子に仕える大和宣旨の家が東三条殿の北なので、どういう下の句だったっけと問うために使者を送ったところ、これが思い出せないと言って、しばらく経ってから、紙に書いて、「霧の籬に立ち隠るらん」と言いましたね、と届けてきた。すぐに思い出せなかった大和を、為仲は辱めてやろうと思って、「籬」の霧が晴れるのが遅かったね、と皮肉を込めて歌を贈ったところ、あなたも「籬」が思い出せなかったくせに大きな顔はできないと思うけど、と大和が返歌してきたというのである。『橘為仲朝臣集全釈』は天喜四年（一〇五六）頃かとする。頼通や為仲の時代には、「霧の籬に」で当該歌が通行していたことを示すエピソードである。

紫式部の娘賢子の家集『大弐三位集』にも、

あだなたつことぞはかなきをみなへし
きりのまがきにたちかくるれど　（五五）

と当該歌を踏まえた歌が見え、享受本文が推察される。

29

きり〴〵す鳴く「夕ぐれ」か「夕かげ」か

我のみやあはれと思はむ　きり〴〵す鳴く夕□□の大和撫子　（秋上・二四四、素性）

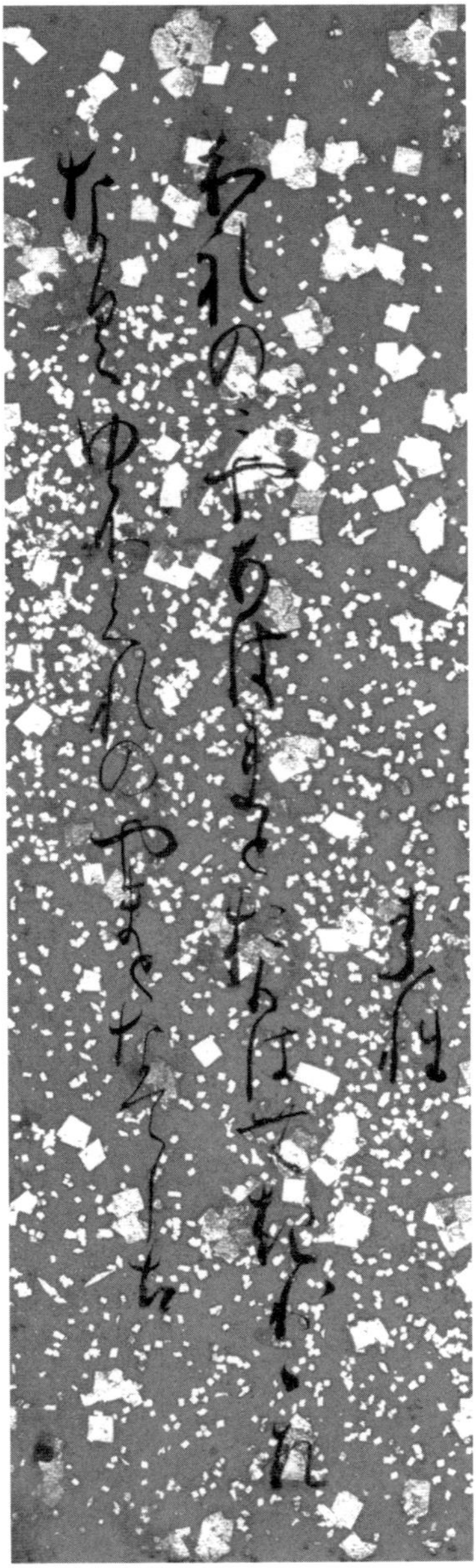

*元永本（『元永本 古今和歌集 上』講談社、187頁。ColBase上92を加工・作成）には、右の通り、*具引地に金銀の*切箔や*砂子などを撒いた*料紙に、

素性

われのみやあはれとおもはむきり〴〵す
なくゆふぐれのやまとなでしこ

と書かれている。

読み馴れた定家本の四句は「なく夕かげの」で、「夕ぐれ」ではない。

「夕ぐれ」「夕かげ」の対立をどう考えればよいのだろうか。

久曽神昇『古今集古筆資料集』（風間書房・一九九〇年）

や西下経一・滝沢貞夫『古今集校本』新装ワイド版（笠間書院・二〇〇七年）によって確認すると、定家本とは異なる「夕ぐれ」を本文とする伝本は、元永本以外に、

　*筋切・*唐紙巻子本・*雅経筆崇徳天皇御本・
　*私稿本・*雅俗山荘本・*基俊本・
　*永治二年清輔本・*保元二年清輔本・*六条家本
　*天理図書館蔵顕昭本・*伏見宮旧蔵伝顕昭本・
　*寂恵使用俊成本・*道家本

などがある。また、元永本のように「夕ぐれ」の本文に異本表記として「かげ」を傍記するのが、

　*永暦二年俊成本・*昭和切・*建久二年俊成本・
　*伝寂蓮筆本・*静嘉堂文庫蔵為相本

などである。実に多くの伝本が「夕かげ」ではなく「夕ぐれ」を本文として採用していたことが知られる。

　なお、当該歌を*唐紙巻子本（日本名筆選28『巻子本古今集 伝源俊頼筆』二玄社・一九九四年、56頁）は、

　われのみやあはれとおもはむひぐ
　らしの鳴夕ぐれの大和撫しこ

と書き、鳴いているのは「きり〳〵す」ではなく、「ひぐらし」とする。

　同様に「ひぐらし」とするのは、*唐紙巻子本以外には、*伝公任筆装飾本・筋切・基俊本があるだけで、諸本が圧倒的に「きりぎりす」であること、古今集の詞書にある「寛平御時后宮歌合」における素性詠も「きり〳〵すなく」であることなどを考えると、本来の本文は「きりぎりす」だったのだろう。

「ひぐらし」とする唐紙巻子本・伝公任筆装飾本・*筋切・*基俊本が皆「ひぐらしの鳴く夕ぐれ」であることに注目すると、本来は「きりぎりすなく」だったが、

　ひぐらしのなく山里のゆふぐれは
　風よりほかにとふ人もなし　（古今集・秋上・二〇五）

　こめやとは思ふものから
　ひぐらしのなくゆふぐれはたちまたれつつ　（古今集・恋五・七七二）

などに引かれて、「夕ぐれ」から「ひぐらしのなく」という歌句が連想され、誤写が生じたのではないか、と思われてくる。

　このように、「夕ぐれ」が起点となって「ひぐらし」という異文も生まれたとすると、当該歌の本文として

本来は「夕ぐれ」だったが、後に「夕かげ」という本文が生まれた、ということになる。
*清輔・*顕昭は「夕ぐれ」を採用し、*俊成も「夕ぐれ」を尊重しつつ異本として「夕かげ」の存在を認める程度だった。しかし、*定家は永暦二年俊成本に異本表記として傍記されていた「夕かげ」を採用する。それが古今集伝本の本文から見える流れである。

『素性集』ではどうか。その本文を確認する。

第一類

*西本願寺本

われのみやあはれとおもはむ
きり〲すなくゆふぐれのやまとなでしこ　（五）

第二類

*色紙本（冷泉家時雨亭叢書『平安私家集一』81頁）

われのみやあはれとおもはむひ
ぐらしのなくゆふぐれのやまとなでしこ　（七）

*寛元三年本（冷泉家時雨亭叢書『平安私家集九』56頁）

われのみやあはれとおもはむひぐらしの
なくゆふぐれのやまとなでしこ　（七）

第三類

*資経本（冷泉家時雨亭叢書『資経本私家集一』184頁）

われのみやあはれとおもはむきり〲す
なくゆふかげのやまとなでしこ　（三三）

*大炊本（冷泉家時雨亭叢書『古筆切 拾遺二』97頁）

我のみやあはれとおもはむきり〲す
なくゆふかげの山となでしこ　（三二）

第四類

*唐紙本（冷泉家時雨亭叢書『平安私家集一』136頁）

我のみやあはれとおもはむひぐ
らしのなくゆふぐれのやまとなでしこ　（五）

第五類

*唐草装飾本（冷泉家時雨亭叢書『平安私家集二』110頁）

草むらにきり〲すのいとあはれ
になきしゆふべに
われのみやあはれとおもはむきり〲
すなくゆふぐれのやまとなでしこ　（四九）

平安時代後期の書写とされる第一類の西本願寺本・第二類の色紙本・第四類の唐紙本・第五類の唐草装飾

本、そして色紙本を書写した寛元三年本は、すべて「ゆふぐれ」である。このうち、第二類本と第四類本では、『古今和歌集』の唐紙巻子本・伝公任筆装飾本・筋切・基俊本と同様、「ゆふぐれ」の修飾句として「ひぐらしのなく」を採用している。

「ゆふぐれ」ではなく「ゆふかげ」を採用する第三類本は、大炊本が鎌倉時代中期の書写、資経本が鎌倉時代後期の書写とされる。*定家が「ゆふかげ」を採用して以降の書写本で、定家の校訂を経た本文をもつ『素性集』の系統らしい。

そもそも、「夕かげ」とはどういう語なのか。

「夕陰」とみれば、夕方の、物に遮られて日の光の当たらない所、の意である。

影草の生ひたる屋外《やど》の暮陰《ゆふかげ》に鳴く蟋蟀は
聞けどあかぬかも　（万葉集・巻十・二一五九）

の「暮陰」がその用例。なお、「蟋蟀」の西本願寺本の訓は「キリギリス」。二十巻本『和名抄』も「蟋蟀」を「木里木里須」とし、旧訓では『万葉集』の九例の「蟋」「蟋蟀」を「きりぎりす」とする。しかし、字余りとなるため賀茂真淵以後、現在は「こほろぎ」と訓んでいる。『万葉集』の「ゆふかげになくきりぎりす」を、『古今和歌集』の当該歌は「きりぎりすなくゆふかげ」と、表現し直したと考えられるのである。

一方、「夕影」とみれば、夕方の、ほのかな日の光。夕日、夕陽、の意。または、夕方、夕暮れ時、の意。

吾が屋戸の秋の芽子《はぎ》開《さ》く夕影《ゆふかげ》に今も見てしか
妹のすがたを　（万葉集・巻八・一六二二）

暮影《ゆふかげ》に来鳴くひぐらし幾許《ここだく》も日ごとに聞けど
あかぬこゑかも　（万葉集・巻十・二一五七）

の「夕影」「暮影」がその用例。単に「夕方」と解してよいか、「夕方の仄かな光のなかで」と解すべきか、微妙だが、「夕影に」我が家の庭の秋の「芽子」（萩）が咲き、「ひぐらし」が頻りに鳴く情景を詠む。その情景に接して、人恋しさが募り、毎日いくら聞いても聞き飽きないという。

いずれにせよ、「夕かげ」は、平安後期から鎌倉初期にかけて甦った万葉語の一つであったと思われる。定家は、この古くて新しい歌語「夕かげ」を『古今和歌集』の当該歌に採用したのであった。

30　濡れての「色」か「後」か

月草に衣は摺らむ　朝露に濡れての□□は移ろひぬとも　（秋上・二四七、よみ人しらず）

＊伏見宮旧蔵伝顕昭本（宮内庁書陵部蔵、伏・二三〇）には、右の通り、

ツキクサニコロモハスラムアサツユニ
ヌレテノイロハウツロヒヌトモ

と書かれている。

読み馴れた定家本の第四句は「ぬれてののちは」である。伏見宮旧蔵伝顕昭本の誤写を疑ってしまうが、「イロ」は、それが独自異文かというとそうでない。西下経一・滝沢貞夫『古今集校本』新装ワイド版（笠間書院・二〇〇七年）によれば、伏見宮旧蔵伝顕昭本以外に、

＊筋切・＊雅経筆崇徳天皇御本・＊六条家本・
＊永治二年清輔本・＊保元二年清輔本・
＊天理図書館蔵顕昭本・＊雅俗山荘本・
＊伝寂蓮筆本・＊建久二年俊成本

も「いろ」の本文である。また＊静嘉堂文庫蔵為相本は本文を「いろ」として異本表記「のちイ」を傍記する。

実は、当該歌は『万葉集』に「寄草」として、

月草に衣は摺らむ朝露に所沾《ぬれ》而後者《てののちは》
うつろひぬとも　（巻七・一三五一）

と見え、本来は「のち」の本文だったことは明らかである。

月草で衣は摺ろう。朝露に濡れて、その後にはたとえ色が褪せてしまうとしても。

「月草」は、『本草和名』（九一八年頃成立）に「鴨頭草　和名都岐久佐」（続群書類従第三十輯下・433頁）とあり、『万葉集』に「月草」「鴨頭草」両様の表記で見える。諸注ツユクサとする。

『万葉集』巻七・一三五一番歌は「譬喩歌」とされる。男女の関係が寓意されているとみれば、「朝露に濡れて」は、女の家から朝帰りする際に露に濡れて、「後はうつろひぬとも」は、その後にあなたの心がたとえ変わってしまうとしても、ということだろう。

『万葉集』の表記「後」が意識されていれば「のち」の本文が「いろ」に動くことはなかったはずである。

しかし、『古今和歌集』の仮名序には、

大内記きのとものり、御書のところのあづかりきのつらゆき、さきのかひのさう官おほしかふちのみつね、右衛門の府生みぶのただみねらにおほせられて、万えふしふにいらぬふるきうた、みづからのをもたてまつらしめたまひてなむ…

とあり、『万葉集』所収歌とは別な歌と考えられたのかもしれない。

男女の関係を寓意する「譬喩歌」ではなく、『古今和歌集』のように「秋歌上」として部類され、四季歌と理解されたならば、「後は」という本文の重みは軽減することになり、「色は」と「うつろふ」ものを明示する本文となってもおかしくない。

『古今和歌集』編纂時には既に「色は」の本文で伝わっていて、それを撰者が入集した可能性もあるし、当初は「のちは」だったが、早い時期に仮名序との整合をはかって「色は」に本文が訂正されたとも考えられるのである。

『古今和歌六帖』第六には「つきくさ」に部類され、

つきくさにころもはすらん
朝つゆにぬれての色はうつろひぬとも（三八三九）

と「色」の本文で収められている。

梨壺の五人による『万葉集』の付訓作業を経て、人麿の再評価が反映された『拾遺和歌集』には、

題しらず　人まろ

月草に衣はすらんあさつゆにぬれてののちは
うつろひぬとも　（雑上・四七四）

と、「雑歌」として「のちは」の本文で入集し、『人丸集』にも、

月草に衣はすらんあさ露にぬれてののちは
うつろひぬとも　（二八）

と、「のちは」の本文で見える。

こうした現象は、古今集の当該歌が「色は」の本文の四季歌で、「人まろ」詠とは別な歌であるという認識が前提にあったかと思われるのである。

この「色は」の本文は、清輔・顕昭周辺では伝えられてきたが、「色は」と「のちは」という相違だけで別な歌とするのは、さすがに無理がある。同一歌とされ、「色は」「のちは」いずれの本文を採用するか、という問題意識が生じてゆくと、『万葉集』に見える「後」という本文、「寄草」「譬喩歌」という題詞に気づけば、「色」よりも「のち」に傾斜してゆくのは自然な流れであろう。

『顕註密勘抄』（日本歌学大系別巻五、173頁）には、「色は」の本文で歌が示され、*顕昭の「つきくさ」の注（同草を歌にはつきくさとも、世俗にはつゆくさとも云なり）の後に、*定家は、

此歌は、ぬれてのゝちは、とぞ申す。古今諸本。
萬葉これ同。不可付此一本。

と密勘を加えている。

定家の父*俊成は、『古今和歌集』を幾たびも書写し、

俊成は新院御本（*雅経筆崇徳天皇御本）の本文と基俊本の本文との間に立つて、そのいづれに従ふべきかに迷ひ、そのために本文が動揺して、その結果俊成本に幾つかの種類ができてゐる
（西下経一『古今集の伝本の研究』153頁）

という。それによれば、永暦二年（一一六一）四十八歳で書写した際は基俊本に従って「ぬれてのゝちは」とし、その三十年後、建久二年（一一九一）七十八歳で書写した際には新院御本に従って「いろは」としたことになる。

定家は、父から継承した永暦二年俊成本の「のち」にそのまま従ったのである。

31

木の葉の「色づく」か「移ろふ」か

おなじ枝をわきて木の葉の□□□□は　西こそ秋のはじめなりけれ

（秋下・二五五、藤原かちおむ）

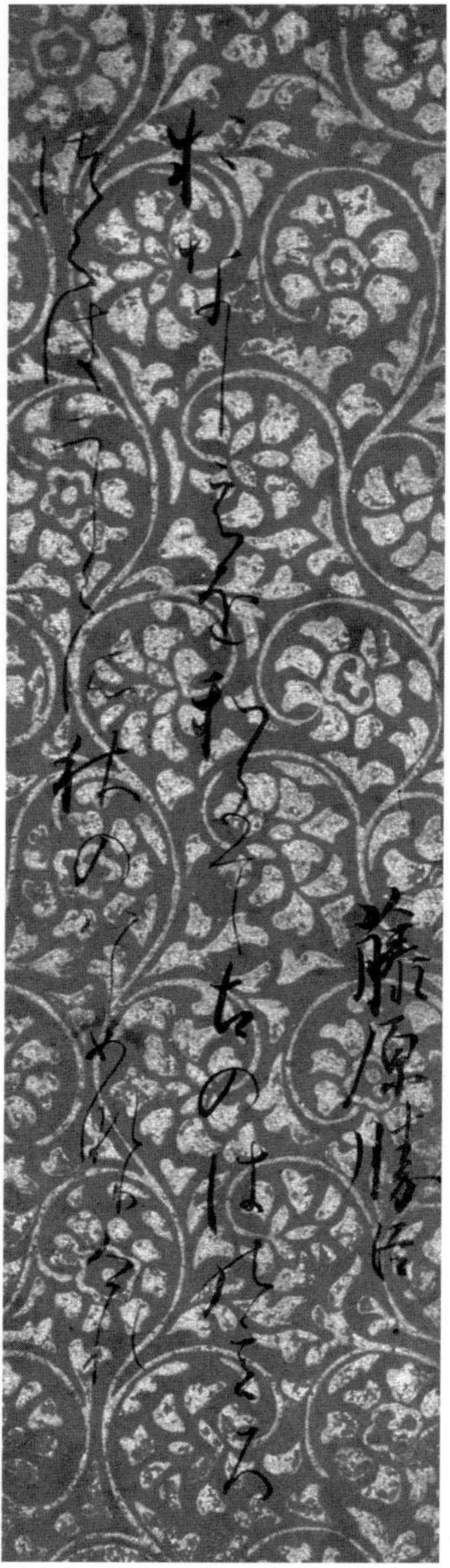

＊元永本（『元永本　古今和歌集　上』講談社、193頁。ColBase上95を加工・作成）には、右の通り、＊具引地に＊小重唐《こがさねから》草文《くさもん》＊を雲母摺した料紙に、

藤原勝臣

おなじえをわきてこのはのいろ
づくはにしこそ秋のはじめなりけれ

と書かれている。

流布本である貞応二年定家本（『冷泉家時雨亭叢書２』416頁）の本文を、詞書を含めて示すと、

貞観の御時、綾綺殿のまへにむめの木ありけり。にしのかたにさせりける枝の、もみぢはじめたりけるを、うへにさぶらふをのこどものよみけるついでに、よめる

藤原かちをむ　勝臣

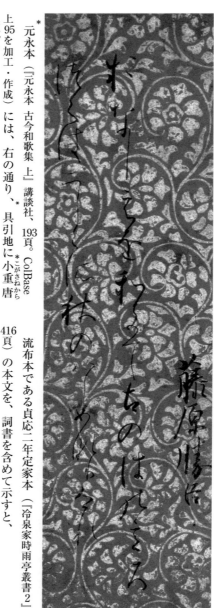

おなじえをわきてこのはのうつろふは
　西こそ秋のはじめなりけれ

であり、元永本の本文「いろづく」と対立する。

清和天皇の御時、綾綺殿の前庭に梅の木があった。西の方角に伸びていた枝が、紅葉しはじめていたのを、殿上人たちが歌に詠んだ際に、藤原勝臣が詠んだ歌だという。

勝臣は、『尊卑分脈』一ノ三九によると、藤原冬嗣の弟長岡の孫で、発生《はつお》男。「哥人」「古今作者」という肩書がある。『古今和歌集目録』（群書類従第十六輯・124頁）によれば、元慶七年（八八三）正月「阿波権掾」に任ぜられ、最終官位が「従五位下越後介」に至ったことが知られる。右の詞書に見える「貞観の御時」（貞観年間は八五九〜八七七年）には、「うへにさぶらふをのこども」（殿上人）の一人ではなく、地下ではあったが歌会に加わっていたのである。

同じ木の枝なのに西側の木の葉がとりわけ色づくのは、西が秋のはじめであったからでしたと、春は東方、夏は南方、秋は西方、冬は北方にあるとする五行思想に基づいて詠む。

元永本と同様、木の葉が「色づく」とする古写本が多く伝存する。*高野切（日本名筆選3『高野切第二種　伝紀貫之筆』二玄社・一九九三年、6頁）の、

おなじえをわきてこのはのいろづくはにし
こそあきのはじめなりけれ

や、*伝公任筆装飾本（『伝藤原公任筆　古今和歌集　上』旺文社、124頁）の、

おなじえをわきてこの葉の色づくは
にしこそあきのはじめなりけり《れ》

をはじめ、西下経一・滝沢貞夫『古今集校本』新装ワイド版（笠間書院・二〇〇七年）によれば、

*筋切・*雅経筆崇徳天皇御本・
*基俊本・*建久二年俊成本

なども「いろづく」である。また、*六条家本や*雅俗山荘本は、「いろづく」の本文で、異本表記「うつろふイ」を傍記する。

一方、

*永治二年清輔本・*保元二年清輔本・
*天理図書館蔵顕昭本・*伏見宮旧蔵伝顕昭本・
*永暦二年俊成本・*昭和切

は、本文が「うつろふ」で、「いろづくイ」という異本表記をもつ。『新撰和歌』には、

おなじえにわきてこの葉のうつろふは
にしこそ秋のはじめなりけれ　（春秋・五二）

とあって、「うつろふ」も早くからあった本文らしい。

木の葉が「色づく」という表現と「うつろふ」という表現と、いずれを採るべきであろうか。

「木の葉」は、純粋な四季歌として捉えれば、

秋風の日に異《け》に吹けば　水茎《みづくき》の岡の木の葉も
色付きにけり　（万葉集・巻十・二一九三）

のように、「色づく」と表現するのが自然であろう。しかし、木の葉が緑から黄や紅へ色を変える現象に、恋の心変わりを重ねて感情移入すると、

秋風に山のこのはのうつろへば
人の心もいかがとぞ思ふ
（古今集・恋四・七一四、素性）

などのように、「うつろふ」の本文で表現されることになる。この問題は〈23萩の下葉も「色づき」か「移ろひ」か〉において既に論じている。参照してほしい。

*俊成は、「いろづく」か「うつろふ」かで揺れていたらしい。藤原範兼の歌学書『和歌童蒙抄』は、「早秋」の例歌として当該歌を挙げるが、その本文は、『新編国歌大観』では、

おなじえをわきてこのはのいろづくは
にしこそあきのはじめなりけれ　（一三六）

『日本歌学大系』では、

おなじ枝をわきて木の葉の移ふは
西こそ秋のはじめ也けれ　（別巻一、154頁）

と伝本によって両様見られる。

*定家は、父俊成から受け継いだ*永暦二年俊成本（国立歴史民俗博物館蔵『貴重典籍叢書』臨川書店、190頁）に、

おなじえをわきてこのはのうつろふ《イロック》は
にしこそあきのはじめなりけれ

とあった傍記「イロヅク」を捨て、本文の「うつろふ」を採用したのであった。

なお、『十訓抄』一ノ十四や『古今著聞集』草木・六六六などによると、後世、当該歌をめぐる故事が語られる際、「色づく」の本文が採用されることも多かったことが知られるのである。

32　秋の「山辺」か「木の葉」か

白露の色は一つを　いかにして秋の□□□を千々に染むらむ　（秋下・二五七、としゆきの朝臣）

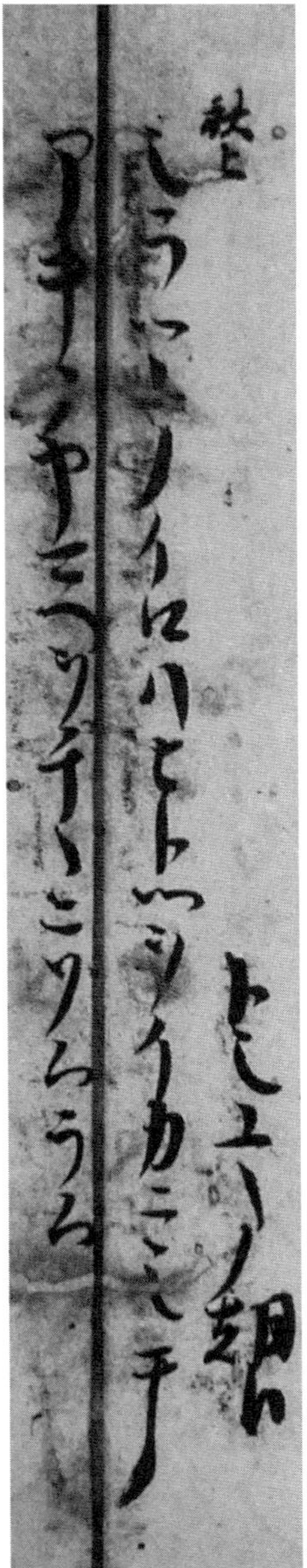

*伏見宮旧蔵伝顕昭本（宮内庁書陵部蔵、伏・二二三〇）には、

秋上　　　　トシユキノ朝臣
シラツユノイロハヒトツヲイカニシテ
アキノヤマベヲチヾニソムラム

とある。「秋上」は、あるべき部類を示す注か。

読み馴れた定家本では、第四句「秋のこのはを」という本文である。

久曾神昇『古今集古筆資料集』（風間書房・一九九〇年）や西下経一・滝沢貞夫『古今集校本』新装ワイド版（笠間書院・二〇〇七年）によれば、伏見宮旧蔵伝顕昭本以外にも、

*雅経筆崇徳天皇御本・*私稿本
*永治二年清輔本・*保元二年清輔本・
*天理図書館蔵顕昭本・*寂恵使用俊成本・
*建久二年俊成本

などが「秋のやまべを」という本文である。

*六条家本・*静嘉堂文庫蔵為相本は「やまべ」の本文

に異本表記「このはイ」を傍記し、それに対して、*永暦二年俊成本・*昭和切は「このは」の本文に異本表記「やまベイ」を傍記する。

この本文対立は、どう考えればよいのだろう。

当該歌は、『新撰万葉集』には、

白露之《しらつゆの》色者《いろは》一緒《ひとつを》　何丹《いかに》為手《して》
秋之《あきの》山辺《やまべ》緒《を》千丹《ちぢに》染濫《そむらむ》　（巻上・一三一）

また、『新撰和歌』には、

しら露の色はひとつをいかなれば
あきの木の葉をちぢにそむらん　（春秋・六八）

と見え、早くから「やまべ」「このは」両様の本文が併存したらしい。

『敏行集』の本文も、

*西本願寺本
しらつゆのいろはひとつをいかにして
秋の山べをちぢにそむらむ　（一一三）

*御所本（函510・12）
白露の色はひとつをいかにして
あきのこのはをちゞにそむらん　（一一三）

と両様ある。

前歌「西こそ秋のはじめなりけれ」に続き、当該歌も、青春、朱夏、白秋、玄冬という五行思想に基づく「秋」の色「白」を冠した「白露」という歌語を用いて、黄や紅に染まる「秋の木の葉」あるいは「秋の山べ」を問題にする。白露の色は一色なのに、白露はどのようにして秋の「木の葉」あるいは「山辺」を様々な色に染めるのだろうか。

一枚一枚の「木の葉」を染め、その結果「山辺」全体が様々な色に染まることになる。一枚一枚の「木の葉」を焦点化するか、「山辺」全体を俯瞰するかの相違である。

「白露の色は一つを」の「一」と、「千々に染むらむ」の「千」との対比に加えて、「露」という小さな世界から「山べ」という大きな世界への拡がりを生む「秋の山べを」の本文の方が面白いと私には思われる。

『後撰和歌集』秋下の「よみ人しらず」、

秋の野の錦のごとも見ゆるかな
色なきつゆはそめじと思ふに　（三六九）

あきののにいかなるつゆのおきつめば
ちぢの草ばの色かはるらん　（三七〇）

の作者や、

しらつゆはわきておかじをあきやまに
などかもみぢのうらに（こカ）なるらむ
（頼基集・二二一、あきのやまに）

と詠んだ大中臣頼基は、「秋の山べを」で享受していたかと考えられるのである。

ところが、同じ『古今和歌集』秋下には、

吹く風の色のちくさに見えつるは
秋のこのはのちればなりけり（二九〇）

竜田ひめたむくる神のあればこそ
秋のこのはのぬさとちるらめ（二九八）

白浪に秋のこのはのうかべるを
あまのながせる舟かとぞ見る（三〇一、おきかぜ）

などと「秋の木の葉」という歌語が多く用いられていて、それに引かれて「秋の山べ」よりも「秋の木の葉」が選ばれていったのであろうか。

『古今和歌六帖』には、

しら露の色はひとつをいかにして
秋の木葉をちぢにそむらん
（第一・つゆ・五七〇、としゆき）

と「木の葉」の本文で収められている。

しかし、冒頭にみたように、平安後期になっても「秋の山べをちぢにそむらむ」という本文は、清輔や顕昭周辺にはあったたし、俊成も、崇徳天皇御本の「やまべ」を受け継ぎつつ、「秋の木の葉を」という本文との間で揺れていたことが知られる。

*定家は、父俊成から継承した*永暦二年俊成本（国立歴史民俗博物館蔵『貴重典籍叢書』臨川書店、191頁）に、

白露のいろはひとつを如何にして
あきのこのは《ヤマベ》をちゞにそむらん

とあった傍記「ヤマベ」を捨て、本文の「あきのこのはを」を採用し、後世「木の葉」が優勢になってゆく。

『拾玉集』を繙くと、慈円は当該歌を題に、

しら露の色はひとつをいかにして
秋の木のはをちぢにそむらん
つゆのそめて色色になすもみぢ葉の
またいろいろに露をそむらむ（三五二〇）

と詠んでいるのが知られる。当該歌の本文が「秋の木の葉」でなければ、露を色々に染める「もみぢ葉」にフォーカスする慈円詠は生まれなかったにちがいない。

33

「色こと〳〵」か「色々こと」か

秋の露□□□□□□におけばこそ　山の木の葉のちくさなるらめ　（秋下・二五九、よみ人しらず）

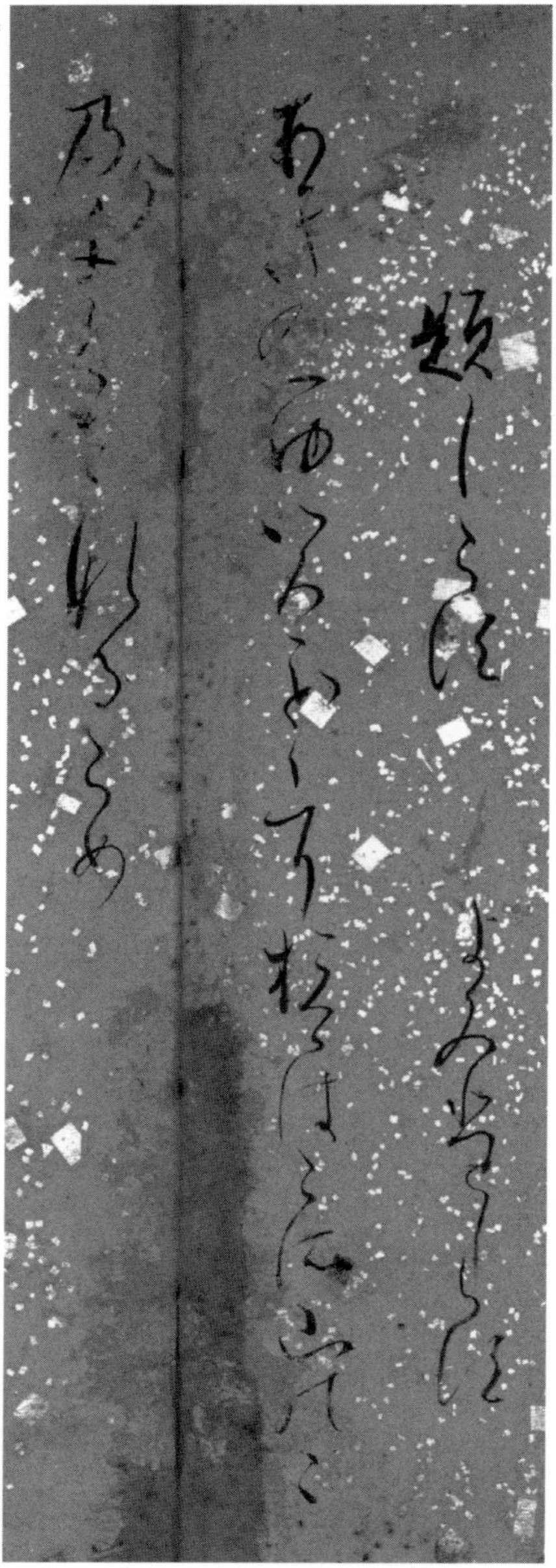

＊元永本（『元永本 古今和歌集 上』講談社、194頁。ColBase上96を加工・作成）には、右の通り、

　題しらず

あきのつゆいろこと〳〵におけばこそ山のこ

の《ハ》ちぐさなるらめ

と書かれている。

前項に挙げた歌では、「白露の色は一つ」と詠まれていたが、当該歌は、「秋の露」は「色」が「異々に」（それぞれ別々の色で）置くと反論する。それだからこそ「山の木の葉」が様々な色にもみじして「千種」で

あるのだろう、というのである。
流布本の定家本の第二句は「いろ〳〵ことに」である。この異同を問題にしたい。
本文としては、「色こと〲に」が分かりやすい。
古筆切や古写本も、
*高野切（日本名筆選3・一九九三年、8頁）
あきのつゆいろこと〲におけばこそやまのこのはもちくさなるらめ
*伝公任筆装飾本（旺文社・一九九五年、上126頁）
あきの露いろこと〲におけばこそ山のこのはゝ千草なるらめ
*筋切（久曾神昇『古今集古筆資料集』101頁）も、
あきの露色こと〲におけばこそ
山のこのはな《の》千種なるらめ
と「色こと〲」の本文である。
また、『寛平御時后宮歌合』には、
秋の露色のことごとおけばこそ
山も紅葉も千くさなるらめ　（一〇九）
とあり、『新撰万葉集』にも、
秋之《あきの》露《つゆ》　色殊殊丹《いろことごとに》　置許曾《おけばこそ》
山之《やまの》黄葉《もみち》裳《も》　千《ち》種《くさ》成《なる》良《ら》咩《め》　（巻下・三六〇）
とある。
それに対して、第二句を「色々ことに」とするのは、
桂宮本古今和歌六帖（第一「つゆ」）
あきの露いろ〳〵ことにをけばこそ
山の木の葉のちくさなるらめ　（五五四）
*基俊本（久曾神昇『古今集古筆資料集』101頁）が、
あきのつゆいろ〳〵ことにをけばこそ
山のこのはのちくさなるらめ
などで、多くはないが確かに存在する。
*雅経筆崇徳天皇御本も、
あきのつゆいろ〳〵ことにおけばこそ
やまのこのはもちくさなるらめ
の本文だったから、*俊成は、*永暦二年（一一六一）本（国立歴史民俗博物館蔵『貴重典籍叢書』臨川書店・一九九九年、192頁）の、
あきのつゆいろ〳〵ことにをけばこそ
やまのこのはの《も》ちくさなるらめ
から出発した。
その後、他の古写本の本文状況も視野に入ったのか、

俊成は、*建久二年本（日本古典文学影印叢刊『古今和歌集』貴重本刊行会・一九七八年、153頁）では、

あきのつゆいろこと〴〵にをけばこそ
やまのこのはのちくさなるらめ

と「いろこと〴〵に」を採用する。また、*寂恵本（『寂恵本古今和歌集』古文学秘籍複製会・一九三三年）は、

あきのへつゆいろ〳〵ことに《コト〳〵ニ俊》をけばこそ
やまの木の葉の《モ俊ソバニック》ちくさなるらめ

とあり、寂恵が校合に使用した俊成本も、第二句は「いろこと〴〵に」の本文だったことがわかる。なお、第四句「山の木の葉の」の末字の「の」には、「も」が傍記されているとあるので、その箇所は永暦二年本の本文を残していることが知られ、永暦二年本と*建久二年本との中間的な性格をもつ本だったらしい。

このように、*俊成は、『古今和歌集』本文について揺れていたのであるが、*定家は、父俊成から受け継いだ永暦二年本の本文に最後まで従い、「いろ〳〵ことに」を動かすことはなかった。

定家は「いろ〳〵ことに」をどう読んでいたのであろうか。定家本の本文の方が難解であったため、享受の過程で諸説が生まれることになった。

竹岡正夫『古今和歌集全評釈』（右文書院・補訂版一九八一年、上692頁）は、

ひとしれぬわがかよひぢの関守は
よひよひごとにうちもねななむ
（古今集・恋三・六三二、なりひらの朝臣）

を引いて「色色毎に」を採る。

一方、片桐洋一『古今和歌集全評釈』（講談社・一九九八年、上928頁）は、「ことに」を清音にとって「色色異に」と読む説を採用し、「あの色この色とさまざまに」の意とする。「色こと〴〵に」と矛盾しない解釈を選択するのである。

「色こと〴〵に」の分かりやすさからすると、香川景樹『古今和歌集正義』（勉誠社・一九七八年）が「二の句のいろ〳〵ことには不成の語也」「萱万に色こと〴〵にとあるぞ正しき」とし、

秋の露はたゞ白しと見ゆれど、さにはあらで、これは赤也、かれは黄也、これは濃し、かれは浅しなど、木々に随ひて置わたすと見ゆと云也。

と解説するのを支持したい気がするのである。

34　葛も「色づき」か「移ろひ」か「もみぢし」か

ちはやぶる神の斎垣に這ふ葛も　秋にはあへず□□□□にけり　（秋下・二六二、つらゆき）

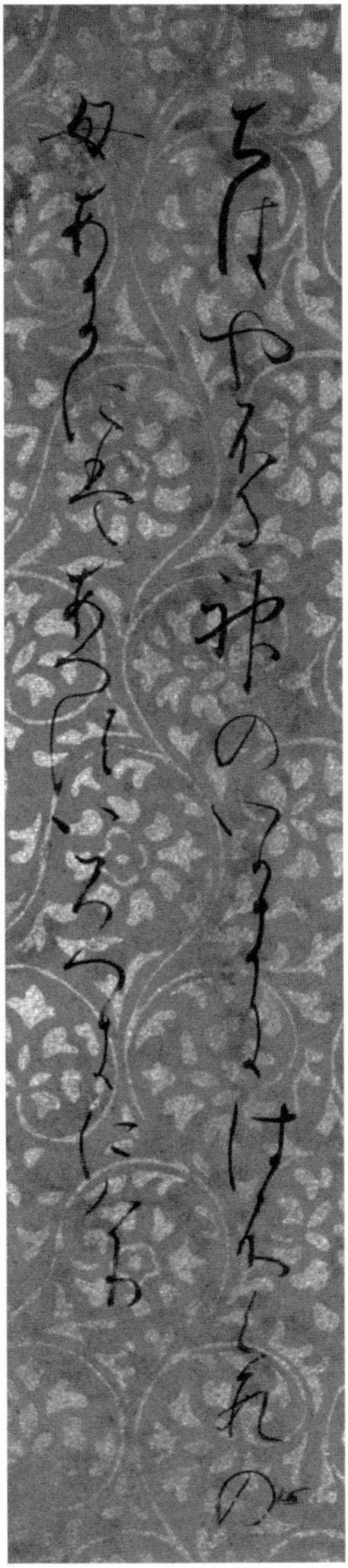

*元永本（『元永本 古今和歌集 上』講談社、196頁。ColBase 上97を加工・作成）には、右の通り、*具引地に*小重唐草文を*雲母摺した*料紙に、

ちはやぶる神のいがきにはふくずの止
もあきにはあへずいろづきにけり

と書かれている。

定家本の結句は「うつろひにけり」だが、*伝公任筆装飾本（『伝藤原公任筆 古今和歌集 上』旺文社、128頁）は、

ちはやぶる神のいがきにはふくずも秋には
あへずもみぢしにけり

と、また異なる本文である。

久曾神昇『古今集古筆資料集』（風間書房・一九九〇年）や西下経一・滝沢貞夫『古今集校本』新装ワイド版（笠間書院・二〇〇七年）によれば、「色づき」を採用するのは、元永本以外に、*筋切。「もみぢし」の本文を採用するのは、伝公任筆装飾本以外には、*雅経筆崇

徳天皇御本・*寸松庵色紙・*唐紙巻子本・*伝公任筆唐紙色紙。その他の諸本は、「うつろひ」である。

なお、『古今和歌六帖』第六「くず」には、

千はやぶる神のいがきにはふくずも
秋にはあへず色づきにけり（三八八一、つらゆき）

と「色づき」で収められている。

万古不変のはずの神の斎垣に這う葛も、さすがに深まる秋には抵抗できず色が変わってしまったことだ、というのであるが、結句の本文としては「もみぢしにけり」「いろづきにけり」「うつろひにけり」いずれがふさわしいのか。

この問いに対しては、既に31において、木の葉は「色づく」のか「うつろふ」のか、という問いを立てて考えたなかで、純粋な四季歌として捉えれば「色づく」で、木の葉が緑から黄や紅へ色を変える現象に、恋の心変わりを重ねて感情移入すると「うつろふ」になるのではないか、という一つの私見を述べた。ここでは、さらに「もみぢす」という表現も加えて、本歌の本文異同について考えてみたい。

当該歌の場合、一般的な木の葉ではなく、「葛」の葉であることに、まずは注目することになろう。

『万葉集』の「葛」の「黄葉」は、

鴈鳴《かりがね》の寒く鳴きしゆ
水茎《みづくき》の岡の葛葉《くずは》は色付きにけり（巻十・二二〇八）
我が屋戸《やど》の田葛葉《くずは》日に殊《け》に色付きぬ
来まさぬ君は何情《こころ》ぞも（巻十・二二九五）

などのように「色づく」と表現されている。

前者は「秋の雑歌」で「黄葉を詠みし」歌。後者は「秋の相聞」で「黄葉に寄せし」歌だが、上の句は、相手の心変わりを恨む感情が移入されているわけではなく、相手が来訪しない期間の長さを示し、むしろ来訪によい季節になったのに、という季節の風情を詠む。「色づく」と表現される所以である。

『古今和歌集』になると、「葛の葉」は、

秋風の吹きうらがへすくずのはの
うらみても猶うらめしきかな（恋五・八二三、平貞文）

のように、風に翻る白い裏葉が印象的であるため「裏見」から連想される「恨み」が掛詞となり、恋の怨情の比喩となってゆく。

そうなると、『古今和歌六帖』の、

かれかねてしもにうつろふくずのはの
うらみやせまし風につげつつ　(第六・くず・三八八二)

などのように、「葛の葉」は「色づく」や「もみぢす」ではなく、「うつろふ」という表現がふさわしくなる。

しかし、本歌が配列されている『古今和歌集』秋歌下の歌群から、前後の各二首を含んで定家本で示すと、

しらつゆも時雨もいたくもる山は
したばのこらず色づきにけり　(二六〇、貫之)

雨ふれどつゆももらじをかさとりの
山はいかでかもみぢそめけむ　(二六一、元方)

ちはやぶる神のいがきにはふくずも
秋にはあへずうつろひにけり　(二六二、貫之)

あめふればかさとり山のもみぢばは
ゆきかふ人のそでさへぞてる　(二六三、忠岑)

ちらねどもかねてぞをしきもみぢばは
今は限の色と見つれば　(二六四、よみ人しらず)

とある。

この配列によって、秋も深まって時間の推移とともに草木が「色づき」「もみぢそめ」「もみぢし」「もみぢば」となってゆく様相が描き出されている。「色づく」とは紅葉しはじめた状態をいうことがわかるし、また、当該歌の結句としては「うつろひにけり」よりも「もみぢしにけり」がふさわしいように思われる。

『枕草子』の「神は」と始まる章段には、

いがきにつたなどのいとおほくかゝりて、もみぢの色〳〵ありしも、秋にはあへずと、つらゆきがうた思いでられて、つくづくとひさしうこそ、たてられしか。　(『陽明叢書10』思文閣、306頁)

とあり、『源氏物語』若菜下には、

十月中の十日なれば、神のいがきにはふくずも色かはりて…　(『源氏物語大成』一一三七頁)

と見える。現代の諸注、定家本の本文で引き歌を指摘するが、平安末期成立の藤原伊行著『源氏釈』が挙げる歌は、

ちはやぶる神のいがきにはふくずも
あきにはあへずもみぢしにけり

という本文である。

35

「移し植ゑば」か「植ゑし植ゑば」か

う□しうゑば秋なき時や咲かざらむ　花こそ散らめ根さへ枯れめや　（秋下・二六八、在原業平）

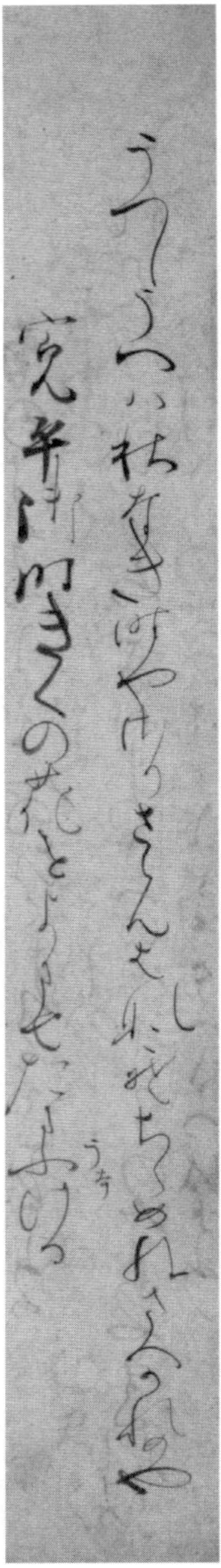

右に掲出したのは、巻末に元亨二年（一三二二）の奥書をもつ『古今和歌集』の一部でる。本書には、能書で数多くの鑑定をしている烏丸光広の跋、及び近衛信尹の添状があり、いずれも後伏見天皇の宸翰と鑑定している。重要文化財に指定され、東京国立博物館の所蔵で、ColBaseに公開されている一書である。

さて、当該歌は、

うつしうへば秋なき時やさかざらん
　はなこそちらめ　ねさへかれめや

と書かれている。

「うへし」と読めなくもないが、「うへば」や「ねさへ」の「へ」と比べれば「うつし」と読んで問題ないと思われる。

*嘉禄二年定家自筆本（『冷泉家時雨亭叢書　古今和歌集』101頁）の本文を、詞書を含めて示してみよう。

人のせんざいにきくにむすびつけてうへける哥
　在原なりひらの朝臣

うへしうへば秋なき時やさかざらむ
　花こそちらめ　ねさへかれめや

とある。

定家筆の初句も、「うへしうへば」なのか、「うつしうへば」なのか、紛らわしい。とりあえず「へ」と読んだが、「つ」と読めなくもない。

　現代語の「植える」に当たる古語は、ワ行下二段活用動詞なので、歴史仮名遣で表記すれば、それぞれ「うゑしうゑば」「うつしうゑば」となって迷うこともない。ところが、定家仮名遣では「うゑ」は「うへ」と表記されるため、「うへしうへば」なのか、「うつしうへば」なのか、見分けがつきにくいのである。

　例えば、西下経一・滝沢貞夫『古今集校本』新装ワイド版（笠間書院・二〇〇七年）などは、「つ」と読んで、嘉禄二年本の本文を、*永治二年清輔本や*真田本と同じく「うつしうへば」のグループとしている。

　ちなみに、永治二年清輔本（復刻日本古典文学館『古今和歌集　宮本長則氏蔵清輔本』日本古典文学会）の「つ」は、字母が「徒」の仮名で書かれているので確かである。永治二年（一一四二）に清輔が書写した本を、建仁元年（一二〇一）に源家長が転写し、それを鎌倉中期に書写された本だが、その際、「うつしうへば」と読み取ったのである。

　当該歌の詞書「むすびつけてうへける」とある箇所は、文脈から、それぞれ「つ」「へ」と判断できる。

しかし、初句は、「つ」「へ」いずれでも意味が通じるので厄介である。
　*雅俗山荘本（逸翁美術館蔵）の初句には、「うゑしう《ツ》ゑば」とあり、「植ゑし植ゑば」と「移し植ゑば」という二つの本文の可能性を示唆している。
　「うつし植ゑば」「植ゑし植ゑば」どちらの本文がふさわしいのであろうか。
　まずは、詞書によって和歌が詠まれた状況を確認しておこう。
　人の前栽に、菊に結びつけて植えた歌――「うへける哥」に違和感を感じた*俊成は「添へける歌」という本文だった可能性も考えたらしい。*寂恵本の「うへける哥」の「う」の箇所には、俊成本との校異「ソ俊」と傍記されている。たしかに、「そ（字母曾）」は「う」と誤写されやすい。
　『伊勢物語』第五十一段に、
　　むかし男、人のせんざいに、菊うへけるに、
とあるのが分かりやすい。
　なお、『大和物語』第百六十三段には、
　　在中将に后の宮より菊召しければ、奉りけるつい

でに、
とあり、「人」が二条后高子であるという説話が付加されている。

ともあれ、それなりに高い地位にある人からの要請があって、業平はその人の邸宅の前栽に菊を植えた。その際に、歌を詠んで菊に結びつけたのである。

菊を「うつし植ゑ」ることは、

人の家なりけるきくの花をうつしうゑたりけるをよめる　つらゆき
さきそめしやどしかはれば菊の花色さへにこそ
うつろひにけれ　（古今集・秋下・二八〇）

ほかのきくをうつしうゑて
旧里をわかれてさける菊の花たびながらこそ
にほふべらなれ　（後撰集・秋下・三九九）

などと見える。本歌の初句も、「うつし植ゑば」の方が分かりやすい。

分かりやすいだけではなく、窪田空穂『古今和歌集評釋』（角川書店、全集・第二十巻310頁）は、

尊敬している人が老齢に入った時、さらに長寿であるようにと人々が祝賀を催した際、業平が祝いの品として根付きの菊を贈り、それに添えた挨拶の歌である。…賀の心を持たせているのであるから、「移し植ゑば」といわなければ、作者の心は徹底しない事になる。

とし、「「移し植ゑば」でなくてはならない」とする。

貞治三年（一三六四）四月二〇日に四季六巻が奏覧された『新拾遺和歌集』に見える、

入道二品親王性助家に菊をうゑさせける時よめる　法眼行済
うつしうゑば千世までにほへ菊の花
君が老いせぬ秋をかさねて　（秋下・五二二）

などは、まさに「うつし植ゑば」がふさわしい。

しかし、「うつし植ゑば」の本文を採る『古今和歌集』の伝本は、永治二年清輔本や真田本などに限られ、多くない。異本表記として「つ」を傍記するのも、久曾神昇『古今和歌集成立論』資料編（風間書房・一九六〇年）によれば、雅俗山荘本以外、わずかに*静嘉堂文庫蔵為相本・*六条家本などに過ぎない。

『伊勢物語』の場合も、真名本の「遷植者」や*伝民部卿局筆本の「うつしうゑば」（本間美術館蔵・復刻日本

古典文学館）など若干の伝本に「うつし植ゑば」があるに過ぎず、また、『大和物語』の場合も、鈴鹿本の「うつ（字母徒）しうへば」（愛媛大学附属図書館蔵・和泉書院影印叢刊、152頁）などを含む若干の伝本に「うつし」があるに過ぎない。多くの善本といわれる伝本の本文は多く「うへしうへば」「うゑしうゑば」である。

香川景樹『古今和歌集正義』は、「例えば」として「かへしかへば」「そへしそへば」「とりしとれば」「すてしすてば」「恋し恋ば」「吹し吹ば」を挙げ、そうは云わないから「うゑしうゑば」も「世にあらぬ詞也」というが、『万葉集』を繙くと、「於《お》毛《も》比《ひ》之《し》於《お》毛《も》波《は》婆《ば》」（巻十五・三七六六）、「念《おもひし》　四念　者《おもはば》」（巻七・一一三二）、「念之《おもひし》念婆《おもはば》」（巻十九・四一九二）などのように、「思ひし思はば」という表現が見られるのである。

また、『古今和歌六帖』には、

いひしいはばものはおもはじ

ひだ人のうつすみなはの　ただひとみちに

（第五「たのむる」二九五八、人丸）

と、「言ひし言はば」という歌がある。

なお、この歌は『万葉集』に見える、

云云物は念《おも》はじ

斐《ひ》太《だ》人の打つ墨縄の　直《ただあ》一道《ひとみち》に

（巻十一・二六四八）

という歌の異伝である。初句「云云」は、現代では「かにかくに」と訓まれるが、当時の万葉解読者は「云ふ」の強調表現とみたらしい。

さらに、『和泉式部集』には、

権中納言の屏風のうた、さくらさきたるいへに、まらうどおほかり

うゑしうゑばかかれとぞかしさくら花

みにとてこそは人のきつらめ

（八四二）

という一首が見える。和泉式部は、『古今和歌集』の本歌を「うゑしうゑば」という本文で享受していたかと思われるのである。

このように、『古今和歌集』の主要諸本が「うゑしうゑば」の本文であることや、『万葉集』『古今和歌六帖』『和泉式部集』所収歌を視野に入れると、元来の本文を「うつしうへば」とし、それを「うへしうへば」と誤写したとする説は採りにくい。もともと「うゑしうゑば」であって、この動詞の連用形に強意の間投助

詞を挟んで同じ動詞を重ねる強調表現が、やや古風で難解な表現と感じられたために、定家仮名遣で書かれた「うへしうへば」を、意味の通りやすい「うつしうへば」と誤写した可能性が高いのではあるまいか。

心をこめて植えましたので、秋という季節が無ければ咲かないこともありましょうが、秋は必ず巡ってきて美しい花を咲かせるにちがいありません。秋が過ぎ去ると花は散るでしょうが、根まで枯れるでしょうか。いや、決して枯れることはありません。

「菊」は長寿を寿ぐ中国渡来の花。『古今和歌集』秋下の十三首の「菊」の歌群の冒頭に置かれている。最後に、『業平集』の本文を確認すると、次の通り。

第一類　*尊経閣文庫蔵（一三〇）「在中将集」

うへしうへば秋なき時やさかざらむ
花こそちらめねさへかれめや　（六）

第二類　*素寂本「業平朝臣集」*（御所本の親本）

ウヘシウヘバアキナキ時ヤサカザラム
ハナコソチラメネサヘカレメヤ

第三類

（1）*神宮文庫蔵（文一二〇四）本

植しうへは秋なき時やさかさらん
はなこそちらめねさへかれめや

（2）*大炊本「業平朝臣集」

うゑしうへば秋なきときやさかざら□
はなこそちらめねさへかれめや

第四類

（a）*伝阿仏尼筆本「業平朝臣集」

うへしうへば秋なきときやさかざらむ
はなこそちらめねさへかれめや

（b）*承空本「業平朝臣集」

ウヘシウヘバアキナキトキヤサカザラン
ハナコソカレ《チラ》メネサヘカレメ

（c）*歌仙家集本「業平集」

うへしうへば秋なき時やさかざらむ
花こそちらめねさへかれめや　（三）

やはり、すべて「うへ（ゑ）し」であって、「うつし」は見られないのである。

36　一本と思ひし「菊」か「花」か

ひともとと思ひし□□を　大沢の池の底にも誰か植ゑけむ　（秋下・二七五、友則）

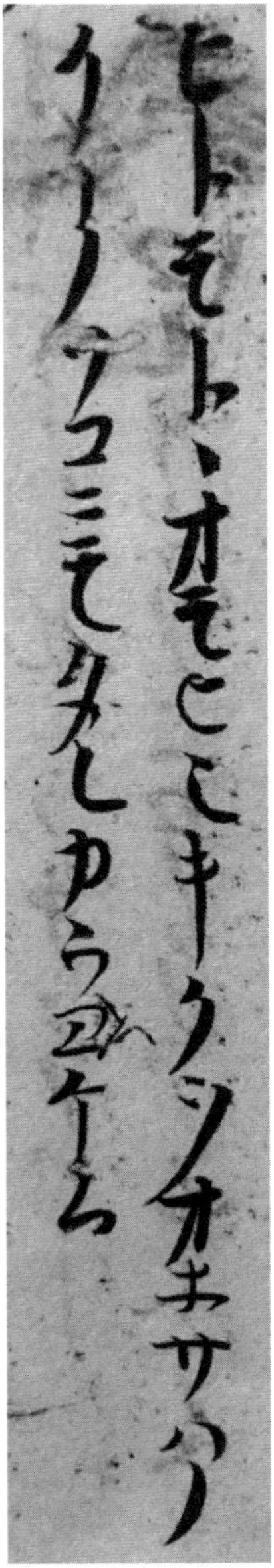
ヒトモト、オモヒシキクヲオホサハノ
イケノソコニモタレカウヱケム

*伏見宮旧蔵伝顕昭筆本（宮内庁書陵部蔵、伏・二二三〇）には、右の通り、

ヒトモト、オモヒシキクヲオホサハノ
イケノソコニモタレカウヱケム

とある。

これに対して、世間に流布した*貞応二年定家本（『冷泉家時雨亭叢書　古今和歌集』421頁）は、

ひともとゝ思し花をおほさはの池のそこにも
たれかうへけむ

とあり、「菊」ではなく「花」という本文である。

当該歌は、『古今和歌集』の詞書によれば、

おなじ御時（寛平御時）せられけるきくあはせに、
すはまをつくりて、菊の花うゑたりけるに、くは
へたりけるうた　（貞応二年定家本）

とある歌群のうちの一首で、この一首には、

おほさはの池のかたにきくうへたるをよめる

という詞書がある。

詞書に「菊植ゑたる」とあるので、歌は「花」でも問題はないと考えて「花」の本文を採用したのだろうか。それとも、歌だけを読む場合「花」では何の花か分からないと考えて、「花」から「菊」へ本文を変更したのであろうか。

宇多天皇が催した「菊合」の様子は、『平安朝歌合大成』第一巻（同朋舎出版・一九八七年、13頁）所収*十巻本の本文に詳しい。

左方。占手《うらて》の菊は、殿上童小立君《こたてぎみ》を女につくりて花に面《おもて》かくさせて持たせたり。いま九本は、州浜をつくりて植ゑたり。その州浜のさまは、思ひやるべし。おもしろきところどころの名をつけつつ、菊には短冊《たざく》にて結《ゆ》ひつけたり。

「左方」の趣向として「占手」（最初の一番）を「山崎の水無瀬の菊」とし、以下、九つの名所「嵯峨の大沢池」「紫野」「大堰の戸無瀬」「津の国の田簑の島」「奈良の佐保川」「和泉の深日の浦」「紀の国の吹上の浜」「伊勢の網代の浜」「逢坂の関」の州浜を作って、それぞれに菊を植えたことが知られる。一方、

右方。これも殿上童藤原繁時、阿波守弘蔭が息、かくて菊ども生ほすべき州浜をいと大きにつくりて一つに植ゑたれば…

と、「右方」は、大きな州浜をつくって菊が一緒に植えてあったという。

和歌は左方と右方と各十首が出詠されたが、『古今和歌集』には各二首入集し、秋下に配列された。当該歌以外の三首挙げると、次の通り。

ふきあげのはまのかたに
きくうゑたりけるによめる　すがはらの朝臣
秋風の吹きあげにたてる白菊は
花かあらぬか浪のよするか　（二七二）

仙宮に菊をわけて
人のいたれるかたをよめる　素性法師
ぬれてほす山ぢの菊のつゆのまに
いつかちとせを我はへにけむ　（二七三）

菊の花のもとにて
人の人まてるかたをよめる　とものり
花見つつ人まつ時はしろたへの袖かとのみぞ
あやまたれける　（二七四）

二七二番歌と当該歌が左方から、二七三番歌と二七四番歌が右方からの入集である。二七四番歌は、詞書に「菊の花」と明示されているため、和歌では「花」で済ませているのであろう。二七五番の当該歌も、同じような例にちがいない。

ところが、当該歌の異同箇所、寛平御時菊合での本

文は、*十巻本が「ものを」、*廿巻本が「菊を」を採る。「花を」ではない。

（植えられた菊は、池のほとりの）一本と思っていたのに、大沢の池の底にも誰かが植えたのであろうか。逆接の接続助詞「ものを」の本文でも何ら問題はない。

久曾神昇『古今集古筆資料集』（風間書房・一九九〇年）によると、*私稿本が「ものを」である。また、『新撰和歌』所収歌も、「大沢の池」が「広沢の池」に替わっているが、

一もととおもひしものをひろ沢の
池のそこにもたれかうゑけん　（春秋・一〇八）

と、「ものを」とある。

藤原範兼編の名所歌集である『五代集歌枕』下巻（天理図書館蔵、鎌倉末期写本）には、「おほさはの池」の項目に貞応二年本の本文で古今集のこの「友則」詠が収められ、「はなを」の本文に

菊　清本、花　俊本　（一四三五）

という傍記がある。清輔本は「菊を」で、俊成本は「花を」を採用するというのである。

西下経一・滝沢貞夫『古今集校本』新装ワイド版（笠間書院・二〇〇七年）によって確認すると、『古今和歌集』で「菊を」を採用するのは、冒頭に挙げた伏見宮旧蔵伝顕昭本以外に、

*永治二年清輔本・*保元二年清輔本・*六条家本・
*天理図書館蔵顕昭本・*建久二年俊成本・
*貞応元年本

などで、*清輔・*顕昭周辺や晩年の*俊成・*定家は「菊を」を妥当と考えていたらしい。*伝公任筆装飾本（『伝藤原公任筆　古今和歌集　上』旺文社、136頁）も「きくの《を》」である。

一方、「花を」の本文を採用するのは、

*基俊本・*元永本・俊成筆*昭和切

などで、*永暦二年俊成本（『国立歴史民俗博物館蔵　貴重典籍叢書』文学篇第一巻・臨川書店、202頁）も、

おほさはのいけのかたに、きく
うゑたるをよめる
ひともとゝおもひし花をゝほさはの
いけのそこにもたれかうゑけん

と「花を」である。

*筋切は「花」をミセケチにして「菊」と傍記する。

また、*静嘉堂文庫蔵為相本や*真田本は本文を「はな」として異本表記「きくイ」を傍記する。

*定家は、*父俊成から受け継いだ永暦二年本の「花を」から出発したが、「菊を」の本文との間で揺れ、

*伊達本（『藤原定家筆 古今和歌集』汲古書院、93頁）

ひともとゝ思しきくをおほさはの池のそこにも
たれかうへけむ

*嘉禄二年定家自筆本（『冷泉家時雨亭叢書2』104頁）

ひともとゝ思し菊をおほさはの池の底にも
たれかうへけむ

などのように、のちには「菊を」の本文に落ち着いたらしいが、*貞応二年定家本がたまたま「花を」を採用していたことによって、後世「花を」の本文が広く流布することになる。

『友則集』の本文を確認すると、

*共紙表紙本（冷泉家時雨亭叢書『平安私家集八』289頁）

おほさはのいけのかたをつくりて
きくをうへたるに
ひともとに《本》おもひしきくをおほさはの
いけのそこま《本》でたれかうへけん

*西本願寺本（久曾神昇『西本願寺本 三十六人集精成』217頁）

おほさはのいけのつゝみに
きくの花のさけるをみて
ひともとゝおもひしきくをおほさはの
いけのそこにはたれかうへけむ

*素寂本（冷泉家時雨亭叢書『素寂本私家集』49頁）

オホサハノイケノツヽミ《ホトリ》ニ《ニィ》キクノ
ハナノサキタルヲミテ
ヒトモトヽオモヒシキクヲオホサハノ
イケノソコニモタレカウヘケム

などと、すべて「菊を」である。『古今和歌六帖』も、

ひと本とおもひしきくをおほさはの
いけの底にも誰かうゑけん

（第六・きく・三七五二、とものり）

とあり、おそらく「菊を」が元来の本文だったと思われる。

37 「もろからし」か「よわからし」か

霜のたて露のぬきこそ□□からし　山の錦の織ればかつ散る　（秋下・二九一、せきを）

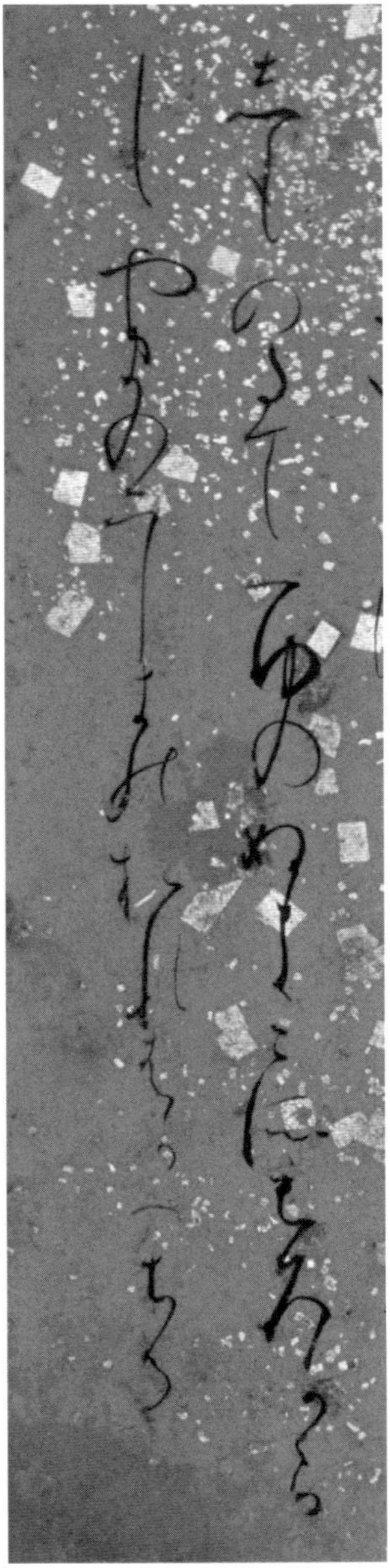

＊元永本（『元永本 古今和歌集 上』講談社、211頁。ColBase 上104を加工・作成）を見ると、右の通り、＊具引地に金銀の＊切箔や＊砂子を撒いて装飾が加えられた＊料紙に、

しものたてつゆのぬきこそもろから
しやまのにしきのおればかつちる

と書かれている。

定家本の腰の句は「よは（わ）からし」である。

山の紅葉は、美しい錦が織り上げられたかと思うと、すぐに散ってしまう。どうも山の錦は、霜の縦糸（経《たて》）と露の横糸（緯《ぬき》）が脆弱であるらしい。

腰の句の本文としては、「脆《もろ》からし」と「弱からし」のいずれがふさわしいのであろうか。

西下経一・滝沢貞夫『古今集校本』新装ワイド版（笠間書院・二〇〇七年）によると、「もろからし」の本文

を採るのは、元永本以外に、
*筋切・*寸松庵色紙・*高野切などの古写本。そして*基俊本である。

*寂恵本（古文学秘籍叢刊・一九三三年）には本文「よはからし」に「俊本、ソバニモロトック」との傍記があり、*俊成は、基俊本の「もろからし」という本文を見ていた可能性が高いが、*永暦二年俊成本（210頁）や*建久二年俊成本（166頁）では、*雅経筆崇徳天皇御本の「よはからし」（久曾神昇『古今和歌集成立論』資料編下・風間書房・一九六〇年、105頁）を採用し、異本注記「もろ」を傍記しない。

*定家は、父俊成から受け継いだ永暦二年本に従い、迷った形跡はない。

そもそも、「もろし」という形容詞は、物が丈夫そうに見えながらも、堅牢さや粘り強さがなくて、形や状態が損なわれたり砕けたりしやすいさまを表す。

それに対して、「よわし」は、強度が足りない、壊れやすい、の意で、両者の意味の範疇は重なる部分をもつ。

「もろからし」「よわからし」いずれを用いても歌意が大きく変わることはないが、美しい紅葉「山の錦」をずっと眺めていたいという期待に反して、という歌の背後に潜む心情を考慮すると、「よわからし」より「もろからし」がふさわしいように感じられる。

「織ればかつ散る」現象を根拠して、「経《たて》」（縦糸）と「緯《ぬき》」（横糸）は丈夫そうに見えるのに残念ながら、案外「脆いらしい」と推定する表現と理解されるのである。

貫之撰『新撰和歌』が、

しものたて露のぬきこそもろからし
やまのにしきのおればかつちる　（春秋・七四）

とし、『古今和歌六帖』も、

しものたてつゆのぬきこそもろからし
山のにしきのおればかつちる
（第五・にしき・三五一六、せきを）

と、「もろからし」を採用する所以である。

和歌に用いられる「もろし」の初出は、『万葉集』まで遡る。

水沫《みなわ》なす微《もろき》命も
栲縄《たくなは》の千尋《ちひろ》にもがと慕《ねがひ》くらしつ　（巻五・九〇二）

人の命を水の泡に譬える仏教思想に基づき、そんな儚い命さえも長寿であってほしいと願って暮らすことだと詠む。「微命」は、『楚辞』や『文選』に見える漢語表現。「もろし」は、『新訳華厳経音義私記』（七九四年成立）に「竪脆、毛呂之（もろし）」と見える。

*枡型本忠岑集（『冷泉家時雨亭叢書 平安私家集九』207頁）には、「むかしものなどいひはべりしをんなの、なくなりにしが、あか月がたにゆめにみえはべりしかば」として、『古今和歌集』恋二・六〇九に入集する「いのちにもまさりてをしくあるものはみはてぬゆめのさむるなりけり」（四二）とともに、

もろくともいざしらつゆにみをなして
きみがあたりのくさにきえなん　（四三）

という一首が見える。のちに*定家が『新勅撰和歌集』恋四・八八三に採ることになる歌である。「白露」が「もろし」と認識され、「露」のような命の人の「身」の儚さが詠まれている。

*西本願寺本『元真集』は、恋歌の文脈で、

こひわびてたえずなみだのもろければ
つひにみくづとなをやながさん　（一〇一）

と、絶えずこぼれる涙の「もろ」さを問題にする。

『源氏物語』には「もろし」が四例見える。

吹風につけてだに、木の葉よりけにもろき御涙は
（葵・三一一）

唐《から》の紙はもろくて、朝夕の御手ならしにもいかが
とて　（鈴虫・一二九二）

山おろしにたへぬ木の葉の露よりも
あやなくもろき我涙かな　（橋姫・一五二〇）

ぬきもあへずもろき涙の玉の緒に
長き契りをいかがむすばん　（総角・一五八八）

鈴虫の用例は、当該歌の「もろし」に近い。葵や橋姫の用例は、「吹く風」や「山おろし」に散る「木の葉」の「露」よりも、さらにこぼれやすい「もろき涙」を詠む。また、総角の用例は、三例に共通する「もろき涙」を媒介にして「もろき玉の緒（命）」といい、『万葉集』に見られた仏教思想や漢語表現を踏まえるもの。「漢臭と隠逸思想」（『和歌文学大辞典』古典ライブラリー）を特徴とする藤原関雄詠として、当該歌は「もろからし」の本文がふさわしいように思われる。

それでは何故、清輔や定家は「もろからし」の本文

ではなく、「よわからし」を採用したのであろうか。

『千里集』には、「緑糸条弱不勝鶯」という句題で

木づたふに緑の糸はよわければ
鶯とむるちからだになし　（七）

という一首が見える。本歌の「たて」「ぬき」に注目すれば、「糸」との関連で、「もろからし」よりも「よわからし」の方を採ることになるのかもしれない。

『貫之集』には、「延喜十六年斎院御屛風のれうの歌、内裏より仰うけ給はりて」「たきのほとりに人きてみる」画面に合わせて詠まれた屛風歌、

ながれよるたきの糸こそよわからし
ぬけど乱れておつる白玉　（六三）

が見えるが、これも「糸」に対する形容として「よわからし」という表現が用いられている。同歌は『新撰和歌』恋雑・三一一にも、初句・第二句が「ながれくるたきのしら玉」という本文で収められている。初句の「よる」「くる」は、ともに「糸」の縁語でいずれでもよいだろうが、第二句が「しら玉」では、結句に同語が反復されることになってしまうので、「糸こそ」が本来の形であろう。「玉」を「糸」で貫いて繋ぎ止めるが、すぐに「糸」が切れて玉がこぼれ落ちて散乱するのは、どうも「糸」の強度が不足していて、弱いらしい、というのである。天福元年本『拾遺和歌集』雑上・四四八には「流くるたきのいとこそよはからし」（『藤原定家筆　拾遺和歌集』汲古書院・一九九〇年、113頁）の本文で入集している。

また、『小馬命婦集』には、

年のはてかたに恨みて、もちふむ
ささがにの糸よりもけによわき身に
年月はこぶことのわびしき　（二七）

と、年末までつれないままの小馬命婦を恨んで届けてきた紀以文詠が見える。蜘蛛の「糸」は「よわき」ものだが、それよりもいっそう「よわき身」（病弱の身）にとって、あなたとの仲が進展しないまま年月だけが経過するのがほんとにわびしい、という。これも「糸」の縁で「よわし」が用いられているのである。

当該歌の場合、「露」を意識すれば「もろし」、「糸」（たて・ぬき）を意識すれば「よわし」になるらしい。

38
木々の「もみぢ」か「このは」か

我が来つる方も知られずくらぶ山　木々の□□□の散るとまがふに　（秋下・二九五、としゆきの朝臣）

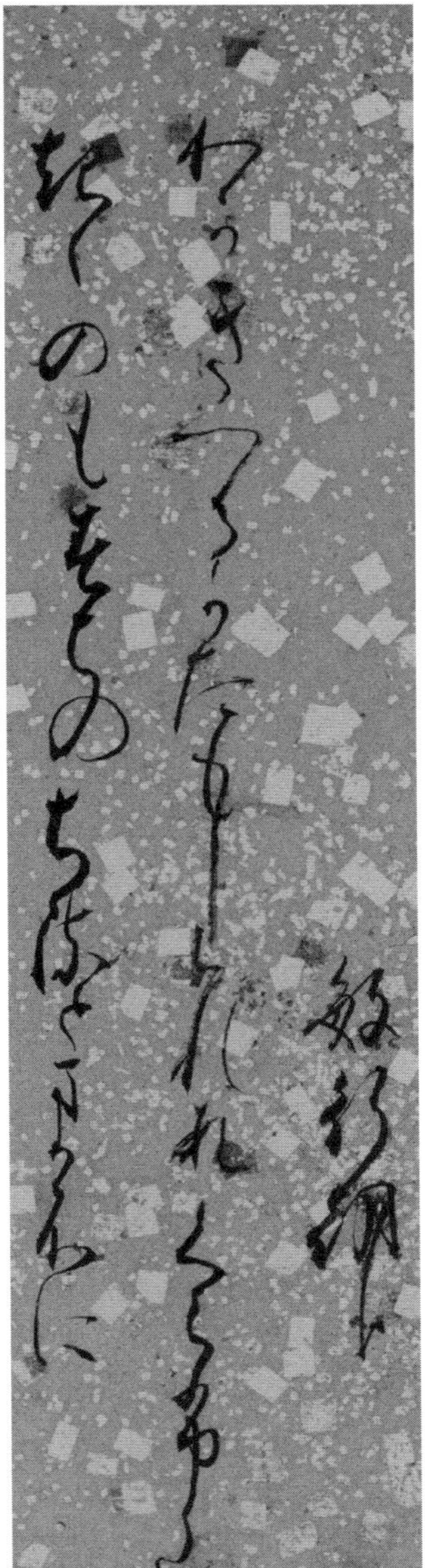

＊元永本（『元永本 古今和歌集 上』講談社、214頁。ColBase 上106を加工・作成）を見ると、右の通り、＊具引地に金銀の＊切箔や＊砂子を撒いて装飾が加えられた＊料紙に、

　　　　敏行朝臣
　わがきつるかたもしられずくらぶ山
　きゞのもみぢのちるとまがふに

と書かれている。

第四句は、読み馴れた定家本には「木々のこの葉の」とある。元永本のように「もみぢ」の本文を採用するのは、西下経一・滝沢貞夫『古今集校本』新装ワイド版（笠間書院・二〇〇七年）によると、

　＊筋切・＊寂恵使用俊成本・＊建久二年俊成本・
　＊静嘉堂文庫蔵為相本・＊雅俗山荘本

などで、＊毘沙門堂註本は「もみぢば」の本文に異本表

記「このはイ」を傍記する。

当該歌は、初句・第二句で、私がやって来た方角さえも分からない、といい、腰の句以下でその理由を示す。先ずは、そこが「暗部山」であること。「暗部山」は、鞍馬山の古名といわれるが、未詳。多く「暗し」と掛けて用いられる歌枕。ここは名前からして暗い暗部山で、視界が利かないという。その上、木々の紅葉あるいは木の葉が散り乱れて自分がどの方角からやって来たのか分からないという。

なお、「散るとまがふに」と「と」は、といって、の意で、ほぼ「散りてまがふに」に同じか。『貫之集』に「こじとおもふ心はなきを桜花ちるとまがふにさはるなりけり」（八三三）など。

さて、当該歌において「散る」のは、「もみぢ」と「木の葉」のいずれがふさわしい本文なのであろうか。

『新撰和歌』は、

我がきつるかたもしられずくらぶ山
きぎの木のはの散るとまがふに　（春秋・八六）

とするが、『敏行集』の本文を確認すると次の通り。

*西本願寺本（『西本願寺本三十六人集精成』268頁）

これさだのみこのいへのうたあはせに
わがきつるかたもしられずくらぶやま
やまのこの葉のちるとまがふに　（一〇）

*唐草表紙本　（冷泉家時雨亭叢書『平安私家集八』104頁）

これさだのみこのいゑの哥合に
わがきつるかたもしられずくらぶやま
きゞのもみぢ《このは》のちるとまがふに　（一一）

「もみぢ」と「木の葉」いずれであっても歌意が大きく変わることはないが、「木の葉」の場合、「木々の」と「木の葉」の「木」の重複をうるさく感じる者も出てくると思われる。西本願寺本『敏行集』が「やまの木の葉」とする所以である。ただし、そうすると今度は「くらぶ山」の「山」と重複することになる。「木々の」を受ける場合、「もみぢ」が自然な用語なのかもしれない。唐草表紙本敏行集が「木々の紅葉」の本文を採用し、「このは」と傍記する書写態度に共感されるのである。

『古今和歌集』の配列を視野に入れると次の通り。

うりむゐんの木のかげにたたずみて

よみける　　　　　　　　　　僧正へんぜう
わび人のわきてたちよるこの本は
たのむかげなくもみぢちりけり　（二九二）

二条の后の春宮のみやす所と申しける時に、
御屏風にたつた河にもみぢながれたるかたを
かけりけるを題にてよめる　そせい
もみぢばのながれてとまるみなとには
紅深き浪や立つらむ　（二九三）

なりひらの朝臣
ちはやぶる神世もきかず竜田河
唐紅に水くくるとは　（二九四）

これさだのみこの家の歌合のうた
としゆきの朝臣
わがきつる方もしられずくらぶ山
木木のこのはのちるとまがふに　（二九五）

ただみね
神なびのみむろの山を秋ゆけば
錦たちきる心地こそすれ　（二九六）

北山に紅葉をらむとてまかれりける時に
よめる　　　　　　　　つらゆき
見る人もなくてちりぬるおく山の
紅葉はよるのにしきなりけり　（二九七）

秋のうた
竜田ひめたむくる神のあればこそ
秋のこのはのぬさとちるらめ　（二九八）

をのといふ所にすみ侍りける時
もみぢを見てよめる　　つらゆき
秋の山紅葉をぬさとたむくれば
すむ我さへぞたび心ちする　（二九九）

神なびの山をすぎて竜田河をわたりける時
に、もみぢのながれけるをよめる
きよはらのふかやぶ
神なびの山をすぎ行く秋なれば
たつた河にぞぬさはたむくる　（三〇〇）

散る紅葉の歌群の中心部分である。「もみぢ」が「たのむかげなく」すっかり散り、「もみぢ葉」によって竜田川が「紅」になる。「神なびの山」では裁ち切られた「錦」が「幣」として「手向」けられる。

「もみぢ」でなければ二九八番歌のように「秋の木の葉」とあってほしい。

39 流れも「やらぬ」か「あへぬ」か

山河に風のかけたるしがらみは　流れも□□ぬ紅葉なりけり　（秋下・三〇三、はるみちのつらき）

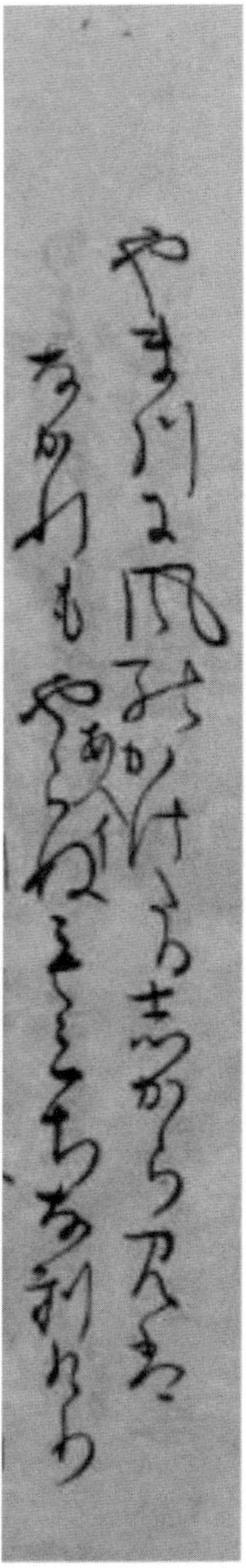

『古今和歌集』から紀貫之がさらに秀歌を精選したとされる『新撰和歌』という歌集がある。その内閣文庫本（国立公文書館蔵。「国書データベース」に公開されている画像を加工して作成）には、右の通り、

やま川に風のかけたるしがらみは
ながれもやらぬ《あへイ》もみぢなりけり

とある。新編国歌大観が『新撰和歌』の底本に選んだ肥前*島原松平文庫本も、

山川に風のかけたるしがらみは
ながれもやらぬ《あへイ》もみぢなりけり　（春秋・九〇）

とあり、「ながれもやらぬ」という本文に「あへイ」という異本表記が傍記されている。読み馴れた*貞応二年定家本『古今和歌集』によって当該歌を詞書とともに示すと、

しがの山ごえにてよめる
はるみちのつらき
山河に風のかけたるしがらみは
ながれもあへぬもみぢなりけり
（冷泉家時雨亭叢書2、427・428頁）

で、第四句は「ながれもあへぬ」である。

定家によって『百人一首』にも、

　山川にかぜのかけたるしがらみは
　ながれもあへぬもみぢなりけり　（三二・春道列樹）

と採られ、「流れもあへぬ」で人口に膾炙している。しかし、「流れもやらぬ」という本文は、『新撰和歌』特有の本文かというとそうでもない。西下経一・滝沢貞夫『古今集校本』新装ワイド版（笠間書院・二〇〇七年）によると、

　*永治二年清輔本・*保元二年清輔本・
　*六条家本・*毘沙門堂註本・*静嘉堂文庫蔵為家本

などが「やらぬ」を採用し、清輔周辺には確実にあった『古今和歌集』の本文なのである。

　流れも「やらぬ」か、それとも「あへぬ」か。当該歌には、いずれの本文がふさわしいのであろう。

　「しがらみ」は、水流を堰き止めるために、川の中に杭を打ち並べて、その両側から柴や竹などを絡みつけたもの。『万葉集』にも、

　明日香川四我良美《しがらみ》渡し塞《せ》かませば
　ながるる水ものどにかあらまし　（巻二・一九七）

などと見える。

人ではなく「風」が山川に架けた柵「しがらみ」とは何か、と上の句で問いを立て、それは、風が吹いて散らした「紅葉」であった、と答えを提示する謎解き「AはBなりけり」という形式をもつ歌で、第四句は「紅葉」の修飾句となっている。

　「流れもやらぬ紅葉」「流れもあへぬ紅葉」それぞれの妥当性を検討しよう。

　動詞の連用形に付いて、その動作をやり終える意を表す補助動詞「やる」は、

　みづからも申しもやらず泣きけり。
　（『大和物語』第一六八段）

などのように、強調の係助詞「も」が間に入り、多く下に打消を伴う。最後まで…できない、すっかり…きれない、の意である。

　歌語としても、

　くれ竹のふしのしげくもみゆるかな
　かぞへもやらぬちよやしるらむ
　（『源大納言家歌合　長久二年』一八、宰相君）

　このはちる山のしたみづうづもれて
　ながれもやらぬものをこそおもへ

（『後拾遺和歌集』哀傷・六〇五、叡覚法師）

もみぢばのながれもやらぬおほゐがは
すむ人さへにあはれとぞ見し　（『経信集』一三八）

水上にいくへの氷とぢつらん
ながれもやらぬ山川の水
（『堀河百首』凍・一〇〇八、河内）

などと「…もやらぬ」は、「流れもやらぬ」をはじめ多く見られ、『古今和歌集』の当該歌が「流れもやらぬ」であったとしても何ら問題はない。

定家自身も『定家八代抄』においては、

山川にかぜのかけたるしがらみは
ながれもやらぬもみぢなりけり　（秋下・四六七）

の本文で収めていて、「流れもやらぬ」は、けっして無視できる本文ではないことが知られる。

一方、「あふ」も、動詞の連用形に付いて、係助詞「も」が間に入って強調し、下に打消を伴い、…しきれない、…できない、などの意を表す。

漢語「不肯」「不敢」などの訓読語として、

浪の寄りも不肯《あへず》　（『万葉集』巻十一・二八二二）

数《よ》みも不敢《あへぬ》かも　（『万葉集』巻十三・三三二九）

などのように用いられた。

『古今和歌集』には、当該歌以外に、

しのぶぐさ　きのとしさだ
山たかみつねに嵐の吹くさとは
にほひもあへず花ぞちりける　（物名・四四六）

さかさまに年もゆかなむ　とりもあへず
すぐるよはひやともにかへると　（雑上・八九六）

などとあり、『貫之集』には、

もえもあへぬこなたかなたの思ひかな
涙の川のなかにゆけばか　（五五六）

と「…もあへぬ」という本文が見える。

このように『古今和歌集』時代の歌語としては「…もあへず」の方が優勢で、『古今和歌六帖』にも「ながれもあへぬ」（第三「しがらみ」一六三六）で採られた。ただし、「流れもあへぬ」について言えば、その用例は、十六世紀に入るまで、当該歌以外に管見に入らない。

あるいは、こちらからあちらへ、というニュアンスをもつ「やる」の方が、「流れ」という語にはふさわしかったのではあるまいか。

40　「もてでなむ」か「もていなむ」か

もみぢ葉は袖にこき入れてもて□なむ　秋は限りと見む人のため　（秋下・三〇九、そせい法し）

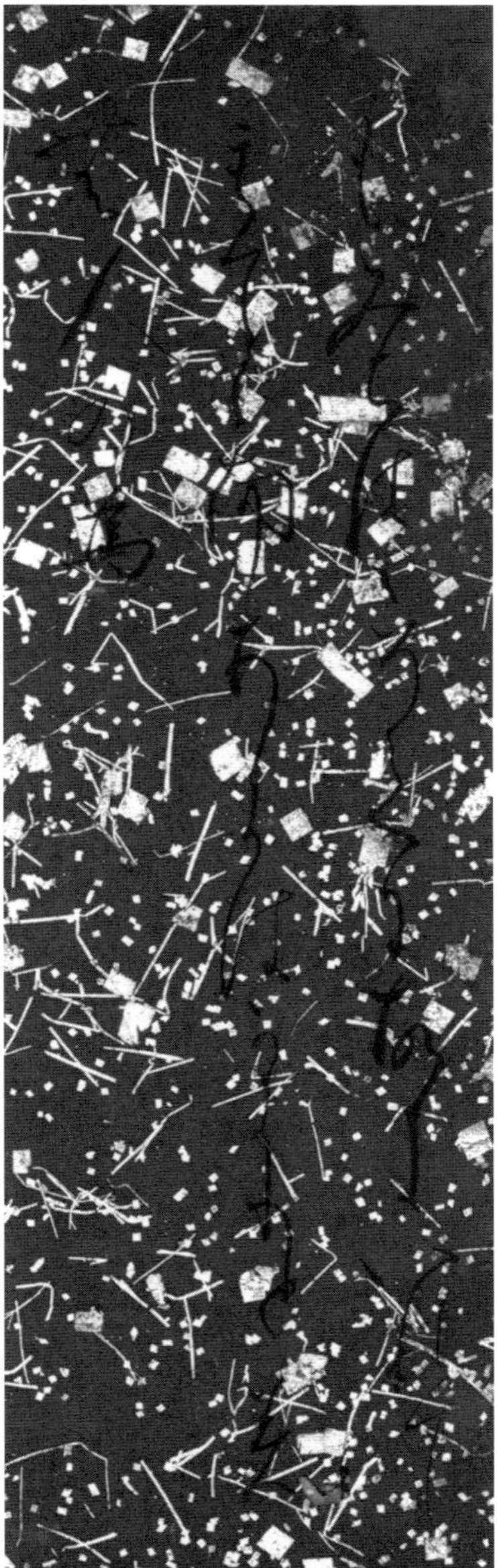

＊元永本（『元永本 古今和歌集 上』講談社、139頁。ColBase 上109を加工・作成）には、右の通り、＊具引地に、金銀の＊切箔・＊砂子・＊禾《のぎ》などで装飾された＊華麗な料紙に、

もみぢばゝそでにこきいれて
もてゞ南あきはかぎりとみ
む人の為

と書かれている。

＊流布本である貞応二年定家本（冷泉家時雨亭叢書２・429頁）の腰の句は「もていでなむ」である。字余りなので「出で」の「い」を略したのであろうか。

定家が父俊成から引き継いだとされる*永暦二年俊成本（『国立歴史民俗博物館蔵　貴重典籍叢書』文学篇第一巻・臨川書店・一九九九年、220頁）には、

　　きた山に僧正遍昭とたけがりにまかれりける日よめる　　そせい法し
もみぢば丶そでにこきいれてもてい《テ》なむ
あきはかぎりとみむ人のため

とあって、当該歌の腰の句の本文は、他に「もていなむ」「もていでむ」なども存在したらしい。

　キノコ狩に郊外に出かけた僧正遍昭・素性法師父子は、北山で紅葉に出会う。秋はもう終わりと思って、これから紅葉を秋の形見と眺めることになる平安京に住む人のため、まだ枝に残る美しい紅葉を、枝からしごき取って袖に入れて、京に持ち帰ろう、というのである。

　腰の句を「もていなむ」とするのは、西下経一・滝沢貞夫『古今集校本』新装ワイド版（笠間書院・二〇〇七年）によると、次の伝本である。

　*基俊本・*建久二年俊成本・*俊恵使用俊成本・*私稿本・*毘沙門堂註本

*俊恵本は、「もていなん」の「い」「な」の間に「て」を傍記し「もていでなん」という本文を示唆すると同時に「俊本无此字」と注記も添えられ、俊恵が校合に用いた俊成本は「もていなむ」だったことが知られるが、俊成自筆の昭和切は「もていでなん」という本文である。

　『千五百番歌合』に詠進された具親の歌「よしさらばいづちもさそへはるのかぜ花もかぎりと見む人のため」（五〇六）に対する定家の判詞には、

　かの素性が、袖にこきいれてもていなむ、といへる歌の心を、いづちもさそへといへる、をかしく侍るべし

とあるので、定家も一時期「もていなむ」の本文を採用していた可能性もなくはないが、『定家八代抄』には、

　紅葉葉は袖にこき入れてもていでなん
　秋は限とみん人のため（秋下・四六八）

とあるので、定家が選び採った本文は、永暦二年俊成本の異本表記「テ」を採用した「もていでなむ」だったのであろう。

俊成・定家以前の本文はどうだったのであろう。

*高野切（日本名筆選3『高野切第二種』36頁）

もみぢばゝそでにこきれてもてゞ

なんあきをかぎりとみむ

ひとのため

*伝公任筆装飾本

（『伝藤原公任筆　古今和歌集　上』旺文社、153頁）

もみぢばゝそでにこきいれてもてゞなむ

あきをかぎりとみむ人のため

平安後期の古写本・古筆切には、元永本と同様「もてでなむ」という本文が見られる。

『素性集』ではどうか。その本文を確認してみよう。

第一類

*西本願寺本（『西本願寺本三十六人集精成』216頁）

もみぢばゝそでにかきいりてもてでなむ

あきはかぎりとおもふ人のため　（四四）

第二類

*色紙本（冷泉家時雨亭叢書『平安私家集一』141頁）

もみぢばゝそでにこきいれても

てゞなん秋はかぎりとみむ人のため

寛元三年本

（冷泉家時雨亭叢書『平安私家集九』69頁）

もみぢばゝそでにこきいれてもてゞなん

秋はかぎりとみむ人のため

第三類

*資経本（冷泉家時雨亭叢書『資経本私家集一』197頁）

もみぢ葉ゝそでにかきいれてもてゞなん

あきはかぎりと見ん人のため

*大炊本（冷泉家時雨亭叢書『古筆切　拾遺二』111頁）

もみぢ葉ゝそでにこきいれてもちていなん

秋はかぎりとみんひとのため

第四類

*唐紙本（冷泉家時雨亭叢書『平安私家集一』136頁）

もみぢばゝそでにこきいれて

もていなんあきはかぎりと

見む人のため

第五類

*唐草装飾本

（冷泉家時雨亭叢書『平安私家集七』90頁）

もろともに《みぢばゝ》そでにこきいれてもてこ

なむ秋はかぎりとみむ人のため

平安時代後期の書写とされる第一類の西本願寺本、第二類の色紙本そして色紙本を書写した寛元三年本、および第三類の資経本は、「もてでなむ」である。

紀貫之が『古今和歌集』から更に秀歌を撰んだ『新撰和歌』の本文も、

もみぢ葉をそでにこきいれてもてでなん
秋をかぎりと見む人のため　（春秋・一一二）

と「もてでなむ」である。

これらを見る限り、「もてでなむ」が最も古い本文らしい。「出づ」という動詞の語幹の「い」が省略されたこの語形は不安定で、動詞の語幹「い」を補った「もていでなむ」も選択されたが、それでは「そでにこきいれて」「もていでなむ」と字余りの句が続いてしまうので、それを嫌って五音の「もていでむ」や「もていなむ」を採用したというのが異文形成の過程だったのであろう。

＊筋切は、久曾神昇『古今集古筆資料集』（風間書房・一九九〇年）によると、

もみぢば、そでにこきいれてもてゞ《い》なん
あきはかぎりとみむ人のため

と「もてでなん」と「もていなん」で迷い、『古今和歌六帖』第一「秋のはて」は、

もみぢばを袖にこきれてもていなん
秋は限と見ん人のため　（二〇五、そせい）

と「もていなむ」の本文で収めている。

「いなむ」は、ナ行変格活用動詞「往ぬ」の未然形「往な」に、意志の助動詞「む」が付いた形で、北山を立ち去ろう、の意。一方、「いでなむ」は、ダ行下二段活用動詞「出づ」の連用形「出で」に、強意の助動詞「ぬ」の未然形「な」と意志の助動詞「む」が付いた形で、山を出てしまおう、の意。意味の上では、大きな違いがあるわけではない。

ただし、「もてでなむ」「もていでなむ」「もていでむ」が用いられているのは素性の当該歌のみで、後世享受された例が確認できない。それに対して、「もていなむ」は小沢蘆庵の『六帖詠草』に、

をみなへしみなへし折りてもていなん
人のみんのもねたくし思へば　（九八一）

と享受された例が見られる。

41

龍田「山」か「河」か

龍田□錦織りかく　神無月しぐれの雨をたてぬきにして　（冬・三一四、よみ人しらず）

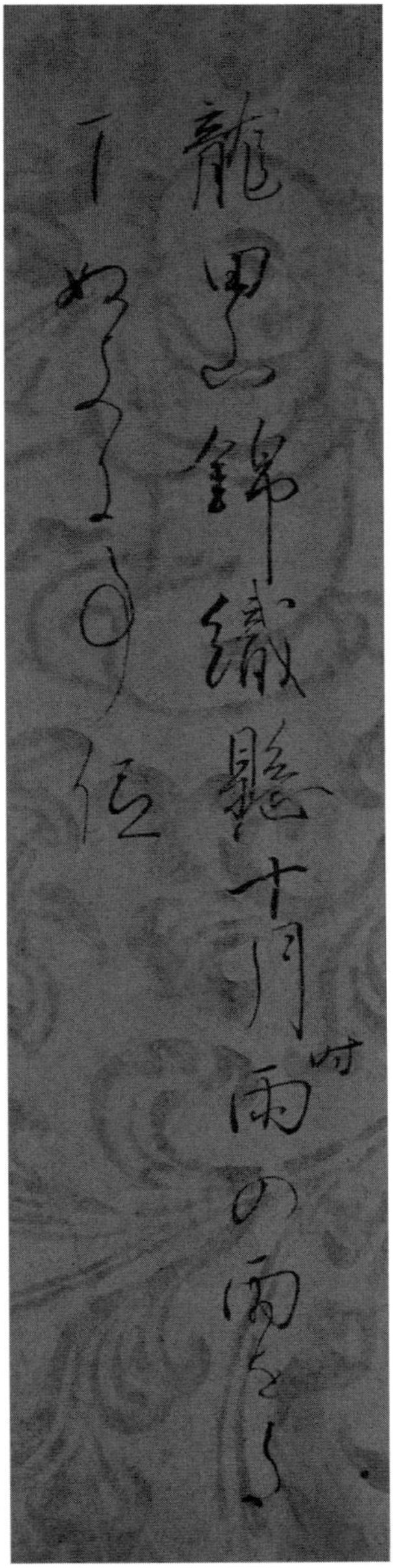

*元永本（『元永本 古今和歌集 上』講談社、229頁。ColBase 上113を加工・作成）には、右の通り、*具引地に*大唐子《おおからこ》唐草文を*空摺した*料紙に、

　龍田山｜錦織懸十月時雨の雨をた
　てぬきにして

と書かれている。

*流布本である*貞応二年定家本（『冷泉家時雨亭叢書2』431頁）には、

　龍田河｜錦をりかく神な月しぐれの雨をたてぬきに
　して

とあり、初句が「龍田山」「龍田河」と対立している。この歌に相応しい初句は「龍田河」なのか、それとも「龍田山」なのか。

「山」の本文を採る伝本は、西下経一・滝沢貞夫『古今集校本』新装ワイド版（笠間書院・二〇〇七年）によると、元永本以外にも、

*保元二年清輔本・*天理図書館蔵顕昭本・*六条家本・*基俊本・*寂恵使用俊成本・*建久二年俊成本・*静嘉堂文庫蔵為相本・*道家本・*私稿本・*雅俗山荘本・*伝寂蓮筆本などと多くある。古写本では「龍田山」という本文がかなり流布していたことが知られる。

*真田本や穂久邇文庫蔵*保元二年清輔本は、「やま」の本文に「かは イ」と異本表記を傍記し、俊成筆*昭和切は、逆に「かは」の本文に「やま イ」と傍記する。

基俊本（久曾神昇『古今集古筆資料集』113頁）の、

たつた山にしきをりかく神無月
しぐれのあめをたてぬきにして

から「龍田山」という本文を受け継いだ*俊成は、「山」と「川」の間で揺れていたらしい。

その子*定家も、*永暦二年俊成本（『国立歴史民俗博物館蔵 貴重典籍叢書』文学篇第一巻、224頁）の

たつたがはにしきをりかく神なづき
しぐれのあめをたてぬきにして

という本文を継承しながら、やはり「龍田山」が相応しいかとの思いがあって、「山」の本文を捨て切れないでいたようだ。定家自筆本の二本は、

*伊達本（『藤原定家筆 古今和歌集』汲古書院、102頁）
龍田河《山》錦をりかく神無月しぐれの雨をたてぬきにして

*嘉禄二年本（冷泉家時雨亭叢書2、116頁）
龍田河《山》錦をりかく神無月時雨のあめをたてぬきにして

と、「河」に「山」を傍記する。

貫之が『古今和歌集』から秀歌をさらに撰んだ『新撰和歌』は、

たつた山にしきおりかく神なづき
しぐれのあめを立ぬきにして　（夏冬・一二二）

また、『古今和歌六帖』第一「かみな月」も、

立田山錦おりかく神無月
時雨の雨をたてぬきにして　（一二一二）

と「山」の本文だった。

平城京の西方の「龍田山」から東方の「佐保山」へ歌枕が替えられてはいるが、『家持集』の、

さほやまににしきおりかく神な月

しぐれのあめをたてぬきにして　（二六九）

と「山」であることには変わりない。

そもそも、「錦織りかく」という表現から言えば、片桐洋一『古今和歌集全評釈』（講談社、上・1042頁）に指摘があるように、織った錦を上から下へかけるのは「山」の方がふさわしい。

龍田山は、冬の十月の冷たい時雨を縦糸と横糸にして織った紅葉の錦を、こんなに美しく仕上がったと掲げて人に見せている、という意の歌ではなかったか。

ところが、秋下に配列された、

龍田河もみぢみだれて流るめり
わたらば錦なかやたえなむ　（二八三）

たつた河もみぢば流る神なびの
みむろの山に時雨ふるらし　（二八四）

ちはやぶる神世もきかず龍田河
唐紅に水くくるとは　（二九四）

神なびの山をすぎ行く秋なれば
たつた河にぞぬさはたむくる　（三〇〇）

もみぢばのながれざりせば龍田河
水の秋をばたれかしらまし　（三〇二）

年ごとにもみぢばながす龍田河
みなとや秋のとまりなるらむ　（三一一）

などを読んでくると、「時雨」によって「唐紅」に染まった「もみぢ葉」の「錦」は「龍田川」を流れているはずだと思われてくる。おそらく、それが当該歌に「龍田川」という本文が生まれた所以であろう。

「龍田川」の本文を採用する場合、「かく」を特に意味がない接尾語とみたり、川に橋を架けるように水平方向に架け渡すとみたりすることになる。

片桐『全評釈』が当該歌について、

「紅葉」をテーマにしているわけではなく、「時雨」がテーマなのである。…河よりも山の遠景がよい。遠くから見れば、時雨の中に紅葉の錦が架かった山が見える。そして、山の中に一歩入って行くと、次の歌に見られる「山里は冬ぞさびしさまさりける」という、厳しい冬の世界が展開してゆくという形になっている方がよいように、私には思われるのである。（上・1043頁）

と述べている。

まさに正鵠を射たものと言うべきであろう。

42 「わびしさ」か「さびしさ」か

山里は冬ぞ□びしさまさりける　人めも草もかれぬと思へば　（冬・三一五、源宗于朝臣）

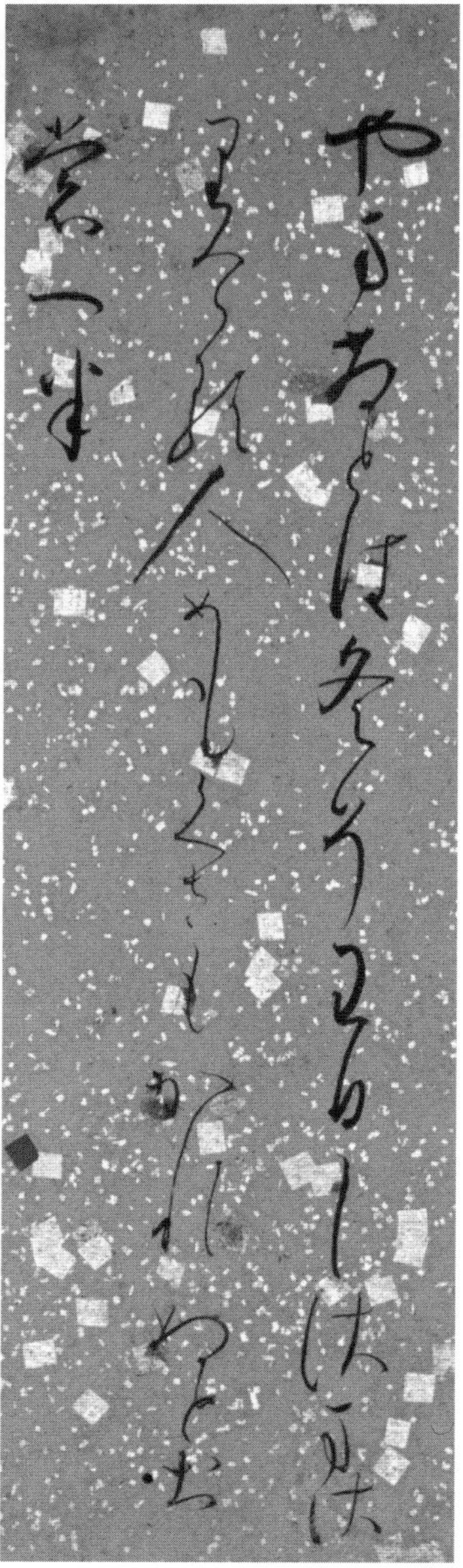

*元永本（『元永本 古今和歌集 上』講談社、230頁。ColBase 上114を加工・作成）には、右の通り、*具引地に金銀の*切箔・*砂子を散らした*料紙に、

やまざとは冬ぞわびしさまさ
りける人めもくさもかれぬとお
もへば

と書かれている。

定家本の第二句は「冬ぞさびしさ」である。冬になると、人の往来もなくなり、草も枯れてしまうので、山里において、「わびしさ」あるいは「さびしさ」がまさるのは冬だというのである。

「わびしさ」と「さびしさ」では、いずれの本文がふさわしいのであろうか。

西下経一・滝沢貞夫『古今集校本』新装ワイド版（笠

間書院・二〇〇七年）によると、「わびしさ」の本文を採るのは、元永本以外に、次の通り。

　*筋切・*永治二年清輔本・
　*伏見宮旧蔵伝顕昭本・天理図書館蔵顕昭本・
　*伝寂蓮筆本・*雅俗山荘本

*寂恵本（古文学秘籍叢刊）は、「さびしさ」の本文で「さ」には「わ　清」と清輔本との校合表記が傍記され、*静嘉堂文庫蔵為相本は、「わびしさ」の本文で「わ」に「さ　イ」と異本表記が傍記されている。

『古今和歌六帖』には、第二「山ざと」に

　山里は冬ぞさびしさまさりける
　人めも草もかれぬとおもへば　（九八三）

と「さびしさ」、第六「ふゆ」に、

　やまざとは冬ぞわびしさまさりける
　人めもくさもかれぬとおもへば　（三五七〇）

と「わびしさ」の両様がある。

「かれぬ」が「人めも離れぬ」と「草も枯れぬ」と二つの文脈を表す掛詞であることはよく知られているが、それぞれの文脈のいずれかに傾斜するかによって、二つの形容詞が想定されたのではなかろうか。往来が絶えて誰もいない一人きりの山里は「さびし」く、草の枯れてしまった冬は「わびし」いというように。

公任が『和漢朗詠集』を編纂した際、当該歌を下巻の「山家」の項目に部類した。「山家」は「山里」の謂いである。そのため、『和漢朗詠集』の当該歌は「さびしさ」の本文が選ばれているのではあるまいか。

『和漢朗詠集』の古写本によって確認してみると、

*粘葉本（日本名跡叢刊70、57頁）
　やまざとはふゆぞさびしさまさり
　けるひとめもくさもかれぬとおもへば（五六四）
*近衛本（日本名跡叢刊59、47頁）
　山ざとはふゆぞさびしさまさりける
　ひとめもくさもかれぬとおもへば
*葦手下絵本（日本名跡叢刊48、50頁）
　山ざとは冬ぞさびしさまさりける
　人めもくさもかれぬと思へば　宗于

など、予想通り、すべて「さびしさ」の本文である。

公任はまた、宗于が当該歌を詠んだ功績を認めて、宗于を『三十六人撰』の一人に撰び、その代表歌三首のうちの一首として、

山ざとはふゆぞさびしさまさりける
人めもくさもかれぬとおもへば　（九七）

と「さびしさ」の本文で採った。

さらに、公任が示した三十六人の歌人の代表歌十首あるいは三首では物足りず、それぞれの歌人の詠歌を網羅した家集が求められ、『三十六人集』が編纂されていくことになる。勅撰和歌集入集が十五首に過ぎない宗于のような歌人の私家集は、公任の『三十六人撰』が出発点になったにちがいない。それゆえ、『宗于集』に収められた本歌の本文も「さびしさ」が採用されたものと思われる。その点を確認すると、

*資経本（冷泉家時雨亭叢書『資経本私家集二』524頁）
山ざとはふゆぞさびしさまさりける
人めも草もかれぬとおもへば

*歌仙家集本（『合本　三十六人集』70頁）
山里は冬ぞさびしさまさりける
人めも草もかれぬと思へば

*唐草装飾本（『冷泉家時雨亭叢書　平安私家集七』154頁）
やまざとは冬ぞさびしさ
まさりけるひとめもくさ
もかれぬとおもへば

*西本願寺本（『西本願寺本三十六人集精成』280頁）
山ざとは冬ぞさびしさまさりける
人めもくさもかれぬとおもへば　（一五）

*御所本（『御所本三十六人集』6頁）
山ざとはふゆぞさびしさまさりける
人めもくさもかれぬと思へば

のごとくである。

その上、定家撰『百人一首』にも、

山ざとはふゆぞさびしさまさりける
人めも草もかれぬとおもへば（源宗于朝臣、二八）

と「さびしさ」の本文で撰ばれて、人口に膾炙してゆくと、もうそれ以外の本文はあり得ないように感じられるようになる。

しかし、『古今和歌集』に立ち返って当該歌を読む場合は、「さびしさ」の本文が自明と考えない方がよい。見てきたように、『古今和歌六帖』の頃までは「わびしさ」「さびしさ」両方の本文が存在し、*清輔・*顕昭周辺には「わびしさ」の本文も生きていたのである。

43 「寒ければ」か「清ければ」か

大空の月の光し□□ければ　影見し水ぞまづこほりける　（冬・三一六）

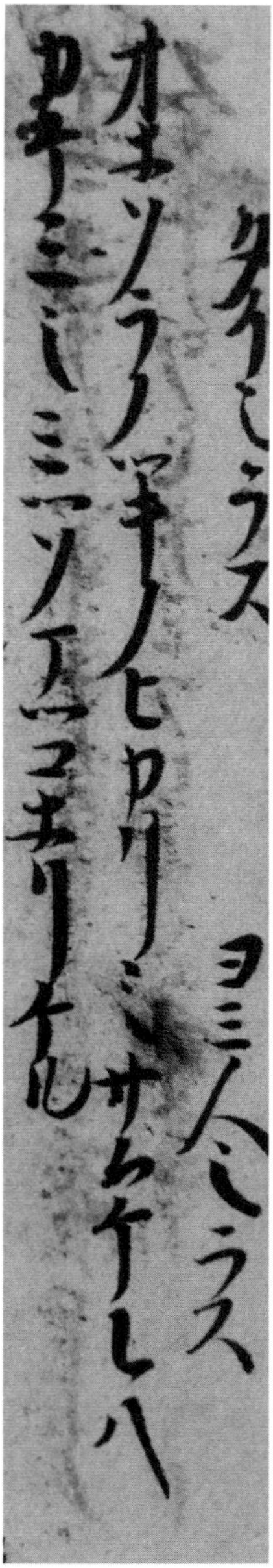

*伏見宮旧蔵伝顕昭本（宮内庁書陵部蔵、伏・二三〇）には、右の通り、

ダイシラズ　　ヨミ人シラズ
オホゾラノツキノヒカリシサムケレバ
カゲミシミヅゾマヅコホリケル

と書かれている。

腰の句の「サムケレバ」は、読み馴れた定家本では、「きよければ」である。

「サムケレバ」が伏見宮旧蔵伝顕昭本の特殊な本文かと言えば、実はそうではない。

伏見宮旧蔵伝顕昭本のように「さむければ」の本文を採用するのは、西下経一・滝沢貞夫『古今集校本』新装ワイド版（笠間書院・二〇〇七年）や久曾神昇『古今集古筆資料集』（風間書房・一九九〇年）などによると、*筋切・*元永本・*雅経筆崇徳天皇御本・*六条家本・*永治二年清輔本・*保元二年清輔本・*荒木切・*基俊本・*天理図書館蔵顕昭本・*建久二年俊成本・*私稿本・*伝公任筆唐紙色紙・*伝公任筆装飾本

など数多くあり、*継色紙（日本名筆選13『継色紙　伝小野道風筆』二玄社・二〇〇五年、6・7頁）にも、

おほぞらの
つきのひか
りしさむけ
れば
かげみし
水ぞまづ
こほり
ける

と散らし書きされている。圧倒的に多くの古写本・古筆切は、「さむければ」の本文なのである。

『新撰万葉集』にも、

大虚之《おほぞらの》　月之《つきの》光《ひかり》　之《し》　寒芸礼者《さむければ》
影見《かげみ》芝《し》水曾《みづぞ》　先凍《まづこほり》　芸留《ける》　（上・一七七）

とあり、当初の本文は「さむければ」だった可能性が高い。『古今和歌集』の配列からみても、冬の部立になった冒頭近くで、当該歌と次の、

ゆふされば衣手さむし
みよしののよしのの山にみ雪ふるらし　（冬・三一七）

は「寒し」で連続しているとみる方が妥当である。

『古今和歌六帖』第一「ふゆの月」にも、

大空の月の光しさむければ
かげ見し水ぞまづこほりける　（三一八）

『和漢朗詠集』上「氷」にも、

おほぞらのつきのひかりのさむければ
かげみしみづぞまづこほりける　（三八六）

と「さむければ」とある。

『重之子僧集』には「月のひかりさむしといふだいをえはべりて」という詞書で詠まれた一首（三九）まで見えるのである。

そもそも、「さむし」という形容詞は、『古今和歌集』に、

秋の夜はつゆこそことにさむからし
草むらごとにむしのわぶれば　（秋上・一九九）

相坂の嵐のかぜはさむけれど
ゆくへしらねばわびつつぞぬる　（雑下・九八八）

などとあることから知られるように、現代語の「冷た

い」が表す意味の領域までカバーしていた。それは「冷たし」という語がまだ出現していなかったためで、和歌における「冷たし」の初出は、『明恵上人集』の、

雲をいでて我にともなふ冬の月
風やみにしむ雪やつめたき　（一〇〇）

である。

「冷たし」の出現に伴って、「寒し」は、対象の温度が著しく低く感じられる状態を表す意味領域は「冷たし」に譲り、感覚主が寒気を感じる状態を表す意味領域に特化した。そのため、『古今和歌集』所収歌の「月の光し寒ければ」、「露こそことに寒からし」、「嵐の風は寒けれど」などの表現に、後世の人は多少の違和感を抱くようになる。

その結果、それらのうち、同じ『古今和歌集』の、

おほぞらをてりゆく月しきよければ
雲かくせどもひかりけなくに　（雑上・八八五）

などからの連想で、「月の光」については、「さむければ」より「きよければ」がふさわしいと考えられたのであろう。『名義抄』によると、「冷・澄・清・凛・冽」などの漢字を「キヨシ」と訓じているのである。

*寂恵本（『寂恵本　古今和歌集』古文学秘籍叢刊・一九三三年）には、

おほぞらの月のひかりしきよければ
かげみしみづぞまづこほりける

の本文で、「きよければ」に「清　俊　キヨ《サム》」と傍記され、寂恵が校合した俊成本の本文には「キヨ」とあり「サム」という傍記があったことを注記している。俊成は、「きよければ」を採るか「さむければ」を採るか揺れていたのであろう。

俊成自筆*『古来風躰抄』（『冷泉家時雨亭叢書　古来風躰抄』朝日新聞社、239頁）には、

おほぞらの月のひかりしさむければ
かげみしみづぞまづこほりける　（下・二五九）

とある。*建久二年（一一九二）俊成本や同八年（一一九七）八十四歳の*俊成は、基俊本の「さむければ」の本文に回帰したらしい。

一方、子の*定家は*永暦二年（一一六一）俊成本を継承し、「きよければ」でよしとし、迷うことはなかったようだ。

44 吉野の「山」か「里」か

あさぼらけ有明の月と見るまでに　吉野の□に降れる白雪　（冬・三三二、坂上これのり）

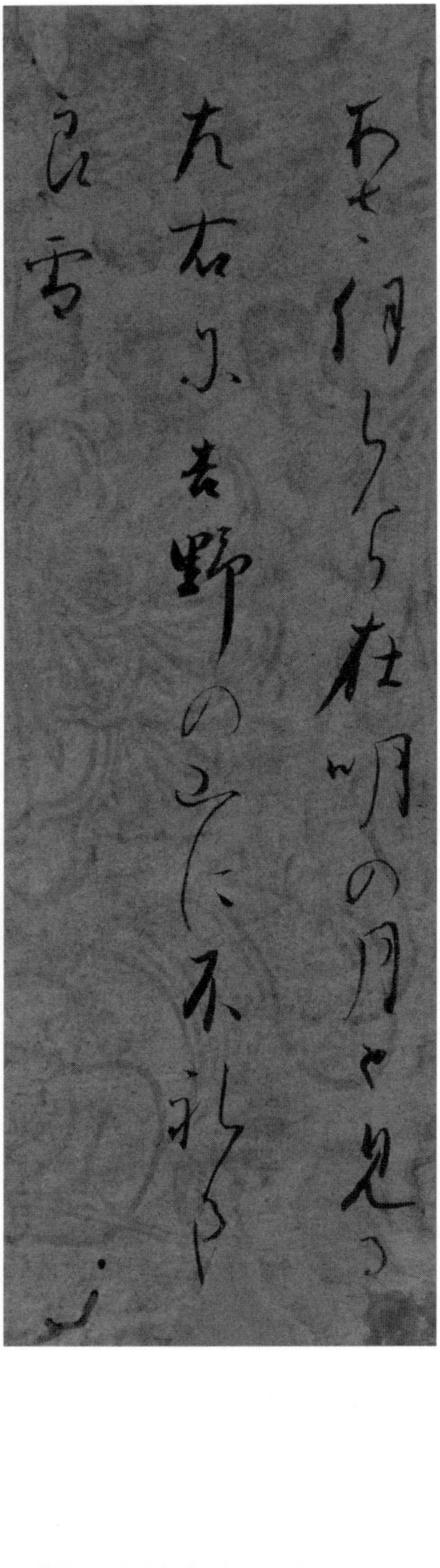

*元永本（『元永本 古今和歌集 上』講談社、240頁。ColBase上119を加工・作成）には、右の通り、薄茶に染めた色紙（*染紙）に*具引を施し、*大唐子唐草文を空摺した*料紙に、

あさぼらけ在明の月と見る
までに吉野の山にふれるし
ら雪

と書かれている。

読み馴れた定家本の第四句は「吉野の里に」である。

朝、空が仄かに明るくなったころ、有明の月（が地上を照らしているのか）と見紛うほどに吉野の里に降り積もっている白雪よ。

定家が撰んだ『百人一首』の、

朝ぼらけ有あけの月とみるまでに
よし野のさとにふれるしら雪　（三一・坂上是則）

という本文で親しんでいる者の眼には、第四句は「吉野の山に」ではなく、「吉野の里に」でなければならないと感じてしまう。

しかし、久曾神昇『古今集古筆資料集』（風間書房・一九九〇年）や西下経一・滝沢貞夫『古今集校本』新装ワイド版（笠間書院・二〇〇七年）によって本文を確認してみると、元永本以外に、

*筋切・*基俊本・*静嘉堂文庫蔵為相本・*雅俗山荘本などが「吉野の山に」の本文を採用している。

『古今和歌六帖』第一「ゆき」も、

あさぼらけ有明の月と見るまでに
よしのの山にふれるしらゆき　（七三一）

と「よしのの山に」の本文である。

『是則集』では、

*真観本（『冷泉家時雨亭叢書　平安私家集八』332頁）

あさぼらけありあけの月と見るまでに
よしの丶やまにふれるしらゆき　（二二）

*承空本（『冷泉家時雨亭叢書　承空本私家集上』168頁）

アサボラケ有明月トミルマデニ
ヨシノヽヤマニフレルシラユキ　（二二）

*資経本（『冷泉家時雨亭叢書　資経本私家集一』505頁）

あさぼらけ有明の月とみるまでに
よしの丶やまにふれるしらゆき　（二二）

*歌仙家集本（『合本　三十六人集』79頁）

朝ぼらけあり明の月とみるまでに
吉野の山《里》にふれる白雪　（二二）

*西本願寺本（『西本願寺本三十六人集精成』312頁）

あさぼらけありあけの月とみるまでに
よしの丶山にふれるしら雪　（二二）

*静嘉堂文庫本（日本名跡叢刊64・二玄社、29頁）

あさぼらけありあけの月とみゆるまで
よしの丶やまにふれるしらゆき　（二二）

と、主要な伝本はすべて「吉野の山」である。歌仙家集本のみ「山」に「里」と傍記するに過ぎない。

このように、『古今和歌六帖』や主要な『是則集』が悉く「吉野の山」という本文をもつということは、『古今和歌集』に撰者たちが入集した当初の本歌は、「吉野の山にふれる白雪」だった可能性が高い。

なお、『古今和歌集』諸本の多く、なかでも*雅経筆崇徳天皇御本、清輔本、俊成本の主要伝本が「吉野の里」であることを重視すれば、「里」を本来の本文と見なす立場も当然ある。ただし、その場合、「吉野の山」という異文が生じたのは、公任の『三十六人撰』で是則の代表歌として挙げた、

みよしのの山のしらゆきつもるらし
ふるさとさむくなりまさるなり

に影響された結果か、などと苦しい推測をすることになる。

「山」から「里」へという本文の変遷を想定する方が自然なのではあるまいか。

「吉野」と言えば、『古今和歌集』の、

ふるさとはよしのの山しちかければ
ひと日もみ雪ふらぬ日はなし　（冬・三二一）

のように、まず「吉野の山」が詠まれ、しかも雪深い場所とされた。旧都「ふるさと」である奈良の都からさらに奥深く、

ふるさとにはなはちりつつ
みよしのの山のさくらはまださかずけり　（家持集・五八）

と、春の訪れの遅い世界であった。

「吉野の里」が和歌に詠まれるのは、当該歌を除けば、『待賢門院堀河集』の、

新院の百首の中の春
ゆきふかきいはのかけみちあとたゆる
よし野のさとも春はきにけり　（五一）

が初出である。同歌は、藤原為経撰『後葉和歌集』に初句「雪ふかみ」で採られ、さらに俊成が『千載和歌集』春上・三に入集する。

当該歌は、『五代集歌枕』にまだ「よし野の山に」（上「よしのやま」一二九）で見えるが、雅経筆崇徳天皇御本・清輔本などが「吉野の里」という本文を採用し、俊成が*基俊本の「山」を排した。そして定家・後鳥羽院が高い評価を与えるようになるのである。

45

雪に「まがひて」か「まじりて」か

花の色は雪に□□□て見えずとも　香をだににほへ人の知るべく　（冬・三三五、小野たかむらの朝臣）

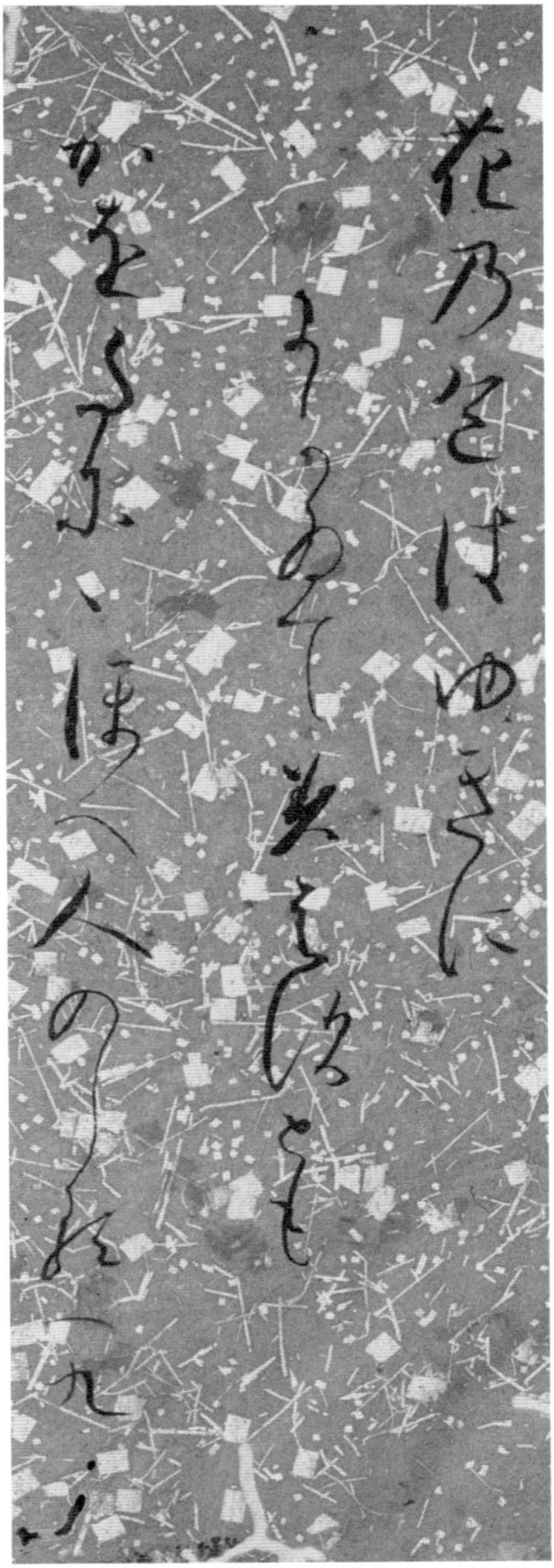

*元永本（『元永本 古今和歌集 上』講談社、242頁。ColBase 上120を加工・作成）には、右の通り、*具引地に金銀の*切箔・*砂子・*禾を散らした*料紙に、

花の色はゆきに
　まがゐてみえずとも
　かをだにゝほへ人のしるべく

と書かれている。

定家本の第二句は「雪にまじりて」である。

花の姿は雪に混じってたとえ見えなくても、せめて香りだけでも匂え。（そこに梅が咲いていることを）人が知ることができるように。

「花」の種類は詠まれていないが、「香」とあるので「梅」であると判断できる。『古今和歌集』の配列をみると、前歌は、

梅花それとも見えず
久方のあまぎる雪のなべてふれれば　（冬・三三四）

であるし、当該歌の詞書は、

梅花にゆきのふれるをよめる

である。和歌本文に「梅」となくても、配列や詞書によって「花」が「梅」であることは確認できる。もちろん「雪にまじりて」「それとも見えず」というのであるから「白梅」である。

当該歌が紀貫之によって『新撰和歌』に収められた際、夏歌と交互に配列され、詞書も付けられなかったので、

梅のはな雪にまじりてみえずとも
かをだににほへ人のしるべく　（夏冬・一三六）

と、初句が「花の色」から「梅の花」へ変更された。

また当該歌が『古今和歌六帖』に収められた際には、

花の色に雪はまじりて見せずとも
かをだにぬすめ人のしるべく
（第一「ゆき」七一六）

と語句が変更されている。『古今和歌集』でも当該歌は「冬」の部立の「雪」の歌群に配列されているわけだが、『古今和歌六帖』では、はっきりと「雪」に部類したためか、「雪」を主体にする視点で、「雪は」とし、「花の色にまじりて」花の姿を「見せずとも」せめて香りだけでも「盗め」と、まるで、同じ『古今和歌集』の、

はるのうたとてよめる　よしみねのむねさだ
花の色はかすみにこめて見せずとも
かをだにぬすめ春の山かぜ　（春下・九一）

と錯覚したかのように、詠み替えている。

さて、本題に戻ろう。

当該歌の第二句は「雪にまがひて」か、それとも「雪にまじりて」か、という問題である。

第二句を「雪にまがひて」とするのは、久曾神昇『古今集古筆資料集』（風間書房・一九九〇年）や西下経一・

滝沢貞夫『古今集校本』新装ワイド版（笠間書院・二〇〇七年）によると、元永本以外には、*筋切と*継色紙だけである。

その他の『古今和歌集』の主要な古写本・古筆切や、既に挙げたように『新撰和歌』や『古今和歌六帖』に収められた当該歌の第二句は「雪にまじりて」である。

「雪にまじりて」が本来の本文だったとみて、まず間違いない。

「まがふ」と「まじる」は、どう違うのであろうか。

「まがふ」は、「ま（目）」＋「かふ（交）」が語源かと思われ、分けることができないほどに入り交じる、または、よく似ていて間違う、の意。

例えば、『万葉集』の、

妹が家《へ》に雪かも降ると見るまでに
ここだも麻我不《まがふ》梅の花かも　（巻五・八四四）

は、雪が降っているのではないかと間違うほどに、こんなにも多く散り乱れている梅の花びらよ、と詠む。花びらが「ここだも」散り乱れている動的な状況の延長線上に「雪かも降ると」見紛うのである。

一方、「まじる」は、ある物が他の物の中に入る、または、一緒になる、の意。

例えば、『万葉集』の、

残りたる雪に末自例《まじれ》る梅の花
早くな散りそ雪は消《け》ぬとも　（巻五・八四九）

は、残雪のなかで混ざって咲いている梅の花に、たとえ雪は消えても、梅の花は急いで散ってくれるな、と詠む。存続の助動詞「り」の連体形「る」が「雪にまじる」と「梅の花」を結びつけているように、残雪のなかで白梅が咲く静的な状況が上の句で提示されているのである。

「花の色」が「雪」の所為でたとえ見えなくても「香をだに匂へ人の知るべく」と詠む本歌の場合、梅の花は、咲いているのであって、散っている状態ではないだろう。動的な状況ではなく、静的な状態であれば、やはり「雪にまじりて」がふさわしい。

「雪にまがひて」を用いる場合は、『京極御息所歌合』の、

やまざくらゆきにまがひてちりくれど
きえぬばかりぞしるるしなりける　（三九）

などのように「散る」状況がふさわしいのである。

46

「うつりせば」か「まがひせば」か

梅の香の降りおける雪に□□□せば　誰かことごとわきて折らまし　（冬・三三六、きのつらゆき）

*元永本（『元永本 古今和歌集 上』講談社、243頁。ColBase 上120を加工・作成）には、右の通り、*茶染紙に*具引し、金銀の*切箔・*砂子を散らした*料紙に、

むめのかのふりおけるゆきに
うつりせばたれかこと事
わきてをらまし

と書かれている。

梅の香が、降り積もる雪にもし移ったら、誰が白梅の花を白雪から見分けて折ることができるだろうか、いや、できはしないだろう。梅には特有の香があって、

雪に香が移ることもないからこそ、人は花を雪と区別して折ることができるのだ、というのである。

当該歌を定家本で示せば、

雪のうちの梅花をよめる　きのつらゆき
梅のかのふりおける雪にまがひせば
たれかことごとわきてをらまし　（冬・三三六）

である。

腰の句の本文「うつりせば」と「まがひせば」が対立する。

久曾神昇『古今集古筆資料集』（風間書房・一九九〇年）や西下経一・滝沢貞夫『古今集校本』新装ワイド版（笠間書院・二〇〇七年）によれば、第二句と第四句にも多少の異同がある。

第二句は、「ふりおける雪に」では字余りとなるため、存続の助動詞「り」の連体形「る」を用いず、「ふりおく雪に」とするのが、*継色紙と*雅経筆崇徳天皇御本。第四句に見える「ことごと」は、雪は雪、梅は梅と、それぞれ分別して、別々に、の意であろうが、より分かりやすい「誰かは花を」とする継色紙など。

しかし、これらは独自異文といってよいもので、やはり問題になるのは、腰の句である。

元永本と同様「うつりせば」とする伝本が、
*筋切・*継色紙・*寸松庵色紙・*六条家本・
*永治二年清輔本・*保元二年清輔本・
*天理図書館蔵顕昭本・*伏見宮旧蔵伝顕昭本・
*寂恵使用俊成本・*建久二年俊成本・*伝寂蓮筆本
などと数多くあるからである。

*静嘉堂文庫蔵為相本は「うつり」の本文に「まがひイ」、雅経筆崇徳天皇御本は「まがひ」の本文に「うつりイ」と異本表記を傍記する。

*定家が受け継いだ*永暦二年俊成本には「まがひ」の本文に「にほひイ」という他には見られない出所不明の異本表記が傍記されている。俊成自筆*昭和切（『古筆学大成』第三巻、102頁）には、

むめのかのふりおけるゆきにまがひせば
たれかことゞわきてをらまし

とあるので、定家はこれに拠ったらしい。

『古今和歌六帖』第一「ゆき」に収められた本歌も、多くの古写本・古筆切と同様、

梅がかのふりおける雪にうつりせば

たれかはものをわきてをらまし　（七三五）

と、腰の句は「うつりせば」である。

「まがひ」は、前節（↓45　雪に「まがひ」てか「まじり」てか）に述べたように、分けることができないほどに入り交じる、または、よく似ていて間違う、の意であるから、「梅の香」が「雪」に「まがふ」というのはしっくりこない。「うつり」が本来の本文であろう。西下経一『古今和歌集新解』（明治書院・一九五七年、162頁）は、次の通り、解説する。

梅の花と雪がまがうというのであればよくわかるが、梅の香が雪にまがうというのは解しがたい。古本には「うつり」とあり、それならば梅の香が雪にうつるのであるからよくわかる。そして梅の香が雪にうつれば、いよいよもって梅の花が雪にまがうわけである。思うに「まがひ」は梅の香が雪にうつった後を強く思うの余り出てきた本文であろう。

同じ『古今和歌集』に見える、

梅がかをそでにうつしてとどめてば
春はすぐともかたみならまし　（春上・四六）

は、自動詞「うつる」ではなく、他動詞「うつす」の例だが、梅の香が「袖にうつしてとどめてば」と反実仮想する。これに倣って言えば、当該歌は腰の句を「まがひせば」を採用する場合も「雪にうつりてまがひせば」と解することになろう。

なお、片桐洋一『古今和歌集全釈』（講談社・一九九八年、上・1081頁）がいうように『古今和歌集』の、

梅花にゆきのふれるをよめる　　小野たかむらの朝臣

花の色は雪にまじりて見えずとも
かをだににほへ人のしるべく　（冬・三三五）

雪のうちの梅花をよめる　きのつらゆき

梅のかのふりおける雪にまがひせば
たれかことごとわきてをらまし　（冬・三三六）

という配列のなかで当該歌を読むと、前歌を前提に「ほんとうにそうだよ、香りまでが一緒になってしまったら、まったく区別できないから、梅の花を選んで折ることもできないよ」という貫之の声が聞こえてくるような気がするのである。

47

千代に「ましませ」か「八千代に」か

我が君は千代に□□□□さざれ石の　巌となりて苔のむすまで　（賀・三四三）

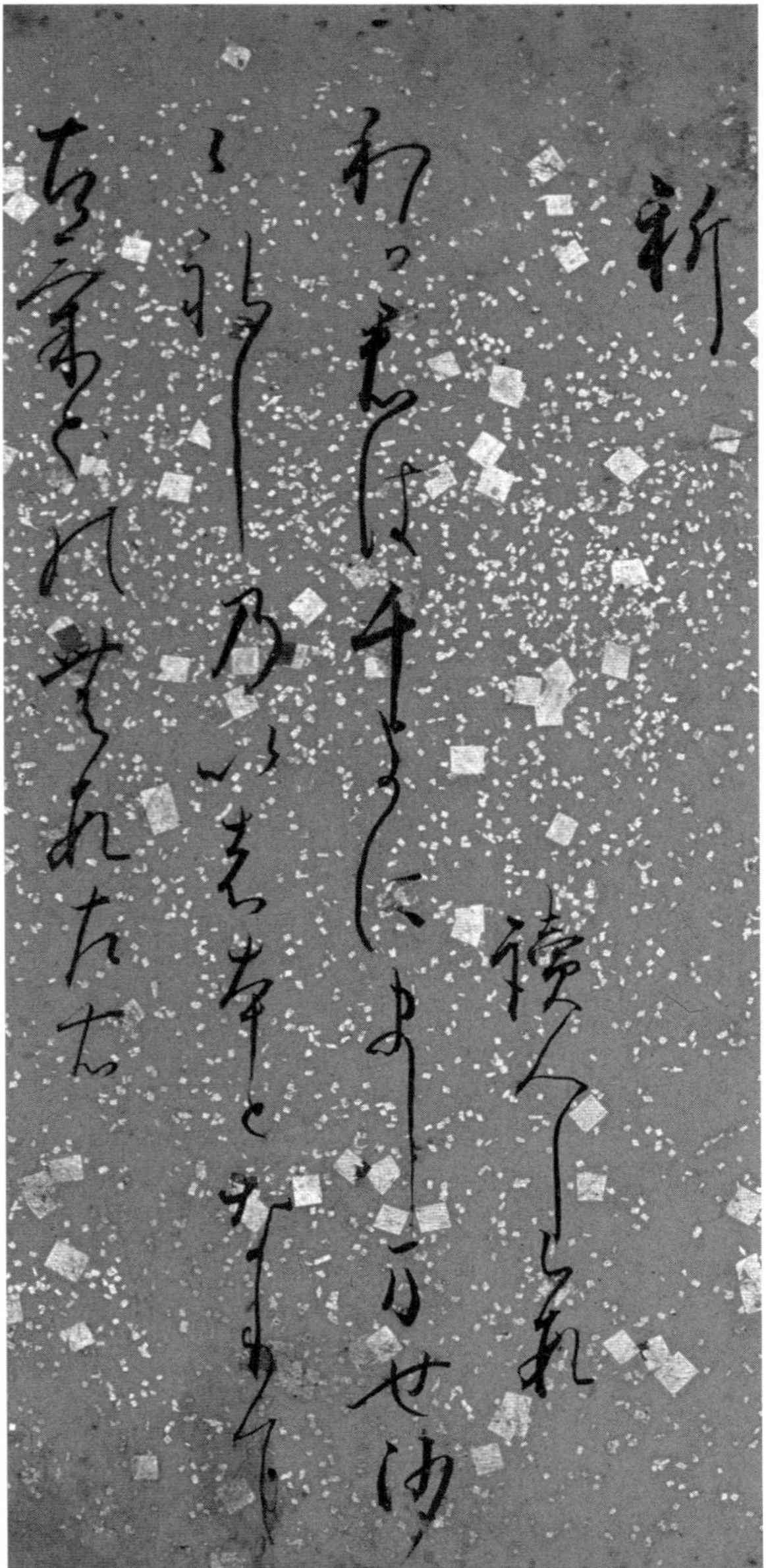

*元永本（『元永本　古今和歌集　上』講談社、251頁。ColBase 上124を加工・作成）には、右の通り、*具引地に

金銀の*切箔・*砂子を散らした*料紙に、

わが君は千よにましませさ
ゞれしのいはほとなりて
こけと（「と」は衍カ）のむすまで

と書かれている。「さざれし」は「細石《さざれいし》」に同じ（『万葉集』巻十四・三四〇〇「千曲の川の左射礼思《さざれし》」など）。

定家本や国歌は、それぞれ、

わが君は千世にやちよにさざれいしの
いはほとなりてこけのむすまで　（賀・三四三）

君が代は千代に八千代にさざれ石の
巌となりて苔のむすまで　（国歌）

である。そのため、我々の耳には第二句が「ちよにやちよに」で馴染んでいる。

そこで、久曾神昇『古今集古筆資料集』（風間書房・一九九〇年）や西下経一・滝沢貞夫『古今集校本』新装ワイド版（笠間書院・二〇〇七年）などによって、『古今和歌集』の本文異同を確認してみると、次の二点が知られる。

第一に、初句は「わがきみは」で異同がないこと、第二に、元永本以外にも、第二句を「ちよにましませ」とする伝本は、

*筋切・*今城切・*右衛門切・*伝公任筆装飾本・
*雅経筆崇徳天皇御本・*基俊本・
*永治二年清輔本・*前田家保元二年清輔本・
*伏見宮旧蔵伝顕昭本・*天理図書館蔵顕昭本・
*伝寂蓮筆本

などと数多く存在すること、である。

*六条家本・*建久二年俊成本も、「ましませ」の本文に「ヤチヨニ」と傍記されている。一方、*永暦二年俊成本は本文を「やちよに」として「マシマセ」という傍記をもつ。

当該歌が採られた『新撰和歌』の本文も、

わが君は千代にましませ
さざれ石のいはほとなりてこけのむすまで　（賀哀・一六一）

また、『古今和歌六帖』第四「いはひ」の本文も、

わがきみはちよにましませ
さざれいしのいはほとなりてこけのむすまで　（二二三四）

であり、『古今和歌集』の本来の本文は「わが君はち

よにましませ」という初句・第二句であったと推定されるのである。

もう一度、元永本の本文に目をやると、部立を「賀」ではなく「祈」とすることも注目される。

春夏秋冬の四季を経て、また新春が巡ってくる。新春は新年とほぼ重なって、新たな年を一つとることとなる。無事に年を重ね、それが長寿に繋がってゆく。無事を「祈り」、長寿を「祝う」のである。

*筋切には「祝」とあり、打聴（『賀茂真淵全集』第九巻、続群書類従完成会・一九七八年、174頁）には「賀歌」冒頭に「いはひ歌とよむべし」とある。*私稿本は「慶賀」、*基俊本は「賀部」とする。「賀歌」には、具体的な人物の四十、五十、六十、七十などの祝賀における算賀の歌が多く並ぶが、部立冒頭に置かれた当該歌は、もう少し一般的に「わが君」の長寿を「祈」る。

「わが君」とは、私の敬愛するあなた、の意。「君」は、もともと君主・天皇の意だが、そこから自分の仕える主君・主人、敬愛する人を広く指すようになった。はじめは女性から男性に用いられたが、男性同士、女性同士、男性から女性にも用いられてゆく。「わが」という修飾語を付けて親しみをこめていう。

『万葉集』の、

湯原王宴席歌二首

秋津《あきづ》羽《は》の袖振る妹を珠匣《たまくしげ》
奥に念《おも》ふを見賜へ吾が君　（巻三・三七六）

青山の嶺の白雲朝にけに
恒に見れどもめづらし吾が君　（同・三七七）

などのように、宴席に客人に対する挨拶の歌だった可能性もあろう。

私の敬愛するあなたは、永劫に健やかに長生きしてください。細かい石が大きな岩となって苔が生える、そんな遠い未来まで。

では、本歌が「わが君」から「君が代」へ、また「ましませ」から「やちよに」へ、いつ頃本文が変わっていったのであろうか。

公任と同時代ごろの成立と見なされる*『和歌体十種』（日本名跡叢刊36『平安　和歌体十種』二玄社、7頁）には、「神妙体」として、その一首目に、

わがきみはちよにましませさゞれしの
いはほとなりてこけのむすまで

と書かれている。

しかし一方で同時期の公任撰*『深窓秘抄』（日本名跡叢刊16『平安 深窓秘抄』二玄社、59頁）巻軸には、

わがきみはちよにや千代にさゞ
れいしのいはほとなりて
こけのむす左右《まで》　（一〇一）

と書かれ、『和漢朗詠集』（巻下「祝」七七六）も、

*近衛本（日本名跡叢刊59『平安 近衛本和漢朗詠集』109頁）

わがきみはちよにやちよにさゞれいし
のいはほとなりてこけのむすまで

*葦手下絵本（日本名跡叢刊48『平安 藤原伊行 葦手下絵本和漢朗詠抄』下巻94頁）

我きみはちよにやちよにさゞれいしの
いはほとなりてこけのむす左右

*粘葉本（日本名跡叢刊70『平安 粘葉本和漢朗詠集』下巻115頁）

わがきみはちよにやちよにさゞれい
しのいはほとなりてこけのむすまで

*戊辰切（日本名跡叢刊84『平安 戊辰切和漢朗詠集』78頁）

わがきみはちよにや〱にさゞれいしの
いはほとなりてこけのむすまで

などと、古写本は「わが君はちよにやちよに」とある。

本来、『古今和歌集』の本文は「わが君はちよにましませ」だったが、公任の頃に、歌語には敬語を避けたいという意識と、「ちよにやちよに」という調子の良さからか、まず第二句が「ちよにましませ」から「ちよにやちよに」へ改訂されたらしい。

初句の方はどうか。

当該歌がたとえ、もともと民間で相手の長寿を祝った挨拶の歌だったとしても、天皇へ奏覧する勅撰和歌集に置かれた段階で、「わが君」という初句は、我が君主と解されたにちがいない。民間の歌謡も風俗歌として宮中の楽となり、文章経国という思想によっても、『古今和歌集』の賀歌の第一首が聖代をことほぐものと解されるのは自然なことである。

初句が「わが君は」から「君が代は」へ変貌してゆくのは、勅撰和歌集所収歌という文脈から離れ、単独で享受される条件下だったと考えられるのである。

48

君が「やそぢ」か「やちよ」か

かくしつつとにもかくにもながらへて　君がや□□にあふよしもがな

（賀・三四七、光孝天皇）

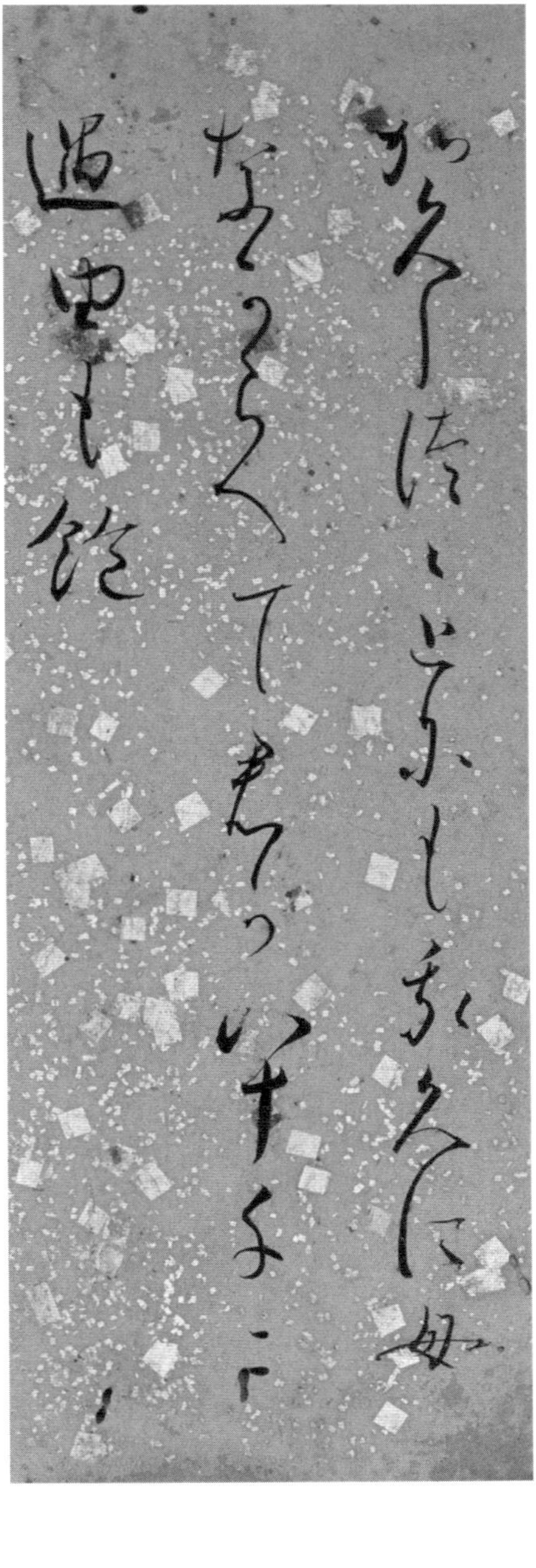

＊元永本（『元永本 古今和歌集 上』講談社、254頁。ColBase 上126を加工・作成）には、右の通り、＊具引地に金銀の＊切箔・＊砂子を散らした＊料紙に、

かくしつゝとにもかくにも
ながらへて君が八十ぢに
遇由も鉋

と書かれている。結句は「あふよしもがな」と訓む。第四句は、読み馴れた定家本には「君がやちよに」とある。元永本のように「やそぢ」の本文を採用するのは、西下経一・滝沢貞夫『古今集校本』新装ワイド

版（笠間書院・二〇〇七年）によると、
　*筋切・*雅経筆崇徳天皇御本・
　*寂恵使用俊成本・*雅俗山荘本
などで、*保元二年清輔本（前田家本、穂久邇文庫本とも）・*真田本は「やちよ」の本文に異本表記「やそぢイ」を傍記する。

『日本三代実録』仁和元年（八八五）十二月十八日条には「遍照、今年始メテ七十ニ満ツ。天皇慶賀シ、夜ヲ徹シ、談賞ス。太政大臣・左右大臣、席ニ預カレリ」とあり、「僧正法印大和尚位遍照」のために「仁寿殿」で七十賀の「曲宴」が行われたことが知られる。

元永本には「仁和帝」と書かれている光孝天皇は、父仁明天皇の崩御の際、出家してその菩提を弔ってくれた遍昭に対して、格別な思いをもっていたのであろう。『古今和歌集』には、その時の遍昭詠も、

ふかくさのみかどの御時に蔵人頭にて
よるひるなれつかうまつりけるを、
諒闇になりにければ、さらに世にも
まじらずして、ひえの山にのぼりて
かしらおろしてけり、その又のとし
みなひと御ぶくぬぎて、あるは
かうぶりたまはりなど、よろこび
けるをききてよめる　僧正遍昭

みな人は花の衣になりぬなり
こけのたもとよかわきだにせよ　（哀傷・八四七）

と収録されていて、『大和物語』第百六十八段でさらに詳しく歌物語化される良少将すなわち良岑宗貞の出家譚が、早くから世に流布していたにちがいない。

光孝天皇は、七十歳という既に老齢に至った遍昭に、このように賀のお祝いを四十賀、五十賀、六十賀、七十賀と繰り返し執り行って、私もどうにかこうにか生きながらえて、次は、あなたの八十（やそぢ）の賀にめぐり会いたいものだ、と詠みかける。

「やそぢ」ではなく「やちよ」の本文を採用する定家本を含む諸本では、「このまま年を重ねて、あなたの八千世の賀を祝う宴に遭遇する術があればなあ」という意となる。

『日本三代実録』仁和三年（八八七）八月廿六日条に「是日、巳二刻、天皇、仁寿殿ニ於テ崩ズ。時ニ春秋五十八」とある。光孝天皇が遍昭の七十賀を催した

時、帝は既に五十六歳だった。当時の寿命を考えると、帝が六十六歳まで生存し、その上で遍昭八十の賀を祝うということもかなり実現が難しいことだった。その実現を願い、「君がやそぢにあふよしもがな」と詠んだとしても全く不自然ではない。七十賀を祝う宴席の結びに、次は「八十賀を」と寿ぐ歌とみる方がむしろ自然であろう。

　しかし、「もがな」という終助詞は、『古今和歌集』から用例を示すと、

いしばしるたきなくもがな
桜花たをりてもこむ見ぬ人のため（春上・五四）

花の木にあらざらめどもさきにけり
ふりにしこのみなるときもがな（物名・四四五、文屋やすひで）

いせのあまのあさなゆふなにかづくてふ
みるめに人をあくよしもがな（恋四・六八三）

しきしまややまとにはあらぬ唐衣
ころもへずしてあふよしもがな（恋四・六九七、つらゆき）

わがごとく我をおもはむ人もがな
さてもやうきと世を心みむ（恋五・七五〇、凡河内みつね）

世中にさらぬ別のなくもがな
千世もとなげく人のこのため（雑上・九〇一、なりひらの朝臣）

みよしのの山のあなたにやどもがな
世のうき時のかくれがにせむ（雑下・九五〇）

有りはてぬいのちまつまのほどばかり
うきことしげくおもはずもがな（雑下・九六五、平さだふん）

山河のおとにのみきくももしきを
身をはやながら見るよしもがな（雑下・一〇〇〇、伊勢）

おもふてふ人の心のくまごとに
たちかくれつつ見るよしもがな（誹諧・一〇三八）

などと、実現不可能あるいは実現困難な願望を表すものであると知られる。「七十賀」という歌われた場面から歌が切り離されて享受されるとき、「やそぢ」は「やちよ」に容易に転化したであろう。

49　月日は「多かれど」か「思ほえで」か

いたづらに過ぐす月日はお□□□□　花見て暮らす春ぞ少なき　（賀・三五一、ふぢはらのおきかぜ）

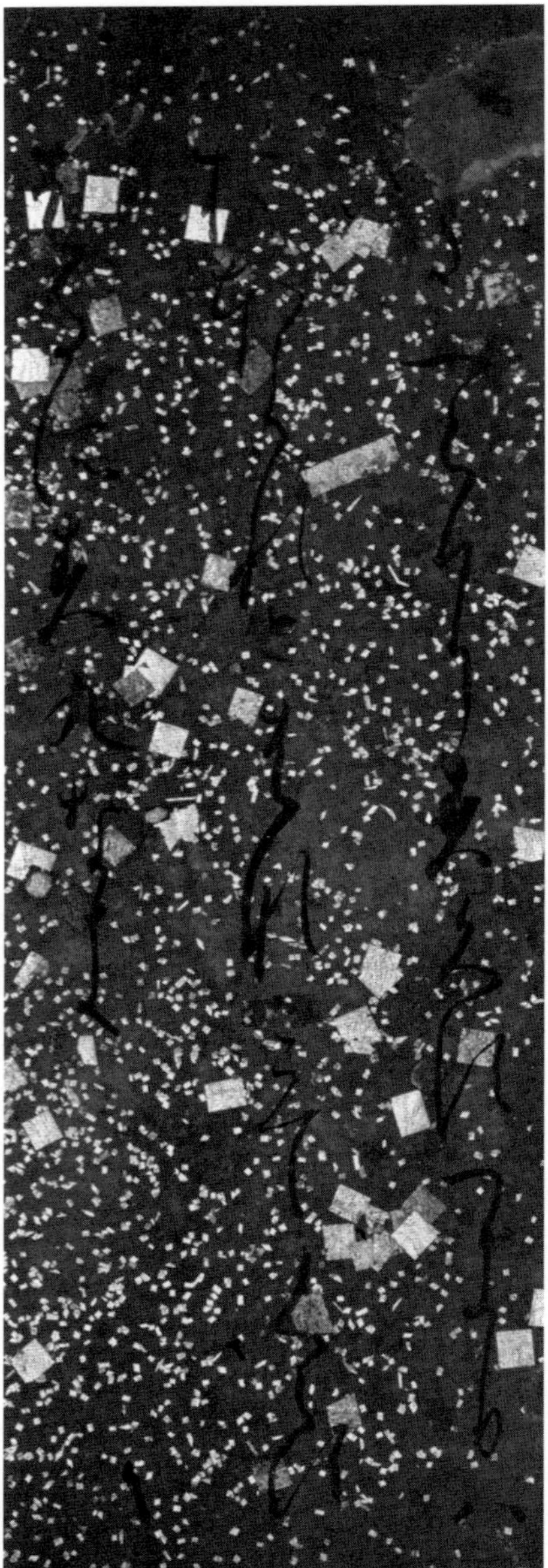

*元永本（『元永本 古今和歌集 上』講談社、243頁。ColBase 上128を加工・作成）には、右の通り、*茶染紙に*具引し、金銀の*切箔・*砂子を散らした*料紙に、

いたづらにすぐすつき日は
おほかれどはなみてくらす
はるぞすくなき

と書かれている。

読み馴れた定家本の腰の句は「おもほえで」である。

久曾神昇『古今集古筆資料集』（風間書房・一九九〇年）や西下経一・滝沢貞夫『古今集校本』新装ワイド版（笠

間書院・二〇〇七年）で確認すると、元永本以外にも、*筋切・*堺色紙・*基俊本・*右衛門切・*雅俗山荘本が「おほかれど」の本文である。*私稿本は「おほけれど」。形容詞「多し」の活用は特殊だが、一般的な形容詞の已然形に倣って、「多かれ」を「多けれ」としたらしい。*雅経筆崇徳天皇御本は本文を「おほかれど」とし、「ほかれど」に「もほえでイ」と傍記する。*静嘉堂文庫蔵為相本は逆に「おもほえで」の本文に「おほけれどイ」と傍記する。

『興風集』を確認すると、

第一類

*資経本（『冷泉家時雨亭叢書　資経本私家集一』217頁）

いたづらにすぐす《るイ》月日はおほけれど
はなみてくらすはるぞすくなき

七十四首本（『冷泉家時雨亭叢書　平安私家集十二』15頁）

いたづらにすぐる月日はおほかれど
はなみてくらすはるぞすくなき

二十一首本（『冷泉家時雨亭叢書　平安私家集十二』40頁）

いたづらにすぐす月日はおほかれど
はな見てくらす春ぞすくなき

第二類

*西本願寺本（『西本願寺本三十六人集精成』303頁）

いたづらにすぐすつきひはおほかれど
はなみてくらすはるぞすくなき

などと、「おほかれど」「おほけれど」の本文で採られ、『和漢朗詠集』（巻上「暮春」四九）でも、

*粘葉本（日本名跡叢刊69『平安　粘葉本和漢朗詠集』巻上29 30頁）

いたづらにすぐすつきひはおほかれ
どはなみてくらすはるぞすくなき

*葦手下絵本（日本名跡叢刊47『平安　藤原伊行　葦手下絵本和漢朗詠抄』上巻26頁）

いたづらにすぐす月日はおほかれど
はな見てくらすはるぞすくなき　興風

と、やはり「おほかれど」である。

何もしないで無聊に過ごす月日は多いけれど、それに比べて少ないのは、花を見て暮らす春の月日だ、というのである。「おほけれど」の本文を採れば、「多」

と「少」との対比が明確になり、比較的わかりやすい歌となる。

それに対して、*清輔・*顕昭や*俊成・*定家が採用する「おもほえで」の場合は、どう解釈することになるのだろう。

そのうちの顕昭は、濁音「で」とみないで、清音で「おもほえて」と読む。『顕注密勘』の顕注は、

常にすぐる月日はおほかるやうにおぼゆれど、花見る春の心はすくなき様に覚ゆ。

と、

いたづらにすぐる月日はなにともおぼえざるに、花みる春はすくなき様に覚ゆ。

という二つの解釈を挙げ、両者を比べ、前者をよしとする。

「おもほえて」か「おもほえで」か、という問題は、何を「思ほゆ」と考えるか、という点に帰することになろう。顕昭説は「多しとおもほえて」と解釈するのがよいという主張であって、「多かれど」という本文がふさわしいという理解に還元されてゆく。

顕昭が参考として挙げる『後撰和歌集』の、

人のもとにまかりてあしたにつかはしける
まちくらす日はすがのねにおもほえて
あふよしもなどたまのをならん　（恋四・八七〇）

は、待ち暮らす日は菅の根のように長く思われるのに、逢う時間はどうして玉の緒のように短いのか、という後朝の歌である。

この歌と同様、当該歌も、花が咲くのを待って無駄に過ごす月日は多く思われるのに、少なく思うのは花を見て暮らす春の日々だ、と解釈するのがよいというである。

これに対して、「で」と濁音で読む*宗祇は、『両度聞書』（片桐洋一『中世古今集注釈解題三』赤尾照文堂・一九八一年、下621頁）に、

心は過にし年月は大かたに何ともおぼえずして、花をみる時おどろきおしみたる心也。中五文字すみて云人もあり。当流には、にごるべしとぞ。

という。

「おもほえで」と濁音で読む方が、花を見る春の短さに「驚き惜しむ」心が強く表れるというのであろう。

*俊成や*定家は、「多かれど」という本文を捨てて、「思

ほえで」を採用した。その意図は何だったのか。

当該歌は、日数が多いとか少ないとかということを問題にする歌ではない、と理解したからではなかったかと思われるのである。

「いたづらに過ぐす月日は」と歌い出す当該歌には、「いたづらに過」ごしてきた月日への反省が内在する。その反省を導くのが「花見て暮らす春ぞ少なき」という感慨である。

興風が「少なき」という語を用いたのは、*契沖『古今余材抄』に「下句は歳時春日少と作れる晩春の詩の心に同じ」（『契沖全集』第八巻、岩波書店・一九七三年、265頁）とある通り、『白氏文集』巻第十六「晩春登大雲寺南楼贈常禅師」（『白氏文集歌詩索引』同朋舎・一九八九年、下182頁）と題する五言律詩、

花尽頭新白　登楼意若何
歳時春日少　世界苦人多
愁酔非因酒　悲吟不是歌
求師治此病　唯勧読楞伽

の頷聯を踏まえたからだった。

興風が本歌を詠んだ状況は、『古今和歌集』賀・三五一の詞書に、

さだやすのみこの、きさいの宮の五十の賀たてまつりける御屏風に、さくらの花のちるしたに、人の、花見たるかた、かけるをよめる

とある。清和天皇第五皇子の貞保親王が、母二条の后の五十の賀を寛平三年（八九一）に催した。その際に準備された、桜の花が散る下で、人が、花を見ている姿が描かれた御屏風に合わせ、その画中の人物の立場から詠んだのである。

この散る桜のように、この世は無常で、人生は短い。既に白髪の私には、桜を愛でる春はあと何回巡ってくるだろう。そう思うと、これまで何も考えず無駄に月日を過ごしてきたことが反省させられる。この世界には多くの苦に満ちていて、生老病死という四つの苦しみからは誰も逃れることができない。病は僧に治療を求め、ただ楞伽経を読んで、迷いの世界で悲愁することなく、自然にまませて生きてゆこう。その結果の長寿なら、こんなにめでたいことはない。

そんな感慨が「思ほえで」にこもるのであろう。

50　色「かはり」ゆくか「まさり」ゆくか

千鳥なく佐保の河霧立ちぬらし　山の木の葉も色□□りゆく　（賀・三六一）

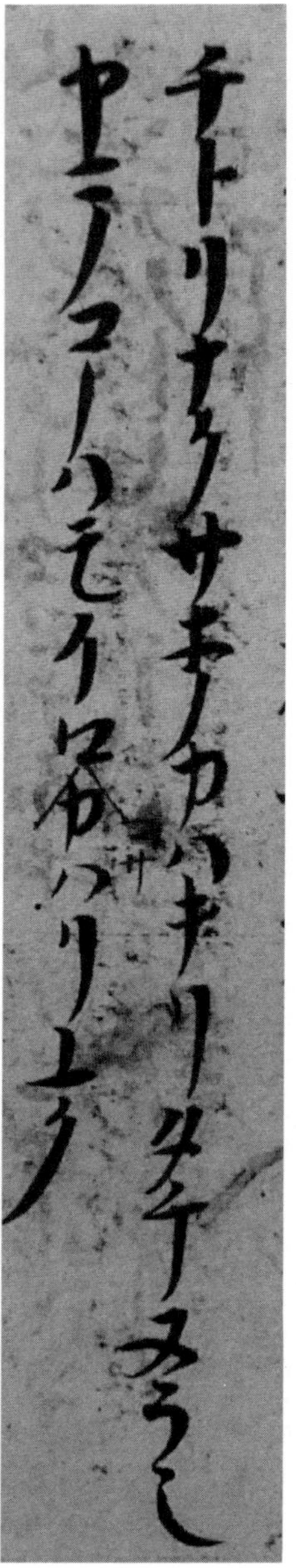

*伏見宮旧蔵伝顕昭本（宮内庁書陵部蔵、伏・二三〇）には、右の通り、

チドリナクサホノカハギリタチヌラシ
ヤマノコノハモイロカハ《マサ》リユク

と書かれ、「カハリユク」の「カハ」に「マサ」と傍記されている。

この一首が含まれる歌群を、流布本である*貞応二年定家本によって掲出すると、次の通りである。

内侍のかみの右大将ふぢはらの朝臣の四十賀しける時に、四季のゑかけるうしろの屏風にかきたりけるうた

かすがのにわかなつみつつよろづ世を
いはふ心は神ぞしるらむ　（賀・三五七）

山たかみくもゐに見ゆるさくら花
心の行きてをらぬ日ぞなき　（賀・三五八）

夏

めづらしきこゑならなくに郭公
ここらの年をあかずもあるかな　（賀・三五九）

秋

住の江の松を秋風吹くからに
こゑうちそふるおきつ白浪　（賀・三六〇）

千鳥なくさほの河ぎりたちぬらし
山のこのはも色まさりゆく　（賀・三六一）

秋くれど色もかはらぬときは山
よそのもみぢを風ぞかしける　（賀・三六二）

冬

白雪のふりしく時はみよしのの
山した風に花ぞちりける春　（賀・三六三）

伏見宮旧蔵伝顕昭筆本は「色かはりゆく」の本文だが、流布本の本文「色まさりゆく」を傍記していることが知られる。

色「かはりゆく」か「まさりゆく」か。この異同は何に由来するのだろうか。

当該歌の腰の句「たちぬらし」の「ぬ」は、状態の発生を示す完了の助動詞。「らし」は、根拠のある推定の助動詞。千鳥の鳴く佐保川の川霧が立つようになったと推定する根拠が下の句「山の木の葉も色かはりゆく」である。この「色かはりゆく」という本文を採るのが、『古今集古筆資料集』（風間書房・一九九〇年）や西下経一・滝沢貞夫『古今集校本』新装ワイド版（笠間書院・二〇〇七年）によると、

*私稿本・*六条家本・*右衛門切・*基俊本・
*伝寂蓮筆本・*静嘉堂文庫蔵為家本

である。

それに対して、「色まさりゆく」という本文の場合は、既に始まっていた「山の木の葉」の紅葉の「色」が深まってゆくということになろう。

寛平八年以前の成立とされる*神宮文庫本『寛平御時中宮歌合』（萩谷朴『平安朝歌合大成』一・77頁）に、

千鳥啼くさほの川霧たちぬなり
嶺の紅葉の色まさりけり　（秋・一九）

とある通りである。

また、『古今和歌六帖』第六「まき」に、

ちどり鳴くさほのかはぎり立ちぬらし
まきのこずゑも色づきにけり　（四二八五）

と収めるように、当該歌の本文は不安定だったらしい。

一般的には、「紅葉」なら「色まさり」、「木の葉」「梢」なら「色かはり」「色づき」と表現するのが自然であ

ろう。

ところが「山の紅葉」の「色まさりゆく」とするのは元永本だけである。

伏見宮旧蔵伝顕昭本と同様、「山の木の葉も色かはりゆく」の本文に「まさ」と異本表記を傍記するのは、

　*永治二年清輔本・*保元二年清輔本・
　*天理図書館蔵顕昭本

などの清輔本や顕昭本である。

逆に、本文が「まさり」で傍記「かはイ」をもつのは*雅経筆崇徳天皇御本である。

それに対して、*俊成や*定家は、迷うことなく、「木の葉」としながらも「色まさりゆく」という結句を採用した。その理由は何だったのか。

その解明には、当該歌が詠まれた場面の確認が必要となる。前掲の当該歌の詞書を見てほしい。

「右大将藤原の朝臣」は、内大臣藤原高藤男の定国。昌泰四年（九〇一）正月に右大将となり、延喜六年（九〇六）七月三日に四十歳で薨去している。「内侍のかみ」は、定国の妹藤原満子。満子が兄の定国のために四十賀を主催したのは、延喜六年の前半で、『古今和歌集』の真名序や仮名序に見える延喜五年四月より後ということになる。

定国の四十賀には、宴の場の後ろに置くために四季の絵が描かれた屏風が準備された。春の絵柄には、春日野の若菜摘み（三五七）、山桜（三五八）、夏の絵柄には、ほととぎす（三五九）、秋の絵柄には、住の江の松に白浪（三六〇）、山の紅葉（三六一）、常盤山と紅葉（三六二）、冬の絵柄には、吉野山の白雪（三六三）などが含まれていたらしい。

三六一番歌の秋の屏風には、山居の人と、山の鮮やかな紅葉が描かれていたのだろう。「山の紅葉」が描かれた屏風を前提にした和歌であるので、「山の木の葉」は既に紅葉した木の葉ということになる。当該歌は、山の木の葉の色がますます鮮やかさをましてゆくのを眺めて、千鳥啼く佐保川に立つ川霧を思いやる画中の人物の視点からの詠歌である。

当該歌の作者として、*筋切・*元永本・*伝公任筆装飾本・*基俊本・*建久二年俊成本・*雅俗山荘本などは、「ただみね」と作者名を示す。たしかに、『忠岑集』に当該歌が次のように収められている。

＊伝為家筆本（冷泉家時雨亭叢書『平安私家集九』）
　泉右大将四十賀の屏風に
　あき
千鳥なく佐保のかは霧立ぬらし
やまのこの葉もいろかはりゆく（292頁）

＊西本願寺本（『西本願寺本三十六人集精成』）
　内侍のかみの、左大将の四十のがに、
　うしろの屏風によませし
ちどりなくさほのかはぎりたちぬらし
やまのこのはもいろまさりゆく（六八、252頁）

＊承空本（冷泉家時雨亭叢書『承空本私家集上』）
　ナイシノカミノ、四十ノ御賀（欠）
　シロノ屏風ニ左大臣ノヨマセ
　タマヒシカバ
チドリナクサホノカハギリタチヌラシ
山ノコノハモイロマサリユク（136頁）

＊枡型本（冷泉家時雨亭叢書『平安私家集九』）
ちどりなくさをのかはぎりたちぬらし
山のこのはのいろかはりゆく（一八一、260頁）
拾

『忠岑集』では、最後に挙げた枡型本を除き、『古今和歌集』の詞書を簡潔にした詞書が付けられている。「四十賀」の屏風の料として詠まれた歌と知られるのである。それと関係するのか、「いろかはりゆく」だけでなく、「いろまさりゆく」という本文も出てくるのである。

　最後の枡型本には「拾」という集付がある。当該歌は、＊永治二年清輔本の脚注にあった通り、『拾遺和歌集』の秋の部立に、

　　右大将定国家屏風に　ただみね
千鳥なくさほの河ぎり立ちぬらし
山のこのはも色かはり行く（秋・一八六）

と、『古今和歌集』と重複して入集しているのである。『定家八代抄』にも、

千どり鳴くさほの河霧立ちぬらし
山の木葉も色かはりゆく（秋下・四四三、忠岑）

と当該歌が採られるが、その集付に「拾 古イ」とある通りである。なお、『定家八代抄』では、賀歌ではなく、秋歌として採っているので、集付は「拾」が正しいことになる。

　『古今和歌集』と『拾遺和歌集』には、幸い定家自

筆本が伝存している。それらの本文をあらためて列挙すると、

　*無年号伊達家旧蔵本古今集　　色まさりゆく
　*嘉禄二年（一二二六）本古今集　色まさりゆく
　*天福元年（一二三三）本拾遺集　色かはり行

ということになる。

　そして、建保三年（一二一五）頃の成立とされる『定家八代抄』も「色かはりゆく」（秋下）として採っているので、定家にとっては、時期によって判断が変わったというより、『古今和歌集』は賀歌・作者未詳で「色まさりゆく」、『拾遺和歌集』は秋歌・忠岑詠で「色かはりゆく」と、歌集によって「まさる」と「かはる」を区別していたと考えられるのである。

　それは、それぞれに部類されている部立によるのであろう。四季の歌なら「色かはりゆく」で問題はないが、算賀の祝宴の席では「色かはりゆく」は老化をイメージさせてしまうので、やや言葉足らずにはなっても、「増」（筋切）「勝」（唐紙巻子本）という吉祥のイメージのめでたい「まさる」を用いたということだったのではあるまいか。

　『古今和歌集打聴』（『賀茂真淵全集』第九巻、続群書類従完成会・一九七八年、183頁）には、

　　賀の歌なれば色かはると云詞を忌て、後にさがしらして、色まさるとかへたるにも有べし。昔は賀の歌也とて、さのみ忌《イミ》事をもせず、花みてくらす春ぞすくなき、などもよみたり。

とある。

　真淵の言葉で言えば、「昔」は古今集の撰者時代、「後にさがしら」をしたのは、*俊成・*定家ということになる。しかし、「さがしら」（賢しら）とは言い過ぎであろう。*元永本や*伝公任筆装飾本などという俊成・定家以前の古写本には既に「色まさりゆく」とあるわけで、俊成や定家は「かへ」（改変し）たのではなく、歌人としての感性に従ってあるべき選択したというべきであろう。

　因みに、当該歌は家持詠とも考えられたらしく、*西本願寺本（『西本願寺本三十六人集精成』194頁）や*資経本（『冷泉家時雨亭叢書　資経本私家集一』120頁）『家持集』に「みねのこずゑもいろかはりゆく」という下の句で収められている。

51

「深き」心か「通ふ」心か

雲居にも□□□心のおくれねば　わかると人に見ゆばかりなり　（離別・三七八、ふかやぶ）

*元永本（『元永本 古今和歌集 上』講談社、287頁。ColBase 上141を加工・作成）には、右の通り、薄紫の*染紙に、金銀の*切箔・*砂子・*禾を散らした*料紙に、

くもゐにも
ふかき心のおくれ
ねば人に《わか》ると人に
みゆ許なり

と書かれている。第四句は「わかると人に」と書くべきところを、誤って「人に」と書きはじめてしまい、正しい本文「わか」を傍記したものらしい。

定家本で詞書を含めて和歌本文示すと、次の通り。

　あひしりて侍りける人の、あづまの方へ
　　まかりけるをおくるとてよめる　ふかやぶ
　雲ゐにもかよふ心のおくれねば
　わかると人に見ゆばかりなり　（離別・三七八）

清原深養父が東国へ下向した親友に贈った、送別の歌である。「雲ゐ」は、雲の居座るところ。空の高い所、遙かに隔たった遠い場所をもいう。定家本で和歌を解釈すれば、都から遠く隔たった「雲ゐ」にさえも通ってゆく私の心は、あなたをずっと追いかけてゆきますので、あなたにいつも寄り添っています。あなたと私が別れると、人には見えるだけですよ、の意。

定家本のように「通ふ心」の本文の場合、初句の「雲ゐにも」はすぐ下の「通ふ」に係るが、元永本のように「深き心」の本文を採ると、「雲ゐにも」は腰の句の「おくれねば」に係ることになる。

あなたのことを深く思っている私だから、私の心は雲ゐにさえも、あなたと一緒に行かないで後に留まるなどということはありません、あなたのことを深く思っている私の心は、身は遠く離れても、どこまでも一緒ですよ。「深き心の」という主語が「雲ゐにも」「後れ」ないという述語の理由も示す本文と言える。

「深き心」の本文を採るのは、久曾神昇『古今集古筆資料集』（風間書房・一九九〇年）や西下経一・滝沢貞夫『古今集校本』新装ワイド版（笠間書院・二〇〇七年）によると、元永本の他に、

*筋切・*高野切・*私稿本・*基俊本・*六条家本・*永治二年清輔本・前田家*保元二年清輔本・*伏見宮旧蔵伝顕昭本・*天理図書館蔵顕昭本・

であって、*建久二年俊成本（日本古典文学影印叢刊2『古今和歌集』日本古典文学会・一九七八年、211頁）は「ふかき」という本文に「カヨフ」という異本表記が傍記されている。

『古今和歌六帖』第四「わかれ」にも、

　くもゐにもふかきこころのおくれねば
　わかると人にみゆばかりなり　（二三七三）

と「深き心」の本文で採られている。

また、『深養父集』には、

*部類名家家集切（日本名筆選11『名家家集切　伝紀貫之筆』二玄社・一九九三年、70頁）

くもゐにもふかきこゝろのおくれねばわかる
とひとにみゆばかりなり
＊御所本（五〇一・三四）

雲井にもかよふ心のおくれねば
わかると人に見ゆばかりなり　（二〇）

と、書写の古いものに「ふかき」、新しいものに「かよふ」で見える。

　さらに、藤原範兼による歌仙歌合形式の秀歌撰『後六々撰』は、すべて『古今和歌集』から『詞花和歌集』までの勅撰集から採られたらしく、当該歌が、

雲ゐにもふかき心のおくれねば
わかると人にみゆるばかりぞ　（七九）

と見えるので、範兼が見ていた『古今和歌集』は、「深き心」の本文だったと考えられる。

　＊俊成・＊定家は、＊基俊・＊清輔・＊顕昭の周辺にあった「深き心」を捨て、何故「通ふ心」を採ったのだろう。

『古今和歌集』に見える「深き心」は、

とぶとりのこゑもきこえぬ奥山の
ふかき心を人はしらなむ　（恋一・五三五）

うき草のうへはしげれるふちなれや
深き心をしる人のなき　（恋一・五三八）

よど河のよどむと人は見るらめど
流れてふかき心あるものを　（恋四・七二一）

色なしと人や見るらむ
昔よりふかき心にそめてしものを　（雑上・八六九）

などと、人に知られず、表面的には別な状態しか見えないものである。多く恋歌に用いられた語であった。

　それに対して、羈旅歌に多く用いられる「雲ゐ」には「通ふ」がふさわしいと俊成や定家は感じたのではあるまいか。たしかに、「雲ゐ」と「通ふ」は、

雲井にもかよふかなしとおもふべき
人にすくせはおかましものを　（伊勢集・三四〇）

雲井にもかよふ心のありければ
めぐりあひてもかげならべばや　（浜松中納言物語・五九）

などのように、親和性が高かった。どんなに遠く離れても…の意で、「雲ゐにも」「通ふ」が続く方が自然だと考えたのであろう。

52

「宵」か「旅」か

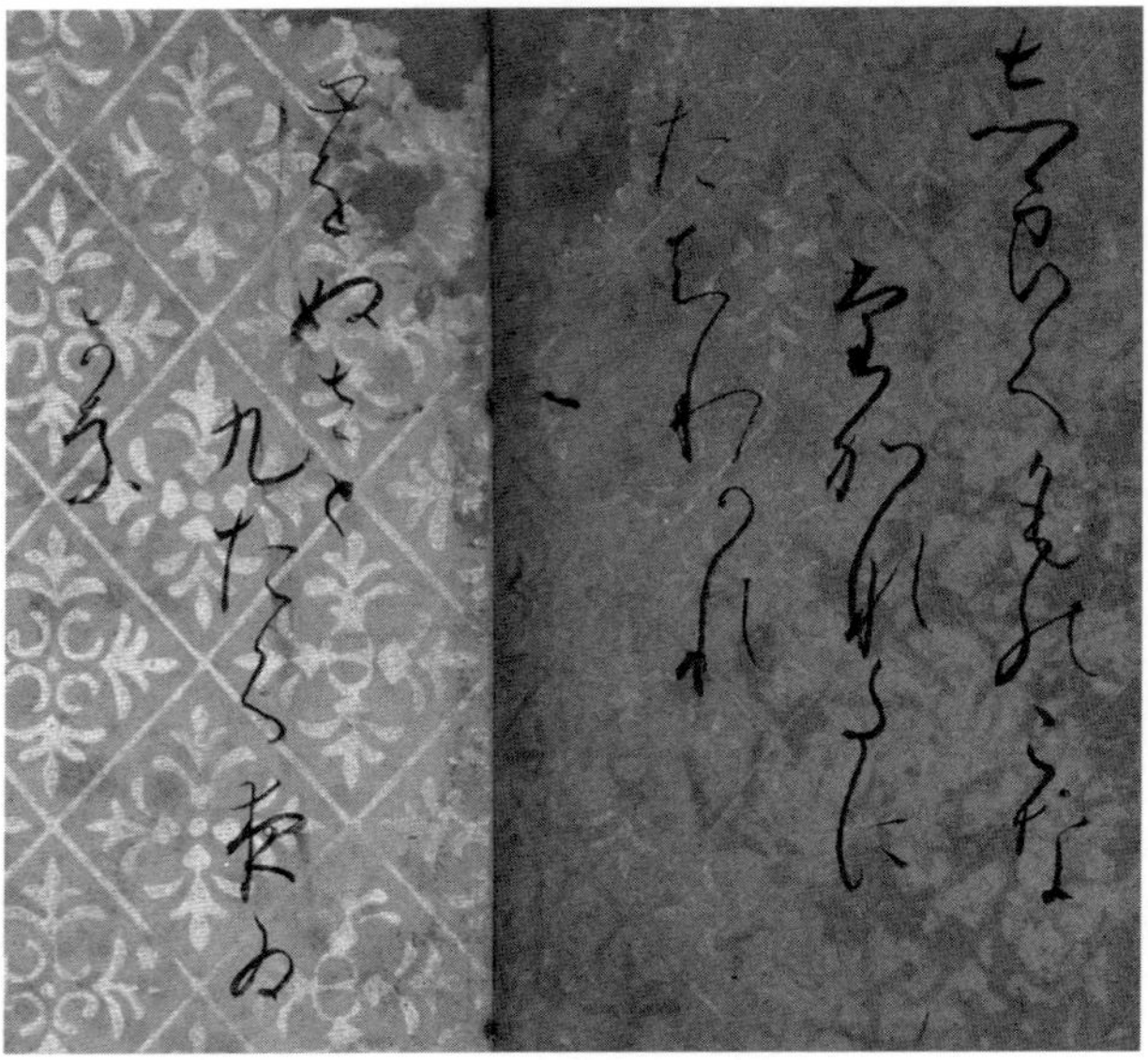

白雲のこなたかなたに立ちわかれ　心を幣とくだく□かな　（離別・三七九、よしみねのひでをか）

*元永本（『元永本 古今和歌集 上』講談社、288 289頁。ColBase 上142を加工・作成）には、*花襷文を*雲母摺した料*紙に、上の通り、

しらくものこな
たかなたに
たちわかれ
心をぬさと
くだくよゐ
かな

と散らし書きされている。

*流布本である貞応二年定家本の結句の本文は「くだくたびかな」である。

当該歌は詞書によると、友が東国へ下向した時に、良岑秀崇が詠んだ歌である。良岑秀崇は、『古今和歌集目録』（群書類従第十六輯、127頁）に、

元慶三年十月十日補文章生、七年正月十一日任但馬掾、八年六月八日任治部少丞。仁和四年二月十日任兵部少丞。寛平三年三月九日転大丞、八年正月七日叙従五位下、同月廿六日任伯耆守。

という経歴が見える。「友」も、国司としての任務によって東国へ下向してゆくのであろう。

「白雲の」は、白雲のように。小島憲之・新井栄蔵『古今和歌集』（新日本古典文学大系、岩波書店・一九八九年、一二二頁）には、「漢詩に多い旅情の表現」とある。たしかに、旅立つ「友」を送る離別の場面で漢詩が作られ、送別の情が漢語「白雲《はくうん》」に託されることも多い。文章生出身の良岑秀崇がそれらを見ていた可能性もある。

　白雲渡汾水　黄河繞晋関　（李嶠・送李邕）
　白雲岷峨上　歳晩来相尋　（陳子昂・別冀侍御崔司議）
　但去莫復問　白雲無尽時　（王維・送別）
　帰鞍白雲外　繚繞出前山　（王維・留別丘為）
　白雲行欲暮　滄波杳難期　（李白・送張舎人之江東）
　世交黄叶散　郷路白雲重　（劉長卿・和州留別穆郎中）
　白雲西上催帰念　潁水東流是別心　（劉長卿・潁川留別司倉李万）
　客路晩依紅樹宿　郷関朝望白雲帰　（許渾・別表兄軍倅）

離別の場面で作られた唐詩から「白雲」の用例を拾ってみた。

詩語「白雲」が当該歌の歌語「しらくも」に及んでいるとみることもできるだろうが、「しらくも」は、夙に『万葉集』に、「山部宿祢赤人望不尽山歌」（巻三・三一七）の、

　白雲も　い去《ゆき》はばかり　時じくぞ　雪はふりける

などをはじめ三十四例見え、その中には、「天平四年壬申藤原宇合卿遣西海道節度使之時高橋連虫麿作歌」（巻六・九七一）の、

　白雲の　竜田の山の　露霜に　色附く時に
　打ち超えて　客《たび》行く君は　五百隔《いほへ》山　い去割見《ゆきさくみ》

という用例もある。「白雲の」は、「立つ」と同音を含む地名「竜田」にかかる枕詞とされる。しかし同時に、

幾重にも重なった山を踏み越えてゆく旅のイメージも映しているのだろう。

『古今和歌集』離別には、他に、

人のむまのはなむけにて、よめる

をしむからこひしきものを
白雲のたちなむのちはなに心地せむ
（三七一、きのつらゆき）

みちのくにへまかりける人に、
よみてつかはしける

しらくものやへにかさなるをちにても
おもはむ人に心へだつな
（三八〇、つらゆき）

などの「白雲」を用いた貫之詠がある。

「心をくだく」は、心配する、の意。『後撰和歌集』に「草枕紅葉むしろにかへたらば心をくだく物ならましや」（羈旅・一三六四、亭子院御製）など。

白雲が立ち、こちらとあちらに分かれてゆくように、私とあなたも散り散りばらばらに別れてゆく今宵、道祖神に幣を手向けて旅の安全を願うように、私はこれから始まるあなたの旅の前途を心配することだ。

「よ（字母与）ひ」と「た（字母多）び」の誤字がきっかけの異同であろうが。下の句は「心を幣とくだく宵かな」か、「心を幣とくだく旅かな」か、いずれがふさわしいのだろう。

「宵」の本文を採る伝本は、西下経一・滝沢貞夫『古今集校本』新装ワイド版（笠間書院・二〇〇七年）によると、元永本以外にも、多くある。

*筋切・*雅経筆崇徳天皇御本・
*永治二年清輔本・*保元二年清輔本・
*伏見宮旧蔵伝顕昭本・*天理図書館蔵顕昭本・
*建久二年俊成本・*雅俗山荘本・*真田本

など。「宵」の本文に「旅」と傍記するのは、

*六条家本・*永暦二年俊成本・*昭和切・
*静嘉堂文庫蔵為相本

都を離れ、東国へ下向してゆく友を送る宴は、「宵」に開かれたのであろう。その「宵」という時間に焦点を当てるか、これから始まる下向の「旅」に焦点を当てるか、の相違である。

*定家は、*父俊成の迷いをよそに「たび」を選択した。初句「白雲の」との響き合いを重んじたのであろう。

53

河風「寒み」か「寒し」か

都出でて今日みかの原泉河　かは風さむ□衣かせ山　（羇旅・四〇八）

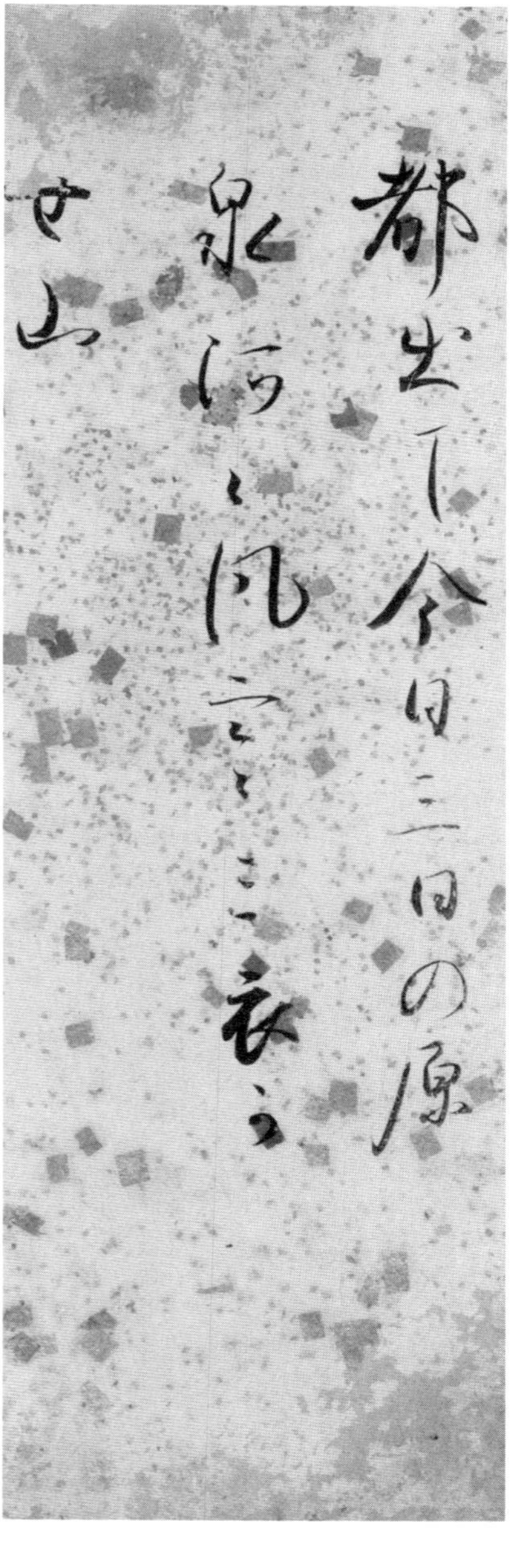

*元永本（『元永本　古今和歌集　上』講談社、334頁。ColBase上165を加工・作成）には、右の通り、*具引地に金銀の*切箔・*砂子を撒いた*料紙に、

都出て今日三日の原
泉河々風寒み衣か
せ山

とある。

「都」である平安京を「出て」「今日」早速見たよ、

「瓶原《みかのはら》」を。いつ見ることができるのかと思っていた「泉河」（木津川）を、これから渡るのだが、河風が寒いので衣を貸せ、「鹿背山《かせやま》」よ。

歌枕「みかの原」に、元永本の表記のように「三日」を掛ける説もあるが、平安京から三日もかかる距離ではない。「見る」の「見」の掛詞とする。

『蜻蛉日記』安和元年（九六八）九月条には、道綱母が初瀬詣でに出かける記述がある。

門出ばかり法性寺（ほふしやうじ、九条河原）の辺にして、暁より出で立ちて、午時ばかりに宇治の院（宇治川北岸にある兼家の山荘）に到り着く。見やれば木の間より水の面つややかにて、いとあはれなる心地す。…簾巻き上げて見れば、網代どもさし渡したり。行きかふ舟どもあまた、見ざりしことなれば、すべてあはれにをかし。…破籠などものして舟に車かき据ゑて（宇治川を渡り）行きもていけば、贄野の池、泉川などいひつつ、鳥どもゐなどしたるも、心にしみてあはれにをかしうおぼゆ。…その泉川も渡らで、橋寺といふ所に泊まりぬ。…明くれば川を渡りて行くに…

牛車の旅である。暁に九条河原を出発し、昼に宇治に到着。木津川を渡る前に日が暮れ、「橋寺」に宿泊。翌朝、木津川を渡っている。

「橋寺」は、現在の木津川北岸にある泉橋寺。『日本三代実録』貞観十八年（八七六）三月三日条に「山城国泉橋寺申牒曰、故僧正行基、五畿境内建立四十九院。泉橋寺是其一也。泉河渡口。正当寺門。河水流急。橋梁易破。毎遭洪水。行路不通。…」などと見えるように、この辺りの木津川の流れは急で橋が破壊されやすかった。

道綱母は、木津川も、宇治川と同じように、「舟に車かき据ゑて」渡ったのであろう。

当該歌に見える「みかの原」は、かつて元明天皇の離宮があり聖武天皇が久迩京を造営した地。現在の木津川市加茂町が所在地。同市山城町にある「橋寺」周辺より、やや木津川上流地域である。「瓶原」の他、「甕原」「三香の原」「三日の原」「御鹿原」などと表記される。

『万葉集』には、神亀二年（七二五）春三月「三香原離宮」への行幸時に笠朝臣金村が作った歌（巻三・

五四六）や「久迩新京」を讃える歌（巻六・一〇五〇）が収録されている。後者には「鹿脊山」が詠まれ、その反歌に見える「みかの原」の表記は元永本と同じ「三日原」（巻六・一〇五二）である。また「泉川」（同・一〇五四）「泉河」（同・一〇五八）も詠まれている。のちに、藤原兼輔詠として『新古今和歌集』恋一・九九六に入集し、さらに『百人一首』にも採られた、

　みかのはらわきてながるるいづみがは
　いつみきとてかこひしかるらん
（『古今和歌六帖』第三「かは」一五七二）

がよく知られる。

　平城京の北東に位置し、鹿背山の東側を通り、木津川沿いに東へ行けば、伊賀から東海地方に出る。また、木津川に注ぐ和束川沿いに北東へ行くと、近江信楽を経て北陸地方に赴く交通の要衝でもあったから、久迩京が造営されたのである。

　しかし、わずか四年で久迩京は荒廃する。『万葉集』に「春日悲傷三香原荒墟作歌」（巻六・一〇五九）が見え、その反歌に、

　三《み》香原《かのはら》久迩《くに》の京《みやこ》は荒れにけり
　大宮人の遷《うつ》ろひぬれば（同・一〇六〇）

とある。

　さて、当該歌の第四句の本文「河風寒み」に戻る。定家本では「かは風さむし」と言い切るのである。

　西下経一・滝沢貞夫『古今集校本』新装ワイド版（笠間書院・二〇〇七年）によると、元永本と同様、「河風寒み」の本文を採るのは、*筋切と*毘沙門堂註本のみ。圧倒的に多くの伝本が「さむし」であり、元永本などの誤写で済ませてもよいかも知れない。しかし、気になるのは、『古今和歌六帖』第五「ざふのころも」が、

　みやこいでてけふみかのはらいづみがは
　川かぜさむみころもかせ山（三三二五）

と「寒み」の本文を採ることである。

また、本歌を除き、八代集の「寒し」「寒み」の用例数を一覧すると、

	古今	後撰	拾遺	後拾	金葉	詞花	千載	新古
し	2	1	1	2	2	0	1	13
み	4	4	9	0	1	0	3	6

という状況である。三代集では「寒み」、『新古今和歌集』では「寒し」が優勢なのである。

54

「群れて来し」か「連れて来し」か

北へ行く雁ぞなくなる　□れて来し数は足らでぞ帰るべらなる　（羇旅・四一二）

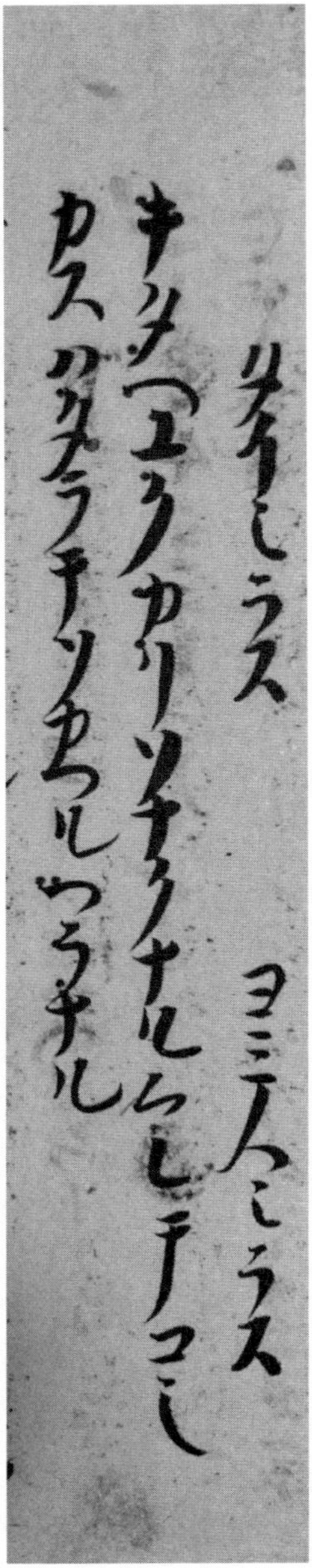

＊伏見宮旧蔵伝顕昭本（宮内庁書陵部蔵、伏・二三〇）には、右の通り、

ダイシラズ　　ヨミ人シラズ
キタヘユクカリゾナクナルムレテコシ
カズハタラデゾカヘルベラナル

と書かれている。

春になって、北へ帰ってゆく渡り鳥の雁が鳴いている声が聞こえる。昨年の秋に群でやって来た雁が幾羽か亡くなり、数が足りない状態で帰ってゆくようだ。

読み馴れた定家本の腰の句は「つれてこし」である。伏見宮旧蔵伝顕昭本と同様、「むれてこし」とするのは、久曾神昇『古今集古筆資料集』（風間書房・一九九〇年）や西下経一・滝沢貞夫『古今集校本』新装ワイド版（笠間書院・二〇〇七年）によると、＊筋切・＊元永本・＊雅経筆崇徳天皇御本・＊永治二年清輔本・前田家＊保元二年清輔本・

*天理図書館蔵顕昭本・*六条家本・
*伝寂蓮筆本・*静嘉堂文庫蔵為相本

などである。

また、紀貫之が『古今和歌集』から秀歌を撰んだ『新撰和歌』にも、

きたへゆくかりぞなくなる　むれてこし
かずはたらでぞかへりつらなる　（別旅・二〇一）

とある。なお、結句の「り」は「る」、「つ」は「べ」の誤写であろう。

腰の句は、「群れて来し」か、「連れて来し」か。いずれがふさわしいのであろう。

貫之は、延長八年（九三〇）正月土佐守となって下向、承平五年（九三五）二月に帰京。この経験をまとめ、土佐からの帰京の旅として*『土佐日記』を執筆。前年の十二月廿七日条に、

京にて生まれたりし女子、国にてにはかに失せにしかば、この頃の出で立ちいそぎを見れど、何言も言はず、京へ帰るに、女子の亡きのみぞ悲しび恋ふる。在る人々もえ堪へず。この間に、ある人の書きて出だせる歌、

都へと思ふを　ものの悲しきは
帰らぬ人のあればなりけり

また、ある時には、

あるものと忘れつつ　なほ亡き人を
いづらと問ふぞ悲しかりける

などと記し、正月十一日条「羽根といふ所」で、

また昔へ人を思ひ出でて、いづれの時にか忘るる。今日はまして、母の悲しがらるることは。下りし時の人の数足らねば、古歌に「数は足らでぞ帰るべらなる」といふ言を思ひ出でて、人の詠める、

世の中に思ひやれども
子を恋ふる思ひにまさる思ひなきかな

と「古歌」（本歌）に触発されて詠歌している。

『古今和歌集』の当該歌を、左注も含んで、定家本で示すと、次の通り。

題しらず　　よみ人しらず

北へ行くかりぞなくなる
つれてこしかずはたらでぞかへるべらなる

このうたは、ある人、をとこ女もろともに人のくにへまかりけり、をとこまかりいた

りてすなはち身まかりにければ、女ひとり
京へかへりけるみちに、かへるかりのなき
けるをききてよめる、となむいふ

左注によると、一組の夫婦が一緒に地方に下向したが、下向して間もなく夫が死去してしまった。それで、妻が一人で上京することになった。その帰り道、北へ帰る雁が鳴くのを聞いて詠んだ歌だという。

貫之が「古歌」として『土佐日記』に引用した時、まだ左注は付けられてはいなかったと思われる。当該歌の腰の句も、『新撰和歌』に従えば「群れて来し」だった可能性もある。

『土佐日記』の注釈書が何らコメントもなく「連れて来し」として古今集歌を示すのは配慮が欠けていると言わざるを得ない。古今集の本文が「連れて来し」となったのは、むしろ、『土佐日記』の内容や、後から付けられた左注の内容を踏まえた結果かも知れないのである。

先入観無しで、左注も付けず『古今和歌集』の和歌だけを読めば、春の帰雁の、哀調を帯びた鳴き声を聞いて、昨秋、列をなして群で飛来した雁たちは、幾羽かの友を亡くして帰ってゆくのか、と想像した歌であって、「連れて来し」より「群れて来し」の方がふさわしいと考えられるのである。

ところが、『土佐日記』を踏まえると、京から土佐国へ連れて来た女子ということになり、また、左注を踏まえると、連れ立って来た夫婦ということとなり、「連れて来し」がふさわしく感じられてしまう。

「群れて」は、『古今和歌集』にも「おもふどち春の山辺にうちむれて」（春下・一二六、素性↓13）とあり、『拾遺抄』には、

花見にはむれてくれどもあをやぎの
いとの本にはよる人もなし　（春・三四）

と見えて、けっして特異な表現ではない。

一方、「連れて」の用例は、三代集には当該歌以外には見えない。『後拾遺和歌集』に「ねの日のまつ」に関連して「ひきつれて」（春上・二五、いづみしきぶ）とあるだけである。

「連れて来し」という本文での本歌取りは、「つれてこしかずもまばらにゆくかりは」（寂蓮無題百首・一三）が初例らしい。

55

花踏み「ちらす」か「しだく」か

我が宿の花踏み□□□鳥うたむ　野はなければやここにしも来る　（物名・四四二、とものり）

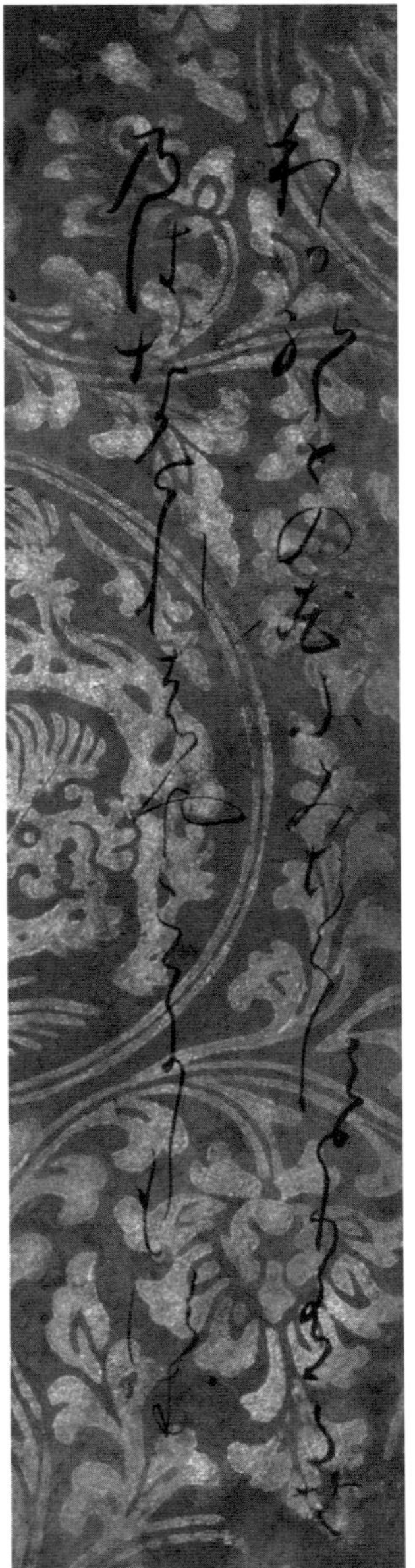

*元永本（『元永本 古今和歌集 上』講談社、364頁。ColBase 上180を加工・作成）には、右の通り、薄茶の*染紙に具引*した地に、*獅子二重丸文を雲母摺*した料紙に、

わがやどの花ふみちらすとりうたむ
のはなければやこゝにしもすむ

と書かれている。

我が宿の花を踏み散らす鳥を打ち懲らしめてやろう。花の咲く野は、他にないからか、此処ばかりやって来ることだ。傍点を付した箇所に「りうたむのはな」を隠す物名歌で、詞書に「りうたむ（竜胆）のはな」とある。

本文で問題になるのは、傍線を付した第二句「花ふみちらす」である。流布本である*貞応二年定家本では「花ふみしだく」（平安時代は清音。踏みつける、の意）

だからである。

と言っても、元永本の誤写ではない。西下経一・滝沢貞夫『古今集校本』新装ワイド版（笠間書院・二〇〇七年）によると、元永本以外にも、

*筋切・*今城切・*基俊本・*本阿弥切・*雅俗山荘本・*静嘉堂文庫蔵為相本・*毘沙門堂註本・*私稿本

などが花踏み「ちらす」の本文であり、また、『古筆学大成』第二巻（講談社、214頁）所収「伝源俊頼筆唐紙本古今和歌集切（二）」（*唐紙巻子本）にも「花ふみちらす」と見える。

さらに、『古今和歌六帖』第六「りうたん」も、

我がやどのはなふみちらすとりうたん
野はなければやここにしもくる　（三七七一）

と「ちらす」の本文で採られ、『友則集』も、

*歌仙家集本　（『合本　三十六人集』三弥井書店、225頁）

りうたん
我宿の花ふみちらす《しだく》鳥うたむ
野はなければやこゝにしもなく　（七〇）

*共紙表紙本　（『冷泉家時雨亭叢書　平安私家集八』308頁）

りうだう《本》
わがやどの花ふみちらすとりうたん
野はなければやこゝにしもなく

*西本願寺本（『西本願寺本三十六人集精成』219頁）

りむだう
我がやどのはなふみちらすとりうたう
のはなければやここにしもくる　（六九）

*素寂本（『冷泉家時雨亭叢書　素寂本私家集』55頁）

リウダウノハナ
ワガヤドノハナフミチラストリウタウ《ン》
ノハナケレバヤコ、ニシモクル

などと花踏み「ちらす」の本文が圧倒的に優勢である。

むしろ、清輔・顕昭・俊成などが、何らかの根拠を得て、古写本にあった「ふみちらす」を捨てて「ふみしたく」を選択したということなのであろう。

定家も、父俊成に従い「ふみしたく」から出発した。定家の古今集書写は、片桐洋一『平安文学の本文は動く』（和泉書院・二〇一五年）によると、十七回に及ぶ。当該歌の第二句は、*建保五年（一二一七）本の「はなふ

みしたく」以降、最も流布した*貞応二年（一二二三）本を経て、定家自筆本である*伊達家旧蔵本まで「したく」が続く。*嘉禄二年（一二二六）三月十五日書写本（『徳川黎明叢書　古今和歌集』思文閣出版・一九八六年、188頁）でも「花ふみしたく」とある。

　ところが、*嘉禄二年四月九日書写の定家自筆本（冷泉家時雨亭叢書『古今和歌集』153頁）には、

　　　りうたむのはな　　　とものり

　わがやどのはなふみちらす《したく》とりうたむのはな…

と、第二句は「花ふみちらす」の本文を採用し、「ちらす」の左側に「したく」と傍記する。左側に記されたのは、歌に隠された語句を示す「りうたむのはな」（竜胆の花）の「はな」という文字によって右側にスペースが無かった所為らしい。

　その*嘉禄二年四月九日書写の定家自筆本を、嘉元三年（一三〇五）に為相が転写した本（『陽明叢書　古今和歌集』思文閣出版・一九七七年、223頁）には、

　わがやどのはなふみしたくとりうたん
のはなければやこゝにしもくる

とある。当時四十三歳の為相は、祖父である定家の自筆本古今集を書写し、当該歌については、本文「ちらす」を捨てて、左側の傍記「したく」を本文に採用したのである。他の定家本が「したく」とすることから、定家が「ちらす」と誤写してしまって、その誤写を傍記によって訂正したのだと考えたらしい。

　しかし、もし誤写であれば、定家は、本書216頁に述べるように、文字を擦り消して訂正する方法を採ったのではないか。

　何より「ちらす」という本文は、見てきたように由緒ある本文で、単純な誤写で済ますわけにはゆかないものであった。「花ふみちらす」の本文を採れば「花」は桜で、「花ふみしだく」を採れば「花」はリンドウということになろうか。

　いずれにせよ、*嘉禄二年四月九日書写定家自筆本が当該歌の本文を二つ並記したのは、片桐洋一『平安文学の本文は動く』（122頁）が指摘する通り「定家が信じ得る本文を求めて最後まで苦闘していた」姿勢の表れとみてよいかと思われるのである。

56

「人を待つ」か「年を経る」か

音羽山おとに聞きつつ　逢坂の関のこなたに□□を□□かな　（恋一・四七三、在原元方）

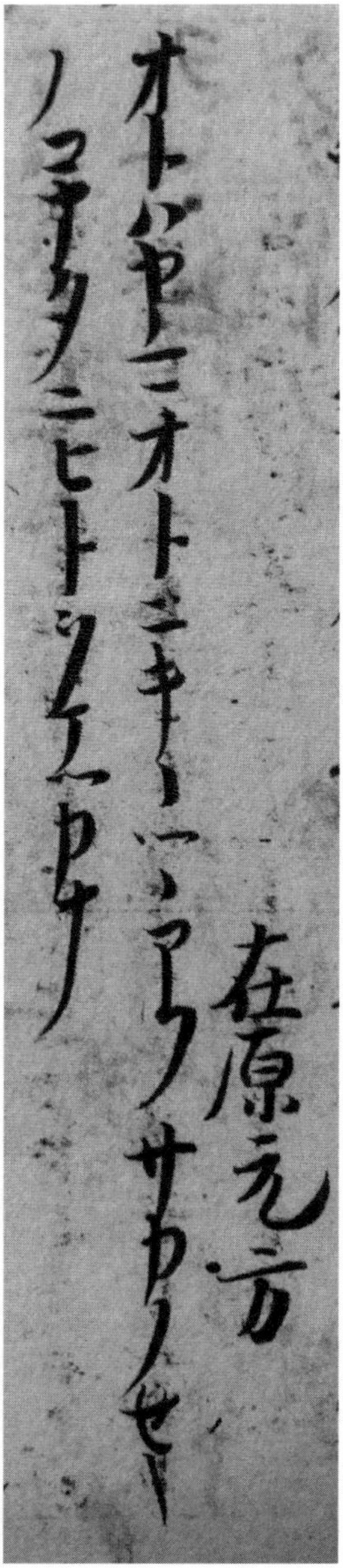

*伏見宮旧蔵伝顕昭筆本（宮内庁書陵部蔵　在原元方、伏・二三〇）には、右の通り、

　オトハヤマオトニキ、ツ、アフサカノセキ

　ノコナタニヒトヲマツカナ

とある。

流布本である*貞応二年定家本の結句は「年をふるかな」である。

「音羽山」「逢坂の関」は、山城・近江の国境にある歌枕。厳密に言えば、「音羽山」は山城側、「逢坂の関」は近江側になる。「逢坂の関の此方」とは、「まだ近江《あふみ》（逢ふ身）ではない」という意である。

あなたの噂は繰り返し聞いて、一度お逢いしたいと思っていますが、未だ逢う関係にならないまま、年月が経つことです、と「年をふる」の本文を採るのがよいか、それとも、「人をまつ」の本文を採って、あなたの噂は繰り返し聞いて、あなたにお逢いできる日まで、ひたすらあなたを待っていることです、と解するか。

古写本や古筆切には「人をまつ」という本文を採るものが多い。伏見宮旧蔵伝顕昭筆本以外にも、久曾神昇『古今集古筆資料集』(風間書房・一九九〇年)や西下経一・滝沢貞夫『古今集校本』新装ワイド版(笠間書院・二〇〇七年)によって確認すると、「人を待つかな」とするのは、

*元永本・*雅経筆崇徳天皇御本・*唐紙色紙・
*永治二年清輔本・*保元二年清輔本・
*六条家本・*天理図書館蔵顕昭本・
*伝後鳥羽天皇宸翰本・*志香須賀文庫本・
*大江切・*堺色紙・*公任切・*真田本

などである。そのうち雅経筆崇徳天皇御本のみ、「としをふるかな イ」という傍記をもつ。*永暦二年俊成本と*御家切は、逆に本文「としをふるかな」で、「とし」に「ヒト」、「ふる」に「マツ」と傍記する。

『左兵衛佐定文歌合』(二七、元方)や『五代集歌枕』上「おとは山　同(山城)」(一九、元方)も「人をまつ」で、元方詠としては本来「人をまつ」だった可能性が高い。

一方、『古今和歌六帖』第二「山」には、

おとは山おとにききつつあふ坂の関のこなたに
年をふるかな　(八七九、つらゆき)

と見え、「年をふるかな」という本文も早くからあったらしい。

こうした状況のなか、*俊成は、*基俊本に「としをふる」とあるを本文に採用する一方、清輔本や顕昭本をはじめ多くの伝本が採用している「ひとをまつ」も捨て切れず、「ヒト」「マツ」と傍記したのであった。

それに対して、*定家は、父俊成から受け継いだ*永暦二年俊成本の傍記を捨てて、結句を「年をふるかな」とした。

定家は、何故「人をまつかな」を捨て、「年をふるかな」を採ったのか。

「人をまつかな」の場合、「人」に連体修飾語が付いて、「…という人を待つ」などという形か、「待つ」に連用修飾語が付いて、「…まで待つ」などという形になることが多い。

わすれはべりにし人を夢にみはべりて
はるのよのゆめにあふとしみえつるは
おもひたえにし人をまつかな　(伊勢集・一一七)

が前者、

　屛風に、
　あれたる人家に女あり、たび人かつゆく
　わがやどのまへのあらたをうちかへし
　はるふかきまで人をまつかな　（道済集・一二二）

が後者のスタイルである。

　それに対して、「年をふるかな」の場合、「こんな状況のなかで年を過ごすことだ」と、さまざまな状況が想定されることになる。未だ逢う関係にならないまま「年をふる」場合に限らず、

　侍るところに、いとちひさき梅の木の
　花咲きて侍りしに
　去年うゑし梅だに春をしるものを
　雪にむもれて年をふるかな　（元輔集・一九一）

などと、広く用いることができる。

　その結果、八代集にも、「人を待つかな」は一首も入集しないが、「年を経るかな」は、

　わがこひはますだのいけのうきぬなは
　くるしくてのみとしをふるかな
（『後拾遺和歌集』恋四・八〇三、小弁）

　女のもとへつかはしける
　あふことはいつともなくて
　あはれわがしらぬいのちにとしをふるかな
（『金葉和歌集』二度本・恋下・四六六、大納言経信）

　おほすみの国の任はててのぼらむ、と
　しけるを、大弐、沙汰することまだしとて、とどめ侍りければ、よめる
すみのえにまつらむとのみなげきつつ
心づくしにとしをふるかな
（『千載和歌集』羇旅・五〇六、津守有基）

　としをへたるこひ、といへる心を
　よみ侍りける
君こふとなるみのうらのはまひさぎ
しをれてのみもとしをふるかな
（『新古今和歌集』恋二・一〇八五、俊頼朝臣）

などと入集している。

　*定家が「人をまつかな」を捨て、「年をふるかな」を採った所以であろう。

57　「神」か「賀茂」か

ちはやぶるか□の社のゆふだすき　ひと日も君をかけぬ日はなし　（恋一・四八七）

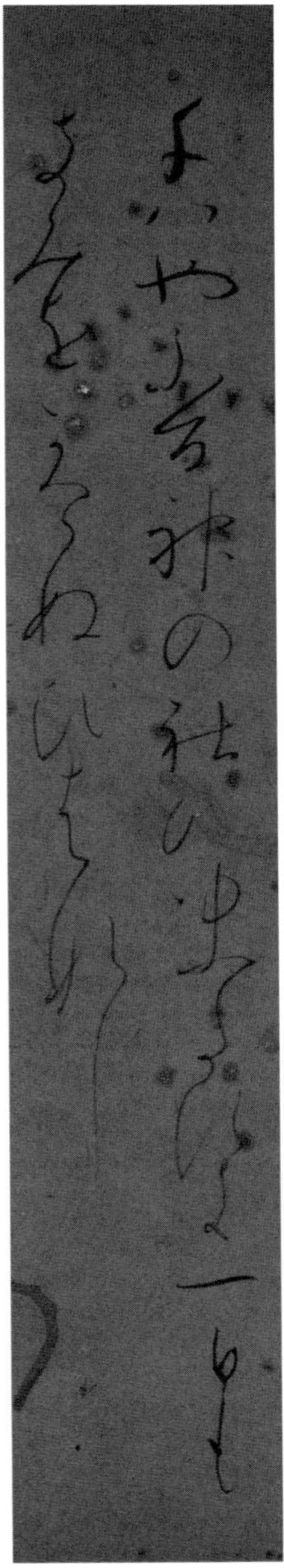

*元永本（『元永本　古今和歌集　下』講談社、18頁。ColBase 下8を加工・作成）には、右の通り、*素紙に金銀*小切箔を散らした*料紙に、

　千はやぶる神の社のゆふだすき一日も
　　きみをかけぬひはなし

と書かれている。

　定家本の本文の第二句は「かものやしろの」だが、「神」と「賀茂」いずれがふさわしいのであろうか。

　初句の「ちはやぶる」という枕詞は、猛々しく、勢い激しくふるまう意のバ行上二段活用動詞の連体形に由来するもので、「神」に係るとともに、神を祭る著名な神社やその所在地として「賀茂」にも係る。腰の句の「ゆふだすき」は、神事に奉仕する時に袖をからげるため襷《たすき》をかけるが、その際に用いる木綿《ゆふ》で作った襷で、結句の「かけ」（掛け）を導く枕詞として機能している。

　ちはやぶる（神・賀茂）の社の木綿襷
　一日も…かけぬ日はなし

と、毎日神事に奉仕する日常を背景に、「…」に「君に」と一言挿入するだけで、一転、一日も君に心をかけない日はない、毎日あなたのことを心にかけている、という恋の歌へ変換する巧みな歌で、（神・賀茂）の箇所は、いずれかでなければならないわけではない。

『万葉集』には、「かみのやしろ」の用例が五例あり、そのうちの四首を挙げると、

千《ち》磐《は》破《やぶる》　神之《かみの》社《やしろ》　し無かりせば
春日の野辺に粟まかましを　（巻三・四〇四）

千《ち》磐《は》破《やぶる》　神之《かみの》社《やしろ》　に我が掛けし
幣《ぬさ》は賜《たば》らむ妹にあはなくに　（巻四・五五八）

夜並べて君を来ませと千石破《ちはやぶる》　神社《かみのやしろ》　を
祈らぬ日は無し　（巻十一・二六六〇）

吾妹児《わぎもこ》に又もあはむと千《ち》羽《は》八《や》振《ぶる》神社《かみのやしろ》　を
祷《ね》がぬ日は無し　（巻十一・二六六二）

である。

右の一首目は、「春日の野辺」にある「神の社」を詠んでいて、春日社を指すらしい。一般的な、神を祭る聖なる社と見ても構わないが、やはり「賀茂の社」ではふさわしくない。二首目は、「幣」と「木綿襷」の相違はあるが、「掛け」を導く点が当該歌と共通する。また、三首目・四首目も、「…ぬ日は無し」（…しない日は無い）という歌末の表現が当該歌と共通し、当該歌もこれらの万葉歌と同様、「かみのやしろ」という本文だった可能性が高い。

一方、「賀茂のやしろ」という本文は、平安京遷都以前に成立した『万葉集』には見えず、『古今和歌集』巻二十の巻軸歌、

冬の賀茂のまつりのうた　藤原敏行朝臣
ちはやぶるかものやしろのひめこまつ
よろづ世ふともいろはかはらじ　（一一〇〇）

と、当該歌が初例である。

右の敏行詠は、『敏行集』には、

かものりむじのまつりに
うたふべきうたとめししに
ちはやぶるかものやしろのひめこまつ
よろづよまでにいろはかはらじ　*（西本願寺本・六）

とある。流布本の最古本とされる冷泉家時雨亭叢書『平安私家集八』*所収の唐草表紙本では、

かものりうしのまつりに

ちはやぶるかものやしろのひめこまつ
よろづよふともいろはかはらじ（二ウ）

で、第四句の本文は定家本『古今和歌集』と同じ。いずれにせよ、詞書に「賀茂のまつり」「賀茂の臨時祭」で詠むべき歌を召されたので、敏行は和歌を「かものやしろ」という本文で詠んだのであろう。

西下経一・滝沢貞夫『古今集校本』新装ワイド版（笠間書院・二〇〇七年）によると、『古今和歌集』巻二十巻軸歌を「かみのやしろ」で伝えるのは、*志香須賀文庫本だけである。

一方、当該歌の場合は、どうであろうか。「賀茂」という固有名詞であるべき必然性はなく、『万葉集』との連続性からすると「神」であった可能性が高い。同『古今集校本』や久曾神昇『古今集古筆資料集』（風間書房・一九九〇年）によると、「かみのやしろ」の本文を採る伝本は、元永本以外にも、

*中山切・*本阿弥切・*基俊本・*雅俗山荘本・
*永治二年清輔本・*保元二年清輔本（前田家）・
*伏見宮旧蔵伝顕昭本・*天理図書館蔵顕昭本・
*静嘉堂文庫蔵片仮名本・*伝後鳥羽天皇宸翰本・
*志香須賀文庫本・*大江切・*真田本・*道家本

と多くある。たしかに*清輔は、『和歌初学抄』に、

ちはやぶるかみのやしろのゆふだすき
ひとひも君をかけぬ日ぞなき　（一三〇）

の本文で引用している。

「神」は、古くは「かむ」と表記され、その「む」の字母が使用頻度の高い「无」という漢字である場合、その文字は「も」と読むこともできるので、平安京遷都以降、前に挙げた敏行詠の「賀茂のやしろ」に引かれ、「神のやしろ」が「かむ（字母无）のやしろ」と書かれ、「かものやしろ」と読まれてゆく過程も想定されるのである。

「神」の本文にして「カモ」という異本表記を傍記するのは、*永暦二年俊成本（『国立歴史民俗博物館蔵　貴重典籍叢書』文学篇第一巻・臨川書店・一九九九年、330頁）や*建久二年俊成本（日本古典文学影印叢刊2・277頁）である。

*定家は、『顕注密勘』に「神、賀茂、両説歟。用賀茂之説」と記すように、*父俊成から受け継いだ永暦二年本の、傍記の方を採用したのである。

58 恋ひぬ「日ぞなき」か「日はなし」か

駿河なる田子の浦浪立たぬひ日はあれども　君を恋ひぬ日□□□　（恋一・四八九）

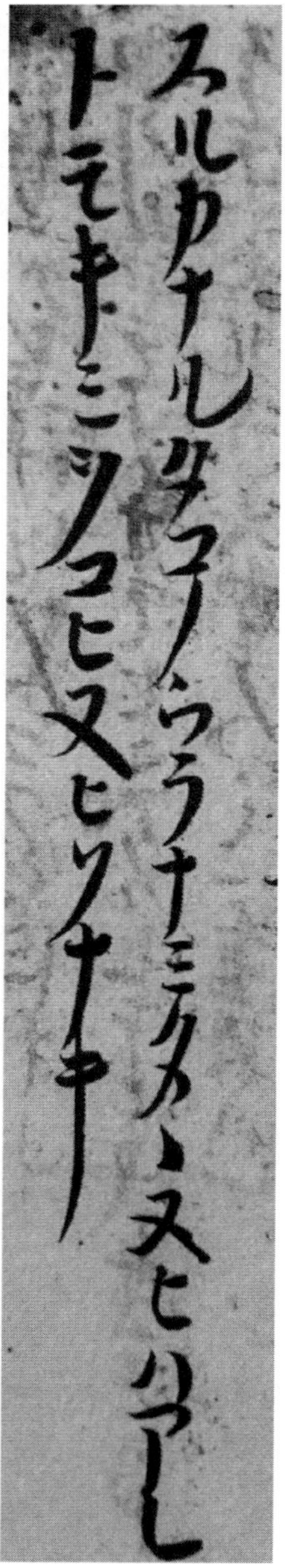

*伏見宮旧蔵伝顕昭本（宮内庁書陵部蔵、伏・二三〇）には、右の通り、

　スルガナルタゴノウラナミタ、ヌヒハアレ
　ドモキミヲコヒヌヒゾナキ

とある。

読み馴れている定家本では、後半「君をこひぬ日はなし」となっている。

伏見宮旧蔵伝顕昭本の誤写であろうか。

西下経一・滝沢貞夫『古今集校本』新装ワイド版（笠間書院・二〇〇七年）によれば、「日ぞなき」の本文を採る古写本は、伏見宮旧蔵伝顕昭本以外に、

　*雅経筆崇徳天皇御本・*静嘉堂文庫蔵片仮名本・
　*永治二年清輔本・*保元二年清輔本・
　*天理図書館蔵顕昭本・*寂恵使用俊成本・
　*伝後鳥羽天皇宸筆本・*道家本・*毘沙門堂註本・
　*雅俗山荘本・*建久二年俊成本

などと、数多くあり、清輔や顕昭は「こひぬ日ぞなき」を採用していたことが知られる。

俊成は、どうかと言うと、建久二年（一一九一）本に至ると「日ぞなき」の本文を採用するが、*永暦二年（一一六一）俊成本では「日はなし」であった。

永暦二年本を父俊成から受け継いだ*定家は、そのまま、この本文を継承したらしい。*貞応二年（一二二三）定家本（冷泉家時雨亭叢書2、479頁）は「日はなし」の本文である。

ところが、定家も、自筆*伊達本（汲古書院刊・150頁）には本文「日はなし」の「は」「し」のそれぞれに「ぞ」「き」と傍記があり、*嘉禄二年（一二二六）定家自筆本（冷泉家時雨亭叢書2、168頁）は「日ぞなき」を採用するというように、揺れているのである。

『古今和歌集』のこの「よみ人しらず」の当該歌の「日はなし」と「日ぞなき」の異同、本来はいずれの本文だったのか。

参考になるのは、『万葉集』の、

からとまり能許《のこ》の宇良奈美多多奴日者安礼杼母《うらなみたたぬひはあれども》
家《いへ》に古非奴日者奈之《こひぬひはなし》　（巻十五・三六七〇）

という一首である。当該歌は『万葉集』歌をもとに「からとまり能許」を「駿河なる田子」に、「家に」を「君を」に換え、防人の郷愁から男女の恋情へ仕立て直されたものであろう。とすれば、「日はなし」が古く、後に「日ぞなき」へ改変されていったとみるのが妥当か。それは、

	万	古	撰	拾	後	金	詞	千	新
日はなし	9	4	3	2	0	0	0	0	0
日ぞなき	0	2	3	5	1	4	1	2	4

という万葉・八代集の用例数にも歴然と表れている。

それでは、「日はなし」と「日ぞなき」でどのような相違があるのだろう。

「日はなし」の場合、「田子の浦浪立たぬ日」と「君を恋ひぬ日」とが対比され、前者はあるけれども、後者はない、という意味となって比較的わかりやすい。原歌とおぼしき『万葉集』歌では、「Aする日者あれども、Bする日者なし」と、「者」という文字によって対比構造を明確にする。

それに対して、「日ぞなき」の場合、「無き」は「君を恋ひぬ日ぞ」と、「君を恋ひぬ日」が新しい情報として、歌を贈る恋しい「君」へ、より強く訴える力をもつ歌となるのであろう。

59 海人の「栲縄」か「釣縄」か

伊勢の海のあまの□□なはうちはへて　くるしとのみや思ひわたらむ　（恋一・五一〇）

*伏見宮旧蔵伝顕昭本（宮内庁書陵部蔵、伏・二三〇）には、右の通り、

　イセノウミノアマノタク《ツリ》ナハウチハヘテ
　クルシトノミヤオモヒワタラム

と書かれている。

「伊勢の海の」と具体的な場所から詠みはじめ、その海で魚貝類などを捕ることを生業とする「海人の」と続く。その海人が所有するのは、読み馴れている定家本では「あまのつりなは」で、「あまのたくなは」ではない。

かと言って「たくなは」が伏見宮旧蔵伝顕昭本の誤写でもない。久曾神昇『古今集古筆資料集』（風間書房・一九九〇年）や西下経一・滝沢貞夫『古今集校本』新装ワイド版（笠間書院・二〇〇七年）によって、古今集諸本の本文を確認してみると、「たくなは」とする古写本として、

　*永治二年清輔本・*雅俗山荘本

があり、

　*六条家本・*保元二年清輔本・
　*静嘉堂文庫片仮名本

が伏見宮旧蔵伝顕昭本と同様「たく」の本文に「つりイ」と傍記する。

雅経筆崇徳天皇御本では、逆に「つり」の本文に「たくイ」と傍記するが、いずれにせよ、*清輔や*顕昭の頃までは、当該歌の本文の選択肢として「つりなは」と「たくなは」の両様があったことが知られる。

「たくなは」は、後世「たぐなは」と濁音化するが、漢字を当てると「栲縄」で、楮《こうぞ》などの皮で縒り合わせた縄。海女が海中に入る際の命綱として用いられたものである。『万葉集』には、「栲縄之（タクナハノ）永（なが）き命を欲しけくは…」（巻四・七〇四）や「…微（もろ）き命も栲縄能（タクナハノ）千尋にもがと慕（ねが）ひくらしつ」（巻五・九〇二）のように、「長い」や「千尋」を導く枕詞「たくなはの」という用例が見える。

『新撰和歌』には、当該歌が、

伊勢のうみのあまのたくなはうちはへて
くるしとのみやおもひわたらん　（恋雑・三三〇）

と収められ、「たくなは」が原初の姿だったのだろう。

ところが、『古今和歌集』では、

伊勢の海につりするあまのうけなれや
心ひとつを定めかねつる　（恋一・五〇九）

と並べて配列されていたため、当該歌は、かなり早い時期に「伊勢の海のあまのつりなは」と誤写されてしまったのではあるまいか。『古今和歌六帖』第三には、

いせのうみのあまのつりなはうちはへて
こひしとのみや思ひわたらん　（つり・一八三二）

という本文で収められるのだが、この第四句の「こひし」も、ある時点での誤写であろう。

恋は苦しいものだから、「恋し」「苦し」いずれであっても、意味上は変わらない。しかし、当該歌の本文に「苦し」が採用される理由は、はっきりしている。

いそなるるあまのつりなはうちはへて
くるしくもあるかいもにあはずて
（『古今和歌六帖』第三「つり」一八三五）

たくなはのくるしげなりとききしより
あまのなげきにわれぞおとらぬ
（『斎宮女御集』二二三）

などのように、「釣縄」「栲縄」いずれにして「縄」は「繰る」もので、同音の「苦し」を導くのである。

60 篝火にあらぬ「ものから」か「我が身の」か

篝火にあらぬ□□□□　なぞもかく涙の河に浮きて燃ゆらむ　（恋一・五二九）

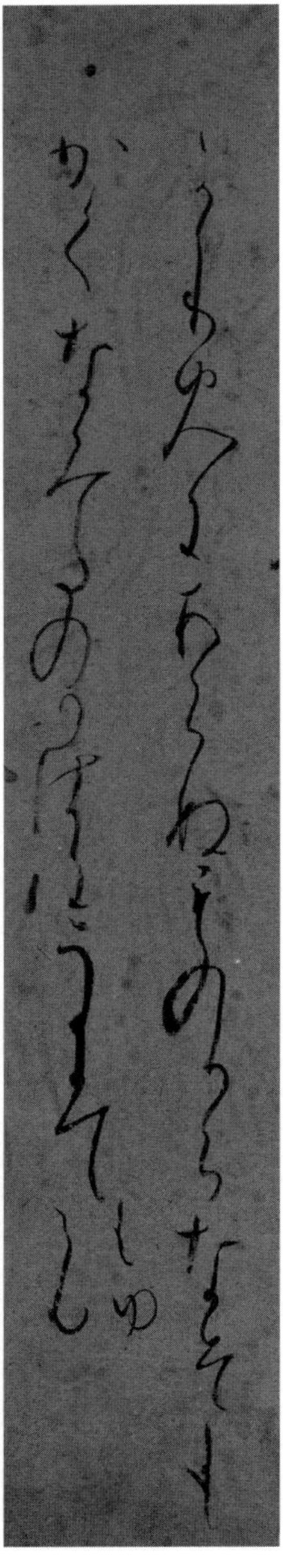

*元永本（『元永本 古今和歌集 下』講談社、29頁。ColBase下13を加工・作成）には、*芥子唐草文が微かに残る*料紙に、

かゞり火にあらぬものからなぞも
かくなみだのかはにうきてもゆらん

と書かれている。

篝火でないのに、なぜこうも、私は涙の川に浮いて燃えているのだろう、あなたが恋しくて溢れる涙が、川のように流れ、憂き我が身はその川に浮き、恋の炎に身を焦がしている、と詠む。

定家本の本文では、第二句が「あらぬ我が身の」となっている。篝火ではない我が身が、なぜこうも、まるで篝火のように…という文脈である。

逆接の接続助詞「ものから」か、あるいは主語を明示する「我が身の」か、この異同をどう考えればよいのであろうか。

「ものから」とする伝本は、西下経一・滝沢貞夫『*古今集校本』新装ワイド版（笠間書院・二〇〇七年）には、真田本しか挙げられていないが、久曾神昇『古今和歌集成立論』資料編（風間書房・一九六〇年）などによる

と、元永本以外に、

*筋切・*唐紙巻子本・*六条家本・*寛親本・
*永治二年清輔本・*保元二年清輔本・
*天理図書館蔵顕昭本・*伏見宮旧蔵伝顕昭本・
*伝後鳥羽天皇宸筆本

などである。

また、*雅経筆崇徳天皇御本も、「ものから」の本文に「わがみの」と異本表記が傍記されている。*永暦二年俊成本（『国立歴史民俗博物館蔵　貴重典籍叢書』文学篇第一巻・臨川書店・一九九九年、342頁）では、逆に、本文「わがみの」に「モノカラ」と傍記がある。

*定家が受け継いだ永暦二年俊成本の傍記を捨てて、「我が身の」を採用する以前には、「ものから」という本文は、数多くの古写本に見られ、それなりに通行していたのである。『古今和歌六帖』第三「よかは」にも、

かがり火にあらぬものからなぞもかく涙の川に
うきてみゆらん　（一六四二）

と「ものから」の本文で収められている。

久曾神昇『古今集古筆資料集』（風間書房・一九九〇年）によると、次の通りの本文である。

*本阿弥切
かゞり火にあらぬおもひのなぞもかく
なみだのかはにうきてもゆ覧

*志香須賀文庫本
かゞりびにあらぬものゆへなぞもかく
なみだのかはにゆきてもゆらん

*基俊本
かゞりびにあらぬわがみのわびしきは
ながれてしたにもゆるなりけり

また、『後撰和歌集』にも、

女につかはしける
かがり火にあらぬおもひのいかなれば
涙の河にうきてもゆらん　（恋四・八六九）

とある。当該歌の本文は、定家本が流布するまで不安定だったらしい。恋の「思ひ」の「ひ」に「篝火」の「火」が連想されるのも自然であるし、「あらぬ」と打消の「ぬ」に付く接続助詞として「ものゆゑ」が選ばれてもおかしくなかった。その不安定さが『後撰和歌集』への再入集にも繋がるのである。

61　山彦の応へぬ「空」か「山」か

うちわびて呼ばはむ声に　山彦のこたへぬ□はあらじとぞ思ふ　（恋一・五三九）

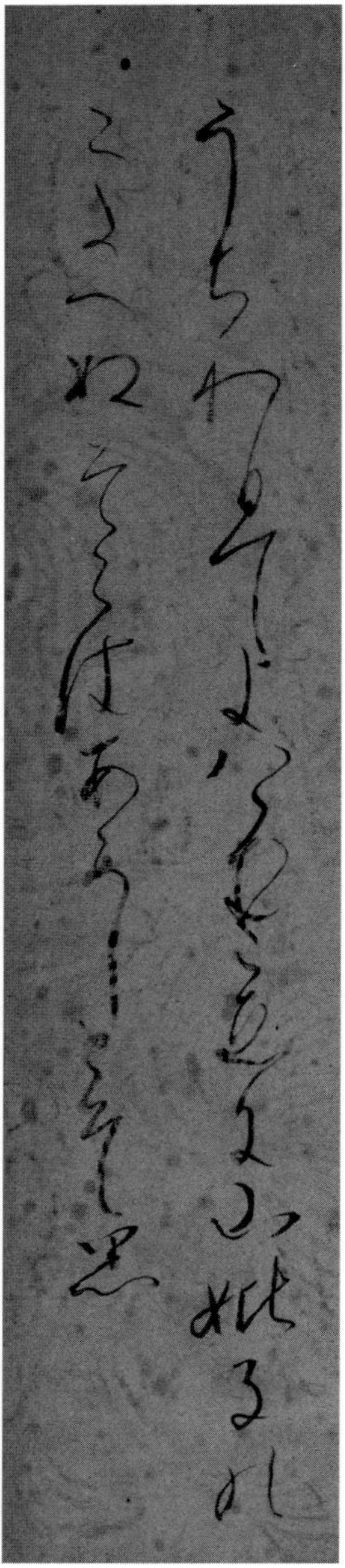

＊元永本（『元永本 古今和歌集 下』講談社、32頁。ColBase 下15を加工・作成）には、右の通り、

うちわびてよばゝむこゑに山姚子の
こたへぬそらはあらじとぞ思

と書かれている。

「よばはむ」は、「呼ぶ」の未然形に、反復・継続を表す助動詞「ふ」の未然形と、仮定を表す助動詞「む」の連体形の付いたもの。寂しくて、あなたの名を何度も呼べば、その声に、山彦が応えない空はあるまい、と思うことだ。

定家本の第四句は「こたへぬ山は」である。「空」か「山」か、どちらの本文がふさわしいのであろうか。

まず、西下経一・滝沢貞夫『古今集校本』新装ワイド版（笠間書院・二〇〇七年）などによって、諸本の本文を確認すると、「そら」とあるのは、元永本以外にも、＊伝公任筆装飾本・＊雅経筆崇徳天皇御本・

*永治二年清輔本・*保元二年清輔本・*六条家本・*天理図書館蔵顕昭本・*伏見宮旧蔵伝顕昭本・*静嘉堂文庫片仮名本・*伝後鳥羽天皇宸筆本・*基俊本・*寂恵使用俊成本・*永暦二年俊成本・*建久二年俊成本・*志香須賀文庫本・*道家本・*雅俗山荘本・*本阿弥切・*中山切・*毘沙門堂註本・*真田本

などで、数多くある。

当該歌は、『後撰和歌集』恋五に再入集し、

返ごとせぬ人につかはしける　よみ人しらず

打ちわびてよばはむ声に山びこの
こたへぬそらはあらじとぞ思ふ　（九六九）

返し

山びこのこゑのまにまにとひゆかば
むなしきそらにゆきやかへらん　（九七〇）

かくいひかよはすほどに、
三とせばかりになり侍りにければ

荒玉の年の三とせはうつせみの
むなしきねをやなきてくらさむ　（九七一）

という歌物語風の贈答歌に仕立てられている。返歌の「むなしきそらに」という表現との関連で言えば、『後撰和歌集』所収歌としては「そら」の本文がふさわしい。

『古今和歌六帖』第二「やまびこ」には、

つらゆき

あふことのやまびこにしてそらならば
人めもわれはよきずぞ有るらし　（九九六）

うちわびてよばはん声に山びこの
こたへぬ空はあらじとぞ思ふ　（九九七）

と並んでいる。「空」の本文であることも注目されるが、この配列から、『古今和歌集』『後撰和歌集』ともに「よみ人しらず」だった「うちわびて」の歌が貫之詠と判断されて、『貫之集』に加えられたらしい。

うちわびてよばはむ声に山彦の
こたへぬ空はあらじとぞ思ふ
（陽明文庫本・六五五）

片桐洋一『古今和歌集全評釈』（中・399頁）は、「『古今集』のよみ人しらず歌の中に貫之の歌が混じっている可能性」を指摘するが、*陽明文庫本と同系統の『貫之集』でも*歌仙家集本には当該歌が見えないことから、

当該歌の場合は、「よみ人しらず」が貫之詠とされた例と考えてよいであろう。

さて、作者から本文の問題に戻ると、源高明の『西宮左大臣集』には、

うちわびてなくねにかくはやまびこの
こたへぬそらはあらじとぞ思ふ　（四三）

やまびこのこたへぬそらはよにもあらじ
こゑをさへにもへだてつるかな　（七七）

などという歌も見え、『古今和歌集』の本文は、本来「やまびこのこたへぬそら」だったことは間違いないように思われる。

*定家は、父*俊成から受け継いだ永暦二年本の「そら」を捨てて、なぜ「山」という本文を採ったのであろう。

『拾遺和歌集』の、

女のもとに、をとこの、ふみつかはしけるに、
返ごとも、せず侍りければ
山びこもこたへぬ山のよぶこどり
我ひとりのみなきやわたらむ　（恋一・六四三）

や、『散木奇歌集』の、

人のもとに、ふみつかはしたりけるに、
返事をせざりければ、つかはしける
たれをともさだめぬ山の山びこも
われとしきけばこたへざりけり　（一〇七九）

かへし
おしなべてこたへぬ山の山びこを
うはの空にもよぶこ鳥かな　（一〇八〇）

などのように、「山彦」と「こたへぬ山」との「山」の重複を気にせず、「山彦」は「山」に反響して声が返ってくるのだから「こたへぬ山」が合理的な表現であると考えたのであろうか。

それとも、『元良親王集』の、

あはれとはみれどもうとし春がすみ
かからぬ山はあらじとおもへば　（一一四）

や、『拾遺和歌集』の、

いづくとも所定めぬ白雲の
かからぬ山はあらじとぞ思ふ　（雑恋・一二一七）

などのように、春霞のかからない山や、白雲のかからない山がないように、山彦のこたえ「…ぬ山はあらじとぞ思ふ」という表現からの連想で、定家に「山」の本文を採らせたのであろうか。

62

「すみよし」か「すみのえ」か

すみ□□の岸に寄る浪　夜さへや夢のかよひぢ人目よくらむ　（恋二・五五九、藤原としゆき）

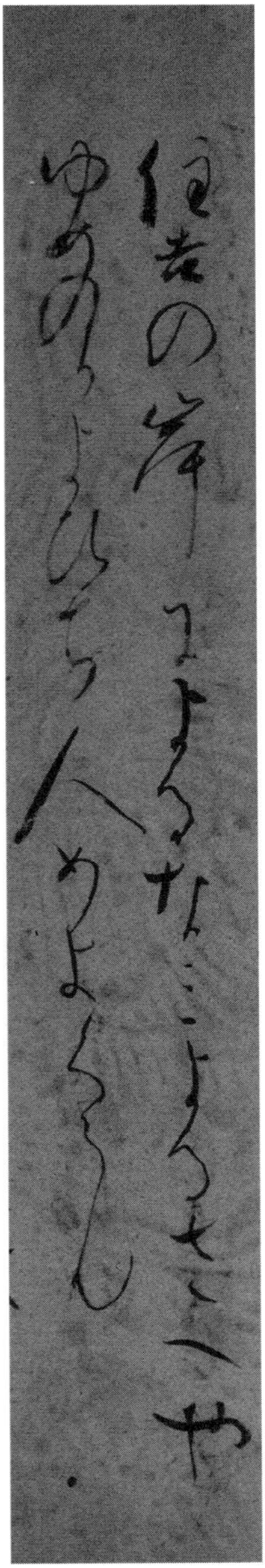

*元永本（『元永本 古今和歌集 下』講談社、41頁。ColBase 下20を加工・作成）には、右の通り、*素紙に*具引を施し、*芥子唐草文を*空摺した*料紙に、

　住吉の岸によるなみよるさへや
　ゆめのかよひぢ人めよくらん

と書かれている。

　住吉の岸にうち寄せる浪――その「寄る」ではないが――「夜」までも、どうして夢の通い路で人目を避けるのだろうか。掛詞「よる」を介した序詞「住吉の岸による浪」に見える「住吉」の語は、「すみよし」と読めばよいのか、それとも「すみのえ」と読めばよいのか。『百人一首』において「すみのえ」と自然に読んできたが、元永本の表記「住吉」に接すると、あらためて、もしかして、すみよし?と疑問が湧いてくるのである。

　『古今和歌集』の流布本である*貞応二年定家本（冷泉家時雨亭叢書2・488頁）は、

　すみの江の岸による浪よるさへや
　ゆめのかよひぢ人めよく覧

である。一方、久曾神昇『古今集古筆資料集』（風間書房・一九九〇年）や西下経一・滝沢貞夫『古今集校本』新装ワイド版（笠間書院・二〇〇七年）で諸本の本文を見ると、*志香須賀文庫本や*基俊本は「すみよし」の本文、*六条家本は本文「すみよし」の「よし」に「のへイ」の傍記、*雅経筆崇徳天皇御本は本文「すみのえ」の「のえ」に「よしイ」と傍記されている。平安時代には「すみよし」の本文の敏行詠も存在したのである。

注目されるのは、『古今和歌六帖』第四「ゆめ」に見える「としゆき」詠が、

すみよしのきしによるなみよるさへや
ゆめのかよひぢ人めよくらん　（二〇三三）

と「すみよし」の本文を採ることである。

おそらく、これは、『万葉集』に訓点を付していた梨壺の五人が活躍した時代、「住吉」「墨吉」がどう訓まれていたか、という問題と関連してくるのだろう。

『万葉集』には「住吉」「墨吉」という表記は三十五例ある。本来「住吉」「墨吉」をどう訓むべきかという問題とは別に、旧訓では「すみよし」としていたらしいのである。鎌倉前期に*仙覚が「すみのえ」と改訓し、以降現代に至るまで『万葉集』の注釈書はすべて、それに従う。すなわち、訓点が付されない左注、

右一首、遊覧住吉浜、還宮之時、
道上守部王応詔作歌　（巻六・九九九、左注）

と、地名ではない、「悲寧楽故郷作歌一首」中の

里見れば　里も住吉《すみよし》　（巻六・一〇四七）

「春日悲傷三香原荒墟作歌一首」末尾の、

住吉里《すみよきさと》の　荒れらく惜しも　（巻六・一〇五九）

の三例を除き、残る三十二例すべて「すみのえ」の訓で統一しているのである。

その理由は、『万葉集』には、地名「すみよし」の仮名書き例が一つもないのに対して、「すみのえ」は、

悔しくも満ちぬる潮か
墨　江《すみのえ》の岸の浦廻《み》ゆ行かましものを　（巻七・一一四四）

の「すみの江の岸」をはじめ、「清江《すみのえ》」（巻三・二九五）「墨之《すみの》江《え》」（巻十六・三八〇二）「須《す》美《み》乃《の》江《え》」（巻二十・四四五七）などの表記によって確認できることである。

また、「ひえ」（比叡）の山の近江側の坂本に鎮座する「日吉神社」は、「ひえ」の山を御神体として祭る

社なので、本来「ひえ」神社だったはずが、「日吉」と表記と表記された結果、それに引かれて後に「ひよし」神社と呼ばれてゆくのと同様、「すみのえ」が古い形で、当てられた漢字「住吉」に引かれ、後に「すみよし」と訓まれるようになった、と想定されることが、二つめの理由である。地名「すみのえ」の「え」は、本来、陸に入り込んだ海面「江」の意だが、「よい」を意味する上代語に「え」があったところから「吉」の字を借りて「すみのえ」が「住吉」と表記されたが、それが中古になって「すみよし」と訓まれるようになったと考えるのである。

ただし、「摂津国風土記逸文」に、

所以称住吉者、昔、息長帯比売天皇世、住吉大神現出而巡行天下、覓可住国。時到於沼《ぬ》名《な》椋《くら》之長岡之前〈前者、今神宮南辺、是其地〉乃謂「斯実可住之国」遂讃称之、云「真住吉々々国」。仍定神社。今俗略之、直称須実乃叡。

とあり、地名「住吉」の由来と「すみのえ」という略称を伝えている。この風土記逸文がいうように「すみのえ」が略称だとすれば「すみよし」が正式ということになる。奥村恒哉『歌枕』（平凡社選書52・一九七七年）所収「すみのえとすみよし」は「万葉集の「住吉」を、ただ単純に「すみよし」の仮名書きが一つもないという理由だけで、そのすべてを「すみのえ」と訓読してしまうのはやや乱暴ではなかろうか」（149頁）と問題提起し、新日本古典文学大系『萬葉集索引』（岩波書店・二〇〇四年）は「住吉」を「すみよし」で立項しつつ「スミヨシと訓む可能性のある例もある」と指摘する。

中古に入ると、

あひしれりける人の、住吉にまうでけるに、
よみてつかはしける　みぶのただみね
すみよしとあまはつぐともながゐすな
人忘草おふといふなり　（古今集・雑上・九一七）

というような「すみよし」としか読めない「住吉」も現れ、「すみのえ」「すみよし」が併存する。「すみの江」は海面や海岸が意識され、「すみよし」は陸上の地名が意識されて一定の使い分けがなされているようだが、もちろん絶対的なものとは言えない。

当該歌の場合、「岸に寄る浪」だから「すみのえ」と訓むのがふさわしいと言えるかもしれないが、『古

今和歌集』雑上に見える二首の「住吉の岸の姫松」詠を確認してみよう。*曼殊院本（日本名筆選7『曼殊院本古今集 伝藤原行成筆』二玄社・一九九三年、16頁）で本文を示すと、

　われみてもひさし
くなりぬすみよし
のきしのひめまつい
くよへぬらん　（九〇五）
すみよしのきしの
ひめまつひとならば
いくよかへしとゝふ
べきものを　（九〇六）

のように、ともに「すみよし」の本文である。九〇五番歌の場合、曼殊院本以外にも、

*元永本・*筋切・*志香須賀文庫本・*基俊本・*雅経筆崇徳天皇御本・*六条家本・*永治二年清輔本・*保元二年清輔本・*右衛門切・*伏見宮旧蔵伝顕昭本・*天理図書館蔵顕昭本・*静嘉堂文庫片仮名本・*永暦二年俊成本・*伝後鳥羽天皇宸筆本・*道家本・*真田本

など多くの伝本が「すみよしのきし」である。

なお、この二首の*貞応二年定家本（冷泉家時雨亭叢書2・559頁）の本文は、

　我見てもひさしくなりぬ
すみのえのきしのひめ松いくよへぬらむ（九〇五）
住吉の岸のひめ松人ならば
いく世かへしとゝはまし物を　（九〇六）

である。

　九〇六番歌の「住吉」について、『古今和歌集』の現行注釈書は、*貞応元年十一月書写本高松宮旧蔵伝二条為世筆本を底本に採用した小沢正夫校注・訳『古今和歌集』日本古典文学全集（小学館・一九七一年）が「すみのえ」とする以外、すべて「すみよしのきし」と訓んでいる。「幾世経ぬらむ」「幾世か経しと問はまし」と、同じように詠まれる、この二首の「姫松」を、一方を「すみのえの岸」、また一方を「すみよしの岸」にあると異なる表現をするのは、不自然ではないか。小沢正夫校注本のように両方ともに「すみのえの岸の姫松」とするか、*曼殊院本のように「すみよしの岸の姫松」で統一するのが自然な読み方だと思われる。

阿波国文庫旧蔵本『伊勢物語』一一二段（片桐洋一編『異本対照伊勢物語』和泉書院・一九八一年）が、『古今和歌集』に並ぶ「よみ人しらず」二首を素材に、

むかし、御門すみよしにみゆきしたまひけるに、よみてたてまつらせ給ける。

われみてもひさしくなりぬすみよしの
きしのひめまついくよへぬらん

御神あらはれたまひて、

むつましときみはしらずやみづかきの
ひさしきよゝりいはひそめてき

この事をきゝて、ありはらのなりひら、すみよしにまうでたりけるついでに、よみたりける。

すみよしのきしのひめまつひとならば
いくよかへしととはましものを

とよめるに、おきなの、なりあしき、いでゐて、めでゝ、かへし、

ころもだにふたつありせばあかはだの
山にひとつはかさまし物を

と物語化するように、この二首に何らかの連続性を認めれば、「すみのえ」か「すみよし」で統一すべきところであろう。

「すみのえ」か「すみよし」かという問題は、なかなか複雑である。地名「すみのえ」の「え」は、陸に入り込んだ海面「江」かと思われるが、前に挙げた「摂津国風土記逸文」のように、そこに神が現れ、白砂青松の景色を眺め、「住みよい」場所だと言って神社を定めたとすれば、神の依り代のような「岸の姫松」の修飾語としては、「すみの江の」に限定されず、「すみよしの」も当然あり得るのである。一方、

内侍のかみの、右大将ふぢはらの朝臣の四十賀しける時に、四季のゑかけるうしろの屏風にかきたりけるうた／秋

住の江の松を秋風吹くからに
こゑうちそふるおきつ白浪　（賀・三六〇）

などのように、叙景の歌としては「すみのえ」が好まれたらしい。当該歌の場合も、序詞の「岸に寄る浪」までは叙景であるので、「すみよし」よりは、「すみのえ」がふさわしく思われるのである。

63　「夕ぐれは」か「夕されば」か

ゆふ□れは蛍よりけに燃ゆれども　光見ねばや人のつれなき　（恋二・五六二、紀とものり）

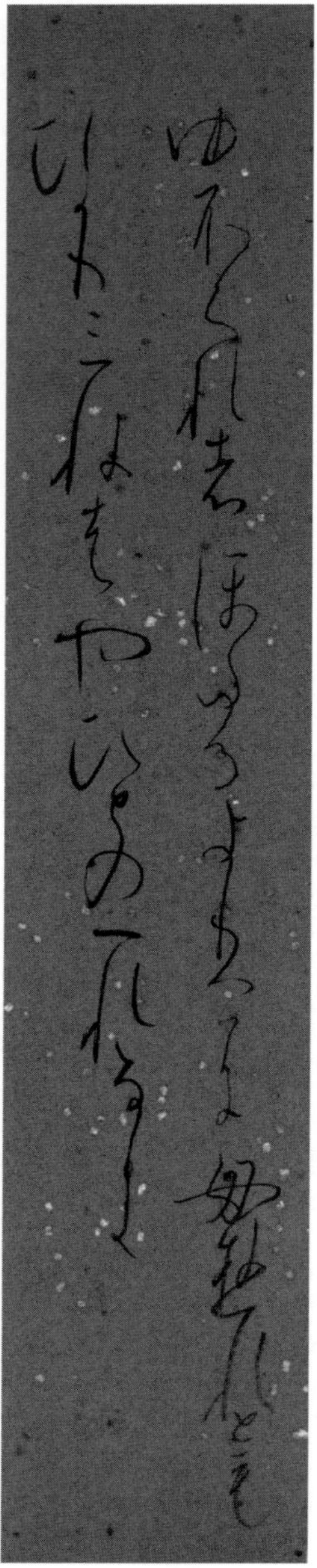

ゆふぐれはほたるよりけに
もゆれども光みねども《バヤ》人のつれなき

と見える。

しかし、古今集諸本で初句を「夕暮れは」とするのは、久曾神昇『古今集古筆資料集』（風間書房・一九九〇年）や西下経一・滝沢貞夫『古今集校本』新装ワイド版（笠間書院・二〇〇七年）によると、この二本だけで、他はすべて「夕されば」という本文である。「ゆふ□れは」の□に「さ」あるいは「く」が入る

*元永本（『元永本 古今和歌集 下』講談社、42頁。ColBase下21を加工・作成）には、右の通り、

ゆふぐれはほたるよりけにもゆれども
ひかりみねばやひとのつれなき

と書かれている。

また、本阿弥切*（京都国立博物館蔵。日本名筆選29『本阿弥切 伝小野道風筆』二玄社・一九九四年、5頁）にも、布目打ちのある唐紙*に夾竹桃文様が雲母摺*された料紙*に、

かの相違だけで、しかも「さ（字母左）」と「く（字母久）」は字形も似ている。意味の上でも、夕暮れには、あるいは、夕方になると、私は、蛍よりもいっそう激しく恋の炎で身を焦がすけれども、恋の炎は、蛍の光とは違って、光が見えないので、相手は気づかず、つれないのか。と大同小異である。ほとんど、この二つの写本の誤写と処理してもよいくらいである。

　それでも、あえて採り上げたのは、「ゆふぐれは」と「ゆふされば」という同じ異同が見られる、もう一首を紹介する価値を認めたからだ。

　*元永本（『元永本 古今和歌集 下』講談社・一九八〇年、17頁）によって、本文を挙げる。

　　ゆふさればくものはたてにものぞ思
　　あまつそらなる人こふる身は　（恋一・四八四）

　この一首は、逆に、元永本と*基俊本のみ初句を「ゆふされば」とし、*御家切が本文「く」に「さ」を傍記するだけで、その他の伝本はすべて「ゆふぐれは」である。むしろ、結句に本文異同が著しく、定家本は「人をこふとて」であるが、元永本と同様「人こふる身は」とするものが、

　*永治二年清輔本・*保元二年清輔本・
　*伏見宮旧蔵顕昭本・*天理図書館蔵顕昭本・
　*伝後鳥羽天皇宸筆本・*静嘉堂文庫片仮名本・
　*寂恵使用俊成本・*建久二年俊成本・*道家本・
　*志香須賀文庫本・*真田本

で、本文「人こふる身は」に「をこふとてイ」と異本表記を傍記するものが、

　*雅経筆崇徳天皇御本・*六条家本・*御家切

である。定家が父俊成から受け継いだ*永暦二年俊成本は、本文「人をこふとて」に「コフルミハ」と傍記がある。*俊成は傍記を採ったが、*定家は傍記を捨てたのである。

　定家本の、

　　ゆふぐれは雲の旗手に物ぞ思ふ
　　天つ空なる人を恋ふとて

によって、この一首を読んだ萩原朔太郎は、『恋愛名歌集』（新潮文庫・一九五四年）の中で、

　夕暮の空の彼方、遠く暮れかかる穹窿《きゆうりゆう》の地平の上に、旗のような夕焼雲がたなびいている。悲しい落日の沈むところ、遠い山脈や幻想の都会を越えて、

自分の懐かしい懐かしい恋人は住んでいるのだ。げに恋こそは音楽であり、さびしい夕暮の空の向うで、いつも郷愁のメロディーを奏でている。恋する者は哲学者で、時間と空間の無限の涯に、魂の求める実在のイデアを呼びかけてる。…恋愛のこうした情緒を歌った詩として、この一首の歌は最も完全に成功している。…この歌は古今集恋歌中の圧巻である。

と激賞した。もし、初句が「夕されば」で、結句が「人こふる身は」であったなら、はたして朔太郎は同じ評価しただろうか。

なお、朔太郎は「旗手は旗のように乱れる形」と註を付しているが、現行注釈書では、全集と新編全集が「旗手」説を採る以外、多くは、『万葉集』の、

…国の波多弖《はたて》に　開《さき》にける　桜の花の…

（巻八・一四二九）

を根拠にして「はたて」は、「端《はた》」「果て」の意に解している。小島憲之・新井栄蔵校注の新大系（岩波書店・一九八九年）は、『玉台新詠』巻一・雑詩九首、其六、枚乗の「美人在雲端、天路隔無期」の詩句を引き、「雲のはたて」は漢語「雲端」の翻訳とみる説もある。

初句を「夕暮は」とするか、あるいは「夕されば」とするか、という問題は、私見では、恋一の部立に配されているか、恋二の部立に配されているかによって、ふさわしさの判断が可能になると思われる。

恋一の四八四番歌は、その二首前が「逢ふ事は雲居遙か」で「音に聞きつつ恋ひ渡る」（四八二、つらゆき）段階で、恋人の所へ通うまでには至っていない。恋二の五六二番歌になると、その三首前が「夜さへや夢の通ひ路人目よくらむ」（五五九、敏行）と恋人の来訪を待つ段階になっている。しかし、「つれなき」男の来訪はない。夕方になると、もしかしたら、と心は動くが、蛍とは違って、恋の炎に身を焦がしても、男には光が見えないので、私の恋心に気づかす、やって来ないのか、と女は詠む。男の来訪があるかも知れない段階になってこそ、女の揺れ動く心と対応する動的な「夕されば」という語句は生きるはずである。未逢恋の段階では静的な暗がりの中で「夕暮」の物思いがふさわしい。

64

我はなり「ぬる」か「ける」か

君恋ふる涙の床にみちぬれば　みをつくしとぞ我はなり□□

（恋二・五六七、藤原おきかぜ）

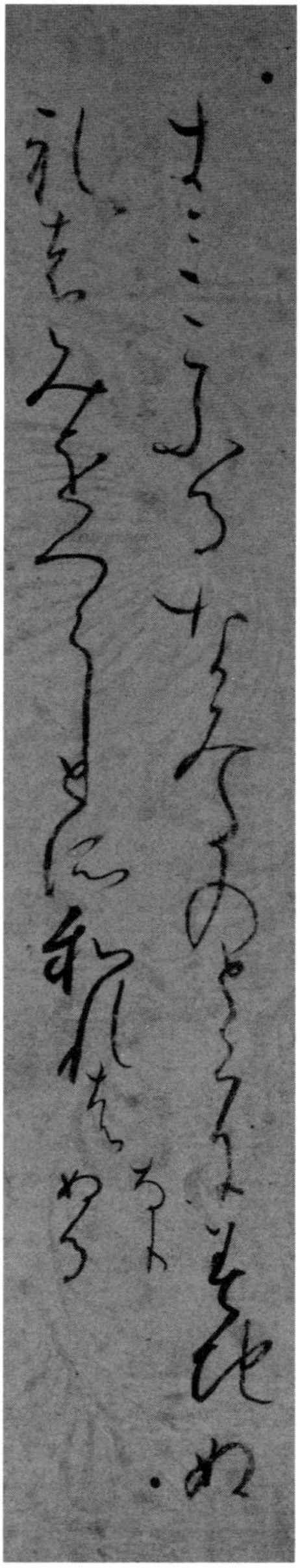

*元永本（『元永本 古今和歌集 下』講談社、44頁。ColBase 下22を加工・作成）には、右の通り、

きみこふるなみだのとこにみちぬればみをつくしとぞわれはなりぬる

と書かれている。

君を恋しく思う涙が寝床に満ちてしまうので、私は澪標《みおつくし》となって、恋に身を滅ぼしてしまいそうだ。水路を示すために海の浅瀬に立てる「澪標」と、恋に身を滅ぼす意の「身を尽くし」を掛ける一首だが、結句の助動詞に異同がある。

読み馴れた*貞応二年定家本（冷泉家時雨亭叢書2、489頁）や*嘉禄二年定家自筆本（冷泉家時雨亭叢書2、177頁）の結句は「われはなりける」だが、定家自筆*伊達家旧蔵本（『藤原定家筆 古今和歌集』汲古書院・一九九一年、159頁）は「我はなりぬる」である。定家自身も「ぬる」か「ける」かで揺れていたらしい。

久曾神昇『古今集古筆資料集』（風間書房・一九九〇年）や西下経一・滝沢貞夫『古今集校本』新装ワイド版（笠

間書院・二〇〇七年）によって本文を確認すると、「ぬる」を採用する古写本・古筆切が多い。元永本や定家自筆伊達家旧蔵本以外にも、

*筋切・*雅経筆崇徳天皇御本・*今城切・
*六条家本・*永治二年清輔本・*保元二年清輔本・
*天理図書館蔵顕昭本・*伏見宮旧蔵伝顕昭本・
*静嘉堂文庫片仮名本・*基俊本・*永暦二年俊成本・
*伝後鳥羽天皇宸筆本・*志香須賀文庫本・*真田本・
*雅俗山荘本・*中山切・*本阿弥切

などが「ぬる」を採用するのである。

*定家は、父*俊成から受け継いだ永暦二年（一一六一）俊成本（『国立歴史民俗博物館蔵　貴重典籍叢書』文学篇第一巻・臨川書店・一九九九年、356頁）の本文「われはなりぬる」と、その後の俊成本、例えば、*建久二年（一一九一）俊成本（日本古典文学影印叢刊2・貴重書刊行会・一九七八年、296頁）の、

きみこふるなみだのとこにみちぬれば
みをつくしとぞわれはなりける

などの「われはなりける」との間で、晩年まで揺れていたと思われるのである。

「なりぬる」と「なりける」ではどのような相違があるのだろうか。

「ぬる」は、状態の発生を示す完了の助動詞「ぬ」の連体形。一方、「ける」は、発見の詠嘆を表す過去の助動詞「けり」の連体形。現代語に置き換えると、共に、「みをつくし」と私はなったことだ、とそれぞれのもつニュアンスが見えにくくなってしまう。『古今和歌集』から動詞「なる」に完了の助動詞「ぬ」が付いた歌を挙げてみる。

あきかぜにあふたのみこそかなしけれ
わが身むなしくなりぬと思へば
（恋五・八二二、小町）

みな人は花の衣になりぬなり
こけのたもとよかわきだにせよ
（哀傷・八四七、僧正遍昭）

この六歌仙の小町詠と遍昭詠に共通するのは、「と思ふ」「なり（＝と聞く）」が続き、言い切っていないことである。小町は、男の「飽き」に遭って私は死ぬほど悲しい、と詠み、遍昭は、仁明天皇の一周忌を終え、皆は喪服を脱いだと聞く、と詠む。小町は、まだ

死んではいないし、遍昭は、人々が喪服を脱いだことを確認したわけではない。「ぬ」は、完了の助動詞とされるが、まだ完了していない状態に対しても用いられて、ここままだと、そういう状態になる、ということを示す用法も多くある。それゆえ、

おほぬさのひくてあまたになりぬれば
おもへどえこそたのまざりけれ　（恋四・七〇六）

たまかづらはふ木あまたになりぬれば
たえぬ心のうれしげもなし　（恋四・七〇九）

住の江の松ほどひさになりぬれば
あしたづのねになかぬ日はなし　（恋五・七七九）

逢ふ事の今ははつかになりぬれば
夜ぶかからでは月なかりけり　（誹諧・一〇四八）

なげきこる山としたかくなりぬれば
つらづゑのみぞまづつかれける　（誹諧・一〇五六）

…　こしのくになる　しら山の　かしらはしろく
なりぬとも　…　（雑体・一〇〇三、壬生忠岑）

などのように、条件句に多く用いられ、また、

なきとむる花しなければうぐひすも
はては物うくなりぬべらなり　（春下・一二八）

なにはがたおふるたまもをかりそめの
あまとぞ我はなりぬべらなる　（雑上・九一六）

木にもあらず草にもあらぬ竹のよの
はしにわが身はなりぬべらなり　（雑下・九五九）

風のうへにありかさだめぬちりの身は
ゆくへもしらずなりぬべらなり　（雑下・九八九）

…　おもひてし　おもひはいまは　いたづらに
なりぬべらなり　…　（雑下・一〇〇一）

なげきをばこりのみつみてあしひきの
山のかひなくなりぬべらなり　（誹諧・一〇五七）

などのように、『古今和歌集』では「べらなり」という推量の助動詞が付く用法も多く見られる。

それに対して、動詞「なる」に過去の助動詞「けり」が付いた歌は、

ちちがおもひにてよめる　ただみね
ふぢ衣はつるるいとは
わび人の涙の玉のをとぞなりける　（哀傷・八四一）

だけで、喪服のほつれた糸は、父の死を悼んで流す涙と父の魂を私に繋ぎとめる緒になったことだ、と今気づき、詠嘆する一首になっている。「なりけり」「なり

ける」の用例の多くは、断定の助動詞「なり」の連用形に接続する場合がほとんどである。

当該歌の場合、涙が寝床に満ちて、このままだと、私は澪標《みおつくし》となって恋に身を滅ぼしてしまいそうだ、という「みをつくしとぞ我はなりぬる」の本文が意味上はふさわしく思われる。しかし、腰の句に「満ちぬれば」と既に同じ助動詞が使われているため、重複を嫌って「なりける」という本文を選択する伝本も作られていったのであろう。

なお、「なりぬる」か「なりける」かという当該歌と同じ本文の揺れが生じている、よく知られた『百人一首』の歌がある。陽成院の、

つくばねの峰よりおつるみなの川
恋ぞつもりてふちとなりぬる　（一三）

である。

*天福二年（一二三四）定家自筆本『後撰和歌集』（冷泉家時雨亭叢書3・195頁）には、

つりどの丶みこ（勘物＝綏子《すいし》仁和皇女…配陽成院、号釣殿宮）につかはしける
陽成院御製

つくばねの峰よりおつるみなの河
恋ぞつもりて渕となりける　（恋三・七七六）

と書かれているのである。そのため、『後撰和歌集』の本文としては「なりける」で、片桐洋一・新日本古典文学大系（一九九〇年）、工藤重矩・和泉古典叢書（一九九二年）、徳原茂実・和歌文学大系（二〇二二年）でも揺れることはない。

しかし、現代人の耳に馴染んでいるのは、『百人一首』の規範のカルタ本文「なりぬる」の方である。

東洋文庫蔵素庵筆古刊本を底本とする島津忠夫『新版百人一首』（角川ソフィア文庫・一九九九年、38頁）は、本文を、

つくばねの峰より落《おつ》るみなの川
こひぞつもりて淵となりぬる

で挙げ、「ぬる」の脚注に次の通り記す。

『後撰集』『五代簡要』『八代抄』『百人秀歌』は「ける」。『百人一首』も尭孝本・『応永抄』など室町期写本や古注は「ける」。「ぬる」とあるのは、古活字版『宗祇抄』『幽斎抄』『改観抄』（自筆本「ける」）以下の新注であるが、為家本は「ぬる」。

65 秋の「田」か「夜」か

ひとりして物を思へば　秋の□の稲葉のそよといふ人のなき　（恋二・五八四、みつね）

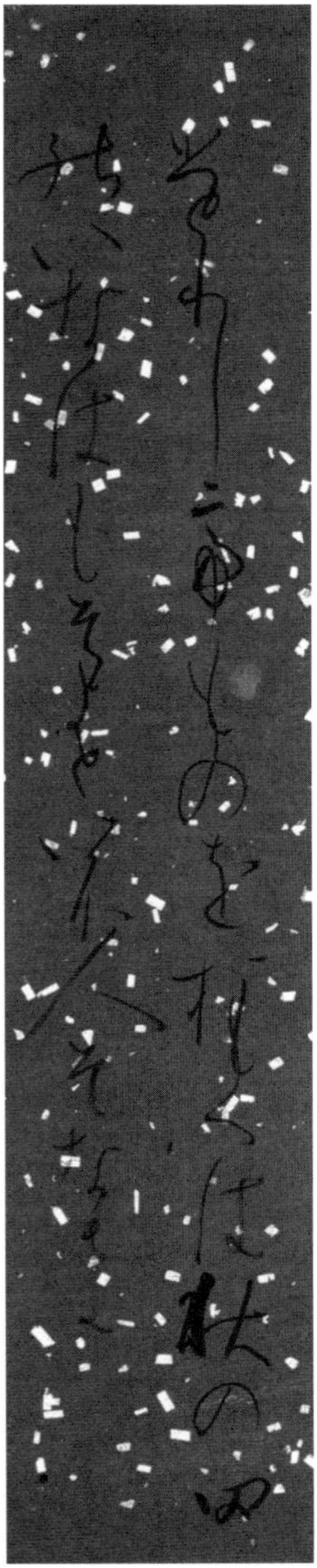

*元永本（『元永本 古今和歌集 下』講談社、51頁。ColBase 下25を加工・作成）には、右の通り、薄茶の*染紙に金銀*小切箔を散らした*料紙に、

ひとりしてものをおもへば秋の田|
　のいなばもそよといふ人ぞなき

と書かれている。

独りで恋の物思いをしていると、秋の田の稲葉が風に吹かれ、そよそよと音を立てている。私の傍には、同情して「ほんとうに、そうだね」と言ってくれる人が誰もなく、寂しいことだ。「そよ」は、葉擦れの音を表すオノマトペに、相槌を打つ時に発する感動詞を掛ける。

この一首の腰の句に見える「秋の田」を「秋の夜」とするか、定家には迷いがあったらしい。

というのは、定家が父俊成から受け継いだ*永暦二年俊成本（『国立歴史民俗博物館蔵 貴重典籍叢書』文学篇第一巻・臨川書店・一九九九年、363頁）には、

ひとりして物をおもへばあきのよ《タ》の

いなばも《ノ》そよといふ人の《モ》なき

と本文「よ」に「夕」と傍記されていたからである。定家自筆の古今集が二本伝わるが、その一方の*伊達家旧蔵本（『藤原定家筆　古今和歌集』汲古書院・一九九一年、162頁）には、

ひとりして物をおもへば秋のよのいなばのそよと　いふ人のなき

とあり、またもう一方の*嘉禄二年本（冷泉家時雨亭叢書『古今和歌集　嘉禄二年本』朝日新聞社・一九九四年、180頁）には、

ひとりして物を思へば秋の田のいなばのそよと　いふ人のなき

とある。特に後者の「田」の箇所をよく見ると、文字が滲んでいるのが確認できる。片桐洋一『平安文学の本文は動く』（和泉書院・二〇一五年、104頁）は「一度「よ」と書かれたものを擦り消して「田」と墨黒に訂正している」とし、「当初は「秋のよ」によっていた定家が、既に書いてあった「秋のよ」を擦り消して「秋の田」に改めたのは、「秋の田」に改めるべき何らかの根拠を得たせいだと考えられる」と解説する。

「田」か「夜」かを決定する大きなヒントは「稲葉」という歌語であろう。

『万葉集』に、

詠風

恋ひつつも稲葉掻き別け家居せば
乏《とも》しくもあらず秋の暮風《ゆふかぜ》（巻十・二二三〇）

アキと見えるように、「稲葉」は、秋の風に靡くものだが、「夜」ではなく、夕暮れの時間帯が似合う。また、「稲葉」は、当然のことながら、

ほにもいでぬ山田をもると藤衣
いなばのつゆにぬれぬ日ぞなき

（『古今和歌集』秋下・三〇七）

など、「田」との関係が深い。

こうした「稲葉」との関連で言えば、やはり「秋の夜の」よりも、「秋の田の」の方がずっと座りがよいのである。

それゆえか、久曾神昇『古今集古筆資料集』（風間書房・一九九〇年）や西下経一・滝沢貞夫『古今集校本』新装ワイド版（笠間書院・二〇〇七年）によると、*雅経筆崇徳天皇御本・*関戸本・*基俊本・

*六条家本・*永治二年清輔本・*保元二年清輔本・
*天理図書館蔵顕昭本・*伏見宮旧蔵伝顕昭本・
*静嘉堂文庫片仮名本・*建久二年俊成本・
*伝後鳥羽天皇宸筆本・*志香須賀文庫本・*道家本・
*右衛門切・*久海切・*中山切・*毘沙門堂註本・
*真田本・*雅俗山荘本

など圧倒的に多くの古写本・古筆切が、「よ」ではなく、元永本と同様「た」を採用している。

『躬恒集』の本文も、

書陵部蔵（函511・28）*真観本

ひとりしてものをおもへはあきのたの
いなはのそよといふ人もなし　（二九一）

内閣文庫蔵（函201・434）本

独して物を思へは秋の田の
いなはのそよといふ人のなき　（一六二）

*御所本（函510・12）

ひとりして物をおもへばあきの田の
いなはのそよといふ人もなし　（三一六）

と、すべて「秋の田の稲葉」であり、また、『古今和歌六帖』第二には「秋のた」の項目に、

ひとりしてものをぞおもふ秋の田の
いなはのそよといふ人もなし　（一一一七）

と収められている。

それでも「秋のよ」の本文が淘汰されなかったのは、『陽成院一親王姫君達歌合』の、

ひとりぬるよをながづきのはなすすき
そよともあきのかぜぞこたふる　（四五）

や、『後撰和歌集』の、

寛平御時きさいの宮の歌合に　在原棟梁

花すすきそよともすれば秋風のふくかとぞきく
ひとりぬるよは　（秋下・三五三）

などに見られるように、「そよ」という風が起こす葉擦れの音を聞きながら「ひとりして物を思へば」というのは、「秋の夜」の独り寝の場面がまずは連想されたからにちがいない。「稲葉」からは「田」だが、「ひとり」からは「夜」も捨てられないというところか。竹岡正夫『古今和歌集全評釈』（下・178頁）は、「秋の田」では「「秋の夜」のかもし出しているこの一首のしーんとした静寂味が十分出て来ない」として「秋の夜」を採る。

66 「などか心のまどひ消ぬべき」か「まどふ心ぞわびしかりける」か

我が恋は知らぬ山路にあらなくに　□□□心□□□□□□□□　（恋二・五九七、つらゆき）

『古今和歌集』の紀貫之の当該詠は、『古今和歌六帖』第四「こひ」にも収められている。右に掲げたのは、『新編国歌大観』の底本にもなっている*桂宮旧蔵（智仁親王等筆）宮内庁書陵部蔵『古今和歌六帖』（函号510・34）の影印（国文学研究資料館「国書データベース」に公開されている画像を加工して作成）である。

わがこひはしらぬやまぢ《べも》にあらなくに
などか心のまどひけぬべき　　つらゆき　ある本
（二〇一三）

とある。

第二句「知らぬ山ぢに」の「ぢ」に傍記された「べ」は、*元永本（『元永本　古今和歌集　下』講談社、56頁）にも、

わが恋は知ぬ山べにあらなくにまど
ふ心ぞわびしかりける

と見られるが、恋路との関連でやはり「山ぢ」とあるべきだろう。「知らぬ山ぢ」は、『万葉集』巻十二に、

霞立つ春の長日を
奥か無く不知《しらぬ》山道《やまち》を
恋ひつつか来む　（三一五〇）

と、夙に見える。もう一つの傍記「も」は独自異文。

こうした「知らぬ山路」に「恋路」を重ねた表現には、空間的に果てのない山の奥深さと、時間的に終わ

りが見通せない恋の行く先への不安のニュアンスが伴う。「知らぬ山路にあらなくに」は、下の句の「惑ふ」と呼応する。

問題になるのは、下の句が「などか心のまどひけぬべき」となっている点であろう。

私の恋は、知らない山路ではないのに、どうして心が、まるで知らない山路を行くかのように、途惑い、今にも消えてしまいそうになるのか、という。

この貫之詠、元永本でもそうだったが、実は、*貞応二年本『古今和歌集』(冷泉家時雨亭叢書2、494頁)には、

わがこひはしらぬ山ぢにあらなくに
迷心ぞわびしかりける

とあり、この本文で流布しているからである。

「知らぬ山路にあらなくに」の係る「迷」をすぐ下に配置し、何処へ行き着くか分からない山路に迷う「わびし」さと、恋路に迷う「わびし」さとを重ねる一首になっている。

なお、「迷心」は、岩波新大系本が「まよふ」と訓む以外、『名義抄』に「迷 マドフ」とあり、仮名書きの諸本に従って「まどふ心」と訓んでいる。

*伝公任筆装飾本(『伝藤原公任筆 古今和歌集 下』旺文社、49頁)は、

我恋はしらぬ山ぢにあらなくにまつ
ふこゝろぞわびしかりける

と誤写を含むようだが、*本阿弥切(日本名筆選29『本阿弥切 伝小野道風筆』二玄社、11頁)には、

我こひはしらぬ山ぢにあらなくにまど
ふ心ぞわびしかりける

とあり、久曾神昇『古今集古筆資料集』(風間書房・一九九〇年)によると、元永本や本阿弥切以外にも、*志香須賀文庫本・*基俊本・*関戸本などは「まどふこゝろ」と仮名書きするのが確認できる。

この他、*永治二年清輔本(復刻日本古典文学館『宮本長則氏蔵 清輔本古今和歌集』)や*伏見宮旧蔵伝顕昭本(宮内庁書陵部蔵、伏・二三〇)も、それぞれ

○我恋はしらぬ山ぢにあらなくに
まどふこゝろぞわびしかりける
○ワガコヒハシラヌヤマヂニアラナクニマド
フコヽロゾワビシカリケル

で、定家が受け継いだ

*永暦二年本（『国立歴史民俗博物館蔵　貴重典籍叢書』文学篇第一巻、368頁）も、

わがこひはしらぬやまぢにあらなくに
まどふこゝろぞわびしかりける

で異同がない。

*建久二年本（日本古典文学影印叢刊2、303頁）は、

わがこひはしらぬやまぢにあらねども
まどふこゝろぞわびしかりける

と、腰の句に「あらねども」という異同がある。これは、『貫之集』の流布本である*歌仙家集の、

我恋はしらぬ山路にあらねども
まどふ心ぞわびしかりける　（五六二）

と共通するものである。

一方、歌仙家集本以外の『貫之集』所収の当該歌の本文は、

*陽明文庫本

わが恋はしらぬ山路にあらねども
などたましひのまどひけぬべき　（五七七）

*西本願寺本

我恋はしらぬ山路にあらなくに
などかこゝろのまどひけぬべき　（三九八）

*資経本（冷泉家時雨亭叢書65、606頁）

わがこひはしらぬやまぢにあらなくに
などかこゝろのまどひけぬべき　（下三四ウ）

*承空本（冷泉家時雨亭叢書69、405頁）

ワガコヒハシラヌ山ヂニアラナクニ
ナドカコ、ロノマドヒケヌベキ　（下一八オ）

*御所本（『御所本三十六人集』貫之集　下、71頁）

わがこひはしらぬ山ぢにあらなくに
などかこゝろのまどひけぬべき

などと、下の句は概ね「などか心のまどひ消ぬべき」である。冒頭に挙げた『古今和歌六帖』の本文は、これに依ったものであったことが知られるのである。

ちなみに陽明文庫本の「などたましひの」も、*久海切（『古筆学大成　第一巻』講談社・一九八九年、281頁）に、

わがこひはしらぬ山ぢにあらなくになどたましひの
まどひけぬべき

と見え、けっして特異なものではなかった。

67 「思はぬ人」か「つれなき人」か

月影に我が身をかふる物ならば　□□□□人もあはれとや見む　（恋二・六〇二、ただみね）

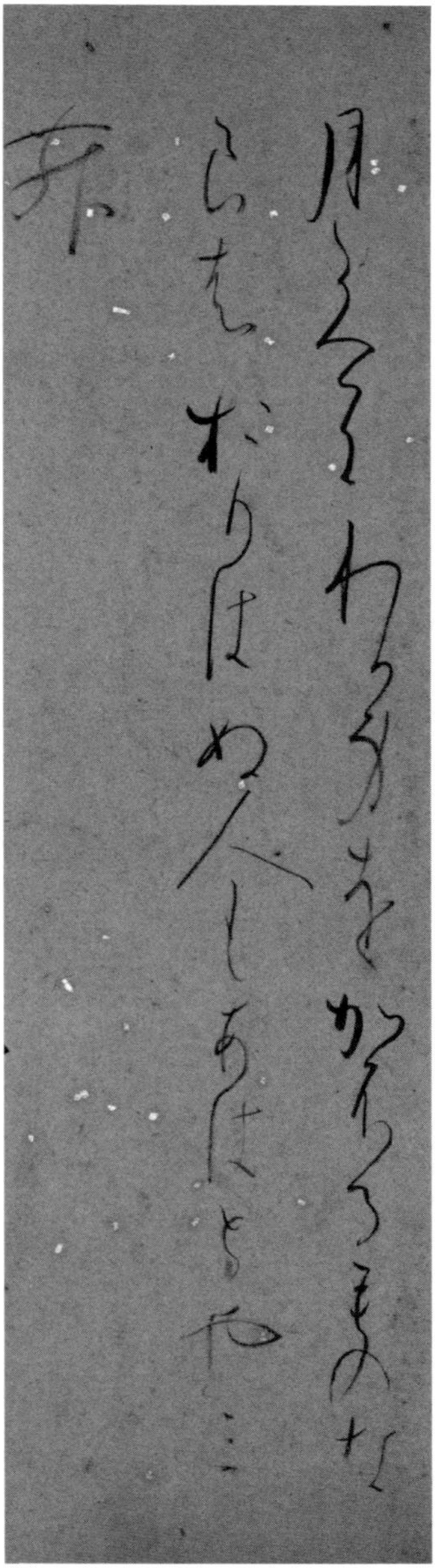

*元永本（『元永本 古今和歌集 下』講談社、58頁。ColBase 下29を加工・作成）には、右の通り、

　月かげにわが身をかふるものならばおもはぬ人もあはは（れ脱カ）とやみむ

と書かれている。

　月の光に我が身を換えることができるなら、私を何とも思わないあの人も、私を、ああ素敵だ、と思って見るだろうか、という内容である。

　この一首、流布本である貞応二年本*（冷泉家時雨亭叢書2、495頁）には、次のようにある。

　月かげにわが身をかふる物ならば
　つれなき人もあはれとや見む

　私のことを何とも思わない人だから、「思はぬ人」

を「つれなき人」と言い換えても、意味の上では大きな相違はない。

「思はぬ人」と「つれなき人」との異同をどう考えればよいのだろうか。

久曾神昇『古今集古筆資料集』（風間書房・一九九〇年）や西下経一・滝沢貞夫『古今集校本』新装ワイド版（笠間書院・二〇〇七年）によると、「思はぬ人」とするのは、元永本以外に、

*筋切・*本阿弥切・*基俊本・*久海切・*道家本

である。*雅経筆崇徳天皇御本は、本文「つれなき」に「おもはぬイ」と傍記する。*清輔・*顕昭も、すべて「つれなき人」とし、特に迷った形跡はない。

ところが、『忠岑集』を繙くと、

*伝為家筆本　（冷泉家時雨亭叢書22『平安私家集　九』296頁）

月かげにわが身をかふるものならば
おもはぬ人もあはれとや見む　（五五）

*西本願寺本　（『西本願寺本三十六人集精成』252頁）

をむなのもとにつかはしける
つきかげにわがみをかふるものならば
おもはぬ人もあはれとやみむ　（七二）

*承空本　（冷泉家時雨亭叢書69『承空本私家集　上』140頁）

月カゲニワガミヲカフル物ナラバ
オモハヌ人モアハレトヤミン　（七六）

*枡型本　（冷泉家時雨亭叢書『平安私家集　九』296頁）

月かげにわが身をかふるものならば
つれなき人もあはれとやみむ　（五五）

などのように、「思はぬ人」の方が優勢である。忠岑のオリジナルの歌は、「思はぬ人」だったらしい。

「思はぬ人」だから、何とかして私のことを「思わせたい」という思考に繋がり、「月の光に我が身を換える」という突飛な発想が生まれたのであろう。当初から相手を「つれなき人」と捉えていたなら、恨む気持ちが前に出て、「月の光に我が身を換える」などという発想にはならなかったと思われるのである。

同様の本文異同は、『古今和歌集』恋一の、

ゆく水にかずかくよりもはかなきは
おもはぬ人を思ふなりけり　（五二二）

にも見られる。雅経筆崇徳天皇御本には、本文「おもはぬ」に「つれなきイ」と傍記があり、*永暦二年俊成本には、逆に「つれなき」を本文とし、「をもはぬイ」と傍記し、*建久二年俊成本では、その傍記が捨てられ、「つれなき」の本文を採る。しかし、「思はぬ人を思ふ」という言い方にこそ面白さがあるのである。『伊勢物語』諸本も「思はぬ人を思ふ」である。「つれなき人を思ふ」では「儚さ」が出てこない。

当該歌の場合、「思はぬ人」から「つれなき人」へ本文が換えられたのは、どのような事情に因るのか。

『古今和歌集』の撰者たちが集まり、歌をどう配列するか、あれこれと議論をし、編集作業を行う中で語句の差し替えがなされたものと思われる。当該歌は、不逢恋を集めた恋歌二に部類され、その後半の「題しらず」歌群に置かれた。和歌の配列の原理は、いくつかのパターンがあるが、歌語の連鎖で繋ぐ型も顕著である。当該歌の前に置かれた歌は、同じ忠岑の、

風ふけば峰にわかるる白雲の
たえてつれなき君が心か　（恋二・六〇一）

であった。

「たえてつれなき君が心か」を受けて、そんな「つれなき人」でも…と繋ぐべく、「思はぬ人」から「つれなき人」へ歌語が差し替えられたのではなかったかと思うのである。

なお、当該歌は、『古今和歌六帖』第五では「あひおもはぬ」という項目に部類され、

あひおもはぬ人のゆゑにやあら玉の
としのをながく我がこひをらん　（二六二一）

あひおもはぬ人をやあやなしろたへの
そでひつまでになきのみなかん　（二六二六）

あひおもはぬいもをなにせんむばたまの
ひとよも夢にみえもこなくに　（二六二八）

などの歌の中に、

みつね
月かげをわが身にかふるものならば
つれなき人もあはれとやみん　（二六二四）

という本文で置かれている。

この場合、「思はぬ人」こそふさわしいと思われるが、早い時期に『古今和歌集』の本文が「つれなき人」と改変されていた所為か、「つれなき人」を採用して

いる。しかし、「思はぬ人を思ふ」という項目に部類されていることからすると、「思はぬ人」の本文の記憶も残存していた時期ということになる。

さらに、『古今和歌六帖』で注目されるのは、作者を「みつね」とし、「月影を我が身に」と本文が変わっている点である。

「みつね」という作者表記は、「ただみね」の単純な誤写とみることもできようが、そのまま素直に読めば、「月影に我が身を」と詠んだ忠岑の歌をもとに、躬恒は、助詞を入れ替えて、逆に、「月影を我が身に」換えたなら、同じように人は月を見るだろうか。我が身のように魅力のない存在になってしまった月を、もう誰も「あはれ」と言って見る人はあるまい、と揶揄して面白がっているのではないか。

『拾遺和歌集』には、

月かげをわが身にかふる物ならば
おもはぬ人もあはれとや見む
（恋三・七九三、ただみね）

と見える。作者を忠岑とする一方、『古今和歌六帖』所収歌と同じ助詞の使い方で、「思はぬ」を採る。

『拾遺和歌集』撰者がこの一首をどう読んで、どういうつもりで入集したかは、なかなか難しい問題である。最近の注釈書は、

小町谷照彦・岩波新大系（一九九〇年）
月を我が身に換えられるものならば、無情なあの人も、しみじみと心を寄せて見てくれるだろうか。

増田繁夫・和歌文学大系（二〇〇三年）
月の姿を、私の身と取り替えられるものであれば、私を思わないあの人も、心をひかれて見るであろうか。

倉田実・岩波文庫（二〇二一年）
月を我が身に替えられるものならば、思ってくれないあの人も、しみじみと見るだろうか。

と無難に口語訳し、それ以上踏み込まない。『*八代集抄』は「月に我身をかへてあらばと也」として『古今和歌集』入集歌の重出とみるが、『拾遺和歌集』の撰者は、あるいは、『古今和歌六帖』所収歌とは別の歌と考えていた可能性はないのだろうか。

68

袖のみ「ひちて」か「ぬれて」か

つれづれのながめにまさる涙河　袖のみ□□て逢ふよしもなし

（恋三・六一七、としゆきの朝臣）

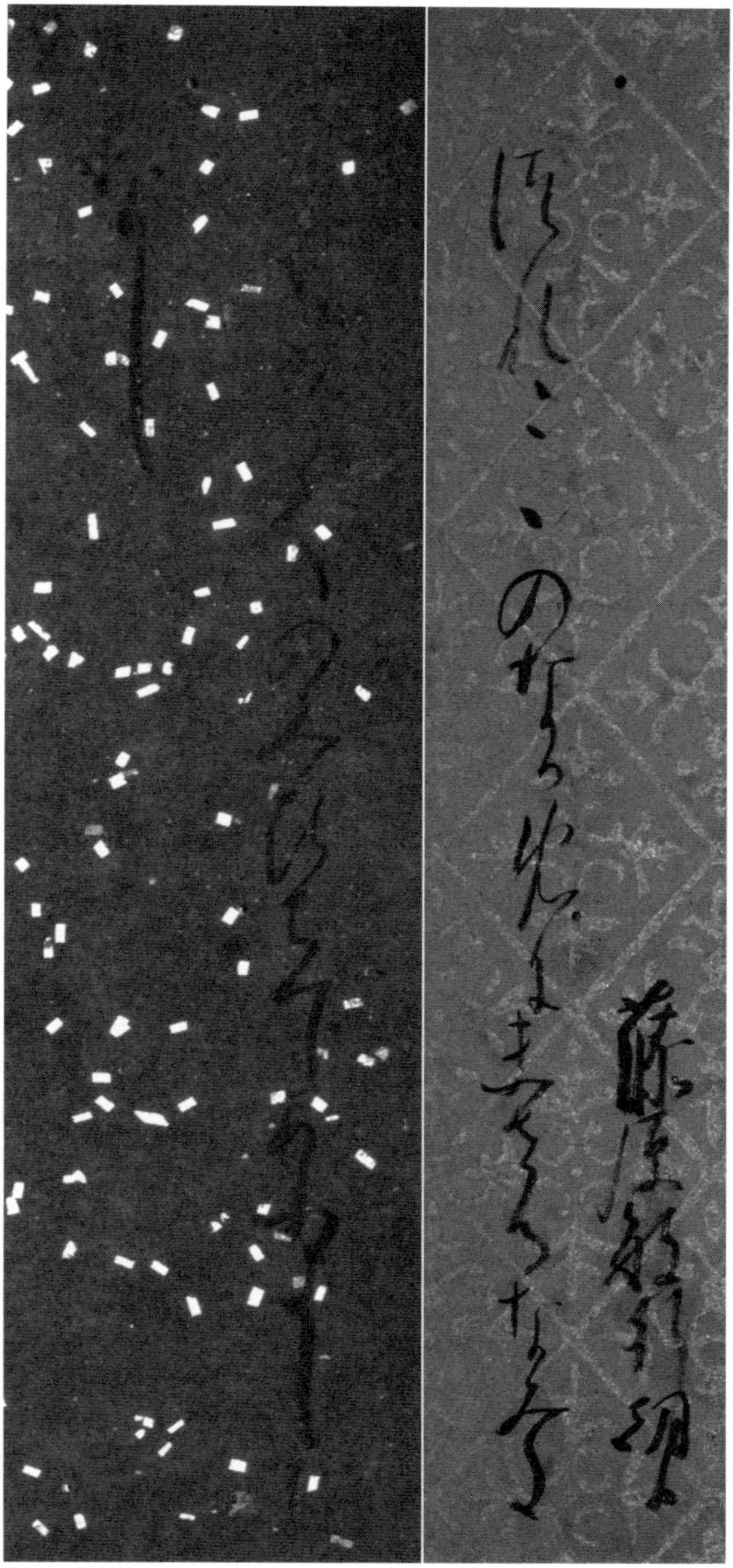

*元永本（『元永本 古今和歌集 下』講談社、65 66頁。ColBase下32 33を加工・作成）には、*花襷文を*雲母摺した*料

紙と紫の*染紙に金銀小*切箔を散らした*料紙に、右の通り、

藤原敏行朝臣

つれ〴〵のながめにまさるなみだ
がはそでのみひちてあふよしも
なし

と書かれている。

流布本である*貞応二年定家本（冷泉家時雨亭叢書2、498頁）の本文では、和歌の第四句が「袖のみぬれて」で異同がある。この異同には、どのような背景があるのだろう。

まず、同じ貞応二年本をによって、当該歌と返歌、そしてその後の展開と思われる和歌を詞書を含めて示してみる。

なりひらの朝臣の家に侍ける女のもとに、
よみてつかはしける　としゆきの朝臣
つれ〴〵のながめにまさる涙河
袖のみぬれてあふよしもなし　（恋三・六一七）
かの女にかはりて、返しによめる
なりひらの朝臣
あさみこそ袖はひつらめ涙河
身さへながるときかばたのまむ　（恋三・六一八）

藤原敏行朝臣の、なりひらの朝臣の家なりける女をあひしりて、ふみつかはせりけることばに、「いま、まうでく、あめのふりけるをなむ、見わづらひ侍る」といへりけるをききて、かの女にかはりてよめりける

在原業平朝臣

かずかずにおもひおもはずとひがたみ
身をしる雨はふりぞまされる　（恋四・七〇五）

この三首の歌で一つの章段を構成する歌物語が『伊勢物語』第百七段に見える。

『古今和歌集』が先なのか、それとも『伊勢物語』が先なのか、その先後関係の判断は難しいが、この場合、『古今和歌集』恋四・七〇五の詞書には、勅撰和歌集の詞書として本来ふさわしくない直接話法が含まれている点や、『伊勢物語』第百七段後半の、

男、文おこせたり。得て後の事なりけり。「雨の降りぬべきになむ、見わづらひ侍る。身、幸ひあらば、この雨は降らじ」と言へりければ、例の男、女に代はりて、よみてやらす。

かずかずに思ひ思はず問ひがたみ
身を知る雨は降りぞまされる

とよみてやれりければ、簑も笠もとりあへで、しとゞに濡れて、まどひ来にけり。

という文章の、傍点を付けたの男（敏行）の言葉の方が、「身を知る雨」という和歌の表現へ自然に繋がってゆく点などから、片桐洋一『伊勢物語全読解』（和泉書院・二〇一三年）は、「『伊勢物語』から『古今集』へという成立過程を考えるべき」とする。妥当な見解であろう。

　この成立過程の想定に従えば、まず、『伊勢物語』第百七段の前半に置かれた当該歌の本文を確認しておく必要がある。「ひちて」なのか、それとも「ぬれて」なのか。『伊勢物語』諸本を、山田清市『伊勢物語校本と研究』（桜楓社・一九七七年）によって確認してみると、永禄八年幽斎本と三井家旧蔵本以外、すべて「ひちて」の本文なのである。

　たしかに、敏行詠が「袖のみひちて」だったからこそ、それを受けて業平も「浅みこそ袖はひつらめ」と代作したとみるのが自然である。とすれば、『古今和歌集』の撰者たちが『伊勢物語』から採歌した際も、敏行詠は、当初「袖のみひちて」とあったとみるべきだろう。

『古今和歌六帖』には、第一「あめ」に、

としゆき
つれづれのながめにまさる涙河
そでのみひちてあふよしもなみ　（四五八）

また、第四「なみだがは」に

としゆき
つれづれのながめにまさるなみだ川
そでのみひちてあふよしもなし　（二〇七八）
返し　なりひら
あさみこそ袖はひつらめなみだがは
身さへながるときかばたのまん　（二〇七九）

とあるのも頷ける。

　しかし、『古今和歌集』の本文として「ひちて」とするのは、元永本以外には、久曾神昇『古今集古筆資料集』（風間書房・一九九〇年）や西下経一・滝沢貞夫『古今集校本』新装ワイド版（笠間書院・二〇〇七年）によると、

*筋切・*唐紙巻子本・*大江切・
*久海切・*基俊本・*永暦二年俊成本

などで、一握りの古写本・古筆切ばかりである。*清輔・*顕昭の頃には、「袖のみひちて」が既に「袖のみぬれて」と改訂されていたことが知られる。

なにゆえ、そうなったのか。

『古今和歌集』の場合、繙けばすぐ、紀貫之の、

袖ひちてむすびし水のこほれるを
春立つけふの風やとくらむ　（春上・二）

が目に入るが、この歌を「袖ぬれて」とする古今集は一本も伝わらない。すべて「袖ひちて」で享受されているのである。

ところが同時に、『顕注密勘』の顕昭註に「袖ひちてとは、袖ひたしたると云」、*『古来風躰抄』（冷泉家時雨亭叢書1、218頁）下に「ひちてといふことばや、いまのよとなりては、すこしふりにて侍らん」とあるように、顕昭や*俊成の時代、「袖ひちて」は、加註も必要な、少し古風で表現と受けとめられるようになってはいたのである。

『古今栄雅抄』には「ひちては、ひたしてなり。漬字也。此詞、当集に多し。後撰に少なし。拾遺に無し。今の世に詠ずべからずとぞ。俊成卿、定家卿もいへり」とある。

浸す・濡れる意の「ひち」「ひつ」が詠まれる歌を検索して確認すると、『古今和歌集』に七例、『後撰和歌集』に四例、『拾遺和歌集』に三例ある。栄雅の指摘「拾遺に無し」は正しくない。

もっとも、その『拾遺和歌集』三例のうち、二例は、

五条の内侍のかみの賀の屏風に、
松のうみにひたりたる所を　伊勢
海にのみひちたる松のふかみどり
いくしほとかはしるべかるらん　（雑上・四五七）

題しらず　つらゆき
ふる雨にいでてもぬれぬわがそでの
かげにゐながらひちまさるかな　（恋五・九五八）

という古今集時代の歌人、伊勢と貫之の詠歌である。いずれにせよ、三代集で漸減し、『後拾遺和歌集』『千載和歌集』には見えなくなる歌語だったことが、当該歌の「ひちて」を「ぬれて」という本文へ移行させてゆく背景にあったのは確かである。

69　「今宵」か「世人」か

かきくらす心の闇にまどひにき　夢うつつとは□□□定めよ　（恋三・六四六、なりひらの朝臣）

＊伏見宮旧蔵伝顕昭本（宮内庁書陵部蔵、伏・二三〇）には、右の通り、

カキクラスコヽロノヤミニマドヒニキ
ユメウツヽトハコヨヒサダメヨ

とある。

当該歌は、返歌として詠まれたものである。その贈歌には、比較的長い詞書が付いている。それを流布本である＊貞応二年定家本（冷泉家時雨亭叢書2、504頁）によって示すと、

業平朝臣の、伊勢のくにゝまかりたりける時、斎宮なりける人に、いとみそかにあひて又のあしたに、ひとやるすべなくて、おもひをりけるあひだに、女のもとよりをこせたりける

よみ人しらず

君やこし我やゆきけむおもほえず
ゆめかうつゝかねてかさめてか

返し　なりひらの朝臣

かきくらす心のやみにまどひにき
ゆめうつゝとは世人さだめよ

である。

業平の返歌の結句は、流布本では「世人定めよ」だが、伏見宮旧蔵伝顕昭本では「今宵定めよ」となって

いることが知られる。

業平の返歌の結句の「こよひ」「よひと」の本文異同には、いかなる背景があるのだろうか。

まず、内容の確認をしておこう。

在原業平が、伊勢国に下向した時、斎宮と密会して後朝の文を届ける方法がなく困っていたら、女から次の歌を寄越した。

昨夜は、あなたがお出でになったのか。それとも、私が出かけたのか。よく分かりません。昨夜の出来事が、夢か現実か、寝ていたのか起きていたのか、も。

業平は、次の通り、歌を返した。

私も、昨夜以来、あなたともう二度と逢えないのではないかと、目の前が真っ暗になるような心の闇に迷うようになりました。昨夜のことが一夜の夢で終わるのか、また逢うことができ、現実の出来事だったと言える日が来るのか。それは、私にも判断がつかぬこと。定家本の場合は、どうか世間の人よ、お定めください。顕昭本の場合は、今宵、夢か現か、はっきりさせましょう。

久曾神昇『古今集古筆資料集』（風間書房・一九九〇年）や西下経一・滝沢貞夫『古今集校本』新装ワイド版（笠間書院・二〇〇七年）によると、「こよひ」とするのは、伏見宮旧蔵伝顕昭本だけでなく、

*雅経筆崇徳天皇御本・*雅俗山荘本・*真田本・
*基俊本・*永治二年清輔本・*保元二年清輔本・
*静嘉堂文庫片仮名本・*天理図書館蔵顕昭本・
*毘沙門堂註本

などである。校本から欠脱しているが、*中山切（久曾神昇編・汲古書院・一九九〇年、57頁）や*建久二年俊成本（日本古典文学影印叢刊2、320頁）も「こよひ」である。

一方、*元永本・*久海切・*大江切・*志香須賀文庫本などの古筆には「よひと」とある。

*清輔本や顕昭本をはじめ「今宵」の方が優勢である。

*俊成は、*永暦二年（一一六一）本（『国立歴史民俗博物館蔵　貴重典籍叢書』文学篇第一巻・臨川書店・一九九九年、391頁）を見ると、「よひと」の本文だが、第四句と結句の間に「コ」を傍記し、「よひと」の「と」に見せ消ち記号を付している。結句が「こよひさだめよ」である可能性を示していたが、建久二年（一一九一）本になると、何かの影響で、「よひと」を捨てて「こよひ」

を採用したのである。

俊成が影響を受けたのは、おそらく、『伊勢物語』だったのではあるまいか。その世界を踏まえて、

夕されば野べのあきかぜ身にしみて
うづら鳴くなりふか草のさと

（『千載和歌集』秋上・二五九）

またやみむかたののみのの桜がり
花の雪ちる春のあけぼの

（『新古今和歌集』春下・一一四）

などと、俊成は名歌を詠んでいる。

『伊勢物語』第六十九段を引用すると、

昔、男ありけり。その男、伊勢の国に狩の使に行きけるに…

二日といふ夜、男「われてあはむ」と言ふ。女も、はた、あはじ、とも思へらず。されど、人めしげければ、えあはず。使ざねとある人なれば、遠くも宿さず、女の寝屋も近くありければ、女、人をしづめて、子一つばかりに、男のもとに来たりけり。男、はた、寝られざりければ、外の方を見出だして臥せるに、月の朧なるに、小さき童を先に立てて、人立てり。男、いとうれしくて、我が寝る所に率て入りて、子一つより丑三つまであるに、まだ何事も語らはぬに帰りにけり。男、いとかなしくて、寝ずなりにけり。

つとめて、いぶかしけれど、我が人をやるべきにしあらねば、いと心もとなくて、待ちをれば、明けはなれてしばしあるに、女のもとより、詞はなくて、

君やこし我やゆきけむおもほえず
夢かうつつか寝てか醒めてか

男、いといたう泣きて、よめる。

かきくらす心の闇にまどひにき
夢うつつとは今宵さだめよ

と詠みやりて、狩に出でぬ。

野にありけど、心はそらにて、「今宵だに、人しづめて、いととくあはむ」と思ふに…

とある。傍点を付した箇所は「今宵さだめよ」の結句と呼応し、有効に機能している。

『伊勢物語』において「よひと」とするのは、異本とされる*源通具本、広本系統の阿波国文庫本、定家本系統でも伝二条為明筆本・文暦二年奥書本である。本

文「よひと」に「こよひイ」を傍記するのは、伝藤原為家筆本・三井家旧蔵本。逆に本文「こよひ」に「一説よひと」とするのは、*建仁二年（一二〇二）定家書写本・天福二年（一二三四）書写本・*嵯峨本である。

　片桐洋一氏はいう。

「よひとさだめよ」となっている伝本の方が、「古今集」でも「伊勢物語」でも、おおむね古い本文を伝えていると見られる本なのである。…これ以上はないほどの秘め事であるのに、「世間の皆さん判断して下さい」と言うのはどう考えてもおかしい。せっかく「今宵さだめよ」すなわち「今夜もう一度逢いたい」というわかりやすい形であるものを、このように疑問の多い、そして自暴自棄的にも解せる「よひとさだめよ」の形にわざわざ改めることはあるまいと私は思う。本来的に「世人さだめよ」とあったものを、通りのよい「今宵さだめよ」の形に改めたと考えるべきかと思うのである。

（『伊勢物語の新研究』明治書院・一九八七年、112頁）

「かきくらす心の闇にまどひにき夢うつゝとはこよひ定めよ」という本文は、この『古今集』になく『伊勢物語』だけにある「狩に出で」て、「野にありけど、心は空にて、こよひだに人しづめて、いととく逢はむと思ふに」という本文と呼応しているのであって、後半部を持たぬ『古今集』の本文としてはふさわしくないばかりか、『伊勢物語』の場合も、原初形態においては、『古今集』と同じく、前半部の「君やこし我や行きけむ〜」と「かきくらす心の闇に〜」という贈答部しかなかったのに、後半部を増補することによって、後の展開をはかった段階において、「世人」を「今宵」と改めることになったのだと思うのである。

（『古今和歌集全評釈』講談社・一九九八年、中618頁）

「世人さだめよ」という本文をもつ原初形態の『伊勢物語』、そこから採歌されて当初は「世人」の本文だった『古今和歌集』。それが反映しているのが、『古今和歌六帖』第四「ゆめ」の、

　かきくらすこころのやみにまどひにき
　夢うつつとはよ人さだめよ（二〇三七、なりひら）

か。『業平集』でも古写本では「世人」とするものが多い。

　*伝阿仏尼筆本「業平朝臣集」

かきくらすこゝろはやみにまどひにき　（一九）
ゆめうつゝとはよ人さだめよ
（冷泉家時雨亭叢書『平安私家集八』43頁）

*承空本「業平朝臣集」
カキクラス心ハヤミニマドヒニキ　（一九）
ユメウツヽトハヨヒトサダメヨ
（冷泉家時雨亭叢書『承空本私家集上』116頁）

*大炊本「業平朝臣集」
かきくらす心のやみにまよひにき　（二四）
ゆめうつゝとはよ人さだめよ
（冷泉家時雨亭叢書『平安私家集八』70頁）

*素寂本「業平朝臣集」
エアフマジキ女ミヅカラキテ、
モノナドイヒテカヘリニシツトメ
テ、コレヨリハ人ヤルベキスベモ
ナクテナガメシホドニ、女ノモト
ヨリカクイヒタリキ
古　キミヤコシワレヤユキケムオボツカナ《モホエズ》
ユメカウツヽカネテカサメテカ　（三）
ソノカヘシ

古　カキクラスコヽロノヤミニマドヒニキ　（四）
ユメウツヽトハヨヒトサダメヨ
カクテ、イマハエアフマジキ女ナレバ、
スダレノマヘニテソコナル人ニ、モノ
ナドイヒシホドニ、カハラケヲサシ
イデタリ。ウラニ
カチ人ノワタレドヌレヌエニシアラバ
トカキタルヲミテ
マタアフサカノセキモコエナム
トテイレツ。
（冷泉家時雨亭叢書『素寂本私家集』9頁）

『伊勢物語』第六十九段の後半部の増補、それに伴う「世人」から「今宵」への改訂、それが『古今和歌集』の本文へ波及していく過程は、一挙に起こったものではなく、長く併存しながら、ゆっくりと本文の変容をもたらすものに違いない。「今宵」の方がわかりやすいからと言って、直ちに「世人」を完全に駆逐するようなものではないのだ。最後に挙げた素寂本などの例から、そんなことも読み取れるであろう。

70
人目を「よく」か「もる」か

現実にはさもこそあらめ　夢にさへ人目を□□と見るがわびしさ　（恋三・六五六、こまち）

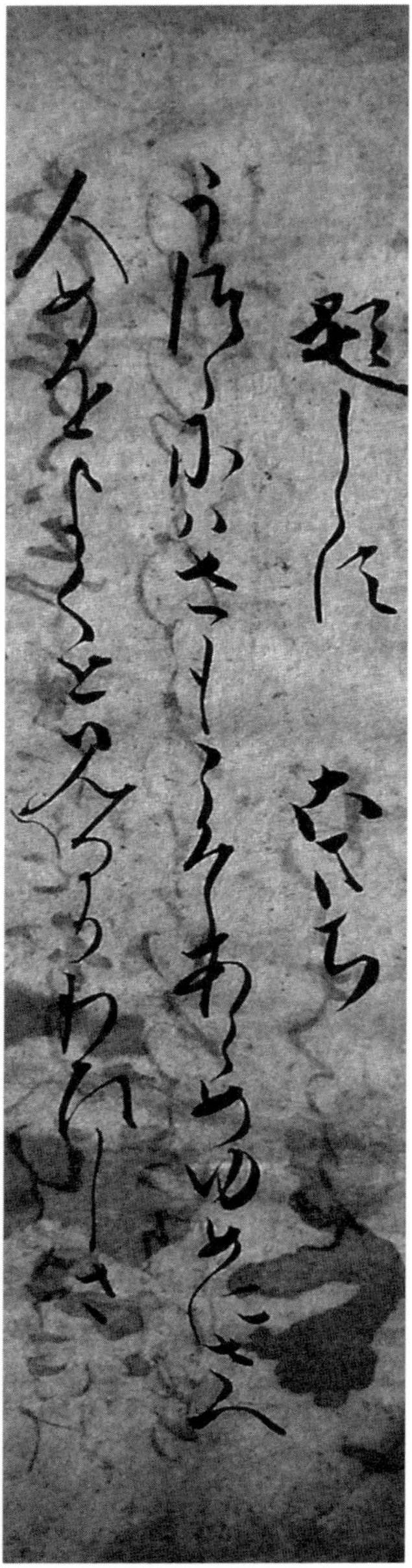

*甲南女子大学本（米田明美『伝慈円筆 古今和歌集 甲南女子大学蔵』和泉書院・二〇一三年、142頁）には、右の通り、「題しらず　こまち」として、

うつゝにはさもこそあらめゆめにさへ
人めをよくと見るがわびしさ

と書かれている。

現実にはそのようなこともありましょうが、夢の中まで人目をお避けになるとは。そんなあなたを見ることのわびしさよ。

この一首、流布本である*貞応二年本（冷泉家時雨亭叢書2、506頁）には、

うつゝにはさもこそあらめ夢にさへ
人めをもると見るがわびしさ

と見え、第四句に「人めをよく」「人めをもる」とい

う異同がある。

人目は、「よく」(避く)のか、「もる」(守る)のか。

まずは、それぞれの語義を確認しよう。

「もる」とは、目を離さず見続けることが原義で、「いつも見ている」ことから少し意味が転じて「警戒する」「隙《すき》を窺《うかが》う」という意が派生する。「人目をもる」は、人目を窺う、人目を憚《はばか》る、人目につかないよう気をつける、などの意となる。

用例としては、『万葉集』に、

他眼《ひとめ》守《もる》君がまにまに　われさへにはやくおきつつ
裳の裾ぬれぬ　(巻十一・二五六三)
(人目を憚るあなたに従って私まで早く起きて…)

心無き雨にもあるか　人目《ひとめ》守《もり》乏しき妹に
今日だに逢はむを　(巻十二・三一二二)
(人目を憚って逢うことの少ないあなたに、せめて今日だけでも逢いたいのに…)

などと、早くから見える。

『古今和歌集』には、当該歌以外に、

人めもる我かはあやな花すすきなどかほにいでて
こひずしもあらむ　(恋一・五四九)

という一首がある。なお、この一首の「人めもる」には、本文異同が見られない。

『後撰和歌集』になると、

夏虫の身をたきすてて玉しあらば
我とまねばむ人めもる身ぞ　(夏・二一三)

たぐひなき物とは我ぞなりぬべき
たなばたつめは人めやはもる　(秋上・二三二)

人のむすめにいとしのびてかよひ侍りけるに、けしきを見ておやのまもりければ、五月ながあめのころ、つかはしける
ながめしてもりもわびぬる人めかな
いつかくもまのあらんとすらん　(恋四・八五四)

右近につかはしける　左大臣
思ひわび君がつらきにたちよらば
雨も人めももらさざらなん　(恋五・九五三)

と頻出する。最後に挙げた歌の作者「左大臣」(実頼)は「右大臣」(師輔)が正しいようだが、「漏らず」に「守らす」が掛けられている。

こうした表現が「もる」が「守る」か「漏る」かの分かりづらさを生んだためか、「人め」「もる」という

表現は、以後の八代集に見られなくなる。

九番目の勅撰和歌集『新勅撰和歌集』には、また、

久安百首歌たてまつりけるこひの歌　　待賢門院堀河

そでぬるる山井のしみづいかでかは
ひとめもらさでかげを見るべき　（恋一・六五九）

建保六年内裏歌合、恋歌　正三位知家

ひとめもるわがかよひぢのしのすすき
いつとかまたむ秋のさかりを　（恋二・七八二）

題しらず　　京極前関白家肥後

ひとめもる山井のしみづむすびても
猶あかなくにぬるるそでかな　（恋三・七九〇）

などと、歌語として復活する。それは、知家詠が前に挙げた古今集五四九番歌の本歌取りであるように、古歌に用いられている歌語を生かす詠法の流行の結果である。また、堀河詠と肥後詠のように、「ひとめもる」とは言っても、「山の井の清水」の縁語として「袖」「濡る」とともに用いられていて、「もる」には「漏る」が響く、後撰集九五三番歌の延長にある詠み方である。「ひとめもる」の「もる」が「漏る」と誤解されてしまう危うさを内包する。

一方、「よく」（避く）はどうであろう。

「よく」は、出会わないように脇へ寄る、ぶつからないように避ける、の意で、『万葉集』に、

家人の使なるらし　春雨の与《よ》久《く》列《れ》杼《ど》吾等《われ》を
沾《ぬ》らすと念《おも》へば　（巻九・一六九七）

などと用例がある。

『古今和歌集』には、「人め」と結びついた「人めよく」という表現が、

住の江の岸による浪よるさへやゆめのかよひぢ
人めよくらむ　（恋二・五五九、敏行）

と現れてくる。この敏行の一首は、現代人にとって『百人一首』によって親近感のある歌である。『古今和歌集』の撰者である紀貫之には、

あふ事の山びこにしてよそならば
人めもわれはよかずぞあらまし　（貫之集・五七三）

という一首もある。しかし、平安中期から後期にかけて、この敏行詠は、それほど注目されてはいなかったのであろう。公任『三十六人撰』にも『俊成三十六人歌合』にも、敏行の代表歌三首の中には入っていない

し、敏行詠以外に、「人めよく」と詠まれた歌は、一首も八代集に入集していないのである。

当該の小町詠に戻り、その本文状況をみる。

*歌仙家集本小町集

やんごとなき人のしのび給に
うつゝにはさもこそあらめ夢にさへ
人めつゝむ《をもる》とみるがわびしさ　（一四）

*神宮文庫蔵（文・一二〇四）本小野小町集

うつゝにはさもこそあらめ夢にさへ
人めをもるとみるぞすくなき　（一四）

*唐草装飾本小野小町集

うつゝにはさもこそあらめゆめにたに
ひとめをもるとみるがすべなき　（三八）

（冷泉家時雨亭叢書『平安私家集七』32頁）

などと、『小町集』の古写本では「ひとめをもる」、流布本では「もる」が分かりづらかったのか、『竹取物語』にも「人目も今はつつみ給はずなき給ふ」と用例のある「人めつつむ」という本文を採用する。

『古今和歌集』における当該の小町詠の本文は、久曾神昇『古今集古筆資料集』（風間書房・一九九〇年）や西下経一・滝沢貞夫『古今集校本』新装ワイド版（笠間書院・二〇〇七年）によると、「人めをよく」とあるのは、冒頭に挙げた甲南女子大学本に加え、定家自筆の*伊達本と*嘉禄二年本、そして*毘沙門堂註本の三本だけである。*大江切・*志香須賀文庫本・*基俊本・*元永本・*唐紙巻子本などの古写本・古筆切をはじめ諸本は、ほとんどすべて「人めをもる」なのである。

おそらく、定家は、建保三年（一二一五）頃、八代集から秀歌を選んで『定家八代抄』を編集した際、『古今和歌集』にあった「住の江の岸による浪よるさへやゆめのかよひぢ人めよくらむ」という敏行詠を再評価したのではなかったか。そして、この敏行詠とともに小町詠「うつつには」を選び出した時、「人めをもる」より「人めをよく」とある方がよいと考え、

うつつにはさもこそあらめ
夢にさへ人めをよくとみるが侘しき　（一二一一）

と、本文を改訂したのではあるまいか。

貞応二年（一二二三）本では、いったん「人めをもる」に本文を戻したが、伊達本や嘉禄二年（一二二六）本では、再び「人めをよく」としたのである。

71　音羽の「滝」か「山」か

山科の音羽の□□の　音にだに人の知るべく我が恋ひめかも　（恋三・六六四）

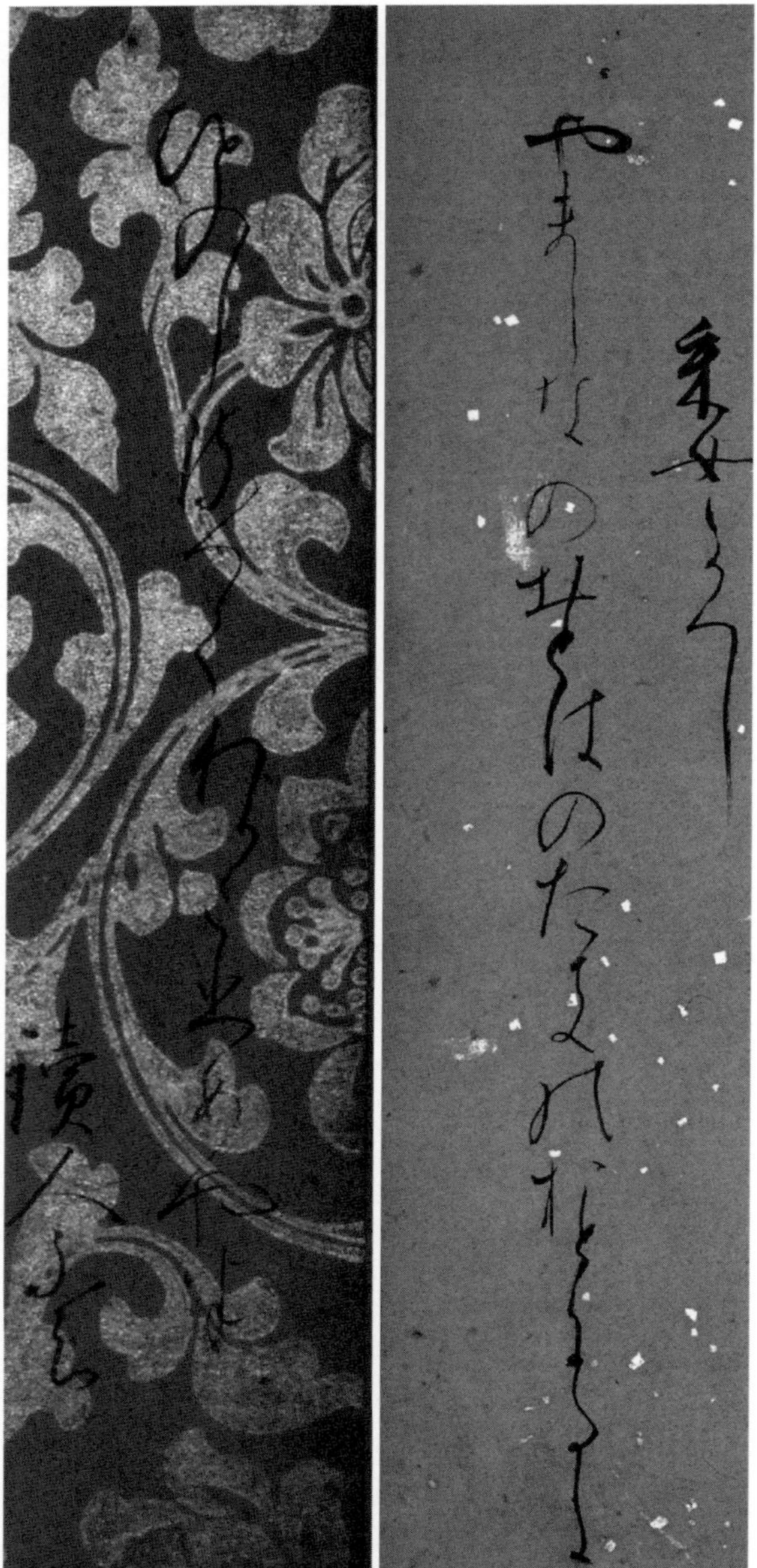

*元永本（『元永本 古今和歌集 下』講談社、83 84頁。ColBase 下41 42を加工・作成）には、右の通り、

采女かへし
やましなのおとはのたきのおとにだに
ひとのしるべくわがこひめやは

と書かれている。

「采女かへし」については後述するとして、当該歌の第二句「音羽の滝の」は、流布本の定家本では「音羽の山の」となっている。この本文異同に注目したい。

久曾神昇『古今和歌集（三）全訳注』（講談社学術文庫・一九八二年、182頁）は、第三句との関係から見れば、「滝」のほうがよかろう、とするが、それはやや早計であろう。

久曾神昇『古今集古筆資料集』（風間書房・一九九〇年）や西下経一・滝沢貞夫『古今集校本』新装ワイド版（笠間書院・二〇〇七年）によると「滝」の本文を採用するのは、元永本以外に、*建久二年俊成本*・中山切だけで、極めて少数である。そのことの意味を、むしろ考えてみる必要がある。

当該歌は、定家本『古今和歌集』の墨滅歌に「巻第十三／こひしくはしたにを思へ紫の下」として、

いぬがみのとこの山なるなとり河
いさとこたへよわがなもらすな　（一一〇八）
　この歌、ある人、あめのみかどの、
　あふみのうねめにたまへる、と
返し　うねめのたてまつれる
山しなのおとはのたきのおとにだに
人のしるべくわがこひめやも　（一一〇九）

と「たき」の本文で重出する。

元永本で当該歌が置かれている位置からすれば「君が名も我が名も立てじ難波なる下」ということになるが、帝と采女の贈答歌の概要は、帝が近江の采女に「何か聞かれても、さあ知りませんと答えなさい。噂が立たないよう、私の名を漏らしてはいけない」と歌を贈ったのに対して、「人に知られるようなへまな恋など、私がどうしてしましょう。噂にだって上りませんよ」と采女は帝に歌を献上した、というのである。

なお、「采女」は、『養老令』「後宮職員令」（新訂増補国史大系『令集解 第一』182頁）に「其れ采女を貢ぐは、郡の少領以上の姉妹及び女の形容端正なる者を、皆、中務省に申して奏聞せよ」とあり、地方の豪族から貢進された形容端正な女官。「伊勢の采女」（『日本書紀』

雄略天皇十二年十月）「伊賀の采女」（『日本書紀』天智天皇七年（六六八）二月）「駿河の采女」（『万葉集』巻八・一四二〇）「安芸の采女」（『日本三代実録』貞観元年（八五九）四月三日）などと貢進された国名を冠して呼ばれることも多かった。（詳しくは『新訂　女官通解』講談社学術文庫、門脇禎二『采女』中公新書など）。

帝の歌は、『万葉集』の、

狗上《いぬかみ》の鳥《と》籠山《このやま》に有る不《い》知《さ》也《や》河《がは》
不《い》知《さ》二《と》五《を》寸《き》許《こ》瀬《せ》余名《わがな》告《のらす》　な　（巻十一・二七一〇）

の異伝。「いさや河」に換えて、無き名を取ることや名が立つことの喩えとされる「名取川」を序詞に入れたため、近江国の郡名「犬上」（和名抄「以奴加三」）や近江国の歌枕「鳥籠山」と、

みちのくに有りといふなるなとり河
なきなとりてはくるしかりけり
（『古今和歌集』恋三・六二八、ただみね）

という陸奥国の歌枕「名取川」と場所が一致しなくなり、墨滅されたらしい。

「近江の采女」が詠んだとされる当該歌が、第二句「音羽の滝の」の本文で、墨滅歌とされているのも、同様の理由からではなかったか。

比叡山から西坂本へ流れ落ちる音羽川にある「音羽の滝」は、

ひえの山なるおとはのたきを見てよめる
おちたぎつたきのみなかみとしつもり
おいにけらしなくろきすぢなし
（『古今和歌集』雑上・九二八、ただみね）

ひえの山のおとはのたきを
かぜふけどところもわかずしら雲の
よをへておつる水にざりける
*（御所本（函510・12）『躬恒集』二九九）

権中納言敦忠が西坂下の山庄の
たきのいはにかきつけ侍りける　伊勢
おとは川せきいれておとすたきつせに
人の心の見えもするかな（拾遺抄・雑下・五〇七）

などと、その存在が確認できる。

しかし、逢坂の関の南にある音羽山付近すなわち宇治郡「山科」の「音羽の滝」は、『古今和歌集』墨滅歌以外に、平安時代に詠まれた形跡は管見に入らない。

一方、石山詣の際に越えてゆく逢坂の関の南にある

「音羽の山」は、『古今和歌集』に、

いしやまにまうでける時、おとは山のもみぢを見てよめる　つらゆき

秋風のふきにし日よりおとは山
峰のこずゑも色づきにけり　（秋下・二五六）

おとはの山のほとりにて、人をわかるとてよめる　つらゆき

おとは山こだかくなきて郭公
君が別ををしむべらなり　（離別・三八四）

などと「紅葉」「郭公」の名所として詠まれ、さらに、『後拾遺和歌集』に、

立春日よみはべりける　橘俊綱朝臣

あふさかのせきをやはるもこえつらん
おとはの山の今日はかすめる　（春上・四）

『金葉和歌集』二度本に、

太皇太后宮扇合に人にかはりて
紅葉の心をよめる　源俊頼朝臣

おとはやまもみぢちるらしあふさかの
せきのをがはににしきおりかく　（秋・二四六）

『散木奇歌集』に、

おとはの山の郭公をよめる

郭公音羽の山になきつとはまづあふさかの
人にかたらん　（二七六）

などと頻出する。

『五代集歌枕』をみると、「おとは山　山城」は立項されているが、「おとはの滝」は立項されていない。「山科の音羽の滝の」の本文で墨滅歌として収められている所以である。

当該の「山科の音羽の」の歌も、『古今和歌集』に、

おとは山おとにききつつ相坂の関のこなたに
年をふるかな　（恋一・四七三、在原元方）

とあるように、本来は「音羽の山の音だにも」であったと思われる。しかし、「山科」の「山」と「山」が重なることを嫌い、また、『古今和歌集』の、

吉野河水の心ははやくとも
たきのおとにはたてじとぞ思ふ　（恋三・六五一）

などの詠みぶりにも影響され、「音羽の滝の音だにも」とする本文が生成され、一部の伝本にその本文が残ったということなのであろう。

72

「とまらねば」か「なりぬれば」か

大幣の引くてあまたに□□□□□　思へどえこそ頼まざりけれ　（恋四・七〇六）

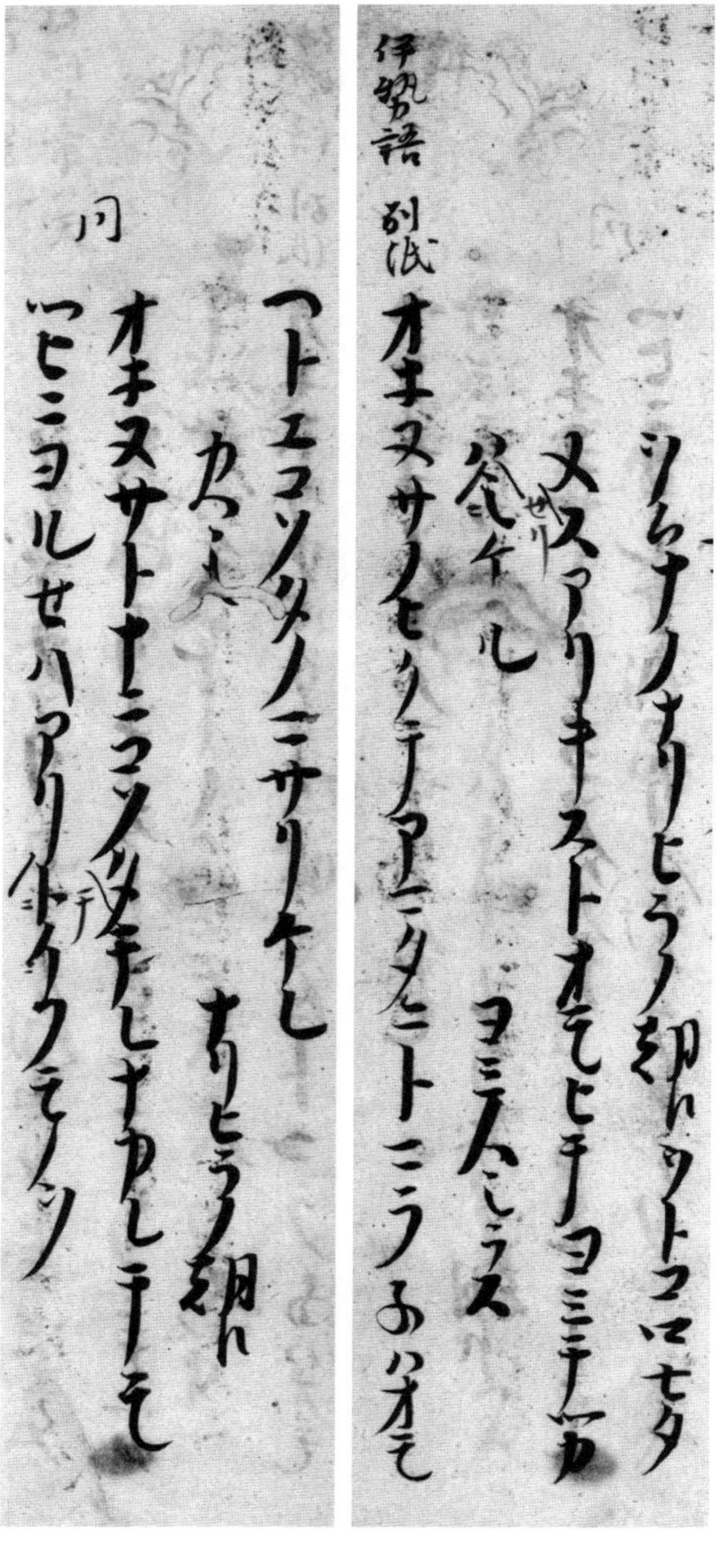

＊伏見宮旧蔵伝顕昭本（宮内庁書陵部蔵、伏・二二三〇）に　　は、右の通り、

ヲムナノナリヒラノ朝臣ヲトコロサダメズアリキストオモヒテヨミテツカハシ《セリ》ケル　ヨミ人シラズ

オホヌサノヒクテアマタニトマラネバオモ

ヘドエコソタノマザリケレ

カヘシ　ナリヒラノ朝臣

オホヌサトナニコソタテレナガレテモ
ツヒニヨルセハアリトイ《テ》フモノヲ

通常、我々が目にする女の歌の腰の句は、「なりぬれば」である。

所定めず多くの女のもとへ通う業平に、女は「思へどえこそ頼まざりけれ」（あなたのことを思ってはいますが、信じて将来を託す気になれません）と歌を贈り、業平は「つひによるせはありてふものを」（最後にはあなたのもとに落ち着きますよ）と返歌する。

『伊勢物語』第四十七段では、「男をあだなりと聞きて」女が詠む歌だが、やはり「なりぬれば」である。

女が業平を喩えた「大幣」とは何か。そして、おそらく、その関連で、女の歌の腰の句の本文が「とまらねば」「なりぬれば」両様あるのではないか。

72 「とまらねば」か「なりぬれば」か

*清輔の『奥義抄』には、次のようにある。

おほぬさの引く手あまたにとまらねば
思へどえこそたのまざりけれ

おほぬさは、はらへするに、陰陽師のもたる串にさしたるしでなり。はらへ果てぬれば、是をおの〳〵引き寄せつゝ、なづるものなれば、人のものごとに寄れども、留まらで過ぐれば、「引手あまたにとまらねば」とよめる也。此返歌に、

おほぬさと名にこそたてれながれても
つひによるせはありてふものを

とよめるは、かくとまるところなきやうなれども、河にながしつる時は、ながれとまる所なくやはあるとよめるなり。（日本歌学大系　第壱巻、333頁）

「大幣」は、祓えをする際に、陰陽師の持っている串にさしてある「しで」だという。「しで」は、玉串などに付けて垂らす紙。古くは木綿《ゆう》を用いた。祓えが終わった後、それを人々が争って引っ張り、自分の身体を撫でて身の穢れを祓うので「引く手あまた」と詠まれているのだ、という。

『江家次第』巻第四「六月」の「大祓〈六月、十二

月ノ晦日、若シクハ閏有ル月ハ其ノ月、之ヲ行フ〉」の項目に「神祇官…読祝詞、訖起座、次行大麻、次撤」とある。「切麻」に「キリヌサ」とルビが見え、「大麻」は「オホヌサ」と訓むのであろう。「行」には「ヒク」とルビが見える。「行大麻」の割注には「神祇ノ官人以下、之ヲ執ル。上卿以下、座前ニ之ヲ引ク」（尊経閣善本影印集成11『江次第 二』八木書店、196頁）とある。このように、「おほぬさ」は「引く手あまた」を導くことになる。

さて、当該歌の腰の句の本文異同は、「引く手あまた」で一人のところに「とまらねば」（とどまらないので）と表現するのふさわしいのか、あるいは、「あまたに」に直接結びつく「なりぬれば」と表現するのがふさわしいのか、という相違である。

石田穣二『新版 伊勢物語』（角川文庫）の補注に、

答歌との響き合いの点で、「とまらねば」が正しいとしなくてはなるまい。「とまらねば」は、答歌の「流れてもつひに寄る瀬」で受けられていると見られる。「引く手あまたにとまらねば」は、引き止める手がたくさんあるのに引き止められずに川に流れて行く、の意であり、故に答歌の「流れても」で受けられていると考えられる。

と指摘する。

*清輔は、『奥義抄』では、先に挙げたように「とまらねば」の本文を採用するが、現存する清輔本『古今和歌集』の伝本を確認すると、*永治二年（一一四二）清輔本には、

おほぬさのひくてあまたになりぬれば
おもへどえこそたのまざりけれ

とある。書写の過程で、わかりやすい「なりぬれば」という本文に誤写されたとも考えられるが、*保元二年（一一五七）清輔本は本文「なりぬれば」がミセケチにされ、「とまらねイ」と傍記されているので、事情はそれほど単純ではないのかも知れない。

久曾神昇『古今集古筆資料集』（風間書房・一九九〇年）や西下経一・滝沢貞夫『古今集校本』新装ワイド版（笠間書院・二〇〇七年）によると、「とまらねば」とする伝本は、伏見宮旧蔵顕昭本以外にも、

*本阿弥切・*志香須賀文庫本・*基俊本・*中山切・*雅経筆崇徳天皇御本・*六条家本・*関戸本・

*雅俗山荘本・*天理図書館蔵顕昭本・
*静嘉堂文庫片仮名本・*伝後鳥羽天皇宸筆本・
*永暦二年俊成本・*建久二年俊成本・*真田本

と数多くあって、「なりぬれば」より、「とまらねば」の方が古い本文であったことは、ほぼ疑いがない。*伝公任筆装飾本も「とまらねば」とある。

しかし、*元永本や『伊勢物語』は「なりぬれば」であり、「なりぬれば」という本文が、それなりに早くから存在したことも知られる。

*清輔は、初め永治二年の段階で、いったん「なりぬれば」を採ったが、保元二年になると、やはり「とまらねば」も無視できないと考えるようになり、最終的に「とまらねば」としたらしい。

*顕昭と*俊成は、それを踏襲して「とまらねば」を採用したが、詠作の基礎の一つとして『伊勢物語』の世界を重視した俊成は、『伊勢物語』では「なりぬれば」であること（山田清市『伊勢物語校本と研究』）に矛盾を感じていたはずである。

*御所本（函510・12）の親本である*素寂本『業平朝臣集』（冷泉家時雨亭叢書72、12頁）には、

アルヲムナ、アダナリトキ、テ
カクイヒタリ
古　オホヌサノヒクテアマタニトマラネ《ナリヌレ》バ
ヲモヘドエコソタノマザリケレ　（一七）

とある。詞書に「あだなりと聞きて」とあるところから、『古今和歌集』の集付があるにも係わらず、『伊勢物語』からの採歌らしい。現存はしないが、「とまらねば」という本文をもつ『伊勢物語』も存在したことを示す痕跡かと思われるのである。

*定家は、「とまらねば」を本文とする永暦二年俊成本を受け継いだが、『古今和歌集』の一部の古写本や『伊勢物語』の大多数の本文をよしとして「なりぬれば」と校訂したのではあるまいか。

女が男を「頼む」ことができない理由を、「とまらねば」と大幣が留まらず流れてゆくような男の状態にあるとすることになり、状況の変化を待つしかないとする控え目で受け身な性格の女、「なりぬれば」と大幣のように引く手あまたになった結果にあるとすることになり、男の行動への批判を前面に出す強い性格の女が浮かび上がる。

73　絶えぬ「言の葉」か「心の」か

たまかづら這ふ木あまたになりぬれば　絶えぬ□□□□うれしげもなし　（恋四・七〇九）

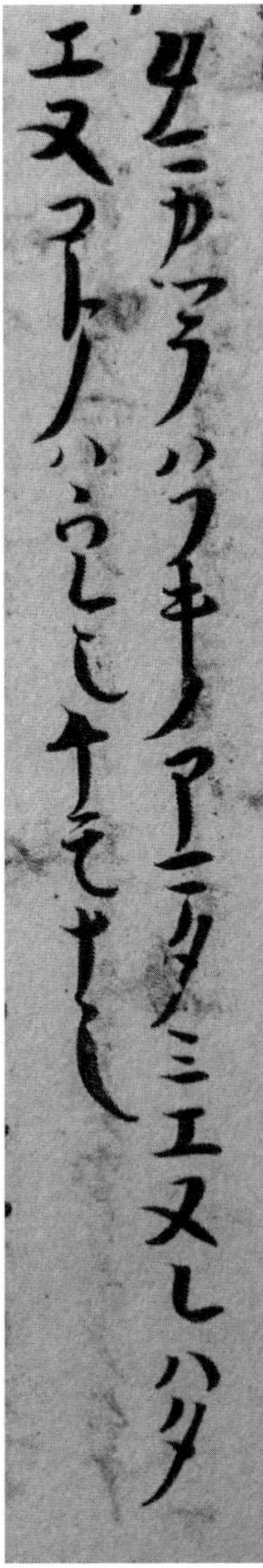

*伏見宮旧蔵伝顕昭本（宮内庁書陵部蔵、伏・二三〇）には、右の通り、

　タマカヅラハフキノアマタミエヌレバタ
　エヌコトノハウレシゲモナシ

とある。

　流布本である*貞応二年定家本（冷泉家時雨亭叢書2・515頁）の本文は、

　玉かづらはふ木あまたになりぬれば
　たえぬ心のうれしげもなし

である。

　伏見宮旧蔵伝顕昭本と同じ「木のあまた見えぬれば絶えぬ言の葉」という本文をもつ伝本は、久曾神昇『古今集古筆資料集』（風間書房・一九九〇年）や西下経一・滝沢貞夫『古今集校本』新装ワイド版（笠間書院・二〇〇七年）によると、

　*本阿弥切・*関戸本・*保元二年清輔本・
　*天理図書館蔵顕昭本・*静嘉堂文庫片仮名本・
　*寂恵使用俊成本・*建久二年俊成本・*真田本

などである。

　*雅経筆崇徳天皇御本は、この本文に「こころのィ」

と異本表記が傍記され、*永暦二年俊成本は、逆に「木あまたになりぬればたえぬこゝろの」という定家本と同じ本文に「ミエヌレバ」「コトノハ」が傍記されている。

*清輔や*顕昭の周辺には「木のあまた見えぬれば絶えぬ言の葉」という本文があった。*俊成は、基俊本の「木あまたになりぬれば絶えぬ心の」との間で迷い、最終的には永暦二年俊成本の傍記を選び採った。

それに対して、*定家は、父俊成から受け継いだ永暦二年本の本文「木あまたになりぬれば絶えぬ心の」をそのまま採用し、傍記「ミエヌレバ」「コトノハ」を捨てるという選択をした。

定家がそうした選択をした所以を考えてみたい。

まずは、当該歌の内容を確認しよう。

清輔の『奥義抄』には、次のように見える。

玉かづらはふきのあまたみえぬれば
たえぬことのはうれしげもなし

たまかづらは、葛の名也。はふきのあまたとよめるは、はひかゝる木のおほかればといふなり。さて、人によそへて、物いふ人のおほかれば、たえずとふ、うれしげもなきとよめり。

（日本歌学大系　第壱巻、334頁）

『奥義抄』を参考に当該歌を解釈すると、葛《かづら》の蔓が延びて這いかかる木が多く（見られるように）なった。そんなふうに、あなたも多くの女の方と係わりをお持ちなので、私との関係を絶やさずお通いにはなるが、あなたの心（言葉）にうれしい感じもない、ということになろうか。「玉」は美称の接頭語。「かづら」は男の比喩。「はふ」は、纏わり付いて延びる、蔓延（はびこ）る、の意。「木」は女の比喩。「絶え」は「かづら」の縁語。

次に、定家の歌語選択の所以を考察するために、定家が書写・校訂した『伊勢物語』の二つの章段を取り上げる。

まずは、第三十六段。

昔、「忘れぬるなめり」と問ひごとしける女のもとに、

谷せばみ峯まではへる玉かづら
絶えむと人にわが思はなくに

昔、「私のことなど、もうお忘れになったようです

ね」と問いかけてきた女のもとに、男が届けた歌は、『万葉集』巻十四・三五〇七の、

たにせばみ　みねに波比《はひ》たる　多麻可豆良《たまかづら》
多延武《たえむ》の己許呂《こころ》　わがおもはなくに
（結句は、類聚古集「和我於母波奈久尓」による）

の異伝を利用したもの。『万葉集』には、

丹波道《たにはぢ》の　大江の山の　真玉葛
絶えむの心　我が思はなくに（巻十二・三〇七一）

という歌もある。腰の句の「真玉」は、「真」の異文傍記「玉」が本文化したものか。定家は「絶えむの心」という本文を知っていたのではあるまいか。

次に、第百十八段。

昔、男、久しく音もせで、「忘るる心もなし。参り来む」と言へりければ、
玉かづらはふ木あまたになりぬれば
絶えぬ心のうれしげもなし

昔、男が、久しく音沙汰もなく、「忘れてはいません。あなたのところに参上します」と、久しぶりに手紙を寄越した。それに対して、女が詠んだ歌として、『古今和歌集』恋四の「題しらず」「よみ人しらず」が利用されている。『伊勢物語』では、腰の句を「みえぬれば」とするものはないし、第四句の本文を「ことのは」とする伝本はない。唯一、伝二条為明筆本が「心の」の本文に、「ことのはともいふ」という注記が付されているのが確認できるだけである（山田清市『伊勢物語校本と研究』277頁）。

そもそも、『伊勢物語』が「ことのは」の本文を採ると、男の「忘るる心もなし。参り来む」という言葉に限定されてしまい、ふさわしい歌ではなくなってしまう。男の言葉は、もともと「うれしげ」に結びつく内容ではない。女は、男の「久しく音もせで」「はふ木あまたに」なってしまった男の薄情で浮気な「心」を問題にしているはずだからである。

*定家にとっては、当該歌は、『古今和歌集』一一〇〇首のうちの一首としてより、『伊勢物語』一二五段のうちの一段に見える一首として印象が強かったのではあるまいか。「言の葉」の方が、歌のみを見ると「玉葛」の縁語としてよりふさわしいわけだが、『伊勢物語』を視野に入れると「心の」しか選択肢がなかったのだ。

74 「別れ」か「離れ」か

飽かでこそ思はむなかは□□れなめ　そをだに後の忘れ形見に　（恋四・七一七）

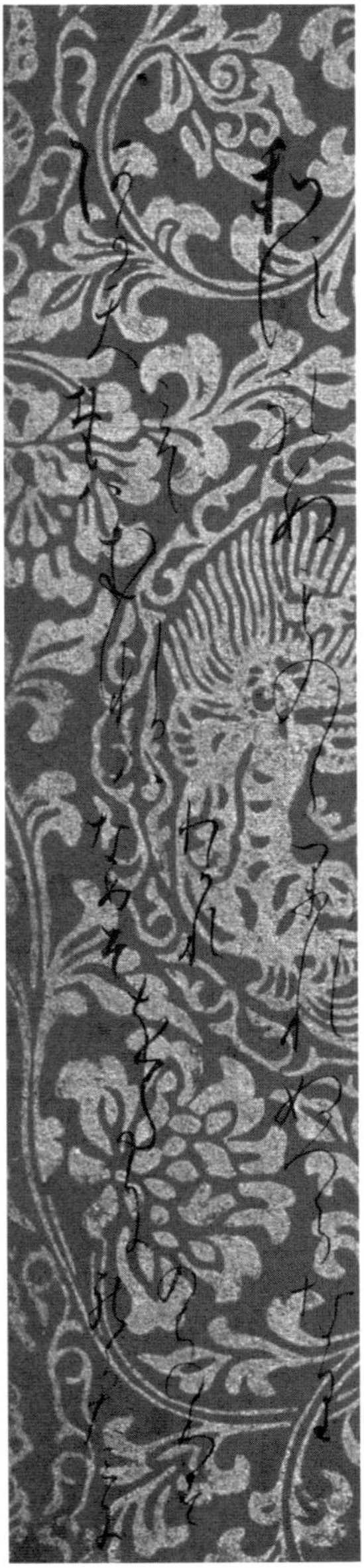

＊元永本（『元永本 古今和歌集 下』講談社、113頁。ColBase 下57を加工・作成）には、右の通り、＊具引地に＊獅子《しし》唐《から》草文《くさもん》を＊雲母摺した＊料紙に、

あかでこそおもはむなかはわかれなめそをだにのちのわすれがたみに

と書かれている。

流布本である＊貞応二年定家本（冷泉家時雨亭叢書2、516頁）の本文は、

あかでこそおもはむなかはゝなれなめ
そをだにのちのわすれがたみに

である。「別れ」と「離れ」とが対立する。

飽きないうちに、恋人とは別れ（離れ）てしまうのがよい。せめて名残惜しさだけでも、後の思い出として。「思はむ仲」は、恋しく思う間柄。恋人。「む」は婉曲。「な」は、強意（完了）の助動詞「ぬ」の未然形。「め」は、適当（推量）の助動詞「む」の已然形。「こそ」の結びで三句切れ。「忘れ形見」は、忘れないようにと遺しておく記念の品。

当該歌の腰の句の異同「別れ」「離れ」は、いずれがふさわしいのであろうか。

久曾神昇『古今集古筆資料集』（風間書房・一九九〇年）や西下経一・滝沢貞夫『古今集校本』新装ワイド版（笠間書院・二〇〇七年）によると、「別れ」の本文を採るのは、元永本以外に、

　*関戸本・*大江切・*志香須賀文庫本・*中山切・
*六条家本・*雅俗山荘本・*基俊本・
*静嘉堂文庫片仮名本・*永暦二年俊成本・
*建久二年俊成本・*寂恵使用俊成本・
*伝後鳥羽天皇宸筆本・*道家本

など。古写本や古筆切は「わかれ」で、*俊成も「わかれ」を採用し、*定家も初期の定家本である*建保五年（一二一七）本の段階では「わかれなめ」としていた（片桐洋一『平安文学の本文は動く』和泉書院、116頁）のである。

『古今集校本』の頭注に、西下経一は、

　定家本の「はなれなめ」は諸本と異なる。「は」は「わ」を誤り、それにつれて「な」も「か」を誤ったものか。


とコメントしている。たしかに、『古今和歌集』諸本を眺めていると、定家本の「はなれなめ」は唐突な印象があり、片仮名本「ワカレ」なら「ハナレ」への誤写は想定することもできそうである。しかし、早い時期に定家自身が「わかれ」と書写していたとすれば、やはり誤写説は採りにくく、何か新たな確信を手に入れて、*貞応二年本・*伊達本・*嘉禄二年本に「はなれなめ」と記したものと思われる。

　定家が得た確信とは何だったのか。

　その問題を考える前提として、もう少し『古今和歌集』の諸本の様相を見ておくと、*永治二年（一一四二）清輔本（復刻日本古典文学館『古今和歌集　清輔本』日本古典文学会・一九七三年）には、「わかれ」でも「はなれ」でもなく、

　　あかでこそおもはん中はわすれなめ
　　そをだにのちのわすれがたみに

とある。「わすれなめ」は永治二年清輔本の独自異文ではなく、*雅経筆崇徳天皇御本に見られる本文で、*保元二年清輔本・*天理図書館蔵顕昭本は、本文「わかれ」の「か」に「ス」という朱の傍記がある。*伏見宮旧蔵伝顕昭本も本文「ワカレ」の「カ」に「ス」と傍記が見える。*清輔や*顕昭は「別れ」と「忘れ」との間で揺

れていたのである。

「忘れなめ」という本文が生まれた理由は、『古今和歌集』の配列に由来するかと考えられる。恋四の当該歌の前後の和歌を示すと、

　　題しらず　よみ人しらず
　空蝉の世の人ごとのしげければ
　わすれぬもののかれぬべらなり　（七一六）
　あかでこそおもはむなかは□□れなめ
　そをだにのちのわすれがたみに　（七一七）
　忘れなむと思ふ心のつくからに
　有りしよりけにまづぞこひしき　（七一八）

である。前後に「忘れぬものの」「忘れなむと思ふ」とあり、「忘れ」がキーワードとなって連鎖していることが分かる。前歌とは、恋人と別れる口実として連なり、後者とは、美しい思い出のまま「忘れなむ」と思うが、そう思うといっそう恋しい、と展開する。配列からは「忘れなめ」がふさわしいか、と清輔や顕昭は考えたのであろう。しかし、「忘れなめ」では、結句の「忘れ形見に」の「忘れ」と重複する。「別れなめ」に落ち着く所以である。


ところが、定家*は、清輔や顕昭が揺れていた「別れ」でも「忘れ」でもない、「離れ」という新たな本文を採用したのである。

　当該歌は、『古今和歌六帖』第五「かたみ」三四六八にも、「わかれなめ」の本文で収められている。先に挙げた古写本・古筆切の本文を含め、「わかれなめ」が元来の本文であったことは、ほぼ疑いがない。

　初期の定家本はそれに従いながら、何に基づいて「離れなめ」と改訂したのであろう。考えられる資料としては、次のような歌学書ではなかったか。

　『俊頼髄脳』*が「にくからでも、人は忘れにけりと聞こゆる歌」の例歌して挙げる歌の本文が、

　あかでこそ思はむ中ははなれなめ
　そをだにのちのわすれがたみに　（一四二）

であり、また、範兼の『和歌童蒙抄』第四「思」に、李夫人と漢の武帝の故事とともに、当該歌が、

　あかでこそおもはむなかははなれなめ
　そをだにのちのわすれがたみに　（三五三）

と「離れなめ」の本文で見えるのである。

75

「ものぞかなしき」か「まづぞこひしき」か

忘れなむと思ふ心のつくからに　有りしよりけに□□ぞ□□しき（恋四・七一八）

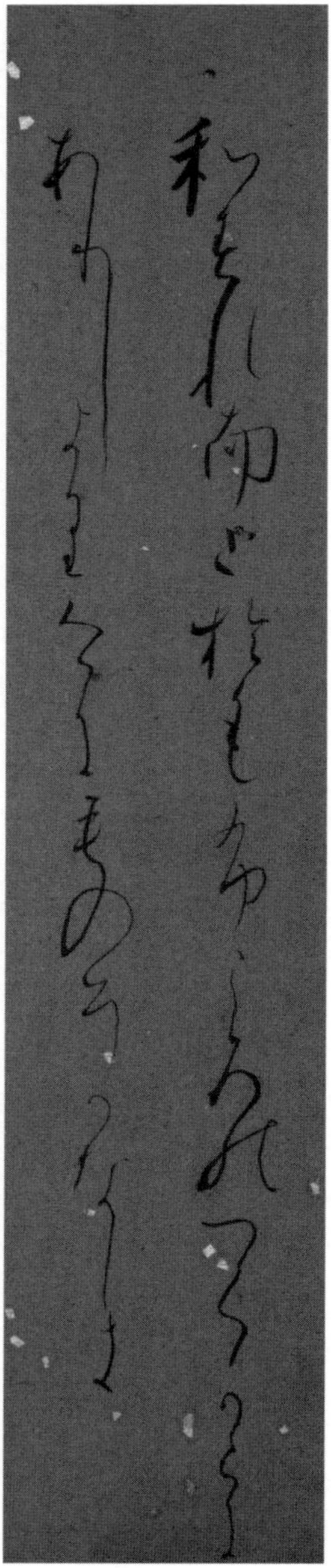

*元永本（『元永本 古今和歌集 下』講談社、114頁。ColBase 下58を加工・作成）には、右の通り、*素紙に銀小切箔を散らした*料紙に、

わすれ南とおもふこゝろのつくからに
ありしよりけにものぞかなしき

と書かれている。

*流布本である*貞応二年定家本（冷泉家時雨亭叢書2、516頁）の本文は、次の通り。

わすれなむと思心のつくからに
ありしよにけにまづぞこひしき

もう忘れてしまおうと思う決心がついた途端、以前よりもいっそう、「ものぞかなしき」「まづぞこひしき」。いずれの結句がふさわしいのであろうか。

久曾神昇『古今集古筆資料集』（風間書房・一九九〇年）や西下経一・滝沢貞夫『古今集校本』新装ワイド版（笠間書院・二〇〇七年）によると、「ものぞかなしき」の本文を採るのは、元永本だけである。

ただし、『古今和歌集成立論 資料編』中・下（風間

書房・一九六〇年）によって本文を確認してみると、

*六条家本　　まづぞ《ものぞ》かなしき
*保元二年清輔本（前田家）　　まづぞかなしき
*天理図書館蔵顕昭本　　まづぞかなしき
*雅経筆崇徳天皇御本　　まづぞこひ《カナ》し《イ》き（朱）

とあり、また、

*民部切　　まづぞかなしき（古筆学大成2、228頁）
*伝公任筆装飾本　　まづぞわびしき
（『伝藤原公任筆　古今和歌集　下』旺文社、93頁）

などという本文もあって「まづぞこひしき」一辺倒ではない。

*教長『古今和歌集註』（日本古典文学全集・一九二七年、80頁）には、

ワスレナムトヲモフ心ノツクカラニ
アリシヨリケニマヅゾカナシキ

タゞアルニハ、サシモヲモハネド、サラバワスレナントヲモヘバ、モトヨリモ、カナシ、トヨメリ。

と見え、教長は「かなしき」で読んでいたことが知られる。

鎌倉時代歌学書『色葉和難集』（日本歌学大系　別巻二・風間書房、517頁）巻七にも、「けに」の例歌として、

わすれなんとおもふ心のつくからに
ありしよりけに物ぞかなしき

と、元永本と同じ本文で引用されている。

さらに、*一条兼良の『歌林良材集』（日本歌学大系　別巻七・風間書房、425頁）にも、やはり「けに」の例歌として、

忘れなむと思ふ心のつくからに
ありしよりけに先ぞかなしき

と見え、兼良も「まづぞかなしき」の本文で『古今和歌集』を読んでいたらしい。室町時代前期においても、『古今和歌集』の当該歌の結句として、「まづぞかなしき」が「まづぞこひしき」に駆逐されてしまったわけではなかった。むしろ、北村季吟*『八代集抄』にも本文「恋しき」に「かなしきイ」と傍記され、江戸時代にも諸版本に「かなしき」は残ったのである。

もちろん、「かなし」とは、『万葉集』の東歌の、

多摩川にさらす手作りさらさらに
何そこの児のここだかなしき　（巻十四・三三七三）

75　「ものぞかなしき」か「まづぞこひしき」か

などのような、胸が締めつけられるような切なさを表す形容詞で、身にしみていとおしい、という愛情の表現である。

『伊勢物語』第二十一段は、

昔、男女、いとかしこく思ひかはして、異心《こと》なかりけり。さるを、いかなる事かありけむ、いささかなることにつけて、世の中を憂しと思ひて、出でていなむと思ひて…出でていにけり。

と始まり、

又〳〵ありしよりけに、言ひかはして、男、
忘るらむと思ふ心のうたがひに
ありしよりけにものぞかなしき

と展開し、最後は

おのが世々になりにければ、疎くなりにけり。

と別れてしまう男女の物語である。

引用した「忘るらむ」の歌は、『古今和歌集』の当該歌と第二句や下の句が共通する点が注目される。「忘るらむ」の「らむ」は元来、現在推量の助動詞だが、未来推量の助動詞「む」に近い意味も表すようになる。文脈からすると、ここは、後者の用法か。『古今和歌集』の当該歌を本歌としながら「忘れなむ」「忘るらむ」では、それぞれの主語が自分と恋の相手であって異なっているので、内容のまったく別な歌になっている。その結果「かなしき」の語義も異なっている。

『伊勢物語』の歌は、そのままの本文で『新古今和歌集』恋五・一三六二に「題しらず」「詠人知らず」として入集する。

この『伊勢物語』『新古今和歌集』の「ものぞかなしき」という結句が、『古今和歌集』の当該歌の結句「まづぞこひしき」に何らかの影響を与えて「まづぞかなしき」「ものぞかなしき」という本文が生まれたとは考えられないだろうか。

『定家八代集』恋三には、この二種が、

忘れなんと思ふこころのつくからに
ありしよりけにまづぞかなしき　（一一五一）
わするらんと思ふ心のうたがひに
有り師よりけにものぞ悲しき　（一一五二）

という本文で並んでいるのである。

76　「うは浪」か「あだ浪」か

底ひなき淵やはさわぐ　山河の浅き瀬にこそ□□浪は立て　（恋四・七二二、そせい法し）

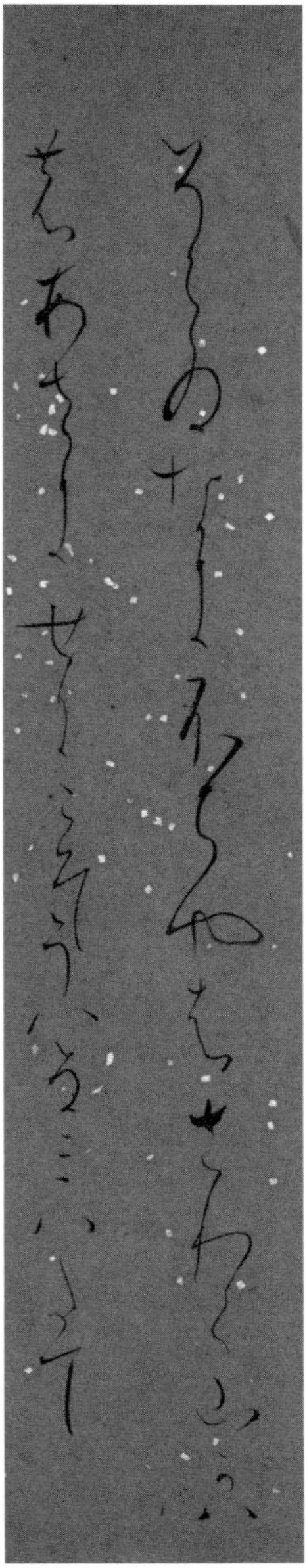

＊元永本（『元永本 古今和歌集 下』講談社、115頁。ColBase 下58を加工・作成）には、右の通り、＊素紙に＊銀砂子を撒いた＊料紙に、

　そこゐなきふちやはさわぐ山がは
　のあさきせにこそうはなみはたて

と書かれている。

一方、流布本である＊貞応二年定家本（冷泉家時雨亭叢書2、517頁）には、

　そこひなきふちやはさはぐ
　山河のあさきせにこそあだ浪はたて

とあって、結句に「うは浪」「あだ浪」の異同がある。

底知れない深い淵は浪が立ち騒ぐことなどない。山間を流れる川の浅い瀬にこそ浪は立つものだ。浅瀬に立つ浪は「うは浪」「あだ浪」いずれがふさわしいのだろうか。

久曾神昇『古今集古筆資料集』（風間書房・一九九〇年）や西下経一・滝沢貞夫『古今集校本』新装ワイド版（笠間書院・二〇〇七年）によると、「うは浪」とするのは、元永本以外に、＊教長註・＊永治二年清輔本・＊保元二年清輔本・

*伏見宮旧蔵伝顕昭本・*天理図書館蔵顕昭本・
*静嘉堂文庫片仮名本・*志香須賀文庫本・
*雅俗山荘本・*伝後鳥羽天皇宸筆本・*基俊本・
*寂恵使用俊成本・*建久二年俊成本・*真田本

などであり、*雅経筆崇徳天皇御本は「うは」の本文に「あだイ」と傍記がある。*唐紙巻子本や*永暦二年俊成本は、逆に、本文「あだ」に「ウハ」と傍記する。*教長・*清輔・*顕昭は「うは浪」、*俊成は初め「あだ浪」を優位に考えていたが、のちに「うは浪」をよしとしたらしい。*定家は、父俊成の永暦二年本を受け継ぎ、傍記「ウハ」を捨て、本文「あだ」を採用したのである。

貫之が晩年『古今和歌集』から秀歌を撰んだという『新撰和歌』には、

そこひなきふちやはさわぐ山川の
あさきせにこそうはなみはたて　（恋雑・二五二）

と「うは浪」とあり、『古今和歌六帖』第三「ふち」にも、

おぼろけのふちやはさわぐ山川の
あさきせにこそうはなみはたて　（一七三二）

という本文で収められていて、「うは浪」の方が古い本文だったらしい。

『素性集』の本文を確認すると、次の通り。

第一類
*西本願寺本

そこひなきふちやはさはぐやまがはの
あさきせにこそあだなみもたて　（二六）

（『西本願寺本三十六人集精成』215頁）

第二類
*色紙本

そこゐなきふちやはさはぐさは
がねどあさきせにこそかはなみもたて　（三一）
かぎりなきふちやはさはにやま
がはのあさきせにこそかはなみもたて　（五八）

（冷泉家時雨亭叢書『平安私家集二』97 112頁）

*寛元三年本

そこゐなきふちやはさはぐさはがねど《山がはの》
あさき《ソコヰ》せにこそうはなみもたて　（三一）
かぎりなきふちやはさはぐやまがはの
あさきせにこそうはなみもたて　（五七）

（冷泉家時雨亭叢書『平安私家集九』65 75頁）

第三類

*資経本

そこひなきふちやはさはぐ山河の

あさきせにこそうはなみはたて　（一八）

（冷泉家時雨亭叢書『資経本私家集一』180頁）

*大炊本

そこゐなきふちやはさわぐやまがはの

あさきせにこそうはなみはたて　（一七）

（冷泉家時雨亭叢書『古筆切　拾遺二』93頁）

第四類

*唐紙本

かぎりなきふちやはさはぐやま

がはのあさきよりこそうはなみはたて　（二一）

そこひなきふちやはさはぐ

やまがはのあさきせにこそうはなみはたて　（五二）

（冷泉家時雨亭叢書『平安私家集一』143 159頁）

第五類

*唐紙装飾本

ある人のけさうする女の、あさはやかに

いひたりけれは、そのをとこにかはりて」三

そこゐなきふちやはさはぐ山川の

あさきせにこそうはなみもたて　（一四）

（冷泉家時雨亭叢書『平安私家集七』92 93頁）

天永三年（一一一二）の白河上皇六十御賀の贈物とも、永久五年（一一一七）の鳥羽中宮璋子入内の際の調度品ともいわれる*西本願寺本三十六人集が「あだ浪」とする他は、家集では原則「うは浪」であることが確認できる。

なお、第二類本では、色紙本の本文を寛元三年本が訂正しているが、色紙本の「か（字母可）は浪」は「うは浪」からの誤写が推定される。

「うは浪」だと、水面に立つ浪で、上の空なる浮かれた心の暗喩にとどまるが、「あだ浪」になると、いたずらに立ち騒ぐ浪で、変わりやすい人の心やむなしい浮き名などの喩えであることがはっきりする。自分の愛情が深く誠実なものであることを伝える歌としては、後者がふさわしい。定家は、そんなことを思って、「あだ浪」の方を採ったのであろう。

77

「乱れそめにし」か「乱れむと思ふ」か

みちのくのしのぶもぢずり　誰ゆゑに乱れ□□□□我ならなくに　（恋四・七二四、河原左大臣）

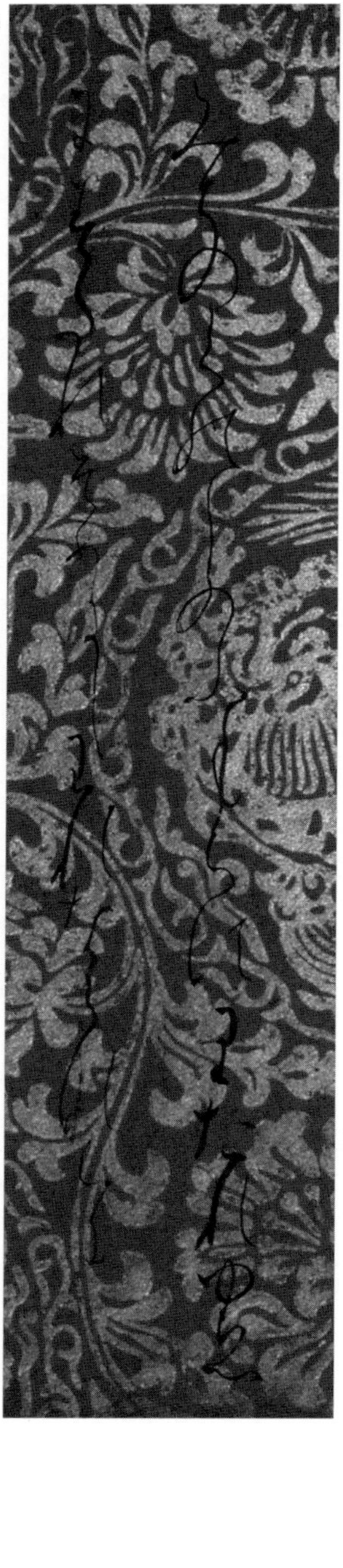

*元永本（『元永本 古今和歌集 下』講談社、116頁。ColBase下59を加工・作成）には、右の通り、*具引地に*獅子唐《ししから》草文《くさもん》*が雲母摺された*唐紙の*料紙に、

みちのくのしのぶもぢずりたれゆゑ
にみだれそめにしわれならなくに

と書かれている。

それに対して、流布本である*貞応二年定家本（冷泉家時雨亭叢書2、517頁）は、

みちのくのしのぶもぢずりたれゆへに
みだれむと思我ならなくに

という本文である。

陸奥国信夫郡の「もぢずり」に、恋に乱れる心を喩えるこの歌には、第四句「乱れそめにし」「乱れむと思ふ」と異同がある。いずれがふさわしいのだろうか。

久曾神昇『古今集古筆資料集』（風間書房・一九九〇年）や西下経一・滝沢貞夫『古今集校本』新装ワイド版（笠

間書院・二〇〇七年）によると、「乱れそめにし」とするのは、元永本以外に、

　*筋切・*関戸本・*基俊本・*本阿弥切

という古写本や古筆切に限られる。早くに「乱れむと思ふ」という本文が流布し、*清輔・*顕昭や*俊成・*定家が皆「乱れむと思ふ」を採用しているのである。

『伊勢物語』初段には、次の通りある。

「初冠」したばかりの「男」が、「奈良の京、春日の里」に狩に出かけ、そこで「垣間見」した「女はらから」に、着ていた「しのぶ摺りの狩衣」の裾を切り、

　春日野の若紫のすり衣しのぶの乱れ限り知られず

という一首を書いて贈った。その一首について、

　　みちのくのしのぶもぢずりたれゆゑに
　　乱れそめにし我ならなくに

　といふ歌の心ばへなり。

と解説が物語には付けられている。「みちのくの」という一首が読者が皆知っている有名な歌だったからこそ、この解説には意味がある。有名だったのは、『古今和歌集』に採られたこの歌を、皆が読んでいたからにちがいない。片桐洋一『伊勢物語全読解』（和泉書院）が「この段の成立は『古今集』の成立（九〇五―九一三年）以降」（17頁）とする所以である。

同時にそれは、『伊勢物語』初段の作者が見ていた『古今和歌集』の当該歌の本文が「乱れそめにし」だったことも示していよう。

『古今和歌六帖』第五「すりごろも」にも、

みちのくのしのぶもぢずりたれゆゑに
みだれそめにしわれならなくに　（三三一二）

という本文で収められている。「乱れそめにし」の方が「乱れむと思ふ」より古い本文とみてよいだろう。

ちなみに、*御所本（函510・12）『業平集』の親本である*素寂本には、

　かすがのさとといふところにいきたりしに、いとよき女のありしかば、しのぶずりのきぬをやるとて

かすがののわかむらさきのすりごろも
しのぶのみだれかぎりしられず　（六〇）

　返し

みちのくのしのぶもぢずりたれゆゑに
みだれそめにしわれならなくに　（六一）

と、『伊勢物語』に見える二首を贈答歌として収める。

さて、『古今和歌集』の当該歌の本文が「乱れそめにし」と「乱れむと思ふ」では、解釈がどう変わるのであろうか。

「乱れそめにし」の場合から考えよう。「そめ」は「初め」と「染め」の掛詞。「に」は状態の発生を表す完了の助動詞「ぬ」の連用形。「し」は直接体験を表す過去の助動詞「き」の連体形。この連体形が「誰ゆゑに」という疑問の副詞句を受けての結びとみれば、四句切れ。誰のせいで私の心は乱れ初めたか。まったくあなたのせいだ。普段そんな簡単に心が染まる私ではないのに。そんな解釈になろうか。

一方、「乱れむと思ふ」の場合は、「む」は未来のことを示す助動詞なので、これから「乱れ」るかどうかを問題にしている。『顕注密勘』（日本歌学大系別巻五・風間書房、234頁）において*顕昭は、端的に、

　我心は、誰ゆゑにみだれんぞ、君にこそみだれそめたれ、とそへたる也。

と、「乱れ初めにし」私が「誰ゆゑに乱れむ」と二つの本文の関係を示唆し、それを*契沖『古今余材抄』（契沖全集第八巻・岩波書店、458頁）は、

　ひとたびちぎりおきし心を、たとひ、いかなる誰ありとも、その人ゆゑに、しのぶずりのごとく、とかくみだれんとおもふ我にはあらずと也。

と、分かりやすく解き明かす。それを引き継ぐ現代の注釈は、片桐洋一『古今和歌集全評釈』の「深く契った以上、たとえ誰ゆえであっても乱れようと思う私であるわけではない」（中・772頁）である。「む」には、将来、誰が現れても…、という含意がある。

『古今和歌集』の当該歌は、前後に「思ふ」を含む歌が配列されているためか、「乱れそめにし」から「乱れむと思ふ」へと本文が推移していった。しかし、『伊勢物語』に「乱れそめにし」の本文が残ったため、『伊勢物語』を愛した*俊成は、自筆本*『古来風躰抄』（冷泉家時雨亭叢書1、247頁）の秀歌撰に、

　みちのくのしのぶもぢずりたれゆへにみだれそめにしわれならなくに

の本文で挙げた。*定家もまた、『百人一首』に「乱れそめにし」の本文で採ったため、当該歌は、むしろ「乱れそめにし」で人口に膾炙することになった。

78 「むかしへ」か「いにしへ」か

□□しへになほたち帰る心かな　恋しきことに物忘れせで　（恋四・七三四、つらゆき）

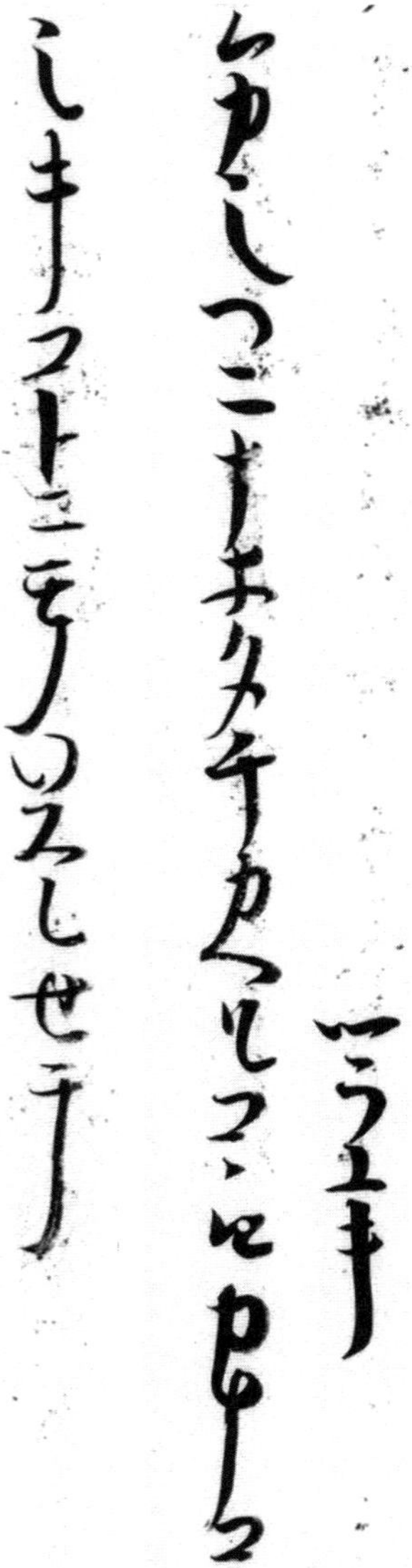

*伏見宮旧蔵伝顕昭本（宮内庁書陵部蔵、伏・二二三〇）には、右の通り、

ムカシヘニナホタチカヘルコ、ロカナコヒシキコトニモノワスレセデ　ツラユキ

とある。

流布本である*貞応二年定家本の当該歌の初句は「いにしへに」である。一瞬、伏見宮旧蔵伝顕昭本の誤写を疑ってしまう。

しかし実は、伏見宮旧蔵伝顕昭本以外にも、久曾神昇『古今集古筆資料集』（風間書房・一九九〇年）や西下経一・滝沢貞夫『古今集校本』新装ワイド版（笠間書院・二〇〇七年）によると、「むかしへ」とする伝本は、*本阿弥切・*志香須賀文庫本・*基俊本・*雅経筆崇徳天皇御本・*真田本・*六条家本・*永治二年清輔本・*保元二年清輔本・*静嘉堂文庫片仮名本・*天理図書館蔵顕昭本など数多くある。

古写本・古筆切を含め、*清輔や*顕昭は「むかしへ」を採用していたらしい。

たしかに、『千五百番歌合』恋二の判者となった顕昭は、慈円の出詠歌（二三四三）に対して、貫之詠「むかしへになほたちかへる心かなこひしきことにものわすれせで」を本歌としていると判詞を記していて、当該歌を「むかしへに」という初句で読んでいたことが確認できる。

それに対して、*永暦二年俊成本（『国立歴史民俗博物館蔵 貴重典籍叢書』文学篇第一巻・臨川書店・一九九九年、429頁）は、初句の本文を「いにしへに」とし、「いにし」に「ムカシ」を傍記している。

*俊成は、歌の師であった基俊の本文を尊重して、永暦二年（一一六一）の段階では「ムカシヘ」を傍記に残していたが、*建久二年（一一九一）本の頃にはその傍記を捨てた。*定家もまた、父俊成から受け継いだ永暦二年本にあった傍記を用いることはせず、「いにしへ」を採ったらしい。

「むかしへ」と「いにしへ」と、いずれがふさわしい本文なのであろうか。

当該歌は、『古今和歌六帖』第五の「むかしをこふ」に部類され、「つらゆき」という作者表記付きで、

いにしへに猶たちかへるこころかな
こひしきことにものわすれせで　（二九〇七）

と収められている。当該歌の初句は、早くから「いにしへに」とされていたことも確かであろう。

また、当該歌は『貫之集』の第一類系統の諸本に見えるが、それらは、

*歌仙家集本（新編私家集大成・貫之Ⅰ）
いにしへに猶立かへるこゝろかな
恋しきことに物わすれせて　（五七五）

*陽明文庫本（新編国歌大観・第三巻）
いにしへに猶立ちかへる心かな
恋しき事に物わすれせで　（五九一）

*資経本（冷泉家時雨亭叢書65、609頁）
いにしへになをたちかへるこゝろかな
こひしきことに物わすれせで

*承空本（冷泉家時雨亭叢書69、406頁）
イニシヘニナヲタチカヘルコヽロカナ

コヒシキコトニモノワスレセデ

と、すべて「いにしへ」の本文である。

当該歌の『古今和歌集』における配列を確認しよう。当該歌は、逢而不逢恋の歌が並ぶ恋四にある。

（題しらず）　よみ人しらず

めづらしき人を見むとやしかもせぬ
わがしたひものとけわたるらむ　（七三〇）

かげろふのそれかあらぬか春雨の
ふる日となればそでぞぬれぬる　（七三一）

ほり江こぐたななしを舟こぎかへり
おなじ人にやこひわたりなむ　（七三二）

伊勢

わたつみとあれにしとこを今更に
はらはばそでやあわとうきなむ　（七三三）

つらゆき

いにしへに猶立帰る心かな
こひしきことに物わすれせで　（七三四）

久しく逢っていない人に逢う、古人《ふるひと》との再会に涙し、繰り返し同じ人を恋しく思い続けるのか、などと詠む「よみ人しらず」の三首を受けて、伊勢は「荒れにし床を今更に」と嘆く。貫之詠の「なほ」は、辛くて忘れたはずの恋なのに、それでもはやり、という含意であろう。恋しさゆえに心が立ち返ってゆくのは「いにしへ」なのか、それとも「むかしへ」なのか、という問題である。

「いにしへ」「むかしへ」の「へ」は、連体形や名詞に付く語素で、濁音化もして、「ゆくへ」「うみべ」のように主に空間的に、その辺り、その方向などの意を表したり、「いにしへ」「ゆうべ」のように主に時間的に、その頃の意を表したりする。

よって、「むかしへ」も、「昔」という名詞に「へ」という語素が付いたもので、昔の頃、の意である。「いにしへ」と大きく意味が変わるものではない。ただし、言葉が違えば、それぞれの言葉のもつニュアンスは異なるはずである。「いにしへ」の語構成を確認すると、ナ行変格活用動詞「いぬ」（消え去る）の連用形「いに」に、意識の上で、現在の事態に繋がらない過ぎ去った昔というニュアンスをもつ過去の助動詞「き」の連体形に、語素「へ」が付いたものである。過ぎ去った当時、という語感である。

『日本国語大辞典』第二版（小学館）の「いにしえ」の語誌欄には、次のようにある。

(1)「いにしえ」と「むかし（昔）」とは同じ意味にも用いられているが、しかし、基本的にはとらえ方に違いがあるとみられる。「いにしえ」は、「往にし方」の原義が示すように、「時間的」にものをとらえる場合に用いて「今」と連続的にとらえられるのに対して、「むかし」は、そのような「過ぎ去る」という時間的経過の観念が無く、「今」とは対立的に過去をとらえる場合に用いる。

(2)語源的には、「過ぎ去った昔」の意で、直接に体験していないはるか以前について使われることが多い。これに対して「むかし」は、奈良・平安時代を通して、直接体験した懐かしく、忘れがたい、近い過去を多く意味した。

(3)鎌倉時代以降になると、はるか以前を意味する「むかし」が急増し、「いにしへ」の意味領域を侵していた。

この解説の(2)に従えば、「むかしへに猶立帰る心かな」がふさわしいのかもしれない。しかし、意識の上では、もう終わったはずの「いにしへ」の恋なのに、「猶」恋しさに負けて、忘れられない、という心情を斟酌すれば、「いにしへに猶立帰る心かな」となるのかもしれない。

『枕草子』には「過ぎにしかた恋しきもの」という章段がある。その恋しい「過ぎにしかた」に相当する語は、「むかしへ」ではなく、「いにしへ」であるような気がする。

同じ問題を考える材料を、もう一例挙げよう。

『古今和歌集』夏に、

はやくすみける所にて、ほととぎすの
なきけるをききてよめる　ただみね
むかしべや今もこひしき
郭公ふるさとにしもなきてきつらむ　（一六三）

という一首がある。新編国歌大観所収『古今和歌集』は、「むかしべ」と濁音で翻刻するため、そのまま掲出する。

詞書の「はやくすみける所」を歌では「ふるさと」と表現し、そこにホトトギスが鳴いて来た原因を「今も」「むかしべ」が恋しいのかと推量する。

この一首の初句も、*右衛門切や*私稿本には「いにしへ」とあり、「むかしへ」「いにしへ」の本文異同がある。*保元二年清輔本・*伏見宮旧蔵顕昭本・*天理図書館蔵顕昭本は本文「いにしへ」の「いに」に「むかイ」と傍記。逆に、*永治二年清輔本は、本文を「むかしへ」とし、「むかし」に朱の傍記「イニシ」がある。

ホトトギスが過ぎ去った昔を恋い慕って鳴く鳥とする先例は、『万葉集』巻二に、

古《いにしへ》に恋ふらむ鳥は霍公鳥《ほととぎす》
蓋《けだ》しや鳴きし吾が恋ふるごと　（一一二、額田王）

と見える。ホトトギスが恋い慕う過ぎ去った昔は「いにしへ」と理解されていたらしい。

そもそも、『万葉集』と八代集における「いにしへ」「むかしへ（べ）」の用例数（『新編国歌大観』）は、

	万	古	撰	拾	後	金	詞	千	新
いにしへ	55	4	5	10	19	2	4	9	12
むかしへ	0	2	0	0	0	0	0	0	0

である。「むかしへ（べ）」という語は、『古今和歌集』に二例あるだけなのである。

その二例とは、先に挙げた夏・一六三の忠岑の「ほととぎす」詠と、やはり忠岑の、

…あはれむかしべ　ありきてふ　人まろこそは
うれしけれ…　（雑体・一〇〇三）

という長歌である。

「むかし（昔）」の用例は多くあるが、「むかしへ」というのは、『古今和歌集』の撰者時代の、忠岑・貫之周辺の限られた歌人によって使用された歌語だったのではあるまいか。

それでも、『古今和歌集』だったことの影響力は大きく、建仁元年（一二〇一）八月に行われた『和歌所影供歌合』には、「故郷虫」という題で*定家が、

むかしべをしのぶる里の浅茅生に
今もや人を松虫の声　（一一一〇）

という歌を出詠したり、勅撰和歌集『玉葉和歌集』に、

春雨ふる日、おもふことありて
よみ侍りける　重之
むかしべを思ふ涙のはるさめは
わがたもとにぞわきてふりける　（雑一・一八五一）

が入集したりと、「むかしへ」は何とか命脈を繋ぐ。

79

「人は知らずや」か「人知るらめや」か

思ひ出でて恋しき時は　初雁のなきてわたると人□□□□や

（恋四・七三五、大伴くろぬし）

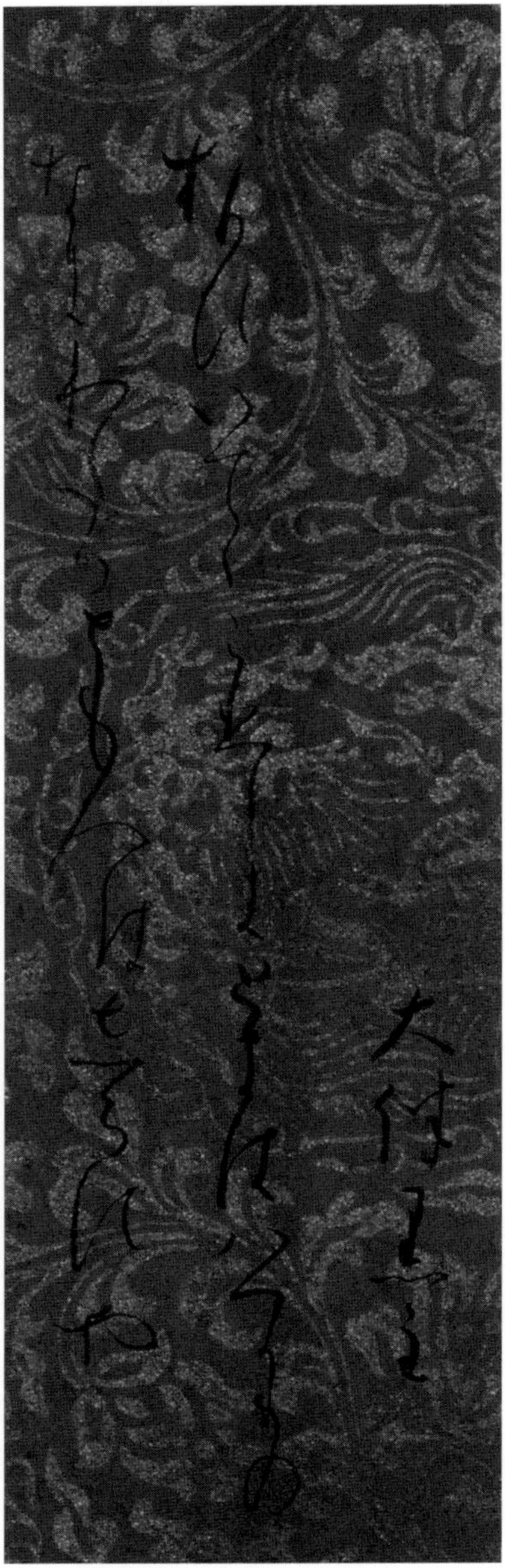

*元永本（『元永本 古今和歌集 下』講談社、121頁。ColBase 下61を加工・作成）には、右の通り、*素紙に*具引を施し、*獅子唐草文を*雲母摺した*料紙に、

大伴黒主

おもひいでゝこひしきときははつかりの

なきわたるとも人はしらずや

と書かれている。

あなたのことを思い出して恋しい時は、涙がこぼれそうになる。しかし、初雁のように、たとえ泣き続けても、あなたはそれに気づかないのではありませんか。

「初雁の」は、「泣き渡る」に係る枕詞だが、雁が鳴きながら渡ってくるイメージと、恋しくて泣きながら女のところへやって来る男の姿が重なっていよう。ところで、この一首は、普通、次のような本文で読まれている。流布本である定家本によって詞書とともに示す。

人をしのびにあひしりて、あひがたくありければ、その家のあたりをまかりありきけるをりに、かりのなくをききてよみてつかはしける　大伴くろぬし

思ひいでてこひしき時ははつかりの
なきてわたると人しるらめや　（恋四・七三五）

男は、ある女と密かに恋愛関係にあったが、その後、なかなか逢えなかったので、その女の家の辺りを徘徊していた折に、雁の鳴く声を聞いて歌を詠んで女に届けたのである。

歌の下の句に異同がある。

まず、第四句。「なきわたるとも」であれば、「とも」は逆接仮定条件を表す接続助詞になる。詞書によれば男は既に女の家の周辺を徘徊しているので、仮定条件はふさわしくないと判断されたためか、元永本以外はすべて「なきてわたると」の本文である。その場合は、「て」は単純接続の接続助詞であり、「と」は引用の格助詞で結句の「知る」に係る。

次に、結句。「人は知らずや」か、それとも「人知るらめや」か。こちらの異同は一考を要する。何故なら、久曾神昇『古今集古筆資料集』（風間書房・一九九〇年）や西下経一・滝沢貞夫『古今集校本』新装ワイド版（笠間書院・二〇〇七年）によると、「人は知らずや」の本文を採用する伝本が、元永本以外にも、

*本阿弥切・*志香須賀文庫本・*基俊本・
*雅俗山荘本・*毘沙門堂註本・*真田本・
*六条家本・*永治二年清輔本・*保元二年清輔本・
*伏見宮旧蔵伝顕昭本・*天理図書館蔵顕昭本・
*静嘉堂文庫片仮名本・*伝後鳥羽天皇宸筆本・
*建久二年俊成本・*寂恵使用俊成本・

など多く存在するからである。*雅経筆崇徳天皇御本も、本文は「人はしらずや」で、「しるらめやイ」と傍記する。

古写本・古筆切や*清輔・*顕昭は「人は知らずや」を

採用するのである。たしかに、「人は知らずや」の結句で享受していた顕昭[*]は、『千五百番歌合』恋二に出詠された俊成卿女の歌、

おもひいでてなきこそわたれ秋風に
ちぎりしそらのはつかりのこゑ　（二五一七）

についての判詞において、

おもひいでてこひしき時ははつかりのなきてわたると人はしらずや、これ、しのびにかたらへる人の家のあたりをまかるをりに、かりのなくをききて、くろぬしがよめるなり。

と本歌の存在を指摘するが、その本文は「人は知らずや」であった。

また『古今和歌六帖』第五「おもひいづ」所収の「くろぬし」詠も、

おもひいでてこひしき時ははつかりの
なきてわたると人はしらずや　（二八九一）

と「人はしらずや」の本文である。

さらに、『古今和歌集』仮名序の「くろぬし」評に加えられた古注に見える歌も、

思ひいでてこひしき時ははつかりの
なきてわたると人はしらずや

という本文である。

『金葉和歌集』二度本には、「寄水鳥恋」という題の、

あふこともなごえにあさるあしがもの
うきねをなくと人はしらずや　（恋下・四五四、忠通）

という、当該歌の「初雁のなきてわたると人は知らずや」を踏まえた歌が見える。

「人は知らずや」は、「人知るらめや」よりずっと古い本文で、定家以前はその本文で流布していたのである。

では、「人知るらめや」という結句の淵源はどこにあるのだろうか。

藤原行成の曾孫定実の筆になるとされる唐紙巻子本[*]には、

おもひいでゝこひしきときはゝつかりの
なきてわたるとひとしるらめや

とある。この例などが最も古い「人知るらめや」の採用例であろう。

*永暦二年俊成本は、本文に「人しるらめや」を採用し、「しるらめや」に「ハシラズヤ」と傍記している。この永暦二年本を父*俊成から受け継いだ*定家は、*建保五年（一二一七）本の段階では、傍記を採用し、

　おもひいでゝ恋しき時ははつかりの
　なきてわたると人はしらずや

としていた（片桐洋一『平安文学の本文は動く』和泉書院・二〇一五年、118頁）。その二年前ぐらいの成立とされる『定家八代抄』にも、『古今和歌集』から、

　思ひ出でて恋しき時は初雁の
　なきてわたると人はしらずや　（恋五・一四三九、黒主）

の本文で、当該歌を収録しているのである。

ところが、その後、定家は「人はしらずや」を捨て、「人しるらめや」を採ることになる。

定家が「人はしらずや」を捨て、「人しるらめや」を採った理由は何だったのであろう。

恋四の七三五番歌の和歌本文を「人しるらめや」と改訂した定家本（*貞応二年本・*伊達本・*嘉禄二年本など）は、仮名序の古注に見える和歌の本文までは改めなかったので、仮名序に見える和歌と、恋四に見える和歌との、本文の相違が注釈の対象となっている。例えば、室町期までの諸注集成とされる『古今集抄』（京都大学国語国文資料叢書19、臨川書店・一九八〇年、289頁）には、

　序に入らるゝ時は、しらずやと有、爰に入る時は、しるらめやとなをして入らるゝ也。…しらずやとは、姿いやし。

また、*宗祇流の『古今和歌集聞書』（東京大学国語研究室資料叢書9、汲古書院・一九八五年、377頁）には、

　序には人はしらずやとあり。黒主の哥のさま也。あらためて入たるなるべし。宜くなるにや。人はしらずやなど云は、そのさま、いやしきなるべし。

などとある。

「人はしらずや」は優雅さに欠けて卑賤な感じがするので、本文を校訂し「人しるらめや」と改めたという説明である。はたして、そうした説明は妥当なものなのだろうか。

右に挙げた注釈が「いやし」という形容詞を用いて*いるのは、仮名序の本文に、

　おほとものくろぬしは、そのさま、いやし、いは

ば、たきぎおへる山びとの、花のかげにやすめる
がごとし。

とあることに依拠しているにちがいない。大伴黒主の歌のさまの「いやしさ」の証拠として挙げる歌であれば「人はしらずや」がふさわしいが、恋四の部立に入集する歌としてふさわしく撰者が欠点を「なをして」本文を「あらためて」入集したというのである。

しかし、「人はしらずや」という表現に「いやしさ」があるというのは不審である。

『九条右大臣集』の師輔詠、

かれぬべきくさのゆかりをたたじとて
あとをたづぬと人はしらずや　（三九）

をはじめ、

みそぎせしなごしのよよりひとしれず
たのみわたるをひとはしらずや（元真集・二一八）

織女にけさはかしつるあさの糸を
よるはまつると人はしらずや（源順集・二八六）

などと歌語として特別に避けるべき表現ではない。

ただし、「人しるらめや」の方が、『古今和歌集』に当該歌以外にも、

わがこひを人しるらめや敷妙の
枕のみこそしらばしるらめ　（恋一・五〇四）

あさぢふのをののしの原しのぶとも
人しるらめやいふ人なしに　（恋一・五〇五）

つのくにのなにはのあしのめもはるに
しげきわがこひ人しるらめや　（恋二・六〇四）

などと見え、より耳馴れた表現であったのは確かだ。

今、注目したいのは、右の三首が共に、「我が恋」を口に出すことのない「忍ぶ」恋である故に、いくら激しく「繁き」恋であろうと、恋の相手は知るはずがない未逢恋が配列されている恋一や恋二の部立に使用されていることである。文法的に、現在推量の助動詞「らむ」の已然形「らめ」に助詞「や」が付いた「…らめや」は反語を表し、忍ぶ恋には「人しるらめや」がふさわしいのである。

それに対して、当該歌は、逢而不逢恋を詠む恋四に配されている。「人しるらめや」では強すぎる感じがする。「人はしらずや」という表現でよかったのではないかと思われるのである。

80

「音にのみ」か「よそにのみ」か

□□にのみ聞かましものを　音羽川わたるとなしに見なれそめけむ　（恋五・七四九、藤原かねすけ）

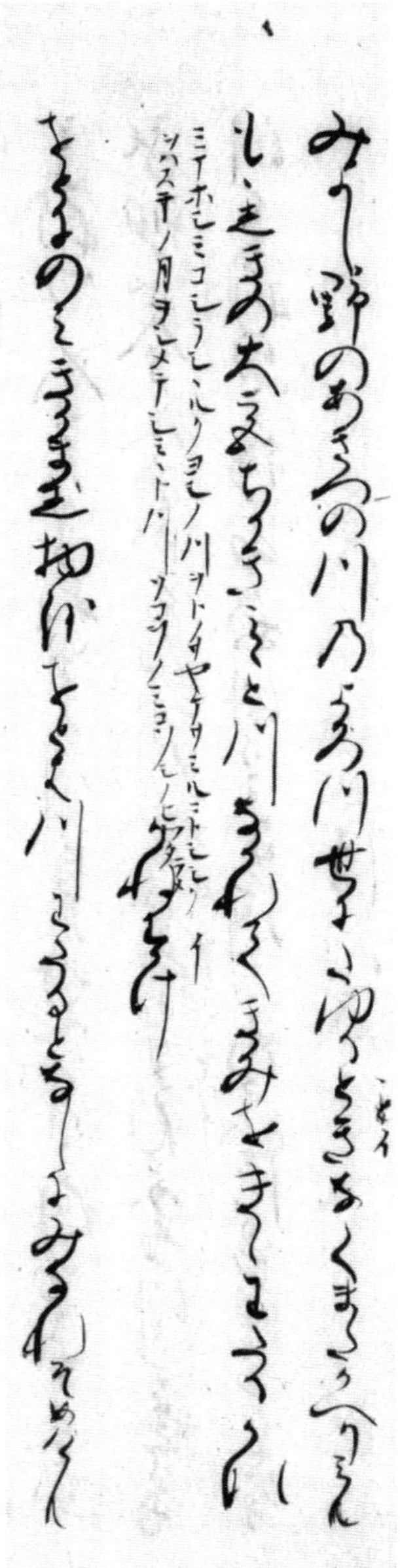

右に掲出したのは、*桂宮旧蔵（智仁親王等筆）宮内庁書陵部蔵『古今和歌六帖』（函号510・34）第三「かは」の一部（国文学研究資料館「国書データベース」に公開されている画像を加工して作成）である。

　みよし野のあきつの川のよろづ世に…

　もゝしきの大宮ちかきみゝと川…

という二首の後、

　ミマホシミコシラシヽルクヨシノ川…

　ヲバステノ月ヲシメデジミヽト川…

の二首が補入され、

　　　　　　かねすけ

をとにのみきかまし物ををとは川

　わたるとなしにみなれそめけん　（一五六四）

とある。この一首は、『古今和歌集』入集歌である。

　*中山切（『中山切　古今和歌集』汲古書院・一九九〇年、93頁）に、

藤原かねすけの朝臣

をとにのみきかまし物ををとはがは
わたるとなしに見なれそめけん

とあるが、初句を「音にのみ」とするのは、珍しい。

定家本を含む、その他の諸本は、

よそにのみきかましものをおとは河
渡るとなしに見なれそめけむ　（恋五・七四九）

と、初句が「おとにのみ」ではなく、「よそにのみ」なのである。

「よそにのみ」は、

題しらず　素性法師

よそにのみあはれとぞ見し梅花
あかぬいろかは折りてなりけり　（春上・三七）

こしのくにへまかりける人に
よみてつかはしける　凡河内みつね

よそにのみこひやわたらむしら山の
雪見るべくもあらぬわが身は　（離別・三八三）

などのように、距離的に隔たった状態や無縁な存在であることを表す。

「よそにのみ聞かましものを」は、相手との距離を縮め、親密な関係になったことを後悔する心情を表現している。こんなことなら、あなたとは親密な仲にならず距離をとって遠くからあなたの噂を聞くだけの関係でいた方がよかったのに、どうして親しく交際する深い間柄になったのだろう、という。

「ましものを」（…したらよかったのに）と過去の原因推量を示す助動詞「けむ」（どうして…したのだろう）が呼応するのは、

何為《なにせむに》　命継ぎけむ
吾妹《わぎもこ》に恋せぬ前《さき》に死なまし物を　（万葉集・巻十一・二三七七）

せきのとにあらましものを
なかなかになにあふさかをいそぎこえけむ　（重之子僧集・五三）

などと同じ文型である。

「けむ」の付く「見なれそめ」は、「馴れ親しむ、睦まじく交わる」の意の「見なれ」に、「…しはじめる」意の「初め」、あるいは「深く…する」意の「染め」という補助動詞「…そむ」が付いたものだが、*西本願寺本『躬恒集』に、

　このかはにこのはとうきてさしかへり
　みはけふよりぞみなれそめぬる　（一一）

とあるように、「河」の縁で、水に浸りなれる意の「水《み》馴れ」が掛けられている。

同じ「みなれそめ」は、『古今和歌六帖』にも、

　世の中はなぞやまとなるみなれ川
　みなれそめずぞあるべかりける　（第三「かは」一五六九）

と見え、また『源氏物語』にも、

　うちわたし世にゆるしなき関川を
　みなれそめけん名こそ惜しけれ　（宿木・七〇八）

などと用いられている。

　当該歌の難解な点は、「見なれそめけむ」を修飾する第三・四句「音羽川渡るとなしに」の解釈である。第三句以下に対する現代の諸注を挙げてみる。

佐伯梅友、岩波大系（一九五八年）

　どうして自分は、音羽川を渡るということなしに水になれそめたのだろう。女になじみ初めたが会い難い事情があって苦しいので、どうして見なれ初めたのだろうと歎いている気持を、川のたとえで表現した。

小沢正夫、小学館全集（一九七一年）

　私は岸辺でちょっと水につかって遊んだのだが、最初から音羽川を渡る勇気はなかったのだろう。頭注、「川を渡る」は女性と関係することの比喩。

竹岡正夫、全評釈（一九七六年）

　あの音という名のつく音羽川を渡るということもなしに、なんだってその水に馴れ始めたんだろう——そうよ、世間に公然と聞えて彼女のもとへ通うということもなしに、なんだってひそかに見馴れ始めたのであろう。

奥村恆哉、新潮集成（一九七八年）

　音に聞く音羽川をじっさい渡るというでもなく、ただ見るばかりのならいが身に染みたのは、いったいどうしたことだろう。「音羽川」は評判の高い女性の比喩。

佐伯梅友、岩波文庫（一九八一年）

　川を渡る（認められて結婚する）となしに、どうして水馴れ（見馴れ）始めたのだろう。

久曾神昇、講談社学術文庫（一九八二年）

どうしてうわさの高い音羽川を渡ることもなしに、見なれそめたのであろうか。語釈「おとは河」、評判の高い女性の譬喩。

小町谷照彦、旺文社対訳古典（一九八八年）

別になじみになるつもりもなかったのに、どうして深い仲になってしまったのだろう。

小島憲之・新井栄蔵、岩波新大系（一九八九年）

「音羽川」はその名の通り「音」に聞くだけでわざわざ渡らなくても水に馴れ親しめるのに、どうしてわたくしは、ちゃんと契るわけでもなく、かといって遠くで噂を聞いているわけでもなく、なまじいに逢い親しんで馴染みはじめたのでしょう。

小沢正夫・松田成穂、小学館新編全集（一九九四年）

私はなぜあの人と晴れて契りを結ぶということをせず、ひそかに馴染んでしまったのだろう。

片桐洋一、全評釈（一九九八年）

音羽川を渡るということもないままに、つまり人の噂になるということもないままに、どうして見慣れるような関係になってしまったのだろうか。

高田祐彦、角川文庫（二〇〇九年）

どうして音羽川を渡ったわけではないのに、「みなれ」（水馴れ――見馴れ）はじめてしまったのであろう。

久保田淳他、和歌文学大系（二〇一二年）

音羽川を渡りもせずにその水に濡れるように、どうしてなまじ親しい間柄になりはじめたのだろう。補注、「渡となしに」は「渡らずに」とは違って、おおっぴらに渡ろうとはせずにの意に取らないと、「見なれそめけむ」との整合性がなくなるか。脚注、公然と恋人にすることもなく。

当該歌の第三句以下の解釈は、右往左往して定説を見ない。その本文を忠実に現代語に置き換えれば、右に挙げた諸注のうち、岩波大系の通りになるであろう。

音羽川を徒歩で渡ると我が身は水に浸って濡れてしまう。馬や舟に乗って渡ったとしても、衣は水飛沫で濡れるだろう。私は、音羽川を渡るわけではないのにどうして水に浸って「水馴れ」たのだろう。下の句は、第四句と結句とで、矛盾を提示して、その原因推量を歌末の「けむ」で表現するのである。

「水馴れ」ではないけれど、私はどうしてあなたを「見馴れる」（馴れ親しんで、睦まじく交わる）ことになったのだろうと、「音羽川を渡るということなしに」が「水になれそめた」という「川のたとえ」の側面にのみ係ると理解し、「水馴れ」が「見馴れ」を導くと解釈する。それは、角川文庫に受け継がれている。

竹岡全評釈がしばしば示す図解を用いると、

よそにのみ聞かましものを　見馴れそめけむ
　　音羽川渡るとなしに水馴れそめけむ

という構造になる。恋の文脈は、初句・第二句・結句で、水の文脈は、腰の句・第四句・結句で、重なるのは結句の「みなれ」だけと解するのである。

それに対して、「音羽川を渡るとなしに」にまで恋の文脈を及ぼして、小学館全集のように「川を渡る」は女性と関係することの比喩と見てしまうと、「渡るとなしに」とあるので、恋五という恋の破局をテーマとする巻に配された歌として読むことが困難になる。そこで、竹岡全評釈のように「音羽川」に注目し、「音羽川渡る」を世間に公然と聞こえて女のもとへ通うという解釈が生まれてくる。この解釈は、岩波文庫の注に見えるように、岩波大系の佐伯の解釈に修正を迫り、小学館新編全集・片桐全評釈・和歌文学大系にも影響を及ぼしている。

しかし、そもそも「音羽川渡る」という表現を、「世間に公然と聞こえて女のもとへ通う」「晴れて契りを結ぶ」「人の噂になる」「おおっぴらに渡ろうとする」などと解釈することが可能なのか、という疑問も湧く。

さて、「音羽川」は、*西本願寺本『伊勢集』に、

ある大納言、ひえさかもとに、おとはといふ山のふもとに、いとをかしきいへつくりたりけるに、おとはがはをやり水にせきいれて、たきおとしなどしたるをみて、やり水のつらなるいしにかきつく

おとはがはせきれておとすたきつせに
人のこころのみえもするかな　（四六八）

と見えるように、比叡山の西坂本にもあり、新潮集成が頭注に「京都市左京区一乗寺」とするが、恋歌に用いられる歌枕としては、『古今和歌集』に「音羽山」と「音羽の滝」の用例だが、

おとは山おとにききつつ相坂の

関のこなたに年をふるかな
（恋一・四七三、在原元方）

山しなのおとはのたきのおとにのみ
人のしるべくわがこひめやも
（墨滅歌・一一〇九、あふみのうねめ）

などと見えるように、逢坂の関の南に位置する音羽山を水源とし、山科を流れる「音羽川」とすべきだろう。

その「音羽川」は、『九条右大臣集』に、

また、との

おとは河おとにのみこそ聞きわたれ
すむなる人のかげをだにみで
（四一）

（ずっと噂であなたのことを聞くだけです。そこに住んでいるというあなたに逢うことは勿論、お姿さえも見ることなく）

返し

ありとのみおとにききつるおとは河
わたらばそこにかげやみえなん
（四二）

（私がこうして暮らしていると噂で聞くだけと仰るが、お出でになれば、そこで私の姿をきっと御覧になれるでしょう）

と見える。この師輔と女の贈答では、「音羽川」が「音にのみこそ聞きわたれ」を導いたり、「音に聞きつる」の被修飾語となったりしている。いずれにせよ、「音」（噂）を連想させる歌枕である。

女の返歌には「おとは河わたらば」と見えるが、「渡らば」は、男が贈ってきた歌の「おとは河おとにのみこそ聞きわたれ」を受けて、河の縁語として「通はば」の代わりに用いられているに過ぎない。

当該歌でも、わざわざ「音羽川」を持ち出したのは、初句が「おとにのみ」だったからではなかったか。そう考えたのが、当該歌の初句を「おとにのみ」とする中山切の本文ではなかったか。「音羽川渡るとなしに」は、結句を修飾すると同時に、初句・第二句にも係る語句ではなかったか。「音にのみ」は、単純な誤写とも言えない。

また、「聞く」との関連からも、

おとにのみきくの白露よるはおきて
ひるは思ひにあへずけぬべし
（恋一・四七〇、素性法師）

歌めしける時にたてまつるとてよみて、

おくにかきつけてたてまつりける　伊勢
山河のおとにのみきくももしきを
身をはやながら見るよしもがな（雑下・一〇〇〇）

などのように、「音にのみ」の本文も一概に捨てられないのである。

「おとにのみ」の場合も、図解すると、

音にのみ聞かましものを　見馴れそめけむ
音羽川渡るとなしに　水馴れそめけむ

ということになる。あなたの所へ通うようなことをしないで、あなたの噂を聞くだけの関係であったらよかったのに、どうして水に浸かるようにあなたにどっぷり浸かって、親しく交際する深い間柄になったのだろう、ということになる。

しかし、初句は、結果として「おとにのみ」ではなく、広く「よそにのみ」で流布してゆく。「音羽川」との関連では「おとにのみ」という選択肢もあったはずだが、結句の「馴れ」との対比としては、「馴れ馴れし」に対して「よそよそし」が対義語となるように、「よそ」の方がふさわしく感じられたのであろう。

兼輔の家集でも、

*部類名家家集切『堤中納言集』
（『日本名跡叢刊』22・二玄社、43頁）
あひいひけるをんなの、おもひうとむ
けしきになりけれは
よそにのみきかましものをおとはかはわた
るとなしにみなれそめけむ

*坊門局筆本『兼輔中納言集』
（冷泉家時雨亭叢書16『平安私家集三』31頁）
あひいひける女の、おもひうとむ
けしきにみえけれは
古　よそにのみきかましものをおとはかはわたるとな
しにうかれそめけむ

などと、初句は「よそにのみ」である。

『古今和歌集』では「題しらず」だが、家集の詞書によって、お互いに睦まじく恋を語り合っていた女の心が離れ、自分を疎ましく思う様子になったので、男が詠んだ歌と理解され、そうした理解からは必然的に、相手との距離が近くなり過ぎたと後悔する心情として「よそにのみ聞かましものを」が選ばれることになる。

81

「みだるゝ」か「なかるゝ」か

うきめのみ生ひて□□るる浦なれば　かりにのみこそあまは寄るらめ　（恋五・七五五）

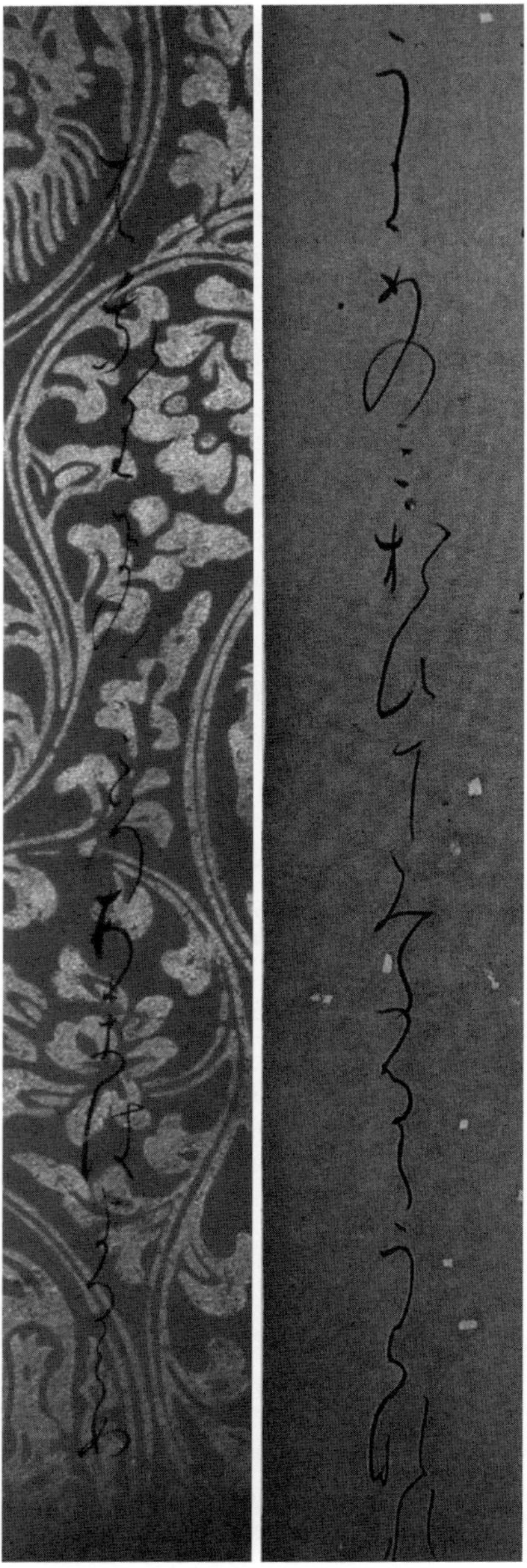

*元永本（『元永本 古今和歌集 下』講談社、135 136頁。ColBase 下68 69を加工・作成）には、右の通り、*素紙に銀*小切箔・*砂子を散らした裏の*料紙から、*具引地に*獅子二重丸文を*雲母摺した表の料紙にかけて、

うきめののみおひてみだるゝうらなれ
ばかりにのみこそあまはよるらめ

と書かれている。

一方、流布本である*貞応二年定家本の第二句は「お

ひてなかる、」である。

「なかる、」と「みだる、」、いずれが本来の本文なのであろうか。

久曾神昇『古今集古筆資料集』(風間書房・一九九〇年)や西下経一・滝沢貞夫『古今集校本』新装ワイド版(笠間書院・二〇〇七年)によると、「みだる、」の本文を採用する伝本が、元永本以外にも、

*志香須賀文庫本・*基俊本・*右衛門切・
*雅経筆崇徳天皇御本・*六条家本・
*永治二年清輔本・*保元二年清輔本・
*伏見宮旧蔵伝顕昭本・*天理図書館蔵顕昭本・
*伝後鳥羽天皇宸筆本・*建久二年俊成本・
*雅俗山荘本・*道家本

など数多くある。

定家が父俊成から受け継いだ*永暦二年(一一六一)俊成本(歴史民俗博物館蔵貴重典籍叢書・臨川書店、442頁)には、

うきめのみおひてみだ《ナカ》る、うらなれば
かりにのみこそあまはよるらめ

とあり、「みだる、」の本文に「ナカ」と傍記されている。

その後、*俊成は、*建久二年(一一九一)本によって知られるように、傍記の「ナカ」を捨てて「みだる、」という本文に落ち着く。

*寂恵本(古文学秘籍叢刊『寂恵本 古今和歌集下』一九三四年、42ウ)にも、

うきめのみおひてなかる、《みだる、俊》浦なれば
かりにのみこそあまはよるらめ

と、第二句「おひてなかる、」の「なかる、」に「みだる、 俊」という傍記があり、寂恵が校合に使用した俊成本には「みだる、」とあったことが知られる。

それに対して、*定家は逆に、永暦二年俊成本の傍記「ナカ」を採用することになる。

「なかる、」の場合、「流るる」(ラ行下二段活用動詞「流る」の連体形)と「泣かるる」(カ行四段活用動詞「泣く」の未然形+自発の助動詞「る」の連体形)の掛詞ということになる。

「うきめ」は水に浮いている海藻だから「流れ」てゆく存在で、多く「憂き目」に掛けて用いる歌語だから「泣かるる」と続くのも自然である。

こころかはりたりとみて、衛門
うきにおふるあしのねにのみなかれつつ
いきて世にふるここちこそせね
返し
世のうきにおふるみくりのみがくれて
なかるる事はわれもたえせず
（『九条右大臣集』一三、一四）

などと見える、こうした恋歌の「なかるる」が、当該歌にもふさわしいと*定家は考えたのであろう。

それで定家は、古写本では少数派であった*伝公任筆装飾本の、

うきめのみおひてなかるゝうらなれば
かりにのみこそあまはよるらめ
（『伝藤原公任筆　古今和歌集　下』旺文社、109頁）

*や中山切の、

うきめのみおひてなかるゝ浦な
ればかりにのみこそあまはよるらめ
（『中山切　古今和歌集』汲古書院、95頁）

などを根拠に、永暦二年俊成本の傍記「ナカ」を生かしたのだろう。

いずれにせよ、『古今和歌六帖』第三「みるめ」に、

うきめのみうきてみだるるうらなれば
かりにのみこそあまはよるらめ　（一八七二）

とあり、また、建保四年（一二一六）に行われた『内裏百番歌合』に出詠された範宗詠も、

うきめのみおひてみだるるいはの上に
たねある松のなをたのみつつ　（一七二）

と、「うきめのみおひてみだるる」の本文をもつ古今集歌の本歌取りであることから判断すれば、当該歌は「みだるる」が本来の本文で、定家が「なかるる」を採用した後も、*貞応二年定家本が古今伝授のテキストとして流布するまでは、暫く「みだるる」も広く通行していた可能性が高い。

いく世しもあらじわが身をなぞもかく
あまのかるもに思ひみだるる
（『古今和歌集』雑下・九三四）

など、海士が「刈る」藻が散乱するイメージと、思い「乱れる」イメージとの重なりからすると、「みだるる」という本文も捨てがたいのである。

82 「人は」か「世をば」か

あまの刈る藻にすむ虫の　われからと音をこそ泣かめ□□□恨みじ　（恋五・八〇七、典侍藤原直子朝臣）

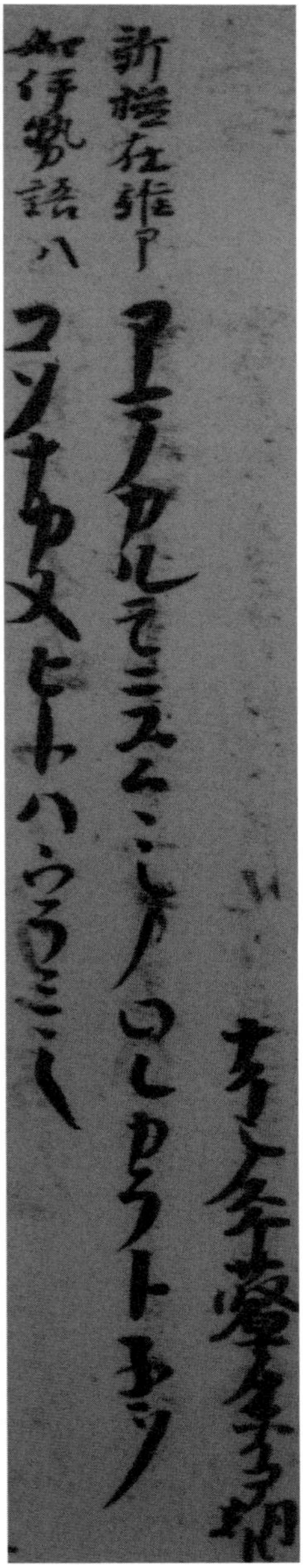

*伏見宮旧蔵伝顕昭本（宮内庁書陵部蔵、伏・二三〇）には、右の通り、

ナイシノスケ藤原ノナホイコ朝臣
アマノカルモニスムムシノワレカラトネヲ
コソナカメヒトハウラミジ

とある。

頭注には「新撰在雑部」「如伊勢語ハ」と見え、図版はカットしたが「水尾御時内侍、五条后ノイトコナリ。アヤマリテ、クラニコメラレテ、ヨメルナリ。殿上ニアリケルヲトコニアヘリトイヘルハ、若業平歟。又大御息所ハ染殿ノ后也。イトコトアルハ二条后云々」と続く。

頭注の通り、『新撰和歌』恋雑部には、

あまのかるもにすむ虫のわれからと
ねをこそなかめよをばうらみじ　（三五一）

『伊勢物語』第六十五段には、

昔、おほやけおぼしてつかうたまふ女の、色許されたるありけり。大御息所とていますかりける従姉妹なりけり。殿上にさぶらひける在原なりける男の、まだいと若かりけるを、この女、あひ知りたりけり。…この女の従姉妹の御息所、女をばまかでさせて、蔵に籠めて、しをりたまうければ、蔵に籠もりて泣く。

海人の刈る藻にすむ虫の我からと
音をこそなかめ世をばうらみじ　（一二〇）

と泣きをれば…水の尾の御時なるべし。大御息所も染殿の后也。五条の后とも。

と、それぞれ当該歌が見えるが、結句は「人は恨みじ」ではなく、「世をば恨みじ」である。

『古今和歌集』の当該歌は、通常、*貞応二年定家本によって「世をばうらみじ」という本文で読まれている。

海士の刈る藻に住む虫のワレカラ（割殻）ではないが、こうなったのもすべて私自身のせいです。そう声をあげて泣きこそしても、世間は恨みますまい。

「われから」は、海藻などに付着して生活する甲殻類の虫「ワレカラ」（割殻）と、他の誰のせいでもなく自分の心や行為が原因で、という意の副詞「我から」の掛詞で、初句・第二句は「我から」を導く序詞。「こそ〜已然形、…」は、逆接強調。「め」は、意志の助動詞「む」の已然形。「じ」は、打消意志の助動詞「じ」の終止形。「め」と「じ」とが対比されているように、腰の句・第四句と結句とは対句である。

「我からと音をこそ泣かめ」に対応する語句として、「世をば恨みじ」「人は恨みじ」いずれがふさわしいのだろう。自分と他人という対であれば「我」と「人」だが、私個人と世間一般という対なら「我」と「世」でも問題はない。

「人は」の本文を採用する伝本は、伏見宮旧蔵伝顕昭本以外にも、西下経一・滝沢貞夫『古今集校本』新装ワイド版（笠間書院・二〇〇七年）によると、

*雅経筆崇徳天皇御本・*六条家本・*道家本・
*天理図書館蔵顕昭本・*静嘉堂文庫片仮名本・
*志香須賀文庫本・*中山切・*伝後鳥羽天皇宸筆本・
*永暦二年俊成本・*建久二年俊成本

などである。

*永治二年（一一四二）清輔本（復刻日本古典文学館『古今和歌集　清輔本』一九七三年）には、

あまのかるもにすむ、しのわれからと

ねをこそなかめよをばうらみじ

とあり、伏見宮旧蔵伝顕昭本と同じ頭注が見える。その頭注は「殿上ニアリケルアリハラナリケルヲトコ」と『伊勢物語』の本文により忠実である。二つの頭注をそれぞれの改行通りに対照すると、

（永治二年清輔本）
殿上ニアリ
ケルアリハラナリ
ケルヲトコニアヘ
リトイヘルハ若
業平歟

（伏見宮旧蔵伝顕昭本）
殿上ニアリ
（目移りで欠脱）
ケルヲトコニアヘ
リトイヘルハ若
業平歟

のように、伏見宮旧蔵伝顕昭本の頭注は、一行分を目移りで欠脱していることがわかる。

　永治二年清輔本と伏見宮旧蔵伝顕昭本では、同じ頭注をもちながら、一方は「よをば」、また一方は「ヒトハ」と和歌本文が相違している。

　伏見宮旧蔵伝顕昭本は、奥書によると、建永元年（一二〇六）既に高齢だった*顕昭が、顕昭本を誰かに書写させ、校合を重ねて作成した本で、目移りによる頭注の欠脱を指摘はしたが、全般的には「書写態度は丁寧で誤写が極めて少ない」（『日本古典籍書誌学辞典』岩波書店、212頁）と評価されている。顕昭が「ヒトハ」という本文を認めていたことは、*天理図書館蔵顕昭本や『顕注密勘抄』（『日本歌学大系』別巻五・風間書房、245頁）の本文からも明らかである。*保元二年（一一五七）清輔本が本文「よをは」の「よを」に「ひとイ」と傍記するのは、顕昭や*俊成が採る「人は」という本文も無視できなかったのであろう。

　片桐洋一『平安文学の本文は動く』（和泉書院、118頁）によると、定家本でも*建保五年（一二一七）本に限っては、第五句が「人はうらみじ」であるという。

　*清輔や*定家は、「世をば」を採る古写本、

　*基俊本・*元永本・*筋切・関戸本
　　（久曾神昇『古今集古筆資料集』風間書房、209頁）
　*伝公任筆装飾本
　　（『伝藤原公任筆　古今和歌集　下』旺文社、130頁）

の本文をよしとしたのだが、貞応二年本が古今伝授のテキストになるまでは、「人は」という本文も生き延びていたにちがいない。

83

「心」か「涙」か

わびはつる時さへ物の悲しきは　いづこをしのぶ□なるらむ　（恋五・八一三）

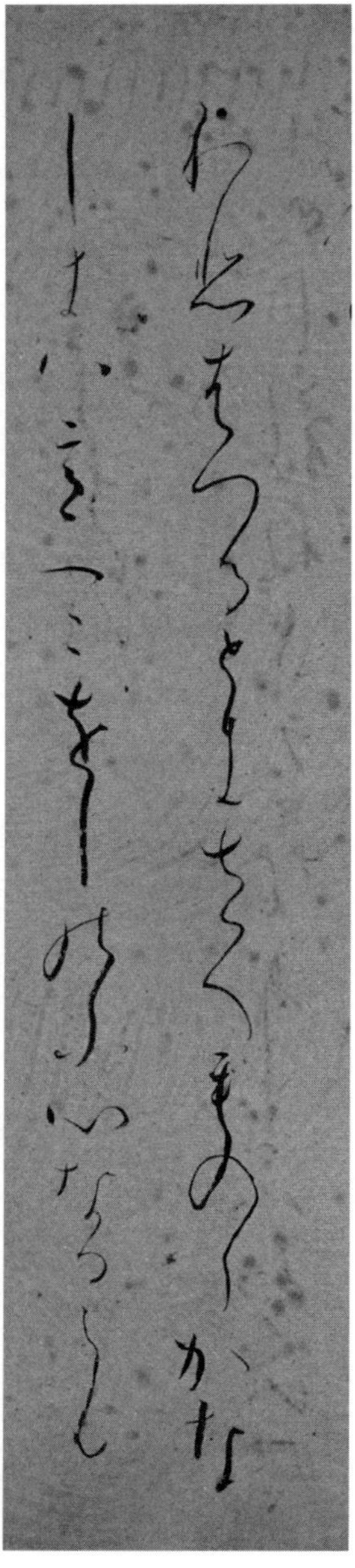

*元永本（『元永本 古今和歌集 下』講談社、161頁。ColBase下81を加工・作成）には、右の通り、

わびはつるときさへものゝかな
しきはいづこをしのぶ心なるらん

と書かれている。

結句は、読み馴れた定家本では「涙なるらむ」である。

元永本のように「心」の本文を採用するのは、西下経一・滝沢貞夫『古今集校本』新装ワイド版（笠間書院・二〇〇七年）によると、他に、

*筋切・*真田本

のみである。それゆえ、「心」という本文は、誤写あるいは例外的なものとして重視しない立場もあろう。

しかし、『古今和歌集』の本文だけでなく、少し視野を広げ、「心」か「涙」かという問題を眺めてみると、紀貫之が『古今和歌集』からさらに秀歌を抜き出

したとされる『新撰和歌』には、

わびはつるときさへもののかなしきは
いづれをしのぶ心なるらん　（恋雑・三二八）

とあることに気がつく。

あなたに逢いたくて切ない思いで過ごした夜は、もう過去のこと。もはや、あなたが訪ねてくることはない。それは分かっている。しかし、失恋ですっかり塞ぎ込む今でも、昔と同じように切ない気持ちになるのは、何処の誰を密かに恋い慕う私の「涙」なのでしょう。晩年の貫之は、そうした「心」の機微を、素直に「いづれをしのぶ心なるらむ」と「涙」よりも「心」で表現した方がよいと考えたのであろう。

「心」か「涙」かという問題は、『古今和歌集』『新撰和歌』それぞれの配列からも妥当な本文が指摘できる。『古今和歌集』では、

逢ふ事のもはらたえぬる時にこそ
人のこひしきこともしりけれ　（恋五・八一二）
わびはつる時さへ物の悲しきは
いづこをしのぶ涙なるらむ　（同・八一三）
藤原おきかぜ
怨みてもなきてもいはむ方ぞなき
かがみに見ゆる影ならずして　（同・八一四）

と配列され、「わびはつる」のは「逢ふ事のもはら絶えぬる」結果であることが分かると同時に、当該歌の「涙」が興風詠の「泣きても」を導くという役割を果たしていることが知られる。

ところが、『新撰和歌』では、同じ興風詠でも『古今和歌集』雑体の、

身はすてつ心をだにもはふらさじ
つひにはいかがなるとしるべく　（誹諧・一〇六四、おきかぜ）

と番えられ並べられている。現実の世界に縛られる「身」から独立した「心」を問題にする。『新撰和歌』における当該歌は、もはや「涙」の本文はあり得ず、「心」の本文しか考えられないのである。

その「心」の本文をもつ当該歌は、まもなく一人歩きを始める。二つの方向に向かってである。

一つは、何故か伊勢詠と考えられたらしく、『後撰和歌集』に、

をとこのわすれ侍りにければ　伊勢

わびはつる時さへ物のかなしきは
いづこを忍ぶ心なるらん　（恋五・九三六）

のように、再び入集するのである。

それが『伊勢集』にも採られ、

*天理図書館蔵定家等筆本

撰　わびはつるときさへものゝかなしきは
いづくをしのぶ心なるらむ　（天理図書館善本叢書『平安諸家集』128頁）

*資経本

わびはつるときさへものゝかなしきは
いづくをしのぶこゝろなるらん　（冷泉家時雨亭叢書65『資経本私家集一』390頁）

*承空本

撰　ワビハツルトキサヘモノ、カナシキハ
イヅクヲシノブ心ナルラン　（冷泉家時雨亭叢書69『承空本私家集上』213頁）

などと、「心」の本文で見える。

しかし、『後撰和歌集』よりも『古今和歌集』の印象の方がさすがに強いらしく、『伊勢集』の当該歌も、

*西本願寺本

物いみじうおもひはべりしころ
わびはつるときさへものゝくるしきは
いづこをしのぶなみだなるらん　（一一六）

*群書類従本（第十五輯、547頁）

古　わびはつる時さへ人の悲しきは
いづこをしのぶなみだ成覧　（一四三）

*歌仙家集本（『合本　三十六人衆』156頁）

古　わびはつる時さへ物のかなしきは
いづく《こ》を忍ぶ涙なるらん　（一四〇）

などのように、「心」は、いつしか「涙」へ書き換えられていったようだ。

もう一つの方向は、「いづこをしのぶ心なるらむ」を生かした類歌が作られ、『拾遺抄』に題不知・読人不知として、

うしとおもふものから人の恋しきは
いづこをしのぶこころなるらん　（恋下・三〇六）

が収められ、『拾遺和歌集』にも、恋二・七三一、恋五・九四四に重複して入集するのである。『拾遺抄』『拾遺和歌集』では、異本・流布本すべて「心」の本文で異同は見られない。

84

「晴れず」か「絶えず」か

すみぞめの君がたもとは雲なれや　□□ず涙の雨とのみ降る

（哀傷・八四三、ただみね）

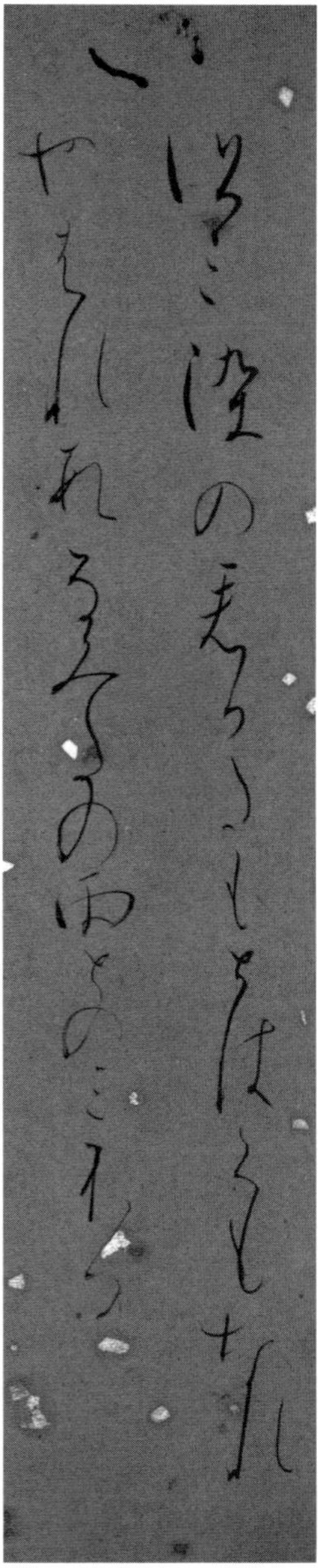

*元永本（『元永本 古今和歌集 下』講談社、178頁。ColBase 下90を加工・作成）には、右の通り、

すみ染の君がたもとはくもなれ
やはれずなみだの雨とのみふる

と書かれている。

この一首、読み馴れた定家本で詞書も含めて示すと、

おもひに侍りける人をとぶらひに
まかりてよめる　　ただみね

すみぞめの君がたもとは雲なれや
たえず涙の雨とのみふる

（哀傷・八四三）

である。

「思ひ」は、喪に服すること。また、その期間。服喪中の人を見舞うために出かけて詠んだ、壬生忠岑の歌である。墨染めのあなたの袂は、雲なのか、涙がまるで雨のように袂に降ることだ。

下の句の初めに置かれる語句は「晴れず」「絶えず」

いずれがふさわしいのだろう。
元永本と同様「晴れず」とするのは、久曾神昇『古今集古筆資料集』（風間書房・一九九〇年）や西下経一・滝沢貞夫『古今集校本』新装ワイド版（笠間書院・二〇〇七年）によると、
*本阿弥切・*志香須賀文庫本・*基俊本・
*六条家本・*永治二年清輔本・*保元二年清輔本・
*伏見宮旧蔵伝顕昭本・*天理図書館蔵顕昭本・
*静嘉堂文庫片仮名本・*雅俗山荘本・*道家本
などである。*雅経筆崇徳天皇御本も、本文は「はれ」を採り、「たえイ」と傍記する。*永暦二年俊成本は、逆に、本文は「たえ」で「ハレ」は傍記に回る。
*伝公任筆装飾本は「たえず」（『伝藤原公任筆　古今和歌集　下』旺文社、147頁）とするが、古写本・古筆切は圧倒的に「はれず」の本文で、*清輔・*顕昭までは「晴れず」であった。
「絶えず」を採用する*俊成も、初期の*永暦二年（一一六二）本の段階では、「晴れず」も無視できない本文だったらしく、異本表記「ハレ」を傍記したが、*建久二年（一一九一）本になると、その傍記「ハレ」は捨てられている。*定家もまた、父俊成から受け継いだ永暦二年本の傍記を採らず、本文の「たえず」をそのまま採用する。
俊成・定家は、何故「晴れず」ではなく「絶えず」を採用したのか。
「晴れず涙の雨とのみ降る」では、「雨」「降る」という状況からすれば「晴れず」は自明過ぎて、状況を説明する「絶えず」という修飾語の方がふさわしいと考えたのであろうか。
実は、「自然」の状況と「人間」の心情を密接に結びつけて表現するのが平安中期の和歌の方法だった。「自然」の状況は「人間」臭く、「人間」の心情は「自然」に託して詠むのである。それゆえ、『古今和歌集』の歌が「晴れず」と詠まれている場合、

秋霧のともにたちいでてわかれなばはれぬ思ひに
恋ひや渡らむ　（離別・三八六、平もとのり）

雁のくる峰の朝霧はれずのみ
思ひつきせぬ世中のうさ　（雑下・九三五）

宮こ人いかがととはば山たかみはれぬくもゐに
わぶとこたへよ　（雑下・九三七、をののさだき）

雲はれぬあさまの山のあさましや人の心を
見てこそやまめ　（誹諧・一〇五〇、なかき）

などのように、雲や霧が消え去らないという自然現象と同時に、憂いがなくなって心の中のわだかまりや悩みごとがなかなか解け去らないという人の心情を表しているのである。

当該歌の「はれず」も、「墨染めこそ、なほいとうたて、目もくるる色なりけれ」（『源氏物語』柏木・一二五〇）と、墨染めのあなたの袂を見ていると、私にもあなたの辛さが伝わってきて、心晴れず、同情の涙が雨が降るように流れることだ。雨を降らす墨染めのあなたの袂は雲なのか、というのである。

たしかに、「絶えず」は、

白雲のたえずたなびく岑にだに
すめばすみぬる世にこそ有りけれ
（雑下・九四五、これたかのみこ）

のように「雲」と結びつく表現ではあるけれども、当該歌の場合は、心が晴れない悲しみや嘆きを示す「晴れず」の方が本来のもので、ふさわしいと思われる。

ところが、平安後期以降、『金葉和歌集』の、

ゆふさればかどたのいな葉おとづれて
あしのまろ屋に秋風ぞふく　（秋・一七三、経信）

うづらなくまののいりえのはまかぜに
をばななみよる秋のゆふぐれ　（秋・二三九、俊頼）

などのような叙景歌が好まれ、『千載和歌集』所収の、

夕されば野べのあきかぜ身にしみて
うづら鳴くなりふか草のさと　（秋上・二五九）

という*俊成自讃歌をめぐって、俊恵が誤解して「景気を言ひ流して、ただ空に、身にしみけむかしと思はせたるこそ、心にくくも優にも侍れ」（『無名抄』）と「腰の句」を難じたという。そうした叙景歌主流の時代になると、「晴れず」も自然現象とのみ捉えられ、「晴れず」「雨」「降る」という当たり前の文脈よりも、「絶えず」「雨」「降る」という文脈が選択されたらしい。

もっとも、「絶えず」という本文が俊成以前にもなかったわけではない。『古今和歌六帖』第四「かなしび」には、

すみぞめのきみがたもとはくもなれや
たえずなみだのあめとのみふる
（二四七七、ただみね）

と収められているし、前述の通り*伝公任筆装飾本は「たえず」である。
また、『忠岑集』に収められた当該歌も、
*伝為家筆本（書陵部蔵（函511・28）本の祖本）

おもひにこもりたる人を、とぶらふとて
すみぞめの君がたもとは雲なれや
たえずなみだのあ(め)とのみふる　（四三）
（冷泉家時雨亭叢書『平安私家集九』296頁）

*西本願寺本

いみにこもりたる人を、とふとて
すみぞめのきみがころもはくもなれや
たえずなみだのあめとふるらん　（七四）
きれずなみだのあめとのみふる、とも
（久曾神昇『西本願寺本三十六人集精成』252頁）

*承空本（*御所本（函510・12）の親本）

オヤノオモヒナル人ヲ、トブラフトテ
スミゾメノキミガタモトハクモナレヤ
タエズナミダノアメトノミフル　（一〇〇）
（冷泉家時雨亭叢書『承空本私家集上』143頁）

*枡型本

おもひなりけるひと、ゝぶらひにゆきて
古　すみぞめのきみがたもとはくもなれや
たえずなみだのあめとのみふる　（一六二）
（冷泉家時雨亭叢書『平安私家集九』255頁）

などと、すべて「たえず」の本文である。

このうち、平安時代の書写である西本願寺本が作成された頃は、当該歌の本文はまだ揺れていて、定まっていなかったらしい。「きれず」は、雲が「切れず」か。あるいは「き（字母支）」は「は（字母者）」の誤写かもしれない。「袂」が「衣」、「のみ降る」が「降るらむ」となっているところからすると、『拾遺和歌集』に入集する「題しらず・よみ人しらず」の、

墨染の衣の袖は雲なれや
涙の雨のたえずふるらん　（哀傷・一二九七）

は、類歌というより同じ歌の異伝とみるべきかもしれない。*天福元年定家自筆本拾遺和歌集は、この歌の肩に「古今」とし、「キミガタモトハ」「タエズナミダノアメトノミフル」と傍記する。この頃の定家に、当該歌の本文として「はれず」の選択肢は、もはやなかったのである。

85　君「を」別れか君「に」別れか

郭公今朝なく声におどろけば　君□別れし時にぞありける

（哀傷・八四九、つらゆき）

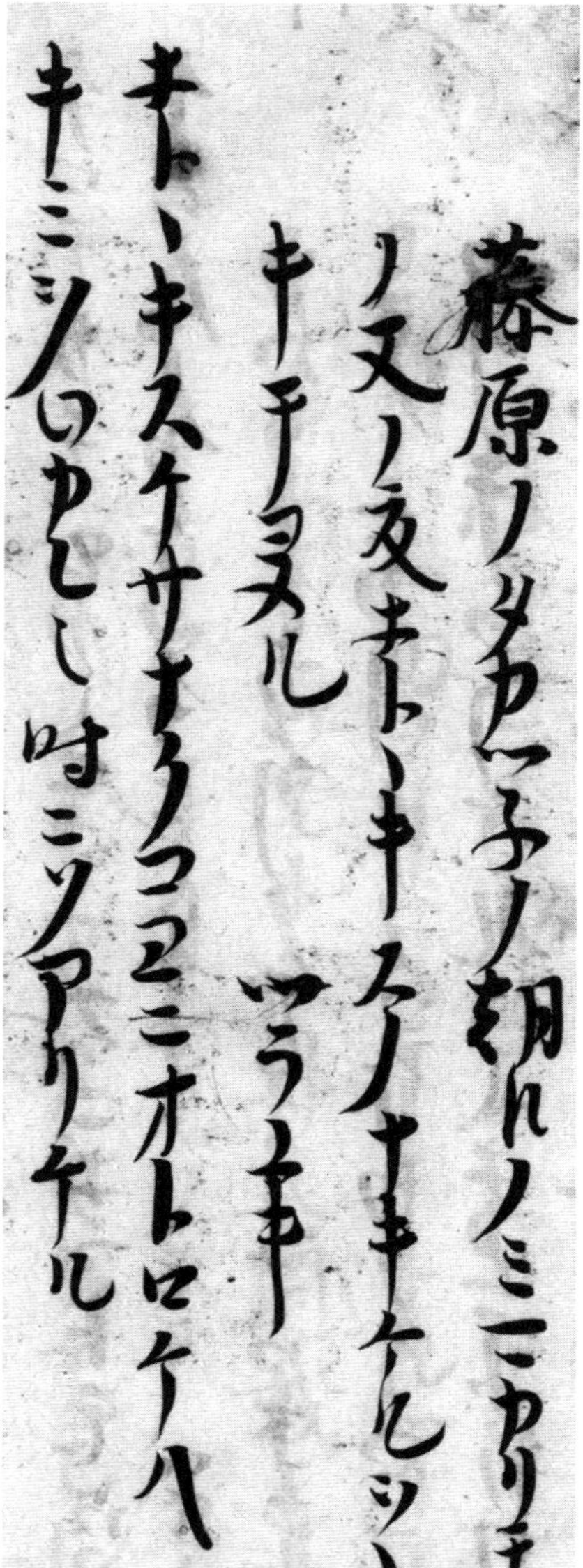

*伏見宮旧蔵伝顕昭本（宮内庁書陵部蔵、伏・二三〇）には、右の通り、

藤原ノタカツネノ朝臣ノミマカリテノ又ノ夏ホト、ギスノナキケルヲキキテヨメル　ツラユキ

ホト、ギスケサナクコヱニオドロケバ
キミヲワカレシ時ニゾアリケル

とある。

藤原高経は、『尊卑分脈』によると、長良《ながら》男で、国経や基経の弟。寛平五年（八九三）五月十九日に卒去。

右兵衛督で、五十九歳だった。『古今和歌集』に二首（物名・四五五、恋五・七八九）入集する「兵衛」の父である。自身も『後撰和歌集』夏・一六九に一首入集する「歌人」（『尊卑分脈』肩書）であり、生前、貫之と何らかの交流があったのだろう。貫之は、高経卒去の翌年の夏、冥土からの使いとされるホトトギスの鳴く声を聞き、はっとして、ちょうど一年間に亡くなった高経のことを思い出したのである。

いま問題にしたいのは、第四句。伏見宮旧蔵伝顕昭本のように「君を別れし」とすべきか、それとも*貞応二年定家本のように「君に別れし」とすべきか、という格助詞の異同である。

現代においては、日本語を母語とする者が「別れる」という動詞を用いる場合「…と別れる」と表現するのが一般的な言語感覚だが、古くは、格助詞「と」ではなく、「を」あるいは「に」を使用したのである。『万葉集』時代から既に、

悲傷死妻高橋朝臣作歌一首

…白妙の　手本《たもとを》矣別《わかれ》　…緑児の　哭《なくを》乎毛《も》置而《おきて》…

山際《やまのまを》　徃過《ゆきすぎ》ぬれば…

（巻三・四八一）

阿倍朝臣老人遣唐時奉母悲別歌一首

天雲のそきへのきはみ

吾念《わがおもへる》　有《き》伎《み》美尓《に》将別《わかれむ》日《ひ》近《ちかくなり》　成ぬ

右件歌者伝誦之人越中大目高安倉人種磨是也、

但年月次者随聞之時載於此焉

（巻十九・四二四七）

などと、「…を別る」「…に別る」両様の用法が見える。

『古今和歌集』の当該歌の場合、伏見宮旧蔵伝顕昭本と同様「君を別れし時」とするのは、久曾神昇『古今集古筆資料集』（風間書房・一九九〇年）や西下経一・滝沢貞夫『古今集校本』新装ワイド版（笠間書院・二〇〇七年）によると、

*志香須賀文庫本・*基俊本・*雅経筆崇徳天皇御本・

*六条家本・*永治二年清輔本・*保元二年清輔本・

*雅俗山荘本・*天理図書館蔵顕昭本・

*永暦二年俊成本・*建久二年俊成本・

*右衛門切・*今城切・*道家本・

*伊達本・*嘉禄二年定家自筆本

などで、*清輔・*顕昭・*俊成は「君を別れし」としていたことが知られる。貞応二年本では「君に別れし」と

していた*定家も、最終的には「君を別れし」を採用したらしい。*伝公任筆装飾本も「君をわかれし」（『伝藤原公任筆古今和歌集 下』旺文社、152頁）であり、古写本・古筆切では「君を別れし」の本文が優勢である。

一方、古写本・古筆切でも、*元永本や*本阿弥切のように「きみにわかれし」と格助詞「に」を採用するものがあり、何より流布本の*貞応二年定家本が「に」を採用したため、当該歌は広く「君に別れし」で詠まれてきた。*伝後鳥羽天皇宸筆本は「に」の本文に異本表記「をイ」を傍記する。

「…を別る」「…に別る」いずれがふさわしいのであろうか。

「…を別る」が原形で、「…に別る」は「その語法が忘れられてから改められたのではあるまいか」（久曾神昇『古今和歌集』講談社学術文庫、三・360頁）という説もあるが、『万葉集』に既に両方の用法があることからすれば、どうも、言葉遣いの新旧による相違ではなさそうである。

現代人にとっては「…を別る」の方が「…に別る」よりいっそう違和感が大きいために、そうした見方も生まれるのであるが、実は、「…を別る」の用例は、『古今和歌集』巻第八の「離別歌」の部立において、

あふさかにて、人をわかれける時によめる　（三七四詞書）

人をわかれける時によみける　（三八一詞書）

おとはの山のほとりにて、人をわかるとてよめる　（三八四詞書）

などと、既に見てきたものである。これらの詞書においては、和歌本文より「人を別る」の箇所に異同が少ない（「人に別る」とするのは、三七四では*基俊本、三八一では元永本・*筋切のみ）ため、岩波新大系の「人と別れるの場合、詞書では助詞「に」ではなく、「を」をとる」（123頁）という脚注が付けられているが、これも根拠に乏しいと言わざるを得ない。

「…を別る」か「…に別る」かの議論で注目されるのは、賀茂真淵『古今和歌集打聴』の、

此集に人を別るゝと人に別るゝと云は別也。人の旅行に別るゝには人をといひ、人に別るゝとは我行時に云也。（『賀茂真淵全集』第九巻、190頁）

という説である。香川景樹『古今和歌集正義』（勉誠

社、117頁）も、これを引用して「然り」という。それに対して、本居宣長『古今集遠鏡』は、

萬葉に、くやしく妹をわかれ来にけり、又たらちねの母を別れてまことわれ旅のかりほにやすくねむかも、これらわがゆく時の別れ也。

（『本居宣長全集』第三巻・筑摩書房、116頁）

として「あたらず」という。

宣長が挙げた『万葉集』歌は、

しほまつと　ありけるふねを　しらずして
くやしく妹乎《いもを》　和可礼伎尓家利《わかれきにけり》
（巻十五・三五九四）

たらちねの　波波乎和加例弖《ははをわかれて》
まことわれ　たびのかりほに　やすくねむかも
（巻二十・四三四八）

である。宣長の言う通り、これらの用例は打聴の「我行時」に場合に相当するが「妹を別れ来にけり」「母を別れて」と表現されている。打聴の説を「あたらず」とするのは、妥当な判断であろう。

ただし、宣長の門人横井千秋のように「人をわかるといふも、人にわかるといふと、同じこと也」とまで言うのは軽率である。小学館全集は、これに従って「「を」は諸説があるが、「に」に同じとする」（179頁）とする立場だが、格助詞「を」と「に」が使い分けられていることの意味は、やはり考えるべきであろう。

古代の「別れ」には「送る」という儀礼がセットだったはずで、「離別」の部立であれば「人を別れける」は、岩波大系（佐伯梅友）の頭注「旅行く人を送って別れた」（176頁）のように解釈するのも一案であろう。竹岡正夫『古今和歌集全評釈』がそれ批判し「『遠鏡』のあげる万葉の例にはたちまち当たらない」（上878頁）といい、「にに通ふを」（『詞の玉緒』五）説が妥当とする。しかし、「…を別る」をいつも「…を送って別れる」と解すべきという頭注ではなく、この場合は、という意であろう。メッセージとしては、格助詞「を」のニュアンスを酌みとるべきということであろう。

『万葉集』の右に挙げた二首は、

一世《ひとよ》には二遍《ふたたび》みえぬ知知波波袁《ちちははを》
意伎弖夜《おきてや》ながく阿我和加礼南《あがわかれなむ》
（巻五・八九一）

などを参考にすれば、それぞれ、「悔しいことに、私は妻を置いて別れて来てしまった」「母を故郷に置い

て別れて、ほんとうに私は旅先の仮の庵で安らかに眠れるのだろうか」の意と理解すればよいと考えられる。

また、「哀傷」の部立の「人を別る」なら、「死んでゆく人を見送ってお別れをする」「死者を野辺の送りしてながの別れをする」というニュアンスであろう。

注釈の方法としては、和歌文学大系（明治書院）のように、「別る」という動詞の意味領域が現代よりも広かったとみて、「人を別る」に「人を見送る」（125頁）という簡潔な脚注にするのも分かりやすくてよい。

『貫之集』の本文を確認しておくと、

*歌仙家集本

時鳥けさなく声におどろけば
君にわかれし時にぞ有ける　（七六一）

（『合本　三十六人集』三弥井書店、139頁）

*陽明文庫本

郭公けさなく声におどろけば
君をわかれし時にぞ有りける　（七八五）

（田中登『校訂貫之集』和泉書院、183頁）

*西本願寺本

うぐひすのけさなくこゑにおどろけば
きみをわかれしときぞきにける　（六一三）

（久曾神昇『西本願寺本三十六人集精成』252頁）

*承空本　*（御所本の親本）

ホト、ギスケサナクコヱニオドロケバ
キミヲワカレシトキニゾアリケル

（冷泉家時雨亭叢書『承空本私家集上』382頁）

などと見え、家集においても「君に別れし時」（君に死に別れた時）より「君を別れし時」（君を葬送した時）の方が優勢である。

小学館新編全集（321頁）の頭注には「作者が死者を葬送する側なので、「君を別れし」となる。「を」は「に」と同じ」とある。頭注の後半は、旧全集の頭注が残ったものか。片桐洋一『古今和歌集全評釈』も「自分を主体にして言う時には「〜を別る」という形をとる」と語釈する。その結果、「今朝」という語が今日という時間を意識させ、今日が高経の一周忌だったと気づかせる。「君に別れし時」だと死別した頃と時間的な幅が生まれよう。「君を別れし時」であれば、まさに葬送の時と限定され、「を」がふさわしいのである。

86

「聞きしものなれど」か「かねて聞きしかど」か

つひにゆく道とは□□□□□□□ど　昨日今日とは思はざりしを

（哀傷・八六一、なりひらの朝臣）

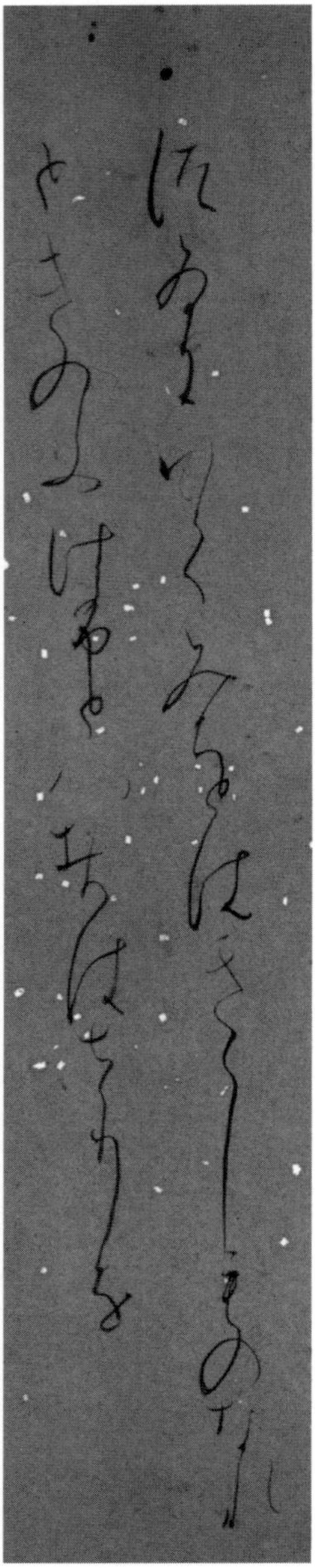

*元永本（『元永本 古今和歌集 下』講談社、195頁。ColBase 下98を加工・作成）には、右の通り、

つゐにいくみちとはきゝしものなれ
どきのふけふとはおもはざりしを

と書かれている。

流布本である*貞応二年本や『伊勢物語』第百二十五段によって広く知られている歌は、

つゐにゆくみちとはかねてきゝしかど
きのふけふとはおもはざりしを

（冷泉家時雨亭叢書2、548頁）

である。

元永本特有の誤写かと、久曾神昇『古今集古筆資料集』（風間書房・一九九〇年）や西下経一・滝沢貞夫『古今集校本』新装ワイド版（笠間書院・二〇〇七年）によって確認すると、*基俊本・*雅経筆崇徳天皇御本・

*永治二年清輔本・*保元二年清輔本・
*伏見宮旧蔵伝顕昭本・*天理図書館蔵顕昭本・
*静嘉堂文庫蔵片仮名本・*伝後鳥羽天皇宸筆本・
*雅俗山荘本・*真田本

など、数多くの伝本が元永本と同じ「き丶しものなれど」の本文である。*清輔・*顕昭までは、元永本と同様の本文を採用していたのである。

*伝公任筆装飾本も、

つゐにゆくみちとはき丶しものなれど
昨日今日とはおもはざりしを

（『伝藤原公任筆　古今和歌集　下』旺文社、162頁）

である。

*貞応二年定家本『古今和歌集』の詞書は、

やまひして、よはくなりにける時よめる
なりひらの朝臣

で、天福二年定家書写本『伊勢物語』第百二十五段は、

むかし、おとこ、わづらひて、心地しぬべくおぼえければ

と始まる。

病気になって、気弱になった男が、このまま死ぬのではないかと思って、死は最後に旅立ってゆく道、と聞いてきたけれど、昨日まで死を他人事のように思って生きていたが突如今日、その旅立ちの時が自分に訪れるとは思いもしなかったよ、と詠む。

『伊勢物語』の場合、「男」の一代記の終焉の物語として、初段「初冠」の「いちはやきみやび」と首尾照応する。恋多き者にとって、死というのは、命ある者はいつか死ぬという一般的な理解のなかで、いずれは自分にも訪れるものと「聞きし」事柄だが、という点を強調するため、「かねて」（以前からずっと、前から、今までずっと、などの意）という副詞を用いた「かねて聞きしかど」を採用し、その死が自分にも「今日」とうとう迫ってきたのかと劇的に仕上げた詠歌としている。

片桐洋一『伊勢物語全読解』（和泉書院・二〇一三年、926頁）は、

俊成・定家本系以外の『古今集』がすべて「ききしものなれど」としているのに対して、『伊勢物語』の場合、「キキシ物ナレド」となっている時頼本を除いては、すべて「ききしかど」とあるこ

とに注意したい。強いて考えれば、『古今集』においては「ききしものなれど」が一般的であったが、俊成本・定家本だけが、『伊勢物語』によって「ききしかど」と校訂したのではなかったか、また『伊勢物語』の場合は時頼本だけが、『古今集』によって「キキシ物ナレド」と校訂したのではなかったかと思われてくるのである。

と推察する。

*永暦二年（一一六一）俊成本は、

つゐにゆくみちとはかねてきゝしかど《モノナレド》

きのふけふとはおもはざりしを

（『国立歴史民俗博物館蔵　貴重典籍叢書』498頁）

とあり、初期の俊成本には、『伊勢物語』によって親しんでいた当該歌を「かねてきゝしかど」を書いてしまった後、「かねて」をミセケチにし、広く流布していた『古今和歌集』の一般的な本文を傍記した痕跡が見られる。*建久二年（一一九一）俊成本になると、そうした傍記は姿を消している。

当該歌は、公任撰とされる私撰集*『如意宝集』に、

やまひをして、かぎりになりはべりける

をりに、いきのしたによみはべりける

在原業平朝臣

つひにゆくみちとはききしものなれど

きのふけふとはおもはざりしを　（五〇）

と見え、一方、業平の家集には、

第一類本

*尊経閣文庫本　八二首

つゐにゆくみちとはかねてきゝしかど

きのふけふとはおもはざりしを　（八二）

第二類本

*素寂本（御所本の親本）一一二首

ツイニユクミチトハキヽシモ《カネテキヽシカ》ノナレト

キノフケフトハオモハサリシヲ　（六八）

（冷泉家時雨亭叢書『素寂本私家集』28頁）

*御所本　一一一首

つゐにゆくみちとはきゝしも《かねてきゝしか》のなれど

きのふけふとはおもはざりしを

（『御所本　三十六人集』複製・新典社、34頁）

第三類本

*神宮文庫本　五八首

つゐに行道とはかねてき、しかど
きのふけふとはおもはざりしを　（五八）

*大炊本　六四首

つゐにゆくみちとはかねてき、しかど
昨日けふとは思はざりしを　（五七）

（冷泉家時雨亭叢書『平安私家集八』83頁）

第四類本（流布本）

*伝阿仏尼筆本　四七首

つゐに行みちとはかねてき、しかど
昨日けふとはおもはざりしを　（四五）

（冷泉家時雨亭叢書『平安私家集八』48頁）

*承空本　四六首

ツヰニユクミチトハカネテ
キ、シカドキノフケフ
オモハザリシヲ

（冷泉家時雨亭叢書『承空本私家集上』121頁）

*歌仙家集本　四六首

つゐに行道とはかねて聞しかど
昨日けふとはおもはざりしを　（四五）

（『合本　三十六人集』三弥井書店、46頁）

などとあり、多くは「かねて聞きしかど」である。「き、しものなれど」とする第二類本以外は、『伊勢物語』から業平詠を採ったらしく、第一類本・第三類本・第四類本すべて巻末近くに当該歌は置かれている。

前に挙げた片桐洋一『伊勢物語全読解』（927頁）は、この点にも触れ、

『素寂本業平集』が「ききしものなれど《かねてききしか》」としているのは、『古今集』から採歌して、『伊勢物語』の本文を傍記したと考えられるのである。

と指摘する。たしかに、第二類本のみ、家集の巻末近くではなく、百十余首の家集の中間辺りに当該歌を収め、しかも、詞書も、

わづらひて、今はかぎりとおぼえければ　（尊経閣文庫本）
わづらひはべりて、いまはかぎりと思ひ侍て　（大炊本）

などとは異なり、

ヤマヒオモクシテ、ヨハリユクホドニ　（素寂本）
やまひおもくして、よはりゆくほどに　（御所本）

と『古今和歌集』の詞書と近いのである。

86　「聞きしものなれど」か「かねて聞きしかど」か

87

「思ひ知る」か「思ひ出づ」か

大原や小塩の山も今日こそは　神代の事も思ひ□□らめ　（雑上・八七一、なりひらの朝臣）

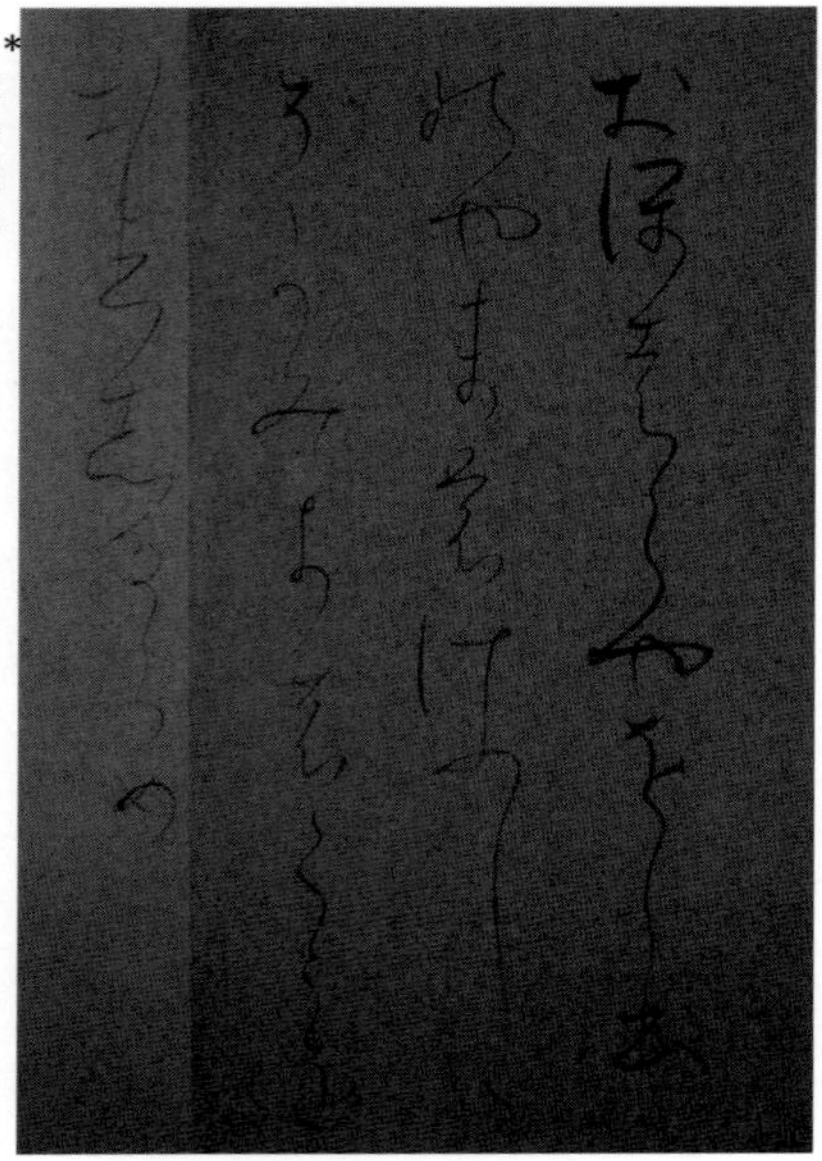

＊曼殊院本（日本名筆選7『曼殊院本古今集　伝藤原行成筆』二玄社・一九九三年、8頁）には、右の通り、浅黄と薄茶の漉き染めの＊染紙を継いだ＊料紙に、

おほはらやをしほ
のやまもけふしこ
そかみよのことを
おもひしるらめ

と、纖細にして鋭利、そして清く澄みきった筆線で書かれている。

この歌も、前章の「かねて聞きしかど」と同様、流布本である＊貞応二年本や『伊勢物語』第七十六段によって広く知られているのは、

おほはらやをしほの山もけふこそは
神世のことも思いづらめ
（冷泉家時雨亭叢書2、552頁）

という本文である。

腰の句の「今日しこそ」は曼殊院本の独自異文、第四句末の「を」は曼殊院本・＊元永本のみの特有本文だ

が、結句を「思ひ出づらめ」ではなく「思ひ知るらめ」とする伝本は、久曾神昇『古今集古筆資料集』（風間書房・一九九〇年）や西下経一・滝沢貞夫『古今集校本』新装ワイド版（笠間書院・二〇〇七年）によると、曼殊院本以外にも、

*元永本・*雅経筆崇徳天皇御本・*六条家本・
*保元二年清輔本・*伏見宮旧蔵伝顕昭本・
*天理図書館蔵顕昭本・*静嘉堂文庫蔵片仮名本・
*永暦二年俊成本・*建久二年俊成本・
*寂恵使用俊成本・*伝後鳥羽天皇宸筆本・
*雅俗山荘本・*右衛門切・*道家本

など、数多くある。*伝公任筆装飾本も、

大原やをしほのやまは今日こそは
神よのこともおもひしるらめ
（『伝藤原公任筆 古今和歌集 下』旺文社、168頁）

とある。第二句末は伝後鳥羽天皇宸筆本と同じく「は」という特有の本文だが、結句はやはり「思ひ知るらめ」なのである。

古写本・古筆切では「思ひ知る」が圧倒的に優勢で、*清輔・*顕昭に加え、*俊成も「思ひ知る」を採用していたことが知られるのである。

それに対して、「思ひ出づらめ」の本文を採る古写本は、*志香須賀文庫本や*基俊本に限られる。

一方、『伊勢物語』の当該歌は、ほとんどすべて「思ひ出づらめ」である（山田清市『伊勢物語校本と研究』桜楓社・一九七七年、参照）。

二条后の、まだ東宮の御息所と申ける時に、
おほはらのにまうでたまひけるによめる
業平朝臣
おほはらやをしほの山もけふこそは
かみよのこともおもひいづらめ
（『古今集古筆資料集』225頁）

という志香須賀文庫本のような『古今和歌集』から、

昔、二条后の、まだ東宮の御息所と申ける時、氏神にまうで給けるに、近衛府にさぶらひける翁、人々の禄賜るついでに、御車より賜りて、よみてたてまつりける。
大原やをしほの山もけふこそは
神世のことも思いづらめ
とて、心にもかなしとや思ひけん、いかゞ思ひけ

ん、知らずかし。

という『伊勢物語』第七十六段が作られたのであろうか。傍点を付した『古今和歌集』の詞書を骨格とし、「大原野」を「氏神」、「業平朝臣」を「近衛府にさぶらひける翁」とし、「禄」を二条后の「御車より賜りて」「奉りける」歌とし、身分や立場の違う二人の距離の近さを強調する。その距離の近さから、若き日の過ぎ去った恋への回想が生まれるように仕組まれている。『伊勢物語』の「翁」の歌としては「思ひ出づらめ」がふさわしいのである。

なお、『伊勢物語』における当該歌が唯一「思ひ知るらめ」の痕跡を見せるのは、本間美術館蔵*伝民部卿局筆本である。本文「おもひいづらめ」に「しるらめ一本清古」という傍記がある（復刻日本古典文学館『伝民部卿局筆本伊勢物語』）。

「清古」は清輔本古今和歌集の略で、伝民部卿局筆本に傍記を加えた人物は、*永治二年清輔本の、

　おほはらやをしほの山もけふこそは
　かみよのこともおもひし《イツ》るらめ

（復刻日本古典文学館『清輔本古今和歌集』）

のような『古今和歌集』も見ていたらしい。

業平の家集の本文を確認すると、次の通り。

第一類本

*尊経閣文庫本『在中将集』　八二首

　二条の后の、春宮のみやす所ときこえし時、大原野へまうで給へる日

古　おほはらやをしほの山もけふこそは
　神世のことも思いづらめ　（一）

第二類本

*素寂本（御所本の親本）一一二首

　二条ノキサキノ、東宮ノミヤストコロトキコエシトキ、オホハラノニマテ給ヘリシ御トモニテ

　オホハラヤオシホノヤマモケフコ《シ》ソハ
　カミヨノコトモオモヒイヅラメ　（三五）

（冷泉家時雨亭叢書『素寂本私家集』18頁）

*御所本　一一一首

　二条のきさきの、東宮のみやすどころときこえし時、

おほはらのにまで給へりし御ともにて
おほはらやをしほのやまもけふ《し》こそは
かみよのこともおもひいづらめ

（『御所本　三十六人集』複製・新典社、19頁）

第三類本
*神宮文庫本　五八首

二条のきさきの、東宮のみやす所と申しおり、
大原野にまうで給ふに
大原やをしほの山もけふこそは
神代のことをおもひ知らめ　（一）

*大炊本　六四首

二条の后宮のとう宮の女ごと
御せしおり、大原野へまでたるに
おほはらやをしほの山もけふこそ□
かみ代の事をおもひいづらめ　（一）

（冷泉家時雨亭叢書『平安私家集八』60頁）

第四類本（流布本）
*伝阿仏尼筆本　四七首

おほはらやをしほの山はけふこそは
神よの事もおもひいづらめ　（二五）

（冷泉家時雨亭叢書『平安私家集八』44頁）

*承空本　四六首

オホハラヤヲシホノ山シケフコソハ
神ヨノコトモオモヒイヅラメ　（二五）

（冷泉家時雨亭叢書『承空本私家集上』117頁）

*歌仙家集本　四六首

古　大原やをしほの山もけふこそは
神代のことも思ひいづらめ　（二五）

（『合本　三十六人集』三弥井書店、45頁）

注目されることが三点ある。第一点は、詞書のない第四類を除くと、みな『古今和歌集』の詞書に近いこと、第二点は、第二類本の腰の句には、*曼殊院本『古今和歌集』や『古今和歌六帖』第二「山」に収める、

おほはらやをしほの山もけふしこそ
神世のこともおもひいづらめ（九一七、なりひら）

と共通する強調の副助詞「し」を傍記すること、第三点は、第三類本の神宮文庫本のみ『古今和歌集』諸本の採用する「思ひ知るらめ」であることである。

家集は『古今和歌集』からの採歌らしいが、『伊勢物語』の影響を受けて「思ひ出づ」へと移行したか。

87　「思ひ知る」か「思ひ出づ」か

88

千代もと「祈る」か「嘆く」か

世の中にさらぬ別れのなくもがな　千代もと□□□人の子のため　（雑上・九〇一、なりひらの朝臣）

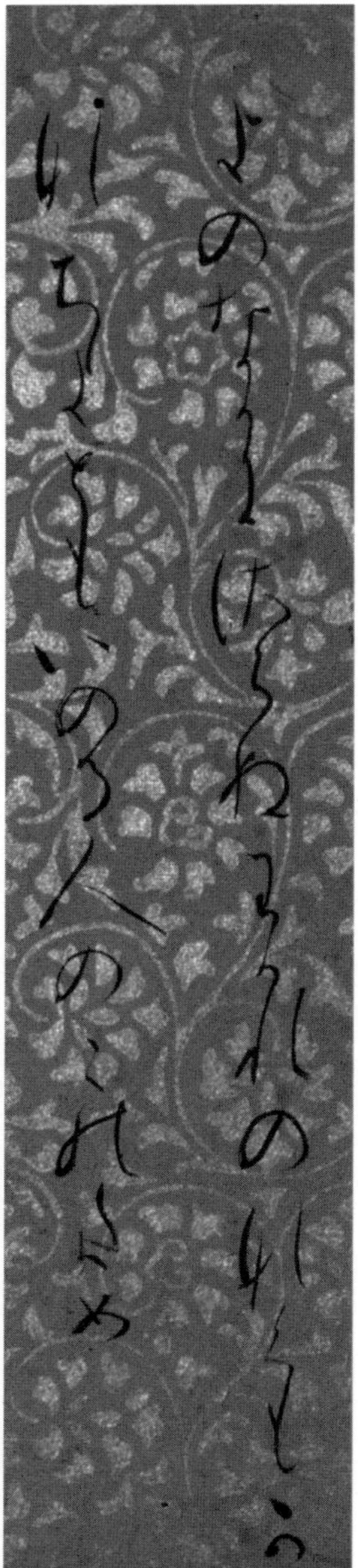

*元永本（『元永本 古今和歌集 下』講談社、224頁。ColBase 下113を加工・作成）には、右の通り、*具引地に*小重唐草文を*雲母摺した美麗な*料紙に、

よのなかにさらぬわかれのなくもが
なちよともいのる人のこのため

と書かれている。

この歌も、『伊勢物語』第八十四段、

昔、男有けり。身はいやしながら、母なん宮なりける。その母、長岡といふ所に住み給けり。子は京に宮仕へしければ、まうづとしけれど、しばしばえまうでず。一つ子にさへありければ、いとかなしうし給ひけり。

さるに、師走ばかりに、「とみのこと」とて、御文あり。おどろきて見れば、歌あり。

老いぬればさらぬ別れのありといへば
いよいよ見まくほしき君かな

かの子、いたううち泣きてよめる。

世の中にさらぬ別れのなくもがな
千代もといのる人の子のため

によって、よく知られた歌である。

ところが、『古今和歌集』における当該歌は、*貞応二年定家本には、

なりひらの朝臣のはゝのみこ、ながをかにすみ侍ける時に、なりひら、宮づかへすとて、時〳〵もえまかりとぶらはず侍ければ、しはす許に、はゝのみこのもとより、「とみの事」とて、ふみをもてまうできたり。あけて見れば、ことばゝなくて、ありけるうた

おいぬればさらぬわかれもありいへば
いよ〳〵見まくほしきゝみ哉

返し　業平朝臣

世中にさらぬわかれのなくも哉
ちよもとなげく人のこのため

（冷泉家時雨亭叢書2、557頁）

とあり、「千代もと祈る」ではなく、「千代もと嘆く」である。

元永本と同じように「いのる」とする『古今和歌集』は、久曾神昇『古今集古筆資料集』（風間書房・一九九〇年）や西下経一・滝沢貞夫『古今集校本』新装ワイド版（笠間書院・二〇〇七年）によると、*基俊本と*真田本のみである。『古今和歌集』における当該歌は、ほとんどが「なげく」の本文なのである。

それに対して、『伊勢物語』は、阿波国文庫旧蔵宮内庁書陵部蔵本*（阿波国文庫本）が「なげく」とするが、定家本系統諸本はすべて「いのる」である。

長岡に住む母から、師走頃に「急ぎの用件」と手紙が届く。宮仕えで忙しく、なかなか母を訪ねられない男（業平）は、母の「老いぬれば」という詠歌に、返歌する。

『古今和歌集』の詞書としては、「長岡」という地名も、「師走ばかりに」という時期も、特に必要な要素ではない。『伊勢物語』から採歌したために詞書にそうした要素が残ったのであろうか。

それとも、既に物語的であった『古今和歌集』の詞書を素材に、『伊勢物語』の語り手は「身はいやしな

がら」と男の身分を謙遜したり、「一つ子にさへありければ、いとかなしうし給ひけり」と親子関係を詳しく述べて母の感情を付加したりして、さらに物語的にしたのであろうか。

片桐洋一『伊勢物語全読解』は、『伊勢物語』第八十四段と『古今和歌集』については「どちらが先行するとも断じ難いものがある」(653頁)と結論を保留する。

だが、既に物語的であった『古今和歌集』の詞書を容認するかどうかという点で言えば、『伊勢物語』第八十四段が『古今和歌集』に先行する可能性の方が高いのではあるまいか。

そうであったとすれば、「いのる」とあった本文を『古今和歌集』の撰者が「なげく」と校訂したことになる。

『伊勢物語』の「男」が急用という母からの手紙に「おどろき」、書かれていた歌を読んで「いたううち泣きてよめる」歌としては、母の寿命が「千代もといのる」という表現がふさわしいであろう。

それに対して、自然や人事の「移ろひ」や無常の認識を基盤に「嘆老」を主題とする歌群に配列された『古今和歌集』の歌としては、母の寿命が「千代も」続いてほしいと願っても、実際はそれが不可能なことも同時に自覚して「なげく」子どものため、「世の中にさらぬ別れのなくもがな」と、実現不可能なことながら願望する。「なげく」を嘆願の意とする『古今和歌集』の注釈書も多いが、やはり嘆息や悲嘆の意であろう。窪田空穂『古今和歌集評釈』が指摘する通り「広く、子の親に対する切望と、その裏切られることを予知しての悲しみ」(『窪田空穂全集』第二十一巻・角川書店、311頁)が主題であろう。

『伊勢物語』の「いのる」は対他的表現で、『古今和歌集』の「なげく」は対自的表現といってよく、それぞれにふさわしい表現が選ばれているのである。

なお、当該歌には、「いのる」「なげく」以外にも異文がある。その点について、前に挙げた片桐洋一『伊勢物語全読解』は、

> 『伊勢物語』の*伝民部卿局筆本には「ちよもとたのむ人のこのため」とあり、また、『古今集』の曼殊院本には「ちとせといはふひとのこのため」とあり、『伊勢物語』の真名本に「千世藻常斎人

之子廼故」とあるのを「ちよもといのるひとのこのため」と読んでいるが、この「斎」も、曼殊院本『古今集』と同じく「ちよもといはふひとのこのため」と読むべきではないか。「いはふ」は潔斎することであり、吉事を求めて禁忌を守ることであり、これでも意は通じる。「ちよもといのる」「ちよもとなげく」「ちよもとたのむ」「ちよもといはふ」と、さまざまに言い換えつつ、母に対する思いを最も的確に表現しているのはどれかと思案していた気持ちが反映した本文であろう。写本時代における本文の流動と定着の実態を物語る例と言えよう。

と評論する。*伝後鳥羽天皇宸筆本は本文を「いはふ」とし、「なげく」と傍記する。

最後に、当該歌の業平の家集における本文を確認しておく。

第一類の*尊経閣文庫本在中将集・五八、第三類の*神宮文庫本・三三は「いのる」、第二類の*御所本・五二は「なげく」。第四類本の*歌仙家集本・三一は「いのる」の本文に「なげく」の傍記がある。

冷泉家時雨亭叢書に見える本文は次の通りである。

第二類　*素寂本（*御所本の親本）一一二首

古　ヨノナカニサラヌワカレハナクモガナ
　　チヨモトナゲク人ノコノタメ　（五二）
（冷泉家時雨亭叢書『素寂本私家集』24頁）

第三類　*大炊本　六四首

世のなかにさらぬわかれのなくもがな
ちよもといのる人のこのため　（三四）
（冷泉家時雨亭叢書『平安私家集八』74頁）

第四類（流布本）

*伝阿仏尼筆本　四七首

よのなかにさらぬわかれのなくもがな
ちよもといのる人のこのため　（三一）
（冷泉家時雨亭叢書『平安私家集八』44頁）

*承空本　四六首

ヨノナカニサラヌワカレノナクモ
ガナ千世モトイノル人ノコノタメ　（三一）
（冷泉家時雨亭叢書『承空本私家集上』118頁）

素寂のみ「嘆く」を選択するのである。

89

「かなし」か「あはれ」か

ちはやぶる宇治の橋守なれをしぞ□□□とは思ふ　年の経ぬれば

（雑上・九〇四）

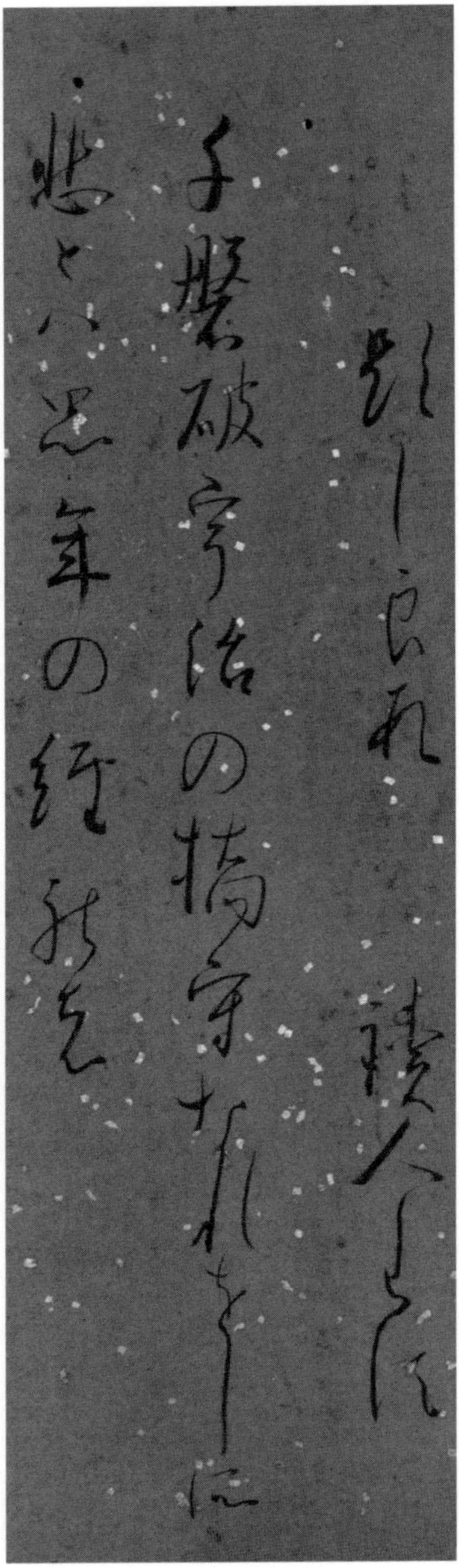

*元永本（『元永本　古今和歌集　下』講談社、226頁。ColBase　下114を加工・作成）には、右の通り、*具引地に*銀砂子を散らした*料紙に、

題しらず　　読人しらず

千磐破宇治の橋守なれをしぞ
悲とは思年の経れば

と書かれている。

宇治橋の番人よ。おまえを悲しいと思うことだ。年が経つので。

何故「悲しい」と思うのか。そんな疑問を感じて、

流布本である*貞応二年定家本（冷泉家時雨亭叢書2、559頁）の本文を確認すると、

ちはやぶる宇治のはしもりなれをしぞあはれとは
思年のへぬれば

とある。「悲し」ではなく、「あはれ」なのである。

当該歌の第四句は、「悲し」と「あはれ」で対立しているわけだが、いずれが相応しいのであろうか。

この問題を考える際、実はもう一つ、同時に考えておくべき本文異同がある。

第二句を「宇治の橋守」ではなく、「宇治の橋姫」とする伝本の存在である。

「かなし」あるいは「あはれ」と思う対象が「橋守」と「橋姫」では、随分と印象が変わるからである。

久曾神昇『古今集古筆資料集』（風間書房・一九九〇年）や西下経一・滝沢貞夫『古今集校本』新装ワイド版（笠間書院・二〇〇七年）によると、「はしもり」を「あはれ」と思う流布本のパターン以外に、以下のⅠⅡⅢの三つのパターンが見られる。

傍記をもつものや誤写の可能性があるものを小分類して示すと、次の通り。

Ⅰ　「橋ひめ」を「かなし」と思う

（1）*右衛門切

「橋ひめ《もりイ》」を「かなし」と思う

*保元二年清輔本・*伏見宮旧蔵伝顕昭本・

*天理図書館蔵顕昭本・*静嘉堂文庫片仮名本

（2）「橋ひめ《もりイ》」を「かなし《あはれイ》」と思う

*永治二年清輔本

（3）「橋ひめ」を「ながし」と思う

*六条家本

Ⅱ　「橋ひめ」を「あはれ」と思う

*志香須賀文庫本・*雅俗山荘本・*毘沙門堂註本

Ⅲ　元永本と同じく「橋もり」を「かなし」と思う

*筋切・*基俊本・*永暦二年俊成本・

*道家本・*真田本

（1）「橋もり《ひめイ》」を「かなし」と思う

*雅経筆崇徳天皇御本・*伝後鳥羽天皇宸筆本

ちなみに、*伝公任筆装飾本は、

ちはやぶるうぢのはしもり《ひめ》なれをしぞ

かなと《し》はおもふとしのへぬれば

（『伝藤原公任筆　古今和歌集　下』旺文社、186頁）

とあり、最後のⅢ(1)のパターンである。

古写本における傍記の多さは、本文が揺れていたことを示すものだが、まずは、「橋守」と「橋姫」いずれを採るべきかという点に考察を加えよう。

『扶桑略記』や『帝王編年記』には、孝徳天皇の大化二年（六四六）元興寺の道登によって初めて宇治川に橋が造られたことが見える。大和と山城（山背）を結ぶ要衝に造られた宇治橋は、「宇治の橋守」によって厳重に管理され守られたことだろう。

「宇治の橋姫」の本文を採る清輔が『奥義抄』に、

橋をまもる神を橋姫とはいふとも心えられたり。…神をひめ、もりなどいふこと、つねのことなり。さほひめ、立田姫、山ひめ、しまもり、みな神なり。

（『日本歌学大系』第壱巻、332頁）

と注釈するように、「宇治の橋姫」は宇治橋を守る女神だったかもしれない。

しかし、『古今和歌集』に、

さむしろに衣かたしきこよひもや
我をまつらむうぢのはしひめ　（恋四・六八九）

と詠まれ、その「橋姫」が『源氏物語』宇治十帖の物語世界の形成に影響を与え、一つの帖名となったように、歌語としては物語的耽美的な素材として享受された。そして、『新古今和歌集』の、

さむしろや待つよの秋の風ふけて
月をかたしく宇治の橋姫　（秋上・四二〇、定家）

をはじめ、多くの中世歌人たちに本歌取りされていった。

それに対して、「宇治の橋守」は、『千載和歌集』に、

わが恋はとしふるかひもなかりけり
うらやましきはうぢのはし守　（恋二・七二四、藤原顕方）

また、『新古今和歌集』に、

嘉応元年、入道前関白太政大臣、宇治にて、
河水久澄といふ事を人人によませ侍りける
年へたる宇治の橋もりこととはん
いくよに成りぬ水のみなかみ　（賀・七四三、清輔）

と見えるように、「年経る」「年経たる」が歌語「宇治の橋守」の本意とされる。おそらく、それは『古今和歌集』の当該歌が「老い」の歌群に配置されて「年の

経ぬれば」と詠まれていることに由来するのだろう。

　そうであれば、「年の経ぬれば」と詠む当該歌は、「宇治の橋姫」ではなく、「宇治の橋守」がふさわしいはずである。

　*清輔・*顕昭は「宇治の橋姫」を採用していたが、*定家は、父*俊成から受け継いだ*永暦二年俊成本の、

　　ちはやぶるうぢのはしもりなれをしぞ
　　かなしとはおもふとしのへぬれば
　　　（『国立歴史民俗博物館蔵　貴重典籍叢書』523頁）

という本文の「宇治の橋守」をそのまま継承した。

　俊成・定家の間では、第二句が「宇治の橋守」とされ、それが前提となって、第四句は「かなし」でよいか、それとも「あはれ」とすべきか、という検討に進むことになったらしい。

　*建久二年俊成本や俊成自筆本『*古来風躰抄』には、

　　ちはやぶるうぢのはしもりなれをしぞ
　　あはれとはおもふとしのへぬれば
　　　（冷泉家時雨亭叢書1、251頁）

と、「かなし」から「あはれ」に改訂されている。

　「かなし」の原義は、対象への真情が痛切に迫って激しく心が揺さぶられるさまで、悲哀にも愛憐にも用いられる語である。

　一方、「あはれ」の方は、心の底から自然に出てくるしみじみとした詠嘆的感情を表す語で、親愛、情趣、感激、哀憐、悲哀など広く用いられる。

　『万葉集』に、

　　年の経ば見つつ偲べと妹が言ひし
　　衣の縫目見れば哀裳《かなしも》　（巻十二・二九六七）

という歌が見え、「哀」を「かなし」と訓ませ、また、『貫之集』に、

　　哀てふことををにしてぬく玉は
　　あはで年ふる涙なりけり　（六二九）

とあるように、「あはれ」と「かなし」とは極めて近い意味を表すこともある。

　しかし、恋歌ではなく、雑歌に用いる場合、より意味領域の広い「あはれ」がふさわしいと晩年の俊成や定家は考えたのであろうか。*志香須賀文庫本などの古写本に「あはれ」とあるのを見て、それに倣い、「あはれ」の方を選択したのではあるまいか。

90

海人は「言ふ」か「告ぐ」か

すみよしとあまは□□とも長居すな　人忘れ草おふといふなり　（雑上・九一七、みぶのただみね）

*元永本（『元永本 古今和歌集 下』講談社、232頁。ColBase 下117を加工・作成）には、右の通り、薄茶の*染紙に*具引を施し、*孔雀唐草文を*雲母摺した*料紙に、

壬生忠岑
すみよしと海人云ともながゐすな人
わすれ草おふといふなり

と書かれている。

詞書を含め、定家本には、

あひしれりける人の、住吉にまうでけるに、
よみてつかはしける　みぶのただみね
すみよしとあまはつぐともながゐすな
人忘草おふといふなり

とある。
壬生忠岑は、知り合いが住吉神社に参詣した際に、住みよい場所と、たとえ漁師があなたに告げたとしても、長居してはいけません。住吉には、人を忘れさせる忘れ草が生えているということですから、という歌を詠んで送った。
元永本は、「海人」と「云」の間に「は」を補って読まなければならないが、第二句が「海人は告ぐとも」であっても「海人は言ふとも」であっても、大きな相違はない。この異同にどんな背景があるのだろうか。
元永本のように、「告ぐ」ではなく、「言ふ」を採用する伝本は、久曾神昇『古今集古筆資料集』(風間書房・一九九〇年)や西下経一・滝沢貞夫『古今集校本』新装ワイド版(笠間書院・二〇〇七年)によると、
*基俊本・*雅俗山荘本・*毘沙門堂註本
など、少数だが存在し、*伝公任筆装飾本も、

すみよしとあまはいふともながゐすな
人わすれぐさきしにおふなり
(『伝藤原公任筆　古今和歌集　下』旺文社、191頁)

と、独自異文「岸に」をもちつつ、「言ふ」である。
*伝後鳥羽天皇宸筆本は「いふ」という本文に「つぐイ」と傍記するが、*永暦二年俊成本は、逆に、

すみよしとあまはつぐ《イフ》ともながゐすな
人わすれぐさをふといふなり
(『国立歴史民俗博物館蔵　貴重典籍叢書』528頁)

と、本文「告ぐ」に「言ふ」を傍記する。
*志香須賀文庫本・*唐紙巻子本や*大江切などに見え、*清輔・*顕昭も採用していた「告ぐ」という本文に従っていた若い*俊成が、基俊本やいくつかの古写本に見える「言ふ」の可能性も意識して、永暦二年俊成本では「イフ」と傍記したのであろうが、晩年の俊成や*定家は「告ぐ」を採って迷いはなかったようだ。
ところが、どうも「告ぐ」より「言ふ」の方が古い本文であったらしい。『新撰和歌』も、

すみよしとあまはいふともながゐすな
人わすれぐさおふといふなり
(恋雑・二九九)

で、また、『古今和歌六帖』も、

すみよしとあまはいふともながゐすな
人わすれぐさきしにおふてふ
(第六「わすれぐさ」三八五一、みつね)

であり、ともに「言ふ」の本文なのである。なお、『古今和歌六帖』が作者を「みつね」とするのは勘違いだが、結句に見える「岸に」は、伝公任筆装飾本に繋がり、誤写とはいえないものである。

さらに、忠岑の家集の本文を確認すると、

第一類　流布本

*伝為家筆本・*歌仙家集本　当該歌を収めず

第二類

*西本願寺本　一二六首

あひしりたる人の、すみよしに、
まうづときゝて
すみよしとあまはいふともながゐすな
人わすれぐさきしにおふてふ　（七五）

（『西本願寺本三十六人集精成』252頁）

第三類

*承空本　一五二首

アヒシレル人ノ、スミヨシニ、
マウヅルニ
スミヨシトアマハイフトモナカヰスナ
人ワスレグサキシニオフナリ（一〇一）

（冷泉家時雨亭叢書69『承空本私家集上』143頁）

第四類

*枡型本　一八五首

あひしりてはべりける人の、すみよ
しに、まうづときゝて
古　すみよしとあまはいふともながゐすな
人わすれぐさをうといふなり　（一六〇）

（冷泉家時雨亭叢書22『平安私家集九』254頁）

などと、すべて「言ふ」なのである。

もともと「言ふ」だった本文が「告ぐ」に取って代わられたのは、『古今和歌集』時代の歌人たちがあまり読めなかった『万葉集』を、平安後期から末期の歌人たちが自分の歌作りの参考に読みはじめたことに起因するのではあるまいか。『万葉集』に、

潜為《かづきする》　海子雖告
海神《わたつみの》　心《こころを》　不得《えねば》　所見不云《みゆといはなくに》　（巻七・一三〇三）

という歌があり、その第二句は、現在の『万葉集』の注釈では多く「あまはのれども」と訓むが、西本願寺本では「あまはつぐとも」と訓んでいるのである。

91
水の「おも」か「うへ」か

水の□□に浮かべる舟の君ならば　ここぞ泊まりと言はましものを　（雑上・九二〇、伊勢）

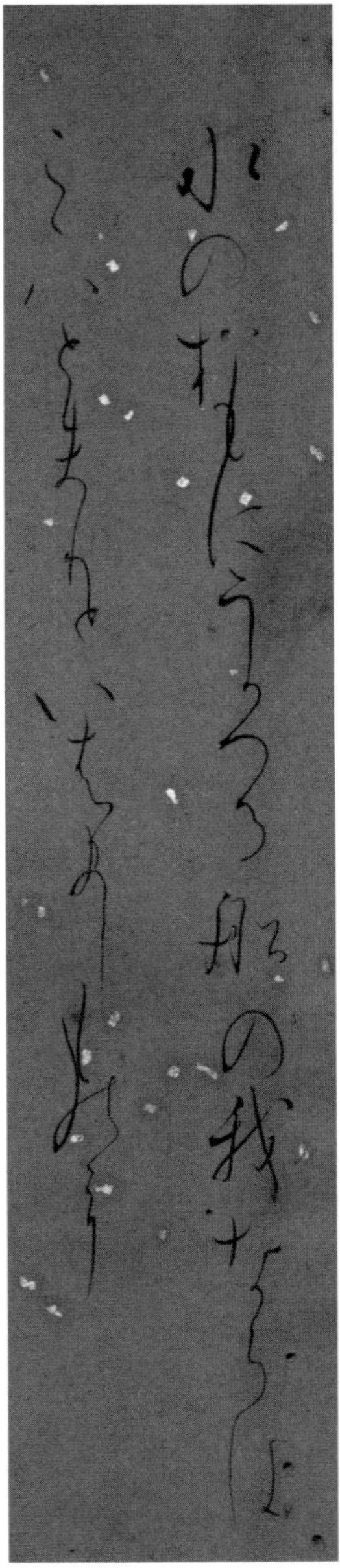

*元永本（『元永本 古今和歌集 下』講談社、235頁。ColBase 下118を加工・作成）には、*素紙に*銀小切箔を散らした*料紙に、

水のおもにうかべる船の我ならば
こゝはとまりといはましものを

と書かれている。

当該歌を定家本によって、詞書も含めて示すと次の通りである。

中務のみこの家の池に、舟をつくりて、おろしはじめて、あそびける日、法皇、御覧じにおはしましたりけり。ゆふさりつかた、かへりおはしまさむとしけるをりに、よみて、たてまつりける　伊勢

水のうへにうかべる舟の君ならば
ここぞとまりといはましものを

中務卿親王の家の池に、船を造って、初めて進水させて、詩歌管絃の遊びを行った日、宇多法皇がその進水のさまを御覧になるために出御された。夕方、お帰

りになろうとする折に、伊勢が詠んで、法皇に献上した歌である。

「中務のみこ」すなわち中務卿親王は、宇多天皇第四皇子敦慶親王。敦慶親王の極官は、『日本紀略』延長八年（九三〇）二月廿八日「式部卿敦慶親王薨 年四十四」とあるように、「式部卿」だが、敦慶親王が延喜十三年（九一三）正月十四日に行われた「踏歌」の様子が記録された『醍醐天皇御記』には「中務卿親王」として、同年三月十三日に催された『亭子院歌合』の日記には左方の親王《みこ》「なかつかさの四のみや」として見えている。当該歌が詠まれた時期も、敦慶親王が中務卿だった時期で、仮に延喜十三年であれば敦慶親王は二十七歳。伊勢を寵愛し、伊勢との間に女の中務が生まれる前後だったかと考えられる。

伊勢は、宇多天皇女御温子《よしこ》（基経女）に仕えながら、宇多天皇に寵愛されて皇子を生み、その皇子は夭折してしまうという過去をもつが、今は宇多天皇皇子の敦慶親王に愛され、管絃の遊びを催した敦慶親王の側に立って、還御してゆく宇多法皇に「ここを泊まりと言はましものを」と歌を詠んで献上しているのであるから、片桐洋一『古今和歌集全評釈』が評する通り「複雑な人間関係を前提とした婉曲な挨拶の歌」（下・二三七頁）にならざるを得ない。

『荀子』に「君者舟也。庶人者水也。水能載舟、亦能覆舟」（王制）、『芸文類聚』に「君者舟也。庶人者水也。水則載舟、水則覆舟」（孫卿子曰）などとあり、漢籍では「庶人」の上に立つ「君」が、「水」の上に浮かぶ「舟」に喩えられる。元永本の「我」ではなく、定家本の「君」があるべき本文である。

なお、元永本の「こゝは」は、他に筋切*に見えるが、「泊まりはここぞ」の意で、「ぞ」がふさわしい。

香川景樹『古今和歌集正義』は、

> 歌の意は、水上におろし始たる舟によせて、諸人の今日作れる唐うたは、大方、君は舟也と云意ばへなるが、実に、此舟の君ならばこゝぞ泊りと申て、今宵は留め奉るべきを、とよめる也。
>
> （『古今和歌集正義』勉誠社、四・七一頁）

と、その日作られた多くの詩篇が概ね「君は舟也」という内容だったと想像している。その延長に当該歌があったが故に、伊勢の媚態と才智が当座の人々の絶賛するところとなったのだという。たしかに、当該歌の背景にそうした場を想像すると、その日の主役である「舟」が主語となっていることも了解でき、いま、この敦慶親王邸の池に浮かんでいる「舟」が、漢籍や今日の皆さんの作られた詩篇にあるように、ほんとうに「君」(法皇様)でありましたら…という上の句の表現が、自然なものとして受け入れやすくなろう。

通常の日本語のありかたに従えば、宇多法皇を主語にし、法皇様がもし舟であったならば、と表現するところだが、そうしないのは、宇多法皇を主語にするのは畏れ多いという意識も働いているのだろうが、同時に、歌の詠まれた背景やその日の状況が、当該歌の上の句の表現を生んだ要因の一つだったのであろう。

さて、当該歌の初句に見える「水のおもに」と「水のうへに」という本文異同の問題だが、どういう違いがあるのだろうか。

『万葉集』には、

水上《みづのうへに》　数書く如き吾が命
妹にあはむとうけひつるかも　(巻十一・二四三三)

という一首があり、上の句は『涅槃経』の「是身無常、念念不住、如猶電光、暴水幻炎、亦如画水、随書随合」に拠って身命の「無常」をいう比喩表現である。

また、『千里集』に、

蓮開水上紅
秋近くはちすひらくる水のうへは
くれなゐふかく色ぞみえける　(三〇)

や『能宣集』に、

貞元二年八月十六日の夜、御院にて左大臣の、前栽いけのほとりにうゑて、人によませ侍りし、水上秋月
水のうへにいろさへすめるあきのつき
なみこそかげをあらふべらなれ　(三八〇)

などと、漢字題に含まれる「水上《すいしやう》」に対応する形で「水のうへ」が見える。このように、仏典や漢籍を踏まえた表現の場合、「おも」より「うへ」が選ばれる傾向があったのではないか。

当該歌の場合も、「君」は「舟」で、「庶人」が「水」という漢籍の比喩表現を踏まえているので、「水のおもにうかべる舟」より、「水のうへにうかべる舟」の方が先ず想起されたはずの表現だったのではあるまい

か。ただ、その上で、優れた女流歌人だった伊勢の場合は、漢籍を踏まえた、やや硬質な表現をヴェールに包むために、「うへ」ではなく、より和歌にふさわしい「おも」という語を選択したのではなかったか、と思うのである。

定家本では、舟が浮かんでいるのは「水のうへ」だが、元永本では「水のおも」となっている。久曾神昇『古今集古筆資料集』（風間書房・一九九〇年）や西下経一・滝沢貞夫『古今集校本』新装ワイド版（笠間書院・二〇〇七年）によると、元永本と同様「水のおも」を採るのは、

*曼殊院本・*筋切・*基俊本・*六条家本・*真田本・
*永治二年清輔本・*保元二年清輔本・
*伏見宮旧蔵伝顕昭本・*天理図書館蔵顕昭本・
*静嘉堂文庫片仮名本・*伝後鳥羽天皇宸筆本

などで、*雅経筆崇徳天皇御本は、本文が「おも」で「うへ」という傍記がある。

また、*伝公任筆装飾本も、

みづのおもにうかべるふねの君なら
ばこゝぞとまりといはまし物を
（『伝藤原公任筆　古今和歌集　下』旺文社、194頁）

という本文である。

古写本や*清輔・*顕昭周辺では「水のおもに」が主流の本文だったことが知られ、『古今和歌六帖』にも、

水のおもにうかべるふねのきみならば
ここぞとまりといはましものを
（第五「人をとどむ」三〇四四、伊勢）

とあり、おそらく「水のおもに」が本来の本文だったと考えられるのである。

『古今和歌集』には、

諒闇の年、池のほとりの花を見てよめる
たかむらの朝臣
水のおもにしづく花の色さやかにも
君がみかげのおもほゆるかな　（哀傷・八四五）

ともだちの、ひさしうまうでこざりける
もとに、よみてつかはしける　みつね
水のおもにおふるさ月のうき草の
うき事あれやねをたえてこぬ　（雑下・九七六）

などと「水のおもに」と始まる歌が二首あり、これらは『古今和歌集』の諸本間に異同がない。

これらに『後撰和歌集』の、

　はつ春の歌とて　紀友則
水のおもにあや吹きみだる春風や
池の氷をけふはとくらむ　（春上・一一）

や、『拾遺和歌集』の、

　屏風に、八月十五夜池ある家に
　人あそびしたる所　源したがふ
水のおもにてる月浪をかぞふれば
　こよひぞ秋のもなかなりける　（秋・一七一）

なども加えて、「水のおも」は、「月や人の姿など、さまざまな物の影を映し、浮草や氷、散りかかる花紅葉などを浮かべ、波紋・水紋の生じる所として詠まれる」（『歌ことば歌枕大辞典』角川書店・一九九九年、執筆担当・渡部泰明）という。

　やがて、平安後期から鎌倉初期にかけて、漢字題で和歌が頻繁に詠まれるようになって和歌と漢詩の融合がより進んでゆくと、伊勢詠の上の句にある漢籍を踏まえた発想が露骨にならないようにヴェールに包もうとして「水のおもに」とした伊勢の奥ゆかしさが忘れられ、早いところでは志香須賀文庫本が「みづのうへに」を採用し、俊成・定家の頃になると、「みづのおもに」が捨てられ、むしろ漢籍を踏まえた和歌であることを積極的に示そうという意識からか、「水のうへに」が用いられてゆくことになる。

　『伊勢集』の本文をみると、*西本願寺本は当該歌を収めないが、定家筆とされる*天理図書館蔵本に、

　なかつかさの宮のいゐのいけに、ふねをつくりて、おろしはじめて、あそびけるに、ほうわうの、ごらむじにおはしまして、よさりつかた、返らせたまひなむとしけるおりに、よみて、たてまつりける
古　みづのうへにうかべるふねの君ならば
　こゝぞとまりといはましものを
　（天理図書館善本叢書『平安諸家集』190頁）

とあるのをはじめ、*資経本（*承空本や*御所本の親本）も「みづのうへに」（冷泉家時雨亭叢書『資経本私家集一』452頁）、*歌仙家集本も「水のうへに」（三五七）。*群書類従本系統の島田良二蔵本でも「水のうへに」（四七五）の本文である。

92

「家」か「宿」か

み吉野の山のあなたに□□もがな　世の憂き時のかくれがにせむ　（雑下・九五〇）

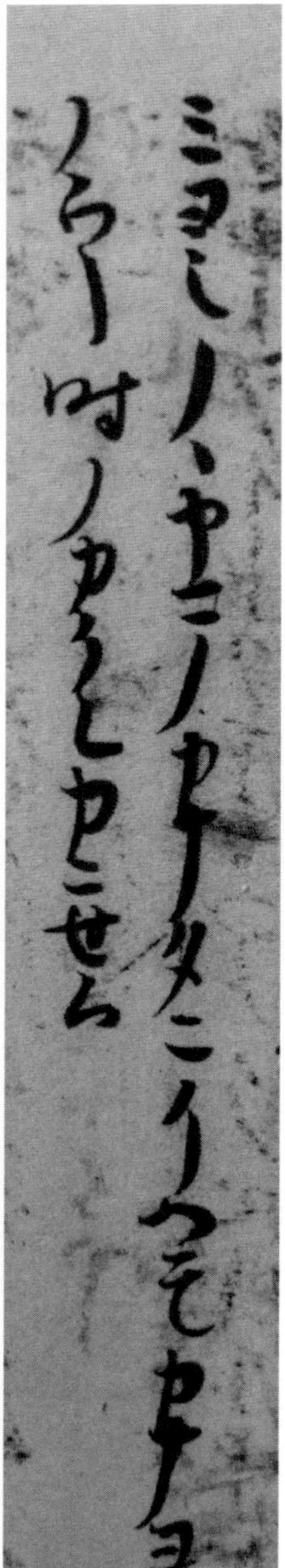

*伏見宮旧蔵伝顕昭筆本（宮内庁書陵部蔵、伏・二三〇）には、右の通り、

ミヨシノ、ヤマノカナタニイヘモガナヨ
ノウキ時ノカクレガニセム

と書かれている。

読み馴れている定家本の本文は、

みよしのの山のあなたにやどもがな
世のうき時のかくれがにせむ

である。

「かなた」と「あなた」、「家」と「宿」という本文の異同がある。

久曾神昇『古今集古筆資料集』（風間書房・一九九〇年）や西下経一・滝沢貞夫『古今集校本』新装ワイド版（笠間書院・二〇〇七年）によると、伏見宮旧蔵伝顕昭本と同様、「かなた」とするのは、

*高野切・*基俊本・
*永治二年清輔本・*保元二年清輔本・
*天理図書館蔵顕昭本

で、*雅経筆崇徳天皇御本は「か」の本文に「あ」と異本表記がある。

また、「家」(「いへ」あるいは「いゑ」)とするのは、

*高野切・*元永本・*志香須賀文庫本・
*基俊本・*真田本・*六条家本・
*永治二年清輔本・*保元二年清輔本・
天理図書館蔵顕昭本・*静嘉堂文庫片仮名本
*伝後鳥羽天皇宸筆本

などで、雅経筆崇徳天皇御本は「いへ」の本文に「やど」と異本表記がある。

「山のあなた」は、「山の向こう」の意で、中古から「山のかなた」に替わって用いられた語で、意味の上で大きな相違がない。

ここでは、「家」と「宿」の異同について問題にしたい。

「家」と「宿」にはどんな相違があるのだろう。

まず「家」は、『万葉集』に、

家《いへ》 有者《にあれば》笥に盛る飯を　草枕旅にしあれば
椎の葉に盛る　(巻二・一四二、有間皇子)

などとあるように、「旅」との対比で多く用いられ、

足引の山霍公鳥　汝が鳴けば
家《いへ》 有《にある》妹《いも》常に思ほゆ　(巻八・一四六九)

などのように、望郷の念や我が家に残してきた妻への恋しさが詠まれる。つまり、「いへ」は、我が家の意で使用されていることが多い。『古今和歌集』になると、「家居《ゐ》」(一六)「家づと」(五五)「家路《ぢ》」(七二)が各一例見えるだけで、「家」は、ほとんど詠まれなくなる。『後撰和歌集』や『拾遺和歌集』では、『万葉集』に学んで、万葉風の「家」もやや復活するが、『拾遺和歌集』で新たに現れるのは、

菅原の大臣かうぶりし侍りける夜、
ははのよみ侍りける
久方の月の桂もをるばかり
家の風をもふかせてしかな　(雑上・四七三)
題しらず　よみ人しらず
世の中に牛の車のなかりせば
思ひの家をいかでいでまし　(哀傷・一三三一)

などという「家の風」や「家を出づ」(それぞれ「家風」「出家」の訓読み)である。

一方、「宿」は、『万葉集』に、

額田王思近江天皇作歌一首
君待つと吾が恋ひ居れば
我が屋戸《やど》の簾動かし秋の風吹く　（巻四・四八八）
大伴宿祢家持贈坂上家之大嬢歌一首
吾が屋外《やど》に蒔きし瞿麦　何時《いつ》しかも花に咲きなむ
なそへつつ見む　（巻八・一四四八）

などと見えるように、もともと「屋戸」「屋外」と表記され、家屋の戸や、家屋のまわりの庭を意味する語であった。「我が屋戸の梅咲きたりと」（巻六・一〇一一）「吾が背子が屋戸の橘」（巻八・一四八三）「吾が屋戸の芽子《はぎ》咲きにけり」（巻十九・四二一九）などと庭先に植えられた木や草の花がよく詠まれた。『古今和歌集』になると、

わがやどの池の藤波さきにけり
山郭公いつかきなかむ　（夏・一三五）

と、『万葉集』に連続する歌に加え、遍昭は、

さとはあれて人はふりにしやどなれや
庭もまがきも秋ののらなる　（秋上・二四八）
わがやどは道もなきまであれにけり
つれなき人をまつとせしまに　（恋五・七七〇）

などと、人の来訪がない寂しさを、荒れた宿の情景に託して詠んだ。特に『拾遺和歌集』の、

河原院にて、あれたるやどに秋来といふ心を人々よみ侍りけるに　恵慶法師
やへむぐらしげれるやどのさびしきに
人こそ見えね秋はきにけり　（秋・一四〇）

は、*定家が『百人一首』に収めて広く知られる。人の来訪の絶えた寂しさは、人間関係の煩わしさを避けて静かに暮らしたいという遁世思想から言えば、理想の閑寂の境地に転化する。
当該歌は、前述の通り、古写本や*清輔・*顕昭周辺では「いへ」の本文で、それが本来だったのであろう。しかし、遁世思想の深まりとともに、

世のなかよ　みちこそなけれ
おもひいる山のおくにもしかぞなくなる
（千載和歌集・雑中・一一五一）

と詠んだ*俊成の頃になると、入山するために「家」は出てゆくものと捉えられ、仏教思想の色彩を帯びた仮の宿りに通じる「やど」の方がふさわしいと理解され、改訂されたのではあるまいか。

93

忘れ「つつ」か「ては」か

忘れ□□夢かとぞ思ふ　思ひきや雪ふみわけて君を見むとは

（雑下・九七〇、なりひらの朝臣）

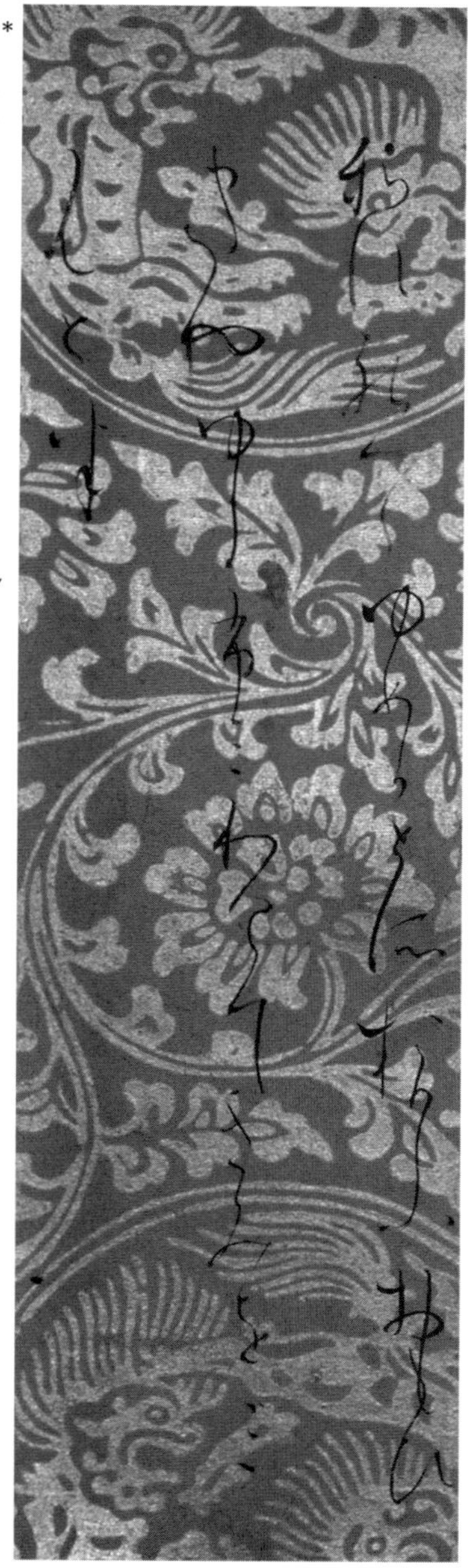

*元永本（『元永本 古今和歌集 下』講談社、277頁。ColBase 下139を加工・作成）には、*素紙に*具引を施して*獅子二重丸文を*雲母摺した*料紙に、

わすれつゝゆめかとぞおもふおもひ
きや　ゆきふみわけてきみをみ
んとは

と書かれている。

定家本には、詞書も含めて、

惟喬のみこのもとに、まかりかよひけるを、
かしらおろして、小野といふ所に侍りけるに、
正月に、とぶらはむとてまかりたりけるに、
比叡の山の麓なりければ、雪いと深かりけり。

しひて、かのむろに、まかりいたりて、をがみけるに、つれづれとして、いと物がなしくて、かへりまうできて、よみて
おくりける

わすれては夢かとぞ思ふ　おもひきや
雪ふみわけて君を見むとは

とあり、当該歌の初句は「忘れては」である。（雑下・九七〇、業平）
また、『伊勢物語』第八十三段の後半部にも、

かくしつゝ、まうでつかうまつりけるを、おもひのほかに、御ぐしおろしたまうてけり。む月に、「をがみたてまつらむ」とて、小野にまうでたるに、ひえの山のふもとなれば、雪いとたかし。しひて、みむろにまうでて、をがみたてまつるに、つれ〴〵と、いと物がなしくておはしましければ、やゝひさしくさぶらひて、いにしへのことなど、思ひいできこえけり。「さてもさぶらひてしかな」とおもへど、おほやけごとどもありければ、えさぶらはで、ゆふぐれに、かへるとて、

わすれては夢かとぞ思ふ　おもひきや
ゆきふみわけて君を見むとは

とてなむ、なく〳〵きにける。

（定家筆天福本臨写冷泉為和筆本）

とあって、当該歌の初句は「忘れては」である。
元永本のように「忘れつつ」という初句をもつのは、久曾神昇『古今集古筆資料集』（風間書房・一九九〇年）や西下経一・滝沢貞夫『古今集校本』新装ワイド版（笠間書院・二〇〇七年）によると、
*本阿弥切・*高野切・*基俊本・
*雅経筆崇徳天皇御本・*保元二年清輔本・
*伏見宮旧蔵顕昭本・*天理図書館蔵顕昭本・
*静嘉堂文庫片仮名本・*伝後鳥羽天皇宸筆本・
*永暦二年俊成本・*建久二年俊成本・*御家切・
*雅俗山荘本・*道家本・*真田本
などである。伝公任筆装飾本も、

わすれつゝゆめかとぞおもふおもひきや
ゆきふみわけて君をみむとは

（『伝藤原公任筆　古今和歌集　下』旺文社、219頁）

である。多くの古写本・古筆切が「忘れつつ」を採用し、*清輔・*顕昭・*俊成ら周辺では「忘れつつ」の本文が流布していたことが知られる。

なお、*御家切（『古筆学大成　第二巻』講談社・一九八九年、327頁）には、「伊勢語」と頭注し、本文「わすれつゝ」の「つゝ」に「ては」と傍記する。これによると、俊成の頃には、『古今和歌集』は「忘れつつ」だが、『伊勢物語』には「忘れては」とあったらしい。

もちろん、「忘れつつ」でも「忘れては」でも、言葉の意味としては、つい忘れては、繰り返し忘れては、という意でほとんど違わない。

強いて「忘れつつ」と「忘れては」を区別するなら、「忘れつつ」が雅語であるのに対して、「忘れては」はやや俗語的な印象があったのではないか。文語「…しつつ」を、「つつ」が反復の意の場合「繰り返し…しては」と口語訳することからも知られるように、「忘れつつ」は文語的で、「忘れては」は口語的と言ってもよい。

『業平集』の本文を確認すると、

*素寂本（*御所本の親本）

コノミコ、イクバクモナクテ、ホウシニ
ナリ給テ、ヒエノ山ノフモトニ
オハセシニ、マウデタリシヒ、イト
アハレニ、ユキノフリタリシカバ、
カヘリテ、カクイヒタテマツル

古　ワスレツヽユメカトゾオモフオモヒキヤ
ユキフミワケテキミヲミムトハ　（五〇）

（冷泉家時雨亭叢書『素寂本私家集』23頁）

*伝阿仏尼筆本

わすれつゝゆめかとぞおもふおもひきや
ゆきふみわけて君を見んとは　（三〇）

（冷泉家時雨亭叢書『平安私家集八』45頁）

*承空本

ワスレツヽユメカトゾオモフ
オモヒキヤユキフミワケテ君ヲミムトハ　（三〇）

（冷泉家時雨亭叢書『承空本私家集上』118頁）

*歌仙家集本（『合本　三十六人衆』46頁）

古　忘れつゝ《ては》夢かとそ思ふ思ひきや
雪ふみわけて君をみんとは　（三〇）

*砂子切（平安時代後期書写の伝公任筆）

わすれつゝゆめかとそおもふ
おもひきや雪ふみわけて
君をみむとは

（『古筆学大成17私家集二』所収）

などのように、「忘れつつ」の本文を採る伝本が優勢である。

当該歌以降、「忘れつつ」「忘れては」を詠み込む歌を、勅撰和歌集で検索すると、「忘れつつ」は、『古今和歌集』に、

いまはこじと思ふものから忘れつつ
またるる事のまたもやまぬか　（恋五・七七四）

があるのに対して、「忘れては」の方は、『新古今和歌集』になって漸く、

百首歌の中に、忍恋を　式子内親王
わすれてはうちなげかるるゆふべかな
われのみしりてすぐる月日を　（恋一・一〇三五）

が現れる。

この点からも、「忘れつつ」が古く、「忘れては」が新しい表現であったことは言えるだろう。

「忘れつつ」と詠まれる歌を見てゆくと、『土佐日記』の、

あるものとわすれつつなほなきひとを
いづらととふぞかなしかりける　（四）

なども絶唱として知られる。また、当該歌からの影響かと思われる「忘れつつ…かとぞ思ふ（見る）」という形の、

天慶二年四月右大将殿御屏風の歌廿首
水の辺に鶴あつまれり
むれてをる蘆べのたづを忘れつつ
水にもきえぬ雪かとぞみる　（貫之集・三九四）

をぎのはにふくあきかぜをわすれつつ
こひしき人のくるかとぞみる　（重之集・二六八）

などが見える。

また、『拾遺和歌集』に、

小野宮のおほいまうちぎみ（実頼）に
つかはしける　閑院大君
きみを猶怨みつるかなあまのかる
もにすむむしの名を忘れつつ　（恋五・九八六）

が入集している。

それに対して、「忘れては」の場合、古い時期の詠歌としては、

わすれてはよにこじものをかへるやま
いつはた人にあはむとすらん　（伊勢集・四一一）

などが挙げられるが、この「忘れては」は、単純接続の接続助詞「て」に、強調の係助詞「は」が付いたもので、ほとんど「忘れて」と同義とみてよい用法である。あなたは私のことを忘れて決して来るまい、の意である。「来じ」に「越（こし）」を掛けるところがこの歌の主眼。分かりにくさを避けるためか、伊勢詠が『新古今和歌集』に入集する際、

　わすれなん世にもこしぢのかへる山
　いつはた人にあはんとすらむ　（離別・八五八）

と、初句と第二句が改訂されている。

反復の意を表す「忘れては」の用例としては、おそらく、『堀河百首』の、

　わすれては雪にまがへししら菊を
　よなよな霜のおきかへてける　（菊・八四〇、俊頼）

あたりが初出であろう。

それでも、「忘れては」の本文を採る『古今和歌集』の当該歌を収める古写本が数は少なくとも確かにあった。*志香須賀文庫本・*六条家本・*永治二年清輔本などである。また、*西本願寺本『業平集』の断簡である尾形切は、

　わすれてはゆめかとぞおもふおもひきや
　ゆきふみわけてきみをみむとは

の本文である。

おそらく*定家は、こうした「忘れては」という本文をもつ伝本の存在を根拠に、また、先に挙げた式子内親王詠の影響か、「忘れては」を良しとし、「忘れつつ」から「忘れては」へ本文を改訂したのであろう。

定家の時代になって当該歌が「わすれては夢かとぞ思ふ」という本文で読まれるようになると、以後「忘れては」と詠む次のような和歌が頻出する。

　わすれてはそれかとぞ思ふ
　山桜しるべとたのむ花のおもかげ
　（御室五十首・四〇八、隆信）

　　建仁元年十月十四日　滝尻王子和歌会
　　浜月似雪
　わすれては雪かとぞおもふ
　冬の夜の月すむ浦の有明の浜　（熊野懐紙・八八）

　わすれてはふゆかとぞおもふ
　うの花のゆきふみわくるをののかよひぢ
　（千五百番歌合・夏一・六四七、家長）

94 鶉と「なりて鳴きをらむ」か「なきて年は経む」か

野とならばうづらとな□て□□□□む　かりにだにやは君は来ざらむ　（雑下・九七二）

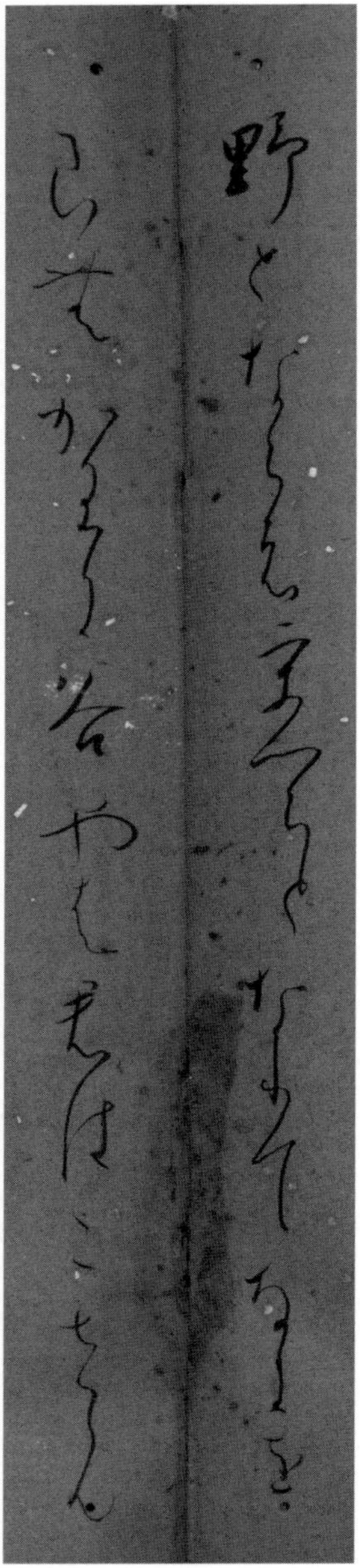

*元永本（『元永本　古今和歌集　下』講談社、278 279頁。ColBase下140を加工・作成）には、*素紙に銀*小切箔を散らした*料紙に、

野とならばうづらとなりてなきをらむかりに谷やは君はこざらむ

と書かれている。

流布本である*貞応二年定家本の第二・三句の本文は「うづらとなきて年はへむ」である。

いずれがあるべき本文なのであろうか。

周知の通り、当該歌は、『伊勢物語』第百二十三段に見える一首である。定家筆天福本臨写冷泉為和筆本によって、掲出してみよう。

むかし、をとこありけり。深草にすみける女を、やう〳〵あきがたにや思ひけん、かゝるうたをよみけり。

年をへてすみこしさとをいでゝいなば

いとゞ深草野とやなりなん
女、返し
野とならばうづらとなりてなきをらん
かりにだにやは君はこざらむ
とよめりけるに、めでゝ、「ゆかむ」と思ふ心なくなりにけり。

『伊勢物語』では、非定家本を含め「うづらとなりてなきをらむ」については本文に異同がない（山田清市『伊勢物語校本と研究』桜楓社・一九七七年）。

『古今和歌集』の元永本は、この『伊勢物語』の本文をそのまま継承する。久曾神昇『古今集古筆資料集』（風間書房・一九九〇年）や西下経一・滝沢貞夫『古今集校本』新装ワイド版（笠間書院・二〇〇七年）によれば、*本阿弥切が、元永本と同様、『伊勢物語』と同じ「うづらとなりてなきをらん」である。

『新編国歌大観』の『古今和歌集』の底本である*伊達本（伊達家旧蔵定家自筆本）『古今和歌集』の本文は、次の通り。

深草のさとにすみ侍て、京へまうでくとて
そこなりける人によみてをくりける
年をへてすみこしさとをいでゝいなばいとゞ深草のとやなり南　　よみ人しらず
返し
野とならばうづらとなきて年はへむかりにだにやは君が《はイ》こざらむ
（『藤原定家筆　古今和歌集』汲古書院、247頁）

*嘉禄二年定家自筆本『古今和歌集』も「うづらとなきて年はへむ」であり、定家は、『伊勢物語』では「うづらとなりてなきをらむ」とし、『古今和歌集』では「うづらとなきて年はへむ」と使い分けしていたらしい。

深草の里の女の返歌は、本来、いずれの表現だったのだろう。

『業平集』諸本の本文も確認しておこう。

*尊経閣文庫本
深草のさとにすみけるを、京にまでくとて、
そこなる女に
古　年をへてすみこしさとをいでゝいなば
いとゞふかくさ野とやなりなむ　（六二）
返し
野とならばうづらとなりてなきをらむ

かりにだにやはきみがこざらむ　（六三）

＊素寂本（御所本の親本）

トシヲヘテスミコシサトヲイデ、イナバ
イトヾフカクサノトヤナリナム　（七六）

返シ

ノトナラバウヅラトナリテナキヲラム
カリニダニヤハ君ハコザラム　（七七）

（冷泉家時雨亭叢書『素寂本私家集』30頁）

尾形切＊（西本願寺本の断簡）

むかし、ふかくさといふところにすみける、
京へいでたちていくとて、そこなる人に
としをへてすみこしさとをいで、いなば
いとゞふかくさのとやなりなん

といひければ、をむな

のとならばうづらとなりてなきつらむ
かりにだにやは人のこさらむ

（『古筆学大成17　私家集一』）

＊神宮文庫本

むかし、ふかくさといふ所にすみける、
京へいでたちていくとて、そこなる人に
年をへてすみこしさとを出ていなば
いとゞ深草のとや成なん　（三七）

といひけれは、女

野とならばうづらと成て鳴を覧
かりにだにやは人のこざらん　（三八）

＊大炊本

ふかくさのさとにすみ侍て、京□までくとて、
そこなる人に

としをへてすみこしさとをいで□
いなばいとゞふかくさのとやなりなむ　（三八）

返し

野とならばうづらとなきてとしはへん
かりにだにやは君がこざらん　（三九）

（冷泉家時雨亭叢書『平安私家集八』75頁）

これらの『業平集』に見える贈答歌は、『古今和歌集』の詞書にある「京へまうでくとて」に近い詞書をもっているので、『伊勢物語』からではなく、『古今和歌集』から抜き出されたものと考えられる。にもかかわらず、当該歌の本文は「うづらとなりてなきをらむ」が主流であるという事実は、『古今和歌集』から業平

詠が抜き出されて『業平集』が作成された当時の『古今和歌集』の本文が「うづらとなりてなきをらむ」だったことを示しているとみるほかあるまい。

おそらく「うづらとなりてなきをらむ」の方が古い表現で、定家本古今集の本文が形成される過程で「うづらとなきて年はへむ」と改訂されていったのであろう。「うづらとなりてなきをらむ」は『伊勢物語』に共通する表現であり、その方が古い表現だとすれば、『伊勢物語』にあった「男」と「深草にすみける女」の章段を、『古今和歌集』の撰者が取り込んだと考えることもできるだろう。

その際、『伊勢物語』の本文にあった「やうやうあきがたにや思ひけん」という物語の語り手が男の心情を推量する表現を削ったが、「なりひらの朝臣」が「すみこし里を出でていなば」と女に歌を詠みかける理由がやはり必要なので「京にまうでくとて」と詞書に加えることになったのであろう。

当該歌の「なきをらむ」に用いられている「をり」も多く誹諧歌に多い表現で違和感が生まれたらしい。そこで、贈歌の「年をへて」と照応するように、「うづらとなりて年をへむ」*（唐紙巻子本・*毘沙門堂註本）「うづらとなりて年はへむ」（基俊本・*六条家本・*雅俗山荘本・*真田本・*静嘉堂文庫片仮名本）という本文に改訂するものが現れた。ところが、「をらむ」と同時に「なき」も削られてしまったため、その本文は定着しなかった。「鶉」を詠み込む以上、男がいなくなった野で、「鶉」が鳴くように、女が「泣き」暮らすという要素は外せない。そういう思いからか、「鶉」の掛詞「憂《う》、辛《つら》」を前面に出して「うづらとなきて年はへむ」という本文へ推移し、定着していったものと考えられるのである。

『伊勢物語』を愛し、

　夕されば野べのあきかぜ身にしみて
　うづら鳴くなりふか草のさと

（千載和歌集・秋上・二五九）

という「自讃歌」（『無名抄』）を詠んだ俊成は、当該歌をどのような本文で読んでいたのだろう。

*永暦二年俊成本（『国立歴史民俗博物館蔵　貴重典籍叢書』文学篇第一巻・臨川書店・一九九九年、560頁）は、「なりてなきをらん」という本文で、左側に見せ消ち記号が付

され、右側に「ナキテトシハヘム」と傍記されている。しかし、*建久二年本になると、「うづらとなきてとしはへん」（日本古典文学影印叢刊2、446頁）を採用している。永暦二年（一一六一）の段階では、『伊勢物語』に共通する「なりてなきをらむ」と「なきて年はへむ」とで迷っていたが、建久二年（一一九一）の頃には、定家と同様「なきて年はへむ」に『古今和歌集』の本文を定めたようだ。

実は当該歌は、結句も本文が揺れ、異同があった。『古今和歌六帖』第二「うづら」に、

野とならばうづらとなりて鳴きをらん
かりにだにやは人のこざらん（一一九一）

とある。結句の「人のこざらん」は、『伊勢物語』の阿波国文庫本に見られる本文である。真名本も「人之将不来」とする。

当該歌の結句の「人の」は、女の男への距離感を表すが、贈歌の「出でていなばいとど深草野とやなりなむ」に表れた離別への男のためらいをみてとった女の返歌としては、男を「人」と呼称するよりは、親しみをこめた「君」の方がふさわしい。そう考えて、まもなく「人」は「君」に替えられ、流布しなかった。「人の」という本文を伝えるのは、『伊勢物語』では、前述の通り、*阿波国文庫本・真名本のみ。『古今和歌集』では現存しない。

しかし、「君が」とするか「君は」とするかは、その後も『伊勢物語』『古今和歌集』ともに揺れ続けた。先に挙げた定家自筆の*伊達本『古今和歌集』が本文を見返してほしい。本文を「君が」としつつ「が」に「はイ」と傍記する所以である。流布本が「君は」とするので、「君は」が優勢だが、「君が」とする伝本も多い。

『伊勢物語』では、

*天理図書館蔵伝為家筆本・書陵部蔵為相奥書本・専修大学図書館蔵*建仁二年定家奥書本・鉄心斎文庫蔵伝二条為明筆本・同伝後醍醐天皇宸筆本・同順覚奥書本・*同源通具本・顕昭本

『古今和歌集』では、

*志香須賀文庫本・*基俊本・*六条家本・*永暦二年俊成本・*建久二年俊成本・*道家本・*雅俗山荘本・*伝後鳥羽天皇宸筆本・*毘沙門堂註本

などである。

95　わびつつぞ「経る」か「寝る」か

逢坂の嵐の風は寒けれど　ゆくへ知らねばわびつつぞ□る　（雑下・九八八）

*元永本（『元永本 古今和歌集 下』講談社、292頁。ColBase下147を加工・作成）には、*素紙に*具引を施して*七宝文を*雲母摺した*料紙に、

あふことのあらしの
風はさむけれど
ゆくゑしらねば

わびつゝぞ
ふる

と、散らし書きされている。

流布本である*貞応二年定家本では、

相坂のあらしのかぜはさむけれど
ゆくゑしらねばわびつゝぞぬる

という本文である。

「逢坂の嵐のかぜ」の「嵐」を「あらじ」との掛詞とみて「あふさか」を「あふこと」に変更する元永本の本文では、当該歌は恋歌となる。

しかし、「題しらず」「よみ人しらず」の次の二首、

世中はいづれかさしてわがならむ
行きとまるをぞやどとさだむる　（雑下・九八七）

風のうへにありかさだめぬちりの身は
ゆくへもしらずなりぬべらなり　（同・九八九）

の間に配された一首としては、恋歌ではなく、流浪・漂泊の人生を嘆く雑歌でなければならないはずである。「あふこと」という本文が元永本の独自異文に留まる所以である。

一方、結句の「わびつゝぞふる」という本文は、数多くの伝本に採用されている。久曾神昇『古今集古筆資料集』（風間書房・一九九〇年）や西下経一・滝沢貞夫『古今集校本』新装ワイド版（笠間書院・二〇〇七年）によると、元永本と同様「わびつゝぞふる」を採るのは、

*志香須賀文庫本・*基俊本・*高野切・
*永治二年清輔本・*保元二年清輔本・
*伏見宮旧蔵顕昭本・*天理図書館蔵顕昭本・
*静嘉堂文庫片仮名本・*六条家本・
*寂恵使用俊成本・*建久二年俊成本・
*伝後鳥羽天皇宸筆本・*雅俗山荘本・*真田本

などである。*雅経筆崇徳天皇御本も、本文は「ふ」で異本表記「ぬ」を傍記する。*永暦二年俊成本は、逆に、本文を「ぬ」とし、異本表記「フ」を傍記している。

*俊成は、永暦二年（一一六一）の段階では「わびつゝぞぬ《フ》る」（『国立歴史民俗博物館蔵 貴重典籍叢書』臨川書店、569頁）としていたが、建久二年（一一九一）には傍記を本文に採用して「わびつゝぞふる」（『日本古典文学影印叢刊2』貴重書刊行会、452頁）とし、「ぬる」の本文を捨てたのである。

それに対して、*定家は、父俊成から受け継いだ永暦二年俊成本の本文をそのままよしとし、傍記「フ」を捨てる選択をしたというわけである。

こうした『古今和歌集』諸本の本文状況や『古今和歌六帖』第一「あらし」に収められた、

あふさかのあらしの風ははやけれど
ゆくへしらねば佗びつつぞふる　（四三三）

『和歌童蒙抄』第三「坂」の、

あふさかのあらしのかぜはさむけれど
ゆくへしらねばわびつつぞふる　（一九四）

などの本文をみると、「ぬる」より「ふる」の方が古い本文だったかと考えられる。

『新撰和歌』には、

あふさかのあらしのかぜのさむければ
ゆくへもしらずわびつつぞゆく　（恋雑・三四三）

とあり、片桐洋一『古今和歌集全評釈』は「わびつつぞゆく」が「古体を留めている」（下・384頁）可能性を指摘する。たしかに、人生は旅のように「ゆくへ」が分からないので心細いものだが、それを受け入れ、心細く思いながらも、旅人が漂泊流浪の旅を続けるように生きて「ゆく」しかない。そういう意味で、「ゆく」が最も自然で、ふさわしい表現なのであろう。

当該歌は、前後の歌とは異なり、「あふさか」という歌枕が詠みこまれている。山城国と近江国の国境にあった「逢坂の関」であり、都から地方へ旅立つ出発点である。そうなると、当該歌の作者は、京が住みづらく、地方に住むべき国を求めるために、逢坂の関を越えて旅に出たのではないか、といった状況を想定してみたくなる。しかし、「ゆくへ知らねば」とあるので、これから何処へ行けばよいのか、作者には行く当てがあるわけではないのである。逢坂の関を吹き抜ける嵐は冷たく、佗しく思いながら途方に暮れている。

結句は「わびつつぞ」「ゆく」なのか「ふる」なのか「ぬる」なのか。

早い時期には「ゆく」という本文があったが、「ゆくへ」「ゆく」の重複を避けて、生きて「ゆく」に意味領域が近い「ふる」（経る）という本文が生まれた。平安時代は「ふる」が優勢だったらしい。

『江談抄』第三ノ63「博雅三位習琵琶事」に見える「会坂目暗」が詠む歌は、

アフサカノ関ノ嵐ノハゲシキニ
シヒテゾヰタル世ヲスグストテ

である。激しい嵐に、盲目の私はじって耐えていることだ、憂き世を過ごすために、と詠んで琵琶を弾きながら夜を過ごす「目暗」は、寝ているわけではない。「目暗」の詠んだ歌は、「わびつつぞ寝る」ではなく、「わびつつぞ経る」という本文をもつ『古今和歌集』歌からしか生まれないものであろう。

『今昔物語集』巻廿四ノ23「源博雅朝臣行会坂盲許語」に見える和歌も、同様である。『今昔物語集』の説話には、「会坂ノ関」に「庵」を造って住んでいた「盲」について、「名ヲバ蝉丸トゾ云ケル」とし、「琵琶」の名手だった宇多天皇皇子式部卿敦実親王の「雑色」だったので、その琵琶を常に聞いて蝉丸は上手になったのだという解説も付加されている。

その結果、『続古今和歌集』には、

題不知　蝉丸

あふさかのせきのあらしのはげしきに
しひてぞゐたるよをすぎんとて（雑中・一七二五）

と、蝉丸詠として入集することになる。

「蝉丸」といえば、夙に『後撰和歌集』雑一の、

相坂の関に庵室をつくりてすみ侍りけるに、ゆきかふ人を見て　蝉丸

これやこのゆくも帰るも別れつつ
しるもしらぬもあふさかの関　（一〇八九）

によって知られる存在だが、これに『江談抄』や『今昔物語集』などに見える説話が付加され、室町時代には謡曲「蝉丸」に作り上げられ、人々に享受されてゆく。その概要は、次の通り。

延喜帝の第四皇子、盲目の蝉丸は、勅命によって逢坂山に捨てられる。廷臣清貫は、蝉丸を剃髪し、蓑・笠・杖に与えて立ち去る。憐れんだ博雅の三位が藁屋を用意し、中へ導く。蝉丸は、藁屋でただ独り琵琶を弾じて心を慰める。

一方、延喜帝の第三皇女、逆髪は、髪が逆立つ病気を患って心も乱れ、宮中を逐われて諸方を彷徨い、逢坂山へ辿り着く。

狂女だが心の清らかな逆髪は、蝉丸の弾ずる美しい琵琶の音に惹かれ、藁屋の傍らで聞き入る。やがて対面した姉弟は、互いの宿業を嘆く。そして流浪の旅に

出る逆髪を、涙にくれる蝉丸は見えぬ眼で見送る。

『古今和歌集』の当該歌は、「逢坂の嵐の風は寒けれど行方知らねばわびつつぞ経る」という本文で遠く響いている。「寝る」ではあり得ない。

平安末期になると、「嵐の風」が冷たく感じられるのは夜であろうから、「ふ（字母婦）る」（経る）と書かれた本文を、「ぬ（字母奴）る」（寝る）と誤写した本をよしとする人も出てくる。

定家が「ぬる」を選択したために、「わびつつぞぬる」が後世に流布してゆくが、すぐに「ふる」の本文が駆逐されたわけではなさそうである。

『西行上人談抄』には、

逢坂の関のあらし《あらしのかぜとあり如何》は寒けれど
行方しらねばわびつゝぞふる　（二五）

（『日本歌学大系』第二巻・風間書房、291頁）

と見え、「わびつつぞふる」も暫くは命脈を保っていたと考えられる。

ところが、古今伝授のテキストとして「ぬる」の本文をもつ*貞応二年定家本が採用されて以降は、『歌枕名寄』巻廿二「会坂篇」の「古十八　嵐之風　読人不知」の、

あふさかのあらしの風はさむけれど
行へしらねばわびつつぞぬる　（五六八〇）

などのように、「わびつつぞぬる」が定着してゆくことになる。

「わびつつぞぬる」（寝る）が定着すると、「垂れこめて春の行方も知らぬも、猶あはれに、なさけ深し」（『徒然草』「花は盛りに」）などの影響もあり、

関路花　大沢伝左衛門忠基
ちる花に侘びつつぞぬる
逢坂の関の嵐のゆくへしらねば　（鳥の迹・一五三）

などという、嵐によって花が散ってしまうのではないかと気にかけながら寝る、と本歌取りする一首も生まれてくる。

しかし、『古今和歌集』の当該歌の「行方知らねば」は、そもそも『万葉集』に人麻呂によって、

もののふのやそうぢかはのあじろきに
いさよふなみの去辺《ゆくへ》しらずも　（巻三・二六四）

と詠まれ、公任が『三十六人撰』に収めた歌に見える運命の浪に翻弄され、流転してゆく人生の象徴だった。

96

「ことゞし」か「かしかまし」か

秋の野になまめき立てる女郎花　あな□□□□し花もひと時　（誹諧・一〇一六、僧正へんぜう）

*伏見宮旧蔵伝顕昭本（宮内庁書陵部蔵、伏・二二三〇）には、右の通り、

僧正遍照

アキノ、ニナマメキタテルヲミナヘシ
アナカシカマシハナモヒト、キ

と書かれ、頭注には「普通ハ、アナコトゞシ」とある。

伏見宮旧蔵伝顕昭本は、何を指して「普通ハ」というのであろう。

世間に広く流布した*貞応二年定家本も、

秋の、になまめきたてるをみなへし
あなかしかまし花もひと時

（『冷泉家時雨亭叢書　古今和歌集』595頁）

という本文なのである。

久曾神昇『古今集古筆資料集』（風間書房・一九九〇年）や西下経一・滝沢貞夫『古今集校本』新装ワイド版（笠間書院・二〇〇七年）によると、「ことごとし」という本文を採用するのは、

*元永本・*基俊本・*伝後鳥羽天皇宸筆本・
*毘沙門堂註本

である。これらの現存する限られた伝本の範囲では、「普通ハ」とは『古今和歌集』の普通の本文では、という意には解し難い。

伏見宮旧蔵伝顕昭本と同様、「あなかしかまし」という本文を採り、「普通ハ、アナコト〴〵シ」という頭注をもつ『古今和歌集』伝本は、他に、

*六条家本・*永治二年清輔本・*保元二年清輔本・
*天理図書館蔵顕昭本・*静嘉堂文庫片仮名本

などがある。

*寂恵本は「あなかしかまし」の本文で、

清、アナカシカマシ　普通ハ、アナコト〴〵シ
俊本、コト〴〵シ、ソバニツク

（古文学秘籍叢刊『寂恵本古今和歌集』）

などの勘物を行間に記す。

寂恵が校合に使用した俊成本には、「コト〴〵シ」という傍記があったらしいが、*永暦二年俊成本や*建久二年俊成本には、そうした傍記は見られない。

視野を広げて、『古今和歌集』以外にも目を向け、『遍昭集』の本文を確認してみよう。

その本文は次の通り。

*唐草装飾本

秋の野になまめきたてる
をみなへし　あなかしかまし
花も一時

（冷泉家時雨亭叢書『平安私家集七』66頁）

*西本願寺本

あきのゝになまめきたてるをみなへし
あなこと〴〵しはなもひとゝき（二一六）

（久曾神昇『西本願寺本三十六人集精成』213頁）

*歌仙家集本

秋の野になまめきたてるをみなへし
あなこと《かしかまし》〴〵し花も一とき（二一六）

（『合本　三十六人集』184頁）

*飛雲料紙本（*御所本の親本）

秋のゝになまめきたてるをみなへし
あなこと〴〵し花もひとゝき

（冷泉家時雨亭叢書『平安私家集一』48頁）

「ことごとし」が優勢である。*契沖『古今余材抄』が「遍昭集には、あなかしがましを、あなこと〴〵しとあり」という通りである。

*清輔や*顕昭が「あなかしかまし」の本文を採用しながら、「普通ハ、アナコトヾヽシ」と頭注を記した際の「普通」とは、『遍昭集』をみて「普通ハ」と言った可能性がある。

『家持集』にも、

*資経本（承空本ならびに*御所本の親本）

あきの丶になまめきたてるをみなへし
あなことヾヽしはなもひと丶き　（二六〇）

（冷泉家時雨亭叢書『資経本私家集二』124頁）

とあり、頭注に「古今」「僧正へんぜう」と見える。「普通ハ」について、もう一つ考えられることがある。

こちらの考えの方がより重要なのだが、「普通ハ」とは、当該歌が「誹諧歌」であることを意識し、誹諧歌でない「普通の歌では」という意味である。

久曾神昇『古今和歌集』全訳注（四・185頁）が、

おみなえし女性にたとえた歌は、秋歌（226〜238）にもあるが、「なまめきたてる」「あなかしがまし」などと表現しているので俳諧としたのであろう。

とし、片桐洋一『古今和歌集全評釈』（下・488頁）が、

「なまめく」「あなかしかまし」という表現、伝統和歌にはふさわしくないものなのである。

と指摘する通り、「あなかしかまし」という表現について、誹諧歌ではない、普通の歌であれば「あなことごとし」と詠むところだという頭注とみるのである。

そもそも、「かしかまし」は、『日葡辞書』に「Caxicamaxij」と見え、「かしがまし」と濁音化するのは近世以後らしい。「かし」は「かしまし」の「かし」と通じ、「かま」は「かまし」「かまかまし」「かまびすし」の「かま」で、いずれもほぼ同意の語が重なって一つの形容詞となったが、「晴れがまし」「かごとがまし」などと用いられる接尾語「がまし」（…らしい、…のきらいがある）との類推・近接によって濁音化したものと考えられる。意味としては、

かしかまし草葉にかかるむしのねよ
われだに物はいはでこそおもへ

（『宇津保物語』ふぢはらの君・六七、忠康）

のように、声や音が耳障りなほど騒々しい、やかましい、という意や、

ものいひ侍りし人の、まからずとてうらみ侍

りて、かはたけをつつみておこせて侍りしに

かしかましひとよばかりのふしにより

なにかは人のたけくうらむる　（実方集・二六四）

のように、ちょっとしたことにもとやかく言う、口うるさい、という意などを表す。

前者は、*阿波国文庫本『伊勢物語』第百三十二段に、

むかし、ものおもふおとこ、めをさまして、とのかたを見いだして、ふしたるに、前ざいのなかに、むしのこゑ〴〵なきければ、

かしかましのもせにすだくむしのねや

われだにものはいはでこそおもへ

と、多少語句の違いはあるが、見える歌で、それが、『新撰朗詠集』上・秋「虫」にも、

かしかまし野もせにすだく虫のねや

我だに物はいはでこそ思へ　（三一三）

と収められている。

『金葉和歌集』二度本には、

かしかましやまのしたゆくさざれ水

あなかまわれもおもふ心あり　（恋下・五〇五）

という歌も入集している。

「かしかまし」は、シク活用の形容詞で、その語幹を歌の初句に置き、「やかましいことよ」「うるさいことよ」と詠嘆をこめて歌い出す詠法である。「あな」という感動詞とともに「あなかしかまし」と七音にして、第四句に置くのが当該歌である。

『大和物語』第四十三段には、僧坊の前の「切懸」に、

まがきするひだのたくみのたつきおとの

あなかしかましなぞや世の中　（五七）

という歌を書きつけ、「行ひしに深き山に入りなむとす」と言って「横川」に隠棲する「ゑしう」という「大徳」の話が見える。「たつき」(鐇)は、工人の用いる刃の広い斧「ちょうな」の意である。

「かしがまし」と濁音で本文を立て、「和歌にはほとんど用いられない」（457頁）とする高田祐彦『古今和歌集』（角川ソフィア文庫）には従えない。『新編国歌大観』のCD-ROMの検索画面に「かしがまし」と濁音で入力し、和歌本文で検索すると、二例しかないという結果になってしまう。紙媒体の索引であれば「かしかまし」と「かしがまし」が並んでいて、その誤りに

すぐ気がつくことができるのだが、CD-ROMを利用する場合は、便利さと引き換えに、思わぬ錯誤に陥る危険がある。

*清輔は、普通の歌の場合は「あなことごとし」がふさわしいが、誹諧歌である故に「あなかしかまし」という本文なのだ、と考えたのかもしれない。しかし、「かしかまし」は、「伝統和歌にはふさわしくないもの」かもしれないが、「和歌にはほとんど用いられない」語とまでは言えない。「あなかしかまし」が使用されていることが誹諧歌とされた所以であるとは言えないのではあるまいか。

『俊頼髄脳』では、

あきののになまめきたてるをみなへし
あなことごとしはなもひととき　（二一〇）

の本文で歌を挙げ、「誹諧歌」について論じている。おそらく、女郎花を女性とみて「なまめきたてる」と表現したことにこそ誹諧性があると俊頼は考えていたのであろう。

「ことごとし」は、『枕草子』の「正月に寺に籠もりたるは」と始まる章段に、

裳《も》・唐衣《からぎぬ》など、ことごとしく装束《さうぞ》きたるもあり。

『源氏物語』帚木の冒頭に、

ひかる源氏、名のみこと〴〵しう、…

などと見えるように、おおげさである、ものものしい、の意である。当該歌の場合、秋の野に、若く美しい女性が大勢ひしめくように、立っている女郎花、そのさまに、なんと仰々しいことよ、と詠嘆し、しかし、その華やかさも一時のこと、花の命は短く、若さも永遠ではないのだ、と詠む。

*俊頼は、当該歌を踏まえて、「女郎花」を「卯の花」に置き換え、

卯花をよめる
うの花よいでことごとしかきしまの
浪もさこそはいはをこえしか　（散木奇歌集・二〇五）

という一首を詠んでいて、この歌が俊成によって『千載和歌集』の「誹諧歌」（一一八一）に採られている。

「かしかまし」の本文で当該歌を解する場合、金子元臣『古今和歌集評釈』（明治書院・一九二七年）が「諸注、女郎花が喧しいやうに解きなしたのは、筋が通ら

ない。女郎花はなまめいてゐるだけで、喧しいのはそれを見はやす人達である」(978頁)と評すのに耳を傾けねばならないだろう。

『古今和歌六帖』第六「をみなへし」も、

秋ののになまめきたてるをみなへし
あなかしかまし花も一とき　(三六五九)

の本文である。

なお、「誹諧」の音と意については、木村正辞『万葉集文字弁証』(安政二年(一八五五)刊)が「連字偏旁を変ずる例」として、「笥飯」が「下の飯ノ字に連れて、竹冠を変じて食に従へる」「飼飯」とか、「姑洗」が「下の洗ノ字に連レて女旁を変じて、氵に従へる」「沽洗」とか、の例を挙げ、

この例はいと多かる事なるを、一ツ二ツいはゞ、俳諧を誹諧と作《カキ》〈隋書侯白伝、古今和歌集〉…、また常にも…襁緥を襁褓と作《カキ》、…搢紳を縉紳と作《カケ》る類、皆同例也。　(勉誠社文庫101、66頁)

と論じている。

金子元臣『古今和歌集評釈』は、おそらく、そうした例を知っていて、

誹諧と書いたのは、下に諧の字の偏によつて、上の俳の字の偏をも言偏に作つたもので、かういふ例は、熟語にはよくあることである。　(975頁)

と指摘する。

それに対して、竹岡正夫『古今和歌集全評釈』補訂版(右文書院・一九八一年)が、

「誹諧」は、古今集に関する限り、「ヒカイ」と読むのが正しく、その語義も、おどけて悪口を言ったり、又大衆受けのするような卑俗な言辞を用いたりする意と解すべきなのである。(下・999頁)

とし、小島憲之・新井栄蔵校注の新大系(岩波書店・一九八九年)が、「ひかいか」とルビを振り、「おどけたり、悪口をいう、ふざけるの意か」と脚注する。

山本登朗「古今和歌集の「誹諧」と「俳諧」」(「国語国文」二〇一七年十月号)は、注釈史を振り返り、古代漢字学の「偏旁類化」という現象で、「誹」の音は「ハイ」で、「誹諧」と「俳諧」に意味の違いがないことを詳しく論じ、従うべき結論を提示している。

97　摘まで「過ぐ」か「見る」か

秋来れば野辺にたはるる女郎花　いづれの人か摘まで□□べき　（誹諧・一〇一七）

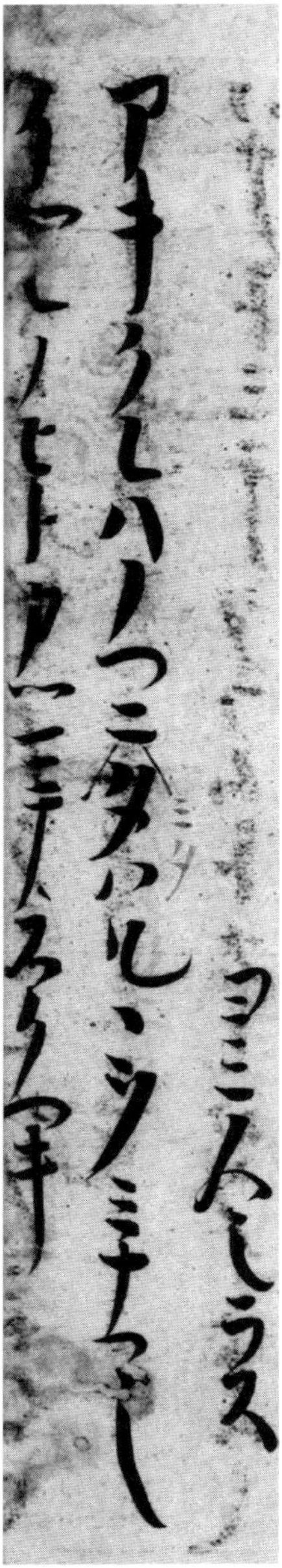

＊伏見宮旧蔵伝顕昭本（宮内庁書陵部蔵、伏・二三〇）には、右の通り、

　　　　ヨミ人シラズ
　アキクレバノベニタハ《ミダ》ル、ヲミナヘシ
　イヅレノヒトカツマデスグベキ

とある。

　結句の「摘まで過ぐべき」の本文異同が本題だが、本論に入る前に、まず第二句の「たはるる」と「みだるる」の異同を取り上げよう。

　「たはるる」は、『万葉集』巻九の上総国周淮《すえ》郡の「珠名《たまな》」という「娘子《むすめ》」を詠んだ歌に、

　胸わけの　広き我妹　細腰の　すがる娘子の
　其の姿《かほ》の　端正《きらきらしき》に　花の如　咲《ゑ》みて立てれば
　玉鉾の　道往く人は　己が行く　道は去かずて
　召《よ》ばなくに　門《かど》に至りぬ　さし並ぶ　隣の君は
　預《あらかじめ》　己妻離《か》れて　乞はなくに　鎰《かぎ》さへ奉る
　人皆の　かく迷《まと》へれば　容艶　縁りてそ妹は
　多波礼て有りける　　　（一七三八）

と用いられている下二段活用動詞「たはる」である。

『新撰字鏡』に「淫〈戯也、私逸也、宇加礼女、又、多波留〉」、高山寺本『類聚名義抄』に「嬉〈音熙　タノシム　ヨロコブ　タハムル　タハル　アソブ〉」「媱音遙　タハル　ウカレメ　アソブ　フケル　…　俗為姪字」（『国語国文』別刊第二号・一九五一年、28頁）などと見え、『日本国語大辞典』第二版（小学館）は「異性にみだらな行為をする。男女がいちゃつく。浮気心で男女が関係する」意とし、この万葉歌を用例として挙げる。

竹岡正夫『古今和歌集全評釈』（下・1020頁）は、

野べに立っているおみなえしをさようなうかれ女《め》（遊女）に見立てて、みだらな行為をしていると言っているのであって、そういう卑俗な、雅でない表現が「誹諧歌」たるゆえんである。

と断言するが、はたして『古今和歌集』の撰者たちは、「たはる」という表現が当該歌を「誹諧歌」に部類する所以としているのであろうか。

『古今和歌集』秋上に、

ももくさの花のひもとく秋ののを
思ひたはれむ人なとがめそ　（二四六）

を収めた撰者たちは、「秋来れば野辺にたはるる女郎花」という上の句の表現が、「誹諧歌」たる所以とは考えていなかったに違いない。

また、高田祐彦『古今和歌集』（角川ソフィア文庫）は、「たはるる」を、前歌の「かしがまし」と同様、「これも、和歌ではほとんど用いない語」というが、『後撰和歌集』には、

女のあだなりといひければ　あさつなの朝臣
まめなれどあだなはたちぬ　たはれじま
よる白浪をぬれぎぬにきて　（雑一・一一二〇）

たはれじまを見て
名にしおはばあだにぞ思ふ　たはれじま
浪のぬれぎぬいくよきつらん　（羈旅・一三五一）

などと、「たはれ島」という歌枕のかたちで詠みこまれ、私家集には、

いもがかみうつをざさののはなれごま
たはれにけらしあはぬ思へば　（人丸集・一八）

吹くかぜにたぐひてなびくをみなへし
たはるるさまに人やみるらむ　（安法法師集・六）

『古今和歌六帖』には、

我がよよもちよにあらめやねなしぐさ
たはれやせましよのわかいとき

（第六「ねなし草」三五八三）

などと見える。

たしかに、当該歌は、露骨さを避けようとする意識ゆえか、*今城切では、「たはるる」に換え、「みだるる」とする。*雅経筆崇徳天皇御本は「みだ《たはイ》るる」、*伝後鳥羽天皇宸筆本は「たは《あたイ》るる」と、多少の異同が見られる。しかし、概ね諸本は「たはるる」である。

むしろ、「誹諧歌」に部類された直接の要因と考えられるのは、結句の「つまで」ではなかったか。

『両度聞書』が

つまでみるべきとは、俗に人をつむなどいふ事なり。其を花つむによそへたり。

（片桐洋一『中世古今集注釈書解題 三』下、781頁）

という通り、「つむ」は、「摘む」と「抓む（捻む）」の掛詞とみられる。

「抓む（捻む）」とは、『新撰字鏡』に「捻〈指末を以てす。豆牟〉」とある、「指先でつねる。ひねる」の意の四段活用動詞である。『万葉集』に、

よろづよにこころはとけて
わがせこが都美《つみ》し手見つつ
しのびかねつも

（巻十七・三九四〇）

と見える。いつまでもと心うち解けてあなたがつねった手を見ては、かつて過ごした親密な時が甦って、傍にいないあなたが恋しくて、堪えられないことだ。そんな意であろう。

『蜻蛉日記』天禄三年（九七二）八月十二日条には、物を言わない道綱母に、兼家がかけた、

などか来ぬ、とはぬ、にくし、あからし、とて、打ちもつみもし給へかし。

という言葉が見える。どうして来ないのか、訪れないのか、気に入らない、情けない、と言って、私をぶつなりつねるなりなされよ、というのである。

『源氏物語』にも、「抓《つ》む」が次の四例ある。そのうち二例は、接頭語「うち」の付いた「ひき抓《つ》む」と形である。

① 源氏と源典侍の逢瀬の場に、太刀を抜いて踏み込んだ人物が、頭中将であることに源氏が気づいた場面。

その人なめりと見給ふに、いとをかしければ、太刀抜きたる腕《かひな》をとらへて、いといたう抓み給へれば、ねたきものから、え耐へで笑ひぬ。

（紅葉賀・一二五九）

②源氏は、玉鬘付きの女房である宰相君に、兵部卿宮への返事を取り次ぐよう指図するが、宰相君が対処できずにいる場面。

宰相君なども、人の御いらへ聞こえむ事もおぼえずはづかしくてゐたるを、埋もれたりとひき抓み給へば、いとわりなし。

（蛍・八〇七）

③朧月夜と再び逢って帰邸した源氏に嫉妬もしない紫上に、源氏が機嫌をとる場面。

かう心やすからぬ御けしきこそ苦しけれ。たゞおいらかにひき抓みなどして教へ給へ。

（若菜上・一〇七四）

④匂宮から突然言い寄られて泣き伏す浮舟を、乳母が慰める場面。

降魔《がま》の相《さう》を出だして、つと見たてまつりつれば、いとむくつけく下種《げす》〳〵しき女とおぼして、手をいといたう抓ませ給ひつるこそ、直人《なほびと》の懸想《けさう》だちて、いとをかしくもおぼえ侍りつれ。

（東屋・一八二八）

「抓む」という行為は、こうした用例をみると、親密な夫婦間の愛情表現、あるいは、気兼ねのない友人、気に入らない女房や下々の者などへお灸を据える意味合いがあったらしい。特に、最後の用例に「直人の懸想だちて、いとをかし」とあるように、上品な人がしない滑稽な行為と見なされていて、当該歌が「誹諧歌」とされる所以は、この「抓む」の使用にあるとみるべきであろう。

共紙表紙本『躬恒集』に、

ありぬればつきなくなりぬをみなへし
ひとしれでこそつまんとはおもふ

（冷泉家時雨亭叢書『平安私家集九』137頁）

という一首がある。じっと我慢しているうちに機会を逸してしまった。人知れず、女郎花を摘もう、女を睦まじく抓ってやりたい、と思っていたのに。そんな一首である。歌末は、「こそ」の結びで、逆接強調なので、「おもふ」は「おもへ」が正しい。躬恒は、『古今和歌集』の誹諧歌から、当該歌と、

逢ふ事の今ははつかになりぬれば
夜ぶかからでは月なかりけり　（一〇四八、平中興）

とを踏まえて用語を利用し、新たな誹諧歌を詠んだとすれば、初句は「明けぬれば」だった可能性もある。

『古今和歌六帖』には、

明けぬればつきなくなりぬをみなへし
人しれずこそつまむとは思へ　（第六「をみなへし」三六七七、みつね）

という本文で収められている。

『千載和歌集』の「誹諧歌」にも、

六波羅蜜寺の講の導師にて、高座にのぼるほどに、聴聞の女房のあしをつみ侍りければよめる　良喜法師
人のあしをつむにてしりぬ　わがかたへ
ふみおこせよとおもふなるべし　（一一九四）

と、「抓む」の用例がある。

前置きが思わず長くなったが、本論に入ろう。

当該歌の本文異同で問題になるのは、結句「つまですぐべき」である。世間に広く流布した*貞応二年（一二二三）定家本が、結句に見える「すぐ」を捨て、

あきくればのべにたはるゝ女郎花
いづれの人かつまで見るべき
（『冷泉家時雨亭叢書　古今和歌集』595頁）

と「見る」を採用したことで、定家本を基準にすると、多くの伝本に異同が見られる。

久曾神昇『古今集古筆資料集』（風間書房・一九九〇年）や西下経一・滝沢貞夫『古今集校本』新装ワイド版（笠間書院・二〇〇七年）によると、*伏見宮旧蔵伝顕昭本と同様、「すぐ」という本文を採用するのは、

*元永本・*雅経筆崇徳天皇御本・*基俊本・*高野切
*六条家本・*永治二年清輔本・*保元二年清輔本・
*雅俗山荘本・*天理図書館蔵顕昭本・
*静嘉堂文庫片仮名本・*伝後鳥羽天皇宸筆本・
*志香須賀文庫本・*今城切・*右衛門切・

である。

*伝公任筆装飾本も、

秋くればのべにたわるゝをみなへしいづれ
の人かつまですぐべき
（『伝藤原公任筆　古今和歌集　下』旺文社、258頁）

という本文である。

*俊成・*定家以前は、「すぐ」が圧倒的に優勢だったのである。

ところが、俊成本になると、

*永暦二年（一一六一）本

あきくればのべにたはるゝをみなへし
いづれのひとかつまでみるべき

（『国立歴史民俗博物館蔵　貴重典籍叢書』601頁）

*建久二年（一一九一）本

秋くればのべにたはるゝをみなへし
いづれのひとかつまでみるべき

（日本古典文学影印叢刊2、474頁）

のように、「みる」が採用されている。

俊成や定家は、なぜ、「すぐ」を捨て、「見る」を採用したのであろうか。

『古今和歌集』秋上の「女郎花」の歌群は、

題しらず　　僧正へんぜう

名にめでてをれるばかりぞをみなへし
我おちにきと人にかたるな　（秋上・二二六）

僧正遍昭がもとにならへまかりける時に、
をとこ山にてをみなへしを見てよめる

ふるのいまみち

をみなへしうしと見つつぞゆきすぐる
をとこ山にしたてりと思へば　（秋上・二二七）

と始まる。

布留今道詠について、片桐洋一『古今和歌集全評釈』（上・863頁）は、

詞書から見て、前の遍昭の歌を前提にしていることははっきりしている。奈良の遍昭の家に行き着いて、遍昭の前で、この歌を披講したとすれば、さらにおもしろい。「堕ちにき」と他人に語られることを気にしながら女郎花を手折ったあなたと違って、私は気に入らない花だと思いながら女郎花の側を通り抜けて来ましたよ。だって男山に立っている浮気な花なのですから、と言っているのである。

と評している。

「秋が来ると、野辺で戯れる女郎花を、誰が摘まないで、その様子を見るだけで、その場を通り過ぎることができようか」という当該歌は、秋上の「女郎花」歌群の冒頭部に置かれたこの布留今道詠に対して、遍

昭がさらに反論を加えたかのような詠みぶりである。ただ、歌に「抓《つ》まで」（抓《つね》らないで）の意を掛けた「つまで」が用いられていた所為で、秋歌として今道詠の後には置かれず、「誹諧歌」の方に回されてしまった、といった事情を想像してみたくなる。

当該歌の本文異同は、今道詠に「女郎花憂しと見つつぞ行き過ぐる」とあるように、女郎花を折って摘むことをしないで、見ながら通り過ぎるのだが、その場合に、「過ぐ」を重視し「つまで過ぐべき」と表現するか、それとも、「見る」を重視し「つまで見るべき」と表現するか、という相違である。

今道詠の詞書にあるように、「奈良へまかりける時に、男山にて女郎花を見て」という状況を踏まえるなら、「つまで過ぐべき」を採る方がふさわしいが、詠歌された状況が不明な場合は、「つまで見るべき」を採っても何ら不都合はない。

俊成*や定家*が「すぐ」を捨て「見る」を採用した理由は、当該歌が「誹諧歌」に部類されて「題しらず」とされ、詠歌事情が捨象されていることと関係があると思われる。続く「誹諧歌」の女郎花詠が、

秋ぎりのはれてくもればをみなへし
花のすがたぞ見えがくれする　（一〇一八）

花と見てをらむとすればをみなへし
うたたあるさまの名にこそ有りけれ　（一〇一九）

であり、歌語の連鎖という点で「見る」の方がふさわしいと考えたのであろう。

さらに、一般的に言えば、「女郎花」は、秋歌としても、

ひとりのみながむるよりは女郎花
わがすむやどにうゑて見ましを　（秋上・二三六）

ものへまかりけるに、人の家にをみなへし
うゑたりけるを見てよめる　兼覧王
をみなへしうしろめたくも見ゆるかな
あれたるやどにひとりたてれば　（秋上・二三七）

などと見え、自然の野辺のみならず、人家の前栽に移し植え、「見て」鑑賞するものだったのである。

こうして結句は、「つまで見るべき」の本文で当該歌が流布することになった。しかし、第二句に「野辺」とあり、「つまで過ぐべき」も捨てがたいのである。

98 人を思はぬ「罪とてや」か「報いにや」か

我を思ふ人を思はぬ□□□□や　我が思ふ人の我を思はぬ　（誹諧・一〇四一）

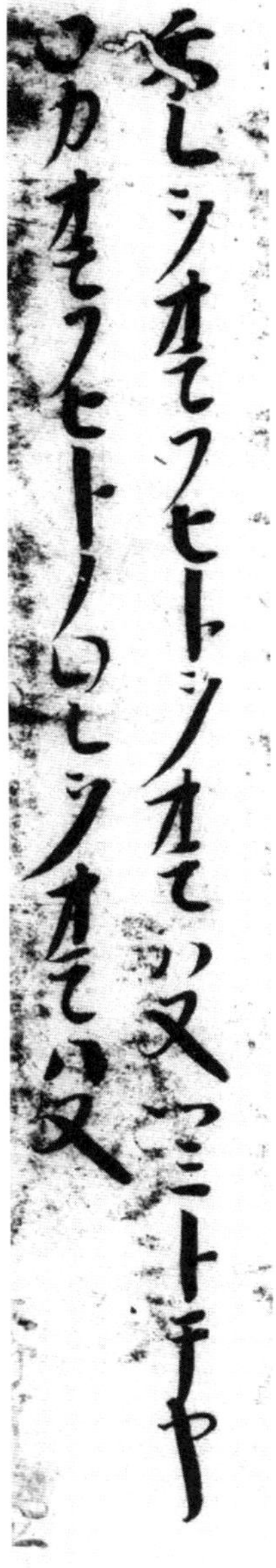

*伏見宮旧蔵伝顕昭本（宮内庁書陵部蔵、伏・二三〇）には、右の通り、

ワレヲオモフヒトヲオモハヌツミトテヤ

ワガオモフヒトノワレヲオモハヌ

流布本である*貞応二年定家本の当該歌の腰の句の本文は「むくいにや」である。

私を思う人を思わぬ報いであろうか、私の思う人が私を思わぬことだ。「思ふ」を四つ連ねた「誹諧歌」である。

「報い」は、ある行為の結果として、身にはね返ってくる事柄。善悪いずれについてもいう。ここは悪い方で、仕返し、の意。仏教思想に基づいた「因果応報」の意で把握されることも多い。

ヤ行上二段活用動詞「報ゆ」の連用形の転成名詞で本来の仮名遣いは「報い」だが、中世にヒとイの音の混同が生じ、*嘉禄二年（一二二六）定家自筆本（冷泉家時雨亭叢書2、293頁）や*貞応二年（一二二三）定家本（冷泉家時雨亭叢書2、599頁）では「むくひ」という表記である。鎌倉時代以降になるとハ行四段やハ行上二段活用の例も現れてくる。

久曾神昇『古今集古筆資料集』（風間書房・一九九〇年）や西下経一・滝沢貞夫『古今集校本』新装ワイド版（笠間書院・二〇〇七年）によると、伏見宮旧蔵伝顕昭本と同様、「罪とてや」という本文を採用するのは、

*永治二年清輔本・*保元二年清輔本・
*雅俗山荘本・*天理図書館蔵顕昭本・
*静嘉堂文庫片仮名本・*伝後鳥羽天皇宸筆本・
*真田本

などである。*清輔・*顕昭周辺で用いられていた本文であることが知られる。

*永暦二年俊成本（『国立歴史民俗博物館蔵　貴重典籍叢書』文学篇第一巻・臨川書店・一九九九年、609頁）には、この「罪とてや」という本文も無視できなかったらしく、

われをゝもふ人をゝもはぬむくいにや《ツミトテヤ》
我おもふ人のわれをゝもはぬ

と本文「むくいにや」に「ツミトテヤ」と傍記されている。

「罪」は、『万葉集』に、

味酒《うまさけ》を三輪の祝《はふり》が忌《いは》ふ杉　手触れし罪か
君に遇《あ》ひ難き　（巻四・七一二）

とあるような、神祇信仰上の禁忌を破る行為の結果、災いを受けたり祟りを招いたりする罰や、『発心和歌集』に、

普賢経
衆罪如霜露、慧日能消除、
是故応至心、懺悔六情根
つくりおける罪をばいかで露霜の
朝日にあたるごとくけしてん　（五三）

とあるような、仏教思想における苦果を招く悪業をいう場合も多い。

『拾遺和歌集』の、

延喜御時の屏風に　つらゆき
年の内につもれるつみはかきくらし
ふる白雪とともにきえなん　（冬・二五八）

や『一条摂政御集』の、

ふるとしの御仏名に、女
つらさをもみてやみぬべし　つくりこし
こひのつみにてこよひきえなん　（九四）

返し

こひしさをつみにてきゆるものならば
みをなきものになしつつやみん　（九五）

などの「罪」は、仏教思想が貴族社会に浸透した結果、日常生活の中で用いられるようになった歌語であろう。

当該歌に用いられた「罪」も、他人に不快感などを与える行為を犯し、その報復を受けるという意味で、一般的に「罰」と言い換えることも可能である。報復という点では、「報い」も同じである。

*右衛門切は「つみにてや」、*六条家本は本文「つみにてや」に「むくひにて」と異本表記が傍記されている。逆に、本文を「むくひにや」とし、「つみとてや」と傍記するのは*雅経筆崇徳天皇御本で、永暦二年俊成本はそれを受け継いだものらしい。

古写本や古筆切を見ると、*元永本には、

われをおもふ人をおもはぬむくいにや
わがおもふ人のわれをおもはぬ

とあり、*筋切も「むくいにや」、*基俊本も「むくひにや」である。*伝公任筆装飾本にも、

我おもふ人をおもはぬむくいにや我が
おもふ人のわれをおもはぬ
（『伝藤原公任筆　古今和歌集　下』旺文社、265頁）

とあって、公任撰『九品和歌』にも、

われを思ふ人をおもはぬむくいにや
わが思ふ人の我をおもはぬ　（一二）

とある。さらに、『古今和歌六帖』第四「ざふの思」にも、

われをおもふ人をおもはぬむくひにや
わがおもふ人のわれをおもはぬ　（二一三三）

と見え、『古今和歌集』の当該歌の本文は、元来「報いにや」だった可能性が高い。

それを*清輔・*顕昭が「罪とてや」に換え、*俊成・*定家が再び「報いにや」に戻した、といった経過が考えられる。

『古今和歌集』の歌の配列を見ると、当該歌の次には、

思ひけむ人をぞともにおもはまし
まさしやむくいなかりけりやは
（誹諧・一〇四二、一本、ふかやぶ）

と「報い」を詠み込む歌が置かれていて、歌語の連鎖ということからも、当該歌は「報い」の本文を採るのが自然であろう。

*清輔は自身の歌論書『奥義抄』に『九品和歌』を引用し、公任が「むくいにや」の本文で当該歌を採っていることも知っていた。にもかかわらず、清輔はどうして「罪とてや」という本文を採用したのであろうか。

*永治二年清輔本（復刻日本古典文学館『古今和歌集 清輔本』日本古典文学会・一九七三年）には、

我を思ふ人をおもはぬつみとてや
わが思ふひとのわれをゝもはぬ

とあるだけで、頭注や脚注に何も記されてはいない。また清輔の歌論書『*袋草紙』で問題にすることもない。*顕昭も『顕注密勘』の中で当該歌は俎上に載せられることもなく、彼らが何故「報いにや」を捨て、「罪とてや」を採ったかの説明はない。清輔や顕昭は、きっと何かを根拠にして本文を訂正したのだろうが、その根拠は不明である。

それに対して、*俊成は、永暦二年（一一六一）本の段階では、「罪とてや」の可能性も残していたが、*建久二年（一一九二）本になると、

われをおもふひとをおもはぬむくひにや
わがおもふひとのわれをおもはぬ
（日本古典文学影印叢刊2、480頁）

と、もう傍記は見えない。永暦二年俊成本を受け継いだ*定家も、傍記を捨てて「報いにや」を採用している。清輔・顕昭本以前の古写本を見ていただろうし、

『後拾遺和歌集』恋四・八一一、西宮前左大臣
ちぎりあらばおもふがごとぞおもはまし
あやしやなにのむくいなるらん
『千載和歌集』恋二・七六一、民部卿成範
かかりけるなげきはなにのむくいぞと
しる人あらばとはましものを
『新古今和歌集』恋五・一四〇一、皇嘉門院尾張
なげかじなおもへば人につらかりし
このよながらのむくいなりけり

などの詠歌も、俊成や定家は視野に入っていて「報い」を歌語として認定していたのであろう。

99 染めし「衣」か「心」か

紅に染めし□も頼まれず　人をあくにはうつるてふなり　（誹諧・一〇四四）

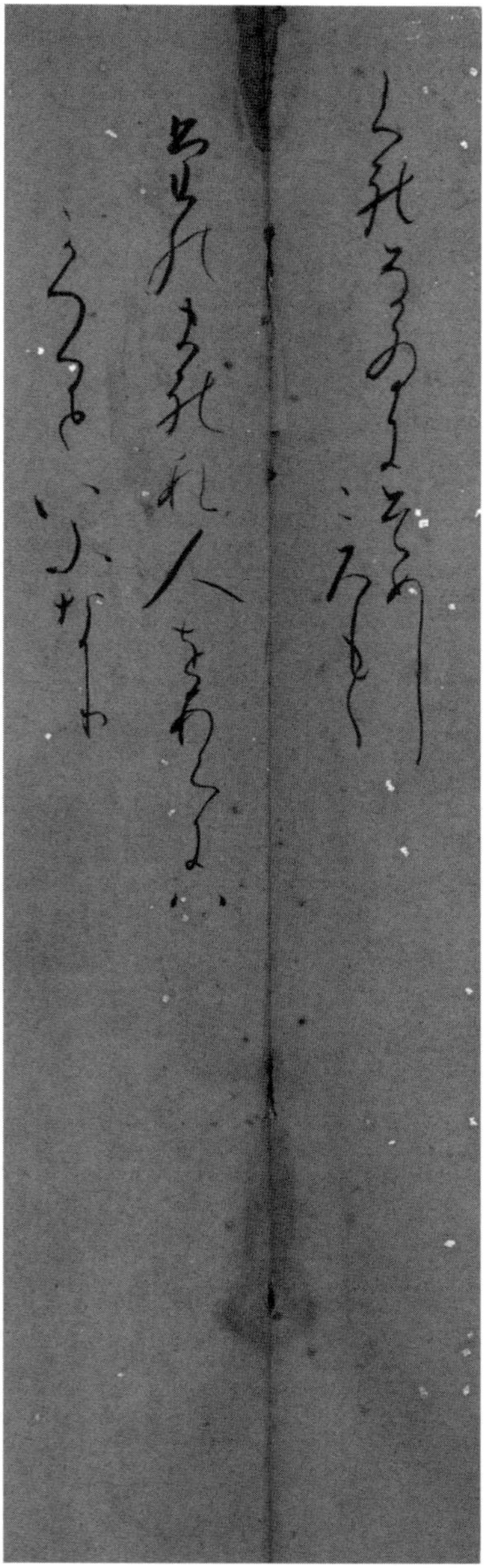

＊元永本（『元永本 古今和歌集 下』講談社、358 359頁。ColBase 下180を加工・作成）には、右の通り、＊素紙に銀砂子を散らした＊料紙の丁のかわりめ上段に、

くれなゐにそめし
ころも、
たのまれず人をあくには
かへるといふなり

と書かれている。

流布本である貞応＊二年定家本（冷泉家時雨亭叢書2、599頁）の本文は、

紅にそめし心もたのまれず人をあくにはうつるてふなり

である。

まず、第二句の「染めし衣も」と「染めし心も」を問題にしたい。「衣」と「心」、いずれの本文がふさわしいのであろうか。

当該歌の初句に見える「くれなゐ（紅）」は、「呉《くれ》の藍《あゐ》」の変化した語で、ベニバナ（紅花）の異名。『万葉集』に、

紅《くれなゐ》の花にしあらば衣袖《ころもで》に染めつけもちて
ゆくべく思ほゆ　（巻十一・二八二七）

とあるように、古くはベニバナから黄色や紅色の染料をつくった。「紅に染めし」に続く語としては、まずは「衣」が想定される。

一方、「染め」は、色のある液に衣を浸し、色をつけることから、色が染みこむように、心に深く思い込む、という比喩的な用法が生まれた。

『古今和歌集』の、

心ざしふかくそめてし折りければ
きえあへぬ雪の花と見ゆらむ　（春上・七）

は、その用例である。

自然の景物と人間の心情という二つの側面を絡めて表現する伝統的な和歌の方法によって、当該歌も詠まれているのである。

「衣」を本文として採用する場合、次のように解釈することになろう。

紅に染めた衣も、いつまでも鮮やかな色のままかというと、当てには出来ません。灰汁《あく》によって色が褪せると言いますから。

それと同様、人の心も頼りになりません。飽きるとすぐに心は他の人に移ると言いますから。

つまり、上の句までは、衣の色を詠む歌のように読ませ、第四句が読まれる段階になって漸く、「人をあくには」とあるので、もう一つの文脈があることに気づかせる、という仕組みをもつ歌となる。

「衣」の本文を採る伝本は、久曾神昇『古今集古筆資料集』（風間書房・一九九〇年）や西下経一・滝沢貞夫『古今集校本』新装ワイド版（笠間書院・二〇〇七年）によると、*元永本以外に、

*基俊本・伝後鳥羽天皇宸筆本

*建久二年俊成本・*道家本
である。
*伝公任筆装飾本（『伝藤原公任筆 古今和歌集 下』旺文社、266頁）も、

くれなゐにそめし衣もたのまれず人
をあくにはうつるといふなり

と「衣」の本文である。

それに対して、「心」を採る古写本・古筆切は多く、久曾神昇『古今和歌集成立論 資料編』によると、

*志香須賀文庫本・*雅経筆崇徳天皇御本・
*永治二年清輔本・*保元二年清輔本・
*伏見宮旧蔵伝顕昭本・*天理図書館蔵顕昭本・
*静嘉堂文庫片仮名本・*六条家本・
*永暦二年俊成本・*寂恵使用俊成本・*右衛門切・
*伊達家旧蔵定家自筆本・*雅俗山荘本

などが「心」を採る。

*嘉禄二年定家自筆本（冷泉家時雨亭叢書2、293頁）も、

紅に染し心もたのまれず人をあくにはうつるてふ
なり

と、「心」の本文を採用している。

*御家切（『古筆学大成 第二巻』講談社・一九八九年、331頁）には、

くれなゐにそめしこゝろも《ころも》たのまれず
人をあくにはうつるてふなり

と、第二句「そめしこゝろも」の「こゝろも」に「ころもゝ」という傍記が見える。

*清輔・*顕昭は「心」とし、*俊成も「心」から出発したが、後に迷って「衣」とした。*定家は、永暦二年俊成本をそのまま受け継いで「心」としたらしい。

前述の通り、流布本である*貞応二年定家本が「紅にそめし心も」という本文であったために、後世、「紅に染めし心もたのまれず」の本文が定着する。

その結果、「心」が自分の心なのか、相手の心なのか、解釈が分かれることになった。

毘沙門堂註・古今栄雅抄・遠鏡などは前者、打聴・金子評釈・窪田評釈などは後者の立場である。

「染めし心」と上に置かれた修飾語との関係では自分の心らしく、「心もたのまれず」と下へ続く語句との関係では相手の心らしく思われるのである。

「ころもゝ」と「こゝろも」とは、仮名書きされる

と、本文が紛れやすい。

紅の深染衣（コゾメノコロモ）
色深く染みにしかばかわすれかねつる
（『万葉集』巻十・二六二四）

くれなゐにそめしころものたのまれず
人をあくにしかへると思へば
（『古今和歌六帖』第五「くれなゐ」三四九二）

などから見て、「ころもゝ」が元来の本文で、早い時期に「ころもゝ」が「こゝろも」と誤写されてしまったのではないか、と思われる。

『古今和歌六帖』所収歌の結句の「かへる」という本文も、誤写に由来するものらしい。「か（字母可）」と「う」、「へ」と「つ」は紛れやすく、誤写によって「うつる」から生まれたものだった可能性が高い。

『拾遺和歌集』には、当該歌を踏まえたと思われる恋歌が見える。

限なく思ひそめてし紅の
人をあくにぞかへらざりける
（恋五・九七八）

という一首だが、この歌が詠まれた頃には、既に、「こゝろも」から「うつる」から「かへる」という本文が出来上がっていたかと思われるのである。

『賀茂保憲女集』の仮名序にも「そめしくれなゐ、あくにかへりて」とある。

*清輔は、『和歌初学抄』に「歌は物によせてそへよむやうあり」とし、「紅」の項目に「イロ　シホ　ソム」から始め、「アク」を挙げ、例歌として当該歌を、

くれなゐにそめしこゝろもたのまれず
人をあくにはかへるてふなり
（三七）
（『日本歌学大系』第弐巻、194頁）

の本文で示す。

「紅」に「染め」「灰汁」が縁語として用いられていることを例示しているのだが、いま注目したいのは、例歌として掲げられている当該歌の「こゝろ」「かへる」という本文である。

「こゝろ」の方は、清輔本『古今和歌集』の本文にもあった通りだが、「かへる」の方は、清輔本『古今和歌集』には「うつる」とあった。

結句に「かへる」とある『古今和歌集』伝本は、元永本以外には、*雅俗山荘本があるだけである。*清輔は

『和歌初学抄』の例歌も、本来は「うつる」と記したと思われ、「かへる」の本文はやはり誤写によるものと考えられるのである。

もっとも、「かへる」という本文でも意味は通じる。「かへる」は、ラ行四段活用動詞「返る」で、染色などが薄くなって色褪せる、などの意をもつのである。

なお、「飽《あ》く」（もうたくさんだと思って、いやになる、飽きる意）に掛けられている「灰汁《あく》」は、本来、灰を水につけて出来た上澄みの水で、布を洗ったり、染色したりする際に触媒として用いられるものだが、和歌の用例をみると、「飽く」との関係で、鮮やかな「紅」を色褪せさせる（色移りさせる・変色させる）ものと考えられたらしい。

『頼政集』には、

　かたらひ侍りける女、ひさしうおとし侍らざりければ、絶えはてぬ、とや思ひけむ、いとわかき新枕をなんしたり、と聞きて、いま音信れざりしかば、かれより遣しける

忍びこしゆふくれなゐのままならば
くやしや何のあくにあひけん　（五四七）

　返し

紅のあくをばまたで紫の
わかねにうつる心とぞきく　（五四八）

という贈答が見える。

「忍びこし」という贈歌は、『新千載和歌集』（誹諧・二一五九）に、作者「小侍従」、腰の句「ままならで」として収められている。和歌にふさわしくない卑近な「灰汁」を詠む『古今和歌集』の当該歌が誹諧歌に部類されていることを踏襲し、同詠も誹諧歌とされていることや、この贈答歌が小侍従と頼政によるものであることなどが知られる。

「紅の」という頼政の返歌に「あくをばまたで」「うつる心」とあるのは、頼政が当該歌を「紅に染めし心も頼まれず」の本文で読んでいたことを示すものではないかと思われるのである。

100

賀茂の「祭」か「社」か

ちはやぶる賀茂の□□□の姫小松　よろづよ経とも色はかはらじ

（東歌・一一〇〇、藤原敏行朝臣）

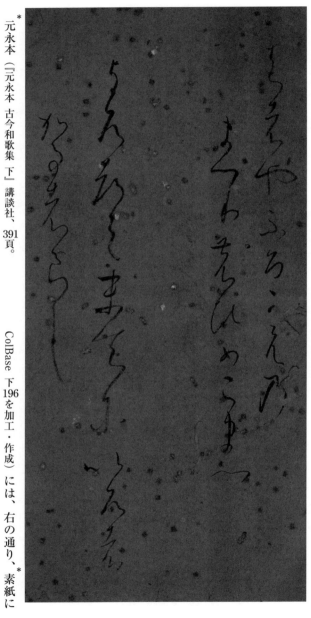

*元永本（『元永本　古今和歌集　下』講談社、391頁。ColBase　下196を加工・作成）には、右の通り、*素紙に

*金銀砂子を散らした*料紙に、

ちはやぶるかもの
まつりのひめこまつ
よろづよまでにいろは
かはらじ

と書かれている。

流布本である*貞応二年定家本は、次の通り。

冬の賀茂のまつりのうた
藤原としゆきの朝臣
ちはやぶるかものやしろのひめこ松
よろづよふともいろはかはらじ
（冷泉家時雨亭叢書2、609頁）

「まつり」と「やしろ」、「までに」と「ふとも」、二箇所に異同があるが、「までに」とするのは、元永本以外には*基俊本があるだけで、本文として問題になるのは、「かものまつり」と「かものやしろ」という異同である。

元永本と同じく「まつり」の本文を採る伝本は、久曾神昇『古今集古筆資料集』（風間書房・一九九〇年）や西下経一・滝沢貞夫『古今集校本』新装ワイド版（笠間書院・二〇〇七年）によると、

*高野切・*関戸本・*六条家本・
*永治二年清輔本・*保元二年清輔本・
*伏見宮旧蔵伝顕昭本・*天理図書館蔵顕昭本・
*静嘉堂文庫片仮名本

など多くあり、*伝公任筆装飾本も「かものまつり」（『伝藤原公任筆 古今和歌集 下』286頁）である。

逆に、流布本のように「やしろ」とするのは、

*志香須賀文庫本・*基俊本
*雅経筆崇徳天皇御本・
*永暦二年俊成本・*建久二年俊成本・
*伊達家旧蔵定家自筆本・*雅俗山荘本

などである。*伝後鳥羽天皇宸筆本は「やしろ」の本文に「まつり」と傍記する。

清輔・顕昭は「まつり」を採り、俊成・定家は「やしろ」を採っている。

詞書には、「冬の賀茂の祭の歌」とあり、十一月の「賀茂臨時祭」に関わる歌であることが分かる。

「賀茂臨時祭」については、東松本『大鏡』第六巻裏書の「賀茂臨時祭事」に「寛平御記」が引用され、

「鴨明神」の託宣が見える。

託宣の内容は、流布本系古活字本『大鏡』宇多天皇紀にある次の記事が分かりやすい。

この帝、いまだ位につかせたまはざりける時、十一月二十余日のほどに、賀茂の御社の辺に、鷹つかひ、遊びありきけるに、賀茂の明神、託宣したまひけるやう、「この辺にはべる翁どもなり。春は祭多くはべり。冬のいみじくつれづれなるに、祭たまはらむ」と申したまへば、…賀茂の明神の託宣して、「祭せさせたまへ」と申させたまふ日、酉の日にてはべりければ、やがて霜月のはての酉の日、臨時の祭ははべるぞかし。

東《あづま》 東遊びの歌は、敏行の朝臣のよみけるぞかし。

ちはやぶる賀茂のやしろの姫小松
よろづ代経とも色は変はらじ

これは、古今に入りてはべり。人皆知らせたまへることなれども、いみじくよみたまへるぬしかな。今に絶えずひろごらせたまへる御末、帝と申すとも、いとかくやはおはします。

位につかせたまひて二年といふにはじまれり。使、右近中将時平の朝臣こそはしたまひけれ。

右に引用した箇所の最後の二行は、『日本紀略』寛平元年（八八九）十一月条に、

廿一日己酉、臨時祭賀茂二社。以右近衛権中将藤原朝臣時平為使。

とあり、宇多天皇即位が仁和三年（八八七）十一月十七日なので即位から丸二年が経過した後に、賀茂臨時祭が始まったこと、また、祭の勅使が右近中将時平だったことなどが知られ、史実と確認できる。

『大鏡』に見える「東遊び」は、東国の風俗歌に合わせて舞う歌舞である。『日本三代実録』貞観三年（八六一）三月十四日条の東大寺大仏供養の際には、

先令内舎人端貌者廿人供倭舞、
次近衛壮歯者廿人東舞。

と、大和地方の古い歌舞である「倭舞」と相対して「東舞」が行われている。「東遊び」は、神仏への奉納する歌舞の一つで、はじめは、必ずしも一定の様式に依らなかったが、そのうちに決まった方式が必要となり、延喜廿年（九二〇）十一月十日「賀茂臨時祭日、依此

法、可唱」と「勅定」されたことが、鍋島家本『東遊歌』によって知られる。

一歌　舞なし。独唱と合唱との混合。一度だけ。
二歌　右に同じ。
駿河舞　舞あり。舞が終わるまで反復。
求子歌《もとめごうた》　舞あり。舞が終わるまで反復合唱。
片下《かたおろし》　舞なし。合唱するうちに一同退出。

という。
　敏行詠に相当するのは「求子歌」で、

あはれ　ちはやぶる　賀茂の也之呂《やしろ》の　姫小松
あはれ　姫小松　よろづ世ふとも　色はかは
あはれ　色はかはらじ

という詞章である。小西甚一校注『古代歌謡集』日本古典文学大系（岩波書店）は「この歌からは、求子と称する理由が見つからないので、古くは別の歌詞があったのだけれど、宇多天皇か醍醐天皇のころ、曲調だけはもとの求子歌に依りながら、歌詞を新作させたのではないかと推測される」と頭注する。
　『敏行集』西本願寺本には、

かものりむじのまつりにうたふべきうた
とめしに
ちはやぶるかものやしろのひめこまつ
よろづよまでにいろはかはらじ　（六）
（『西本願寺本三十六人集精成』268頁）

とあり、その詞書は、大系の頭注と符合する。
和歌本文としては、『敏行集』の他伝本も、

*唐紙表紙本
かものりうじのまつりに
ちはやぶるかものやしろのひめこまつ
よろづよふともいろはかはらじ　（六）
（冷泉家時雨亭叢書『平安私家集八』102頁）

*御所本
賀茂臨時祭に
ちはやぶるかものやしろのゆふだすき
よろづよふともいろはかはらじ　（六）
（新典社刊影印、十六巻4頁）

とある。『大鏡』の「東遊び歌」のみならず『敏行集』諸本はすべて「やしろ」で、「まつり」という本文は見当たらないのである。
　『古今和歌集』の古写本・古筆切や清輔本・顕昭本

にあった「かものまつり」の本文は、何だったのであろう。何処へ消えてしまったのであろう。

賀茂の社に立つ姫小松は、たとえ万世が経過しても、色は変わらないだろう、という「やしろ」の本文の方が確かに分かりやすい。しかし、そもそも「松」は、神の依り代であり、五月の賀茂祭では「葵」が用いられたように、十一月の臨時祭には「姫小松」が捧げ物として用いられたのではなかったか。とすれば、賀茂の神に捧げる姫小松という意で、賀茂の「まつり」の本文でも問題はない。

『日本紀略』昌泰二年（八九九）十一月条には、

　十九日己酉、奉遣臨時祭使於賀茂神社。
　先朝有此使。仍当今相伝、従今年被行之。

とある。宇多朝に始まった賀茂臨時祭への勅使の派遣が暫く途絶えていたが、十年経って再開されたという記事である。『後撰和歌集』に見える、

　延喜御時、賀茂臨時祭の日、御前にて
　さかづきとりて　三条右大臣
かくてのみやむべきものか　ちはやぶる
かもの社のよろづ世を見む　（雑二・一一三一）

は、初句・第二句の表現からすると、その折の詠歌らしい。傍点を付した腰の句以下の表現からは、当該歌が踏まえられていると思われる。「三条右大臣」（藤原定方）が見ていた当該歌は既に「賀茂の社」の本文だったのだろうか。

「ちはやぶるかもの…」という表現は、『古今和歌集』の、「やしろ」以外の異文のない、

ちはやぶるかものやしろのゆふだすき
ひと日も君をかけぬ日はなし　（恋一・四八七）

という一首を容易に想起させる。「木綿襷」は、神事に奉仕する際に、これを用いて袖をからげたが、右の恋歌の場合、襷をかけると思いをかけるとを掛けて、上の句が下の句の「かけ」を導く序詞となっている。この歌の影響もあって、「賀茂のまつりの姫小松」から分かりやすい「賀茂のやしろの姫小松」へと、まもなく移行していったらしい。

「やしろ」の本文が「東遊歌」の規範とされ、俊成*・定家*が「やしろ」を採ると、もう本文は安定して動くことはない。しかし、冒頭に掲げた元永本をはじめ多くの古筆には、かつて本文の痕跡が残るのである。

書誌用語索引

凡例

一、本文の用語のうち書誌に関連する主なものを解説し、五十音順に配列した。
一、算用数字は、所在頁を示し、太字にした頁には図版が掲げてある。
一、解説は、『日本古典籍書誌学辞典』（岩波書店・一九九九年）などを参考にした。
一、図版は、ColBase (https://colbase.nich.go.jp/)をもとに加工し、作成した。

〔あ〕

葦手下絵本和漢朗詠集《あしでしたえぼんわかんろうえいしゅう》　上下二巻。**1** 下巻の奥書によると永暦元年（一一六〇）に能書家の藤原伊行が書写した『和漢朗詠集』。葦手を下絵に描いた料紙を用いるところからの呼称。京都国立博物館蔵。日本名跡叢刊47・48に影印を収める。　91 160 165

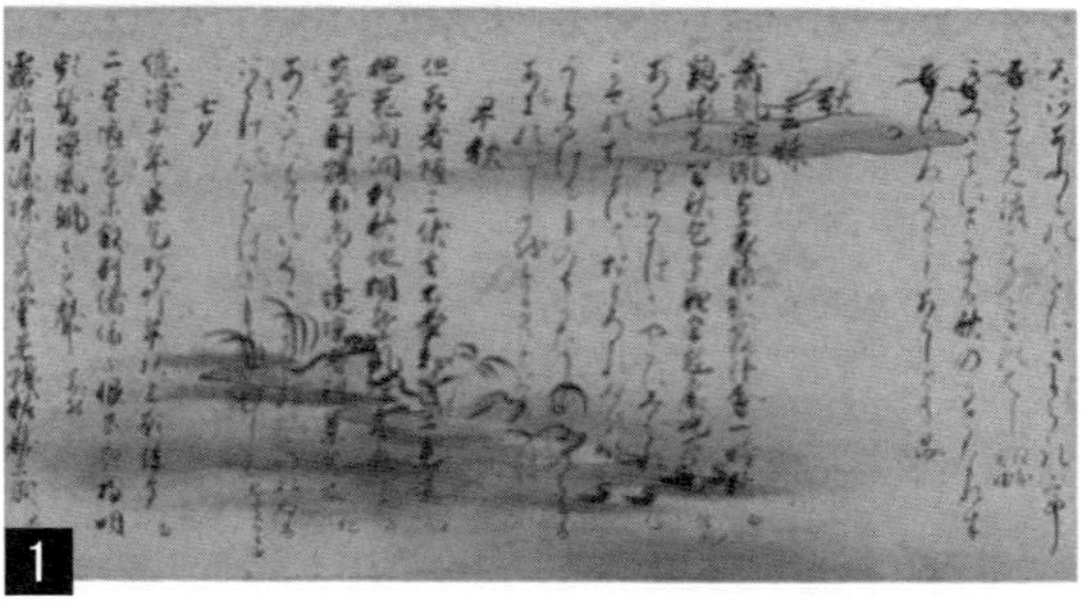
1

荒木切《あらきぎれ》　**2** 『古今和歌集』の断簡。舶載の唐紙や雲紙・素紙の料紙に、穏やかな運筆で書かれ

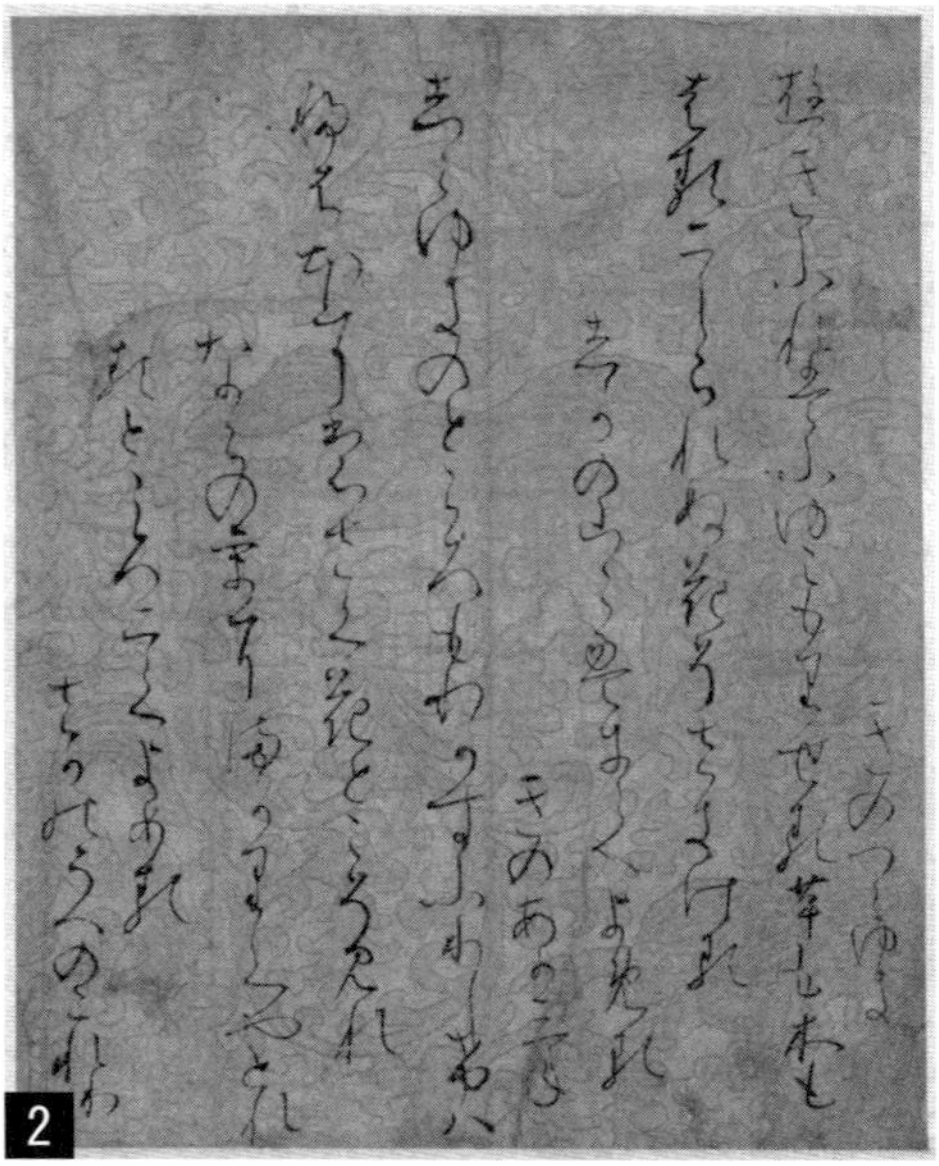
2

ている。書風と料紙から十一世紀後半の書写とされる。もとは上下二冊かと思われるが、現在伝わるのは上巻のみで、下巻は早くに散佚したらしい。江戸初期の能書荒木素白（一六〇〇～八五）所蔵に因む命名。 145

阿波国文庫本伊勢物語《あわのくにぶんこぼんいせものがたり》 宮内庁書陵部蔵。縦一六・八センチ、横一五・七センチの枡型の列帖装一帖。江戸中期の書写だが、書本はかなり古いものか。定家本の一二五段より九段多く、広本とされる。非定家本の代表的本文として片桐洋一編『異本対照伊勢物語』（和泉書院・一九八一年）に翻刻されている。 305 332 341

一条兼良《いちじょうかねら》 一四〇二～八一。室町時代の古典学者・歌人。『花鳥余情』『古今童蒙抄』『伊勢物語愚見鈔』『歌林良材集』など多くの著作がある。 253

今城切《いまきぎれ》 **3** 『古今和歌集』の断簡。もと列帖装。奥書によれば教長が治承元年（一一七七）に守覚法親王に古今伝授を行った際の証本。崇徳院のもとにあった伝紀貫之自筆本を基にしているという。墨枠を設けた中に書く。『古筆学大成3』に影印を収める。 158 186 212 219 292 346 348

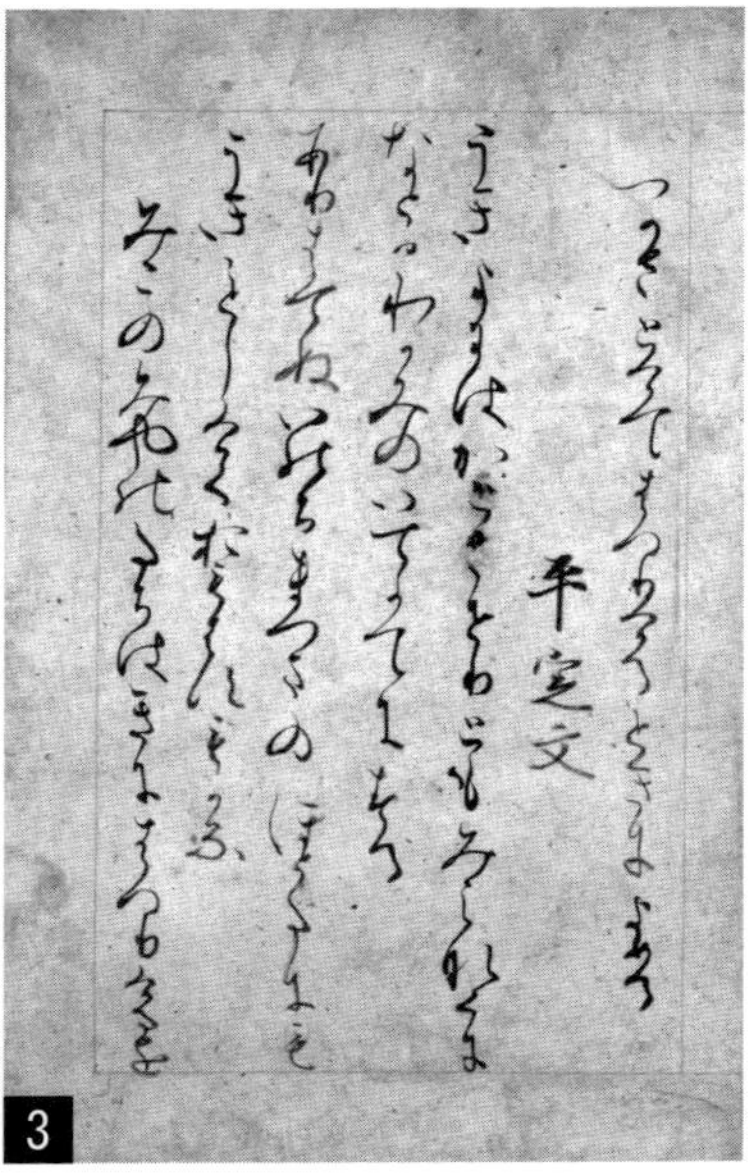

色紙本素性集《いろがみぼんそせいしゅう》 素性の家集。平安後期の書写。列帖装一帖。冷泉家時雨亭文庫蔵。重要文化財。薄茶・薄黄・茶などの色紙に飛雲・金銀小切箔・金銀砂子を撒いた料紙。本文は、西本願寺本に近いが、詞書などに独自な点もかなり見られる。冷泉家時雨亭叢書14『平安私家集一』に影印。新編私家集大成・素性Ⅰに翻刻。当該本を寛元三年（一二四五）十二月十日に書写した本の影印が「寛元三年本素性集」として冷泉家時雨亭叢書22『平安私家集九』に収められている。 21 42 99 137 256

永治二年《えいじにねん》**清輔本**《きよすけぼん》　本奥書に「永治二年（一一四二）中呂（四月）上旬」に書写したとあり、清輔の勘物をもつ『古今和歌集』。列帖装二帖。四つ半本。前田尊経閣文庫旧蔵。宮本家（石川県）蔵。建仁元年（一二〇一）の源家長の奥書があり、「家長本」とも。鎌倉時代中期の書写。永治二年清輔本唯一の伝本だが、寂恵はこの系統本を用いている。複製が昭和四十八年に複刻日本古典文学館『宮本長則氏蔵　清輔本古今和歌集』として出ている。

5 8 11 27 34 45 48 51 62 70 72 73 76 81 82 85 98 101 105 107 117 123 133 155 158 170 174 178 182 189 193 194 196 201 209 212 217 219 230 244 247 250 255 261 265 267 279 282 288 292 297 302 318 320 321 327 334 339 348 352 354 357 361

永暦二年《えいりゃくにねん》**俊成本**《しゅんぜいぼん》　『古今和歌集』の伝本。永暦二年（一一六一）七月十一日、俊成は奥書に家の「秘本」（貫之自筆本の転写本）によって書写したという。当時、俊成四十八歳。『国立歴史民俗博物館蔵　貴重典籍叢書』文学篇・第一巻・勅撰集1（臨川書店・一九九九年）に影印が見え、本書の引用はこれに依る。他に完本としては、書陵部蔵（515・31）本と同（503・124）本があり、俊成自筆の昭和切・了佐切なども同系統の本文である。

3 6 8 12 19 24 39 40 48 52 63 70 83 86 98 105 106 108 109 111 123 126 136 147 155 158 178 189 193 195 199 201 209 212 215 220 228 230 245 247 250 256 262 269 279 282 288 292 298 301 309 313 324 331 332 334 339 349 352 357 361

右衛門《えもん》**切**《ぎれ》　**4**　『古今和歌集』の断簡。伝寂蓮筆。鎌倉時代初期の書写。四つ半本。巻三、七、十四、十九が完存し、他に多くの断簡が伝わる。料紙は斐紙で、四周に縦一六センチ、横一二・五センチ程の墨界を引く。本文は清輔本系統で勘物等は略す。『古筆学大成4』に影印を収める。

23 51 56 62 158 165 169 217 265 279 292 301 309 348 353 357

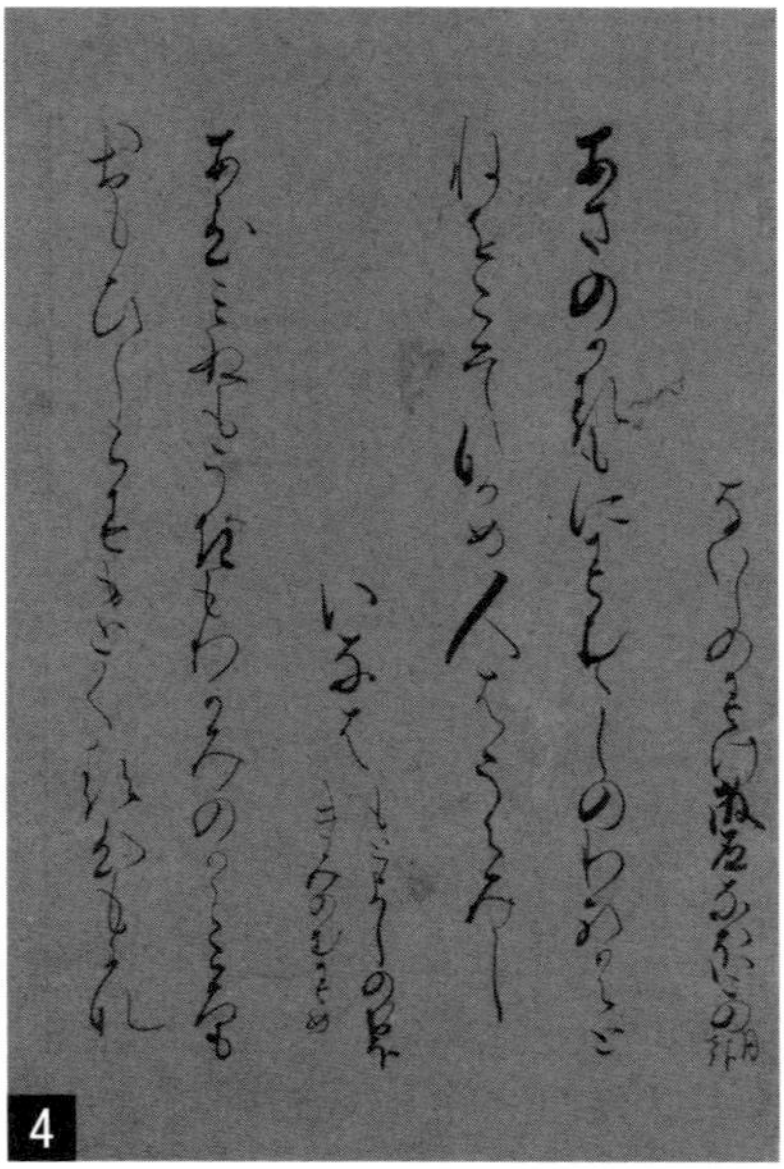
4

御家切《おいえぎれ》　『古今和歌集』の断簡。伝俊成筆。俊成本の本文に別筆で清輔本を校合し、その勘物を移記する。御子左家による六条家本文の収集作業のあとを示すものか。『古筆学大成2』に影印を収める。
24 86 189 209 324 325 357

大炊本素性集《おおいぼんそせいしゅう》　冷泉家時雨亭文庫蔵の素性の家集。次項の「大炊本業平朝臣集」と同筆とみての命名。縦二二・〇センチ、横一四・三センチの斐楮混漉の列帖装の一帖。鎌倉中期の書写とされる。冷泉家時雨亭叢書『古筆切　拾遺（二）』に影印を収める。
42 99 137 257

大炊本業平朝臣集《おおいぼんなりひらあそんしゅう》　冷泉家時雨亭文庫蔵の業平の家集。縦二一・六センチ、横一四・二センチの楮紙列帖装の一帖。鎌倉後期の書写とされる。本文料紙と共紙の表紙の中央上部に「大炊業平朝臣集」と外題を記す。冷泉家時雨亭叢書『平安私家集八』に影印を収める。
120 233 299 303 307 330

大江切《おおえぎれ》 **5**　『古今和歌集』の断簡。四つ半切。料紙は、楮紙に雲母引き、金銀の切箔を散らす。もと粘葉装だが、巻十三・十四は巻子本に改装されている。十一世紀末頃の書写。『古筆学大成1』に影印を収める。
189 193 228 230 237 250 313

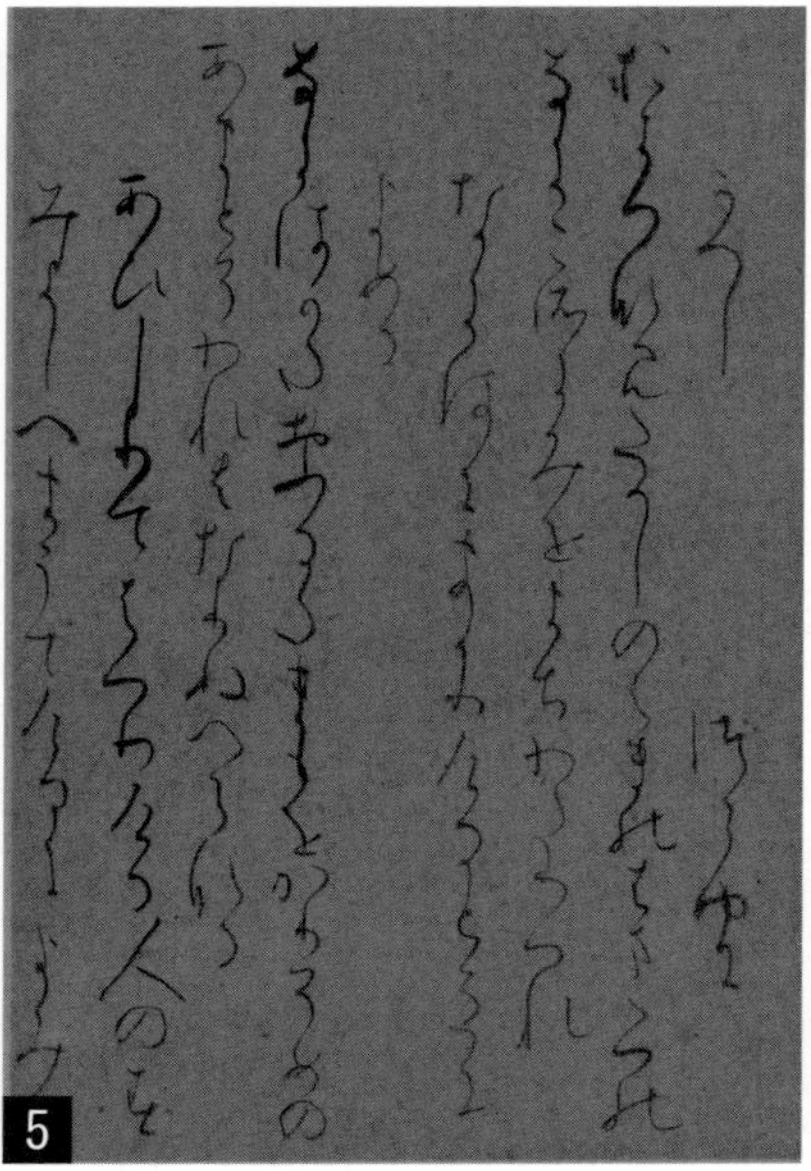
5

大唐子唐草文《おおからこからくさもん》　元永本古今和歌集の料紙を装飾するのに用いられている十五種の版木の文様の一つ。小松茂美著『元永本古今和歌集の研究』（講談社・一九八〇年）86頁。
139 148

大波文《おおなみもん》　元永本古今和歌集の料紙を装飾するのに用いられている十五種の版木の文様の一つ。小松茂美著『元永本古今和歌集の研究』（講談社・一九八〇年）85頁。
27 31 41

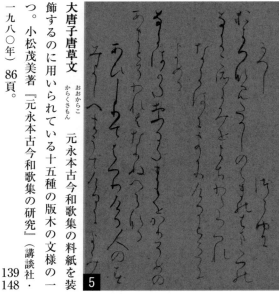

〔か〕

歌仙家集《かせんかしゅう》　公任『三十六人撰』の歌人三十六人の家集を集成した「三十六人集」の別称。特に、正保四年（一六四七）京都の書肆中野道也によって刊行された正保版本を指す。正保版本が流布し、各家集の配列順序が固定した。『合本　三十六人集』（三弥井書店・二〇〇二年）に翻刻・索引がある。
42 49 53 57 88 120 149 186 220 237 262 286 295 299 303 307 314 319 325 339

雅俗山荘本《がぞくさんそうぼん》　枡型の列帖装の『古今和歌集』上下二帖。愛蔵した小林一三の別荘名による呼称。逸翁美術館蔵。鎌倉時代中後期の書写だが、平安時代書写本にのみ見られる本文の特徴を伝える。静嘉堂文庫蔵冷泉為相本と近い関係にある。活字本が昭和十七年非売品で二百部刊行されている。
5 8 11 17 20 23 28 29 51 59 62 73 82 83 98 101 105 117 129 140 149 162 165 170 178 186 193 194 196 201 212 217 230 245 250 256 267 279 288 292 297 301 309 313 348 352 357 359 361

桂宮本古今和歌六帖《かつらのみやこきんわかろくじょう》　桂宮旧蔵『古今和歌六帖』。宮内庁書陵部蔵（函架番号510・34）。国文学研究資料館の「国書データベース」で公開されている。桂宮家の祖である智仁（としひと）親王筆。『新編国歌大観』底本。
58 111 **218** **271**

亀山切《かめやまぎれ》　**6**　『古今和歌集』の断簡。丹波国亀山藩主松平家旧蔵にちなむ命名。もと四つ半型の冊子本。料紙は雲母砂子《きらすなご》を撒いた雲紙《くもがみ》。十一世紀末の書写と推定される。定家本にない歌を含み、片仮名の校合注記が見られる。『古筆学大成1』所収。
14 28 42

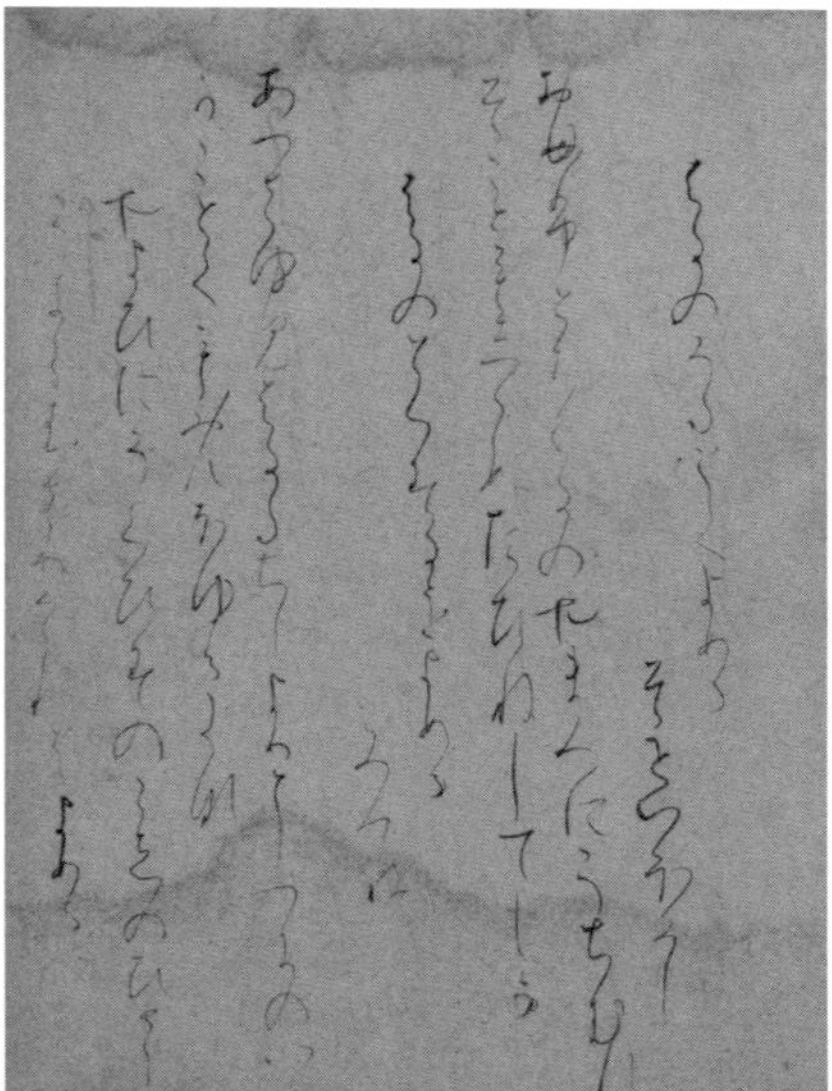
6

唐紙《からかみ》　具引き地に種々の色文様を摺り出した紙。舶載の中国製の唐紙と、それを模して日本で作った紙がある。後者の場合、前者と区別するため平仮名で「からかみ」「から紙」と書かれることもある。
2 7 13 55 89 208 258

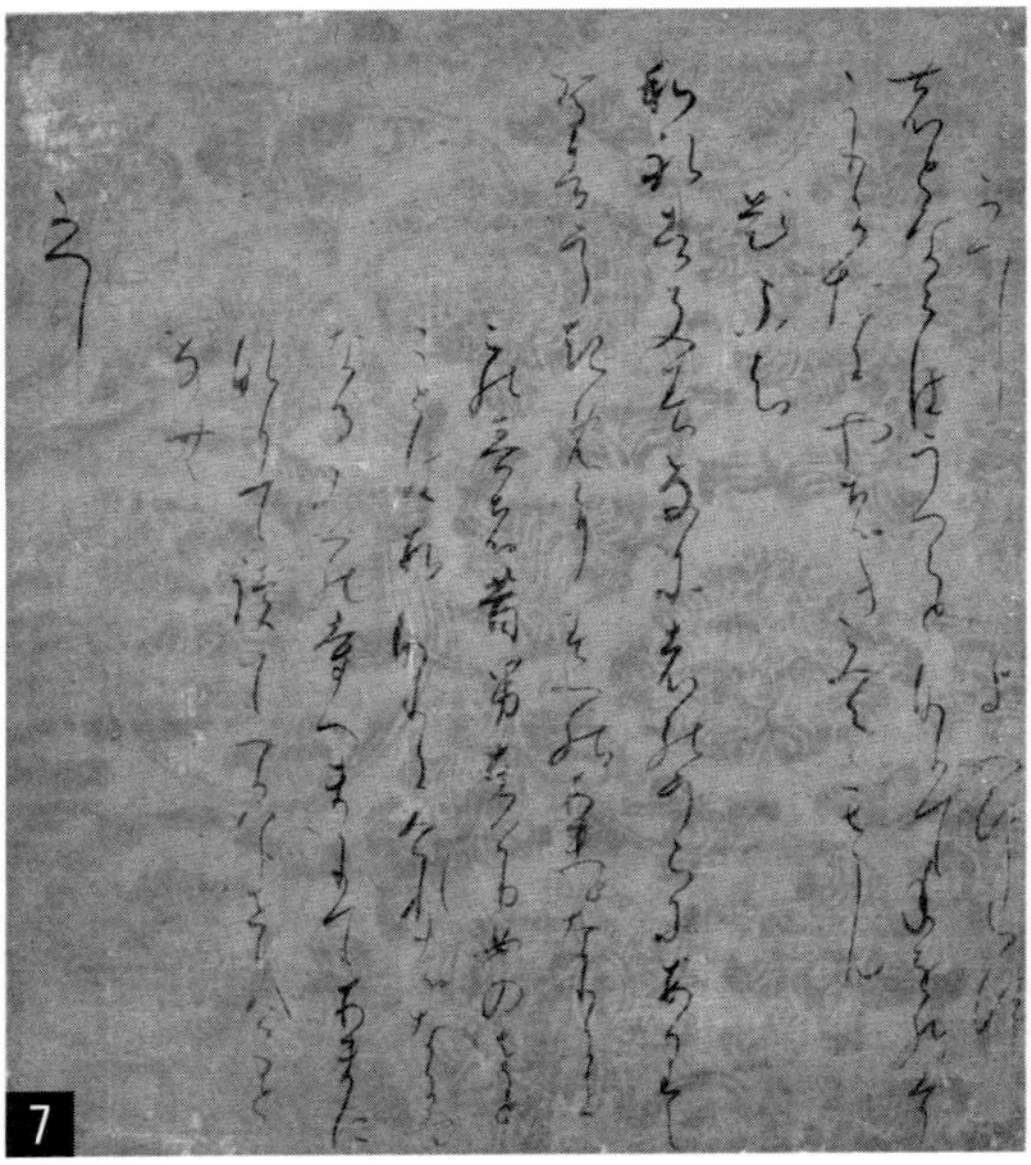
7

唐紙巻子本《からかみかんすぼん》 **7** もとは、「仮名序」一巻（国宝、大倉文化財団蔵）を伴う『古今和歌集』全二十一巻の巻子本。巻十三の零巻のほか、大小の断簡七十葉が伝存する。料紙は、白・朽葉・薄黄・縹・赤・橙など彩色豊かな地紙に、蓮唐草・花襷・獅子二重蔓唐草・楼閣人物などの文様を摺り出した唐紙。藤原定実筆とされる。『古筆学大成2』や日本名筆選28『巻子本古今集伝源俊頼筆』（二玄社・一九九四年）など。
81 94 98 114 172 186 199 228 237 256 268 313 331

唐紙色紙《からかみしきし》 →伝公任筆唐紙色紙《でんきんとうからかみしきし》

唐紙本素性集《からかみぼんそせいしゅう》 素性の家集。平安後期の書写。大和綴じ一帖。冷泉家時雨亭文庫蔵。重要文化財。六種類のから紙を料紙に用いた美麗な冊子。定家の集付けがある。他本の末尾にある増補歌がなく、古い形を残す。尊経閣文庫本の親本。冷泉家時雨亭叢書14『平安私家集一』に影印。新編私家集大成・素性Ⅱに翻刻。
22 42 99 137

唐草装飾本《からくさそうしょくぼん》 具引きした唐紙に白雲母で蔦唐草文を摺り出した料紙を用いた装飾本。小町集・遍昭集・素性集・兼輔集・宗于集・高光集が冷泉家時雨亭文庫に蔵されていて、三十六歌仙の家集、三十六人集として一括書写制作されたものらしい。平安末期の書写。配列、詞書ともに特異な伝本。
22 42 87 99 137 144 237 257 339

唐草表紙本敏行集《からくさひょうしぼんとしゆきしゅう》　冷泉家時雨亭文庫蔵。藤原敏行の家集。縦二二・四センチ、横一五・一センチの大和綴じの一冊。本文料紙は薄手の斐楮混漉き紙。表紙は共紙に、白雲母で蔓唐草文を刷り出す。平安中期の書写とされる。冷泉家時雨亭叢書『平安私家集八』に影印を収める。　130 192 363

空摺《からずり》　版面に何も付けず、版面の凹凸で具引きされた胡粉などを摺り取る技法。　4 27 31 41 139 148 203

嘉禄二年三月十五日書写本《かろくにねんさんがつじゅうごにちしょしゃぼん》　嘉禄二年（一二二六）三月十五日に定家が書写した『古今和歌集』。その転写本が蓬左文庫に伝わる。『徳川黎明叢書　古今和歌集』（思文閣出版・一九八六年）に影印を収める。　25 187

嘉禄二年定家自筆本《かろくにねんていかじひつぼん》　嘉禄二年（一二二六）四月九日、六十五歳の定家が書写した『古今和歌集』。冷泉家時雨亭文庫蔵。国宝。伊達家旧蔵定家自筆本より一まわり小さい列帖装一帖。為家から冷泉家の始祖為相が伝領した本である。冷泉家時雨亭叢書2所収。高松宮本（国立歴史民俗博物館蔵）は、この本の忠実な臨模本である。為相筆本（陽明文庫蔵）も、この本を嘉元三年（一三〇五）に為相が書写した転写本で、陽明叢書『古今和歌集』（思文閣出版・一九七七年）に影印がある。　5 24 25 34 43 53 84 116 124 140 172 187 195 211 216 237 250 269 292 329 351 357

寛元三年本素性集《かんげんさんねんぼんそせいしゅう》　→色紙本素性集《いろがみぼん》

久海切《きゅうかいぎれ》　『古今和歌集』の断簡。もと冊子本。料紙は雲母摺りした舶載の唐紙。紫式部の筆と伝える。十一世紀後半の書写とされる。現存する切が下巻に該当する断簡で、上巻は早くに散佚したと考えられる。　217 220 222 228 230

清輔《きよすけ》　一一〇八～一一七七。藤原顕輔二男。顕昭の兄。歌道家六条藤家の柱として活躍。『奥義抄』『和歌初学抄』『袋草紙』を著す。『続詞花和歌集』撰者。家の証本として、『古今和歌集』三証本の一つ小野皇太后宮御本の流れをくむ通宗本を底本とし、勘物を加えた清輔本を作成した。　2 35 40 45 49 64 73 86 99 123 144 166 175 197 222 228 243 244 245 247 251 256 259 262 267 283 288 292 297 301 311 313 318 322 324 340 342 352 353 354 357

雲母摺《きらずり》　料紙装飾に用いられる技法。様々な文様を彫り出した版木に膠水や布海苔で溶いた雲母を塗り、これを具引紙に摺り出す。白雲母の場合が多いが、黄色の顔料を混ぜた黄雲母を用いることもある。鎌倉時代になると、具引地ではなく、素紙に礬砂《どうさ》を引き、そこに雲母摺する例が見られるようになる。 1 7 13 55 69 79 89 104 113 176 185 208 225 249 258 266 278 304 312 323 333

切箔《きりはく》 料紙装飾法の一つ。大中小さまざまな大きさに切られた箔を、膠や布海苔の溶液を引いた料紙に、篠竹を削った箔刀を用いて撒く手法。絵画などでは古くから例はあるが、料紙装飾として用いられ発達したのは院政期以降とされる。西本願寺本三十六人集には、四角く切られた金銀箔のほか、長方形・三角形・菱形・野毛などの形状の切箔が撒かれた例が見える。 10 34 38 47 51 75 93 97 125 129 135 142 151 154 158 161 164 173 179 191 215 226 252 278 315 328

近代秀歌《きんだいしゅうか》 定家の歌論書。定家自筆本が伝存する。四つ半本。列帖装一帖。料紙は斐紙。定家六十歳代の筆跡か。日本名跡叢刊33に影印を収める。 67

公任切《きんとうぎれ》 『古今和歌集』切。西下経一『古今集の伝本の研究』396頁に解説され、西下経一・滝沢貞夫『古今集校本』新装ワイド版（笠間書院・二〇〇七年）において校合に用いられている古筆切だが、詳細は不明である。 189

孔雀唐草文《くじゃくからくさもん》 元永本古今和歌集の料紙を装飾するのに用いられている十五種の版木の文様の一つ。小松茂美著『元永本古今和歌集の研究』（講談社・一九八〇年）84頁。 13 312

具引《ぐびき》 胡粉《ごふん》（板甫牡蠣《いたぼがき》の殻からつくられる白色顔料）を膠液で練り合わせて溶き、刷毛で紙面に引く手法。他の顔料を加えた例もある。具引した紙に、版木に彫られた文様を雲母《きら》で摺り出した唐紙もつくられた。 1 4 7 13 27 31 34 38 41 47 51 69 75 79 89 93 97 104 113 125 129 135 139 142 148 151 154 157 161 164 179 185 203 249 258 266 278 304 308 312 323 333

黒川本《くろかわほん》 黒川春村（一七九九～一八六六）とその養子真頼《まより》が収集した蔵書。物語関係は実践女子大学、神道関係は國學院大學、法律関係は明治大学、和歌関係はノートルダム清心女子大学が所蔵する。 6

群書類従《ぐんしょるいじゅう》 江戸後期、塙保己一が編纂刊行した古典籍叢書。零細本・珍本を集め、底本を厳密に校正する。稀覯書が容易に見られる恩恵は大きい。 54 57 59 286 319

契沖《けいちゆう》　一六四〇〜一七〇一。六十二歳。晩年は大坂高津の円珠庵に隠棲。実証主義的な研究態度で、『万葉代匠記』『古今余材抄』『勢語臆断』『百人一首改観鈔』『和字正濫鈔』などを著す。門弟の今井似閑伝来の本は、上賀茂神社三手文庫に現存する。
39 167 260 339

芥子唐草文《けしからくさもん》　元永本古今和歌集の料紙を装飾するのに用いられている十五種の版木の文様の一つ。小松茂美著『元永本古今和歌集の研究』（講談社・一九八〇年）85頁。
1 4 198 203

元永本《げんえいぼん》　上下二冊の列帖装《れっちょうそう》の冊子本『古今和歌集』。上巻の奥書に「元永三年（一一二〇）七月廿四日」とあることからの呼称。仮名序を含む完本として最古のもので、書と料紙が織りなす王朝貴族の美意識を反映した冊子本として原装のまま伝わった極めて貴重な写本。国宝。筆者は、古来、源俊頼と伝称されてきたが、筋切・巻子本古今集・西本願寺本三十六人集の貫之集上や人麿集と同筆で、近年は藤原行成の曾孫の定実《さだざね》自筆とする説が定着している。戦後、三井室町家から東京国立博物館に寄贈された。小松茂美『元永本 古今和歌集 上』『元永本 古今和歌集 下』『元永本古今和歌集の研究』（講談社・一九八〇年）に影印と研究がある。
1 **4** **7** **10** **13** **16** 17 21 23 **27** **31** 32 **34** **38** **41** **47** 48 **51** **55** **69** **75** **79** 90 **93** **97** 98 **104** **110** **113** 123 **125** **129** **135** **139** **142** **151** **154** **157** **161** 162 **164** 171 172 **173** **176** **179** 182 **185** 189 **191** **198** **200** **203** **208** 209 **211** **215** 219 **221** **225** 230 237 **238** 245 247 **249** **252** **255** **258** **266** **278** 283 **284** 293 **296** 300 301 **304** **308** **312** **315** 321 **323** **328** **333** 339 348 **355** **360**

建久二年俊成本《けんきゅうにねんしゅんぜいぼん》　穂久邇文庫本蔵『古今和歌集』。奥書によると、祖本は、建久二年（一一九一）八月七日、俊成七十八歳の書写本。穂久邇文庫本は、鎌倉後期書写。他に建久二年俊成本の転写本は見当たらない。鎌倉中期の歌人寂恵が校合に使用しているのがこの俊成本の系統である。『日本古典文学影印叢刊 2 古今和歌集』（貴重本刊行会・一九七八年）によって穂久邇文庫本蔵建久二年俊成本の本文が確認できる。
3 5 6 8 27 29 52 70 82 98 101 105 107 112 123 126 129 136 140 145 147 155 158 170 174 178 193 194 201 209 212 217 220 230 239 245 246 250 256 262 267 279 288 292 298 301 311 324 332 334 339 349 354 357 361

顕昭《けんしょう》　顕輔の猶子。清輔の義弟。清輔本古今集に補訂を施し、著作は博引旁証と緻密な考証で他の追随を許さない。『顕注密勘』の顕註や『袖中抄』など。
12 36 49 64 70 73 86 99 103 123 166 175 197 222 228 245 247 251 256 259 260 262 267 268 283 288 292 297 301 311 313 318 322 324 340 352 353 354 357

建仁二年定家書写本伊勢物語《けんにんにねんていかしょしゃぼんいせものがたり》　列帖装一帖。阿波国文庫旧蔵。定家が建仁二年（一二〇二）に書写した『伊勢物語』を、嘉禎四年（一二三八）に寂身が書写したものの写本。「寂身本」とも。鎌倉後期の書写。専修大学図書館蔵古典籍影印叢刊『伊勢物語藤原為氏筆』に影印がある。建仁二年定家書写奥書をもつ伝本としては、下巻のみの巻子本が冷泉家時雨亭叢書41に影印されている。

232

建保五年定家本《けんぽうごねんていかぼん》　建保五年（一二一七）二月定家が五十六歳で書写した『古今和歌集』。それを天文五年（一五三六）に三井寺の僧の時能が転写した本が関西大学図書館にある。列帖装上下二帖。一面九行、和歌二行書き。片桐洋一『平安文学の本文は動く　写本の書誌学序説』（和泉書院・二〇一五年）に紹介がある。
70 73 186 250 269 283

甲南女子大学蔵伝慈円筆本《こうなんじょしだいがくぞうでんじえんひつぼん》　巻頭に真名序と仮名序をもつ古今集。完本。枡形本。列帖装上下二帖。一面八行、和歌二行書き。鎌倉の初期から中期頃の書写。米田明美『伝慈円筆　古今和歌集　甲南女子大学蔵』（和泉書院・二〇一三年）に影印と解題がある。
234

高野切《こうやぎれ》　**8**　古今集の古筆切の一つ。もと巻子本。紀貫之が伝称筆者とされるが、真跡ではない。能書家三人の寄り合い書きで、巻第一、九、二十の同筆を第一種、巻二、三、五、八の同筆を第二種、巻十八、十九の同筆を第三種として区別される。いずれも格調の高い書風だが、第一種は優雅典麗、第二種は他の二種に較べて個性的、第三種は平明である。このうち第二種は、平等院鳳凰堂色紙形と同筆で、源兼行（一〇二三～七四）の筆と判明（小松茂美『平等院鳳凰堂色紙の研究』中央公論美術出版・一九七三年）。古今集成立後一世紀半ほど経った十一世紀半ばに書かれたものと推定されるに至った。それでも、現存最古の古今集の写本である。「高野切」という名称は、巻第九の巻頭の断簡十七行（大阪・湯木美術館蔵）を高野山文殊院の僧木喰《もくじき》応其《おうご》が所持していたことに由来する。
2 5 8 11 24 105 111 126 137 174 320 321 324 334 348 361

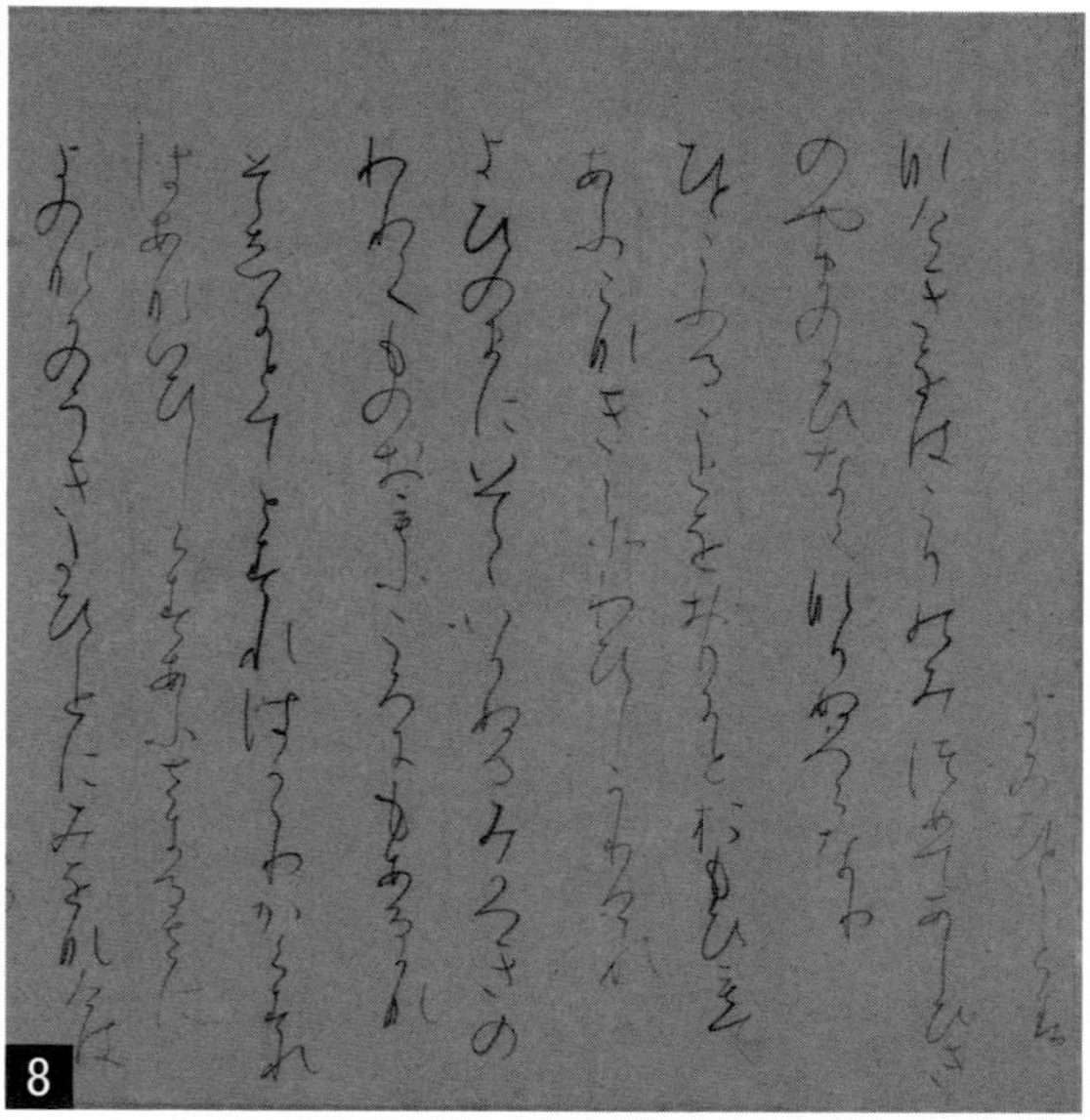

小重唐草文《こがさねからくさもん》　元永本古今和歌集の料紙を装飾するのに用いられている十五種の版木の文様の一つ。小松茂美著『元永本古今和歌集の研究』（講談社・一九八〇年）83頁。　104 113 304

御所本三十六人集《ごしょぼんさんじゅうろくにんしゅう》　公任撰『三十六人撰』の三十六人の家集を集めた「三十六人集」の一伝本。宮内庁書陵部に移管されるまでは、禁裏御所に伝襲されていたので御所本と称する。西本願寺本や歌仙家集本に対して、本文の異なる家集を集成したらしい。「異本三十六人集」とも。列帖装の四つ半本。影印が「和歌索引」付きで新典社から一九七一年に出ている。　18 49 53 57 63 108 120 217 220 240 245 259 290 295 298 302 307 319 325 339 340 363

近衛本和漢朗詠集《このえぼんわかんろうえいしゅう》　近衛家伝来の『和漢朗詠集』の零本。下巻のみ。尾題「倭漢鈔下巻」。「倭漢鈔」として国宝に指定されている。陽明文庫蔵。料紙は、中国からの舶載の唐紙。伝行成筆だが、高野切第三種や粘葉本和漢朗詠集などと同筆とされ、十一世紀半ばの書写。日本名跡叢刊59に影印を収める。　160

古来風躰抄《こらいふうていしょう》（俊成自筆本）　大四つ半本、列《れつ》帖装《ちょうそう》、上下二帖。国宝。藤原俊成の歌学書。建久八年（一一九七）七月、式子内親王に進覧した初撰本。当時、俊成八十四歳。晩年の筆跡。『日本歌学大系』第弐巻（風間書房）所収「古来風体抄」（初撰本）の底本である穂久邇文庫本は、この忠実な模写本。　2 9 19 24 66 147 228 260 311

〔さ〕

堺色紙《さかいしきし》　『古今和歌集』の和歌のみを散らし書きした巻物の断簡。「堺切」とも。料紙は、薄藍色の漉き紙に蝶や小鳥をはじめ、秋草・柳・紅葉などの折枝を銀泥で描いた下絵が特徴。『西本願寺本三十六人集』中の重之集・清正集などと同筆で、十二世紀初めの書写とされる。　165　189

嵯峨本伊勢物語《さがぼんいせものがたり》　本阿弥光悦の協力を得て、嵯峨に居住した角倉素庵が計画し、慶長十三年（一六〇八）から十五年にかけて刊行した木活字本の『伊勢物語』。第一種から第四種まである。第一種は、縦二七・一センチ、横一九・五センチの上下冊子本。上冊は第四十八段までで挿絵二十五図、下冊は四十九段以降で挿絵二十四図。片桐洋一編『伊勢物語 慶長十三年刊 嵯峨本第一種』（和泉書院・一九八一年）に影印がある。　232

真田本《さなだぼん》　『古今和歌集』の一伝本。西下経一・滝沢貞夫『古今集校本』新装ワイド版（笠間書院・二〇〇七年）において校合に用いられている伝本だが、解説がなく詳細は不明である。　73　82　117　124　162　178　189　193　198　201　209　212　217　230　245　246　256　261　267　284　297　305　309　318　321　324　331　334　352

三十人撰《さんじゅうにんせん》　歌仙三十人の秀歌撰。歌合形式をとるため「三十人歌合」とも。公任撰、具平親王撰の両説がある。久保惣記念美術館蔵本が知られるのみ。国宝指定に伴い「歌仙歌集」と呼称する。日本古典文学影印叢刊81「歌仙歌合」に影印を収める。　17　21

志香須賀文庫本《しかすがぶんこぼん》　三条西家旧蔵。「花山法皇御本」として紹介された『古今和歌集』。志香須賀文庫蔵。四つ半本の列帖装一帖。下帖のみ。料紙は斐紙で、雲母砂子を撒き、金銀の切箔、禾を散らす。古筆了仲が後醍醐天皇宸翰と鑑定するが、料紙や筆跡から鎌倉後期の書写とされる。久曾神昇『古今集古筆資料集』（風間書房・一九九〇年）に翻刻がある。　189　193　199　201　204　209　212　217　219　230　237　244　250　256　261　267　279　288　292　301　309　311　313　321　327　332　334　348　357　361

私稿本《しこうぼん》　他に全く伝本を見ない『古今和歌集』の異本。列帖装一帖。鎌倉時代初期ないし中期の書写とされる。古体仮名も多く、平安時代の本を転写したものか。扉に「善海」とある。久曾神昇『古今集古筆資料集』（風間書房・一九九〇年）6頁に図版がある。 17 24 28 31 34

獅子唐草文《ししからくさもん》 元永本古今和歌集の料紙を装飾するのに用いられている十五種の版木の文様の一つ。小松茂美著『元永本古今和歌集の研究』（講談社・一九八〇年）86頁。 39 42 45 52 59 62 66 72 75 81 98 107 123 136 140 146 159 165 169 174 186 265 249 258 266

獅子二重丸文《ししにじゅうまるもん》 元永本古今和歌集の料紙を装飾するのに用いられている十五種の版木の文様の一つ。小松茂美著『元永本古今和歌集の研究』（講談社・一九八〇年）83頁。 7 185 278 323

十巻本歌合《じっかんぼんうたあわせ》 現存最古の歌合『民部卿行平家歌合』以下、天喜四年（一〇五六）までの歌合を主催者により部類し、年代順に収録。頼通周辺で企画されたらしく、「宇治殿本」とも。萩谷朴『平安朝歌合大成』（同朋舎）に翻刻。陽明叢書『平安歌合集上』（思文閣・一九七五年）に影印がある。 48 59

七宝文《しっぽうもん》 元永本古今和歌集の料紙を装飾するのに用いられている十五種の版木の文様の一つ。小松茂美著『元永本古今和歌集の研究』（講談社・一九八〇年）84頁。 333

島原松平文庫《しまばらまつだいらぶんこ》 肥前国島原藩大名松平忠房が古典書写によって収集した蔵書約一万冊を伝存する。幕府儒官林鵞峰（羅山男）や姫路藩主榊原忠次などの助力もあって素姓のよい善本が多い。 2 21 132

寂恵使用俊成本《じゃくえしようしゅんぜいぼん》 →寂恵本《じゃくえぼん》

寂恵本《じゃくえぼん》 寂恵が弘安元年（一二七八）十一月、為氏からの古今伝授に備えて書写した『古今和歌集』。列帖装上下二帖。上帖は宮内庁書陵部蔵、下帖は上野淳一氏蔵。定家本を底本に、俊成本・清輔本を詳細に校合し、多くの書き込みがある。本書によって俊恵が校合に使用した俊成本の本文が確認でき、特にそれを「俊恵使用俊成本」と呼ぶ。建久二年俊成本系統の本文である。古文学秘籍複製叢刊から昭和八年に上帖、九年に下帖が複製されている。 8 39 48 82 98 107

俊成《しゅんぜい》 一一一四〜一二〇四。九十一歳。「としな 112 117 126 129 136 140 147 155 162 194 201 209 250 256 267 279 301 334 339 357

り」とも。藤原俊忠三男。歌道上、基俊の弟子となる。五十三歳まで顕広。六十三歳、正三位非参議皇太后宮大夫で出家。五条三位入道。七十五歳で『千載和歌集』を撰進。永暦二年（一一六一）に『古今和歌集』証本を作成。自筆の古今集切「昭和切」「了佐切」や、建久八年（一一九七）式子内親王に献じた『古来風躰抄』初撰本も自筆本が冷泉家に残る。

3 6 12 19 24 26 36 40 49 52 67 70 74 78 86 98 103 106 111 112 117 123 124 126 136 147 166 167 169 172 175 178 189 193 194 202 209 212 228 230 245 247 250 256 259 260 262 269 279 288 289 292 301 313 322 324 332 334 349 350 353 354 357 363

貞応元年本《じょうおうがんねんぼん》　定家が貞応元年（一二二二）に書写した『古今和歌集』。西下経一『古今集の伝本の研究』には、六月一日、六月十日、九月廿二日、十一月廿日の定家書写奥書が示されていて、同年少なくとも四回、定家は『古今和歌集』を書写している。小沢正夫校注・訳『古今和歌集』日本古典文学全集（小学館・一九七一年）は、十一月書写の高松宮旧蔵伝二条為世筆本を底本に採用する。　123 206

貞応二年本《じょうおうにねんぼん》　定家が貞応二年（一二二三）に書写した『古今和歌集』。二条家の証本として重んぜられ、中世近世を通じて流布本として普及した。定家自筆本は残っていない。古い写本の一つとして、『冷泉家時雨亭叢書2』に影印された文永四年（一二六七）七月為家加証本などがある。

2 24 25 27 28 34 41 52 58 68 69 90 94 104 121 124 186 195 203 211 221 225 229 234 239 249 250 252 255 258 269 278 280 281 282 291 292 293 296 297 300 305 308 334 336 338 352 355 357 359 361

承空《しょうくう》　鎌倉時代の浄土宗西山派の僧侶。永仁二年（一二九四）から嘉元元年（一三〇三）にかけて書写した歌書が四十三冊まとまって冷泉家時雨亭文庫に伝わる。その多くは横長の袋綴じ本で、本文は片仮名書き。　53 57 62 95 120 149 220 222 233 262 286 290 295 299 303 307 314 319 325 340

昭和切《しょうわぎれ》　9　俊成自筆の『古今和歌集』断簡。列帖装一帖（巻一～十）で伝来していたが、昭和三年に分割された。仮名序と真名序は早く切り出され、現在三井家所蔵。下巻の断簡は伝存しない。定家手沢本で、定家本『古今和歌集』の基礎となった。本文は、永暦二年俊成本と同系統。

3 6 8 48 52 83 86 98 105 108 124 136 155 178

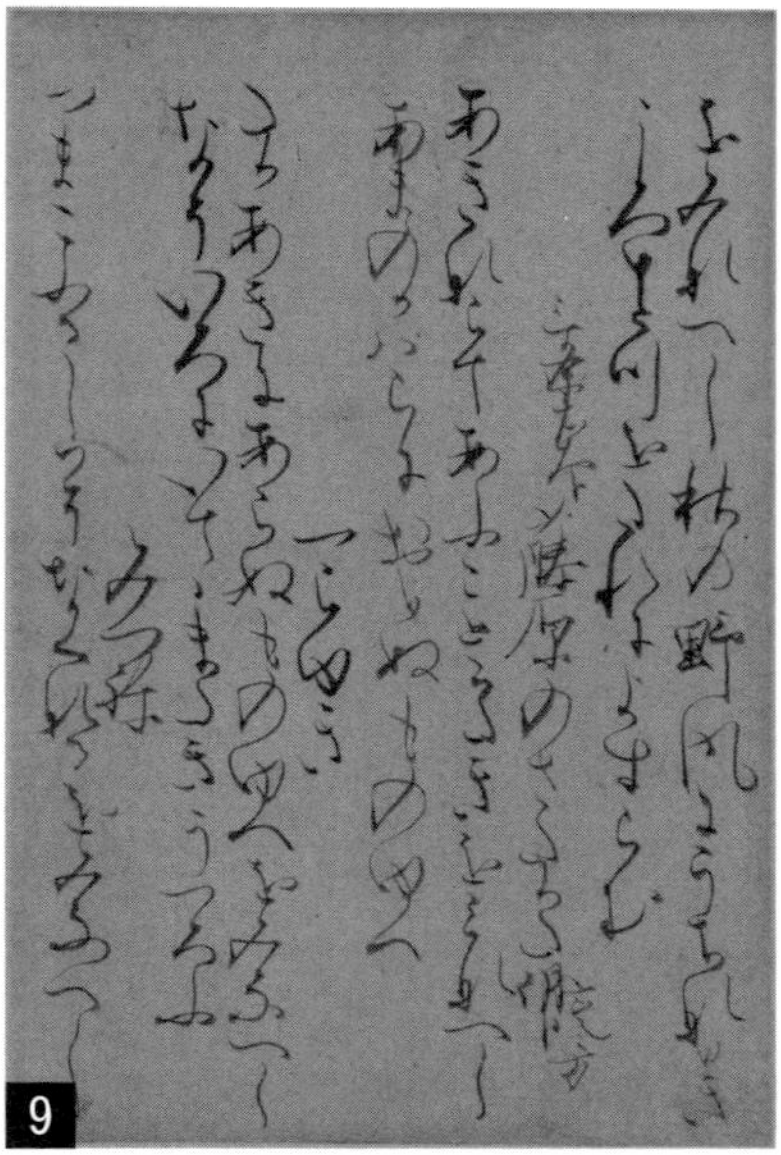

9

真観《しんかん》　一二〇三～一二七六。俗名藤原光俊。早くより順徳院に近仕。十九歳で承久の乱に遭い、父が死去。筑紫に配流されるも、翌年帰洛。和歌を定家に師事。三十四歳で出家。法名真観。弁入道と称される。『続古今和歌集』撰者の一人。東下し、宗尊親王に近侍。『秋風和歌集』などを撰し、歌集を多く書写する。
149 217

神宮文庫《じんぐうぶんこ》　三重県伊勢市神田《こうだ》久志本《くしもと》町にある伊勢神宮付属図書館。諸大名、学者、一般篤志家から献納された貴重書を、明治四十年（一九〇七）神宮文庫として開庫。
120 237 298 303 307 332

深窓秘抄《しんそうひしょう》　『後拾遺和歌集』序によって公任撰と知られる。藤田美術館蔵の平安後期の古写本一巻が伝わる。巻子本で、飛雲を漉きこんだ料紙に、高野切第一種と同筆で書かれている。日本名跡叢刊16に影印を収める。
17 21 160

資経《すけつね》　藤原。生没年・経歴など未詳の鎌倉時代の貴族。冷泉家時雨亭文庫には、資経が書写した私家集がまとまって伝わる。列帖装四つ半本で、本文料紙は布目のある色紙。冷泉家時雨亭叢書として『資経本私家集』が四冊公刊されている。
22 42 49 53 57 99 137 149 165 170 220 257 262 286 319 340

筋《すじ》切《ぎれ》・通《とおし》切《ぎれ》　10 古今集の断簡。「筋切」は縦に引かれた銀界《ぎんかい》（銀泥の罫線）の筋に、「通切」は料紙にある簁《とおし》（竹または銅線などで底の目を粗く編んだ篩《ふるい》）のような文様に由来する呼称。筋切の料紙は、蝶鳥・小草などの金銀泥で下絵が描かれているものや藍と紫の飛雲を漉き込んだものもあり、その下絵の向きからも、もともと歌合の清書用料紙を九十度回転させて使

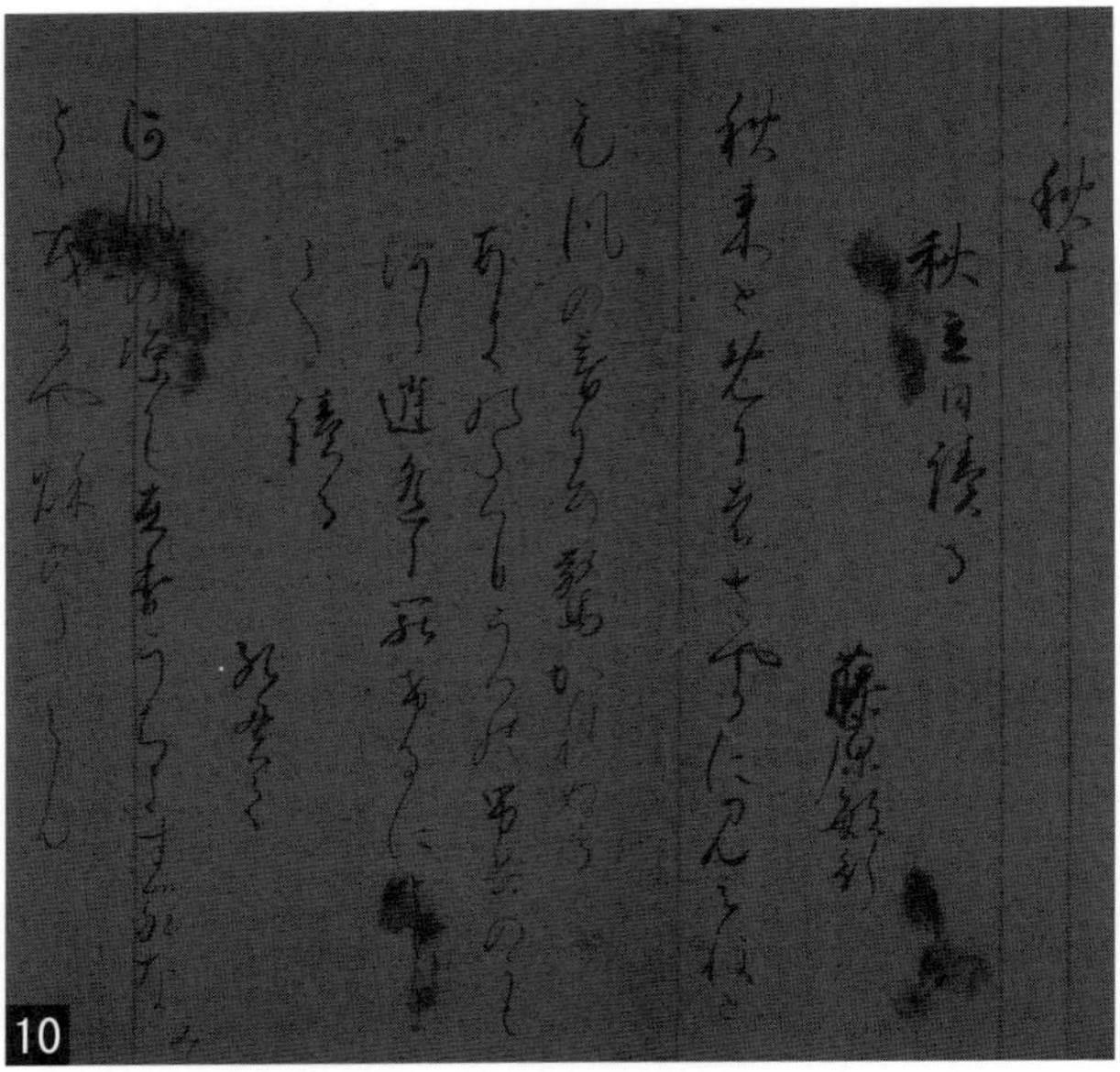
10

用したものと考えられる。本来は上下二冊の粘葉装《でっちょうそう》の冊子本で、上巻は昭和二十七年まで名古屋の関戸家に完本のかたちで伝存していた。筆者は、古来、藤原佐理と伝称されるが、元永本と同筆とみられ、藤原定実とする説が有力である。元永本と共通する異文も多い。

5 8 11 17 21 24 28 31 34 35 39 42 48 51 55 66 70 75 81 92 94 97 98 99 101 105 111 113 124 126 129 138 143 149 153 155 158 159 162 165 171 174 178 181 182 187 199 212 222 228 247 259 283 284 293 309 316 318 353

砂子《すなご》　料紙装飾法の一つ。竹筒の一端に目の細かい網を張り、金銀の箔を揉み砕いた揉み箔を入れて篩いにかけ、礬砂《どうさ》を引いた紙の上に撒く手法。↓雲母《きら》砂子。　10 34 38 47 51 75 93 125 129 142 151 154 157 161 164 173 179 255 278 308 355

砂子切《すなごぎれ》　公任筆と伝称する『兼輔集』『業平集』『公忠集』『中務集』の断簡。金銀の切箔や砂子を撒いた料紙を使用する。もと「三十六人集」として制作されたらしい。西本願寺本貫之集などと同筆で、定信の筆とされる。本文は歌仙家集本系統。　325

寸松庵色紙《すんしょうあんしきし》　**11**　京都・大徳寺の塔頭の一つ寸松庵に伝来した、十三cm四方の可憐な古筆切。古今集の四季歌を詞書を省略して一面に一首を書く。現存するのは三十六点ほどで、江戸時代の模写も含めると四十三首分になる。寸松庵建立の発願者である佐久間将監実勝（一五七〇〜一六四三）が堺の南宗寺伝来の色紙三十六枚のうち十二枚を入手。それに古筆了佐が慶安四年（一六五一）紀貫之筆と極めたが、真跡ではない。

仙覚（せんがく）　一二〇三〜没年未詳。『万葉集』の本文校訂と研究に偉大な功績を残す。文永三年（一二六六）本（西本願寺本など）を完成し、同九年（一二七二）七十歳まで生存して本文校訂に当たっている。
17　24　59　62　70　72　75　81　82　85　87　216　219　244　246　250　259　283　361

宗祇（そうぎ）　一四二一〜一五〇二。八十二歳。東常縁から古今伝授を受け、『古今和歌集両度聞書』を著す。連歌師として肖柏・宗長ら多くの弟子を育てた。『新撰菟玖波集』を撰進。

204

素紙（そし）　漉いたままの白い紙。加工も装飾もしていない生紙（きがみ）。
166　269

素寂（そじゃく）　永仁二年（一二九四）久明親王に献上された『紫明抄』の序に「紫雲寺隠侶素寂撰」とあり、素寂は、紫雲寺に住持する『源氏物語』に詳しい人物と知られる。本文に「亡父大監物光行」（桐壺）「舎兄親行」（松風）と見え、河内守光行男、親行の弟と判明する。文永十一年（一二七四）〜建治元年（一二七五）に書写した片仮名書きの私家集五点（業平・友則・貫之上・順・実方）が冷泉家時雨亭文庫に蔵す。このうち業平・友則・順集は　御所本の親本。縦約一五センチ、横二六センチの、楮紙を袋綴じにした横本。『冷泉家時雨亭叢書72』所収。
191　203　252　255　266　278　315　323　333　355
18　19　59　120　124　186　233　245　259　298　302　307　324　331

染紙（そめがみ）　色を染めた紙。色紙。紙漉きより先に染める先染めと、紙を漉き上げて成紙となった後で染める後染めとがある。後染めの場合、染料に浸して染める浸し染め、刷毛で染める引き染め、霧状に吹き付けて染める吹き染めがある。染料の成分によっては、装飾以外に防虫効果も期待できる。
72　82　148　154　173　185　215　226　300　312

尊経閣文庫（そんけいかくぶんこ）　加賀藩主前田家収集の典籍・文書・絵画・工芸品等を収蔵する施設。前田家十六代利為（としなり）が大正十五年（一九二六）二月育徳財団を設立し、東京目黒の前田家駒田邸内に建てた。五代綱紀（つなのり）の「尊経閣蔵書」による命名。国宝22点、重文74点。
120　298　302　307　331

〔た〕

伊達本（だてぼん）　仙台の伊達家に伝来した定家自筆の『古

今和歌集』。安藤積産合資会社蔵。重要文化財。縦二二・七センチ、横一四・七センチの八括の列帖装一帖。定家自筆奥書に年号は記されていない。定家本の『古今和歌集』本文校訂の推移からみて、嘉禄二年本よりも前の書写とされる。汲古書院より一九九一年に影印本が出ている。

23 25 34 43 52 124 140 186 195 211 212 216 234 237 269 250 292 328 330 357 361

継色紙《つぎしきし》 13 斐紙を白・紫・緑・藍・黄に染めた料紙に、草仮名と平仮名を織り交ぜた散らし書きされた古筆切。明治三十九年（一九〇六）まで石川県大聖寺の前田家に粘葉装《でっちょうそう》の冊子本（枡形本）の形で伝えられた。色紙二枚を継いでいるように見えるため「継色紙」と呼称される。模写二枚を含め、三十六首分が確認される。『万葉集』六首、未詳歌一首の他は、すべて『古今和歌集』の歌。「寸松庵色紙」「升色紙」とともに三色紙として有名。日本名筆選13『継色紙　伝小野道風筆』（二玄社・二〇〇五年増補）など。

65 146 153 155

定家《ていか》 一一六二〜一二四一。「さだいえ」とも。京極中納言。藤原俊成男。子に為家。孫に二条家の祖となる為氏、京極家の祖となる為教、冷泉家の祖となる為相など。若くして『新古今和歌集』の撰者に加わり、『新勅撰和歌集』の単独撰者となる。『古今和歌集』を十六回以上書写するなど、古典籍を精力的に書写し、本文研究を反映した校訂作業に当たった。

6 12 15 19 24 26 36 37 40 43 49 52 64 67 70 78 81 98 99 100 103 106 109 112 123 124 126 136 250 251 256 259 260 262 265 269 279 280 283 288 293 313 322 325 329 330 335 349 350 353 354 357 363

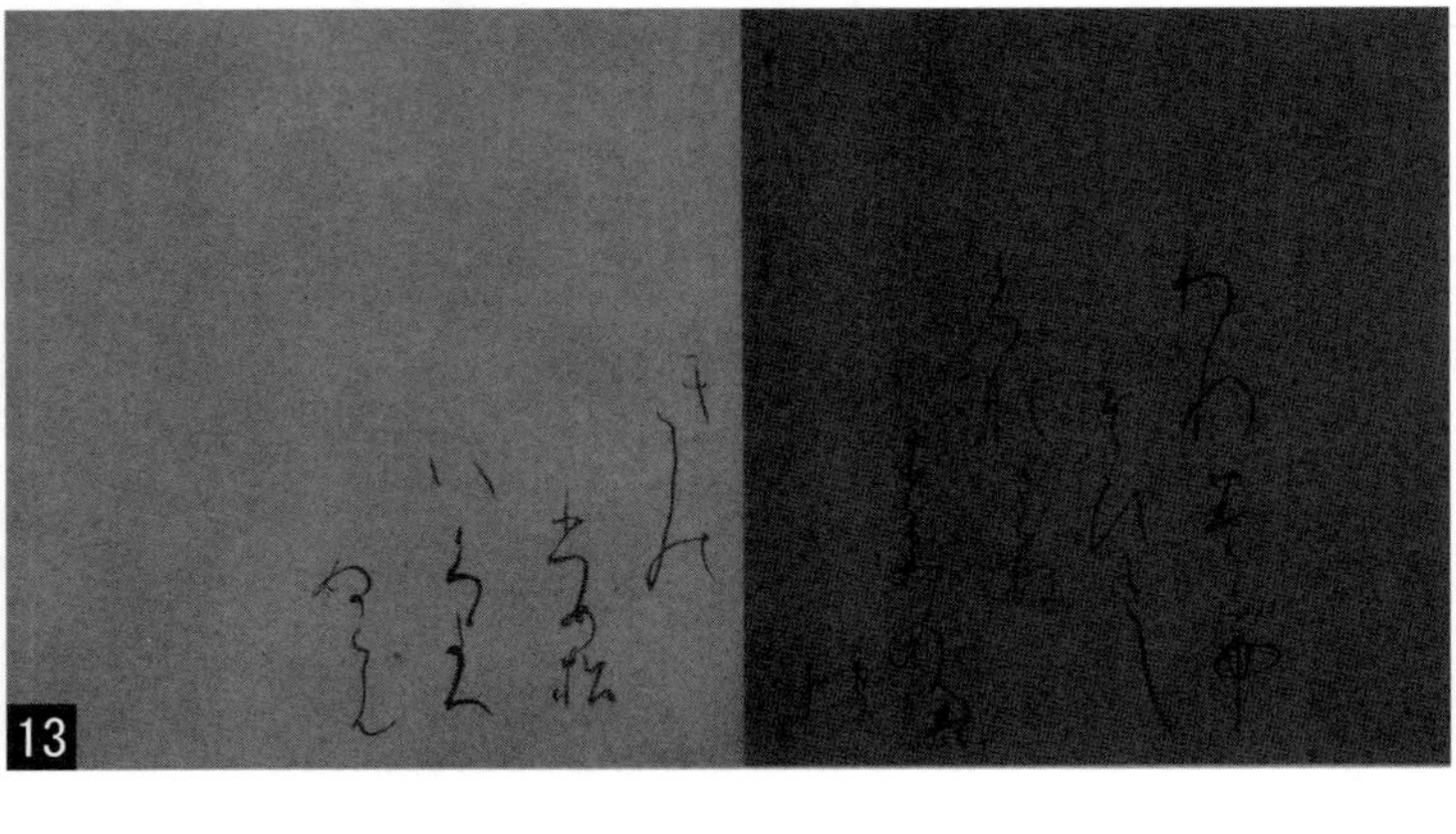

13

粘葉本和漢朗詠集《でっちょうぼんわかんろうえいしゅう》　粘葉装の上下二冊。近衛家旧蔵。宮内庁三の丸尚蔵館蔵。料紙は舶載の唐紙。高野切第三種と同筆。現行の主要な活字本の底本。日本名跡叢刊69・70などに影印を収める。なお、粘葉装とは、料紙を一枚一枚半折りにし、表を内側にして二つ折りとして重ね揃え、重ねられた折り目の外側を、上から下まで三～一〇ミリぐらいの幅で糊を付けて重ねた装訂。糊付けする喉の部分が紙魚による虫害を受けやすい。表紙は、前後を続けて一枚で包んだもの、背のみ別の紙や布で包んだものなどがある。料紙の内側（表側）のみ書写するものと、料紙の表・裏の両面を書写するものとがある。　90 160 165

伝阿仏尼筆本業平朝臣集《でんあぶつにひつぼんなりひらあそんしゅう》　冷泉家時雨亭文庫蔵の業平の家集。縦一九・六センチ、横一四・二センチの大和綴じ一帖。料紙は薄手斐紙。外題「業平朝臣集」。一オに貼り紙をし、冷泉家第二十一代為紀の筆跡で「明治卅八年七月一日／北林禅尼〈阿仏尼公也〉御筆…」とある。本文は鎌倉中期書写とされる。冷泉家時雨亭叢書『平安私家集八』に影印を収める。　120 233 299 303 307 325

伝公任筆唐紙色紙《でんきんとうひつからかみしきし》　料紙が唐紙で、色紙形に分割する。久曾神昇『古今集古筆資料集』（風間書房・一九九〇年）15頁に紹介されている。西本願寺本三十六人集の重之集・清正集などと同筆という。　114 146

伝公任筆切《でんきんとうひつぎれ》　『古筆学大成1』（講談社・一九八九年、199頁）に収められた『古今和歌集』九八番歌が書かれている断簡。森川世黄（一七六三～一八三〇）が文政二年（一八一九）に上梓した『集古浪華帖』に掲げられた模刻。　28

伝公任筆装飾本《でんきんとうひつそうしょくぼん》　上下二冊の『古今和歌集』完本。平成四年七月、東京神田の古書肆に出現し、一躍脚光を浴びた。西本願寺本三十六人集にのみ見える特徴的な字形などから、十二世紀初期の書写と認定される。複製本として、小松茂美『伝藤原公任筆　古今和歌集』（旺文社・一九九五年）がある。　2 8 14 17 23 66 69 72 73 98 100 105 111 113 123 137 158 170 172 200 219 245 253 280 283 288 293 297 301 310 313 318 348 353 357 361

伝後鳥羽天皇宸筆本《でんごとばてんのうしんかんぼん》　久曾神昇『古今和歌集成立論』（風間書房）研究編（159頁）によると、原本の存否は不明ながら精確な臨写本が、桑名の田内家旧蔵、志香須賀文庫蔵で伝わる。四つ半本、袋綴じ一冊。表題「古今和歌集〈後鳥羽帝宸筆写〉下」による呼称。 73 189 193 195 199 201 209 212 217 244 247 250 256 267 279 282 293 297 301 307 309 318 321 324 331 334 339 346 348 352 356 360

伝定頼筆下絵切《でんさだよりひつしたえぎれ》 『古今和歌集』の断簡。銀泥で蝶・鳥・折枝の下絵を描き、一面に金銀の揉み箔を撒いた料紙を用いる。切名「下絵切」はそれに因む。西本願寺本三十六人集の『元真集』と同筆。優雅で端正な書風の散らし書き。もとは巻子本。料紙と書風から十二世紀初めの書写とされる。 70

伝寂蓮筆本《でんじゃくれんひっぽん》 上冊の一帖のみで、下冊を欠く。西下経一『古今集の伝本の研究』146頁に紹介されている『古今和歌集』の伝本。同頁に掲げられている図版と『国立歴史民俗博物館蔵 貴重典籍叢書』文学篇・第一巻・勅撰集1（臨川書店・一九九九年）310頁の影印とを比べると、永暦二年俊成本の一伝本らしい。 28 45 83 98 101 140 155 158 169 183

伝為家筆本忠岑集《でんためいえひっぽんただみねしゅう》 壬生忠岑の家集。冷泉家時雨亭文庫蔵。縦二二・六センチ、横一四・四センチの列帖装一帖。鎌倉中期の書写とされる。書陵部蔵（511・28）本の祖本。冷泉家時雨亭叢書『平安私家集九』に影印を収める。 171 222 290 314

天福元年定家自筆本拾遺和歌集《てんぷくがんねんていかじひつしゅういわかしゅう》 冷泉家伝来。安藤積産合資会社蔵。斐紙の料紙を十一括した列帖装一帖。定家自筆本。『藤原定家筆 拾遺和歌集』（汲古書院・一九九〇年）に影印を収める。 290

天福二年定家自筆本後撰和歌集《てんぷくにねんていかじひつごせんわかしゅう》 天福二年（一二三四）三月二日の書写奥書のある定家筆本『後撰和歌集』。冷泉家時雨亭文庫蔵。重要文化財。列帖装一帖。十三括。料紙は斐紙。行成本による朱の校異がある。冷泉家時雨亭叢書3『後撰和歌集 天福二年本』に影印を収める。 214

伝民部卿局筆本伊勢物語《でんみんぶきょうのつぼねひっぽんいせものがたり》 本間美術館蔵。枡型の列帖装一帖。定家女の民部卿局の筆とする寛文四年（一六六四）冷泉為清の識語をもつ。鎌倉中期の書写。一一五章段で、章段構成や本文にも特異な点が多い。複製が複刻日本古典文学館として一九七六年に発行されている。南波浩校注の日本古典全書（朝日新聞社・一九六〇年）は、これを底本とする。 19 302

天理図書館蔵顕昭本《てんりとしょかんぞうけんしょうぼん》　竹柏園旧蔵。列帖装上下二帖。鎌倉時代後期の書写。定家本にない十余首をもち、それらは清輔本と一致する。しかし、語句に僅かな相違があり、顕昭の注記も多く含まれるので、顕昭本と呼称する。
11 17 24 28 34 45 48 52 55 62 70 72 73 76 83 86 98 101 105 107 123 140 145 155 158 169 174 178 183 189 193 195 199 201 209 212 217 230 244 247 250 253 256 261 265 267 279 282 288 292 297 301 309 318 321 324 334 339 348 352 357 361

天理図書館蔵定家等筆本伊勢集《てんりとしょかんぞうていかとうひついせしゅう》　天理図書館所蔵の女流歌人伊勢の家集。枡型本。列帖装一帖。表紙に「伊勢集」と外題を定家が直書きし、最初の一面八行分を定家が書写、以下は家中の子女に定家様で書き継がせている。定家と別筆の注記も見える。天理図書館善本叢書『平安諸家集』（八木書店・一九七二年）に影印を収める。
53 57 286 319

天理図書館蔵伝為家筆本伊勢物語《てんりとしょかんぞうでんためいえひっぽんいせものがたり》　列帖装一帖。箱書きに藤原為家の筆と記す。鎌倉中期の書写。「抑伊勢物語根源」で始まる奥書をもつ定家校訂本だが、非定家本との共通本文も多い。巻末には、小式部内侍本からの抜粋と思われる十八章段が付加されている。天理図書館善本叢書『伊勢物語諸本集一』に影印がある。

330

通切《とおしぎれ》　→筋切《すじぎれ》

土佐日記《とさにっき》　前田家本奥書によると、定家七十四歳の文暦二年（一二三五）五月十三日、後白河法皇が建立した蓮華王院の宝蔵にあった伝貫之自筆本を模写したのが尊経閣文庫蔵定家本。それを、為家本奥書によれば、翌年の嘉禎二年（一二三六）八月廿九日、為家が「一字不違」書写したのが大阪青山短期大学蔵為家本。青谿書屋本はそれを写した本である。
17 46 183

俊頼《としより》　一〇五五～一一二九。源。新風和歌によって歌壇を主導。『金葉和歌集』撰者。私家集に『散木奇歌集』、歌学書に『俊頼髄脳』がある。
2 63 70 251 342

飛雲料紙本花山僧正集《とびくもりょうしぼんはなやまそうじょうしゅう》　遍昭の家集。冷泉家時雨亭文庫蔵。料紙は、雲母入りの斐紙で、一オ・二ウ・三オには飛雲のある。外題「花山僧正集」が冷泉為満筆で打付け書きされている。縦一九・三センチ、横一二・六センチの大和綴の一帖。十二世紀の書写とされる。御所本の親本。
88 339

共紙表紙《ともがみひょうし》　本文の最初と最後の各表裏半丁分の白紙部分をそのまま表紙にしたもの。本文と同じ料紙を表紙とするため、糊付けの工程を経る必要がない。使われる料紙によっては強度や汚損の面で不利な面もあるが、古くから採用された一般的なものである。60

共紙表紙本友則集《ともがみひょうしぼんとものりしゅう》　紀友則の家集。冷泉家時雨亭文庫蔵。縦二二・八センチ、横一五・五センチの列帖装一帖。表紙は前後ともに本文共紙。外題は表紙中央上方に「友則集」と打付け書き。鎌倉末期書写とされる。60 124 186

〔な〕

中山切《なかやまぎれ》 **14** 『古今和歌集』の断簡。伝称筆者は九条兼実。鎌倉初期の書写。もと列帖装四帖だったか。縦横一七センチの六つ半本。料紙は、斐紙に雲母を引き、金銀の切箔・砂子・禾を散らし、緑等の顔料で下絵を描く華麗なもの。久曾神昇『中山切　古今和歌集』（汲古書院・一九九〇年）に影印を収める。193 201 212 217 219 230 239 244 247 271 280 282

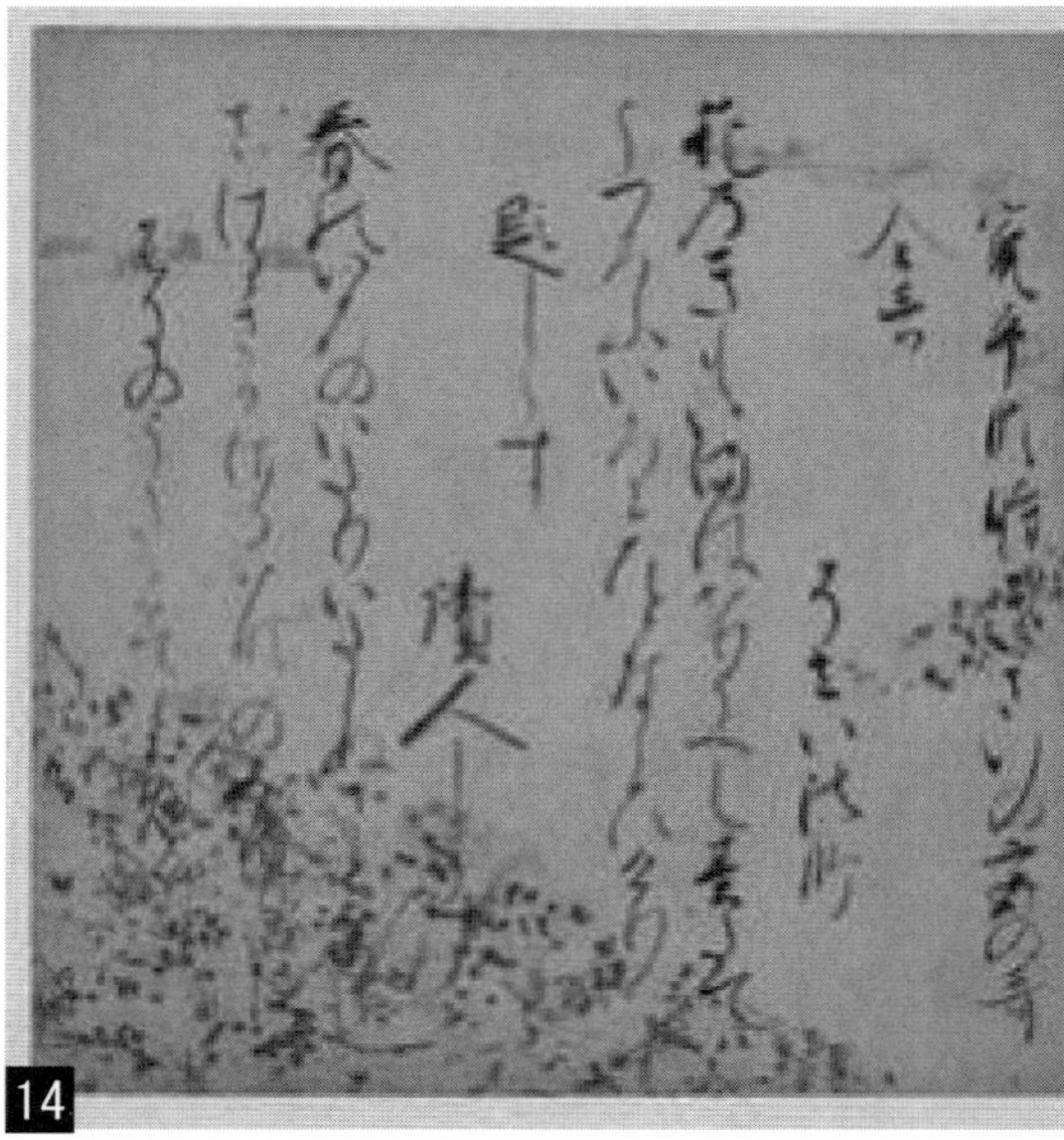

14

西本願寺本三十六人集《にしほんがんじぼんさんじゅうろくにんしゅう》　公任『三十六人撰』の歌人の家集を集成した「三十六人集」の一伝本。書風や料紙から推して十二世紀初頭の書写とされる。『兼輔集』は鎌倉初期、『人麿集』上下、『業平集』『小町集』の四帖は江戸初期の補写。『貫之集』下、『伊勢集』は昭和初期に分割され、「石山切」として伝わる。 21 42 53 57 59 88 95 98 108 124 126 130 137 149 165 170 187 192 220 222 256 257 272 275 286 290 295 314 319 327 331

廿巻本歌合　→類聚《るいじゅう》歌合《うたあわせ》

如意宝集《にょいほうしゅう》　平安時代中期の私撰集。近衛家旧蔵『如意宝集目録』によれば、構成は春・夏・秋・冬・賀・別・恋・雑の八巻、歌数は七七五首。早くに散佚し、十一世紀後半書写の断簡が残るのみ。『古筆学大成16』（講談社・一九九〇年）に影印を収める。 64 298

禾《のぎ》　金箔・銀箔などを細長く切ったもの。砂子・切箔などとともに絵画、装飾経、装丁の飾りに用いる。「のげ（野毛）」ともいい、「芒」という漢字を当てることも。 34 38 47 151 173

教長《のりなが》　一一〇九～一一八〇。藤原。崇徳院近臣。院のもとに伝紀貫之自筆本『古今和歌集』が献じられた際、これを複写。治承二年（一一七八）守覚法親王に古今伝授した折の記録が『古今和歌集註』であり、同時に献じた証本が「今城切」ではないかといわれる。能書。 2 40 253 255

〔は〕

八代集抄《はちだいしゅうしょう》　北村季吟著。天和二1682年刊。一〇八巻五〇冊。初の八代集全注釈。八代集の本文は、肖柏校訂本に他の資料を加えて校定する。活字本として『八代集全註』（有精社・一九六〇年）、影印本として『北村季吟古注釈集成30～36』（新典社・一九七七年）がある。 23

花襷文《はなだすきもん》　元永本古今和歌集の料紙を装飾するのに用いられている十五種の版木の文様の一つ。小松茂美著『元永本古今和歌集の研究』（講談社・一九八〇年）84頁。 55 225

菱唐草文《ひしからくさもん》　元永本古今和歌集の料紙を装飾するのに用いられている十五種の版木の文様の一つ。小松茂美著『元永本古今和歌集の研究』（講談社・一九八〇年）83頁。 69 79 89

毘沙門堂註本《びしゃもんどうちゅうほん》　かつて山科の天台宗門跡寺院毘沙門堂に蔵された『古今和歌集』の注釈。本文は定家本ではなく「わづかに清輔本に傾いた中間本」（西下経一『古今集の伝本の研究』348頁）とされる。片桐洋一『毘沙門堂本古今集注』（八木書店・一九九八年）によって影印が確認できる。

袋草紙《ふくぞうし》　藤原清輔の歌論書。原本が袋綴じだったための呼称とされる。『万葉集』および『古今和歌集』から『詞花和歌集』に至る勅撰集の撰者、成立、伝本についての考証は、まとまった最古の記述。校注は、新日本古典文学大系29（岩波書店・一九九五年）がある。

48 47 73 129 134 136 181 187 201 217 230 237 267 309 313 329 331 339

伏見宮旧蔵伝顕昭本《ふしみのみやきゅうぞうけんしょうぼん》　現宮内庁書陵部蔵。片仮名書きで、伝称筆者は顕昭。伝顕昭筆本というべきだが、本文では伝顕昭本とした。列帖装一帖。四つ半本。料紙は雲母引き斐紙。鎌倉時代初期の書写。計八丁の落丁があるが、書写態度は丁寧で、誤写が極めて少ない。本文には新院御本との校合が朱書されている。巻末に保元二年（一一五七）清輔奥書に続いて建永元年（一二〇六）の三種の奥書がある。

9

部類名家家集切《ぶるいめいかかしゅうぎれ》　現存するのは、藤原兼輔・在原元方・清原深養父・坂上是則・藤原興風・源公忠の六家集だけで、いずれも断簡。もとは、縦二七・三センチ、横二二・七センチの列帖装。断簡の一部が巻子本に改装されている。筆跡が高野切第二種に似て、紀貫之筆と伝称される。日本名筆選11『名家家集切』（二玄社・一九九三年）に影印を収める。

24 27 34 44 48 61 70 72 76 82 85 98 101 105 107 121 145 155 158 168 174 178 182 188 194 196 199 201 209 212 219 229 242 246 250 256 261 265 267 279 281 288 291 297 301 309 318 320 324 334 338 344 348 351 357 361 175 277

保元二年清輔本《ほうげんにねんきよすけぼん》　保元二年（一一五七）に清輔が書写した『古今和歌集』。伝本は、西下経一『古今集の伝本の研究』は四本挙げ、久曾神昇『古今和歌集成立論』は前田本と穂久邇本を図版を示して詳しく紹介している（研究編、88 89頁）。前田尊経閣文庫蔵本は、四つ半本。列帖装上下二帖。上下別筆で、その他の筆も混じる。鎌倉時代前期の書写。新院御本との校合などがあるが、誤写も散見され、七丁の切取りがある。尊経閣叢刊の一冊として複製が昭和三年に出ている。穂久邇文庫本は、縦二五・二センチ、横一六・一センチの列帖装一帖。上巻のみ。鎌倉中・後期の書写とされる。

8 11 17 28 34 39 45 48 52 55 62 70 72 73 76 81 83 86 98 101 105 107 123 134 140 155 158 162 169 174 178 182 189 193 195 196 199 201 209 212 217 230 244 247

250 253 255 261 265 267 279 283 288 292 297 301 309 318 320 321 324 334 339 348 352 357 361

坊門局筆《ぼうもんのつぼねひつ》本兼輔集《ほんかねすけしゅう》　冷泉家蔵。俊成の娘で定家の姉にあたる坊門局が書写した兼輔の家集。楮紙の料紙を三括した列帖装一帖。和歌の頭に加えられた集付けの多くは定家の筆である。冷泉家時雨亭叢書16『平安私家集三』に影印を収める。　277

戊辰切《ぼしんぎれ》　『和漢朗詠集』の断簡。もと巻子本で、下巻は藤原定信、上巻は藤原伊行の父子寄合書き。日本名跡叢刊84に影印を収める。　91

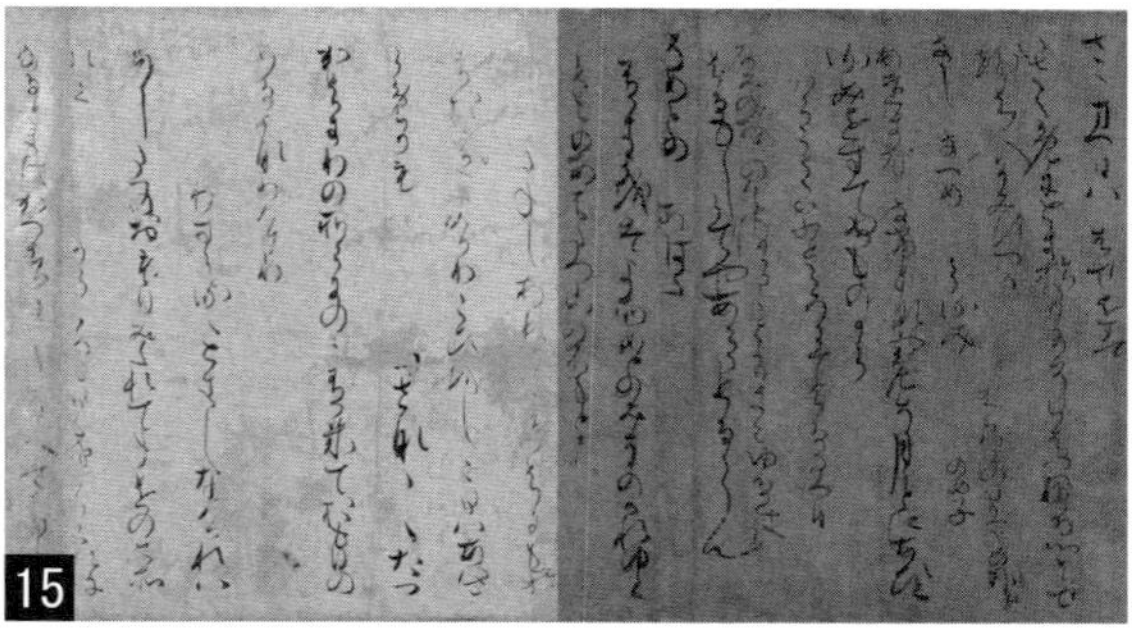
15

本阿弥切《ほんあみぎれ》 15　『古今和歌集』の断簡。巻子本の零巻として、巻十・十一、巻十二（京都国立博物館蔵）、巻十四（益田鈍翁旧蔵）、巻十六・十七（宮内庁三の丸尚古館蔵）が残存し、その他の断簡が諸家に分蔵する。料紙は、縦一七センチ、横二八センチの小型の舶載唐紙。巻十一・十二は夾竹桃文様。十二世紀初めの書写とされる。日本名筆選29『本阿弥切 伝小野道風筆』（二玄社・一九九四年）など。

本奥書《ほんおくがき》　187 193 197 199 201 208 209 212 219 222 244 259 261 267 288 293 329 330　「本云《ほんにいう》」「本の奥書に曰く」の意であり、「もとおくがき」より、「ほんおくがき」というのがよい。その書物が底本とした本（親本や祖本）の奥書。また、それを写した奥書。冒頭に「本云」「本奥云」などとある場合、署名の下に「判」または「在判」などとある場合は、本奥書である。　6 18

〔ま〕

雅経筆崇徳《まさつねひつすとく》天皇御本《てんのうぎょほん》　鎌倉極初期、飛鳥井雅経によって書写された『古今和歌集』上下二冊本。下冊の半ばから反故裏を用いた袋綴じになり、列帖装と合綴されている。紙背文書は平安末期のもので、袋綴じの遺品として特に古いもの。奥書によると、親本は、嘉応三年（一一七一）に藤原教長本を書写した本に翌年清輔本で校合を加えた本という。教長は、崇徳院のもとにあった伝貫之自筆本の複写を担当していて、雅経筆本は崇徳天皇御本の姿を伝えるものと考えられ、この名称がある。崇徳天皇御本（新院御本）は散佚。『古筆学大成3』42に影印、久曾神昇『崇徳天皇御本古今和歌集』（文明社・一九四〇年）に翻刻がある。

5 8 17 28 34 51 55 59 70 72 81 83 86 98 101 103
105 107 111 113 126 150 155 158 162 165 169 178 189 195 199 200 204 209 212 216 219 222 230
244 247 250 256 261 267 279 282 288 292 296 301 309 318 320 321 324 334 346 348 353 357 361

枡型本忠岑集《ますがたぼんただみねしゅう》　冷泉家時雨亭文庫蔵。縦一七・二センチ、横一五・二センチの枡型本『忠岑集』。列帖装一帖。鎌倉中期の書写とされる。書陵部蔵（五〇一・一二三）の親本。冷泉家時雨亭叢書『平安私家集九』に影印を収める。

76 95 127 171 222 290 314

升色紙《ますしきし》　**16**　清原深養父の家集『深養父集』の断簡。縦一四センチ、横一二センチ余の升型色紙に見えるので「升色紙」と呼称される。もとは冊子本。「寸松庵色紙」「継色紙」とともに三色紙の一つ。雲母引きの斐紙に、散らし書き。模写含め、三十葉、三十一首が確認できる。定家の校合、集付けがある。日本名筆選16『升色紙　伝藤原行成筆』（二玄社・二〇〇四年二版）など。

66

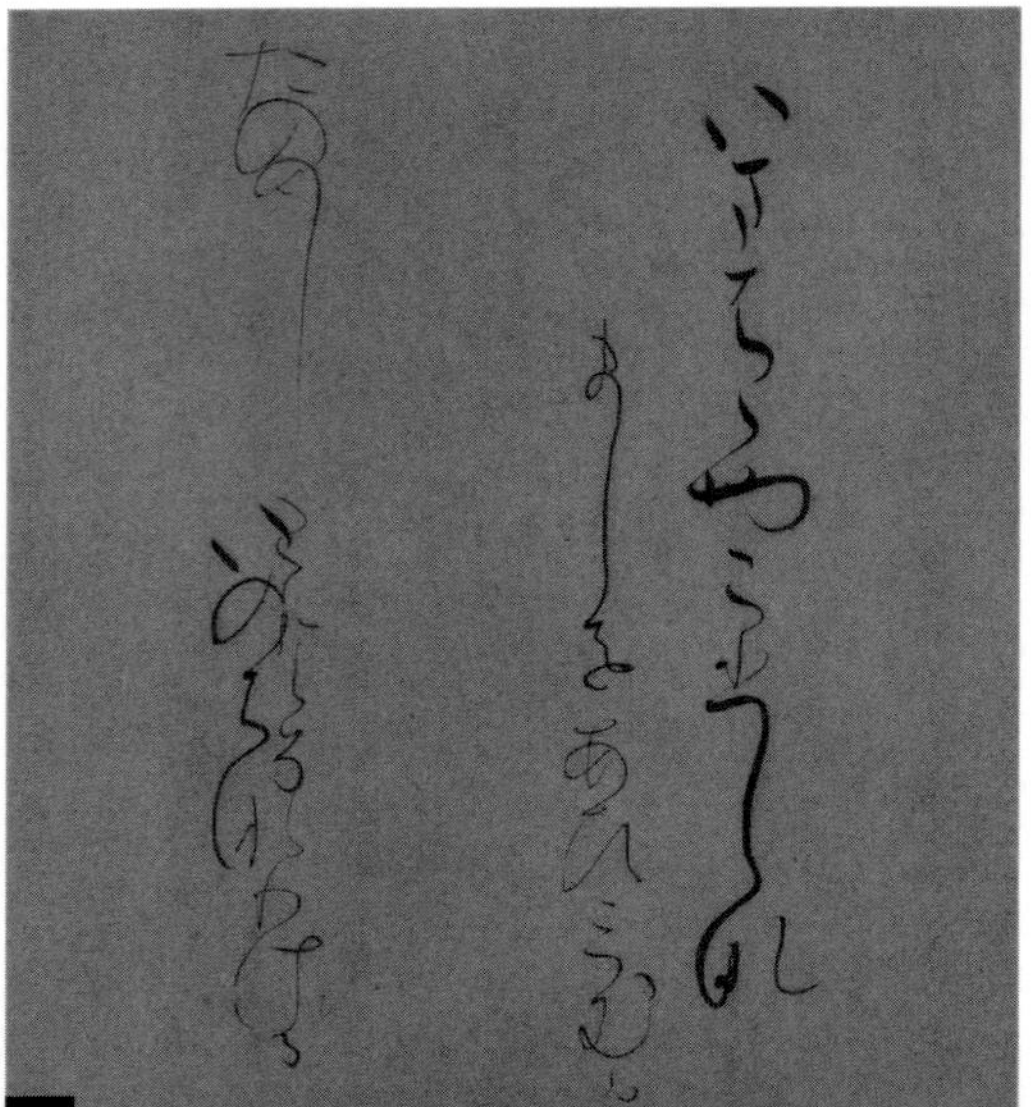
16

曼殊院本《まんしゅいんぼん》　『古今和歌集』の零本。京都曼殊院蔵。料紙は、縦一四センチ、横四五～五〇センチの藍・緑・茶などに染めた斐紙を継いだ巻子本。現存は、七紙（第七紙は切断され短い）、巻十七の三十一首。巻頭に「古今和歌集巻第十七／雑七十首」と内題。詞書は省略され、和歌は一首四行書き。十一世紀末頃の書写。日本名筆選7『曼殊院本古今集 伝藤原行成筆』（二玄社・一九九三年）など。 206 207 **300** 301 318

道家本《みちいえほん》 嘉永六年（一八五三）刊三代集校本六冊のうち、『古今和歌集』の底本とされた伝本。西下経一『古今集の伝本の研究』344頁に紹介されている。 98 140 193 201 209 222 250 279 282 288 292 301 309 324 331 357

源有仁《みなもとのありひと》 一一〇三～一一四七。後三条天皇皇子輔仁親王男。花園左大臣と称す。『古今和歌集』三証本の一つ、伝紀貫之自筆本『古今和歌集』を、藤原実季、輔仁親王を経て、崇徳天皇に奉る。 2

源通具本伊勢物語《みなもとのみちともぼんいせものがたり》 枡型の列帖装一帖。鎌倉後期の書写。特異な章段構成を見せ、定家本以前のさまざまな『伊勢物語』の姿を伝える。『鉄心斎文庫蔵伊勢物語通具本』（築地書館・一九六八年）に影印がある。 232 330

民部切《みんぶぎれ》 『古今和歌集』の断簡。もと列帖装の冊子本。料紙は唐草文様を雲母摺りした唐紙。その料紙や流麗な筆跡から十二世紀半ばの書写とされる。『古筆学大成2』に影印を収める。 253

基俊本《もととしぼん》 藤原基俊（一〇六〇～一一四二、長秋記）は、若くして従五位下左衛門佐（唐名「金吾」）を辞し、以後官に就かなかった。保延四年（一一三八）出家し、金吾入道と称される。『新撰朗詠集』撰者で、詩歌に秀でた。『古今和歌集』をはじめ、古歌を重視する古典主義的態度は、晩年に弟子となった俊成に受け継がれた。ノートルダム清心女子大学蔵黒川本の校異によって基俊本『古今和歌集』の本文が知られる。 6 24 28 42 52 56 59 66 70 75 92 94 97 105 111 123 126 136 140 145 150 158 159 165 169 171 174 175 178 189 197 199 204 209 212 216 222 228 230 237 240 244 247 250 256 259 261 267 279 288 292 293 296 301 305 309 313 318 320 321 324 329 330 334 339 348 353 356 361

〔や〕

陽明文庫本貫之集《ようめいぶんこぼんつらゆきしゅう》 『新編国歌大観』第三巻所収「貫之集」の底本。近・サ・六八。九一三首本。流布本で、歌仙家集本（『新編私家集大成』貫之Ⅰ、八八九首）や村雲切（巻子本に改装された冷泉家時雨亭叢書『平安私家集一』所収本を合わせ、七十余葉残存）と同系統。

220 262 295

〔ら〕

了佐切《りょうさぎれ》 **17** 『古今和歌集』の断簡。藤原俊成筆。古筆了佐の愛蔵による命名。『昭和切』に比べると、こちらの方が早く、壮年時の筆跡かとされる。もと列帖装。伝存する断簡はいずれも上帖で、巻十は巻子に改装されて完存する。『古筆学大成3』に影印を収める。 6 24 36 86

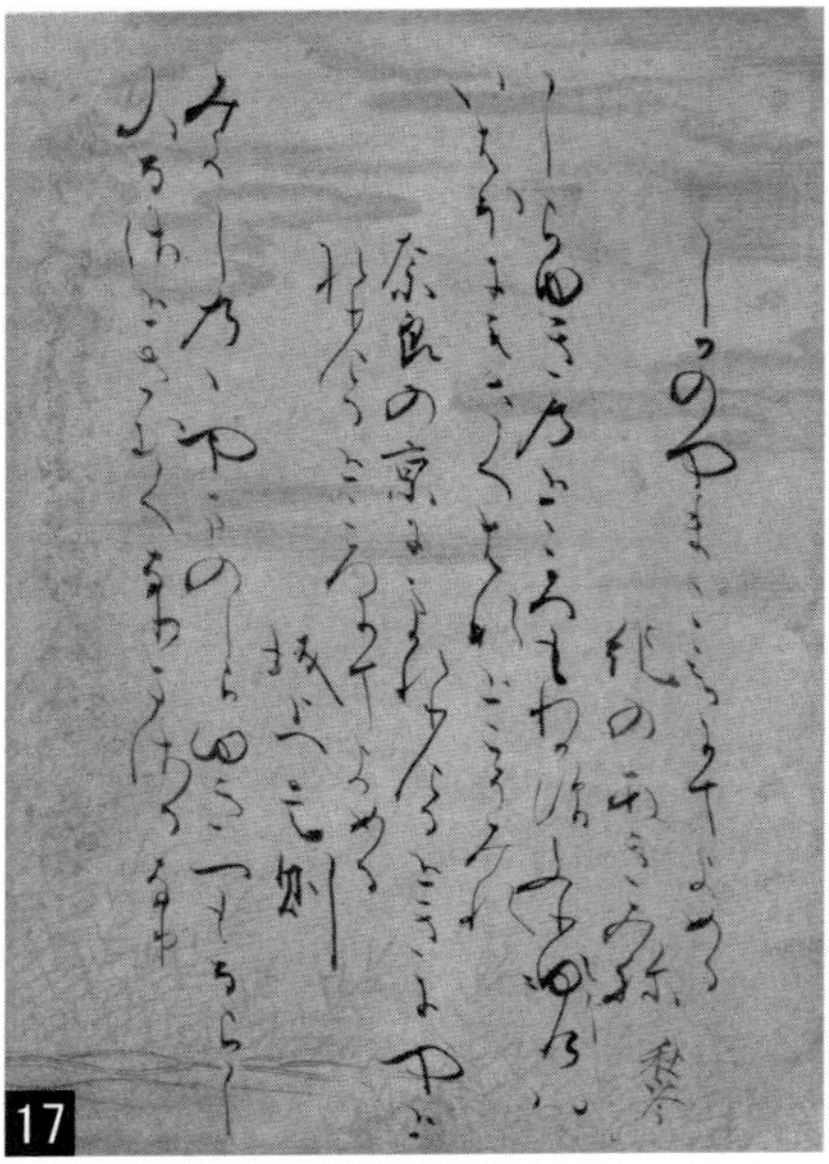

17

料紙《りょうし》 文字を書いたり絵画を描いたりするのに用いる紙。用紙に同じ。 2 4 10 34 38 41 47 51 55 58 61 65 69 72 75 79 85 89 93 104 113 125 129 139 142 148 151 154 158 161 164 173 179 185 191 203 208 209 215 221 225 226 249 255 258 266 278 300 308 312 315 323 333 355 360

類聚歌合《るいじゅううたあわせ》 先に編纂された『十巻本歌合』に続き、その後の歌合も含め、大治元年（一一二六）八月の「左大臣忠通家歌合」までを、主催者別、年代順に編纂集成したもの。萩谷朴『平安朝歌合大成』（同朋舎）に翻刻。陽明叢書『平安歌合集 上下』（思文閣・一九七五年）に影印がある。 48 59

六条家本《ろくじょうけぼん》 列帖装上下二帖。志香須賀文庫蔵。料紙は上質の鳥の子で、細かい雲母砂子が撒かれている。奥書が無いが、清輔本のみにある十五首をもつので、六条家本と呼ばれている。 11 42 45 55 62 83 86 98 101 105 107 118 123 134 140 155 158 174 178 182 189 196 199 201 204 209 212 217 244 247 250 253 261 267 279 282 288 292 301 318 321 327 329 330 334 339 348 353 357 361

〔わ〕

和歌体十種《わかていじっしゅ》　壬生忠岑著とされる歌論書。伝藤原忠家筆とされる巻子本が残る。飛雲のある料紙に、優れた筆跡で書かれ、国宝に指定されている。個人蔵。十一世紀半ばの書写とされる。日本名跡叢刊36に影印を収める。　159

あとがき

もう四半世紀以上も昔の一九九八年七月四日、和歌文学会第六十七回関西例会が神戸松蔭女子学院大学で開かれた。その折、増田繁夫先生の「古今集の歌語と本文―「たたる・たてる」「あとらふ・あつらふ」「なぶ・なむ」「うらぶる・うらびる」他―」というタイトルの研究発表があった。「たたる・たてる」の異同を熱く語られ、それだけで発表時間がほぼ尽きてしまった。しかし、私には強い印象が残った。

当時、和泉書院の新注八代集刊行の企画があり、既に一九八八年に松野陽一氏校注『詞花和歌集』、一九九一年に川村晃生氏校注『後拾遺和歌集』、一九九二年に工藤重矩氏校注『後撰和歌集』、一九九四年に上條彰次氏校注『千載和歌集』が刊行されていた。『古今和歌集』の校注者として名前の挙がっていた増田繁夫先生の発表は、その校注余滴というべきものであったにちがいない。

一九九八年は、実は、私の初めての小著『深山の思想―平安和歌論考―』（和泉書院）が世に出た年でもあった。四月に小著を上梓したばかりの私は、例会後の懇親会において司会者から指名され、拙いスピーチをすることになった。遠い昔のことなのに、その時に何を喋ったか、今も記憶にある。

あれから、あっという間に時が流れ、私も大学を定年退職した。

退職とコロナ禍が重なり、書斎に籠もる時間が増えた。自分の研究人生を振り返った時、修士論文のテーマだった『古今和歌集』にいつか戻ろうと思いながら、何も出来ず現在に至ってしまったことに気がついた。すると、二十五年以上前の増田繁夫先生の「たたる・たてる」という本文異同を取り上げられた研究発表の一場面が思い起こされたというわけだ。

あのときの増田先生の驥尾に付して、『古今和歌集』の本文異同の背景を探り、現在、我々が読んでいる定家本の本文形成史を聊か辿ってみた次第である。

その際、私の書斎の書架に並ぶ古写本・古筆切の影印にも活躍の場が与えられたら、と考えた。古写本・古筆切を眺めながらの作業は、楽しい時間であった。

初めは、多様な古写本・古筆切のそれぞれの適材適所を考え、料紙の美しさや書体の流麗さという王朝文化の香気の漂う古筆を選択して配置した。第一稿が仕上がった頃、「武蔵野文学」69の特集〈『多武峯少将物語』と藤原高光をめぐる文学圏〉で御縁のできた武蔵野書院の院主前田智彦氏に出版のご相談したところ、武蔵野書院の名称は『古今和歌集』の和歌に由来する、是非、出しましょう、と快諾いただいた。

　ところが、出版社の初動作業として百枚の影印の原本とその所蔵者、影印掲載の許諾と掲載料などを調べて一覧にされた表を見せてもらうと、ある程度は予想していたものの、古写本・古筆切というものは、現蔵者不明を含めて多くは個人蔵で、掲載許可の申請先も不明なもの、書籍からの転載も得られないものがかなりの数あって、いくつかの影印の差し替えは不可避であることがすぐに判明した。前田氏と電話で話す中で、国立文化財機構所蔵品統合検索システムColBaseの存在を知った。利用規約を読むと、これを活用しない手はないと思った。東京国立博物館蔵の元永本を起点に『古今和歌集』の本文を考えてゆくといった内容へ、私の思いは傾斜していった。結果として、第二稿は、ColBaseに公開されている元永本と、国文学研究資料館がつくった「国書データベース」に公開されている書陵部蔵の伏見宮旧蔵伝顕昭筆本とがその両輪となった。それが本書である。

　定家本とは異なる『古今和歌集』の多様な古写本・古筆切の具体的な紹介は、巻末に附録した「書誌用語索引」において、やはりColBaseを利用して最小限に留めざるを得なかった。

　今後、ColBaseや「国書データベース」のような文化財の情報公開がますます進み、文学研究・人文学研究がさらに発展してゆくことに期待したい。

　本書は、はからずも恩師今西祐一郎先生の二〇二四年三月刊「国語国文」所載の御論〈「垣ほに生ふる撫子」――引き歌再考――〉と響き合っている。先生には、学生時代以来、多大な学恩を被ってきた。あらためて深謝するものである。

　本書刊行のために、武蔵野書院の院主前田智彦氏には、大変お世話になった。ここに付記し、心より御礼申し上げる。

二〇二五年　春

笹川博司

《著者紹介》

笹川 博司 （ささがわ・ひろじ）

1955 年　大阪府茨木市に生まれる
1979 年　京都府立大学文学部卒業
1993 年　大阪教育大学大学院修了
1998 年　九州大学 博士（文学）
2021 年　大阪大谷大学・同大学院文学研究科 教授 定年退職
主要著書『深山の思想 ―平安和歌論考―』（和泉書院・1998 年）
　　　　『惟成弁集全釈』私家集全釈叢書（風間書房・2003 年）
　　　　『隠遁の憧憬 ―平安文学論考―』（和泉書院・2004 年）
　　　　『高光集と多武峯少将物語』（風間書房・2006 年）
　　　　『為信集と源氏物語』（風間書房・2010 年）
　　　　『紫式部集全釈』私家集全釈叢書（風間書房・2014 年）
　　　　『源氏物語と遁世思想』（風間書房・2020 年）
　　　　『三十六歌仙の世界 ―公任『三十六人撰』解読―』（風間書房・2020 年）
　　　　『奈良御集・仁和御集・寛平御集 全釈』私家集全釈叢書（風間書房・2020 年）
　　　　『紫式部日記』和泉古典叢書（和泉書院・2021 年）
　　　　『三十六歌仙の世界 続 ―『俊成三十六人歌合』解読―』（風間書房・2022 年）

古今和歌集百首校勘 ── 古筆の異文を考える ──

2025 年 4 月 11 日 初版第 1 刷発行

著　　　者：笹川博司
発 行 者：前田智彦
装　　　幀：武蔵野書院装幀室
発 行 所：武蔵野書院
　　　　　〒101-0054
　　　　　東京都千代田区神田錦町 3-11 電話 03-3291-4859　FAX 03-3291-4839

印刷製本：三美印刷㈱

Ⓒ 2025 Hiroji SASAGAWA

定価はカバーに表示してあります。

落丁・乱丁はお取り替えいたしますので発行所までご連絡ください。

本書の一部または全部について、いかなる方法においても無断で複写、複製することを禁じます。

ISBN 978-4-8386-0801-0　　Printed in Japan